新注和歌文学叢書23

風葉和歌集新注 二

名古屋国文学研究会 著

青簡舎

目次

凡　例

一、本書は、物語歌集である『風葉和歌集』に全釈を施したもので、全四巻よりなる。第一巻には仮名序及び巻一から巻三までを掲載した。第二巻には巻四～巻八までを掲載する。

一、底本は京都大学附属図書館蔵本を用い、底本の欠脱部分は、他の伝本により暫定本文を作成した。

一、各歌は、本文・〔校異〕・〔現代語訳〕・〔語釈〕・〔参考歌〕・〔典拠〕・〔補説〕・〔他出〕の順序で掲載する。

一、本文は、仮名遣い、当字（借字）もそのままに、可能な限り底本に忠実に翻刻したが、濁点・句読点を施した。猶、底本においては、「わ（和）」と「は（八）」の字体を区別しがたい場合が多いので、「わ」「は」、それぞれ意味に相応しい字体で翻字した。歌には順次番号を付した。

一、本文は、原本の異体字・旧字体表記は原則として通行の漢字に改めた。

一、本文に欠脱、誤脱等を認める時は、校合諸本の本文によって校訂を施し、校訂した文字の右側に［　］を付して原型を示す。［・］は底本が欠脱であることを示す。

例　底本は「みうと」とあり、諸本によって「なみのしめゆふのみかと」と校訂した場合、
「なみのしめゆふの《［・・・・・・・・］》みか《［う］》と」と表記した。

一、〔校異〕は、現存の『風葉和歌集』伝本をできるだけ網羅することを目指したが、現在までに調査できた四〇本を対象とした。現在まで存在が知られている伝本は左記の通りである（最古本である桂切から順次系統の近い順

に挙げた。現存『風葉和歌集』は巻十八までしかない。これより少ない零本については（　）内に存在する巻を示した）。「↓」を付して示したのは校合に用いた略号である。但し、△を付したものは、中野荘次・藤井隆編『増訂校本風葉和歌集』やその他の資料によって存在が知られるが、未調査であるので校異には取り上げていない。ちなみに、彰考館文庫蔵乙本と広島市立浅野図書館蔵零本は現在所在不明である。校合には写真複写及び影印本・調査ノートを用いた。また、東北大学附属図書館狩野文庫蔵本は四冊中、三・四冊目は後補されたもので、一・二冊目と重複する部分も存するので、校異は別々に示した。

1穂久邇文庫蔵桂切二種↓桂甲、桂乙

穂久邇文庫以外所蔵の桂切及び『風葉集』断簡↓断簡（番号―岩城健太郎「『風葉和歌集』断簡一覧及び解説」〈『物語の生成と受容③』国文学研究資料館　二〇〇八・二〉の整理番号を借用）

2穂久邇文庫蔵阿波国文庫旧蔵本（巻十一～十八）↓阿波

3陽明文庫蔵甲本（巻一～十）↓陽甲

4京都大学附属図書館蔵本↓京大

5広島市立浅野図書館蔵零本（巻二～六・十六～十八）↓浅野△

6慶應義塾大学図書館蔵本（巻十一のみ）↓慶大

7宮内庁書陵部蔵本↓宮甲

8名古屋市蓬左文庫蔵本↓蓬左

9陽明文庫蔵乙本↓陽乙

10穂久邇文庫蔵嘉永元年写本↓嘉永

11田中登蔵本↓田中
12ノートルダム清心女子大学図書館蔵本↓清心
13日本大学総合学術情報センター蔵甲本↓日甲
14日本大学総合学術情報センター蔵乙本↓日乙△
15久曾神昇蔵鷹司家旧蔵本（巻一～十）↓久曾△
16宮内庁書陵部蔵鷹司家旧蔵本（巻十一～十八）↓宮乙
17静嘉堂文庫蔵松井文庫本↓静嘉
18石川県立図書館蔵川口文庫↓川口
19国文学研究資料館蔵本（巻一～六・十一～十八）↓国研
20篠山市歴史資料館蔵青山文庫本↓篠山
21彰考館文庫蔵甲本↓彰甲
22彰考館文庫蔵乙本↓彰乙△
23丹鶴叢書本↓丹鶴
24宮城県立図書館伊達文庫蔵本↓伊達
25龍門文庫蔵本↓龍門
26天理大学附属天理図書館蔵本↓天理
27東京大学国文学研究室本居文庫蔵本↓東大
28明治大学附属中央図書館蔵本（巻一～十五）↓明大

29東北大学附属図書館狩野文庫蔵本（一〜二冊目）→狩野・同（三〜四冊目）→狩野補
30内閣文庫蔵和学講談所本→内閣
31国立歴史民俗博物館蔵高松宮家旧蔵本（巻十六〜十八）→高松
32肥前島原松平文庫蔵乙本（巻十一〜十五）→松乙
33肥前島原松平文庫蔵甲本→松甲
34刈谷市中央図書館村上文庫蔵本→刈谷
35龍谷大学蔵本→龍大
36藤井隆蔵本→藤井
37宮島野坂宮司家蔵本→野坂△
38山本亡羊読書室旧蔵本→山本△
39國學院大學図書館蔵『風葉集抜書』（巻一〜五）→國學
40神宮文庫蔵『風葉和歌集』（抜書）→神宮
41林原美術館蔵『風葉和歌集抄』（書跡474）（抜書）→林甲
42林原美術館蔵『風葉集御抜書』（書跡437・438）→林乙
43林原美術館蔵『風葉和歌抜書』（書跡494—3—1・2）→林丙
44林原美術館蔵『風葉集抜書』（書跡504—1）→林丁
45林原美術館蔵『風葉和歌集抜書』（書跡504—4）→林戊
46林原美術館蔵無題（書跡504—12）（『枕草子』『拾遺百番歌合』『風葉和歌集』の抜書）→林己

一、〔校異〕は、校訂本文を掲げ、それに対する異文、〈　〉に伝本名を挙げる。音便・送り仮名、宛漢字・仮名の異文は挙げていない。書入の朱や藍などの色については区別を示さない。また、頭注は挙げていない。校合諸本に纏まった欠脱・錯簡などが見られる場合、錯簡の最初の歌の校異末尾に「付記」又は「錯簡」などとして、その部分の現様を記した。抜書本と桂切については、該当歌が存在する場合、「付記」に「國學・神宮・桂切あり。」と注記した。猶、桂切については所蔵元を（　）内に示した。

校異文左側の「○」はその文字が補入であることを示す。また、同じく左側の「ヒ」はその文字がミセケチであることを示す。注記がある場合、その部分に傍線を施し、その下に（　）を付して注記文字を示した。

例　たちける日―たつ日〈狩野〉たつ日〈東大〉て―や（て）〈天理〉はつ―物（初イ）〈狩野・東大〉ゆふへ―ゆふへ（歟）

校訂本文の掲出において、詞書・詠者・歌も含めて全てを示す場合は「全文」、詞書全文は「詞書」、詠者全文は「詠者」、歌一首は「歌」と略称して示した。また、校異において、その部分が欠脱している場合は「欠」で示した。その歌が詞書・左右者・歌も含めて全て欠脱している場合は「全文―欠〈京大〉」、歌のみが欠脱している場合は「歌―欠〈陽甲〉」のように示した。但し、該当巻が欠巻の伝本は個々には挙げていない。また、まとまって欠脱している場合も、その最初に付記に記しているので、個々には挙げていない。また、まとまって欠脱している場合も、その最初に付記に記し、個々には挙げていない。

一、〔校異〕の中、虫損については一文字分の時は虫とし、二文字以上の場合は虫　とした。猶、残存部分から文字が類推できる場合は□で文字を囲み、きんなどと表した。

一、〔語釈〕は、○を付して本文を挙げ、注釈を施した。歌語としての使用例を末尾に「◇参考」として挙げた場合もある。

例　○はつ鶯―その年の春初めて鳴く鶯。……。◇参考　あらたまの年越え来らし常もなき初鶯の音にぞなかる、（『後撰集』哀傷・一四〇六・玄上女）

一、〔参考歌〕には、当該歌の参考歌を挙げる。

一、〔典拠〕は、典拠の物語作品名を挙げ、当該部分を挙げる。散逸物語の場合はその旨を記す。物語名の表記は原則『物語史』による。初出の場合のみ、『風葉集』の入集歌数及び物語内容、成立などに付き、解説を付す。現存物語の場合は、該当部分の本文を示す。

一、〔補説〕は当該歌について、特に考察を加える事項について論説する。

一、〔他出〕には、『無名草子』『物語二百番歌合』など他文献に当該歌が有る場合、それを挙げた。

一、作品の引用は、歌集は原則として新編国歌大観。但し、八代集は新日本古典文学大系、『万葉集』は新編日本古典文学全集を用いる。『枕草子』『源氏物語』『うつほ物語』『夜の寝覚』『浜松中納言物語』『松浦宮物語』『大和物語』『無名草子』『蜻蛉日記』『和泉式部日記』『更級日記』『栄花物語』は新編日本古典文学全集、『竹取物語』『伊勢物語』『落窪物語』『住吉物語』『堤中納言物語』『とりかへばや物語』は新日本古典文学大系、『日本書紀』は日本古典文学大系、『狭衣物語』については旧版日本古典文学大系・新潮日本古典集成・新編日本古典文学全集を比較し、当該本文に最も近い本文を選び用いる。さらに、『狭衣物語』は諸本間で異同が大きいので、掲出しなかった他の二本の歌部分のみ（参考）として示した。鎌倉時代物語は、『住吉物語』『とりかへばや物語』『松浦宮物語』を除いて、鎌倉時代物語集成を用いる。

一、注釈・論述中、使用頻度の高い作品については、例えば、『源氏物語』は『源氏』、『狭衣物語』は『狭衣』、

『うつほ物語』は『うつほ』、『夜の寝覚』は『寝覚』、『浜松中納言物語』は『浜松』、『竹取物語』は『竹取』、『落窪物語』は『落窪』、『松浦宮物語』は『松浦宮』、『住吉物語』は『住吉』、『伊勢物語』は『伊勢』、『大和物語』は『大和』、『栄花物語』は『栄花』、『蜻蛉日記』は『蜻蛉』、『更級日記』は『更級』など、歌集については『古今和歌集』は『古今集』、『柿本人麿集』は『人麿集』など通用の略称を用いて示す。また、天喜三年五月三日庚申六条斎院禖子内親王主催『六条斎院歌合天喜三年』は『物語合』、『物語二百番歌合』は「前百番歌合」→『物語前百番』、「後百番歌合」→『物語後百番』と略称する。

また、使用頻度の高い文献も略号によって示す。略語は次の通り。

新編国歌大観→大観・私家集大成→大成・新日本古典文学大系→新大系・新編日本古典文学全集→新全集・旧版日本古典文学大系→旧大系・旧版日本古典文学全集→旧全集・新潮日本古典集成→集成・校注古典叢書（明治書院）→校注・中世王朝物語全集1～12（笠間書院）→『笠間中世王朝1（～12）』・『日本国語大辞典』→『日国大』・『大漢和辞典』→『大漢和』・『角川古語大辞典』→『角川』・『岩波古語辞典』→『岩波』

中野荘次・藤井隆『増訂校本風葉和歌集』（一九七〇　私家版）→『校本』・松尾聡『平安時代物語の研究』（東宝書房　一九五五・六、増訂版　武蔵野書院）→『松尾平安』・小木喬『散逸物語の研究平安鎌倉時代編』（一九七三　笠間書院）→『小木散逸』・小木喬『鎌倉時代物語の研究』（一九八四　有精堂出版、初版一九六一）→『小木鎌倉』・樋口芳麻呂『平安鎌倉時代散逸物語の研究』（一九八二　ひたく書房）→『樋口散逸』・樋口芳麻呂校注『王朝物語秀歌選』（上下）（一九八七　岩波文庫）→『秀歌選』・三谷榮一『体系物語文学史　第一（～五）巻』（一九九一　有精堂）→『体系一（～五）』・『体系三』所収藤井貞和「散佚物語《前期》」→「散佚物語《平安前期》」、『体系三』所収の神野藤昭夫「散佚物語《後期》」→「散佚物語《平安後期》」、『体系五』所収神野藤昭夫「散佚物語事典―鎌倉時代物語編」

↓「散佚物語《鎌倉》」・米田明美『「風葉和歌集」の構造に関する研究』（笠間書院一九九六・二）↓『米田構造』、米田明美「「風葉和歌集」評釈（一）（二）」（『甲南国文』四四・四五、一九九七及び一九九八・三）↓『米田評釈』、神野藤昭夫『散逸した物語世界と物語史』（一九九八　若草書房）↓『物語史』・神田龍身・西沢正史『中世王朝物語・御伽草子事典』（二〇〇二・五　勉誠出版）↓『事典』、『風葉和歌集研究報　第一（〜一八）号』↓『研究報一（〜一八）』

一、第一巻の巻末には、「物語別所載歌一覧」「四季部歌題構成一覧」を付した。

注釈

風葉和歌集巻第四
秋上

ふ月のはじめつかた風すゞしく吹いでたるゆふべによ
ませ給ける　　　　　うつほの朱雀院御歌

めづらしくふき出る風の涼しきはけふはつ秋とつぐるなりけり

〔校異〕 吹いてたる―吹いてたり（る）〈嘉永〉　ゆふへ―ゆへ〈明大〉　給ける―給ふ〈宮甲〉に給ける〈東大〉
涼しき―涼さ（きイ）〈狩野〉

〔現代語訳〕

七月の始め頃風が涼しく吹き出した夕べにお詠みになりました
『うつほ』の朱雀院御製

吹きはじめた風がめずらしく涼しいのは、今日が秋の初めと告げているからなのでした。

〔語釈〕 **○うつほの朱雀院**　『うつほ』の朱雀院は、嵯峨院の皇子で、「俊蔭」巻では東宮。「春日詣」巻で即位し、「国譲下」巻で退位。当該歌のある「内侍のかみ」巻で朱雀院は仲忠母（俊蔭女）に琴の演奏を切望し、彼女をその功により尚侍に任じた。**○はつ秋**　『うつほ』には四例見られる。この語は「初秋」を和語化したものだが、和語表現としては熟れていない、『うつほ』によく見られる漢語的な用法。『万葉集』から見られるが、平安期の用例としては、『後撰集』に一例、『拾遺集』に一例、『古今六帖』に二例、他に『中務集』など、私家集に数例しかなく、歌語として定着したのは、新古今時代である。**○つぐるなりけり**　『風葉集』では諸本に異同はないが、『うつほ』では「つぐるなるべし」となっている。〔補説〕参照。

〔参考歌〕

①初秋風涼しき夕解かむとぞ紐は結びし妹に逢はむため（『万葉集』巻二十・四三〇六）

②吹きいづるね所高く聞こゆなり初秋風はいざ手ならさじ（『後撰集』雑二・一一三七・小弐乳母）

〔典拠〕『うつほ物語』（3番歌初出）「内侍のかみ」巻（一名、初秋巻）。当該箇所を挙げる。

かく御物語りしたまふほどに、日夕影に、なほいと七月十日ばかりのほどに、なほ暑さ盛りなり。風なども吹かずあるに、人々「少し涼しう風も吹き出でなむ。さるは、今日秋立つ日にこそあれ。しるく見ゆる風吹けや」など、上達部のたまふほどに、夕影になりゆく。めづらしき風吹き出づる時に、上、かくぞ出だしたまふ。

　めづらしく吹き出づる風の涼しきは今日初秋と告ぐるなるべし

とのたまふ。御息所、御簾の内ながら、「げに、例よりも今日は」とて、

　いつとても秋の気色は見すれども風こそ今日は深く知らすれ

と聞こえたまへば、上、うち笑ひたまひ《ゐ》て、「されどまだ外にぞ侍る。

　立ちながら内にも入らぬ初秋を深く知らする風ぞあやしき

そよと聞こゆる風なかりや」とのたまふ。

猶、右の引用した場面は、『うつほ』「内侍のかみ」巻の巻頭錯簡部にあるが、『風葉集』所収に際して、歌を読み誤る要素とは無関係なので、それには言及しない。

〔補説〕

○秋部巻頭歌について

当該歌より、秋部である。「秋上」は春夏巻頭歌と同様の手法で、新しい季節の到来を詠じた帝の歌で始まる。歌の配列についても「春上」の巻頭歌の〔補説〕で述べたような意識が働いていると思われる（『研究報二』）。殊に春秋の巻頭歌、巻軸歌については、安田徳子が「勅撰集の四季意識―季節の始発と終焉―」（『研究報一二』）に論じたものと同様の意識で配置されている。当該巻も「秋風」によって新しい季節の開幕を告げ、以後の「惜秋」の歌材へ収束されるべくあらゆる秋の彩りを詠じてゆく。典拠となった『うつほ』では「七月十日ばかりのほど」「けふ秋たつ日」とあるのを、「立秋」に主眼を置いて「ふ月のはしめつかた」と特定の日付けにしなかったのは、『米田構造』の指摘どおり、後続の「七夕」歌群歌の七月七日を意識したためであろう。第五句「初秋とつぐるなるべし」を「はつ秋とつぐるなりけり」としたのも「告げているようだ」との曖昧な認識ではなく、詠者の知覚に今まで気付かなかった待望の秋の初風が吹いたと認識した詠嘆が、「けり」によって表出されていることになる。以下微細な変化のなかに秋の到来が知覚され、それが詠嘆的に「秋ぞきにける」「秋も来にけり」「秋はきにけり」と詠出される歌が配されている。ここでは風に運ばれる涼しい秋が眼前に画として認識されて詠者の脳裏にあるのである。

（嘉藤）

わかの浦におはしましけるころ、よませたまひける

まよふきんのねの春宮

みぎはなるあしのうらはのをときけばひとよのほどに秋ぞきにける

〔校異〕 まよふ―まかふ〈國學〉　きん―こと〈國學〉　をと―こへ〈狩野〉　ほどに―程の〈狩野〉　秋ぞ―秋は〈天理〉　きにける―きえける〈蓬左〉　きえ（に歟）ける〈陽乙〉　きにけり〈天理・東大・内閣〉　きにけり（るイ）〈狩野〉

付記　國學・神宮・林乙・林丁・林戊あり。

〔現代語訳〕
和歌の浦においでになられましたころ、お詠みになりました
『まよふ琴の音』の東宮
水際に生えている葦の末葉が風にそよぐ音を聞いたので、たった一晩で秋が来たのだなあと思いました。

〔語釈〕　**〇わかの浦**　57番歌参照。**〇あしのうらは**　「うらは」の「うら」は「末」の意。葦の葉や茎の先端のこと。「うら」は「末」と「浦」の掛詞　**〇ひとよ**　「一節」と「一夜」の掛詞。「一節」は「葦」の縁語。

〔参考歌〕
①なにはがたあしのうらばをふきかへすかぜのおとしるき秋ぞきぬらし（『能宣集』二一二）

〔典拠〕　『まよふ琴の音』（散逸物語）。5番歌初出。

（嘉藤）

もしほやく煙ひまなきわかの浦に霧の立そふ秋も来にけり

〔校異〕　ひまなき―ひまなく〈内閣〉　来にけり―きえ（に歟）けり〈陽乙〉

付記　國學・神宮・林甲・林乙・林丁・林戊あり。

〔現代語訳〕
藻塩を焼く煙が絶え間なく立ち昇る和歌の浦に、気が付けば霧が立ち加わる秋までもやって来ていたのでした。

〔語釈〕　**〇もしほやく**　海藻に海水を注ぎ塩分をたっぷり含ませたものを焼くこと。製塩法の一種で、これを水に溶かしその上澄みを煮詰めて製塩する。海岸の風景としてよく詠まれる。

〔参考歌〕

①浦近く立つ秋霧は藻塩焼く煙とのみぞ見えわたりける（『後撰集』秋中・二七三・読人不知）

〔典拠〕『まよふ琴の音』（散逸物語）。５番歌初出。

前歌（212）同様、東宮の歌。典拠となった『まよふ琴の音』の構成は不明であるが、和歌の浦での東宮の詠歌209から213番歌は一連のものと思われる。暦日の替わり目による季節の転換を、ほんのかすかな秋の気配に感じ取って詠じたものである。

『まよふ琴の音』は、『風葉集』には一二首入集するが、その中の八首が「和歌の浦」で詠まれた歌である。また、『風葉集』中に「和歌の浦」で詠まれたとする歌は九首あるが、『まよふ琴の音』歌はその中の八首を占める。五番歌〔典拠〕にも記した如く、散逸物語『まよふ琴の音』が「和歌の浦」を主舞台とした物語であったことを窺わせるが、同時に『風葉集』が、流離の地として「和歌の浦」を取り上げたこれらの歌に強い関心を寄せたということか。（嘉藤）

だいしらず　　女すゝみの前右大臣の三の君

ほしわぶる袖よりほかにをきそへて世さへ露けき秋はきにけり

〔校異〕そへて―そめ（へ一本）て〈丹鶴〉初て〈刈谷・龍大・藤井〉きにけり―きし（に歟）けり〈陽乙〉

〔現代語訳〕

題しらず　　『女すすみ』の前右大臣の三の君

夫に飽きられて、その悲しみの涙のために袖が乾かなくて困っているのに、更にその上に、季節まで、涙がちになる秋が来てしまいました。

〔語釈〕　**○女すゝみ**　散逸物語。32番歌〔典拠〕参照。**○前右大臣の三の君**　前右大臣が左大将に娘との縁談の打諺をしたのに対し、左大将が乗り気でなかったことについては、32・33番歌参照。三の君は左大将の正妻であろう。

○秋　「飽き」と掛詞。

〔参考歌〕

①まくずはらうらみぬそでのうへまでも露おきそむる秋はきにけり（『新勅撰集』秋上・二〇三・宜秋門院丹後、『千五百番歌合』五五六番右・書陵部本等四句「露をきそふる」）

〔典拠〕　『女すすみ』（散逸物語）。32番歌初出。

（宮田）

左大将まの、うらにこもりゐて侍けるころ、つかはせ給ける　おなじき中宮

吹すぐるをとにつけてもいかならんまの、うらわの秋の初かぜ

〔校異〕　左大将―右大将〈龍門〉左大臣〈嘉永〉　うら―流〈嘉永〉　給ける―給ひけるに〈龍大〉　おなしき―おなし〈天理・東大・明大・狩野〉　をと―ほと〈刈谷・龍大・藤井〉

〔現代語訳〕

左大将が真野の浦に引き籠もっておりました頃、お遣わしになりました歌　同じ物語の中宮

都を吹きすぎる風の音を聞くにつけても、真野の浦に吹く初秋の風はどんなに寂しいかと、あなたのことを思い遣っています。

〔語釈〕　**○まの**　真野の浦は近江の国の歌枕。志賀郡真野郷。現在の滋賀県大津市堅田町真野。比叡山東側から東南に流れて今堅田で琵琶湖西岸に注ぐ真野川の下流域一帯。『能因歌枕』には摂津国とするが、近江国の確実な初

出は「からさきやながらのやまにあらねどもをざさなみよるまの秋風」（『関白内大臣歌合保安二年九月十二日』二〇・師俊）（『歌ことば歌枕大辞典』による）。**○中宮** 左大将の姉または妹と推測される。**○うらわ** 浦廻。浦回。「うらみ」とも。海岸の曲がって入り組んだ所。

〔参考歌〕

①ゆふまぐれまだきにあきをさそひきてたもとにやどすまののうらかぜ（『隆信集』寿永本三三一、『同』龍大本一三三）

〔典拠〕『女すゝみ』（散逸物語）。32番歌初出。

（宮田）

女のもとにまかれりけるに、おぎふく風の心あはたゞしきまできこえければ

心たかきの右［后］のおほいまうちぎみ

いとゞしく荻［萩］のうは風吹みだりこゝろまどはす秋の夕ぐれ

〔校異〕 ふく―吹〈陽乙〉 右の―后の〈京大〉 荻―萩〈京大・静嘉・川口・内閣・刈谷〉萩（荻）〈清心〉 うは風―うら風〈清心〉 吹みたり―ふきみわ（ヒイ）たり〈天理・東大〉吹みたる〈清心・静嘉・川口・国研〉 夕くれ―夕されく内閣〉夕暮（されイ）〈天理・東大〉にくれ〈川口〉

付記 國學あり。

〔現代語訳〕

女のところに参っていましたところ、荻の上葉を吹き抜ける風の音が、落ち着いていられないような気がするほどに聞こえましたので 『心高き』の右大臣

荻の上を吹き抜ける風が荻の葉を吹き乱し、それを聞いている私の心もますます激しく乱れる、秋の夕暮れです。

〔語釈〕 **○女** 『物語後百番』八十二番右の詞書によれば、一条前斎院をさすか。**○右のおほいまうちぎみ** 右大臣。女主人公の宣旨の恋人。**○荻のうは風** 荻の上を吹き抜ける風。乱れる荻の葉は、右大臣の乱れる心を象徴する。参考歌①が古い用例で、『和漢朗詠集』に収められて巷間に膾炙し、平安後期から「荻の上風」「萩の下露」が成句となった。故に京大本の「萩」は「荻」と校訂した。猶、「荻」については226番歌〔語釈〕参照。

〔参考歌〕

①秋はなほゆふまぐれこそただならねをぎのうはかぜはぎのしたつゆ（『義孝集』四、『和漢朗詠集』二二九）

〔典拠〕 『心高き』（散逸物語）。93番歌初出。

〔補説〕

○新出資料について

久保木哲夫氏の「『風葉和歌集』欠脱部に関する研究」（『平安朝文学　表現の位相』新典社　二〇〇二・一一）に、新出の断簡二葉が紹介されている。そのうち、「思文閣墨跡資料目録　第三二〇号」（平成一一・二・一五）所載の断簡は、

宣旨さとにいて、侍けるあしたあめの／ふりけるにたまはせける／心たかきの後冷泉院御歌／いかに〳〵おもひあかしてけさみれは／そてのうへにもにたるそらかな

とあり、『物語後百番』七十五番右の詞書の

さとにいてたるあした、よるよりあめふりけるに、宮の御ふみに、「いかに〳〵おもひあかしてけさ見れはそてのうへにもにたるそらかな」と侍けれは、

と内容が一致しており、『心高き』の歌であることが知られる。久保木氏は、既に紹介されている断簡六葉をふく

め、八葉とも桂切で、欠脱した恋三か恋四に属すると推定しておられる。　（宮田）

〔他出〕『物語二百番歌合』（後百番）八十二番右。

七月七日のゆふべ、おぎの風になびくをきゝて

伊せをの前関白中君

つねよりも心してふけたなばたのつまゝつよひのおぎのうは風

〔校異〕 七日の―七日○の（イ）〈宮甲〉 おぎ―荻のは〈嘉永〉 萩〈狩野〉 きゝて―欠〈宮甲〉 中君―中宮（の）君〈東大〉 おきの―萩の〈内閣・刈谷〉 秋の〈嘉永〉

〔現代語訳〕

七月七日の夕方、荻の風になびく音を聞いて

『伊勢を』の前関白の中の君

風よ、普段と違って今日は気をつけて吹いてほしい。今宵は七夕、織女星が牽牛星を待っているように、私はあの人を待っていて、荻の上を吹き過ぎるわずかな風にも、あの人が来たと心を騒がせるでしょうから。

〔語釈〕 **○七月七日のゆふべ、おぎの風に** 「たなばた」と「荻」が共に詠まれる例は珍しく、『詞花集』の「おぎの葉にすがく糸をもささがにはたなばたにとやけさは引くらむ」（秋・八四・橘元任）が初例。この元任歌（『後葉集』一一七にも同歌）と〔参考歌〕にあげた慈円歌ぐらいしか見当たらない。〔補説〕にあげたような配列意識から採用されたものか。**○つま** 妻から夫を、或いは夫から妻を呼ぶ語。ここでは前者。

〔参考歌〕

①うたたねやけふたなばたの夕されば空なつかしき荻の上風（『拾玉集』四七七〇）

〔典拠〕『伊勢を』（散逸物語）。6番歌初出。

〔補説〕

○「荻」歌群と「七夕」歌群について

「荻」の歌は216・217番歌の二首で一旦途切れ、218から225番歌までは「七夕」の歌、226から232番歌は再び「荻」の歌となる。217番歌に七夕の宵の歌を配して、両歌群の鎖状の展開が工夫されている。（宮田）

七月七日かはらに出てこれかれうたよみ侍けるに

うつほの中務卿のみこの北方

秋をあさみもみぢもちらぬあまの河なにをはしにてあひわたるらん

〔校異〕七日―七日に〈天理・東大〉 よみ―よませ〈田中〉 侍けるに―を（侍）けるに〈陽甲〉侍ける〈内閣〉 みこの―みこ〈天理・東大・明大・狩野〉 あさみ―あけ（さイ）み〈狩野〉 はしにて―はしめて〈嘉永〉

付記 國學あり。

〔現代語訳〕

七月七日、河原に出て、めいめい歌を詠みました時に

『うつほ』の中務卿親王の北方

秋がまだ浅いので、紅葉も散っていない天の川では、牽牛星と織女星は、何を橋にして河を渡って逢うのでしょうか。

〔語釈〕○七月七日　七月の頃に天の川の両岸に牽牛星（彦星）と織女星（織姫）が現れるのを人間の逢瀬に見立てて、一年に一度だけ七月七日の夜に鵲の翼を延べて橋とし、織女が川を渡って両星が相逢う、という中国の伝説

が、恋の物語として、乞巧奠の儀式を伴って日本に伝来し、七月七日の夕、庭前に供え物をし、葉竹に五色の短冊などを飾り付け、子女が裁縫や書道など技芸の上達を願う祭りとして、宮廷・貴族の年中行事となった。五節供の一つ。**〇かはら**　『うつほ』によれば、賀茂川の河原。この河原で詠まれた一四首のうち二首（218・219）が採歌されている。**〇中務卿のみこの北方**　源正頼の中君。**〇はし**　天の川を渡るのに、鵲の翼ではなく散紅葉を橋に見立てている。

〔参考歌〕

①天河もみぢを橋にわたせばやたなばたつ女の秋をしもまつ（『古今集』秋上・一七五・読人不知）

〔典拠〕　『うつほ物語』（3番歌初出）藤原の君巻。当該箇所を次に挙げる。

かくて、七月七日になりぬ。賀茂川に御髪洗ましに、大宮よりはじめたてまつりて、小君たちまで出でたまへり。賀茂の河辺に桟敷打ちて、男君たちおはしまさうず。その日、節供河原にまゐれり。君たち御髪洗ましはてて、御琴調べて、七夕に奉りたまふほどに、（中略）君だち御琴どもかき合はせて遊ばすほどに、彦星天の川渡るを見たまひて、（中略）

中務の宮の御方、

秋浅み紅葉も散らぬ天の川何を橋にてあひ渡るらむ

（中略）

あて宮、

七夕の会ふ夜の露を秋ごとにわがかす糸の玉と見るかな

など、これかれ御琴遊ばしなどするを、宰相河のほとりにながめくらして、あて宮にかく聞こえたまへり。

（宮田）

藤壺女御

七夕のあふよの露を秋ごとにわがかすいとのたまとみるかな

（『うつほ』の）藤壺女御

〔校異〕 なし。

〔現代語訳〕

二星が相逢う夜に置く露を、秋が来るたびに私が七夕に供える糸で貫く、あの美しい玉として見ることです。

〔語釈〕 **○藤壺女御** 貴宮。189番歌参照。前歌に引き続き河原における七夕宴の場面で、正頼の娘七人と今宮に続く九番目の詠者。河原で催す七夕行事の歌は、詞書「仁和御屏風に、七月七日、女の河浴みたる所」として、「水のあやをおりたちて着む脱ぎちらしたなばたつめに衣かす夜は」（『拾遺集』雑秋・一〇九一・定文）がある。**○かす** 七夕歌では、貸す、供える、捧げるなどの意で用いられる常套的表現。供物は後に下げられる故の「貸す」か、紡いだ糸をかけて巻き取る道具「桛《かせ》」を活用させた語か、あるいは乞巧奠で竹竿に糸や衣を掛けることから「竿」や「架」の字を充てるなど諸説あるが不詳。七夕歌の「かす」は布・糸・琴など供物の他、「心」や、逢瀬の時間の表現などにも充てられる。**○たまとみる** 夜に置いた露を、七夕の供物である糸で貫き通す玉に見立てる。

〔参考歌〕

①たなばたにかしつる糸のうちはへて年の緒ながく恋ひやわたらむ（『古今集』秋上・一八〇・躬恒）

②世をうみて我がかす糸はたなばたの涙の玉の緒とやなるらん（『拾遺集』雑秋・一〇八七・読人不知、『貫之集』一二三〇）

〔典拠〕 『うつほ物語』（3番歌初出）藤原の君巻。当該箇所は218番歌〔典拠〕参照。

（那須）

ないしのかみ、つれなきさまに見えたてまつりければ、

七日、の給はせける　　　　しのびねのみかどの御歌

けふさへやたゞにくらさん七夕のあふよは雲のよそにきゝつゝ

〔校異〕　つれなき―つねなき〈伊達〉つね〈龍門〉　さま―さと〈内閣〉七日―七日の日〈清心・静嘉・川口・国研〉七日に〈嘉永・神宮・林丁〉　の給はせける―たまはせける〈神宮・林乙・林丁〉　きゝつゝ―きえつゝ〈國學〉　詞書―欠〈林戊〉

付記　國學・神宮・林乙・林丁・林戊あり。

〔現代語訳〕

尚侍のようすがよそよそしいとお感じになられたので、七日、お詠みになりました

『しのびね』の帝の御歌

七夕の今日でさえ、私は何事もなく過ごすでしょう。二星の夜空の逢瀬は遥か天上の、私とは無縁の事と思って。

〔語釈〕　**○ないしのかみ**　尚侍。物語の女主人公か。**○しのびね**　人知れず声を密かに泣くこと。**○たゞに**　とりたてて言うべき何もなく、ありきたりで空しく満たされない感じをいう。普通に。**○雲のよそ**　「雲居のよそ」とも。距離的・心情的に遥か遠い所、手の届かない所の意から、思いの届かない恋歌や、遠い存在の禁中を指して用いられることが多い。ここでは距離的に遥か彼方の天上の意と、自分とは無関係である意とを掛ける。**○きゝつゝ**　二星のような逢瀬が望めないことを、自身に繰り返し思う。「つつ」は反復を表す。

〔参考歌〕

①今日さへやよそに見るべき彦星の立ちならすらん天の河浪（『拾遺集』恋二・七七二・読人不知）

②七夕の逢ふ瀬は雲のよそに見てわかれの庭に露ぞおきそふ（『源氏』幻巻・光源氏）

【典拠】　古本『しのびね』（散逸物語）。『風葉集』に三首入集。

『源氏一品経』に、当時流布していた物語の一つとして「忍泣」とあり、これが古本『しのびね』の初記事と見られている。『無名草子』には記載がないが、『月詣和歌集』『和歌色葉』にも物語名が挙がっており、平安末期までには成立していたらしい。

『風葉集』には、つれない尚侍への恋情を訴える帝の歌と、ひたむきに想う女との不本意な別れからやがて出家する中将の歌とを収載するが、これらの関連性は不詳。現存の『しのびね物語』は南北朝頃に古本を改作したものとされているが、そこには『風葉集』に見える三首も七夕の場面も存在せず、内容的にかなりの隔たりがうかがえる。古本、現存本ともに「しのびね」の歌句が見られず、題号の由来については、女主人公の尚侍に加えて、男主人公であろう中将についても忍び泣く状況が考えられるが不詳である。また現存本では、「しのびねの内侍」と称される女が女御・中宮・女院となり、中将は中納言・入道と栄達するのに対して、古本での最終官位は、女が尚侍、男は中将である。「散佚物語《平安前期》」では、「現存本が男の悲恋遁世譚の色彩を強めているのに対して、古本では、題号からもうかがわれるように、女の悲嘆に主題がおかれていたか」とする。（那須）

心にかけて侍ける人のふみを、七日、よそながら見て
よみ侍ける　〔道心すゝむる右大臣〕
ゆきあひの空までをこそかけざらめふみだに見ばやかさゝぎのはし

【校異】　道心すゝむる右大臣―欠〈京大〉　道心すすむる右大臣〈天理・東大〉　道心（イ）すゝむるの右大臣〈狩

野〉 空―雲（本）〈刈谷・龍大・藤井〉まい〈神宮〉 までをこそ―までこそは〈天理・東大〉までこそ〈明大〉までを（イ）こそ〈狩野〉 詞書―欠〈林戊〉

付記 神宮・林乙・林丁・林戊あり。

〔現代語訳〕

心にとめておりました人の文を、七日に、それとなくちらっと目にして詠みました歌

『道心すすむる』右大臣

二星が七夕の夜空で相逢うように、あなたと逢うことまでは思いますまいが、鵲の橋を踏んでせめて文だけでもいただいて見たいものです。

〔語釈〕 **○よそながら** 間接的に。それとなく。**○ゆきあひの空** 二星が行き逢う七夕の空をいう。次の季節へと推移する頃の空の表現でもある。**○かけざらめ** かけないでおこう。「かけ」は、心を「懸け」と、橋を「架け」の掛詞。**○ふみ** 「文」と「踏み」の掛詞。「架け」「踏み」は「橋」の縁語。**○かさゝぎのはし** 鵲はカラス科の鳥で中国、朝鮮半島に多く生息し、日本では九州地方の一部にのみ分布し、文学上では七夕説話の鳥として知られる。「鵲の橋」は、陰暦七月七日の夜、牽牛・織女の二星が逢う時に鵲が翼を並べて天の川に渡すという想像上の橋。男女の仲を取り持つもの、男女の契りの橋渡しのたとえに用いられ、また宮中の御階の意も有する。『懐風藻』の七夕詩に見える鵲の橋が、和歌で七夕と結びついたのは「あまの河みだえもせなん鵲の橋もわたさでただわたりせん」（『古今六帖』一五一・貫之）や「かささぎのはしつくるよりあまのがは水もひななんかはわたりせん」（『家持集』二〇六）が早い例である。中国の七夕伝説、初期の日本漢詩ともに、川を渡って逢いに行くのは織女であるが、和歌では牽牛が織女の許へ渡って行くのを通念とする。なお、『万葉集』には両様の表現が見られる。

〔参考歌〕

①なか空にきみもなりなんかささぎのゆきあひのはしにあからめなせそ（『古今六帖』第三・一六一二・伊勢）

②たなばたにちぎるそのよはとほくともふみみきといへかささぎのはし（『実方集』九二）

〔典拠〕『道心すすむる』（散逸物語）。『風葉集』に八首入集。

『無名草子』に記述はないものの、『枕草子』一九九段「物語は」の条に物語名が見えるところから、この頃既に流布していたようである。題号に関しては、「道心が動くところにこの物語の主題」（『松尾平安』）、「右大臣が道心を起こして出家を遂げ、それによって他人にも道心を起こすようにさせた物語」（『小木散逸』）などの見方がある。

内容については、若い頃の朱雀院が歌を詠み交わした入道関白女は後に大后宮となる。右大臣歌からは、文だけでもいただきたいと心に想う人があり、忍んで文を贈るも進展せず、石山寺の紅葉を見たり、時雨の空を眺めて涙し、「女」への恋心の不如意が仏道を志す気持ちを募らせていったことがうかがえ、「道心」に大きく関わることから右大臣が男主人公であろうか。他に、中納言も女から一度も返事を貰えなかったとあるが、これらの人間関係は明確でない。（那須）

宣旨、さとに侍けるに、たまはせける

心たかきの後冷泉院御歌

よとゝもにあかぬ別を身にしればゆきあひの空もあはれなる哉

〔校異〕宣旨―宣旨（歟）〈刈谷・龍大・藤井〉

〔現代語訳〕

宣旨が里居をしていました時に、お贈りなさいました

『心高き』の後冷泉院御歌

夜通し共にいてさえ飽き足りないほどの別れ難さを、私は常に感じているので、七夕二星が行き逢う夜空にも

しみじみと心が惹かれることです。

〔語釈〕 **○宣旨**　本義である勅旨を下達する意から、宮中の上臈の女官の呼称ともなり、また院宮や摂関家などに仕える上臈女官の呼称にもなった。ここは後冷泉院に仕える女房。里居する事情は不明。**○よとゝもに**　「よ」は「世」と「夜」の掛詞で、「常々」と「終夜」の意を掛ける。**○あかぬ別**　飽き足りない思いで別れること。「あかぬ」は「明かぬ」と「飽かぬ」の掛詞。「明く」は「夜」の縁語。

〔参考歌〕

①朝門あけてながめやすらんたなばたはあかぬ別の空を恋ひつゝ（『後撰集』秋上・二四九・貫之、『拾遺集』雑秋・一〇八四・貫之）

〔典拠〕『心高き』（散逸物語）。93番歌初出。　（那須）

みこにおはしましける時、大将女御にたまはせける

のちくゆるのみかどの御歌

おもひきやまれにあひみるたなばたにちぎりをとれるなげきせんとは

〔校異〕 のちくゆるのみかと―のちくゆるのみ（歟）かと〈陽乙〉後くゆるのかと〈内閣〉後悔のみかと〈林乙〉詞書―たなはたに―たなはたの（にイ）〈狩野〉七夕の〈刈谷・龍大・藤井〉なけきせん―なけきけん〈東大〉欠〈林戊〉

付記　神宮・林乙・林丁・林戊あり。

〔現代語訳〕

親王でいらっしゃった時、大将女御にお贈りなさいました

『後悔ゆる』の帝の御歌

思ってもみたでしょうか。まれにしか逢うことのない七夕二星、それにも劣る私たちの縁を嘆くことになろうなどと。

〔語釈〕 **○大将女御** 物語の女主人公。親が大将であったことによる命名か。**○おもひきや** 反語表現で、思ったであろうか、思いもしなかった。**○のちくゆる** 後悔する。**○ちぎりをとれる** 帝と大将女御が、七夕の二星に劣るほど、なかなか逢えないこと。縁が薄れたこと。

〔参考歌〕
①逢事の今夜過なば織女に劣りやし南恋はまさりて（『後撰集』秋上・二二七・敦忠）
②あふ事をあすになしても七夕にちぎりばかりはおとらざらまし（『匡衡集』九六）

〔典拠〕 『後悔ゆる』（散逸物語）。『風葉集』に六首入集。

『無名草子』に記述はなく、他の資料もない。題号について「散佚物語《鎌倉》」では、「娘の幸せの妨げをしていた過去を大将が後悔するところからきたもの」とする。また、「巌すら行き通るべきますらをも恋といふことは後の悔あり」（『万葉集』巻第十一・二三八六）との関わり（『秀歌選』）や、本来は『のちくゆる大将』であったか（『小木散逸』）との見方もある。『風葉集』六首からは「後悔ゆる」の歌句が見出せず、目出たい結末を迎える内容であり、題号由来は不詳である。一旦は切れた縁を後悔し、燻り続ける恋心によって復活する二人の仲を指して、「悔ゆる」に「燻ゆる」を掛けたことも考えられるか。また『栄花』巻第二十一に「後くゐの大将」の巻名が見えるが関連性は見出し難い。

親に結婚相手を決められていた大将女御と忍ぶ仲になった若い頃の帝は、何らかの事情でいったんは疎遠になるが結局結ばれて、後年誕生した大将女御の子は春宮に決定するという、「女の幸せを得る物語」（「散佚物語《鎌倉》」）である。

（那須）

梅つぼの女御心ならずえまいり侍らざりけるに、七日
つかはさせ給ける　　　ゆるぎのみかどの御歌

七夕のあはぬなげきを身につみてけふのちぎりをわれにかさなん

〔校異〕 えまいり―まいり〈龍大〉 みまつり〈神宮〉 えまいら（り）〈林乙〉 さりける―さりける〈神宮〉 あはぬ―あかぬ〈狩野〉 身に―もに〈林乙〉 われ―まれ〈蓬左・陽乙〉 かさなん―かさね（な）ん〈林乙〉

付記 神宮・林乙・林丁あり。

〔現代語訳〕

梅壺の女御が心ならずも参内できませんでしたので、七日に女御のもとへお遣りになられました
『ゆるぎ』の帝の御歌

七夕のように、なかなか会えずにいる嘆きをこの身に重ねてきているのだから、一年に一度七夕に会うという今日の逢瀬を、私に貸してくれないものだろうか。

〔語釈〕 **○心ならず** 自分の心からではなく。意に反して。不本意ながら。**○なげき** 「嘆き」と「投げ木」を掛ける。**○つみて** 「つむ」は、積もる、重なるの意。「なげき」の縁語で、「嘆きを積む」という措辞が用いられることもある（『歌ことば歌枕大辞典』）が、「身につみて」とするのは初例である。また、第一句「七夕」の縁語として、「つむ」に「錘む」を掛けるか。

〔参考歌〕

①あふことをならはぬ身にはたなばたのけふのちぎりもしらぬなりけり（『隆信集』三五）

〔典拠〕 『ゆるぎ』（散逸物語）。『風葉集』に二首入集。

物語名は「たかしまやゆるぎのもりのさぎすらもひとりはねじとあらそふものを」（『古今六帖』第六・四四八〇）、

「ひるよりもゆるぎのもりにすむさぎのやすきいもねずこひあかしつる」（『古今六帖』第六・四四八二）に拠ると考えられている。内容については不明。登場人物として、梅壺の女御、帝のほか、中務卿のみこの女（1416番歌・下句欠）が確認できる。

（東）

おなじ日、いとせちにおぼしめしける女につかはさせ

給ける　　さゝわけしあさの八条院御歌

わかれてのあすをばかけじ七夕のけふの心をわれにかさなむ

【校異】　日―目〈蓬左〉　せちに―せちに〈龍門〉　さゝわけしあさの八条院―さも（さ）わけし朝の八条院〈東大〉　さゝわけし朝の八条院（しのひねのみかとのイ）〈狩野〉　あす―あと〈嘉永〉

【現代語訳】

同じ日、大層熱心に思いをおかけになっていた女性にお遣りになられました

『笹分けし朝』の八条院の御歌

別れていく明日は考えずにおこう、年に一度だけは会えるという七夕の今日の喜ばしい気持ちを私に貸してほしいものだ。

【語釈】　**○おなじ日**　224番歌とおなじ七月七日。**○せちに**　しきりに。ぜひに。切に。**○女**　物語中での位置は不明。右大臣女か。（『事典』）**○八条院**　「冬の御殿」で詩歌の宴を主催しており（405番歌〈典拠〉参照）、『源氏』六条院のような四方四季の広大な院に住んでいたと目される。**○かけじ**　「懸く」は心にかけるの意。心にかけるのはやめよう。考えずにおこう。

【参考歌】

①あはずしておもひしよりはたなばたはあかずわかれてのちぞわびしき（『亭子院殿上人歌合』八）
②としにあひてうれしきけふの心をばたなばたつめのわれにかさなん（『言葉和歌集』雑上・二七三・公光）

〔典拠〕　『笹分けし朝』（散逸物語）。22番歌初出。　（東）

御心ならず一条院の一品宮にわたり給べきよしきこえ侍ける比、女二の宮に、きかせたまふ事侍らんをなどか、とて
さごろものみかどの御歌

おれかへりおきふしわぶるしたおぎのすゑこす風を人のとへかし

〔校異〕　たまふ事―たまふへき事〈日甲〉　わふる―そふる〈静嘉〉

〔現代語訳〕

不本意ながらも一条院の一品宮のもとにお通いになるだろうとのことがうわさになりました頃、女二宮に、お聞きになっていらっしゃることがありますでしょうにどうして何もお尋ねにならないのですか、といって
『狭衣』の帝の御歌

折れ曲がって起き伏ししかねている荻の先を吹き越していく風のように、つらい気持ちで寝起きもままならない私に降りかかってきた意に染まぬ縁談について、どういうことなのかと尋ねてほしいものです。

〔語釈〕　**○おきふし**　起きたり寝たりすること。また、寝ても覚めても絶えず、常に、の意。ここでは、風にそよいで吹き倒される荻、嘆きのたえない狭衣自身、それぞれの様子をいう。**○わぶる**　侘ぶ、歎く、の意。また、ほかの動詞に付いて、その行為がひどくつらいもので思い悩む、苦しく耐えかねる、の意を表す。**○したおぎ**　他の

草木の下に隠れて生えている荻のこと。ここでは、がくりと折れる荻の様子を、意に染まぬ縁談に沈み込み嘆く狭衣自身に例える。荻は湿地に群生するイネ科の多年草で、秋、黄褐色の大きな花穂をつける。『万葉集』に三例確認できるが、『古今集』には所収なく、『古今集』以降、『後撰集』以前に秋の歌材として急浮上したものらしい。「葦辺なる荻の葉さやぎ秋風の吹き来るなへに雁鳴き渡る」（『万葉集』巻一〇・二一三四）を嚆矢として、荻の葉のそよぎ、風にそよぐ葉音によって秋の気配を感じるという発想類型で用いられることが多い（228番歌）。また、『新古今集』になると、荻と風・露に寄せて無常観を表出する227番歌のような詠歌も見られるようになる。『狭衣』以前に「下荻」の用例が見られるのは、参考歌①のみである。『狭衣』以降、当該歌を下敷きに「おきふし」「末こす風」と合わせて用いられる歌語としての「下荻」が定着していく。**○すゑこす風**　葉末を吹き越す風。源順の「荻の葉の末こす風の音よりぞ秋のふけゆく程はしらるる」（『源順集』一四八）が早い例として確認できるが、新古今時代に入って好まれた歌語である。ここでの「風」は、狭衣と一品宮の縁談を例えていう。**○かし**　念を押す意。相手の同意を求めて訴えたり、依頼したりする場合に用いる。

〔参考歌〕

①ほのめかす風につけても下荻のなかばは霜にむすぼほれつつ（『源氏』夕顔巻・軒端荻）

〔典拠〕『狭衣物語』（84番歌初出）巻三。

当該歌は、一品宮との縁談に苦悩する狭衣が、中納言典侍に託した女二の宮への文に記された歌。

細やかなる端つ方に、「この頃は、聞きたまふことも侍らんものを、などか。
　折れ返り起き臥しわぶる下荻の末越す風を人の問へかし」（新全集）

参考　旧大系…折れ返り起き臥し侘ぶる下荻の末越す風を人の問へかし
　集成……折れかへり起きふしわぶる下荻の末越す風を人のとへかし

〔他出〕『物語二百番歌合』（前百番）七十三番右。

（東）

この御ふみのかたはらに　　嵯峨院の女二のみこ

したおぎの露きえわびしよな〳〵もとふべきものとまたれやはせし

〔校異〕 御ふみ―ふみ〈嘉永〉 女二のみこ―○女二のみこ〈東大〉○女（イ）二のみこ〈狩野〉二のみこ〈明大〉 きえ―さへ〈天理〉

〔現代語訳〕

この御文のわきに　　嵯峨院の女二のみこ

下荻の露が消えていくような心細さで過ごしたやるせない夜な夜なでも、あなたが訪ねてくるものと期待されたでしょうか。私があなたに尋ねることも、それと同じように期待できないことなのです。

〔語釈〕 ○わびし やるせない。悲しい。つらい。やりきれない。 ○とふ 「訪ふ」と「問ふ」の掛詞。

〔参考歌〕

①はかなしともどきし人はきえにけりをぎのきはのつゆもさながら（『山田法師集』一二三）

②てにとらばたまらずきえむつゆによりをぎふくかぜのおどろきやせむ（『大斎院御集』三八六）

③ことづてもとふべきものを初雁のきこゆる声ははるかなりけり（『貫之集』三八七、『古今六帖』第六・四三六六）

〔典拠〕 『狭衣物語』（84番歌初出）巻三。

狭衣からの文（226番歌）を目にした女二の宮がその文に書き込んだ歌。

宮つくづくと思し出づること多かる中に、この「末越す風」のけしきは、過ぎにしその頃もかやうにやと、少し御目留らぬにしもあらで、筆のついでのすさみに、この御文の片端に、

夢かとよ見しにも似たるつらさかな憂きは例もあらじと思ふに

「起き臥しわぶる」などあるかたはらに、

下荻の露消えわびし夜な夜なも訪ふべきものと待たれやはせし
身にしみて秋はしりにき荻原や末越す風の音ならねども

など、同じ上に書きけがさせたまひて、細やかに破りて、（以下略）（新全集）

参考　旧大系…夢かとよ見しにも似たるつらさかな憂きは例もあらじと思ふに
身にしみて秋は知りにき荻原や末越す風の音ならねども
下荻の露消えわびし夜な〳〵も訪ふべき物と待たれやはせし

集成……夢かとよ見しにも似たるつらさかな憂きはためしもあらじと思ふに
下荻の露消えわびし夜な夜なもとふべきものと待たれやはせし
憂き身には秋もしらるる荻原や末越す風の音ならねども

【他出】『物語二百番歌合』（前百番）十五番右。　（東）

うき身には秋ぞしられし荻原やすゑこす風のをとならねども

【校異】うき身には―うき身には（身にしめてイ）〈国研〉　秋そしられし―秋そ（も）しられし（りにきイ）〈国研〉　荻―萩（荻か）〈伊達・龍門〉萩（荻）〈松甲〉　こす―こそ〈伊達〉こそ（す）〈国研〉　風―なみ〈蓬左〉浪〈陽乙・内閣〉風（浪イ）〈天理・東大〉

【現代語訳】

つらいことの多い身の上には、秋の寂しさ、飽きられる悲哀がしみじみと感じられたものです。荻の野原を吹き抜けて秋を知らせる、風の葉音を聞いたというわけではないけれども。

【語釈】　**○うき身**　憂き身。つらいことの多い身の上の意。**○秋**　「秋」と「飽き」の掛詞。**○荻原**　荻が一面に生えた野原。**○うき身には秋ぞしられし**　『狭衣』諸本では、古本系（旧大系、新全集）は「身にしみて秋はしりにき」、流布本（集成）は「憂き身には秋もしらるる」とある。『物語前百番』（穂久邇文庫本）は「うき身には秋そしられし」となっており、『風葉集』と一致する。

〔参考歌〕
①かぜふかぬうらみやすらんうしろめたのどかにおもふをぎはらのたま（『実方集』三）
②荻原や軒ばのつゆにそほちつつ八重たつ霧を分けぞゆくべき（『源氏』夕霧巻・夕霧）
③松虫のこゑをたづねて来つれどもまた荻原のつゆにまどひぬ（『源氏』手習巻・中将）

〔典拠〕『狭衣物語』（84番歌初出）巻三。
　物語中では、嵯峨院の女二のみこが227番歌の後に書き付けた歌。227番歌〔典拠〕参照。

〔他出〕『物語二百番歌合』（前百番）三十一番右。

（東）

229

しのびてしらかはの院に侍けるに、物思ふ秋はあまたありしかど、いとかうはあらざりきかし、とながめわびて　ねざめのひろさはの准后

しほれわびわがふるさとの荻のはにみだるとつげよ秋のはつかぜ

〔校異〕院に―院の｜（にイ）〈狩野〉かう―かく｜（う一本）〈丹鶴〉かく〈天理〉あらさりきかし―あらさりきか〈天理・東大〉あらさりしきかし〈明大〉あらさかきかし〈龍門〉ねさめのひろさはの准后―欠〈京大〉荻―はき〈陽乙・内閣〉萩〈蓬左・清心・刈谷〉お｜（はイ）き〈彰甲〉

〔現代語訳〕　人目につかないようこっそりと白河院におりました時に、物思いに沈む秋はいくつもあったけれど、まったくこれほどまでではなかったことよ、とぼんやりと物思いに沈んで辛くなって

『寝覚』の広沢の准后

すっかり気落ちして、しおれかえって私は過ごしていますが、私の故郷の荻の葉に、その葉が風に乱れるように、私の心も思い乱れていると告げておくれ、秋の初風よ。

〔語釈〕　**○しのびてしらかはの院に侍ける**　このとき寝覚の上は何らかの事情（彼女に思いを寄せる冷泉院の陰謀か）により白河院に幽閉され、家族との連絡がとれない状態にあったようだ。ここから脱出するために『無名草子』などで知られる有名な「偽死」事件が起こったと考えられる。**○物思ふ秋**　「木の間よりもりくる月の影みれば心づくしの秋はきにけり」（『古今集』秋上・一八四・読人不知）とあるように、『古今集』以来、秋は物思いをする季節だという発想がある。「わきてこの暮こそ袖は露けけれもの思ふ秋はあまたへぬれど」（『源氏』葵巻）を踏まえるか。**○ひろさはの准后**　『寝覚』の女主人公である寝覚の上のこと。87番歌参照。**○しほれわび**　「萎れ」て「侘ぶ」こと。用例は少なく、『後鳥羽院御集』で集中して用いられている。中世の一時期に流行した歌語か。悩んで精神的に衰弱しているさまを表す。**○わがふるさと**　「故郷」の意と「我が経る」の意が掛けられている。**○はつかぜ**　季節の初めに吹く風。秋について言うことが多い。なお、『夜寝覚抜書』『物語後百番』では「夕風」になっている。

〔参考歌〕　なし。

〔典拠〕　『夜の寝覚』。51番歌初出。『寝覚』は中間と末尾に大幅な欠脱を含む（詳細は51番歌〔典拠〕参照）。

本歌はその欠脱した末尾で詠まれたもの。ただし『夜寝覚抜書』（87番歌参照）にある。当該箇所を次に挙げる。

あはれ我を思いづる人もあらむかし。三位中将山ふかくあとをたちたえこもりたらむ心□しのほどよ。いかでゆめ□うちにも、□くてあるぞとしらせてしがな。おさなき人のさま〴〵恋しさなど、身をせむるやうに、

いとたへがた□にも、ものおもふ秋はあまたへにしかど、いとかくしもは、おぼえざりきかし。

しほれわびわがふるさとのおぎの葉にみだるとつげよあきのゆふかぜ

しらざりし山ぢの月をひとりみて世になき身とやおもひいづらむ

（ただし、ここに付されている「しらざりし」歌は別場面のもの。後出1270番歌参照）。

（江口）

〔他出〕『物語二百番歌合』（後百番）九番右。

一品宮にゑどもたてまつる中に、せりかはの大将のとをきみの女一宮思かけたる秋のゆふべかきたるに思よせらる、ことやありけん、かきてそへまほしかりける

〔かほる大将〕

おぎのはに露ふきむすぶ秋風もゆふべをわきて身にぞしみける

〔校異〕 ゑとも―絵なと〈静嘉・川口・国研〉 かきたる―かたたる〈内閣〉 思よせらる、―思ひよそへらる、〈天理・東大・明大・狩野〉 ありけん―ちりけん〈川口〉 まほしかりける―まほしかりけり〈日甲・狩野〉 かほる大将―欠〈京大〉 おき―萩〈内閣〉 ゆふへを―ゆふへを｜（は歟）〈京大・陽甲・陽乙・彰甲・松甲〉 ゆふへを｜（はイ）〈宮甲・清心・篠山〉 ゆふへは〈蓬左・天理・東大・狩野・明大・内閣〉 夕へは〈嘉永〉 夕は〈狩野〉 ゆふへを｜（は歟はイ）〈田中〉 夕へを｜（は一本）〈丹鶴〉 ゆふへを｜（はか）〈伊達〉 身にそ―身をそ〈田中〉

〔現代語訳〕

一品宮に差し上げる絵の中にあった、『芹川』の大将のとを君が、女一宮に懸想している秋の夕暮れが描

いてある絵に、思い合わされることでもあったのだろうか、歌を書いて絵に添えたくて
薫大将
荻の葉に露を吹き集める秋風にも、夕暮れ時はとりわけあなたへの恋しさが身に染みることですよ。

〔語釈〕 **○一品宮** 冷泉帝の女一宮。薫の妻である女二の宮の姉。薫は以前からこの女一宮に思いを寄せていた。**○せりかはの大将** 『芹川』は散逸物語の一つ。「とをきみ」は主人公である大将の子息の名か。「とをきみ」が女一宮に懸想する様に、薫自身の女一宮への思慕を重ね合わせる。**○ゆふべをわきて** 『源氏』『物語後百番』では「夕べぞわきて」とある（『源氏』当該部に諸本による異同なし）。「わきて」は副詞で、とりわけ、ことさらの意味。

〔参考歌〕
①をぎ風に露吹きむすぶ秋の夜は独ねざめのとこぞさびしき（『和泉式部続集』四一〇）

〔典拠〕 『源氏物語』（2番歌参照）蜻蛉巻。当該箇所を次に挙げる。
その後、姫宮の御方より、二の宮に御消息ありけり。御手などのいみじううつくしげなるを見るにもいとうれしく、かくてこそ、とく見るべかりけれと思す。あまたをかしき絵ども多く、大宮も奉らせたまへり。大将殿、うちまさりてをかしきども集めて、まゐらせたまふ。芹川の大将のとほ君の、女一の宮思ひかけたる秋の夕暮に、思ひわびて出でて行きたる絵をかしう描きたるを、いとよく思ひ寄せらるるかし。かばかり思しなびく人のあらましかばと思ふ身ぞ口惜しき。
荻の葉に露ふきむすぶ秋風も夕ぞわきて身にはしみける
と書きても添へまほしく思せど、さやうなるつゆばかりの気色にても漏りたらば、いとわづらはしげなる世なれば、はかなきことも、えほのめかし出づまじ。

〔補説〕
○散逸物語『芹川』について

当該歌詞書は右に挙げた『源氏』本文によっている。そこの「芹川の大将のとほ君」は、『芹川の大将』という物語があって、主人公は「とお君」のように解される。ところが『更級』では作者のもとへ『源氏』が贈られてきた場面で「源氏の五十余巻、櫃に入りながら、ざい中将、とをぎみ、せり河、しらゝ、あさうづなどいふ物語ども、一袋とりいれて、えてかへる心地のうれしさぞいみじきや。」とあり、『とほぎみ』と『せり河』という別個の物語のように表記されている。この問題には島津久基氏、玉上琢彌氏をはじめさまざまな説が従来から出され、玉上氏は「『とほ君物語』の女一の宮に『せり川物語』の大将が思いをかけた」（『源氏物語研究　源氏物語評釈別巻一』角川書店、一九六六）という大胆な指摘をされている。しかし、ここでは『風葉集』の編纂者がどのような意識であったかのを考えたい。『源氏』の古注釈である『河海抄』には次のようにある。

せりかはの大将のとをきみの女一の宮思ひかけたる秋の夕くれに

古物語歟水原抄云遠君歟云々或又十君云々此儀行成卿自筆本をみ侍りしはせり川の中将とありき恵心僧都の勧女往生文といふ物にいまめきの中将長井の侍従伏見の翁なと云古物語ありといへり是皆今の世に不伝此せり川の中将さやうのたくひ歟

『河海抄』では「せりかはの大将」で一つの物語名とみなし、むしろこの物語名が「せり川の中将」ではないかという不審を指摘している。また、『水原抄』が引用されているが、そこでも「とほぎみ」を物語名と解釈せず、「遠君」か「十君」という大将の息子の名前として解釈している。この解釈は『河海抄』以降の古注釈においても同様である。『風葉集』と古注釈の成立にはなお隔たりがあるが、ここでは古注釈に則った解釈にとどめておくべきであろう。

（江口）

〔他出〕『物語二百番歌合』（後百番）九番左。

231

人のわづらひけるとぶらひにまかりて、むかし思いでらるゝ事やありけん、おぎのうは風のわたるにしたがひて、ほろ〳〵とこぼるゝ露に涙もさそはれぬる心地して

風につれなきの太政大臣

秋風やむかしをかけてさそ〔か〕ふらんおぎのうはゞの露もなみだも

〔校異〕 むかし―むかしを〈刈谷・龍大・藤井〉おき―荻〈国研〉いてらる、―いて、らる、〈嘉永〉いつる〈明大〉うは風―うは、（ナシイ）風〈狩野〉わたるに―わたる〈天理・東大〉いたるに〈刈谷・龍大・藤井〉こほるゝ―こほらる〈丹鶴〉しほるゝ〈龍大〉露に―露も〈嘉永・明大〉露も（にイ）〈天理・東大〉つゆも（にイ）〈狩野〉涙も―なみたも（一本）〈丹鶴〉なみたに（もイ）〈天理・東大・狩野〉なみたに〈明大〉さそはれぬる―さそはぬるゝ（れぬるイ）〈清心〉さそはるゝ〈田中・日甲・静嘉・川口・国研〉さそはるゝ（れぬる一本）〈丹鶴〉さそはれふ（ぬイ）る〈天理・東大〉さそふ―かそふ〈京大・陽乙〉おき―荻〈国研・内閣〉

〔現代語訳〕 ある人が病気になった時、お見舞いに参りまして、昔を思い出される事でもあったのでしょうか、荻の上葉に風が吹き抜けるにしたがって、ほろほろと葉からこぼれ落ちる露に、涙も誘われてしまう心地がして

『風につれなき』の太政大臣

秋風が昔を思い出させるように誘うからでしょうか、荻の上葉の露も、私の涙もこぼれ落ちてしまうことです。

〔語釈〕 **○人の**　誰のことであるか当該歌だけではわからない。次の歌が返歌であるならば、その詞書から冷泉院の一品宮ということになる。病気の一品宮を太政大臣が見舞ったか。**○おぎのうは風**　荻の上葉を吹き抜ける風の

こと。荻の葉が風にそよぐ音は秋の訪れを感じさせる。**〇太政大臣**　『風につれなき』の主要人物の一人。女主人公である女院の義兄であり、彼女に思いを寄せるが報われない。**〇むかしをかけて**　「かく」は心にかけること。詞書との対応から、ここでは秋風が人に昔を心にかけさせる、つまり昔を思い出させるの意であろう。また、風が昔から今にかけて時を越えて吹いてくるというイメージも付帯している。**〇おぎのうはゞの露もなみだも**　「おぎ」「露」「なみだ」は縁語。

〔参考歌〕

①つねよりもまた濡れ添ひし袂かなむかしをかけてをちし涙に（『千載集』哀傷・五六六・赤染衛門）

〔典拠〕『風につれなき』（首部のみ存）。52番歌初出。当該歌は散逸部分にあたる。　（江口）

かくわたれるよしきこえければ　　冷泉院一宮

うしとのみおもひはてにし秋風にそよめく荻の音ぞかなしき

〔校異〕わたれる―わたれる〈伊達〉　よし―よ虫〈松甲〉　そよめく―そは（よ）めく〈狩野〉　荻―萩〈内閣〉

〔現代語訳〕

このように太政大臣が参ったことを申し上げたので　　冷泉院一宮

ただただ辛いことだったと思い決めてしまっていたはずなのに、秋風にそよそよとそよぐ荻の音が揺れ動く私の心のようで、それが悲しい。

〔語釈〕　**〇冷泉院一宮**　『風につれなき』の現存部分には登場しない人物。太政大臣と共に女主人公を思慕する吉野院の異母姉妹にあたる。あるいは吉野院皇女との説もある（『笠間中世王朝6』解題）。一宮と一品の宮は別人である可能性もあるが、658・666・668では「一品の宮」とあることから、ここでは「品」字が脱落したと考えられる。なお、一品の宮、女二宮については305番歌〔補説〕参照。**○おもひはて**　「思い果つ」。そういうものだと思い決めてしまうこと。**○そよめく荻の音**　荻の葉擦れの音が、ここでは昔の恋人の訪れに動揺する心を表している。

〔参考歌〕

①荻の葉のそよぐ音こそ秋風の人に知らるゝ始なりけれ（『拾遺集』秋・一三九・貫之）

②おとづれぬひとの心の秋やなほいかなるをぎのはかはそよめく（『赤染衛門集』五一六）

〔典拠〕『風につれなき』（首部のみ存）。52番歌初出。

当該歌は散逸部分に当り、231番歌の返歌に当たるか。

〔補説〕

○『風につれなき』の太政大臣と一品宮

231、232は現存の『風につれなき』には見られない歌である。並記されたこれらの歌を贈答歌と見るならば、太政大臣と一品宮とはかつてただならぬ関係にあったと考えられる。一品宮が没する直前には関白に歌を贈っている（658）ことから、太政大臣との関係は過去のものであり、病気に伏した現在においては関白と親密な関係にあるようだ。詳細は不明であるが、二度と会いたくはないくらい辛い別れをした過去の恋人からの見舞いに、それでもこうして対応している自分を自嘲するかのような思いが当該歌には込められているか。

（江口）

233

のわきたちたるゆふべ、きりつぼの更衣のはゝのもと
につかはさせ給ける　　源氏のさかきの院御歌

宮木のゝ露ふきむすぶ風の音に小萩がもとを思ひこそやれ

〔校異〕 たちたる―たちける〈天理・東大・狩野〉もとに―もとへ〈天理・東大・明大・狩野〉さかきの院―さかの院〈陽甲・清心・篠山・彰甲・伊達・龍門・松甲・刈谷・龍大・藤井〉さかき（歟）の院〈宮甲〉さかの院の〈蓬左・陽乙・内閣〉さかの院（さかの院可考）〈田中・日甲〉さかの院（可考）〈川口・国研〉さかき（カ）の院〈丹鶴〉宮木の、―宮き野は〈狩野〉小萩―小荻〈嘉永・清心・国研・龍門〉

〔現代語訳〕

野分の吹いた夕方、桐壺の更衣の母のもとにお遣わしになりました

『源氏』の賢木の院御歌

宮城野の露を吹き集める風に、小萩のことが気がかりになるように、宮中を吹く風の音に私の涙は誘われて、若宮は今頃どうしているかと思いやられます。

〔語釈〕 **○のわき** 秋から初冬にかけて吹く強い風のこと。**○源氏のさかきの院** 桐壺帝のこと。『源氏』の賢木巻で崩御することに由来するか。『物語前百番』における詠者名は「故院」。**○宮木の** 宮城野。現在の宮城県仙台市の東部。萩の名所であり歌枕となった。ここでは宮中の意も表す。**○露ふきむすぶ** 風によって萩の葉の上の露が玉を作るさまを表す。「露」は涙を暗示させる。**○小萩** 「小」に「子」の意を掛け、幼い子の喩えに用いられる。ここでは光源氏のこと。

〔参考歌〕

①宮木野のもとあらの小萩つゆをおもみ風をまつごと君をこそまて（『古今集』恋四・六九四・読人不知）

②あらくふく風ぞいかにとみや木ののこはぎがうへを露もとへかし（『赤染衛門集』三五七・詞書「野わきしたるあしたに、をさなき人をいかにともいはぬをとこにやる人にかはりて」）

〔典拠〕 『源氏物語』（2番歌参照）桐壺巻。

当該歌は桐壺帝から桐壺更衣の母へ贈られたものである。当該箇所を次に挙げる。

野分だちて、にはかに肌寒き夕暮のほど、常よりも思し出づること多くて、靫負命婦といふを遣はす。（中略）

「目も見えはべらぬに、かくかしこき仰せ言を光にてなん」とて見たまふ。ほど経ばすこしうちまぎるることもやと待ち過ぐす月日に添へて、いと忍びがたきはわりなきわざになん。いはけなき人をいかにと思ひやりつつ、もろともにはぐくまぬおぼつかなさを。今は、なほ、昔の形見になずらへてものしたまへ。

などこまやかに書かせたまへり。

宮城野の露吹きむすぶ風の音に小萩がもとを思ひこそやれ

とあれど、え見たまひはてず。

〔補説〕

○「さかきの院」の呼称について

桐壺帝の歌は『風葉集』内に233・638・726の三首が入集している。〔語釈〕でも触れたように、『物語前百番』では「故院」と記されている桐壺帝であるが、『源氏』の古注釈においても「桐壺帝」「桐壺院」「故院」と記され、「賢木の院」とするものは管見に及ぶ限りでは見当たらなかった。「桐壺帝」という呼称は為氏本古系図に基づくものであり、『風葉集』編纂当時は一般的でなかった可能性はあるが、『物語前百番』のように「故院」とせずにあえて巻名を加えたのは、『風葉集』編者の創意の表れであるかもしれない。（乾澄子「『風葉和歌集』における『源氏物語』歌についての覚書（一）『研究報六』参照）。

○『風葉集』秋部における「萩」歌について

「萩」歌は『歌ことば歌枕大辞典』にも記すように、『万葉集』において植物を詠んだものとしては、最も多い一四〇首ほども入集しており、花を「鹿」や「露」と取り合わせて詠んでいる。この詠み方は『古今集』以降引き継がれ、「萩の下露」は「荻の上風」とともに、秋の風情を表す象徴的な表現となった。歴代の勅撰集では、「荻」歌に対して「萩」歌の方が多いのが常であったが、『風葉集』の「荻」歌は216・217番歌の二首と、「七夕」歌を挟んで226～232番歌まで七首が配されているのに対して、「萩」歌はこれに続く233～235番歌までの三首で、「萩」歌の方が遙かに少ない。『風葉集』の「荻」歌を見ても窺えるように、「荻」は「風」と取り合わせて「乱れ」「露」などが詠まれて、物思う人心に通じるもので、物語歌には相応しい歌材だったと言えよう。一方「萩」は、「鹿」の花妻と呼ばれ、また「露」「月」などとの取合せで恋情を連想させる側面もあったが、物語歌としては、233番歌参考歌①に挙げた『古今集』所収歌及びその影響下に詠まれた『源氏』の当該歌の影響が強く、「小萩」に限定されることが多いため、歌数としては少なくなってしまったのではないか。（江口）

【他出】『物語二百番歌合』（前百番）五十六番左。

関白すみわたりてのち、皇太后宮にあからさまにまいりて侍けるあした、かの宮より、露ぞこぼるゝ秋はぎの花、との給はせて侍ける、御かへし

あさくらの皇太后宮大納言

宮木のゝこはぎが花の露みればしかたちなれし秋ぞ恋しき

【校異】あからさまに―あからさまに○（歟）〈天理〉あからさまに○（イ）〈東大〉　の給はせて―の給はせ〈天理・東大〉たまはせて〈清心・静嘉・川口・国研〉　花―本〈狩野〉　しか―しは（かイ）〈天理・東大〉しは〈明大〉し〈静嘉・川口・国研〉

〔現代語訳〕
関白が通っていらっしゃるようになったあと、皇太后宮にちょっと参上しました翌朝、かの宮から「秋萩の花から露がこぼれています」とおっしゃいました、御返しに
『朝倉』の皇太后宮大納言
宮中の小萩の花の露を見ると、私もお仕えして慣れ親しんでいた頃の秋が恋しゅうございます。

〔語釈〕 **〇関白** 皇太后宮大納言の恋人。39番歌〔典拠〕参照。**〇かの宮** 皇太后宮。39番歌〔典拠〕参照。**〇露ぞこぼるゝ秋はぎの花** 皇太后宮の贈歌。小木喬氏は、当該歌と『物語後百番』318番歌から、「秋はぎ」を式部卿宮と皇太后宮大納言との間に誕生した姫君の譬えではないかと推測している（『小木散逸』）。〔参考歌〕②③を念頭に置けば、当該歌の「秋はぎ」「こはぎ」が子どもを譬えている可能性は高い。しかし、現存資料からは判断がしがたいため、ここでは植物の萩の花の意でのみ解しておく。◇参考「みながらに露ぞこぼるるわがやどのもとあらのこはぎ秋ぞはてぬる」（『弁乳母集』九九）。**〇皇太后宮大納言** 『朝倉』の主人公と目される女性。**〇宮木の** 233番歌〔語釈〕参照。**〇しか** 「鹿」と「然（そのように）」の掛詞。「鹿」は「萩」の縁語。

〔参考歌〕
①233番歌〔参考歌〕①に同じ。
②宮城野の露吹きむすぶ風の音に小萩がもとを思ひこそやれ（『源氏』桐壺巻・二・桐壺帝）
③233番歌〔参考歌〕②に同じ。

〔典拠〕『朝倉』（散逸物語）。39番歌初出。

（鹿谷）

しきの物語中に　　月のみかどのおほむ〔・〕うた

しの原や露わけ衣袖ぬれてうつりにけりな萩が花ずり

〔校異〕 月―風〈明大〉 おほむうた―おほうた〈京大・宮甲・陽乙・田中・日甲・静嘉・川口・国研・篠山・龍門・内閣〉 おほか《ヒ》〈う〉た〈陽甲〉 おほか〈う歟〉た〈彰甲〉 おほかた〈陽乙・伊達・松甲〉 しの原―忍はら〈篠原イ〉〈天理・東大〉 露わけ衣―露わけ花《ヒ》〈衣〉〈陽甲〉 萩―荻〈萩歟〉〈陽乙〉 荻〈蓬左・田中・清心・龍門・明大〉

付記 神宮・林乙・林丁あり。

〔現代語訳〕

『四季ものがたり』の中に　月の帝の御歌

篠原よ。草葉の露を分けて歩いた衣の袖がぬれて、うつってしまったのだなあ、萩の花を摺りつけた色が。

〔語釈〕 **○月のみかど** 『四季ものがたり』は、季節の景物を擬人化して歌を詠ませるという趣向の作品かと思われる。「月の帝」も、月を帝に見立てた呼称。**○おほむうた** 底本「おほうた」。「む」の無表記とも思われるが、「む」を補った。**○露わけ衣** 露の置く草葉を分けて歩いたために濡れた衣。初例は「夏草の露別け衣着けなくに我が衣手の乾る時もなき」（『万葉集』巻十・一九九四）である。ただし、この歌以降の用例は十二世紀まで見られない。新古今歌人の詠作には多いので、この頃、再認識された歌語か。なお、「萩」とともに詠まれた初例は〔参考歌〕③である。**○花ずり** 萩または露草などの花を衣に摺りつけて、色を染め出すこと。「萩が花ずり」は、〔参考歌〕①に挙げた催馬楽に拠る表現。

〔参考歌〕

①更衣せむや　さきむだちや　我が衣は　野原篠原　萩の花摺や　さきむだちや（催馬楽）

②今朝来つる野原の露にわれぬれぬうつりやしぬる萩が花摺り（『後拾遺集』秋上・三〇四・範永）

③宮城のの露わけ衣おもけれどしぼらでぞみる萩が花ずり（『玄玉集』巻七・六五〇・宗円）

〔典拠〕『四季ものがたり』（散逸物語）。59番歌初出。

（鹿谷）

一条のみやすどころのをのにすみ侍けるに、まかりてとまりて侍けるを、心あるさまに思て、しほるゝのべをいづくとて、と申て侍ければ　ゆふぎりの左大臣

秋の野の草のしげみをわけしかどかりねの枕むすびやはせし

〔校異〕一条―一条院〈宮甲・蓬左・陽乙・嘉永・田中・清心・日甲・静嘉・川口・国研・丹鶴・伊達・龍門・天理・東大・明大・内閣・刈谷・龍大・藤井〉八｜（一イ）条院〈狩野〉みやすところの―御息所〈天理・東大・明大・狩野〉み虫ところの〈松甲〉をのに―小野の｜（にイ）〈狩野〉まかりてとまりて侍けるを―まかりてとはりて侍けるを〈内閣〉まかりてとまりて侍けるを｜（イ）〈天理・狩野〉まかりてとゝ｜（ナシ一本）まりて侍けるを〈丹鶴〉まかりて侍けるを〈刈谷・龍大・藤井〉まかりてと虫りて侍けるを〈松甲〉まかりてとまりて侍けれ｜（るイ）を〈東大〉欠〈明大〉思て―とて〈龍門〉とて―とも｜（てイ）〈狩野〉ゆふきり―ゆふきり〈国研〉わけしかと―かけしかと〈内閣〉せし―けし〈東大〉

〔現代語訳〕一条御息所が小野に住んでおりました所に、お見舞いに来て一夜泊りましたのを、御息所が何か事情がある様子だと心配して、「しおれている野辺を一体どこだと思って」と申しましたので　夕霧の左大臣

秋の野の草の茂みに分け入りましたが、旅寝をして、かりそめの契りを結んだでしょうか、いや結んでいません。

〔語釈〕 **○一条のみやすどころ** 朱雀帝の更衣。女二宮の母。**○まかりてとまりて侍ける** 小野の山荘に出向いた夕霧が女二宮と一夜をともにしたと聞いた一条御息所は、翌日訪れようとしない夕霧の薄情さを詰って文を贈る。夕霧は、翌日の暮れ方に当該歌を贈った。〔典拠〕参照。**○心ある** 事情がある。「胸つぶれて、一夜のことを、心ありて聞きたまうけると思すにいとほしう心苦し」と夕霧巻にある。**○しほるゝのべをいづくとて** 夕霧の訪れがないことを恨んで一条御息所が詠みかけた歌「女郎花しをるる野辺をいづことてひと夜ばかりの宿をかりけむ」（夕霧巻）のこと。女二宮を女郎花に喩え、しょんぼりしている女二宮の住居を一体どこだと思って、一夜限りお泊まりになったのですか、の意。「いづくとて」は『源氏』では、青表紙本系の三条西家本のみこの形であり、ほかは河内本系・別本系も含めて「いづことて」である（『源氏物語大成』）。**○左大臣** 夕霧は、当該場面では大納言兼左大将。なお、夕霧を「左大臣」と表記することについては125番歌〔語釈〕を参照。**○しげみを** 「いづくとて」と同じく、『源氏』では三条西家本のみこの形であり、他本は「しげみは」である（『源氏物語大成』）。**○かりね** 「刈根」と「仮寝」を掛ける。「仮寝」はうたたね、または旅寝。ここでは「かりそめの契り」の意を伴う。**○枕むすび** 「枕結ぶ」は、枕にするために草を束ねて結ぶ、旅寝をする意。「仮寝」「枕」「むすび」は「草」の縁語。

〔参考歌〕

①まくらとて草ひきむすぶこともせじ秋の夜とだにたのまれなくに（『業平集』三二）

〔典拠〕 『源氏物語』（2番歌初出）夕霧巻。

夕霧が落葉の宮に一夜泊まった後、一条御息所が不安に思って夕霧に贈った手紙を雲井の雁に奪われたが、ようやくその手紙を見つけ、あわてでしたためた返事の歌が当該歌。当該箇所を次に示す。

やがて出で立ちたまはむとするを、心やすく対面もあらざらむものから、人もかくのたまふ、いかならむ、坎日にもありけるを、もしたまさかに思ひゆるしたまはば、あしからむ、なほよからむことをこそ、とうるはしき心に思して、まづこの御返りを聞こえたまふ。「いとめづらしき御文を、かたがたうれしう見たまふるに、この御咎めをなん。いかに聞こしめしたることにか。

秋の野の草のしげみは分けしかどかりねの枕むすびやはせし

明らめきこえさするもあやなけれど、昨夜の罪はひたや籠りにや」とあり。宮には、いと多く聞こえたまて、御廐に足疾き御馬に移鞍置きて、一夜の大夫をぞ奉れたまふ。（鹿谷）

うつほの朱雀院御歌

をみなへしをよませ給ける

うすくこく色づくのべの女郎花うへてやみまし露のこゝろを

〔校異〕 をみなへし―をみなめし〈天理・東大〉 御歌―欠〈清心〉 女郎花―をみなめし〈東大〉 みまし―みに（まイ）し〈天理・東大・狩野〉 みにし〈明大・蓬左〉

付記 國學あり。

〔現代語訳〕

女郎花をお詠みになりました　『うつほ』の朱雀院の御歌

薄く濃く野辺に色づいている女郎花を我が庭に植えて、そこに置く露の心を見たいものよ。

〔語釈〕 **○をみなへし**　秋の七草の一つ。ここから240番歌まで、「女郎花」歌群となる。当該歌では仁寿殿女御を譬える。**○朱雀院**　当該場面では在位。**○うへてやみまし**　「まし」は「や」などの疑問の意を表す語とともに用いて、決断しかねる意を表す。**○露のこゝろ**　「露」はここでは藤原兼雅の譬え。仁寿殿女御に思いを寄せていたことがある。「女郎花」と「露」を夫婦・恋人などの親しい男女に見立てることは、「女郎花にほふあたりにむつるればあやなく露や心置くらん」（『拾遺集』秋・一五九・能宣）、「白露の置くつまにする女郎花あなわづらはし人な手触れそ」（『拾遺集』秋・一六〇・読人不知）などがある。なお、「露の心」という歌語の初例は「秋はぎはまづさすえよりうつろふをつゆのこころのわけるとぞみる」（『躬恒集』二二一）で、十世紀の『うつほ』成立と同時代に好まれた歌語。

〔参考歌〕

①うすくこく色ぞ見えける菊の花露や心をわきて置くらん（『後拾遺集』秋下・三五三・元輔、『古今六帖』六・三七四〇・貫之、『貫之集』一五八）

②ひとりのみながむるよりは女郎花わが住む宿に植へて見ましを（『古今集』秋上・二三六・忠岑）

〔典拠〕『うつほ物語』（3番歌初出）内侍のかみ巻。当該箇所を次に示す。

仁寿殿の女御、朝の御賄ひにに出でたまふ。（中略）さてあらせて聞かばや、など思しつつ、まぼりおはしますに、賄ひうちしなどしたまふにも、いとらうらうじう、まことに大将の相撲のことなど行ひたまふにも、いと心深き労の見ゆれば、あやしく似たる人の心ざまにもあるかな、と御覧じて、御前にいと面白き女郎花の花のあるにつけて、外にさし出だしたまふ。

「薄く濃く色づく野辺の女郎花植えてや見まし露の心を

これが心見解きたまふ人ありや」

（鹿谷）

さがの院に行幸ありけるに、野の花のさかりなるなかにも、をみなへしのきりのたえまもわりなげなるを御らんじて

さごろものみかどのおほむうた

たち帰りおらで過うきをみなへし花のさかりをたれにみせまし

〔校異〕 さかりなる―さかりになる〈蓬左・嘉永・国研・彰甲〉盛になる〈陽乙・内閣〉なかにも―なるにも〈天理〉なかに〈丹鶴〉おほむうた―院〈狩野〉おらて―をし（ら）て〈天理・東大・狩野〉

〔現代語訳〉

嵯峨院に行幸があったとき、野の花が花盛りである中にも、女郎花が霧の絶え間でさえも堪え難く辛そうであるのを、ご覧になって　『狭衣』の帝の御歌

立ち戻って折らずには通り過ぎがたい女郎花であるよ。この花盛りを誰に見せたらよいだろうか。

〔語釈〕 **○さがの院に行幸** 狭衣帝は、嵯峨院（先々代の帝であり、狭衣帝の伯父にあたる）の病が重いと聞き、見舞いに出かけた。**○わりなげ** 人に見られるのが堪え難く辛そうである様子。**○をみなへし** 『狭衣』では、源氏の宮を暗示した冒頭の「山吹」と呼応して、嵯峨院の女二宮を譬える。**○おらで過うき** 「過ぎうき」は、通り過ぎにくい。『源氏』には参考歌①をはじめ三例が見えるが、『源氏』以前に用例を見ない。『源氏』の三首はいずれも「女」を暗示する景物のために躊躇する心を表現する特徴的なものである。当該歌もその影響下に使用されたものであろう。「花を折る」は美女を手に入れる意。**○花のさかりをたれにみせまし** 女郎花を誰かに見せたいが、見せられないという意。『狭衣』本文では、当該歌の下句は、『旧大系』『新全集』では「猶やすらはん霧の籬に」、『集成』では「なほやすらはむ霧の紛れに」とあって、自ら女郎花のもとに留まりたいという歌意になり、『風葉

集』とは異なる。樋口氏が「風二三八下句からすでに別の物語の可能性も考えられよう」と述べている（『秀歌選』239番歌）ように、「女郎花」が「女二宮」を指すとすれば、この時点ではすでに入道している宮を「花のさかりをたれにみせまし」とする表現はしっくりしない。伝本の問題がありそうである。239番歌〔補説〕及び中城さと子「『風葉和歌集』の依拠本」（『研究報三』）参照。

〔参考歌〕

①咲く花にうつるてふ名はつつめども折らで過ぎうきけさの朝顔（『源氏』夕顔巻・二八・光源氏、『風葉集』秋上・248にも）

②いづこにも咲きはすらめど我が宿の山と撫子誰に見せまし（『拾遺集』夏・一三一・伊勢）

〔典拠〕『狭衣物語』（84番歌初出）巻四。

狭衣帝が嵯峨院の見舞いの後、御所を出ようとして、庭前の女郎花に惹かれて詠んだのが当該歌。掲出部分で『狭衣』は終わっている。

御前の花、盛りに咲き乱れて、夕霧重げに紐ときわたりたる色々、いづれとなく見置きがたき中に、女郎花の、人の見ることや苦しからん、霧の絶え間もわりなげなるけしきにて、たち隠れたるは、なほいと過ぎがたう思しめさる。

たちかへり折らで過ぎ憂き女郎花なほやすらはん霧の籬に

と眺め入らせたまへる御かたちの夕映、なほ、いとかかる例はあらじと見えさせたまへるに、世とともに、物をのみ思して過ぎぬるこそ、いかなりける前の世の契りにかと見えたまへれ。（新全集）

参考　旧大系…たちかへり折らで過ぎ憂き女郎花猶やすらはん霧の籬に

集成……立ち返り折らで過ぎ憂き女郎花なほやすらはむ霧の紛れに

（鹿谷）

とりてなやむをきゝて　　内大臣

朝露にしほれはすとも女郎花おぼろけならむ人におらすな

〔校異〕　はす—はつ〈刈谷・龍大・藤井〉　ならむ—ならぬ〈嘉永・清心・日甲・静嘉・川口・国研・丹鶴・天理・東大・國學〉　おらすな—と（をイ）らすな〈天理・東大〉　おらすむ〈田中〉

付記　國學あり。

〔現代語訳〕

手に取って悩むのを聞いて　　内大臣

朝露にぬれて萎れているとしても、女郎花よ、いい加減な人に折らせないで下さい。

〔語釈〕　○とりて　「朝露に萎れた女郎花を手に取って」であろうか。○なやむ　悩ましげにしているのは女であろう。○内大臣　238番歌が『狭衣』中の歌であるから、配列からすれば、当該歌も『狭衣』中の歌ということになるが、「内大臣」は該当人物が見出せない。また、当該歌も『狭衣』にはない。樋口氏は『秀歌選』において「詞書の前半に欠脱が存するためか、舌足らずの感を免れない。」「どの物語の人物か不明。」「風二三九は『狭衣物語』には見出せない歌。あるいは、風二三八下句からすでに別の物語の可能性も考えられよう。」と述べられているように、238番歌の下句から『狭衣』の歌とは大きく異なっており（238番歌〔典拠〕参照）、樋口氏のご指摘のような事情もあり得よう。238と239番歌の間の問題については〔補説〕参照。○朝露にしほれはすとも　早朝に涙ぐむ女の姿を暗示するか。○女郎花　女を暗示する。『秀歌選』は「内大臣が思いを寄せる女性を譬えたものか。」とする。○おらすな　「おらす」は、男に身を許すことを暗示する。

〔参考歌〕

①ふた葉よりわがしめゆひしなでしこの花のさかりを人に折らすな（『後撰集』夏・一八三・読人不知）

②あさ露にしをれふしたる女郎花おきゐつるまはなほぞ恋しき（『苔の衣』・右大将入道）

〔典拠〕　不明。散逸物語か。〔語釈〕「内大臣」の項参照。

〔補説〕

○238番歌と239番歌の間の欠落部分の可能性について

238番歌は、〔典拠〕に指摘されているように、下句が『狭衣』諸本には見られない形態になっている。また、当該歌は〔語釈〕に指摘したように、『狭衣』諸本いずれにも該当詠者も該当歌も見出すことができない。加えて、詞書も舌足らずな文面である。このことから、樋口氏は右に紹介したように238番上句と下句の間、あるいは239番詞書の前に欠脱の可能性を指摘しておられる。一方、『研究報三』において中城さと子が『狭衣』の本文研究の立場から238番歌を検討し、『風葉集』に何処かの段階で、一丁分の欠脱が生じて、238番歌下句から239番歌の詞書冒頭までが失われたのではないか、と推定している。

想像を逞しくすると、238番歌上句と下句の間で脱落があり、この脱落部分には、少なくとも238番歌上句の『狭衣』歌の下句があり、現行の238番歌下句は239番歌の贈歌の下句で、239番歌はその答歌、238番歌の下句と239番歌は『狭衣』の歌ではなく、何かの散佚物語中の贈答歌で、238番歌の下句の前に、少なくともこの歌の詞書・詠者と上句があり、その詞書に詠作事情が記されていたので、239番歌はこの舌足らずな詞書でも理解できた、とは考えられないだろうか。しかし、現存の『風葉集』諸本にはめぼしい異文は見られず、現状では可能性指摘以上のことは言い難い。

（安田）

うちわたりにてつれなかりける女の、あらぬさまにいひなしてほかに侍けるうしろでを、あやしう見し心ちするものかな、とて　　よその思の右大将

をみなへしいかなるのべの草葉にてよそふる袖につゆこぼるらん

〔校異〕 わたりにて―わたりして〈内閣〉　いひなして―いひ[虫]して〈松甲〉　ほかに―か（ほ）かに〈東大〉

[付記] 國學あり。

〔現代語訳〕

宮中で、冷ややかだった女が、別の用事と言いつくろって、外の所におりました後ろ姿を、「奇妙なことに、見たような気がすることだ。」といって　　『よその思ひ』の右大将

女郎花はいったいどんな野辺の草葉だから、つい恋しい人に見えてしまう袖に、私の涙の露がこぼれてしまうのでしょうか。

〔語釈〕 **○うしろで**　後ろ姿。**○見しここち**　以前見たような気持ち。◇参考「夢にゆめ見しここちせしあふことをうつつのうつつなくてやみぬる」（『能因法師集』三七）　**○よその思の右大将**　散逸物語『よその思ひ』において、主人公である帝と非常に親しい関係にあった人物。54番歌〔典拠〕参照。**○よそふる袖**　恋しい人に思い比べてしまう袖。◇参考「たゞならぬ花たちばなのにほひかなよそふる袖はたれとなけれど」（『千載集』夏・一七一・枇杷殿皇太后宮五節）、「なつかしき花橘のにほひかなおもひよそふる袖はなけれど」（『堀河百首』四六四・河内）。**○露**　自分の涙を譬える。

〔参考歌〕
①あはれ君いかなる野辺の霞にて空しき空の雲となるらん（『栄花』根あはせ・五〇〇・弁乳母、『新古今集』八二一にも、五句「雲と成りけん」）
②あはれむかしいかなる野べの草葉よりかかる秋風ふきはじめけん（『千五百番歌合』六百四十六番左負・後鳥羽院）

〔典拠〕『よその思ひ』（散逸物語）。54番歌初出。

〔補説〕

○「女郎花」歌について

「をみなへし」は秋の七草の一つで、茎の先端に黄色い花が密集して咲く。「ちめぐさ（血眼草）」の異名を持つが、歌語としては専ら「をみなへし」であった。

「をみなへし」歌は『万葉集』に十四首見られるが、「姫部四」（六七五）、「美人部思」（一五三四・一五四二・一九〇九）などと表記されており、『万葉集』成立頃にはその表記からも「をみな」の音に「女」を連想させる歌材であったと思われ、野に咲く「をみなへし」に女性を重ね、その魅力を詠んだものも多い。しかし、「女郎花」の表記はない。この表記は『新撰万葉集』で、「女倍芝《ヲミナヘシ》　匂倍留野辺丹《ニホヘルノベニ》　宿勢者《ヤドリセバ》　無綾泛之《アヤナクアダノ》　名緒哉立南《ナヲヤタテナム》（九三）の訳詩（九四）に「女郎花野宿羈夫」にとあるものが初出という。漢語「女郎花」は「木欄（もくれん）」「辛夷（こぶし）」の異名で、「をみなへし」を示す語ではないので、「女郎花」は漢語の誤用であるが、これ以降、「女郎花」は「をみなへし」の表記として定着した。ちなみに、漢語の「をみなへし」は「黄花龍芽」（『日本国語大辞典』）とも「敗醬」（『箋注倭名類聚抄』『古今要覧』によれば、黄花の「敗醬」が女郎花、白花の「敗醬」が男郎花）という。『新撰万葉集』には「をみなへし」を詠んだ二四首の和歌と二首の漢詩があるが、これもほとんど「女」のイメージを重ねている。また、『古今集』には一八首（内、秋上部に一三首）の「をみなへし」歌が入集しているが、やはり「女」が意識され、「恋心」を暗示する歌がほとんどである。「をみなへし」は当初から「女」のイメージを重ね持つ歌語として詠まれ、

「女郎花」の漢字を当てるようになって、さらに女性の魅力的な姿のイメージが強められ、一方で、「あき」「つゆ」との取合せで漢詩閨怨詩の影響も付与されたのであろう。

　こうした性格を持つ歌材「をみなへし」が、勅撰集においては『後撰集』を頂点としてその後は減少していることについて、片桐洋一氏が「「言葉」に依拠し、また自然は人事をよむための表象であった三代集時代の和歌のあり方と、宮廷サロンにおける男女の即興的やりとりが中心をなす『後撰集』の世界」がもっとも数多く詠ませた」（『歌枕歌ことば辞典増補版』）と指摘する。「をみなへし」は物語歌に似つかわしいものだったように思われるが、『うつほ』に七首、『源氏』に一一首見えるものの、『狭衣』一首、『落窪』一首、『寝覚』『浜松』には見えないなど、意外に少ない。『風葉集』にも六首（内、秋部には四首）で三代集に比べると、かなり少ない。歌材としての「をみなへし」は即興的な機知の表現に留まり、抒情と融合させる表現まで達することができなかったということであろうか。

（安田）

241

野分のあした、ふぢばかまにつけて女につかはしける

うつせみしらぬの宰相中将

ふぢばかましほるゝ色によそへても物思ふ袖の露やまさらん

〔校異〕あした—あしたに〈丹鶴〉　はかま—はかす〈明大〉　つかはしける—つかはすとて〈國學〉　しらぬ—しらね〈明大〉　しほるゝ—しをるゝ〈宮甲・丹鶴〉　色—袖〈龍大〉　よそへて—よそへて〈田中〉

付記　國學あり。

錯簡　静嘉は、240の次に、282歌～284、（白紙）、285部分が入る錯簡があり、その後に241～282詞書・詠者部分があって、次の第五巻頭に続いている。

〔現代語訳〕

大風が去った朝、藤袴につけて女に贈りました歌

『うつせみ知らぬ』の宰相中将

風のために萎れている藤袴の花の色と比べてみても、やはり物思いをする私の袖を濡らす露が勝っているのではありませんか。

〔語釈〕 ○ふちばかま 蕑。『和名抄』に「蘭　布知波加麻」とあり、漢名は蘭。キク科の多年草。中国原産と言われるが、本州・四国・九州の山野に自生する。『万葉集』巻八に「萩の花尾花葛花なでしこが花をみなへしまた藤袴朝顔が花」（一五三八・家持）とあって、秋の七草の一。○宰相中将　散逸物語『うつせみ知らぬ』の主人公。

〔参考歌〕

①いかなれば露とははらふかぜのおとにものおもふそでのぬれまさるらん（『六百番歌合』十八番右・九三六・寂蓮）

〔典拠〕 『うつせみ知らぬ』（散逸物語）。『風葉集』に四首入集。

物語の題名は、『秀歌選』『事典』も「うつせみの世は常なしと知るものを秋風寒み偲びつるかも」（『万葉集』巻三・四六五・家持、『玉葉集』雑四・二四二四、『古今六帖』第四・二四三一「秋風さむくなりにけるかな」）を踏まえるか、とする。また、1398と1399番歌の贈答によって、宰相中将が中宮への恋に破れて遁世したこと、486番歌から、中宮が行方不明となり、頭中将が謹慎中に、一族の不遇を歎いて、内大臣が清水に籠もったところ、将来繁栄の夢告を得たこと、などの内容が想像されるとする。おそらく、中宮と宰相中将との悲恋が物語の中心で、中宮と頭中将は内大臣の子という設定だったのであろうが、物語の詳細は不明。当該歌の「女」と中宮が同一人物か否かも不明。

〔補説〕

○歌材「藤袴（蕑）」について

『風葉集』秋上部の歌材構成を見ると次の如くである。（漢数字は歌数、数字は歌番号）

①初秋211～215、（五。猶、211～212、215～217は秋風）、②秋風216（一。猶、216～217は荻）、③七夕217～225（九）、④荻226～232（七）、⑤萩233～235（三）、⑥秋草236（一）、⑦女郎花237～240（四）、⑧藤袴（蘭）241～242（二）、⑨薄243～245（三）、⑩刈萱246（一）、⑪朝顔247～248（二）、⑫秋花249（一）、⑬秋景250～251（二）、⑭秋露252～256（五）、⑮秋風257～260（五）、⑯秋夕261～267（七）、⑰秋夜268～271（四）、⑱秋月272～285（一四）

これを見ると、「秋風」によって「立秋」を詠んだ歌に始まり、「荻」「七夕」「萩」「露」「月」といった秋の常套の歌材は勿論配されているが、秋の野花を詠んだ歌が多いことが目に付く。中でも「女郎花」「藤袴」「薄」「刈萱」「朝顔」といった人の姿や動きを連想させる素材が多いのが特徴的である。『風葉集』は物語歌集であるから、物語中では、純粋な叙景歌より人の有様を暗示的に詠んだ歌の方が多いことを反映しているのであろう。

本歌と次歌の二首は「藤袴」歌である。「藤袴」は、〔語釈〕の項に示した如く、『万葉集』の七草歌で知られるが、『万葉集』にはこの歌一首のみで、歌材としては『古今集』以降である。勅撰集では秋部に、古今集三（他に、雑体二）・後撰集一・金葉集三・詞花集一・千載集一・新古今集一・新勅撰集一・続古今集二・続拾遺集一（他に、雑下二）・新後撰集一・続千載集一・続後拾遺集二・新千載集一で、鎌倉末期の『新千載集』まで一乃至三首ではあるが十二集に入集しているので、根強い歌材であったことは窺われるが、和歌の歌材としては大して好まれたのものではなかった。名から人の着る「袴」を、さらに花が開く様から「袴を脱ぐ」「袴が綻びる」こと、また、漢名が「蘭草」であるように花の香の強い植物で、その香から「袴」に焚きしめられた香、その移り香を連想させて、男女の契りを暗示する。こうしたことが物語世界に似つかわしかったのであろうか、『源氏』には夕霧の歌に詠み込まれ、巻名のもととなっている。

（安田）

四季物語の中に　　あきゞりの中将

たちこむる霧の籬のふぢばかま露のためとてしめし色かは

〔校異〕 詞書—欠〈林丁〉 あきゝりの—あたゝりの〈清心〉 露の—露〈陽乙・内閣〉つゆ〈蓬左〉 しめし—しはし〈嘉永〉 かは—かは（哉本）〈陽乙・内閣〉かな〈伊達・龍門〉

付記 神宮・林乙・林丁あり。

〔現代語訳〕

『四季ものがたり』の中に　秋霧の中将

立ちこめている霧の垣根の中に咲く藤袴は、露のために深く染められた色でしょうか。そんなはずはありません、霧の籬にしっかりと隔てられてりますから。

〔語釈〕 ○あきゞりの中将 『四季物語』の登場人物。秋霧を擬人化したものか。○霧の籬 霧が立ちこめて垣根のように遮って隠している様。植田恭代氏は『源氏』中に五例あり、「また先行物語にみえないことをも思いあわせれば、『源氏物語』が積極的に物語表現に掬いあげた、和歌的なことばと考えられる。」（「浸透する「引歌」—『源氏物語』夕霧巻「霧の籬」から—」『日本女子大学紀要文学部編』四四、一九九四）として、「霧の籬」の歌語としての成立と『源氏』の関わりを指摘している。『源氏』を介しての生成かもしれないが、新古今時代に非常に好まれた表現。

○しめし 染めた。思い詰めたことをいう。

〔参考歌〕

①人のみることやくるしきをみなへしきりのまがきに立ちかくるらん（『古今六帖』第六・三六七八・忠岑、『新撰万葉集』五一二・初句「公丹見江牟《キミニミエム》」）

②さやかにもけさはみえずやをみなへしきりのまがきにたちかくれつつ（『亭子院女郎花合』六、『新撰万葉集』五四〇）

③山ざとのきりのまがきのへだてずはをちかた人のそでもみてまし（『好忠集』三九二、『新古今集』秋下・四九五・好

忠）

〔典拠〕『四季ものがたり』（散逸物語）。59番歌初出。（安田）

前栽の中におばなのまだほにいでさしたるも、露をつらぬきとむる玉の緒はかなげにうちなびきたるゆふべ

にほふ兵部卿のみこ

ほに出ぬもの思ふらししのすゝきまねくたもとの露しげくして

〔校異〕 いてさし―いてゝさし〈狩野・明大〉いてゝさし〈天理・東大〉　たるも―たる〈狩野・嘉永〉　つらぬき―つらぬ〈明大〉　玉の緒―玉の緒も（ナシイ）〈宮甲〉　なひきたる―なひきたる〈東大〉　ほに―か（ほ）に〈天理・東大〉　露しけく―つゆのしけく〈田中〉

〔現代語訳〕

庭の植え込みの中に、薄のまだ穂が充分出ていないものも、露の玉を貫いて止める糸のように、はかなげに少し靡いている夕方

匂兵部卿の宮

穂が出ていない篠薄には露がはかなげに下りていますが、あなたはその篠薄ようにそっと物思いをしていらっしゃるようですね。招いている薄に露が降りているように、あなたの袂にも露がおびただしく下りています。

〔語釈〕 **○ほにいでさしたる** 穂が十分に出ていない。**○おばな** 薄の花穂をいう。**○露をつらぬきとむる玉の緒** 薄の葉を糸に、露を玉に見立てた表現。◇参考「白露に風の吹敷秋の野はつらぬきとめぬ玉ぞ散りける」（『後撰集』秋中・三〇八・朝康） **○ほに出ぬ** 「薄の穂が出ない」意と「外に表れない」意を掛ける。**○しのすゝき** ま

だ穂の出ない薄。中の君を指す。**〇まねくたもとの露しげくして**　『源氏』では、匂宮が、中の君と薫の仲を疑って皮肉った歌なので、「（薫からの）誘いの手紙が頻繁なので」（新大系脚注）と解するが、「まねくたもと」は薄の形容、「露」はやはり「涙」を喩えると見るべきであろう。『風葉集』では詞書には物語は記されていないので、背後の物語は考慮せず、前栽の尾花をはかなげにながめつつ、袖を濡らす女と、共に見ている匂宮が詠んだ歌と解すべきであろう。

〔参考歌〕

①秋の野の草のたもとか花すゝきほにいでてまねく袖と見ゆ覧（『古今集』秋上・二四三・棟梁）

②我妹子に相坂山のしのすゝきほには出でずもこひわたる哉（『古今集』墨滅歌・一一〇七）

〔典拠〕『源氏物語』（2番歌初出）宿木巻。

枯れ枯れなる前栽の中に、尾花の、物よりことに手さし出でて招くがをかしく見ゆるに、まだ穂に出でさしたるも、露をつらぬきとむる玉の緒、はかなげにうちなびきたるなど、例のことなれど、夕風なほあはれなるころなりかし。

穂にいでぬもの思ふらししのすすき招くたもとの露しげくして

〔補説〕

〇当該歌の『風葉集』における配歌について

当該歌は『源氏』宿木巻で、匂宮が妻の中君に薫の誘いに靡く心があるのではないかと疑って詠みかけた歌。晩秋で前栽の秋草も枯れ枯れの中で、尾花が風に揺れるのが目立っている。それを薫の誘いに擬えて、まだ十分に出ていない穂が露に濡れているのを中の君が薫の誘いに悩む姿と見立てて詠みかけたのである。『風葉集』は、『米田構造』第十三章に指摘がある如く、採歌に際して『源氏』本文から「枯れ枯れなる」「物よりことに」の語句を省いて詞書に利用し、晩秋の詠作であること、贈答歌、恋歌であることを希薄化している。ここは秋上部であり、部立の配列としては未だ初秋に属する部分だからであろう。ちなみに『物語後百番』では、「おまへのせんざいのしもがれを、女君もろともにながめたまひて」とあって、物語中における理解を求めている。

（安田）

〔他出〕『物語二百番歌合』（後百番）八十二番左。

ものまうでのところにて、いさゝかみて侍ける女に、

薄にかきてつかはしける　　　こゆみの大納言

花すゝきほのかにみつる秋よりはいかでしのびにむすびてしかな

〔校異〕 ものまうて—もて（の）まうて〈林丁〉　薄に—薄[虫]〈松甲〉すゝきて（に）〈林乙〉　すゝき—すすき〈東大〉　秋—あさ〈神宮〉　よりは—よりも（は一本）〈丹鶴〉　しのびに—しのび《ヒ》ん〈神宮〉　しのひむ〈林乙・林丁〉

[付記]　國學・神宮・林乙・林丁あり。

〔現代語訳〕

物詣でに行った場所で垣間見した女に、薄につけて贈りました歌

『小弓』の大納言

花薄のわずかに覗く穂のように、ほんの少しだけ貴女の姿を見た秋から、どうにかして密かにお会いしたいものだなあと思っています。

〔語釈〕 **○薄にかきて**　「薄」は、秋には黄褐色または紫褐色の穂を出し、枯れ始めると白くなる。その穂を「尾花」「花薄」といい、秋の七草の一。〔補説〕参照。「かきて」とあるが、紙に歌を書いて、それを薄に結び付けたことをいうのであろう。**○こゆみ**　「小弓」か。小弓は弓幹の短い、小さい弓のこと。平安時代に広く流行し、小的を近距離から射て勝負を争う小弓会（小弓合）などに使用された。**○ほのかに**　ほんのちょっと。わずかに。「ほ」

には「穂」が掛けられ、「花薄」は「穂」の枕詞となっている。**○むすびてしかな**　「むすび」は「結ぶ」の連用形。会って契りを結ぶの意。「て」は完了の助動詞「つ」の連用形、「な」は感動の終助詞である。これらを合わせて願望を詠嘆をこめて表す「てしかな」の形で使用されることが多い。

〔参考歌〕

①花すゝき我こそ下に思しかほにいでて人にむすばれにけり（『古今集』恋五・七四八・仲平）

②わすれじとむすびしのべのはなすすきほのかにもみでかれぞしぬべき（『敦忠集』・一一四）

〔典拠〕　『小弓』（散逸物語）。『風葉集』に二首入集。

当該歌では大納言が物詣での折に垣間見た女に恋の歌を贈り、745番歌では、弾正の親王女が、中納言みちたかが生ませた子に七夜の産養に産衣につけて歌を贈っている。ここから、弾正の親王女と中納言みちたかはごく近しい親族と思われ、『小木散逸』『事典』では、親王女と中納言は母子であろうとしているが、それらと大納言や大納言が歌を贈った女との関係はわからない。また、物語名の「こゆみ」との関わりも不明である。

〔補説〕

○「薄」歌について

「薄」は、『万葉集』以来、秋の景物で、「すすき」の他に、穂を表す「はなすすき」「をばな」、他に「しのすすき」「はだすすき」などとして詠まれてきた。

『万葉集』には、「めづらしき君が家なるはだすすき穂に出づる秋の過ぐらくも惜しも」（巻八・秋雑歌・一六〇一・石川広成）の一首が見えるが、これは大方の古写本には「波奈須為寸」とあり、これだと「はなすすき」と訓じることができる。しかし、『万葉集』の「はなすすき」の用例はこの一例のみ。それに比して「はだすすき」の語は一〇例近く見えるので、こちらの方が可能性が高い。平安期以降では『新撰万葉』には「花薄」が二例（一〇一・一〇三）有り、『古今集』にも六例見え、これ以降、盛んに使われているので、「はなすすき」

は平安期以降の語とみるべきであろう。一方、「をばな」の方は、『万葉集』に一九例も見えるが、『古今集』には一例（四九七）しか見えず、『後撰集』には三例、『古今六帖』には一五例、私家集にも用例は見えるが、概して平安時代の歌には多くはない。しかし、新古今歌人には『拾玉集』一七例、『壬二集』に五例、『拾遺愚草』に六例、『後鳥羽院御集』五例など、再び盛んに使用されており、これは荒涼とした野を象徴する歌語として、中世的美意識によって再評価されたからであろう。鎌倉時代以降は穂の出た薄の表現として「花薄」「尾花」ともに多用されている。

「薄」歌は、平安期の勅撰集においては、秋部の秋草の歌群中に『古今集』以来、二、三首程度の小歌群を形成する場合が多いが、『後撰集』では、秋上に「花薄」が一首、秋中に「花薄」一首と「尾花」が二首、秋下に「花薄」が三首配される、或いは他の歌材とともに詠み込まれるなど、不連続に配されている場合も多く、また、恋部や雑部に収められることも多い。鎌倉時代に入ると、採歌数が増え、『新古今集』では五首、『新勅撰集』『続後撰集』では四首、『続古今集』では七首など、比較的まとまった歌群を形成するようになり、秋部の歌材として定着した。

『風葉集』では、「はなすすき」は六例（244・245・633・1100・1104・1135）、「をばな」は五例（1101・1102・1103・1140・1203）、さらに「しのすすき」二例（235・1099）も見える。恋歌に多く詠まれているのは、穂が出て風に靡く薄は、「穂にいづ」あるいは「まねく」と表現され、古里での密かな出会いを描く物語には似つかわしい歌材だったからであろう。『風葉集』秋部の「薄」歌群は、243・244・245の三首から成る小歌群で、『米田構造』によれば時間経過を重視した配列とする。

（谷本）

あれたるいへに、おばなのおれかへりまねくをみて、

よみ侍ける

うつほのおほきおほいまうち君

吹風のまねくなるべし花すゝきわれよぶ人の袖とみつるは

〔校異〕 おはなの―尾花〈蓬左〉お花〈陽乙・内閣〉よみ侍ける―欠〈國學〉詠者名―欠〈京大〉吹風の―吹風に〈天理・東大〉まねく―まねく（イ）〈狩野〉なるへし―なるふし〈明大〉

付記 國學あり。

〔現代語訳〕

荒れている家に、尾花がひどく折れ曲がって手招いているかの様なのを見て、お詠みになりました歌

『うつほ』の太政大臣

吹く風が花薄を靡かせて招いているのでしょうか、私を呼ぶ女性の袖かと見えましたのは。

〔語釈〕 **○おばな** 244番歌〔補説〕参照。「まねく」や「袖」を伴って、風に靡く様子が人を招いているように見立てて詠まれる例が多い。◇参考「吹く風になびくをばなをうちつけにまねく袖かと頼みけるかな」（『貫之集』一二二） **○おほきおほいまうち君** 太政大臣。『うつほ』では、兼雅の兄にあたる藤原忠雅のこと。当該場面では兵衛佐。**○われよぶ人の** 『うつほ』の前田家本「わかよぶ人の」。「わが」では意味が通じないため、『風葉集』の「われ」のほうがより適切と思われる。室城秀之『うつほ物語　全』（一九九四、おうふう）も、『風葉集』に従って第四句を校訂している。

〔参考歌〕

①秋の野の草のたもとか花すゝきほにいでてまねく袖と見ゆ覧（『古今集』秋上・二四三・棟梁）

〔典拠〕 『うつほ物語』（3番歌初出）俊蔭巻。当該箇所を次に挙げる。

この家の垣ほより、いとめでたく色清らなる尾花、折れ返り招く。前に立ちたまへる人、「あやしく招くとこ

ろかな」とて、

吹く風の招くなるべし花すすきわが呼ぶ人の袖と見つるは

とて渡りたまふ。若小君、

見る人の招くなるらむ花すすきわが袖ぞとはいはぬものから

とて、立ち寄りたまひて折りたまふに、この女の見ゆ。（谷本）

せんざひのかるかやのにはかにふき過る風にみだれて、

うれへがほになびくを御らんじて

かやがしたおれのさがの院中宮

露けさは秋のならひをかるかやのわきてしもなどみだれそめけん

〔校異〕 にはかに―庭（にはかイ）に〈天理・東大〉にはに〈明大〉庭に〈狩野〉うれへ―うれひ〈伊達〉うれい〈龍門〉

〔現代語訳〕

庭先の植え込みの刈萱が急に吹き過ぎてゆく風に乱れて、悩ましげに靡くのを御覧になって

『かやが下折れ』の嵯峨院中宮

露っぽさは秋の習わしですのに、どうして刈萱だけがとりわけ乱れ始めたのでしょうか。

〔語釈〕 **○せんざひ** 邸宅の庭先に植えられた、比較的丈の低い観賞用の草花や灌木の類をいう。**○かるかや** 草の名としての「刈萱」と「刈り取った萱」の意があるが、ここでは前者。単に「萱（茅）」ということもある。『和

名抄』に「一名忘憂〈漢語抄云和須禮久佐〉」とあり、「忘れ草」ともされる。「あづまぢにゆきかるかやのみだれつつたがためにとかわきてなびかむ」（『能宣集』二七〇）などのように、「（思ひ）乱る」「なびく」などと共によく詠まれた。**○かやがしたおれ**　萱草の茎や枝が折れて垂れること。ここは散逸物語名。〔典拠〕参照。**○さがの院中宮**　物語の女主人公か。〔典拠〕参照。**○わきてしも**　取り分けて。

〔参考歌〕

①霜枯れのかやがしたおれとにかくに思ひ乱れて過ぐるころかな（『後拾遺集』恋三・七二九・惟規）

〔典拠〕『かやが下折れ』（散逸物語）。『風葉集』に十五首入集。

物語名は〔参考歌〕①によるか。「散佚物語《鎌倉》」『事典』で指摘されるように、恋に乱れる心を表現しており、登場人物たちの乱れる心を表わしたものとも考えられる。

『風葉集』以外に資料がないので、入集歌より物語を推定する。嵯峨院は中宮に入内を促し（1110）、中宮の母であろう前太政大臣北方が、中宮に代わって返歌をした（1111）。その後入内し中宮となったが、嵯峨院は亡くなり、その翌春に関白の弔問に対して中宮は唱和した（610・611）。按察典侍は去年の葵祭の日に勅使に立ったことに思いを馳せ、故嵯峨院御所へ歌を贈り（617）、その後も嵯峨院中宮と、故嵯峨院への同じ嘆きを法要で分かち合う（508）。関白は、また、「しのびたる女」（772）、「いとつらかりける女」（962）に恋の歌を贈っている。772番歌は忍恋の歌群、962番歌は、恋の不首尾を嘆く歌群に配されているので、その恋は成就せず、いずれも相手は、嵯峨院中宮ではないかと思われる。さらに、関白は宣耀殿女御と交渉があった（437・438）。この贈答歌の内容は、人生の苦しさやはかなさを嘆くものであって、関白と宣耀殿女御の具体的な関係は明かではない。関白は当代の中宮の母である北方を亡くし、宣耀殿女房の少納言と弔問の贈答歌（605・606）を交わしている。また、大将も北方である三位中将の母に先立たれて出家を志し（637）、子の三位中将も後に出家を志すものの、「道のほだし」であると恋人に歌を贈っている（1397）が、先の関白らとの関係は不明である。現存資料では物語の展開が見えにくいが、当該物語の入収歌一五首中、釈教歌一首、哀傷歌六首で、人の死にまつわる悲傷と無常観が強く表れた物語であったか。

〔補説〕

○歌材「かるかや」について

勅撰集において「かるかや」歌は、『古今集』に一首（雑体・一〇五二）、『拾遺集』一首（物名・三六七）が僅かに見られる程度で、まとまった歌群として配されたのは『千載集』が最初である。この『千載集』歌群中の二四二番歌は『堀河百首』の「刈萱」題の歌であるように、『堀河百首』秋二十首のうちに「刈萱」が題として取り上げられたことによって、「刈萱」が注目をあびるようになったのであろう。その後、『新古今集』『続古今集』にも「刈萱」歌は入集しているが、数は少なく、歌群としての発展はさほど見られなかったようである。

『源氏』野分巻で、夕霧が雲居雁に歌を贈る場面で、「吹き乱りたる刈萱につけたまへれば」とあって、刈萱に思い乱れる心を重ねて伝えようとする夕霧の姿が描かれている。これは、『研究報一六』246番歌〔補説〕に述べたように、『交野の少将』などを踏まえたもので、一方で、『夜の寝覚』などその後の物語にも、影響を与えた。『萱が下折れ』もその影響下にあったものかと思われるし、『堀河百首』の「刈萱」題も『源氏』に掘り起こされたものかもしれない。

また、当該物語名にもなっている「かやがしたをれ」は〔参考歌〕①が歌語としては初出だが、「いかなればうはばをわたる秋かぜにしたをれすらむ野べのかるかや」（『千載集』秋上・二四六・読人不知）などもあり、折れ乱れた刈萱が平安後期以降、抒情を含む秋の景物として詠まれた。

（谷本）

六条御息所のもとよりいでさせ給けるあした、せんざひの色〳〵みだれたるを、すぎがてにやすらひ給に、中

将御ともにまいるをしばしひきすへさせ給て

六条院御歌

さく花にうつるてふ名はつゝめどもおらで過うき今朝のあさがほ

〔校異〕 六条御息所―六条院御息所〈宮甲・蓬左・陽乙・嘉永・田中・清心・日甲・静嘉・川口・国研・篠山・彰甲・丹鶴・龍門・天理・東大・明大・狩野・内閣・松甲・刈谷・龍大・藤井〉すきかてに―すきかてに〈狩野〉給に―給ふ事〈蓬左〉給事〈陽乙・内閣〉御ともに―に〈蓬左・陽乙・内閣〉まいるをしはし―まいる少将〈陽乙・蓬左・内閣〉まいるを少将〈彰甲〉まいるをしばし（イ）〈狩野〉まいるをしばし〈天理・東大・明大〉まゐるしはし〈刈谷・龍大・藤井〉さく花に―吹（咲歟）く花に〈彰甲〉さぐはなに〈蓬左〉てふ―けふ（てふ）〈京大〉おらで―をして〈東大・清心〉けさの―けきの〈清心〉をさの〈内閣〉

付記 國學あり。

〔現代語訳〕

六条御息所のところからお出になられました朝、植え込みが色さまざまに咲き乱れているのを通り過ぎがたくためらっておられる折に、中将の君が御供申し上げていたのを、しばらく引き座らせなさって

六条院御歌

美しく咲いている花に心が移るという浮き名は、憚られるけれども、手折らないで行き過ぎたくはない今朝の朝顔です。

〔語釈〕 **○六条御息所** 京大・陽甲・陽乙・伊達・龍門・國學院大学蔵抜書本以外の諸本は「六条院御息所」とし、六条院が御息所の邸宅からお出になる意と読めるが、京大本以下の「六条御息所」は『風葉集』では、源氏の恋人で前東宮妃の呼称として使われているので、底本のままで意は通じる。**○やすらひ** 動詞「休らふ」の連用形。急

がずに停滞して時間を引き延ばすこと。ここでは、鑑賞または躊躇する気分でたたずむの意。**○引きすへ**　引き寄せて座らせること。**○中将**　六条御息所の女房。**○おらで過うき**　花を折ることは、女性を手に入れることと同義。ここでは中将の君と関係を持たずに別れることを憂いている気持ちを表す。**○過ぎうき**　238番歌〔語釈〕参照。**○あさがほ**　『和名抄』および『本草和名』において「牽牛子」の項に和名「阿佐加保」が当てられている。「萩の花尾花葛花なでしこが花をみなへしまた藤袴朝顔が花」（『万葉集』巻十・一五三八・憶良）とあり、秋の七草の一つとされる。しかし、それが現在のどの植物にあたるかは定かではなく、あさがほ（牽牛子）、はちす、むくげ、ききょう、ひるがおなどの説があるが、いずれも決定的ではない。『白氏文集』巻十五に「松樹千年終是朽　槿花一日自為栄」あり、これが『和漢朗詠集』槿にも見え（二九一）、同じ項に「あさがほをなにはかなしとおもひけむひとをも花はいかがみるらむ」（二九四・道信）などもあり、「槿」を「朝顔」と称し、儚いものの象徴とされた。また、『紫式部日記』などのように、植物の「あさがほ」と、女性の「朝の顔」を重ねる表現がしばしばあり、『風葉集』の247・248の二首はどちらもこの用法である。

〔参考歌〕　なし。

〔典拠〕　『源氏物語』（2番歌初出）夕顔巻。当該箇所を次に挙げる。

霧のいと深き朝、いたくそのかされたまひて、ねぶたげなる気色にうち嘆きつつ出でたまふを、中将のおもと、御格子一間上げて、見たてまつり送りたまへとおぼしく、御几帳ひきやりたれば、御頭もたげて見出したまへり。前栽の色々乱れたるを、過ぎがてにやすらひたまへるさま、げにたぐひなし。廊の方へおはするに、中将の君、御供に参る。紫苑色のをりにあひたる、羅の裳あざやかにひき結ひたる腰つき、たをやかになまめきたり。見返りたまひて、隅の間の高欄にしばしひき据ゑたまへり。うちとけたらぬもてなし、髪の下り端めざましくもと見たまふ。

「咲く花にうつるてふ名はつつめども折らで過ぎうきけさの朝顔

いかがすべき」とて、手をとらへたまへれば、いと馴れて、とく、

朝霧の晴れ間も待たぬけしきにて花に心をとめぬとぞみる

と公事にぞ聞えなす。

〔他出〕『無名草子』。

〔補説〕

○「朝顔」歌群について

「朝顔」については、〔語釈〕で述べた如く、『万葉集』から見えるが、植物としては、実態がもう一つ明らかではない。勅撰集では、『後撰集』には恋三（七一六）と雑四（一二八四）の二首、『拾遺集』にも秋（一五五）と哀傷（一二八三）の二首、『後拾遺集』も秋上（三一七）と雑六（一二一六）の二首が入集しており、『新古今集』以降の各集で増加している。詠作を見ても、新古今歌人詠で急増する。しかし、それらは恋歌や雑歌であって、秋部で歌群を形成することはほとんどなく、「秋草」や「秋花」を配した部分に一・二首が収められている程度で、「朝顔」は秋の景物としては発達しなかった。『風葉集』の二首も「秋草」の中に配されているが、物語歌としては当然かもしれないが、季節感よりも「朝の顔」を重ねた詠みぶりである。（谷本）

あさがほのさきわたれるあけぼのを、もろともに見侍ける人の、たちかへりて、こひしさ［き］まさるあさがほの花、と申て侍けるかへし

あさくらの皇太后宮大納言

をく露も光そひつるあさがほのはないづれのあか月か見ん

〔校異〕 こひしさ—こひしき〈京大・陽甲・国研〉　光—え〈清心〉　そひつる—そへつる〈天理・東大・明大〉

付記　國學あり。

〔現代語訳〕

槿が一面に咲いている曙を、一緒に見ました人が、帰ってすぐに、「恋しさまさる朝顔の花」と詠んでよこしました返事に　　『朝倉』の皇太后宮大納言

置く露にも光が当たって美しい朝顔の花は、一体いつの暁にもう一度見られるのでしょうか。

〔語釈〕**○こひしさまさるあさがほの花**　当該歌の贈歌の一部。『物語後百番』も同じ部分がが詞書に記されている。**○皇太后宮大納言**　『朝倉』の女主人公。**○をく露も光そひつる**　〔参考歌〕にあげた『源氏』夕顔巻の歌の影響が考えられる。なお、「光そふ」という表現は物語の和歌以外では、新古今時代以降に見られるようになった。

〔参考歌〕

①心あてにそれかとぞ見る白露の光そへたる夕顔の花（『源氏』夕顔巻・夕顔）

〔典拠〕『朝倉』（散逸物語）。39番歌初出。

〔他出〕『物語二百番歌合』（後百番）五十六番右。

（谷本）

249

御賀のおり、みかど、しらかはの院などみゆき侍けるに、よませ給ける　　みかきがはらの嵯峨院御歌

君とはでいくよの秋の野べの色露のひかりもこよひこそみれ

〔校異〕みゆき侍ける—みゆきを侍ける〈蓬左・陽乙・内閣〉みゆきを侍（イ）侍ける〈天理・東大〉みゆき侍け（イ）る〈狩野〉　みかき—みかさ〈国研〉　嵯峨院御歌—さかの院〈清心〉　とはて—はと（とはイ）て〈天理・東大〉とは、〈刈谷・龍大・藤井〉　色—みや〈嘉永〉花（色）〈彰甲〉花（色一本）〈丹鶴〉

〔現代語訳〕

御賀の折、帝、白河院などに行幸がありましたときに、お詠みになりました

『みかきが原』の嵯峨院御歌

帝が訪れていらっしゃらなくて、幾年の秋が過ぎたことでしょうか。今宵は御幸のおかげで秋らしい野辺の風情に、露の光も美しく見えることですよ。

〔語釈〕 **○御賀** 長寿の祝いのこと、賀算とも。**○君** 当代の帝で、物語の主人公か。帝位は、嵯峨院、白河院、帝と継承されたらしい。**○色** 情趣、風情の意。**○露のひかり** 「露」は草の上に置く露と涙の意をかける。「ひかり」は露の光と帝のご威光の意をかける。『源氏』夕顔巻に、参考歌①の歌があり、影響をうけているかと思われる。

〔参考歌〕

①心あてにそれかとぞ見る白露の光そへたる夕顔の花 （『源氏』夕顔巻・夕顔）

〔典拠〕『みかきが原』（散逸物語）。76番歌初出。

（浅井）

左大将おほうち山にすみ侍けるころ、これかれたづね

まかりて、あそび侍けるついでに

みづからくゆるの源宰相

き丶しよりみるこそいとゞまさりけれおほ内山の秋の気色は

〔校異〕 おほうち山に―おほうち山に〈天理・東大〉 くゆる―も（くイ）ゆる〈狩野〉 いと丶―いとも〈刈谷〉 まさりけれ―まさりけり〈嘉永〉 気色―ふしき〈伊達〉

付記　神宮・林乙・林丁あり。

〔現代語訳〕

左大将が大内山に住んでおりましたころ、この人あの人たちと訪れまして、詩歌管絃などの遊びがありましたときのついでに詠みました

『みづから悔ゆる』の源宰相

聞いておりましたよりも、ここに来て見てみますと、なおいっそう情趣がまさっておりました。この大内山の秋のけしきは。

〔語釈〕　**○左大将**　主人公か。**○おほうち山**　大内山は、京都市右京区仁和寺の北にある御室山。**○くゆる**　後悔する意の「悔ゆ」の連体形。「壊ゆ」とする説もある。

〔参考歌〕　なし。

〔典拠〕　『みづから悔ゆる』（散逸物語）。『風葉集』に一〇首入集。

『狭衣』巻一に「帳の内よりもさし出でず、母、乳母より外にはあたりに人もよせず、際もなくこそかしづくなれ。みづから悔ゆる宮腹の一人女のやうにやあらん」（新全集）とあり、『みづから悔ゆる』の名が見え、この物語に「宮腹の一人女」なる女性が登場することが知られる。

定家筆『更級日記』奥書（31番歌〔典拠〕参照）に「みづからくゆる」の名が見える。菅原孝標女作の可能性が考えられよう。

内容は、主人公は、左大将と思われ、『風葉集』恋三に入集の、左大将と右大臣女との恋の贈答歌（937・938）、尚侍の「つらかりしさへかたみとぞおもふ」の歌（950）、弾正のみこの女の「ふかくはひとをうらみざらまし」（976）の歌などから、思いが遂げられない恋の語られている物語であったと思われる。当該歌は源宰相が宰相中将（251番歌の詠者）たちと連れだって、大内山に住む左大将を訪れたときに詠まれた歌である。『松尾平安』は「現実に事を

なして心に叶わず、自ら悔ゆる不満な生活が左大将の生活であった。そこには晴々しいもの、明るいものは考えられない。暗い遣瀬ない生活、それは否応なしに左大将を自然厭世的に導いたことであらう」とし、当該歌および251・290・1392番歌の大内山の歌の場面は、「一条の華かさを点ずる遊楽であった」とする。『事典』には、「左大将に悔恨を重ねさせたのではないかと想像される。『狭衣』主人公のような人物像が透視され、平安後期的な雰囲気が漂う」とある。

『散逸物語《平安後期》』は、旧大系『狭衣』巻三の「「八千たびの悔」とや、名つきたりし大将」の補注に「「八千度の悔」の大将とあだ名されたのも、はっきりとはいえないまでも、この物語（『みづから悔ゆる』）の左大将かもしれない」とする説に対して「にわかに同一視はできぬ」としたうえで、「不如意の恋の物語の系譜にたつものとして注意される」としている。ただし、『狭衣』のこの部分は、諸本に異同の多い部分である。

（浅井）

251

宰相中将

いかできみいまゝでかゝる山ざとの秋のさかりをひとりみつらん

〔校異〕さかりを―さよ《ヒ》（か）りを〈陽甲〉

〔現代語訳〕

（『みづから悔ゆる』の）宰相中将

あなたは、いったいどうして今まで、このように山里の秋の盛りが趣き深いのを、ご自分ひとりだけで見ていたのですか。

〔語釈〕**○山ざと**　大内山のあたりの里。前歌と同じ場面で詠まれた歌。**○宰相中将**　前歌の詠者と共に、右大将のもとを訪れていた。

〔参考歌〕 なし。

〔典拠〕 『みづから悔ゆる』（散逸物語）250番歌初出。（浅井）

八月ばかり、女のもとにたゝずみて、ふえにふき侍ける

露わけわぶる右大将

思しる人にみせばやあさぢふのつゆわけわぶる袖の気色を

〔校異〕 もとに—許へ〈神宮〉 ふえにふき—ふえをふき〈宮甲〉 ふえふき〈清心・静嘉・川口・国研・天理〉 ふえに（本）ふき〈刈谷・藤井〉 ふみにふき〈神宮〉 侍ける—侍り〈川口〉 ける〈神宮・林乙・林丁・林戊〉 露わけわふる右大将—欠〈蓬左・國學〉 露わけわた（ふイ）る右大将〈天理・東大〉 つゆ分わふる右大将〈狩野〉 思しる—おもひしれ（るイ）〈天理・東大・狩野〉 思しれ〈明大〉 気色を—気色も（をイ）〈狩野〉 気色も〈嘉永〉 しつくに〈林甲・林戊〉

付記 國學・神宮・林甲（歌のみ）・林乙・林丁・林戊あり。

〔現代語訳〕 八月のころ、女の邸の近くに佇んで、思いをこめて笛を吹きましたときに

『露分けわぶる』の右大将

恋の情趣を理解する人に見せたいものです。これ以上、浅茅の中を分け入って露に濡れることの出来ないくらいに、あなたを思う涙に濡れている袖の様子を。

〔語釈〕 **○ふえにふき侍ける** 「ふえに」は、「ふえ（笛）を」の方が意味をとりやすいが、笛に思いをこめて笛を吹く意と解した。**○露わけわぶる** 物語名は、歌の第四句と同じである。「露」は涙の意をかけている。「わぶる」

は、辛くて続けることができない意。**○思しる**　情趣をわきまえる、理解する意。**○あさぢふ**　浅茅生。「あさぢ」は丈の低いちがやのこと。浅茅が生えているような荒れ果てた所の意。「露」「袖」は縁語。秋上巻に、当該歌の他、255番歌に「あさぢが原」が、秋下巻に291・292・293・295・296番歌に「浅茅」の歌群として収められている。

〔参考歌〕

①思知る人に見せばや夜もすがら我がとこ夏にをきゐたる露（『拾遺集』恋三・八三一・元輔）

②ねは見ねどあはれとぞ思ふ武蔵野の露わけわぶる草のゆかりを（『源氏』若紫・光源氏）

〔典拠〕　『露分けわぶる』（散逸物語）。『風葉集』に一首入集。

物語名は、当該歌の第四句からとられたものであろう。「散佚物語《鎌倉》」には、笛を吹いて女に恋情を伝える話として、『伊勢』第六十五段があげられている。何らかの影響をうけているとも考えられる。『事典』には、物語の背景に『源氏』若紫巻の光源氏詠（参考歌②）が想定される、との指摘がある。（浅井）

こたかゞりのついでにまできたる人の、またおぎ原の
露にまどひぬ、といひける、かへし　源じのをの、あま
秋の野の露わけきたるかりごろもむぐらしげれるやどにかこつな

〔校異〕　こたか―ほたる（小鷹歟）〈刈谷・龍大・藤井〉　まて―まうて〈天理・東大・明大・狩野〉　また―すか〈まイ〉た〈狩野〉　おぎ原―萩はら〈川口〉　まとひぬと―まかひぬと〈蓬左・陽乙・内閣〉まとひぬる（とイ）〈狩野〉　わけきたる―わけきつる〈刈谷・龍大・藤井〉　かりころも―からころも〈清心〉

〔現代語訳〕

小鷹狩りのついでにやって来ている人が、「また荻原の露に迷ってしまいました」と言いかけましたので、

その返し　　　　　　　　　　　　　　　　　『源氏』の小野の尼

秋の野の露を分けてやって来た、あなたの着ている狩衣は、露にぬれておりますよ。葎の生い茂っている家のせいにしないでください。

〔語釈〕　**○こたかゞり**　小鷹狩り。秋に行う鷹狩りのことで、隼などの小鷹を使って、主に鶉・雲雀などの小鳥を狩る。鷹の雌を大鷹と言い、大鷹を用いて冬に行われ、鶴・雁・雉などの大きなものを捕らえる狩りを「大鷹狩り」と言うのに対して言う。**○まできたる人**　やって来ている人。中将。小野の妹尼の亡くなった娘の夫。「まできき」は、「まうでく（詣来）」の約「までく」の連用形。**○またおぎ原の露にまどひぬ**　中将が、浮舟への思いを詠んだ歌、「松虫の声をたづねて来つれどもまた荻原の露にまどひぬ」の下の句。松虫の声（浮舟）を捜しにきたけれど、また荻原の露にぬれて迷ってしまいました、の意。「また」とあるのは、三度目の来訪のため。**○をのゝあま**　小野の妹尼。横川の僧都の妹。衛門督の妻。夫の死後、娘に婿中将を迎えたが、娘も亡くなり出家した。浮舟を、亡き娘の形見と思っている。中将の再三の訪れに応じようともしない浮舟に代わって歌を詠んだ。**○露わけきたる**　露にぬれた野を分けてやって来たの意。「き」は「来」と「着」の掛詞。「露」に涙の意をかける。前歌の「露わけわぶる」の句をうけている。**○かりごろも**　狩衣。鷹狩りのときに使用した服装。**○むぐら**　葎。つる草の総称。荒廃したようすを表す。**○かこつ**　託つ。他のせいにする意。

〔参考歌〕

①八重葎茂れる宿のさびしきに人こそ見えね秋は来にけり（『拾遺集』秋・一四〇・恵慶）

〔典拠〕　『源氏物語』（2番歌初出）手習巻。該当する部分を掲げる。

八月十余日のほどに、小鷹狩のついでにおはしたり。（中略）客人は、「いづら。あな心憂。秋を契れるは、すかしたまふにこそありけれ」など、恨みつつ、

松虫の声をたづねて来つれどもまた荻原の露にまどひぬ

「あないとほし。これをだに」と責むれば、さやうに世づいたらむこと言ひ出でんもいと心憂く、また言ひそめては、かやうのをりをりに責められむも、むつかしうおぼゆれば、答へをだにしたまはねば、あまり言ふかひなく思ひあへり。尼君、はやうは、いまめきたる人にぞありけるなごりなるべし、

「秋の野の露わけきたる狩衣むぐらしげれる宿にかこつな

となん、わづらはしがりきこえたまふめる」と言ふを、

（浅井）

しのびてをぐらに出侍けるによもすがらをきわたせる
露も袖のうへにたぐひてみえければ

をぐら山たづぬるの女院大納言

わが袖にみだれにけりなはる〴〵と玉かとみゆるのべのしら露

【校異】 出侍けるに—出侍ける〈刈谷・龍大・藤井〉をきわたせる—おきわたれる〈天理〉をきわたれる〈東大〉たくひて—たくみて〈神宮〉みえければ—見ければ〈内閣〉をくら山たつぬるの女院大納言—女院大納言をくら山たつぬる〈天理・東大・明大〉をくら山たつぬる（イ）女院大納言〈狩野〉をくら山たちぬる女院大納言〈嘉永〉玉—置《ヒ》（玉）〈陽乙〉

付記 神宮・林乙・林丁あり。

【現代語訳】

こっそり小倉に出かけました時に、一晩中一面に置いていた露も、袖の上の涙と一緒になって見えたので
『小倉山たづぬる』の女院大納言

私の袖に露が置き乱れてしまいましたことよ。はるか遠くまで玉かと見える野辺の白露が置いています。

〔語釈〕 **○をぐら** 山城国の歌枕で、嵯峨の西にある山のこと。**○たぐひて** 一方を他方と比べて、同じだと思うこと。ここでは、露が袖の上の涙と同じように見えたことを指す。**○をぐら山たづぬるの女院大納言** 『小倉山たづぬる』は散逸物語の名。女院大納言は、物語の主要な登場人物である。**○袖** 袖から連想されるものとして「涙」が挙げられる。袖の上にこぼれた涙を「露」に喩える。**○のべのしら露** 野辺に置いた白露を玉に見立てている。ここでは、涙と白露が袖の上で似て見えるという共通点を介して、袖から遥かに広がる野辺に視線を移していく。

〔参考歌〕

①かりころもみだれにけりなあづさゆみひくまののべのはぎのあさつゆ（『続古今集』秋上・三二七・式子内親王）

〔典拠〕 『小倉山たづぬる』（散逸物語）。『風葉集』に二首入集。

『物語合』九番左の歌は、題名は『をかの山たづぬる民部卿』となっている。「をかの山」は「をくら山」の誤写と考え、これを同一作品とすれば、成立は天喜三年（一〇五五）、作者は小左門となる。しかし『事典』は、「小倉山」と「露」が詠み込まれた歌は『唯心房集』一五七、『長秋詠藻』一八九くらいで、どちらも天喜三年以降であるため、『をかの山たづぬる民部卿』より成立の遅い、異なる物語である可能性を指摘している。また、物語に於ける「女院」の登場は、野村倫子氏が指摘されている（「物語の「女院」、素描　平安・鎌倉物語に見える「女院」の系譜」（『源氏物語と帝』二〇〇四・六　森話社））ように、『源氏』が最初（ただし呼称としては用いられていない）、続いて『狭衣』『寝覚』で、女院の名称が多く見えるのは平安末期以降である。このことも当該物語の成立時期を示唆しているように思われる。物語名の命名については180番歌〔典拠〕参照。

内容は、『風葉集』765番歌に女院大納言への院御歌として、「うちつけの契りと人や思ふらむ心のうちを知らせてしがな」とあることから、院が女院の大納言に対して唐突に恋心の表明をしたとわかる。このことをふまえた上で『小木散逸』では、『をかの山たづぬる民部卿』と同一作品と考え、内容を「女院大納言という女房と民部卿が恋仲であるところへ、院もこの女房を愛されるようになり、三角関係に悩んだ女が小倉山へ逃避し、民部卿がそこをたづねて行く、との筋を持った物語」と復元している。（出口）

だいしらず　　すゑ葉露右大臣

いかにせむあさぢが原に風ふきて涙の玉の露もとまらぬ

〔校異〕 右大臣―大納言〈天理・東大〉右大臣（大納言イ）〈狩野〉あさちか原―浅茅生か原〈内閣〉ふきて―ふけは（きてイ）〈狩野〉玉の露―つゆのたま〈蓬左〉露の玉〈陽乙・彰甲・内閣〉玉（露イ）の露（玉イ）〈天理・東大〉とまらぬ―虫まらぬ〈松甲〉

〔現代語訳〕

題知らず　　『末葉の露』の右大臣

どうしたらよいのでしょうか。浅茅が原に風が吹いて、葉先に置いた露がはかなく落ちてゆくように、私の涙も次々とこぼれ、止まりません。

〔語釈〕 **○すゑ葉露**　物語名。歌語としては「昨日までよそにしのびしたおぎの末葉の露に秋風ぞ吹」（『新古今集』秋上・二九八・雅経）のように、露が不安定な位置にあるため落ちやすく、対象のはかなさを表すことば。**○右大臣**　この物語の主要人物である女君（のちの女院）と恋仲になる人物で、宰相中将であったが、のちに右大臣となった。『無名草子』によると、物怪のしわざによって、女君についての記憶を失い、女君に通わなくなる。『小木散逸』では、宰相中将が後に「右大臣」と呼ばれるように、源中将が後に「大将」と呼ばれており、死去の時の大将の本官が「大納言」あるいは「内大臣」であろう、とする。そう考えると、天理本・東大本では「大納言」となっているが、「右大臣」のほうがふさわしい。**○あさぢが原**　荒れ果てた場所の意。「浅茅が原の露」は秋の景物として詠まれ、『新古今集』以降、「浅茅が露」の歌語がある。これは『源氏』賢木巻の紫の上詠「風吹けばまづぞみだるる色かはる浅茅が露にかかるささがにに」によって、非常に落ちやすく消えやすいことを喩える歌語として定着した。**○風ふきて**　「秋風」は「露」を散らすものとする表現の伝統がある。

〔参考歌〕

①秋といへば契をきてやむすぶらん浅茅が原のけさのしら露（『新古今集』秋下・四六三・恵慶）

〔典拠〕　『末葉の露』（散逸物語）。24番歌初出。

『風葉集』冬・416番歌の詞書から、右大臣は行方不明の女君のことを嘆き暮らしているので、冬には記憶を取り戻していたことがわかる。当該歌について『小木散逸』に、「題知らずとはあるが、やはり女君失踪に対する歎きと考えられるから、中将は秋になって記憶を取り返し、その悲しみは秋から冬へと深くなっていったものであろう。」と指摘されている。（出口）

　　をのにすみ侍けるに、秋のゆふぐれ思いづる事おほくて

　　　　　　　　　　　　　　　　うきふねのきみ

心には秋のゆふべとわかねどもながむる袖に露ぞこぼるゝ

〔校異〕　すみ—欠〈天理・東大・明大・狩野〉　侍けるに—侍ける比〈明大・狩野〉侍ける頃〈天理・東大〉　秋の—秋風の〈刈谷・龍大・藤井〉　思いつる事—思ひこと〈明大〉思ひい（イ）つること〈狩野〉　露ぞ—露を〈静嘉〉

〔現代語訳〕

　小野に住んでおりましたとき、秋の夕暮れには思い出す事が多くて

　　　　　　　　　　　　　　　　浮舟の君

私の心には秋の夕べの趣きを理解することができませんが、物思いにふける袖に涙が自然とこぼれ落ちてしまうことです。

〔語釈〕 ○をの　山城国愛宕郡小野郷。浮舟が悩んで入水したが、小野の尼に助けられ、隠れ住んでいたところ。○思いづる事おほくて　ここでは母や過去のことをいろいろと思い出してしまうこと。○うきふねのきみ　宇治十帖に登場する宇治八宮の娘の一人。常陸介の養女。○秋のゆふべと　秋の夕方のこと。哀感を誘うものとして用いられる。『風葉集』諸本では「と」であるが、『物語後百番』では「を」。『源氏』本文も「を」。ただし陽明文庫本『源氏』では「も」に重ね書きがされており「を」となっている。○露ぞこぼるゝ　秋の夕暮れの情景と、秋風が身にしみて感じられて涙が流れる状況を重ね合わせている。『風葉集』は「こほるゝ」であるが、『物語合』、『源氏合』、『源氏』は「みたるゝ」であり、例外は『源氏』の青表紙本系統の静嘉堂文庫蔵本（伝二条為氏筆）が「こほるゝ」である（『源氏物語大成』による）。

〔参考歌〕
①袖にさへ秋のゆふべはしられけりきえし浅茅が露をかけつゝ（『新古今集』哀傷・七七八・徽子女王）

〔典拠〕 『源氏物語』（2番歌初出）手習巻。該当箇所を挙げる。

さだすぎたる尼額の見つかぬに、もの好みするに、むつかしきこともしそめてけるかなと思ひて、心地あしとて臥したまひぬ。「時々、はれはれしうもてなしておはしませ。あたら御身を、いみじう沈みてもてなさせたまふこそ口惜しう、玉に瑕あらん心地しはべれ」と言ふ。夕暮れの風の音もあはれなるに、思ひ出づることも多くて、

心には秋の夕をわかねどもながむる袖に露ぞみだるる

〔他出〕 『物語二百番歌合』（後百番）二十五番左。

（出口）

冷泉院の后の宮の御かたにて、春秋いづかたにか御心よせ侍べからん、ときこえ申させ給に、いつとなき中にもあやしとき、しゆふべこそ、とのたまはせければ

六条院御歌

君もさはあはれをかはせ人しれずわが身にしむる秋のゆふ風

〔校異〕 御かた―御歌〈明大・狩野〉御歌|〈方イ〉〈天理〉御前|〈方イ〉〈東大〉春秋―春秋は〈刈谷・龍大・藤井〉いつかたにか―いつかたに〈丹鶴〉いつかたにかは〈刈谷・藤井〉御心―御こゝろを〈蓬左〉御心を〈内閣〉侍へからん―侍らん〈天理・東大・明大・狩野〉侍へらん〈内閣〉きこえ―聞し〈陽乙・内閣〉いつとなき―いつはなき〈蓬左・陽乙〉中にも―中に〈日甲・龍大〉あやしと―あやしきと〈龍大〉ゆふへ―ゆへ〈蓬左・陽乙・田中・日甲・篠山・彰甲・伊達・龍門・東大・明大・狩野・内閣・松甲〉ゆゐ〈丹鶴・天理〉故〈清心・静嘉・川口・国研〉のたまはせければ―のへたまはせければ〈清心・静嘉・川口・国研〉君も―君よ〈嘉永〉かはせ―かはせ|〈けよイ〉〈狩野〉しむる―しむも|〈るイ〉〈清心〉しむも〈静嘉・川口〉ゆふ風―夕くれ|〈風イ〉〈天理・東大〉夕くれ〈明大〉夕暮〈狩野〉

〔現代語訳〕

冷泉院の后の宮の御住まいで、「春と秋のどちらをひいきになさいますか」と申し上げさせなさると、「どちらかということもありませんが、あやし、と申します秋の夕べが」とおっしゃったので

六条院御歌

あなたがそのように秋の夕べを好まれるとおっしゃるなら、私と心を通わせてください。人知れず私も心の中

にいつも、わびしい秋の夕風が吹いているものですから。

〔語釈〕 **〇冷泉院の后の宮** 六条御息所前坊の娘で、御息所の亡き後、光源氏の幼女として入内し、冷泉院（帝）の后となり、当該歌の場面によって秋好中宮と呼ばれた。**〇春秋いづかたに** 春秋優劣論は、古く『古事記』よりある。光源氏は、六条院を造営するにあたって、四町のどこにどの女性を配置するか考えるために尋ねた。**〇いつとなき中にもあやしときゝしゆふべこそ** 『古今集』の「いつとても恋しからずはあらねども秋の夕べはあやしかりけり」（恋一・五四六・読人不知）による。**〇あはれをかはせ** 狩野イでは「あはれをかけよ」。『源氏』本文では、「あはれをかはせ」。「あはれをかはせ」では、しみじみと思いを交流させることを指し、「あはれをかけよ」では私に思いをよせてほしいの意。ここでは、亡くなった六条御息所を共に思い出しつつ、秋好の中宮への思いをほのめかしているので、「あはれをかはせ」がふさわしい。**〇わが身にしむる** 「身にしむ」は、〔参考歌〕①②のように、しみじみと深く感じ入るという意味である。ここでは「身にしむる」と他動詞で用いられているが、これは、和歌ではわずか一例しかなく、当該歌が用例として最も古い。『源氏』が作り出した独自表現といえるだろう。散文でも『源氏』若紫巻・若菜下巻にある用例が一番古い。**〇秋のゆふ風** 『万葉集』巻十・二二三〇から見られる。冷たい秋の夕風が身にしみて、心にしみじみと哀感が広がる意を表現する。

〔参考歌〕

①秋ふくはいかなる色のかぜなればみにしむばかりあはれなるらん（『興風集』五四）

②月はよしはげしきかぜのおとさへぞ身にしむばかり秋はかなしき（『大斎院御集』一一七）

〔典拠〕 『源氏物語』薄雲巻。当該箇所を次に挙げる。

「はかばかしき方の望みはさるものにて、年の内ゆきかはる時々の花紅葉、空のけしきにつけても、心のゆくこともしはべりにしがな。春の花の林、秋の野の盛りを、とりどりに人あらそひはべりける、そのころの、げにと心寄るばかりあらはなる定めこそはべらざなれ。（中略）げにいつとなき中に、あやしと聞きし夕こそ、はかなう消えたまひにし露のよすがにも思ひたまへられぬべけれ」と、しどけなげにのたまひ消つもいとらうたげなるに、え忍びたまはで、

「君もさはあはれをかはせ人しれずわが身にしむる秋の夕風

忍びがたきをりをりもはべるかし」と聞こえたまふに、いづこの御答へかはあらむ、心得ずと思したる御気色なり。

（出口）

にほふ兵部卿のみこ、ゆふ霧のおとゞのもとにわたりぬるのち、よろづ思みだれて、のどかに吹くる松風のをとも、あらましかりし山おろしにはおとりて思くらべられければ

うぢの中の君

山ざとの松の陰にもかくばかり身にしむ秋の風はなかりき

〔校異〕　吹くる―吹つる〈清心〉　山おろし―山嵐〈内閣〉　おとりて―をとつ（り）て〈伊達〉　くらへられければ―くらへければ〈刈谷・龍大・藤井〉　中の君―中宮〈国研〉　陰にも―かけにし〈田中〉　風にも〈狩野〉

〔現代語訳〕

匂兵部卿のみこが、夕霧大臣のもとにいらっしゃった後、さまざまに思い乱れて、穏やかに吹いてくる松風の音も、荒々しかった宇治の山おろしよりもひどいものと思い較べられましたので

宇治の中の君

あれほど待ち続けた山里の松の陰であっても、こんなにも身にしみるつらい秋風はありませんでした。

〔語釈〕 **○にほふ兵部卿のみこ**　21番歌〔語釈〕参照。**○ゆふ霧のおとゞのもとにわたりぬる**　匂宮は、夕霧の娘である六の君と結婚した。このとき中の君は匂宮と結婚していて、八の宮、大君に先立たれ、故郷の宇治を離れて京の二条院に入っている。**○山おろし**　風が山から激しく吹き下ろしてくること。宇治の風を指す。**○山ざとの**　ここでは、中の君の故郷である宇治のこと。**○松の陰**　松の下。「松」と「待つ」を掛ける。わびしい山里を暗示している。**○秋**　「飽く」を掛ける。

〔参考歌〕

①山里に住みにし日よりとふ人もいまはあらしの風ぞわびしき（『古今六帖』第一・四二九）

〔典拠〕『源氏物語』宿木巻。当該箇所を次に挙げる。

さらに姨捨山の月澄みのぼりて、夜更くるままによろづ思ひ乱れたまふ。松風の吹き来る音も、荒ましかりし山おろしに思ひくらぶれば、いとのどかになつかしくめやすき御住まひなれど、今宵はさもおぼえず、椎の葉の音には劣りて思ほゆ。

山里の松のかげにもかくばかり身にしむ秋の風はなかりき

来し方忘れにけるにやあらむ。

（出口）

のわきのあしたによめる　　あかしのうへ

おほかたの荻のはすぐる風のをともうき身ひとつにしむ心地して

〔校異〕あしたに―あ虫たに〈松甲〉　荻のは―萩の葉〈蓬左〉　荻のみ〈清心〉　をとも―をとに｜（も歟）〈刈谷・藤井〉　音に｜（もか）〈龍大〉　しむ―しん｜（むか）〈松甲〉

〔現代語訳〕

明石の上

野分の朝に詠みました歌

普通の、吹き過ぎてゆく荻の葉の秋風の音も、辛いことの多いこの私ひとりの身には染み入る気がしまして。

〔語釈〕　**○おほかたの**　『風葉集』諸本に異同はないが、『源氏』、『物語前百番』では「おほかたに」とある（『源氏』当該部に諸本による異同なし）。「おほかたの」は「一般的な」「普通の」の意（〔補説〕参照）。**○荻のはすぐる風のをと**　『物語前百番』では「すぐる」が「わたる」とある。「荻の葉を吹き過ぎていく秋風の音」の意。「荻の葉」を明石の君、「風」を光源氏に喩える。「風」は秋風で「飽き」を暗示する。なお、『源氏』で、荻の葉風が身にしむと詠んだ歌は230番歌に既出。**○うき身ひとつに**　辛い思いの多い我が身ひとりだけにの意。「ひとつ」は初句「おほかた」と対する語。◇参考「月見れば千ゞにものこそかなしけれわが身ひとつの秋にはあらねど」（『古今集』秋上・一九三・千里）。〔補説〕参照。

〔参考歌〕

①いとゞしく物思やどの荻の葉に秋と告げつる風のわびしさ（『後撰集』秋上・二二〇・読人不知）

〔典拠〕　『源氏物語』野分巻。当該箇所を次に挙げる。

こなたより、やがて北に通りて、明石の御方を見やりたまへば、はかばかしき家司だつ人なども見えず、馴れたる下仕どもぞ、草の中にまじりて歩く。…（中略）…もののあはれにおぼえけるままに、箏の琴を掻きまさぐりつつ、端近くゐたまへるに、御前駆追ふ声のしければ、うちとけなえばめる姿に、小袿ひきおとして、けぢめ見せたる、いといたし。端の方に突いゐたまひて、風の騒ぎばかりをとぶらひたまひて、つれなく立ち帰りたまふ、心やましげなり。

おほかたに荻の葉すぐる風の音もうき身ひとつにしむ心地して

と独りごちけり。

〔補説〕

○『風葉集』秋部の物語歌集としての特徴―恋情を織り込むキーワードの連鎖―

『風葉集』秋部は、勅撰集四季部とは異なり、秋の情景の背後に恋の抒情を漂わせた物語歌集独特の世界を形成している。これは、「おほかたの（に）」と「身にしむ」、加えて「ながめ」「物思ふ」といった、叙景ではなく心情を表現する語を持つ歌が随所に嵌め込まれ、その歌の連鎖によって作り出されている。

まず、当該歌にも見える「おほかたの（に）」という表現は、「おほかたの（に）」と「（我が）身」の対比によって、詠者の眼前の秋の自然の景物が人の心に通常に感じさせる情を越えて、詠者固有の情意を際立たせる。この表現は「秋上」の259・260・263・276、さらに「秋下」309に配されて、この秋部の歌が、単なる叙景ではなく、詠者個々の抒情の表現であることが強調されているのである。

次に、「（風が）身にしむ」の表現を持つ歌は、「秋上」230・257・258・259に『源氏』歌、さらに260（『よその想ひ』）と277（『ちぢにくだくる』）に『源氏』以外の典拠の歌が配されている。この表現の早い例としては「吹風は色も見えねど冬くれば一人寝る夜の身にぞしみける」（『後撰集』冬・四四九・読人不知）が挙げられるが、これは冬歌である。秋歌としては、『古今六帖』に「吹きくれば身にもしみける秋風を色なき物と思ひけるかな」（四一三）が古い。和泉式部には、「秋吹くはいかなる風のいろなれば身にしむばかりあはれなるらん」（『和泉式部集』八六〇）など四首の「秋風」が「身にしむ」と詠んだ歌がある。また、『源氏』には「秋風」が「身にしむ」と詠んだ歌が四首見える。右に示した如く『風葉集』秋部には四首とも採られている。『源氏』では、須磨巻の「心づくしの秋風」ではないが、地の文においても秋の景物を叙景と抒情が融合した視点で捉えた表現で、登場人物の心情が描き出されている。和泉式部歌と『源氏』歌を経て、「身にしむ」風は「秋風」とされ、当該歌に近似した「をぎのはをなびかすかぜのおときけばあはれみにしむあきのゆふぐれ」（『相模集』五四八）などを生み出し、その後、俊成の「夕されば野辺の秋風身にしみてうづら鳴くなり深草のさと」（『千載集』秋上・二五九）、定家の「しろたへの袖のわかれに露おちて身にしむ色の秋風ぞふく」（『新古今集』恋五・一三三六）が詠まれた。俊成歌は『伊勢』一二三段の世界を取り、詠者は『伊勢』中の深草の里の女と一体化し、秋の夕暮れに風が身にしむ女の悲哀を詠む。定家詠は秋の早朝の景に後朝の抒情が融合している。こうして、「(風が)身にしむ」は恋的雰囲気の漂う秋歌、いわば、恋的秋歌として独自の達成をみせた。『風葉集』秋部は、和歌の表現史に果たした物語歌、特に『源氏』歌の力を示すかのように、「(風が)身にしむ」の表現を持つ歌を配しているのである。

「物思ふ」「ながむ」の語をもつ歌も、『風葉集』秋部に散見するが、これらは『古今集』小町歌以来の、女歌、恋歌に用いられる伝統的な歌句であり、辛い思いを抱えて自然と対峙する詠者が眼前の自然景物に我が身を重ねる視点を表す歌句である(北山正迪「ながむ」覚書『国語国文』三八巻十号〈一九六九・一〇〉参照)。

『風葉集』は四季部でも、自然の景物そのものを詠むことを主意とした叙景よりも、自然の景物を契機として物語中の人物の心情を表現する抒情を主意とする詠で、特に、秋部は恋的秋歌である。部立の構成は、勅撰集と同様に歌題(歌材)によって纏める方法で配されているが、同時に右に挙げたようなキーワードを連鎖的に配することで、さらに秋部全体が恋的抒情を志向し、物語歌集としての性格を際立たせている。

(玉田恭)

〔他出〕 『物語二百番歌合』(前百番)三十一番左。『源氏物語歌合』(五十四番歌合)四十五番右。

中宮さとにおはしましけるころ、しのびがたき秋のゆふべにたてまつらせ給ける　　よその思のみかどの御歌

身にぞしむたゞ夕ぐれの秋の風おほかたにとはおもひなせども

〔校異〕 秋―夜〈国研〉　ゆふへに―夕かた〈狩野〉　たてまつらせ給ける―たてまつらせ給ふ〈蓬左〉　ならせ給ける〈刈谷〉　おほかたに―大かたわ(にイ)〈東大〉　大かたわ〈明大〉　おもひなせとも―思ひなせてき(ともイ)〈狩野〉

〔現代語訳〕

中宮が里にいらっしゃいました頃、恋しさにこらえきれない秋の暮れ方にさしあげなさいました

『よその思ひ』の帝の御歌

あなたに逢えない寂しさが身にしみて感じられることですよ。ただ夕暮れの秋風が、普通に吹いているだけだと、思ってはみるのですが。

〔語釈〕 ○身にぞしむ 身にしみて感じられる（259番〔語釈〕および〔補説〕参照）。初句にこの句を置く用例は『新古今集』時代以降に見える。初句切れで一文をなし、一首全体を統括する型で、「身にぞしむ」の初句に歌の主意が示される（次項参照）。○たゞ夕ぐれの秋の風 恋しい人は訪れず、ただ夕暮れの秋風だけが吹く意。第二句以下は初句の具体化であり、第三句末で切れつつ、同時に下句に倒置関係で繋がって下句と一体をなして初句で述べた恋の想いによる辛さをいう。「飽き」を暗示する恋の情意に秋風の寂寥感も添え、それがとりもなおさず初句と呼応する。この切れ続きの用法が『新古今集』編纂期前後の歌風に通底しており、さらに、『建仁元年（一二〇一）八月三日和歌所影供歌合』に詠まれた「人すまぬふわの関屋の板びさし荒れにしのちはたゞ秋の風」（『新古今集』雑中・一六〇一・良経）の影響が考えられる。このことから当該物語の成立時期について従来の無名草子の成立以降『風葉集』成立までの間との推定をさらに限定し、建仁元年八月以降と考えることができ、54番歌〔典拠〕を補強することができよう。○おほかたにとはおもひなせども 「おもひなす」は、あえて思いこむ意。「〜と（に）」を承けた第五句「思ひなせども」の歌の例は『新古今集』編纂前後の頃からみえる「うきことはなほこころにぞのこりけるみをなきものにおもひなせども」（『三百六十番歌合』・覚盛）。「おほかた」は、前歌（259番歌）参照。

〔参考歌〕 なし。

〔典拠〕 『よその思ひ』（散逸物語）。54番歌初出。

（玉田恭）

もろこしにてかへりなんとし侍けるころ、河陽県のきさいの女王のきみのもとにまかれりけるに、見もしらぬがほにこたへ侍ければ　　はま松の中納言

あはれしる人こそさらになかりけれ今はとおもふ秋のゆふべを

〔校異〕 河陽県―河帰県〈陽甲・蓬左・陽乙・嘉永・田中・清心・静嘉・川口・国研・龍門・松甲・刈谷・龍大〉○河（イ）陽県〈狩野〉きさいの女王の―きさいの女〈内閣〉きさいの宮《ヒ》の《ヒ》女王の〈龍大〉まかれりけるに―まかれりける〈蓬左・陽乙〉まかれ○（一本）りけるに〈丹鶴〉まかれりけれ（る歟）に〈彰甲〉まれりけるに〈明大〉見もしらぬかほに―みもしらぬか○（イ）ほに〈狩野〉あはれしる―あはれしるしる〈嘉永〉なかりけれ―なかりけり〈篠山〉今は―こと（今イ）は〈天理・東大〉ゆふへを―夕くれ（をイ）〈狩野〉ゆふくれ（へを一本）〈丹鶴〉

〔現代語訳〕

唐土において、帰国しようとしておりました頃、河陽県の后に仕えている女王のきみのところに出向いておりましたところ、見もしらぬふりで答えますので　『浜松』の中納言

しみじみと身にしみるような私の悲しい心をわかってくれる人はまったくいなかったのですね。今はこれが唐土での最後の機会と思うからこそ物思いの募る秋の夕暮れですのに。

〔語釈〕 **○もろこしにてかへりなんとし侍けるころ**　亡父の転生した唐の第三皇子に会うため渡唐した『浜松』の主人公の中納言が、その皇子と母后に会った後、唐土から帰国する時期が近づいていた頃。**○河陽県のきさいの**

后は亡父が転生したという唐の第三皇子の母后（唐后）をさす。一の后方の勢力におされて皇子と同じく都にほど近い河陽県の離宮に暮らす。31番歌〔典拠〕参照。**〇女王のきみ**　『浜松』巻一に「河陽県の后の御親族にて、宮の御身に添ひて、いとやむごとなきものにおぼされたる、女王の君と申す人」とある。「女王」は「令制で、二世以下四世以上の皇族女子の称（『日国大』）。唐后の母の吉野尼君は上野宮の姫であるから唐后は皇族三世で女王である。「女王のきみ」は唐后の親族である故の呼称であろう。中西健治氏は『浜松中納言物語全注釈　上巻』（和泉書院・二〇〇五年二月）で「日本から唐后の側を離れずにいた女性を想定していることが考えられる」とされる。**〇見もしらぬがほ**　見知らぬ様子。「〜顔」は「いかにも〜そうな様子」の意。177番歌〔語釈〕参照。**〇あはれしる人**　「しみじみとした情趣を解する心がある人」の意。類似の表現としては「あたら夜の月と花とをおなじくはあはれ知れ覧人に見せばや」（『後撰集』春下・一〇三・信明）が古い例だが、この語は「あはれしる人にはいかがみせざらんうゐしぬしなきやどのさくらを」（『行尊集』一七二）など、『浜松』成立と同時代以降、好んで使用された。ちなみに、〔参考歌〕①は『更級』では「思ひ知る人」とあり、これも類義だが、もう少し主観的な意。**〇さらに**（下に打消の語を伴って）「まったく」、「少しも」の意。**〇今はとおもふ**　今はこれまでと思う。「わすれなんいまはと思ふ時にこそありしにまさる物おもひはすれ（『玉葉集』恋四・一六七七・読人不知）**〇秋のゆふべを**　「を」は間投助詞。

〔参考歌〕

①あはれしる人にみせばや山ざとの秋の夜ふかきありあけの月（『玉葉集』秋下・六九七・孝標女、『更級』三七・初句「思ひしる」）。

〔典拠〕『浜松中納言物語』（31番歌初出）巻一。当該箇所を次に挙げる。

暮らし果てむも心もとなくて、あはれなる夕べの、もの思はむ人過ぐすまじきほどに立ち寄り給へれば、人々端近く、花どももてあそぶけしきにて、このあかつき、「ここは便なし」と言ひし人のけはひもすると聞くに、うれしう胸つぶれて、立ち寄り給ふを、さなめり、と見るに、さきざきは跡絶えて、見え知られじと隠れしかど、この人帰り給はむずるぞかし、と思ふには、人知れぬ人の御ことなど思ひつづけ、さすがにさきざきのやうには、人影もせず、隠れぬものから、いたく忍ぶけしきにて、なほ見も知らず顔に答ふるを、人のほど、さはかぎりにこそあんなれど、かうしもや、と心やましうつらければ、

あはれ知る人こそさらになかりけれ今はと思ふ秋の夕べを

さま良う涙おしのごひつつ、いみじう恨みしをれて立ち給ふさまの、来しかた行く末のこともおぼえず、めでたくあはれにおぼゆれば、

（玉田恭）

〔他出〕『物語二百番歌合』（後百番）二十五番右。

物おもはしき心のうちをもかたらはんとて、右大将のもとにまかれりけるに、こゝにもゆふべ〔くれ〕の空をながめ侍ければ　いはでしのぶの左衛門督

ながめつる心よいかにわれならぬ人もあやしき秋の夕ぐれ

〔校異〕ゆふへの―ゆふくれ〈京大〉ゆふくれ（へを一本）〈丹鶴〉空を―空も〈刈谷・龍大・藤井〉まかれりけるに…なかめ侍けれは―欠〈龍門〉ながめ侍ければ―詠侍けれは（イ）〈狩野〉

付記　國學あり。

〔現代語訳〕

物思いのつきない心の中をも親しく語り合おうと、右大将のところへおもむきましたところ、ここでも夕

方の空を眺めて物思いにふけっておりましたので詠みました歌
『いはでしのぶ』の左衛門督

空を眺めて、物思いに沈んでいたあなたは何を思っていたのでしょうか。わたしでなくても、わけもなく恋しさに心乱れる秋の夕暮です。

〔語釈〕 **○物おもはしき** 物思いのつきない。**○右大将** 『いはでしのぶ』の後編の主人公（主要人物）。二位中将（関白）と一条前斎院の息。斎院の死後、入道一品宮（女院）に預けられる。巻七で女院の姫宮（巻五で「いはでしのぶ関白」の北方となり、右大将には継母）を見初め、その恋心を当該歌で権中納言（左衛門督）に言い当てられる。**○左衛門督** 『いはでしのぶ』当該箇所では権中納言。中宮と右大将はどちらもいはでしのぶ大将の子であり、左衛門督は中宮に似た右大将に同性ながら思いを抱く。**○ながめつる** 「ながめ」は「物思いをする」と「眺める」の掛詞。**○心よいかに** 初句末連体形で第二句「心よいかに」に承接する型の歌は建久・正治以降の新古今時代に初めて例が見える。**○あやしき** 「あやし」は、どうみても納得できず不審が残る気持ちをあらわす。いぶかしい。**○秋の夕ぐれ** 参考歌の第四句「秋の夕べ」に近い表現。「秋の夕べ」は『万葉集』からみえるが、「秋の夕暮」は、勅撰集では『後拾遺集』初出で七首。その後は『金葉集』『詞花集』各一首、『千載集』二首、『新古今集』で一六首と急増、『新勅撰集』二首。『後拾遺集』の一首以外はすべて第五句目の結句に詠まれる。『風葉集』には秋部に六首ですべて結句にみえる。

〔参考歌〕
①いつとても恋しからずはあらねども秋の夕べはあやしかりけり（『古今集』恋一・五四六・読人不知）

〔典拠〕 『いはでしのぶ』（67番歌初出）巻八。当該箇所を次に挙げる。

たゞありしばかりのかぜのまよひを、身にしめつゝ、とし月をかさねて、はれやらぬ心のうちのあぢきなさも、月をみし夜のとも、この大将ばかりに、思ひあまるおり〳〵、うれへきこゑ給ふに、（中略）ふと思ひ出らるゝに、むねうちさわぐも、「こわ何事のよしなさぞ」と、我ながらをこがましく、つくぐ〳〵思ふけしきやしるからん、「さもつきせず、むつかしき御けしきよ。あなあぢきなや。あれがやうなる心をもたらましかば、いかにをかし」と、ことの外にのたまふも、いとねたくて

「ながめつる心よいかに我ならぬ人もあやしき秋の夕ぐれ

そゞろなるひとりいなどは、やうある事と見きこゆる」とのたまふも、ねやましきまゝに、ことつけしとなれど、いひあてられぬる御心ち、すこしをかしうぞあるや。

大かたにながむる秋の夕べをも心にかへてあやしとやみる

などのたまふを、つきせずおとしめきこへ、かた身にのたまふほどに、とのより、とみの事とて、(以下略)

(玉田恭)

かへし

おほかたにながむる秋の夕べをも心にかへてあやしとやみる

〔校異〕 なし。

付記 國學あり。

〔現代語訳〕

返歌

ただ普通の思いで詠めている秋の夕べまでも、あなたの心に置き換えて見透かしたように、私が恋しさに心乱れていると思われるのですか。

〔語釈〕 **○かへし** 『いはでしのぶ』の右大将の返歌。**○心にかへて** 「かふ」は「換ふ」で、「あなたの心に置き

換えて」の意。「けふのまの心にかへておもひやれながめつつのみすぐす月日を」（『新勅撰集』恋一・六四二・和泉式部、『和泉式部日記』四）　**〇あやしとやみる**　「や」は反語の助詞。恋心を伏せて返歌している。

〔参考歌〕

①262番歌〔参考歌〕①に同じ。

〔典拠〕『いはでしのぶ』（67番歌初出）巻八。前歌〔典拠〕参照。

（玉田恭）

秋のゆふべ、よしのゝ宮にてよませたまひ〔へ〕ける

風につれなきのよしのゝ院御歌

なをふりじちさとのほかの雲のよそにふるさとゝをき秋のあはれは

〔校異〕たまひける―たまへける〈京大〉たまける〈陽甲・龍門・松甲〉たま｜（給イ）ける〈田中〉つれなさの〈内閣〉よしのゝ―吉野〈田中・川口・国研〉御歌―欠〈清心〉ふりし―ふかし〈天理・東大・明大・狩野〉あはれは―哀を｜（はイ）〈田中・川口・国研〉哀を〈日甲〉あはれを｜（はイ）〈静嘉〉あはれを｜（は一本）〈丹鶴〉

付記　國學あり。

〔現代語訳〕

秋の夕方に、吉野の宮でお詠みになりました

『風につれなき』の吉野院の御歌

やはり昔の人の心と変わることはないはずです。千里も離れた雲居の彼方で、都を遠く離れた秋の寂しさを思う心は。

〔語釈〕　**〇よしのゝ宮**　奈良県吉野郡吉野町宮滝のあたりに営まれた古代の宮。吉野離宮とも。天武・持統・文

武・聖武天皇らが行幸したという記録が残る。当該歌は、物語中では52番歌と同じ頃に詠まれたものであろう。両歌から、吉野に籠もった吉野院が、吉野の宮の旧跡を訪れては、昔を偲ぶ場面があったことが知られる。**○よませたまひける**　底本は「たまへ」であるが、ここは吉野院への尊敬語と見て校訂した。**○よしのゝ院**　物語の主人公。物語前半で、辛いことのみ続いた帝は出家を思い立ち、吉野に籠もる。52番歌〔典拠〕参照。**○ふりじ**　「ふる」は「古くなる」「昔のものとなる」意。「吉野の宮」からの連想。ここでは「秋の寂しさを感じる気持ちは昔の人と同じで、古びてしまうことはない」の意。**○ちさとのほか**　白楽天の「八月十五日夜、禁中獨直、對月憶元九」の第四句「二千里外故人心」を和歌に変えたもの。〔参考歌〕①のように、『新古今集』時代に好まれた表現。**○雲**「雲居」の意。宮中のこと。**○ふるさと**　故郷。ここでは京の都のこと。

〔参考歌〕

①月をみて千里の外をおもふにも心ぞかよふ白川の関（『俊成五社百首』八九、『長秋詠藻』八二）

〔典拠〕『風につれなき』（首部のみ存）。52番歌初出。当該歌は散逸部分にあたる。　（石原）

風あら、かにふき、時雨したるゆふべ、けふのあはれは見しるらんとおぼす人のもとにつかはさせ給ける

六条院御歌

わきてこのくれこそ袖は露けゝれ物おもふ秋はあまたへぬれど

〔校異〕　時雨―時〈日甲〉　あはれ―あく|（はイ）れ〈東大〉　あくれ〈明大〉　見しるらん―みし給ふらん〈嘉永〉　みしるし《ヒ》|（ら）む〈清心〉　もとに―も[虫]に〈松甲〉　つかはさせ―つかはし〈蓬左〉　露けゝれ―露けゝり〈松甲〉

〔現代語訳〕

風が荒々しく吹き、時雨の降っている夕方、今日の悲しさを分かってくれるだろうと思われる人のもとにお遣わしになりました

六条院の御歌

とりわけこの夕暮れは、袖が涙に濡れてしっとりしていることです。物思いをする秋はいくつも経てきましたが。

〔語釈〕 **○時雨したる** 「時雨」は、晩秋初冬の歌語（『能因歌枕』）。『万葉集』に「しぐれの雨間なくし降れば真木の葉も争ひかねて色付きにけり」（巻十・二一九六）などとあり、木の葉を染めて紅葉させるものとして、晩秋の「時雨」が多く詠まれたが、平安時代になると、「雨なれとしくれといへはくれなゐに木のはのしみてちらぬ日はなし」（『貫之集』三八四）などと紅葉を散らすものと詠まれ、初冬の景物となった。**○けふのあはれは見しるらんとおぼす人** 朝顔の宮のこと。『源氏』の本文で光源氏が朝顔の宮に贈った書簡の言葉（〔典拠〕参照）を利用したもの。『物語後百番』詞書では「朝顔の宮に」と明示されている。**○露けゝれ** 「露けし」は、露に濡れてしっとりとなる意。「袖」と「露」は縁語。ここでは、涙にくれる意を含める。涙は葵の上を失った悲しみによるもの。

〔参考歌〕

①いつはとは時はわかねど秋の夜ぞ物思ことのかぎりなりける（『古今集』秋上・一八九・読人不知）

〔典拠〕 『源氏物語』葵巻。当該箇所を次に挙げる。

なほいみじうつれづれなれば、朝顔の宮に、今日のあはれはさりとも見知りたまふらむと推しはからるる御心ばへなれば、暗きほどなれど聞こえたまふ。絶え間遠けれど、さのものとなりにたる御文なれば咎なくて御覧ぜさす。空の色したる唐の紙に、

「わきてこの暮こそ袖は露けけれもの思ふ秋はあまたへぬれどいつも時雨は」とあり。御手などの心とどめて書きたまへる、常よりも見どころありて、「過ぐしがたきほどなり」と人々も聞こえ、みづからも思されけれ

ば、「大内山を思ひやりきこえながら、えやは」とて、

秋霧に立ちおくれぬと聞きしよりしぐるる空もいかがとぞ思ふ

とのみ、ほのかなる墨つきにて思ひなし心にくし。

〔他出〕『物語二百番歌合』（後百番）七十六番左。

〔補説〕

○「袖」と「露けし」について

「袖は露けし」は、「涙で袖がひどく濡れてしまった」ことを表す。「袖」と「露けし」を組み合わせた類似した表現は、『万葉集』には見えず、『古今集』の「けふわかれあすはあふみとおもへども夜やふけぬらむ袖のつゆけき」（離別・三六九・紀利貞）が古い用例のようである。『後撰集』では秋歌に四首（二一四・二七八・二八一・三一六）、哀傷一首（一四一〇）と急増し、その後の勅撰集にも数多く見え、王朝時代以降の和歌では典型的な表現の一つであった。「露」は秋の代表的景物であるので、秋の歌として詠まれたものが多いが、離別や哀傷歌としても詠まれている。『風葉集』には、当該歌の他、269・273・561・922・1101番歌などに見え、物語歌には恰好の表現方法だったと思われる。当該歌では哀傷歌に使われている。（石原）

ものおもひける秋のころ、袖を風の吹かへすに

水あさみの承香殿女御

夕さればいとゞ露けき衣手になにとしらする風の気色ぞ

〔校異〕おもひける—おもひをる〈藤井〉　なにと—なにと〈林丁〉　しらする—しらさ《ヒ》（す）る〈陽甲〉

付記　國學・神宮・林乙・林丁あり。

〔現代語訳〕

物思いに沈んでいた秋の頃、袖を風が吹き返すので

夕方になるといっそう露っぽくなる袖に、何と知らせる風の気配でしょうか。

『水あさみ』の承香殿女御

〔語釈〕 **〇あさみ** 「浅し」の語幹に理由を表わす「み」がついたもの。浅いので。**〇承香殿女御** 「承香殿」は、女御などが住んだ後宮の殿舎の一つ。679番歌より、承香殿女御は服喪中で里下がりをしていたと思われる。**〇夕されば** 「夕さる」は夕方になる意。「さる（去る）」は、基点から離れる意で、ここでは「来る」意。**〇露けき衣手** 涙に湿っぽくなった袖。「衣手」は袖。265番歌「袖は露けゝれ」につながる。「衣を返す」から「夜の衣」、「風の音」から「男の訪れ」を連想させる。「露」「衣手」「風」は縁語。当該歌の他には「七夕のかねて露けき衣手にわかれて後ぞほしわびぬべき」（『定頼集』四八）の一例しか見えない表現。**〇なにとしらする** これも当該歌以外には見られない表現。和歌表現としては熟していない一首で、物語の文脈中に置かないと「なにとしらする」の内容が十分伝わらない。

〔参考歌〕

①夕さればいとゞ干がたきわが袖に秋の露さへをきそはりつゝ（『古今集』恋一・五四五・読人不知）

〔典拠〕 『水あさみ』（散逸物語）。『風葉集』に九首入集。

題号は、『秀歌選』『小木散逸』で指摘するとおり、『大和』百六段、平中興女の歌「関川のいまはをくぐる水浅み絶えぬべくのみ見ゆる心を」によるものと考えられる。この歌は、元良親王の「あさくこそ人は見ゆらめ関川の絶ゆる心はあらじとぞ思ふ」への返歌である。『水あさみ』も「絶えぬべくのみ見ゆる」様子の男と、それを嘆く女という物語の展開が予想される。『物語史』では「散逸物語基本台帳(b)（鎌倉時代に属する物語）」に分類される。

『風葉集』の九首は、承香殿女御の歌二首（266・679）、右中将の歌二首（829・830）、右大臣中君（303）、右大臣家の弁

（304）、左兵衛督（417）、内大臣（503）、大納言の乳母（908）の歌各一首であり、『小木散逸』は「資料の数に較べて、人数が多く、また詞書も断片的で内容の掴みにくい作品」とされる。承香殿女御は679番歌の詞書に「父の服ぬぎ侍てよめる」とあり、いずれかの時期に父を失って、たよりない身の上となることがわかる。当該歌からは、女御が思い悩む様子はわかるが、この女性が物語の主人公的な立場かどうか、また「物思ひ」の相手は誰かもわからない。また右大臣中の君が右大臣家の女房弁と山里に隠棲したことも知られるが理由は不明（303・304）。『小木散逸』では、物語の主人公は右大臣中君と内大臣の二人であると推論するが、「この後この二人がどうなったかは不明」としており、いずれにせよ物語の展開の詳細は不明というしかない。

（石原）

題しらず　　　　をぐるまの麗景殿女御

かばかりと身のうきほどをしらざりし秋のゆふべも涙なりしを

〔校異〕 題しらず―欠〈京大・宮甲・蓬左・陽乙・嘉永・田中・清心・日甲・静嘉・川口・国研・篠山・彰甲・丹鶴・伊達・龍門・天理・東大・明大・狩野・内閣・松甲・刈谷・龍大・藤井・神宮・林乙・林丁〉をくるまの―をつるまの〈清心〉をみるまの〈内閣〉かはかりと―かくはかりと〈天理〉かく《ヒ》（イ）はかりと〈東大〉かはかりを〈龍門〉しらさりし―しらさりき〈嘉永〉涙―哀（涙イ）〈狩野〉なりしを―なりけり（しをイ）〈天理・東大〉

[付記] 神宮・林乙・林丁あり

〔現代語訳〕

題知らず　　　　『をぐるま』の麗景殿女御

これほどとは我が身のつらさの程を知らなかった秋の夕方にも涙を流しておりましたのに、今はもっと辛く悲しいことです。

〔語釈〕 **○題しらず**　陽甲以外は欠脱しているが、266番歌とは物語も異なり、同じ詞書とは考えがたいので、「題しらず」が原形と判断して校訂した。**○をぐるま**　「をぐるま」の「を」は接頭語。牛車のこと。**○麗景殿女御**　「麗景殿」は女御などが住んだ後宮の殿舎の一つ。**○かばかりと**　これほどまでに、の意。つらさが自分でも思った以上のものであったことを言う。**○しらざりし**　『風葉集』には、十一首見られる（〔補説〕参照）。

〔参考歌〕

①おほかたの秋くるからにわが身こそかなしき物と思ひ知りぬれ（『古今集』秋上・一八五・読人不知）

②影をのみみたらし川のつれなきに身のうきほどぞいとど知らるる（『源氏』葵巻・六条御息所）

〔典拠〕『をぐるま』（散逸物語）。『風葉集』に二首入集。

題号は、『秀歌選』が指摘するように、風俗歌「小車」の「小車錦の　紐解かむ　宵入《よひ》りを忍ばせ夫《せ》　よやな我忍ばせ子　我忍　ばせ　そよ　まさに　寝てけらしも　月の面を　さ渡る雲の　まさや　けく見る　こさやけく見る」（旧大系『古代歌謡集』）によるか。この歌謡から「小車錦の紐解く」という表現が生まれ、『日本書紀』で、允恭天皇が衣通姫の「我が夫子が来べき夕なりささがねの蜘蛛の行ひ是夕著しも」に対して和したという歌の異伝とされる「小車の錦の紐を解きかけてあまたは寝ずなただ一夜のみ」などを生じながら、「小車錦の紐解く」の表現には物語性が付与されたのではないか。「紐解く」は女の下紐を解くこと、女が男と契ることに重なり、題の『をぐるま』は、「小車錦の紐解く」という表現を背景として、小車の錦の紐を解いてほしいと願う、女の一途な愛情を示していると考えられる。しかし、『事典』はそれより允恭天皇の異伝歌の影響下に詠まれた「宵々に錦の紐は解くれども など小車の音にだにもせぬ」（『江帥集』二八二）などによって、「小車」の音を待つ女の心情を象徴するものか」とする。『物語史』では「散逸物語基本台帳(b)（鎌倉時代に属する物語）」に分類される。

内容は、現存する歌が二首しかないため、「男の訪れが絶えてしまい、女は涙して嘆く。この女は後に麗景殿女御となる」という程度のことしかわからない。

『文学史』では、『をぐるま』を「〈しのびね型〉の物語展開を想定することで復元や特色の把握ができる可能性のある事例」の一つとして挙げており、当該歌の「かばかりと身のうきほどをしらざりし」という嘆きや、380番歌の詞書「おとこの絶にける比」から、「男への思いを残したまま、女が入内して女御となる設定と、男への嘆きが主題化されているところに〈しのびね型〉との類似が発見される」とする。しかし、『風葉集』には判断材料となる歌が二首しかないことから、『をぐるま』ではこの後、男主人公が出家するという流れがあるかどうかも分からないなど、物語の復元が困難で「しのびね型」の物語であるかどうか、断定は難しい。

〔補説〕

○「しらざりし」について

「しらざりし」の歌語を含む歌が『風葉集』には十一首、267（秋上・『をぐるま』）、304（秋下・『水あさみ』）、549（離別・『松浦宮』）、601（離別・『松浦宮』）、589（羇旅・『源氏』）、613（哀傷・『寝覚』）、1270（雑二・『寝覚』）、1293（雑二・『寝覚』）、896（恋二・『浜松』）、897（恋二・『浜松』）、910（恋二・『風につれなき』）に収められている。ところが、この歌語は、「知らざりし時だに越えし相坂をなど今更に我迷覧」（『後撰集』恋六・一〇三八・よみ人しらず）が最古例で、平安期には物語歌を除けば、『斎宮貝合』（長久元年〈一〇四〇〉五月一六日）三五、『行尊集』一〇七、『為忠家後度百首』（保延元年〈一一三五〉か）二三四（俊成）の三首しか見出せない。新古今歌人達が活発な活動を始めた鎌倉時代以降は、『新古今集』以後の勅撰集、私家集、歌合などに散見する。一方、物語歌には、『うつほ』一首、『源氏』二首、『狭衣』一首、『寝覚』四首（但し、三首は『風葉集』による、現存散逸部分）、『浜松』二首、鎌倉期以降では、『松浦宮』三首、『風につれなき』一首（『風葉集』による、現存散逸部分）、『恋路ゆかしき』一首、『小夜衣』二首、散逸物語『をぐるま』と『水あさみ』に各一首（『風葉集』による）を拾うことができる。

ところで、類似した表現として「しらざりき」「しらざりつ」「しらざりけり」といった類似表現があるが、これらは平安期から一般の和歌表現としては勅撰集や私撰集、私家集に十例程度見られるが、平安期の物語には見られない。『風葉集』に「しらざりき」の用例が五例見えるが、『風につれなき』に一例見えるが、いずれも鎌倉期の物語である。これらから見ると、「しらざりし」は鎌倉以降はともかく、平安期には一般の和歌よりも物語歌の中で多く使用された、特異な歌語であったことが窺われる。

「しらざりし」は、自己の体験を表す過去の助動詞「き」の連体形「し」を用いており、詠者自身が体験したことがなく未知であったことを強調した表現、倒置法で第一句に用いられた場合も多いが、この場合さらに自己の未知を強調することになる。物語の展開の中で、詠者自身の強い自己認識の表現として用いられたのであろう。実生活を背景とした和歌表現においては、「しらざりし」と言い放つのは強烈すぎたのではないか。これが一般の和歌が題詠歌となり、物語歌を本歌としたり、物語を本説として、詠じられるようになって、和歌にも「しらざりし」が容易に用いられるようになったと考えることができよう。『風葉集』が一一首もの「しらざりし」歌を持つのは、これらが物語歌らしいものだったからであろう。

（石原）

あふにかふる梅つぼの女御

もの思ふ袖の涙にうちそへていたくなをきそよはのしら露

〔校異〕 あふにかふる―あふよかふる〈陽乙〉あふまかふる〈内閣〉あふよにこふる〈神宮〉あふよに恋ふる〈林乙〉あふよにかふる〈林丁〉 梅つぼの女御―梅壺女御〈藤井〉 よは―う|（本）は〈刈谷・藤井〉う|（本ノマヽ）は〈龍大〉

付記 國學・神宮・林乙・林丁あり。

〔現代語訳〕

『逢ふにかふる』の梅壺女御

物思いの涙に濡れた袖に、さらにずっと起きたまま泣き続けて、これ以上ひどく置かないでほしい、夜半の白露よ。

〔語釈〕 **○梅壺女御** 主人公三位中将の恋の相手。**○もの思ふ袖の涙** しみじみと物思いに沈んで袖が涙で濡れている意。「袖」「涙」「置く」「露」は縁語。**○うちそへて** 今でさえ悲しくて、涙で袖を濡らしているのにさらに。「うちそふ」は、その上に加える意。**○いたくなをきそ** 「な…そ」は、やわらかく禁止する意を表す。「をき」には「置き」と「起き」を掛ける。ずっと起きたままで、これ以上ひどく置かないでほしい。**○よはのしら露** 「やへぎくのうつろひわたる庭の面にかねても結ぶ夜半のしら露」（『海人手古良集』二八）、「恋しさのぬるにまさりてねられればおきてぞきつるよはの白露」（『小馬命婦集』五一）が古い用例で、「夜露」のことだが、その背後に、独り寝られない夜を過ごす辛さに落とす涙が重ねられて詠まれた歌語。

〔参考歌〕

①まろねする夜半のしら露おきかへりめだにもみえであかす比かな（『赤染衛門集』二二一）

〔典拠〕 『逢ふにかふる』（散逸物語）。38番歌初出。

この物語は、38番歌〔典拠〕に言う如く、三位の中将の梅壺女御への禁じられた恋物語だが、当該歌について『小木散逸』は、「中将に対して、女御も愛情あるいは好意を抱いていたか、思うに任せぬ境遇に悩んでいた、ということを語るのではあるまいか」と述べている。（石原）

あふぎながしの源中納言女

いとゞしくあれたるやどは秋のよにもの思ふ袖ぞ露けかりける

〔校異〕 源中納言女―源中納言〈宮甲・蓬左・陽乙・嘉永・田中・清心・日甲・川口・国研・篠山・彰甲・丹鶴・伊達・龍門・天理・東大・明大・狩野・内閣・松甲・刈谷・龍大・藤井〉よに―夜の〈神宮・林乙・林丁〉ける―けり〈嘉永〉

付記 神宮・林乙・林丁あり。

〔現代語訳〕

『扇流し』の源中納言女

いよいよひどく荒れている家に住む私は、秋の夜にあなたを思って涙で袖が濡れることでした。

〔語釈〕 ○源中納言女 「女」がない本文が多く、「女」とあるのは京大、陽甲、神宮・林乙・林丁のみ。ここは詠歌状況がわからないため、男性の歌とも解せなくないが、同様に諸本「女」が脱落している89番歌の場合、詞書より「源中納言女」がふさわしく、ここも同じ人物の歌と思われる。諸本の脱落が疑われ、京大本系統の優位性が見られる例。○もの思ふ袖 268番歌と同じ歌語で連続性を意図した配列。「もの思ふ」と「袖」の取り合わせは『古今集』から見られるが、「もの思ふ袖」という成語の形での初出は「白たまか露かととはむ人もがなものおもふそでをさしてこたへむ」（『元真集』三三〇、『新古今集』にも）。その他早い例として、『源氏』に「入日さす峰にたなびく薄雲はもの思ふ袖に色やまがへる」（薄雲巻・光源氏）が見られる。勅撰集の初出は『後拾遺集』（「おほかたに降るとぞ見えしさみだれは物思ふ袖の名にこそありけれ」（恋四・八〇四・道済）である。なお、『新古今集』に四首、『続後撰集』に三首をはじめとして、この時代の私家集、百首歌、歌合などに多出し、新古今時代に好まれた表現といえる。『風葉集』には当該例以外に241・268・286・342番歌にも見られる。

〔参考歌〕

①女郎花露けきままにいとどしくあれたるやどは風をこそまて（『和泉式部続集』四一四）

②ものおもふ袖より露やならひけん秋風吹けばたへぬ物とは（『新古今集』秋下・四六九・寂蓮）

〔典拠〕『扇流し』（散逸物語）。89番歌初出。（乾）

うきふねのきみをのにすみけるころ、月出ておかしきほどにたちよりて侍に、おくふかく入にければ、いひわびて　　源氏のむかしのむこの中将

山ざとの秋のよふかきあはれをも物思ふ人はおもひこそしれ

〔校異〕きみをのに―君をのかに（本如此）〈刈谷・藤井〉きみをのかに（本如此）君をのに〈龍大〉　いひわひて―欠〈宮甲・蓬左・陽乙・嘉永・田中・清心・日甲・静嘉・国研・川口・篠山・彰甲・丹鶴・伊達・龍門・天理・東大・明大・狩野・内閣・松甲・刈谷・龍大・藤井〉しれ―や（しイ）れ〈宮甲〉し（や一本）れ〈丹鶴〉やれ〈篠山・刈谷・龍大・藤井〉し（やイ）れ〈田中・日甲・静嘉・川口・国研〉

〔現代語訳〕

浮舟の君が小野に住んでいたころ、月が出て風情のあるときに立ち寄ったところ、浮舟は奥深くに入ってしまったので、かき口説くこともしにくくなって　　『源氏』の昔の婿の中将

山里の秋の夜更けの情趣をも物思いするあなたなら、さぞよくおわかりくださいますよね。

〔語釈〕 **○いひわびて**　『源氏』本文（典拠参照）によると、中将の訪問に浮舟が奥に入ってしまい、かき口説くかいがなく困った中将の様子がしられる。詞書はその間の状況が省略されわかりにくいせいか、「いひわびて」の一文があるのは京大、陽甲本のみ。**○むかしのむこの中将**　浮舟の世話をしている小野の妹尼の娘の婿。娘はすでに

亡い。「尼君の昔の婿の君、今は中将にてものしたまひける」（手習巻）。**〇あはれ**　秋の夜更けの情趣と中将の浮舟への思慕の情をかける。**〇物思ふ人**　浮舟を指すと同時に浮舟への想いを持つ中将をも指す。『源氏』本文にはこの歌のあとに「おのづから御心も通ひぬべきを」とあるように、同じように「物思い」を抱えるもの同士、私の恋心もお察しいただけますねの意を含む。**〇おもひこそしれ**　「しれ」の部分「やれ」の異同あり。「思ひ知る」ならば理解する、「思ひやる」ならば推量する、の意となるが、ここは「思ひ知る」がふさわしい。「思ひこそしれ」という表現は『源氏』以前の和歌にはなく、その後もほとんど使われていない。一方「思ひこそやれ」は『拾遺集』以後広く用いられた表現。なお、『源氏』本文においては青表紙本、河内本、別本ともに「しれ」で、「やれ」の本文はない。

〔参考歌〕

①いつはとは時はわかねど秋の夜ぞ物思ことのかぎりなりける（『古今集』秋上・一八九・読人不知）

〔典拠〕『源氏物語』手習巻。該当する部分を掲げる。

月さし出でてをかしきほどに、昼、文ありつる中将おはしたり。あなうたて、こはなぞ、とおぼえたまへば、奥深く入りたまふを、「さもあまりにもおはしますかな。御心ざしのほども、あはれまさるをりにこそはべるめれ。ほのかにも、聞こえたまはんことも聞かせたまへ。しみつかんことのやうに思しめしたるこそ」など言ふに、いとうしろめたくおぼゆ。おはせぬよしを言へど、昼の使の、一ところなど問ひ聞きたるなるべし、いと言多く恨みて、「御声も聞きはべらじ。ただ、け近くて聞こえんことを、聞きにくしともいかにとも思しことわれ」と、よろづに言ひわびて、「いと心憂く。所につけてこそ、もののあはれもまされ。あまりかかるは」などあはめつつ、

「山里の秋の夜ふかきあはれをももの思ふ人は思ひこそ知れ

おのづから、御心も通ひぬべきを」などあれば、「尼君おはせで、紛らはしきこゆべき人もはべらず。いと世

づかぬやうならむ」と責むれば、
うきものと思ひも知らですぐす身をもの思ふ人と人は知りけり
わざと言ふともなきを、聞きて伝へきこゆれば、 （乾）

女のもとにまかりて、ひとりあかしてよめる
おやこの中の内大臣

しるらめやかたしく袖をしぼりつゝあかしわづらふ秋のよな〳〵

〔校異〕 内大臣―内（ナシイ）大臣〈狩野〉 秋―天（秋イ）〈天理・狩野・東大〉 あま〈明大〉

〔現代語訳〕
女のもとにでかけて、一人で夜を明かして詠みました歌
『おやこの中』の内大臣

あなたはご存じでしょうか。一人寝のさびしさで涙に濡れた袖をしぼりながら、私が明かしかねる秋の夜々を過ごしていることを。

〔語釈〕 **〇まかりて** 「まかる」は「行く」の謙譲語。980番歌詞書によれば、内大臣は中宮と恋愛関係にあったらしい。なお、「女のもとにまかりて」という詞書は『風葉集』では一〇例あり、特徴的である。**〇内大臣** 『おやこの中』は『風葉集』に一四首入集しているが、そのうち七首が内大臣の歌であり、この物語の主人公と思われる。**〇ひとりあかして** 394番歌、409番歌にも「ひとりあかして」とあり、内大臣の独り寝の寂しさがたびたび歌われる。なかでも409番歌は当該歌と同趣の歌が詠まれている。**〇かたしく** 古く男女が共寝をするときにお互いの袖を敷き交わして寝たことから、自分の袖だけを敷いて寂しく寝る、独り寝をするの意。『万葉集』にも「我が恋ふる妹は

逢はさず玉の浦に衣片敷きひとりかも寝む」（巻八・一六九六）などの例が見られる。歌語としての「かたしく袖」は平安時代にも実方、高遠、『源氏』橋姫巻など用例はあるが、主に新古今時代に流行した表現。なお、『風葉集』にも855番歌、922番歌にも見られる。**○あかしわづらふ**　夜を明かしかねること。なお、歌のことばとしては他に例がない。**○秋のよな〳〵**　「憂きことを思つらねてかりがねのなきこそわたれ秋の夜な〳〵」（『古今集』秋上・二一三・躬恒、『古今六帖』）が初出であるが、勅撰集に取り上げられたのはこの一首のみ。平安期には伊勢、是則、能宣、師氏、好忠、和泉などの歌集に見られるが、鎌倉期には良経、後鳥羽院の歌集に一首ずつ、歌合に数首あるのみ。『おやこの中』の成立は平安後期が推定されるが（『研究報』七号〔典拠〕参照）、畳語表現は俗語的表現と考えられ、好忠・和泉式部・俊頼など、独自表現を好んだ歌人以外はあまり用いられない表現だった。しかし、西行など、新古今時代の歌人がしばしば詠むようになり、後の京極派歌人が好んで詠んだ表現である。

〔参考歌〕
①憂きことを思つらねてかりがねのなきこそわたれ秋の夜な〳〵（『古今集』秋上・二一三・躬恒）
②身のうさをおもひあかせば草枕いとど露けき秋のよなよな（『永久百首』二五三・顕仲）

〔典拠〕『おやこの中』（散逸物語）。46番歌初出。

（乾）

法輪にすみ侍けるころ、月をみて

雪のうちの梅つぼの女御

草のいほに光さしいる月をのみ友にてあかす秋のよな〳〵

〔校異〕詞書―欠〈明大〉法輪にすみ侍ける比月を見て（イ）〈天理・東大〉法輪にすみ侍けるころ月を見て（イ）〈狩野〉法輪―従輪に住はへりける月を見て〈神宮〉にて―にそ（てイ）〈天理・東大〉あかす―ちかす〈静嘉〉

全文―欠〈嘉永〉

付記　神宮・林乙・林丁あり。

〔現代語訳〕

法輪に住んでいましたころ、月をみて

『雪のうち』の梅壺の女御

草庵に光の差し込む月だけを友として明かす秋の夜々であることよ。

〔語釈〕　**○法輪**　ここでは法輪寺周辺の地を指す。法輪寺は京都・嵯峨嵐山にある真言宗の寺。元明天皇の和銅六年（七一三）、勅願により行基菩薩に命じて堂塔を建立と伝えられる。「寺は壺坂。笠置。法輪。」（『枕草子』「寺は」一九五段）、「秋法輪にまうで、さがのの花をかしかりしを見て」（『赤染衛門集』一・詞書）、「殿のうへ法輪にまうでさせ給へりしに、月のいとあかかりしに、すけかたの弁」（『同集』一四四・詞書）、「法輪にあからさまに詣でてさぶらひしに」（『狭衣』巻二）など見られ、平安末期から鎌倉にかけて、貴族女性達が祈念を持って参詣する場として知られていたと思われる。『風葉集』において487番歌、1288番歌にも「法輪」は出てくる。487番歌では夢のお告げを受けた左注となっている。**○梅壺の女御**　女主人公と思しき人物。この女性は何らかの理由で仏教に帰依して草庵に籠ったりしているが、『風葉集』の詠者名が「女御」であることから、出家はしていないと考えられる。**○月をのみ友にて**　仏教的な発想に基づく表現。なお、『風葉集』に採られた三首はいずれも仏教と関係が深い歌となっている。〔典拠〕参照。

〔参考歌〕

①ありし世をむかしがたりになしはててかたぶく月を友と見るか（『続後撰集』雑中・一一〇六・俊頼）

〔典拠〕　『雪のうち』（散逸物語）。『風葉集』に三首入集。

題名の由来について「雪の内に春はきにけり鶯のこほれるなみだいまやとく覧」（『古今集』春上・四・読人不知）、

「ゆきのうちにちとせかはらぬまつがえはひさしきこころたれによすらん」（『古今六帖』四・二二七六）、「世中にひさしきものは雪のうちにもとのいろかへぬまつにぞありける」（『古今六帖』六・四一〇六、『貫之集』二七九）などがあげられ（「散佚物語《鎌倉》」）、『事典』は『源氏』幻巻の光源氏詠「春までの命も知らず雪のうちに色づく梅を今日かざしてん」の影響も指摘する。しかし、『風葉集』所載の『雪のうち』歌三首は、梅壺の女御二首、聖一首で、「法輪・草のいほ」（当該歌）、「鷲のみ山」（470番歌）、「五つの雲をはらひつゝ」（491番歌）といずれも仏教に関したものが詠み込まれており、「雪のうち」を詠み込んだ歌は他にも多数あることから、上記の歌が題名の由来に関係しているとは簡単には断じがたい。むしろ作中歌による命名の可能性も考えられよう。世を憂い出家を希望しながらも、何らかの事情で思いが遂げられない女性の話と推定される。（乾）

題しらず　　夢のかよひぢの中君

いつもかく秋はつゆけき袖なれど月みるほどぞしぼりわびぬる

【校異】 中君―中宮〈日甲〉　秋は―あきの〈神宮〉　なれと―なれはヒ（と）〈国研〉　ほとそ―程に（そイ）〈天理・東大〉　ほとに〈明大・狩野〉　しほり―忍ひ〈嘉永〉

付記　國學・神宮・林乙・林丁あり。

【現代語訳】

題しらず　『夢の通ひ路』の中の君

いつもこのように秋というものは露っぽいもので、同様に私の袖も涙でしめりがちですが、月をみると、なおさらその袖をしぼりあぐんで、思い煩うことです。

【語釈】 **○夢のかよひぢ**　夢路に同じ。夢に見ること。『古今集』の「住の江の岸による浪よるさへや夢の通ひぢ人目よく覧」（恋二・五五九・敏行）が著名で、物語にもよく引歌表現として出てくるが、平安時代には他に古今六帖に一首（二〇三三）、順集（六二）に一首あるのみ。新古今時代には非常に多くの用例が見られ、好まれた表現。なお『風葉集』にも五首（875・876・877・911・912）に見られる。**〇中君**　父の名も付されておらず、どのような境遇の女性なのかわからない。『風葉集』所載の残りの一首に「しのびたる女のもとよりわれにもあらでいづとてよめる」（875番歌）として男の歌を掲げるが、詠者名が「よみ人不知」になっており、人物関係は不詳。**〇わび**「わぶ」は補助動詞的に働いて、上接する動詞の表す動作や行為が思うように出来ず、困惑し、窮している意を添える。ここでは袖をしぼりあぐんでいる意と、動詞「わぶ」の失意の生活を送る意をかける。中の君は思うに任せない恋に悩んでいるか。

〔参考歌〕

①いつもかくさびしきものかつのくにのあしやのさとの秋のゆふぐれ（『続古今集』秋上・三五九・家隆）

〔典拠〕『夢の通ひ路』（散逸物語）。『風葉集』に二首入集。

題名の由来は875番歌の「いかにしていまよりのちもたづねみむ人にしられぬ夢のかよひ路」に拠るものであろう。月を見て物思いをし、嘆く中の君（当該歌）、忍ぶ恋をしている男（875番歌）が登場する。『小木散逸』「散佚物語《鎌倉》」は男の相手を中の君かと推測するが、『事典』が指摘するように、この二人が恋愛関係にあるかどうかは、この二首しか資料がないため、不明としかいえない。なお、875番歌は一連の「夢」「夢路」「夢の通い路」の歌群の中の一首。

ところで、『夢のかよひ路』という現存作品があるが、呼称の違いや作品中にとられた引き歌の研究から（工藤進思郎「『夢の通ひ路物語』成立考―典拠による考察を中心として」『日本文芸論叢』昭和五一年一一月、他）、現存作品は南北朝から室町期の作品とされ、当該物語とは別作品と考えられる。

（乾）

おのへの按察大納言家少大輔

をとにきくこやをば捨の月ならんみるにつけつゝ物ぞかなしき

〔校異〕 おのへ―をかへ〈川口〉 少大輔―少太輔〈静嘉・川口〉少輔〈伊達〉太輔〈天理・東大・明大〉○少|（イ）太輔〈狩野〉 こや―や〈内閣〉 をは捨―をは捨|（檐）〈松甲〉

付記 神宮・林乙・林丁あり。

〔現代語訳〕

『をのへ』の按察大納言家の大輔

これがあの、噂に名高い姨捨山の月なのでしょう。そう思って眺めていると、何とも言えず悲しいことです。

〔語釈〕 **○おのへ** 「尾上（をのへ）」で、「尾（峰）のうへ」（『角川』）の縮約形。「高砂の尾上の桜咲きにけり」（『後拾遺集』春上・一二〇・匡房）と同じで、兵庫県加古川市東岸にある歌枕と見る説もあるが、普通名詞とみてよかろう。ここは散逸物語の題名。**○按察大納言** 大納言で按察職を兼ねている人の呼び名。166番歌〔語釈〕参照。按察大納言は、物語に頻繁に見られるためか、「按察大納言」あるいはその女などを詠者とする歌の用例は『風葉集』に一一例見られ、頻出するといえる。『風葉集』所収歌のうち『源氏』『住吉』『風につれなき』に各一例以外は、散逸物語中に見られる。桐壺更衣の父や紫の上の母方の祖父などが「按察大納言」であり『源氏』の影響が窺われる。**○少大輔** 女房の名。**○こや** これこそ。**○をば捨** 「をばすて」は「姨捨山」のことで、信濃国の歌枕、長野県千曲市と東筑摩郡筑北村にまたがる冠着山。古来から月の名所で、〔参考歌〕①及び『大和』一五六段の伝承を持つ。**○物ぞかなしき** 「物ぞ」とあるので、とくに何ということもなく、漠然と、悲しさがこみ上げてくるのである。

〔参考歌〕

①わが心なぐさめかねつ更科やをばすて山にてる月を見て（『古今集』雑上・八七八・よみ人しらず）
②さもこそはうき世にめぐる月ならめながむるからに物ぞかなしき（『続詞花集』秋上・一九八・経盛）

〔典拠〕『をのへ』（散逸物語）。『風葉集』一首入集。
　『風葉集』に当該歌しか見られないので、主人公も、内容も推測不能である。按察大納言家少大輔の役割も不明。

〔補説〕

○「ものぞ悲しき」という表現について

「ものぞ悲しき」という表現は、物語歌としては、『伊勢』に二例、『源氏』には賢木巻で、六条御息所が、斎宮として下向する娘とともに、宮中へ参内して感無量の心情を、「そのかみを今日はかけじと忍ぶれど心のうちにものぞかなしき」と詠む例が一例あるのみである。しかし、歌集中には、「打つけに物ぞ悲しき木の葉散る秋の始を今日ぞと思へば」（『後撰集』秋上・二一八・読人不知）をはじめ、平安中期以降頻繁に詠まれた歌語である。秋を中心に使用されているが、これは中国漢詩文の「悲秋」の概念の影響による。「ものぞ」という漠然とした感情を表現することも中国漢詩文から学んだものを和語化した表現。

「月」を見て「もの悲し」と詠じる表現は、大江千里の「月見ればちゞにものこそかなしけれわが身ひとつの秋にはあらねど」（『古今集』秋上・一九三）がその発想源であるが、この詠は「燕子楼ノ中霜月ノ夜　秋来ッテ只為ニ一人ノ長シ」（『白氏文集』巻一五「燕子楼三首」の一、『和漢朗詠集』巻上・秋夜）の翻案歌で、やはり中国漢詩の影響下にある歌。

（梅野）

275

みづのしらなみの冷泉院御歌

物おもふ涙に影やくもるらん光もかはる秋の夜のつき

〔校異〕 しらなみ―月〈白イ〉波〈狩野〉

〔現代語訳〕 『水の白波』の冷泉院の御歌

物思いのために涙を流す、その涙によって月が曇っているからでしょうか、例年のような明るい光とは変わって、輝きを失った秋の夜の月です。

〔語釈〕 〇みづのしらなみ 散佚物語名。〇冷泉院 『水の白波』の登場人物には違いないが、物語中での役割、人物関係は不明。〇光もかはる 涙に雲って光の色合いが変って見える意。秋の月は美しく輝いているものであるが、その月が、涙に霞んでいることをいう。

〔参考歌〕

①こひわぶる涙や空にくもるらん光もかはるねやの月かげ（『新古今集』恋四・一二七四・公経）

〔典拠〕 『水の白波』（散逸物語）。『風葉集』に二首入集。

題号の表現は、「石ま行水の白浪立かへりかくこそは見め飽かずもある哉」（『古今集』恋四・六八二・読人不知）による（『小木散逸』「散佚物語《鎌倉》」および『事典』参照）。『風葉集』所収歌二首からだけでは、物語における恋の場面は推測されにくいものの、「水の白波」の題号は、女宮を出産した後の賢子を寵愛される白河天皇を、「御おぼえ、月日に添へて『水の白波』にのみなりまさりたまふ」（『栄花』布引の滝）とあり、『狭衣』において、新帝として即位した狭衣が、斎院である源氏の宮に思いを寄せてはならないのに、「今はいかなりとも、思し寄るべきならねど、水の白波なる御ありさま」（『狭衣』巻四）とも述べている。これらから、何時も何時も立ち返り逢いたく思う恋のありようを連想させる。

物語の内容は、1167番歌から、朱雀院が在位時代に、共に宮中にいた前坊が病気のために退出したことがわかるのみである。当該歌は物思いに涙する冷泉院の歌であり、「題しらず」なので、どういう事情で泣いているかはわか

らない。　（梅野）

うちより、涙にくもる月影はやどゝめてもやぬるゝがほなる、いかやうにてか、たゞ今は御らんずらん、などきこえさせ給へる御かへし　　さごろもの斎院

あはれそふ秋の月影袖ならでおほかたにのみながめやはする

〔校異〕涙に―涙にて（ナシイ）〈狩野〉　影は―かけさ（はイ）〈狩野〉　やとゝめてもや―やとゝめても〈刈谷・龍大・藤井〉　なと―なとゝ〈清心・静嘉・川口・国研〉　給へる―給へりける〈嘉永〉　あはれそふ―あはれこ（そ）ふ〈松甲〉　袖ならて―それならて〈狩野〉

〔現代語訳〕

狭衣帝から、「あなたを恋い慕って泣く涙のために曇って見える月の光は、あなたの宿に差し込んでも、濡れたような感じですか。いったいどんな風に、月の光をただ今のあなたは御覧になられますか」などとさし上げなさったお手紙の返事　　『狭衣』の斎院

しみじみとした思いが一層加わっている秋の月を、私の袖の涙に宿らせて見る以外では見られません。ただ普通に秋の月を眺めることがありましょうか。

〔語釈〕**〇うち**　「内」で、帝位についた狭衣。**〇涙にくもる月影はやどゝめてもやぬるゝがほなる**　狭衣が斎院に贈った「恋ひて泣く涙に曇る月影は宿る袖もや濡るる顔なる」歌の一部。「やどゝめてもや」は「宿止めても」であろうが、舌足らずな表現である。『狭衣』本文では、諸本「やとるそてもや」または「やとるそてさへ」であ

る。返歌である当該歌に「袖ならで」とあるので、贈歌も「袖」が読み込まれていた方が似つかわしい。したがって、「やと、めてもや」は「やとるそてもや」の誤伝かと思われる。しかし、『風葉集』の本文には異同はないので、「宿止めてもや」の形で解しておく。**〇斎院**　源氏の宮を指す。84番歌参照。**〇袖ならで**　『狭衣』の本文は「そてなれて」（宝玲本）、「そてならて」（為家・為明・雅章・鎌倉・蓮空の各本）、「それならて」（九条家本）、「そてなくて」（永青本）であるが、当該歌は『集成』（流布本系）と一致している。『物語前百番』も「袖ならで」である。

〔参考歌〕　なし。

〔典拠〕　『狭衣物語』（84番歌初出）巻四。該当部分を挙げる。

月いと明き夜、端つかたにおはしますに、くまなうさし出でたるを御覧ずるにも、かの、「夜な夜な袖に」とのたまひし御気配、まづ思ひ出させたまひて、いみじう恋しくおぼえさせたまふに、さやかなる月影も、やがてかき曇る心地せさせたまひて、いとど心もそらになりぬ。

「恋ひて泣く涙に曇る月影は宿る袖もや濡るる顔なる

むら雲晴れはべるめるを、いかやうにてか、ただ今も御覧ずらむと、ゆかしう」

などやうにて、殿上の童を斎院に奉らせたまへれば、げに、「雲の上はまいていかに」とおぼしめしやらせたまひつる秋の月影なれば、をかしき御消息なれば、待ち見たまはむ御気色、恥づかしくおぼしやらせたまへど、今は人づてに聞こえさせたまはむもあるまじきことなれば、

あはれ添ふ秋の月影袖ならでおほかたにのみながめやはする

とばかりほのかなり。（集成）

参考　新全集…あはれ添ふ秋の月影袖馴れておほかたとのみながめやはする

旧大系…あはれ添ふ秋の月影袖馴れでおほかたとのみながめやはする

〔他出〕　『物語二百番歌合』（前百番）六番右。

（梅野）

八月ばかり、しやうのことにしのびてかきならし侍ける

ちゞにくだくる按察御息所

月影もながむるからの秋の空心づくしの風ぞ身にしむ

〔校異〕　ことに―ことに（を歟）〈宮甲〉ことを〈嘉永〉ことに（イ同可考）〈清心〉侍ける―欠〈陽甲〉侍る〈嘉永〉なかむるから―詠る空（から）〈嘉永〉なかむ（本のまゝ）ら〈神宮〉なかむら〈林丁〉空―そ《ヒ》て《ヒ》（空）〈陽甲〉声《ヒ》（空）〈国研〉

付記　神宮・林乙・林丁あり。

〔現代語訳〕

八月頃、箏の琴をこっそりかき鳴らしておりました

『ちぢにくだくる』の按察御息所

名月の光も、物思いをしてながめていると、秋の空には、悲しみの限りを尽くす風が吹いてきて、身にしみることです。

〔語釈〕　**○しやうのこと**　唐伝来の「箏の琴」で、十三弦。**○ちゞにくだくる**　「ちぢにくだくる」という歌語は〔参考歌〕②によるか。**○按察御息所**　按察大納言の入内した娘か。『ちぢにくだくる』の男主人公左大臣が、心が砕けるほど思いを寄せた女性。**○からの**　「から」は「長しとも思ぞはてぬ昔より逢ふ人からの秋の夜なれば」（『古今集』恋三・六三六・躬恒）と詠まれるように、原因・理由を表す。**○心づくしの**　〔参考歌〕①などの歌に見られる、秋を身にしみて、悲哀するものとして捉える発想。「心づくしの風ぞ身にしむ」は、物思いの限りを尽くさせる秋風が吹いてきて身にしみる意。

〔参考歌〕

①木の間よりもりくる月の影みれば心づくしの秋はきにけり（『古今集』秋上・一八四・読人不知）
②月見れば千ゞにものこそかなしけれわが身ひとつの秋にはあらねど（『古今集』秋上・一九三・千里）

〔典拠〕　『ちぢにくだくる』（散逸物語）。『風葉集』に八首。

題号の「ちぢにくだくる」は「あひ見てもちぢにくだくるたましひのおぼつかなさをおもひおこせよ」（『元真集』二四一）など、恋の思いに嘆く主人公の心情を表す歌語であるので、内容を象徴したものと思われる。『風葉集』には、「左大臣」詠の六首、「按察御息所」詠の二首が所収されているので、物語の主人公はこの「左大臣」で、按察御息所に「ちぢにくだくる」恋をしたけれども、かなえられなかった、「〈しのびね型〉の物語か」（『物語史』）。恋の思いをくゆらせている（802番歌）左大臣は、思いを寄せてしばらく通っていた、相愛の女性（1006番歌）があった。ところが、何らかの事情でその恋人が行方不明になり、その後左大臣はあちこち探し、石山に籠もっていたとき、観音の夢の告げにより（483番歌）、恋人は入内していた按察御息所だと分かり、諦めるように諭されたが、左大臣は無理算段しながら、按察御息所のもとに忍び込む。恋の思いに耐えかねて左大臣は、もう二度と会えないと思うような悲しみの別れを（837・838・898番歌）繰り返し、暁の別れの悲しみ（898番歌）をし続け、何時までもただ一人の女性にと（802番歌）、思いを寄せ続ける（965番歌）。さらに、左大臣が「忍びたる所にて、情けなからぬさまにもてなし出づとて」（837番歌）按察御息所と別れており、按察御息所は泣きながら「見し夜の夢と人に語るな」（838番歌）と応じているので、この二人は無理な逢瀬を重ねている間柄と解した。『事典』もほぼこの説である。

（梅野）

かものいつきおり給てのち、みかど御たひめんありけるに、月さしいで、をかしきほどなりければ

みかきがはらの一品宮

こよひこそ君が光をさしそへて神世もしらぬ月はすみけれ

〔校異〕 いつき―いつきの〈天理・東大〉 のち―のちは〈藤井〉 ありけるに―ありけり〈狩野〉 ほとなり―ほとになり〈天理・東大・明大〉 詠者―みかきかはらの一品宮〈清心〉欠〈静嘉・川口・国研〉 神世も―神を（本ノママ世歟）も〈刈谷・藤井〉 神を（世か本ノママ）も〈龍大〉 歌―欠〈静嘉・川口・国研〉 こよひこそ君がひかりをさしそへて神よもしらぬ月はすみけれ〈清心・川口〉

〔現代語訳〕

賀茂の斎院が退下なさった後、当帝がお会いになられたとき、月が出て情趣のある頃であったので

『みかきが原』の一品宮

今宵こそは、斎院としてお仕えしていた、神聖な神の世にも見たことがなかった程の、月の光に君の治世の光を添えて、美しい月が澄んでおりました。

〔語釈〕 **○いつき** 斎（いつき）の皇女の略。このときの斎院は一品宮である。**○おり** 「降り」で、近親者の死や本人の病気などで、斎院を退く意。兵部卿みこの娘が急遽斎院になっている（466・467番歌による）ので、これまで斎院であった一品宮と交代したのであろうか。一品宮は、父であるみかきが原の春の院（355番歌）の崩御（608番歌に「故院」とある）により、斎院を退下したことが推定される。「おり給」と敬語が用いられているのは、『風葉集』編者からの敬意と見られる。**○みかど** みかきが原の帝を指す。所収歌四三首中、八首が帝の歌で、帝をめぐる多く

の女君たち、皇后宮・中宮（一品宮）・前の左大臣の三の君・大納言典侍が登場する。この物語の主人公か。**○たひめんありける**　退下した一品宮が、帝に挨拶の対面をしたこと。**○みかきが原**　散逸物語名で、76・77番歌〔語釈〕〔補説〕参照。**○一品宮**　新美哲彦氏は、「散逸物語『御垣が原』考―その特質と成立圏―」（『平安朝文学研究』復刊第八号　一九九九・二）で、嵯峨院の娘か（系図による）とするが、春院の長女ということも考えられる（〔補説〕参照）。**○君が光**　「光」は天皇のご威光の意。同じ物語に、「君とはでいくよの秋の野べの色露のひかりもこよひこそみれ」（249番歌）と、露の光を白河院のご威光を喩えて詠われている。また月の光を、帝のご威光に喩える詠は、物語中の歌として「すみわたる月の光もいけ水に君が千とせのかげをならべて」（740番歌『篠分けし朝』）「ゆく月のひかりを君にゆづりてんわれも心のやみにまどへど」（1282番歌『あたり去らぬ』）などのように見られる。

〔参考歌〕　なし。

〔典拠〕　『みかきが原』（散逸物語）。76番歌初出。

〔補説〕

○『みかきが原』の一品宮と中宮は、別人であるか

一品宮と中宮について、『体系五』は、各登場人物への詳細な解説の中にあって、「中宮はかって一品宮とよばれていた（808番歌）が、中宮とは別人でろう」とし、新美氏（前掲）も別人（嵯峨院の長女か）とする系図を掲げる。

確かに、次の279番歌は、同じ『みかきが原』の中宮の歌として所収されているのであるから、一品宮と中宮が同一人物であるとすると、両者が『風葉集』に別名で所収されていることになり、『風葉集』編纂の方針として不審である。しかし、808番歌詞書には、「中宮、一品の宮と申しける時、いでさせ給けるに、しのびてきこへさせ給ひける」とあり、中宮も、一品宮と呼ばれていた時期があり、その時帝からの歌が詠まれている。さらに、827番歌の帝の歌には「中宮のいまだまいらせ給ざりけるころ、忍びてたてまつり《ママ》らせたまひける」とあるので、ここでは、まだ入内されていない頃の中宮に、帝がこっそり歌を届けている。帝が「忍びて」歌をさし上げたこの両中宮は同一人物であり、入内されていない頃の中宮は、一品宮であったといえる。

　本歌の、帝に挨拶した一品宮は、帝の中宮になった一品宮ではなく、別の一品宮であろう。皇后宮を恋慕した、宮の大将が臨終のとき、一品宮に「あはれなる歌」（1043番歌）を託している、宮の大将の近親者であろう（新美氏論は、『小木散逸』の「憶測」説を踏まえ「宮大将の伯叔母で、帝の伯叔母か、姉妹である可能性が高い」とする）。また、「御賀のおり、みかど、しらかはの院などみゆき侍けるに、よませ給ける」（249番歌）として嵯峨院の歌が見られ、嵯峨院の御賀に、帝と白河院が行幸している場面があるので、帝と白河院・嵯峨院は親子関係あるいは兄弟関係かと考えられ、さらに春の院の御賀の折に、入道式部卿親王が後春院とともに行幸して祝っている（76・77番歌）ので、春院と後春院も親子関係が想像され、二品宮に右大将が生まれたとき、皇太后宮（春の院の妃）が祝っているので、その二品の宮の姉に当たると見るならば、一品宮は春の院の長女かということも考えられる。いずれにしても本歌の一品の宮は、前斎院であり、帝の中宮とは別人であろう。（梅野）

皇后宮、内にいらせ給て、いでさせ給けるに

おなじ中宮

もろともに影をならべぬ雲のうへはすむそらもなし秋のよの月

〔校異〕　詞書―皇后宮内にいらせ給ていてさせたまひけるに〈清心〉欠〈静嘉・川口・国研〉　ならへぬ―ならへて〈嘉永〉　ならへる〈清心〉　うへは―上は（イ）〈狩野〉

〔現代語訳〕

　皇后宮が、宮中にいらっしゃって、また退出なさいましたときに　　同じ『みかきが原』の中宮

皇后宮さまとご一緒できない宮中は、秋の夜の月が雲の上では澄んで光輝くための空がないように、私もまたここに住む気にはなれません。

〔語釈〕 **○皇后宮** 詞書の皇后宮と詠者である中宮は同じ帝の后と考えられる。本来中宮は皇后の別称であったが、一条天皇の代に定子が皇后、彰子が中宮として並立して以来、同等の后が二人置かれるようになった。後には不婚の皇女の准母立后が行われるようになり、この皇女と実質の后が並立した。この場合、前者が皇后、後者は中宮と称されることが多かったようである（服部早苗編『歴史の中の皇女たち』小学館、二〇〇二・一二他）。659・1043・1097番歌で宮の大将が思いを寄せ、恋死にした相手がこの皇后宮である。新美哲彦氏は、皇后宮は帝が春宮のときから春宮妃であり、中宮よりもだいぶ年が上ではないかと考察されている（278番歌前掲論文）。皇后宮が不婚の近親の皇女の可能性もあり、帝の実質上の妃として、中宮と愛情を争ったかは不明。**○おなじ中宮** 278番歌と同じ物語、つまり『みかきが原』の中宮を指す。811番歌より中宮は内大臣の妹であり、808番歌から以前は一品の宮として宮中に住んでいたことがわかる。なお、278番歌の「一品宮」とは別人である。（前歌〔補説〕参照）。811番歌より右大将から思いを寄せられていたことがわかるが、さらに新美氏は前掲論文において兄の内大臣もまた妹の中宮に恋焦がれていたのではないかと推測されている。また、827・1090番歌より帝の愛情は深かったと思われるが、何らかの事情により宮中を退出していた時期もあるようだ。**○影** 人の姿の意と月の光の意を掛ける。なお、「影」「雲」「そら」「月」は縁語。**○雲のうへ** 雲のある天空の意と宮中の意を掛ける。**○すむ** 「澄む」と「住む」が掛かっている。

〔参考歌〕
①もろともにかげをならぶるひともあれや月のもりくるささのいほりに（『山家集』三六九）
②雲居にはすむ空ぞなき月なれば谷に隠れし影ぞ恋しき（『寝覚』巻一）

〔典拠〕 『みかきが原』（散逸物語）。76番歌初出。

散逸物語であるため状況を正確に把握することはできないが、同じ帝の后である皇后宮と中宮は寵を競い合うライバルというわけではなかったようである。むしろ二人の関係は良好であり、何らかの事情で宮中を去ることになった皇后宮に中宮が歌を贈ったと考えられる。〔語釈〕で示したように、平安末期以降、皇后と中宮が両立することは多く、中宮が実質上の后で、皇后は近親の皇女が形式上の后、あるいは准母であった可能性も考えられる。

（江口）

御くらゐおりさせ給て、八月十五夜、六条院にきこえさせ給ける

源氏冷泉院御歌

雲の上をかけはなれたるすみかにも物わすれせぬ秋のよの月

〔校異〕 六条院—六条〈嘉永〉 すみかにも—すみかにそ〈天理・東大〉

〔現代語訳〕 御退位なさいまして、八月十五夜に、六条院に差し上げなさいました

『源氏』冷泉院の御歌

帝位を退いて宮中を離れ、雲の上からも遠く離れた私の住まいであっても、秋夜の月は忘れずにその光で照らしてくれます。あなたは私のことなど忘れてしまわれたようですが。

〔語釈〕 **○御くらゐおりさせ給て** 冷泉院は若菜下巻で退位している。**○八月十五夜** 旧暦八月十五日の夜。中秋の名月をめでながら詩歌をよむ宴などが催された。この夜の満月は中国で中唐ごろから詩人たちによって賞美されはじめ、それが日本に伝わった。「八月十五夜」が和歌の詞書に題として登場するのは勅撰集では『後撰集』からであるが、八月十五夜を歌題にした歌が増えるのは中世以降である。『風葉集』ではこの280番歌から285番歌まで十五夜の月を詠んだ歌が続き、秋上巻が締めくくられる。月の歌群で秋上が終わるのは『千載集』『新古今集』と同

じ趣向であるが、八月十五夜でひとまとまりの歌群を形成するのは勅撰集では見られない。物語歌集ならではの発想であるのかもしれない。**〇雲の上**　宮中の意と雲のある天空の意を掛ける。

〔参考歌〕

①いにしへに猶立かへる心哉恋しきことにもの忘れせで（『古今集』恋四・七三四・貫之）

〔典拠〕『源氏物語』（2番歌初出）鈴虫巻。当該箇所を次に挙げる。

十五夜の夕暮に、仏の御前に宮おはして、端近うながめたまひつつ念誦したまふ。（中略）御土器二わたりばかりまゐるほどに、冷泉院より御消息あり。御前の御遊びにはかにとまりぬるを口惜しがりて、左大弁、式部大輔、また人々率ゐて、さるべきかぎり参りたれば、大将などは六条院にさぶらひたまふと聞こしめしてなりけり。

「雲の上をかけはなれたる住みかにももの忘れはせぬ秋の夜の月

同じくは」と聞こえたまへれば、「何ばかりところせき身のほどにもあらずながら、今はのどやかにおはしますに参り馴るることもをさなきを、本意なきことに思しあまりておどろかさせたまへる、かたじけなし」とて、にはかなるやうなれど参りたまはんとす。

月かげはおなじ雲居に見えながらわが宿からの秋ぞかはれる

異なることなかめれど、ただ昔今の御ありさまの思しつづけられけるままなめり。御使に盃賜ひて、禄いと二なし。

（江口）

八月十五夜、月くまなきにさがの院にまいりて

わが身にたどるの宮大将

まづぞおもふみやこの秋の月みても君すむやどの松風のこゑ

〔校異〕 宮大将―宮大将（輔イ）〈天理・東大〉宮大輔〈内閣〉秋の月―秋の月を〈嘉永〉君―我〈天理・東大・明大〉わか（君イ）〈狩野〉すむやとの―すみよしの〈宮甲〉

付記 國學あり。

〔現代語訳〕

八月十五夜、月が曇りなく輝くときに嵯峨の院に参上して

『わが身にたどる』の宮大将

都の秋の月を見ても、あなたが住む家のあたりに吹く松風の音のことをまず思います。

〔語釈〕 **○さがの院** 先の帝。巻三では東宮であったのが巻三と巻四の間に即位し、そして譲位した。**○宮大将** 詠歌時は中将。我身姫の異父兄で、そうとは知らずに姫君に思いを寄せた式部卿宮の息子。巻四で大将になり、巻七で右大臣になる。巻四で出会った三条帝の女御（後涼殿中宮）に恋着し、巻七ではついに密通し、中宮は右大臣の子を産む。**○松風** 松のこずえを吹き渡る風。なお、「松風の声」は『新古今集』に初出の表現。

〔参考歌〕

①いかゞふく身にしむ色のかはるかなたのむる暮の松風の声（『新古今集』恋三・一二〇一・八条院高倉）

②たのめをく人も長等の山にだにさ夜ふけぬれば松風の声（『新古今集』恋三・一二〇二・長明）

〔典拠〕 『わが身にたどる』。『風葉集』に七首入集。

題名は女主人公の詠歌「いかにしてありしゆくへをさぞとだに我身にたどる契りなりけん」（巻一）による。ま

た物語中にも「我身にたどるとかや思しみだれし御上」(巻四)、「我身にたどるとかやはじめよりきこえたまひし御上」(巻八)とある。女主人公は水尾帝の皇后宮と関白が密通した上に生まれた我身姫である。我身姫は自らの素性を知らないまま音羽の尼君のもとで育つが、やがて異母兄と異父兄に見初められ、近親相姦を危惧した皇后宮は関白に事情を話し、関白邸に引き取られることになる。その後、我身帝のもとに入内し、皇子を産み、その子が東宮、さらに次代の帝となる。この物語は一応の主人公は我身姫であるが、御代七代四十五年間を描く壮大な物語であり、登場人物も百人を超える。『事典』でも「一応の主人公とみられる我身姫も物語後半(巻四以降)では影が薄く、彼女の子や孫の活躍が中心となっていく。」と述べているように、我身姫以外の人物の物語にも多くの紙幅が費やされており、女帝やレズビアンとして描かれる前斎宮のような特色ある人物は特に注目される。

本作は全八巻あるが、『風葉集』には巻四の歌までしか入集していない。そのため、その成立についてはさまざまな議論がなされてきた。小木喬氏は『風葉集』撰集に用いられたのは現存の八巻本ではなく四巻本で、のちにそれが書き継がれて八巻本ができたと推測する(『小木鎌倉』)。それに対し金子武雄氏は巻四から巻八までの物語の構想が緊密なつながりをもっていることから、現存の八巻本が『風葉集』の成立の文永八年前後に成立したとする。『風葉集』に巻四までの歌しか入集していないのは、上半四巻までの未完成本がまず採用されたためであり、その後下半の物語が書かれて完成したものとする(『物語文学の研究—本文と論考—』一九七四　笠間書院)。これに関して徳満澄雄氏は『風葉集』の撰者がたまたま巻四までしか目を通していなかった可能性を指摘する(『体系五』)。いずれにせよ、この物語が成立したのは『風葉集』の成立前後とみてよいであろう。

なお、当該歌は巻四の冒頭。当該箇所を次に挙げる。

八月十五夜くまなき月影には、いとあくがれいづる心にまかせて、そこはかとなくさそはれ給ひぬれど(中略)

月は、ふけ行まゝにいとゞすみのぼりて、いふよしなきに、「院こそ猶ゆかしけれ。こよひ、いかにながめ

【系図】

・呼称は便宜による。数字は皇位継承の順序を示す。
・……は非公然の関係を表す。

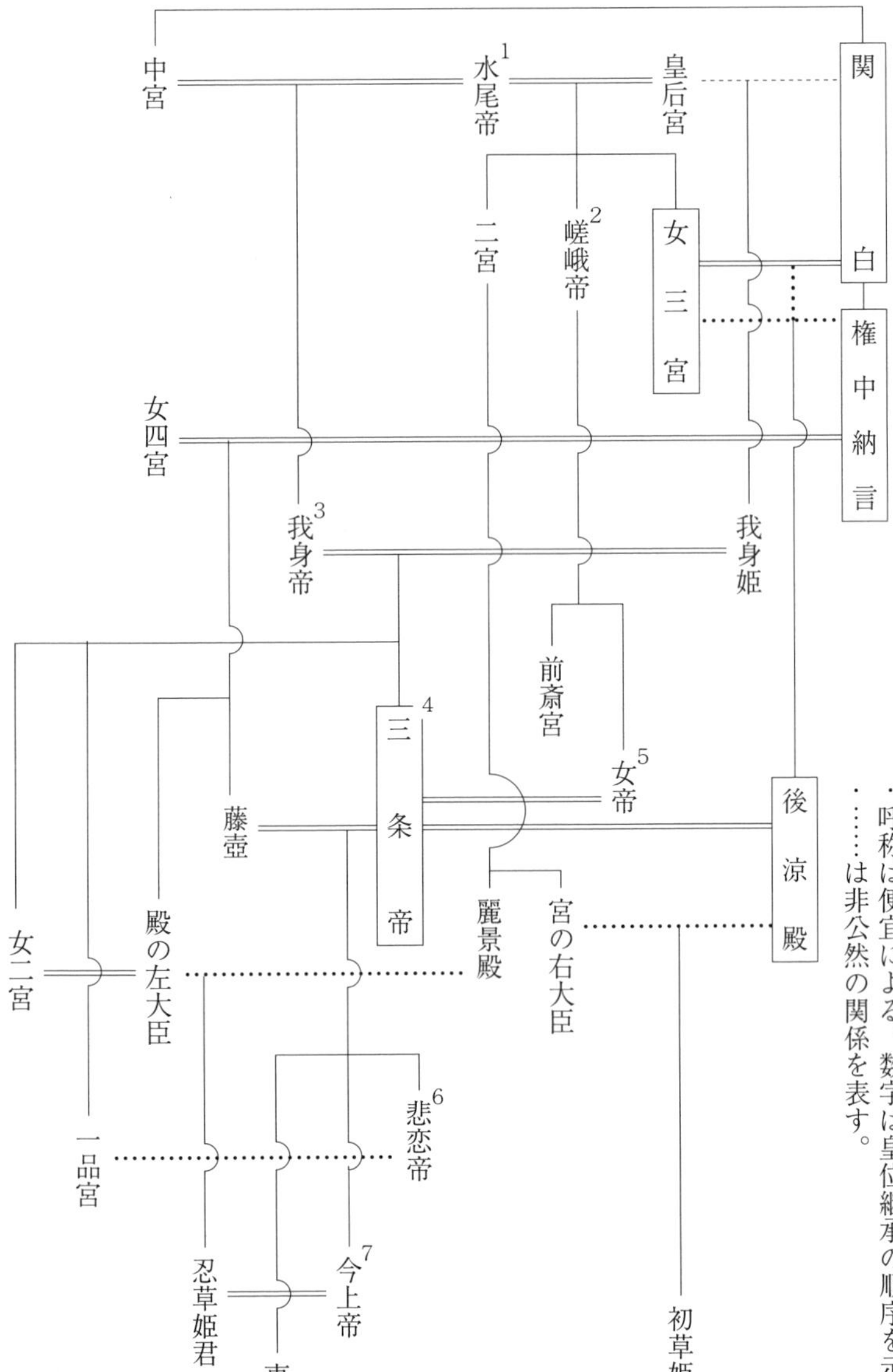

中世王朝物語全集『我が身にたどる姫君』（上）（笠間書院　2009）による

おはしますらん」とをしはかりきこえて、みなむまにのりかへて、さがにまいり給へれば、思ひつるもしるく、おほとのごもらぬ御けしきにて、きんの御ことひきすさませ給へる、あたりの松風さへそゞろさむきに、ふえをおなじしらべにふきあはせて、ふたり中門のほどにやすらひたまへる、かぎりなくおもしろし。いといたうまちよろこばせ給ふ。「やがて、こなたに」とめしあれば、これもひめ宮のおはしますみすのまへを、しぬばかりおもふべし。いといたうようゐして、あゆみいで給へるさまども、いづれとなくめでたし。「こよひは、内の御あそびなどもやとおもひつるを、いとまものせられけるを、わざとこそおどろかすべかりけれ」とのたまはす。

まづぞおもふ宮この秋の月みても君すそ《(むカ)》やどの松風のこゑ

との、中将、

あかなくにいでし雲井の月影をしたふこゝろのいつかをくれん　（江口）

おなじ夜、女御更衣まうのぼらせて御あそび侍りける
ついでによませ給ける　　いはうつなみの朱雀院御歌

あまたとし秋のこよひはみしかどもまだかばかりの月はなかりき

〔校異〕　のほらせて—のほらせ給ひて〈嘉永〉　侍りける—ありける〈天理・東大・明大・狩野〉　ついでに—ついても〈内閣〉　給ける—たま（給イ）ける〈田中〉　なかりき—見さりき〈宮甲〉なかめき〈内閣〉　歌—欠〈明大〉

付記　天理本、東大本には詞書、詠者名が上段にも小字で全く同じものが書かれている。明大本、歌ナシ。天理本、東大本には歌は本行になく上段に小字で書かれている。狩野本には歌は本行になく、詠者名の前の上段に「イ」として小字で書かれている。

付記 國學・神宮・林乙・林丁あり。

〔現代語訳〕

同じ八月十五夜、女御更衣を参上させて、観月の宴がございましたついでにお詠みになりました

『岩うつ波』の朱雀院御歌

長年にわたって秋の今夜十五夜の月は見てきましたが、いまだこれほどすばらしい月は見たことがありませんでした。

〔語釈〕 **○おなじ夜** 281番歌と同じ夜、つまり八月十五日の夜。**○女御更衣** 朱雀院の后たち。**○御あそび** 中秋の名月の遊宴が宮中にて催されたのであろう。

〔参考歌〕

①うちつけにまたこん秋のこよひまで月ゆゑをしくなるいのちかな（『山家集』三三二）

〔典拠〕 『岩うつ波』（散逸物語）。『風葉集』に四首入集。

題号の「岩うつ波」は、「風をいたみ岩うつ波のをのれのみくだけてものをおもふころかな」（『詞花集』恋上・二一一・重之）に依るか。岩はつれない恋人で、波は物思いする自分の喩えとなる。『無名草子』によると、男（大将）に辱められた女君が、その後入内して男を見返すという内容だったらしい。以下、『無名草子』の当該箇所を挙げる。

「『岩うつ浪』など、むげにただありに、言葉遣ひも古めかしけれど、大将に賺されたる翌朝、紙燭さしの少将、女房の装束、菊の色々なるを見て、

色々の花を折りては見ゆれども独り菊には甲斐なかりけり

と言へるを思ひつめて、女御に参り、后に立ち給ひ、めでたき折、同じ色々を着て、左衛門督といふ人、ありし少将に、

菊の花甲斐ある折もありけるをさしもなどかは言ひくたしけむ

と言ひたるこそうれしけれ。

また、若宮の生れ給へる御佩刀の使にて、この少将参りたるに、大将、主人の方にて御佩刀取り次ぐに、見合はせてほほゑむもをかし。

させることなき物語ながら、仇討ちたるがそぞろにうれしきなり」

『無名草子』でいう「大将」というのが『風葉集』790・978番歌詠者の内大臣と考えられる。両歌とも内大臣が中宮を思って嘆くという内容なので、女君は中宮となり、皇子を産んだらしい。しかし、最終官位が内大臣であることから『事典』では「或いは悲恋遁世でも遂げたものか」としている。

282番、283番は同じ場面が続いていると考えられるが、詳細は不明。女君が入内したのが朱雀院のもとであったか。

〔補説〕

○天理本、東大本、狩野本、明大本における282番歌の脱落について

〔校異〕の付記に記したように、282番歌の歌および283番歌の詠者名は天理本、東大本、狩野本、明大本において他の諸本と大きく異なる点がある。図で示すと次のようになる。

	282詞書・詠者	同上欄外	282歌	同上欄外	283詠者	同上欄外	283歌	同上欄外
天理	○	○	×	○	×	○	○	○
東大	○	○	×	○	×	○	○	○
狩野	○	×	×	○	×	○	○	×
明大	○	×	×	×	×	×	○	×

表からわかるように、四本は共通して282番歌と続く283番歌の詠者名が脱落している。脱落したまま一切補われていないのが明大本であり、原態を残していると言えよう。狩野本は脱落したもののみを補っている。天理本と東大

本はまったく同じ補入の仕方をしており、欄外に282番歌と283番歌を詞書からすべて書き直している。おそらく、この四本は脱落のある同じ系統の本を底本としており、天理本、東大本、狩野本はそれに気づいて後から補ったのであろう。また、補入の仕方がまったく同じである天理本と東大本はかなり近しい関係にある伝本であると言える。（江口）

宰相更衣

ふえのねもやへのうき雲吹はらひつねよりことにすめるよの月

〔校異〕　宰相更衣―欠〈天理・東大・明大・狩野〉

付記　東大本、狩野本、天理本の詠者名は本行になく、東大本、天理本は上段に小字で、狩野本は行間に小字で「イ」として書かれている。また、東大本、天理本の歌は上段にも小字で全く同じものが書かれている。

付記　國學あり。

〔現代語訳〕

宰相更衣

八重に重なる浮き雲が吹き払われて、笛の音も月もいつもよりとりわけ澄んだ今宵です。

〔語釈〕　○宰相更衣　特に注記はないが、『岩うつ浪』の朱雀院の妃であろう。282番歌で「女御更衣まうのぼらせて」とあるので、これと同じ場面である。歌の内容も282番歌に唱和する形である。○やへ　幾重にも重なっているさま。○ことに　常のあり方とは違って。とりわけ。「琴」を掛け、「笛」の縁語。

〔参考歌〕

①ふえの音にことのしらべのかよへるはたなびく雲に風や吹くらん（『続千載集』釈教・九八八・俊頼）

〔典拠〕『岩うつ波』（散逸物語）。282番歌初出。　（江口）

284

大僧都いまだわらはに侍りける時、八月十五夜に、ゆるしたまはせたりけるを、もてなしあそび侍けるさか月のつゐでに

あまのもしほびの仁和寺の親王

いつもみる秋のなかばの空になを光そへたるよはのさかづき

〔校異〕大僧都―大僧都は〈国研〉　時―時は〈蓬左〉　十五夜に―十五日（夜イ）に〈天理〉十五日（夜イ）に〈東大〉　たまは―たまさ（はイ）〈狩野〉たまひさ（はイ）〈天理・東大〉たまさ〈明大〉　たりける―ける〈嘉永〉　あま―あさ〈龍門〉　ひの―火〈明大・狩野〉火の（のイ）〈天理・東大〉　の親王―法親王〈陽甲〉　いつも―いへ（つ）も〈陽甲〉　みる―ゝ（みイ）る〈狩野〉　よは―よはく（はイ）〈東大〉

付記　神宮・林乙・林丁あり。

〔現代語訳〕

大僧都がまだ元服前の子供でございました時、八月十五夜に、仁和寺の法親王が出家のお許しを授けなさったことをお祝いし、管絃の宴を催しました席で、さかづき事のついでに

『あまの藻塩火』の仁和寺の親王

いつも見ている仲秋の空の満月に、いっそう光を添えているのは、満月を浮かべた夜更けの杯です。

〔語釈〕**○大僧都**　大僧都の歌は七首入集しており、主人公と考えられる（49番歌参照）。**○わらは**　まだ元服前の子供。**○ゆるし**　仁和寺入門の認可。**○仁和寺の親王**　『風葉集』入集はこの歌のみ。物語上の位置は定かでない

が、詞書からすると、この人は大僧都の仏道の師であった。**○秋のなかば**　仲秋。陰暦八月十五日。**○さか月**　杯の「つき」に月を掛ける。杯の映す大空には、輝く仲秋の名月が浮かんでいる。空にある満月に、杯に浮かぶ満月が輝き合わせて、いっそう風情のある言祝ぎの宴である。

〔参考歌〕　なし。

〔典拠〕　『あまの藻塩火』（散逸物語）。49番歌初出。（岡本）

さがの院のきさいの宮の六十賀の屏風に、八月十五夜、かりとべるところ　　うつほの侍従なかずみ

秋ごとにこよひの月をおしむとてはつかりがねをき丶ならしつる

〔校異〕　かりとへる―にとへる〈陽乙・内閣〉よりとへる〈伊達・龍門〉かりくる〈狩野〉かりとつ|（へイ）る〈天理・東大〉　おしむとて―おしむとも〈伊達・龍門〉

〔現代語訳〕

嵯峨の院の后の宮の六十賀の屏風に、八月十五夜、雁が飛んでいるところ　　『うつほ』の侍従仲澄

毎年秋を迎える度に、この八月十五夜の満月を愛惜して、その秋に初飛来した雁の声を聞き親しんできたことです。

〔語釈〕　**○さかの院のきさいの宮**　嵯峨の院の大后。東宮の祖母。東宮はあて宮の入内を所望している。**○六十賀**　四十歳から十年ごとの長寿の賀。六十歳を祝うこの席で、あて宮の東宮入内がほぼ内定する。**○八月十五夜**　280番歌〔語釈〕参照。**○かり**　『うつほ』本文は「『かり』といへり」とある。この場合の「かり」は雁の声の擬音

語。**○仲澄** 源正頼の七男。189番歌参照。仲澄の歌は五首入集。**○はつかりがねを** その秋に初めて飛来した雁の鳴く声を。『うつほ』第四句「初雁の音を」。「はつかり」は秋の深まりを告げるもの。「ね」は「音」であり、なき声から涙が連想され、秋の物思いや恋の嘆きと通じる。雁は、誰かの「玉づさ（手紙）」を運んでくるとされている。当該歌は屏風歌として、満月に「はつかりがね」を配し、同母妹あて宮へのはるかな慕情を込めている。仲澄の他の四首（189・993・1037・1087）も、あて宮を思う歌である。

〔参考歌〕 なし。

〔典拠〕『うつほ物語』（3番歌初出）菊の宴巻。当該箇所を次に挙げる。

かくて、夜の御座所しつらひ、御調度どもあるべきやうにまかなはれたる、玉光り輝く。

御屏風の歌、正月。（中略）

七月。七夕祭りたる所に。

彦星の帰るにいく代会いぬれば今朝来る雁の文になるらむ（少将仲頼）

八月。十五夜したる所あり。「かり」といへり。

侍従仲澄

秋ごとに今宵の月を惜しむとて初雁の音を聞き馴らしつる

（岡本）

風葉和歌集巻第五
秋下

題知らず　　風につれなきのおほきおほいまうちぎみ

雲ゐゆくかりのねにさへいかなれば物おもふ袖はかゝるなみだぞ

〔校異〕 おほきおほいまうちきみ―おほいまうちきみ〈蓬左〉　かりのねに―かりのねに○〈日甲〉　いかなれは―い|ヒ（いか）なれは〈静嘉・川口〉　なみたそ―なみたに〈宮甲・嘉永〉　なみたに|（そ）〈龍門〉　なみたに|（そか）〈刈谷・龍大・藤井〉

〔現代語訳〕

題知らず　　『風につれなき』の太政大臣

大空をゆく雁の鳴き声を耳にしただけで、どういうわけか、物思いに沈む私の袖は、涙がふりかかることですよ。

〔語釈〕 **○おほきおほいまうちきみ**　太政大臣。当該場面では権中納言。のちに、女院を思いつつも一条入道宮の娘一条女三宮と結ばれる。231番歌参照。**○雲ゐ**　空。はるかに遠い所。宮中。**○物おもふ袖**　恋しい人を思って涙する意の歌語。269番歌〔語釈〕〔参考歌〕参照。**○かゝる**　「（涙が）かかる」と「このように」の懸詞。

〔参考歌〕 なし。

〔典拠〕『風につれなき』（首部のみ存）。52番歌初出。

当該歌は「題しらず」となっているが、物語では手の届かない遠い所にいる女院を思っている権中納言が、空を飛び行く雁の音を耳にして詠んだ歌。当該箇所を次に示す。

たゞおなじ事にていと物どほくかひなければ、心もやなぐさむと、一条のきさいの宮へまゐらむとおぼしていでたまふに、月ちかくとびゆくかりのこゑ、そでに涙をさそふ心ちして、

くもゐゆくかりのねにさへいかなればものおもふ袖はかゝかるなみだぞ

と、中もんのもとにて吹きすましたまへるを、なごりあかず思ふ人々はまことに涙もこぼるゝに、姫君はなにとなくをりからはあはれにきかれたまふ。

（岡本）

〔補説〕

○「雁」歌群について

秋下部冒頭の当該歌から290番歌まで五首が「雁」歌群である。「この巻頭歌群は、やるせない、思うに任せられない心中を「雁がね」に託し独り詠じる歌を中心にまとまっている」「秋下部巻頭歌群が「雁がね」で始まり、先例がない点独自の配列」と、『米田構造』は指摘する。秋上部巻軸歌である前歌（285）は「月」歌群の最終歌であるが、「はつかりがね」をも歌っている。月と雁の取合せは常套的なものだが、秋上部を八月十五夜の月と初雁を取り合わせた屏風歌で締めくくり、秋下部冒頭へと「雁」でつなぎ、秋の上・下巻を連続にさせて深まり行く秋を辿る。当歌群は、霧の隔ての中や「さよなか」「ゆふまぐれ」「ねざめ」といった、視覚を遮られる状態で耳にする「雁が音」を、物思いの誘発源として構成している。

雁は渡り鳥で、秋に北方から渡来し、春にはまた北方に去って行く。和歌には春秋二様の「雁」が詠まれるが、春の雁はすでに述べた（53番歌参照）ように、平安期以降の歌材であったが、秋の雁は上代から詠まれてきた。『万葉集』巻八雑秋に聖武天皇の詠「秋の日の穂田を雁がね暗けくに夜のほどろにも鳴き渡るかも」（一五三九）、「今朝

の朝明雁が音寒く聞きしなへ野辺の浅茅そ色付きにける」（一五四〇）が見える。『古今集』の「雁」は、初雁を主たる歌材として秋上部に配されているが、為家撰『続後撰集』は秋中部巻頭に「雁」五首を置く。雁は列を組んで連なって飛んでくること、『漢書』の「雁信」故事の影響によって、雁は遠方からの手紙を運んでくるものと捉えられた。また、「月に雁」の画材の取合せ、それに、雁は常世との往来が可能な存在と考えられたことが結びついて、遠い昔に思いを馳せる発露となった。こうしたイメージを背景として、遠い空に聞こえる「雁の音」は孤独で侘しい寒夜にさらなる哀感を誘うものとして、中国から入ってきた「秋怨」「悲秋」といった「秋思」の表現となり、深まり行く秋の歌材として詠まれた。特に、秋の夜長に恋人に逢えぬ悲声に通じるものとされて、物語世界にも好んで取り込まれたことが、『風葉集』のこの歌群からも読み取れる。

（安田）

ゆふぎりの左大臣

さよなかにともよびわたるかりがねにうたてふきそふ荻のうは風

〔校異〕 なし。

〔現代語訳〕

夕霧の左大臣

真夜中に友を呼び求めながら空を渡る雁の鳴き声を聞くと、さらに嘆きが添えられるように、荻の上葉を風が吹き過ぎていくことです。

〔語釈〕 **○ゆふぎりの左大臣** 光源氏の嫡男。夕霧は元服したが、雲居雁との恋が進展しないでいる。『物語前百番』は「右大臣」としているが、『風葉集』では異文はなく「左大臣」である。夕霧を「左大臣」と表記することについては125番歌〔語釈〕参照。**○かりがね** 雁の鳴く声。ここでは友にはぐれて呼び求める声。**○うたて** ことの成り行きをどうしようもない気持ちで眺めているさま。**〇荻のうは風** 216・226番歌〔語釈〕参照。

〔参考歌〕

①さ夜中と夜はふけぬらし雁が音のきこゆる空に月わたるみゆ（『古今集』秋上・一九二・読人不知、『万葉集』巻九・一七〇一・四句「きこゆる空ゆ」）

〔典拠〕『源氏物語』（2番歌初出）少女巻。

当該歌は、「題知らず」で、典拠の物語の内容が付されていないので、秋の「悲愁」を詠んだ歌と位置付けられているが、『源氏』の当該箇所を次に示しておく。

いと心細くおぼえて、障子に寄りかかりてゐたまへるに、女君も目を覚まして、風の音の竹に待ちとられてうちそよめくに、雁の鳴きわたる声のほのかに聞こゆるに、幼き心地にも、とかく思し乱るるにや、「雲居の雁もわがごとや」と独りごちたまふけはひ若うらうたげなり。いみじう心もとなければ、「これ開けさせたまへ。小侍従やさぶらふ」とのたまへど、音もせず。御乳母子なりけり。独り言を聞きたまひけるも恥づかしうて、あいなく御顔も引き入れたまへど、あはれ知らぬにしもあらぬぞ憎きや。乳母たちなど近く臥してうちみじろぐも苦しければ、かたみに音もせず。

さ夜中に友呼びわたる雁がねにうたて吹き添ふ荻のうは風

身にもしみけるかなと思ひつづけて、宮の御前にかへりて嘆きがちなるも、御目覚めてや聞かせたまふらんとつつましく、みじろき臥したまへり。

〔他出〕『物語二百番歌合』（後百番）七十四番左。

（岡本）

288

おやこの中の内大臣

かきくらしわがごと物やおもふらんかりのねざめのこゑきこゆなり

〔校異〕 わかこと―我も（ことイ）〈狩野〉 ねさめの―ねさの〈蓬左〉 こゑ―聲ぞ〈嘉永〉 きこゆなり―聞ゆる〈嘉永〉

〔現代語訳〕 『おやこの中』の内大臣

悲しみにくれる私のように物思いをしているのでしょうか、雁の声が寝覚めの耳に哀しげに聞こえるようです。

〔語釈〕 **○内大臣** この物語の主人公と思われる。46番歌〔典拠〕、271番歌〔語釈〕参照。**○かきくらし** 悲しみに心が暗くなること。**○わがごと** 私と同じように。**○かりのねざめのこゑ** 「かりのね」は「雁の音」と「仮の寝」とを懸ける。恋しい人に会えず、眠れないで一人伏す男の耳に届く雁の声は、物思いに沈む自分の嘆きの声のようにも聞こえる。

〔参考歌〕

①秋のよのあくるもしらずなく虫はわがごとものやかなしかるらむ（『古今集』秋上・一九七・敏行）

〔典拠〕 『おやこの中』（散逸物語）。46番歌初出。

（岡本）

289

はぎにやどかる大将

物思のいまはかぎりのゆふまぐれ雲ゐに雁のつげてすぐなる

〔校異〕 詞書欠―たいしらす〈國學〉 はきにやとかる大将―はきにやとかる大将（イ）〈天理・東大〉 物思の―

物思ひ〈清心・静嘉・川口・藤井〉物おもひ〈国研〉物思ふ〈天理・東大・明大〉もの思ふ〈狩野〉つけて―つれて〈刈谷・龍大・藤井〉すくなる―過なり〈嘉永・狩野・國學〉ふくなる〈田中〉ふ|（すイ）くなる〈静嘉・川口・国研〉吹なる〈日甲〉すくなり〈天理・東大・明大〉

付記 國學あり。

〔現代語訳〕

『萩に宿借る』大将

物思いの限りを尽くして夕暮れ時となった今、空の雁も声をかけて飛び過ぎて行くようです。

〔語釈〕 **○大将** 物語の主人公。院女御との許されざる恋に悩む。**○物思** あれこれ思い悩むこと。特に恋の悩みを指すことが多く、また秋の夜がもっとも物思いを深める時とされる。これは、中国漢詩文の「秋悲」「秋愁」「秋怨」といった概念の影響下で詠まれるようになったもの。**○いまはかぎり** 「かぎり」は時間的、空間的、心理的な限界。成句として、これでおしまいの意、また臨終の意も有する。『小木散逸』は、後者の意を採って「辞世の歌で哀傷の部に入れるべき」とするが、ここでは秋歌であることを踏まえて前者の意を採った。**○ゆふまぐれ** 夕方の薄暗く辺りが見えにくい頃。夕間暮。夕目暗。夕暮れは恋人同士が逢えるか逢えないかを分かつ時分で、相手を思って心が乱れる時でもある。◇参考 秋はなほゆふまぐれこそただならぬをぎのうはかぜはぎのしたつゆ（『義孝集』四）**○すぐなる** 「なる」は、聞こえる音による推定で、雁が飛んでいる姿を聴覚だけでとらえる表現。雁の声にふと気づかされて、思い悩むことをもう終わりにしようとの心境を表す。恋を諦めようと思い至ったか。

〔参考歌〕

①雁が音の雲ゐはるかに聞えしは今は限の声にぞありける（『後撰集』恋三・七七七・読人不知）

〔典拠〕 『萩に宿借る』（散逸物語）。42番歌初出。

（那須）

おほうち山にこれかれまうできてかへるほどに、雁の
なきてわたるによみ侍ける　　みづからくゆる左大将

たちとまれ雲ゐにわたるかりがねよやへたつ霧のはれまゝつほど

〔校異〕　おほうち山に―おほうち山〈明大〉　雁の―雁〈刈谷・龍大・藤井〉　わたるに―渡るを〈嘉永〉　かりかねよ―かりかねに〈天理〉　雁金に〈内閣〉

〔現代語訳〕

大内山にこの人やあの人もやって来まして帰る頃、雁が鳴き渡って行くので詠みました歌

『みづから悔ゆる』左大将

しばらくそこに留まっておくれ、空を渡る雁たちよ。幾重にも立ちこめた深い霧が晴れるのを待つ間だけでも。

〔語釈〕　**○おほうち山**　京都市右京区仁和寺の後背の山。別称御室山。内裏をいう「大内」から、多くは内裏を指して修辞的に詠まれる。一時期左大将が大内山に住んでいて、そこには別荘があったらしい。**○左大将**　物語の主人公。250番歌参照。**○これかれ**　250・1392番と同じ頃らしく、源宰相や宰相中将などの訪問者たちを指すと思われる。**○たちとまれ**　訪ね来た客人たちとの遊興後に、別れを惜しむ心境を雁に託してしばらく居残るよう願う。**○雲ゐにわたるかりがね**　客人たちが都へと帰って行く姿を、雁の群れがねぐらへ帰る姿に譬える。人々が華やかな都へ戻ることと、都から隔たった地に残る詠者の孤独が対比される。「雲ゐ」は「空」と「宮中」の意を掛ける。『風葉集』序に「雲ゐをわたるかりがねにともをしたひ」と、当該歌を「そへ歌」の例歌として挙げている。**○やへたつ霧**　幾重にも重なる深い霧。「晴れ」は「霧」の縁語。「八重立つ」は、山の峰が重なり立つ様や、霞・雲が深く立ちこめる様の形容で、霧に充てる例はごく少なく、勅撰集では『新続古今集』五四一の順徳院歌のみである。勅撰集以外の古い例には「たえまなくやへたつきりにむせびつつこころはれせぬあきの山ざと」〈『六条斎院歌合〈天喜五

年八月〉』二五・宣旨」）がある。稀少な歌句ではあるが、物語の分野では参考歌①の『源氏』を初発として、「まだ知らぬ暁露におき別れ八重たつ霧にまどひぬるかな」（『狭衣』巻三・狭衣）をはじめ、『みづからくゆる』『いはでしのぶ』『わが身にたどる』といった作品に見られ、「やへたつ霧」が物語歌に受容されていったことがうかがえる。独立した和歌として見ても、『千五百番歌合』の「あさ霧のやへたつなみ」（千二百五十番左・公経）について、前出の『狭衣』歌を踏まえた判詞があり、また鎌倉中期の「いくつらぞやへたつきりのうへになくくもゐのかりもこゑはかくれず」（『長綱集』一二五）も、物語歌である当該歌を念頭に置くものであろう。当該歌が、『風葉集』序で「そへ歌」の例歌に挙げられていることも考慮すると、この歌句は、『源氏』で生まれ、その物語的世界を色濃く漂わせたもので、独立した和歌には詠みにくい歌句だったのではなかろうか。

（那須）

〔参考歌〕

①荻原や軒端の露にそぼちつつ八重たつ霧を分けぞゆくべき（『源氏』夕霧巻・夕霧）

〔典拠〕『みづから悔ゆる』（散逸物語）。250番歌初出。

題しらず　　袖ぬらすの准后

虫のねもあはれぞまさるあさぢ原なかば過ゆく秋の夕ぐれ

〔校異〕題しらす—欠〈國學〉　袖ぬらすの准后—袖ぬらすの准后〈伊達〉　袖ぬらすの准后（イ）〈天理・東大〉

過ゆく—過ぬく〈日甲〉

付記　國學あり。

〔現代語訳〕

題しらず　　『袖ぬらす』の准后

虫の声にもしみじみとした情趣がいっそう深まる浅茅の野原です。秋も半ば過ぎ去ろうとするこの夕暮れよ。

〔語釈〕 **○准后** 「准三后」の略称。174番歌参照。『物語後百番』では中納言の君歌として、第五句「秋ぞと思へば」とある。なお、中納言の君は娘が入内することにより最終的には准后となった。**○あさぢ原** 浅茅は丈の低い茅萱で、それが一面に生えた野原。「浅茅」「浅茅原」「浅茅生」などは、荒寥感を表出する常套句。『万葉集』では、「秋されば置く白露に我が門の浅茅が末葉色付きにけり」（巻第十・二一八六）と、露が降りて葉先から紅葉するものとの概念や、「小野」に掛かる場合、また「標結ふ」ものであった。平安中期からは荒廃の象徴として和歌に定着し、虫、鶉、露などとの取り合わせが多く見られる。**○なかば** 「半ば」に「鳴かば」を響かせる。

〔参考歌〕

①ふるさとは浅茅が原と荒れはてて夜すがら虫の音をのみぞ鳴く（『後拾遺集』秋上・二七〇・道命）

〔典拠〕 『袖ぬらす』（散逸物語）。174番歌初出。

〔他出〕 『物語二百番歌合』（後百番）六十八番右。

（那須）

〔補説〕

○「虫」歌群について

ここから301まで「虫」歌が続き、浅茅や鶉と取り合わせた一般的な「虫」から、「松虫」「鈴虫」「きりぎりす」と、代表的な秋の虫を素材とし、秋たけなわの虫の音を配している。巻末近く357～360も「虫」歌群で、こちらは、弱り行く虫の音が季節を暮秋へと導く。秋下部冒頭は、「雁」五首、「虫」一一首、「鹿」八首と順次配されている。秋下部に「雁」「鹿」「虫」の歌材が配されるのは、歴代勅撰集もほぼ同様であるが、「虫」歌が他と比較してももっとも多いのが『風葉集』の特徴である。「雁」と「鹿」は『万葉集』以来の秋の歌材で、「虫」については『万葉集』には「蟋蟀」を詠んだ歌が七首あるが、「虫（むし）」と表現した歌はない。「虫（むし）」と詠んだものとしては『是貞親王家歌合』に二首（二五・四五）、『古今集』に二首（一八六・一九七）見えるものが古い。「むしのね」の語は『古今集』（一八六）、「むしのこゑ」は『朱雀院御集』（八）が古い。また、「松虫」や「鈴虫」に心動かされたのは平安期に入ってからで、「悲秋」の概念の発達によって、さまざまな「虫」の鳴き声を人の泣き声に重ねて、秋夜の哀惜の心を詠んだ。しかし、和歌にもっともよく詠まれたのは「虫」ではなく「鹿」で、勅撰集でも『千載集』以降は一〇首以上の歌が収められている。「鹿」は山里に遠く聞こえるものだが、「虫」は庭先や壁の下などでかそけく聞こえる声が、閨での忍び泣きに重なり、物語では「虫」の方が圧倒的に多く描かれた。その有り様が『風葉集』に反映していると言えよう。（安田）

女のもとの、いたくあれたるをわけいるとて

うつほの右大臣

むしだにもあまたこゑせぬあさぢふにひとりすむらん人をこそ思へ

〔校異〕 うつほの右大臣―うつほの右大臣（イ）〈天理・東大〉　あさちふに―浅ちふに○（有しか）〈天理〉浅ちふ〈東大〉浅ちふに○〈明大〉

付記　國學あり。

〔現代語訳〕

女の住まいがひどく荒れているのを、草をかき分け入って

『うつほ』の右大臣

虫さえも多くは鳴かず浅茅が乱れ茂った所に、ひとりで住んでいるらしい人の心細さが思いやられます。

〔語釈〕 **○女**　俊蔭女。のちに尚侍。**○右大臣**　兼雅。当時の呼称は若小君。賀茂詣の帰途に俊蔭女を垣間見て一夜を契る。**○あさぢふ**　浅茅が生えている所。俊蔭女が住む荒廃した邸を指す。

〔参考歌〕　なし。

〔典拠〕『うつほ物語』（3番歌初出）俊蔭巻。当該箇所を次に挙げる。

秋風、河原風まじりてはやく、草むらに虫の声乱れて聞こゆ。月隈なうあはれなり。人の声聞こえず。かかるところに住むらむ人を思ひやりて、独りごとに、

虫だにもあまた声せぬ浅茅生にひとり住むらむ人をこそ思へ

とて、深き草を分け入りたまひて、屋のもとに立ち寄りたまへれど、人も見えず。

（那須）

みかど、たゞ人におはしましける時、一条院一品宮に
わたり給へる朝に女二の宮に、むぐらのやどをゆき過
て、ときこえ給へる御かへし　さごろものさがの院御歌

ふるさとはあさぢがすゐに成はてゝむしのねしげき秋にやあらまし

〔校異〕　たゝ人に―たゝに〈丹鶴〉　わたり給へる―わたり給つる〈龍大・藤井〉　きこえ給へる―きこえ給ひつる〈天理・東大・明大〉　聞させ給つ（へイ）る〈狩野〉　御歌―欠〈清心〉　あさぢかすゐに―浅茅か原に〈陽乙・彰甲・内閣〉　あさちかはらに〈蓬左〉　あさちか原と〈嘉永〉　あさちか原に〈清心〉　あさちか末（原イ）に〈天理・東大〉　あさきか末に〈明大〉　成はてゝ―成（あれイ）はてゝ〈国研〉　秋にや―秋とや〈内閣〉　あらまし―あらまし（るらん）〈国研〉　有らし〈刈谷・藤井〉　あるらし〈内閣・龍大〉

〔現代語訳〕

帝が臣下でいらっしゃいました時、一条院の一品の宮の許へお渡りになった翌朝、女二の宮に「葎の宿を行

き過ぎて」と差し上げなさった歌への御返事

『狭衣』の嵯峨院の御歌

あなたがなじんだ一条の宮はすっかり荒れ果てて、浅茅が茂る野末のような有様で、今年は虫の声だけがしきりに聞こえる秋になるのでしょうか。

〔語釈〕 **○たゞ人** 臣下。即位前の狭衣。**○一品宮** 狭衣の正妻。一条院に住む。226番歌参照。**○わたり給へる** 狭衣と一品の宮の結婚の日のことをいう。**○女二の宮** 嵯峨院の第二皇女。狭衣との一夜の契りで若宮が誕生することになり、その後出家する。226番歌参照。**○むぐらのやどをゆき過て** 狭衣が、一品の宮への結婚直後の後朝の文に先立って女二の宮に贈った歌、「思ひきや葎の宿を行き過ぎて草の枕に旅寝せんとは」を指す。当該歌は、女二の宮が返歌をためらっているので、父嵯峨院が代わって返した歌。**○ふるさと** 昔関わりがあった所の意で、旧都、生まれ育った地、昔なじんだ地。ここは、出家前の女二の宮が住んでいた一条の宮を指し、そこには若宮が残されている。**○あさぢがすゑ** 浅茅の葉先。はかなく不安定な存在として露とともに詠まれることが多く、また時の経過とともに荒れ果てた様相を表し、「浅し」や「末の世」を掛けたりする。ここは浅茅が繁る野末のような所の意。なお、〔典拠〕に挙げた物語本文と『無名草子』は何れも「浅茅が原」とする。

〔参考歌〕

①ふるさとは浅茅が原と荒れはてて夜すがら虫の音をのみぞ鳴く（『後拾遺集』秋上・二七〇・道命）

〔典拠〕 『狭衣物語』（84番歌初出）巻三。当該箇所を次に挙げる。

院も聞かせたまひて、「思ひがけずをかしきほどの使かな。昨夜は一品の宮に参りたると聞きしを、まづ急がれつらんもゆかしうこそ」とて、やがて召し入るるを、（中略）「見るたびごとに、さもめでたうなる手かな。あまりゆゆしうぞあるな。さるは、いたくまめだちて思ふことありげにこそ、ただ見るに、心苦しうも恥づかしげさもめでたけれ」とのたまはせて、御覧ずるを聞けば、

思ひきや葎の宿を行き過ぎて草の枕に旅寝せんとは

とばかりありける。（中略）人はさも思したどらで、心強きやうに思したれど、「かやうにをかしき人のことは見苦しうや」とて聞かせたまはねば、聞こえわづらはせたまひて、御自から、

「故里は浅茅が原となし果てて虫の音繁き秋にやあらまし

今こそうれしく」とあるを見たまひても、まことにありしながらの身にはなさまほしく思ひ焦がれたまふほどに、秋の日はかなう暮れにければ、（新全集）

参照　旧大系…思ひきや葎の宿を行き過ぎて草の枕に旅寝せんとは

故里は浅茅が原に荒れ果てて虫の音しげき秋にやあらまし

集成……思ひきや葎の門を行きすぎて草の枕に旅寝せむとは

ふるさとは浅茅が原となりはてて虫の音しげき秋にやあらまし

〔他出〕『無名草子』。

〔補説〕

〇歌句「浅茅が末」について

この歌句の勅撰集初出は「ものをのみ思ひしほどにはかなくて浅茅が末に世はなりにけり」（『後拾遺集』雑三・一〇〇七・和泉式部）で、八代集では『金葉集』四〇八、『新古今集』三七七・一二八六・一六八一に見える。この中で「風わたるあさぢが末のつゆにだに宿りもはてぬよゐの稲妻」（『新古今集』秋上・三七七・有家）は、『六百番歌合』秋上十八番左で第二句「浅茅が上」とあるところを、「あさぢが末」と転じて採られた歌である。また「ふるさとは浅茅が末になりはてて月にのこれる人の面影」（『新古今集』雑中・一六八一・良経）についても、参考歌①を踏まえて、「浅茅が原」を「浅茅が末」へと転化したと思われる。平安後期頃から散見する「浅茅が末」は、鎌倉期に入って用例が増しており、新古今時代に注目され、育成された歌語といえよう。現存の『狭衣』では第二句は「あ

さぢがはら」（ただし、蓮空本は「あたちか原」）である。「あさぢがはら」は非常に用例の多い語で、類語の「あさぢはら」を加えれば用例は倍加する常套的表現である。したがって、『風葉集』が「あさぢがすゑ」としているのは、新古今時代の歌人が開拓した歌語を取り上げて改作した可能性はある。（那須）

はやうすみ侍けるところのあれにけるを、としごろ有て見てよめる
せれうの中納言

わがやどは鶉なく野とあれはてゝあるじがほなるむしのこゑ〳〵

〔校異〕せれう―せりふ〈宮甲・龍大〉　野と―のみ（とイ）〈狩野〉の、〈川口〉

付記　神宮・林乙・林丁あり。

〔現代語訳〕

以前住んでいましたところが荒廃してしまったのを、何年か経って見て詠みました歌
『芹生』の中納言

私の家は鶉が鳴く野となって荒れ果ててしまい、主人顔をして鳴く虫の声々ですよ。

〔語釈〕○せれう　山城国愛宕郡大原、広く「大原の里」と呼ばれる一帯の一部。平安末期に隠棲地として取り上げられるが、用例は平安末期から鎌倉初期に散見されるにとどまり、歌枕としては短命に終わった。「淀・はづかし・宇治・岡の屋・日野・勧修寺・醍醐・小黒栖・梅津・桂・大原・しづ原・せれうの里にあぶれゐたる兵共、…あはてさはいで馳参る」（『平家』巻二・烽火之沙汰）、「よをそむくかどではしたり大原やせれふの里の草の庵に」（『夫木抄』三二・一四八一八・実定）などに見られる。ただし、ここは物語名。○鶉　キジ科の鳥。肉・卵が美味であるため狩猟の対象とされた。古くから歌に詠まれ、『万葉集』では「鶉鳴く」は「ふ（古・旧・故）る」にかかり、「鶉

鳴く故りにし郷ゆ思へどもなにそも妹に逢ふよしもなき」（『万葉集』巻四・七七五・家持）のように、故郷・平城京で鳴く鳥などとして詠まれた。その後、〔参考歌〕に掲げた『伊勢』一二三段の和歌が登場し、これを本歌取りした「君なくて荒れたる宿の浅茅生にうづら鳴くなり秋の夕暮」（『後拾遺集』秋上・三〇二・時綱）や、「夕されば野辺の秋風身にしみてうづらなくなり深草のさと」（『千載集』秋上・二五九・俊成）など、荒廃した土地で秋の夕暮れにわびしげに鳴くというイメージで詠まれることが流行した。ただし、ここは物語名。**○あるじがほ**　主人らしい顔つき。主人ぶったさま。「〜顔」については177番歌〔語釈〕参照。

〔参考歌〕

①野とならば鶉となりて鳴きをらんかりにだにやは君は来ざらむ（『伊勢』一二三段、『古今集』雑下・九七二・読人不知　第二・三句「うづらとなきて年は経む」）

〔典拠〕　『芹生』（散逸物語）。『風葉集』に一首入集。

〔語釈〕で示したように、歌枕「芹生」の用例は平安末期から鎌倉初期に散見されるため、物語『芹生』の成立年代もそのあたりかと推測される。しかし、その内容は当該歌によって、中納言が昔住んだことのある芹生の地を訪れ、荒れはてているのを見て懐旧に浸ったことが知られるのみである。（鹿谷）

あはれしられぬべきゆふぐれに、あれたるところにすむべき女のもとにつかはしける　　もとのしづくの大将

ながむらんあさぢが原の虫の音をものおもふ人の心とをしれ

〔校異〕　しられぬへき―しら（本）ぬへき〈刈谷・藤井〉しら（本ノママ）ぬへき〈龍大〉しられぬへき〈東大〉しらぬへき〈明大〉しらきぬへき〈内閣〉すむへき―すみける〈天理・東大・明大・狩野〉すむ〈丹鶴〉すむへ

〈嘉永〉女の―女中心〈蓬左・陽乙・内閣〉もとに―もと〈刈谷・藤井〉もとの―も虫の〈松甲〉音を―音を｜〈に歟〉〈京大・陽甲〉ねに〈日甲・丹鶴・神宮〉ねを｜〈に〉〈伊達・龍門〉音を｜〈に〉〈松甲〉音を｜〈にイ〉〈国研〉ねを｜〈にイ〉〈田中・清心・静嘉・篠山〉ねを｜〈にて〉〈川口〉ねを｜〈にイ〉〈国研〉ねを｜〈に一本〉〈丹鶴〉ねを｜〈に〉〈伊達・龍門〉音を｜〈に〉〈松甲〉音に〈國學〉

付記 國學・神宮・林乙・林丁あり。

〔現代語訳〕

しみじみとした情趣が感じられてしまう夕暮れに、荒廃した家に住んでいるはずの女のもとにお遣わしになりました歌　『本の雫』の大将

あなたが眺めているだろう浅茅が原で鳴く虫の音を、物思いに沈んでいる私の心とお思いください。

〔語釈〕 **○女** 296番歌より、太政大臣の娘。**○もとのしづく** 「末の露」とともに詠まれることが多い。草木の根もとにかかる雫の意で、人の命のはかないことをたとえて言う。「末の露もとのしづくや世の中のをくれ先立つためしなるらん」（『新古今集』哀傷・七五七・遍昭、『古今六帖』一・五九三）による表現。**○ながむ** 「眺む」と「鳴かむ」の掛詞。**○音を** 〈校異〉で示したように、京大本・陽甲本では「音を」の「を」の右傍に「に歟」とある。

〔参考歌〕

①ふるさとは浅茅が原と荒れはてて夜すがら虫の音をのみぞ鳴く（『後拾遺集』秋上・二七〇・道命）

②浅茅生の秋の夕暮鳴く虫はわがごと下に物や悲しき（『後拾遺集』秋上・二七一・平兼盛）

〔典拠〕 『本の雫』（散逸物語）。175番歌初出。

（鹿谷）

おほきおほいまうちぎみのむすめ

かへし

をく露のしげきあさぢになく虫はなべての秋のさがとこそきけ

〔校異〕 むすめ—姫〈嘉永〉姉—（娘イ）〈狩野〉姉—（娘イ）〈天理・東大〉姉〈明大〉 虫は—むしの〈田中〉なへての—なみての〈内閣〉

付記 國學あり。

〔現代語訳〕

返し　太政大臣女

置く露の多い浅茅の中で鳴く虫の音は、嵯峨野の普通の秋の習わしと思って聞いております。

〔語釈〕 ○さが 性。「性」は「嵯峨」と掛けられることが多く、『和歌初学抄』には、「同（山城…稿者注） さか野 モノ、サカニモ」とあり、「嵯峨」を「性」に掛けて詠む用法が記されている。『新古今集』にも、この掛詞を使い、涙を嵯峨野の露に、泣き声を虫の音にたとえて嵯峨野に葬られた故人を偲ぶ歌三首（785・786・787）が収められている。当該歌においても、このように解釈して矛盾がないため、物語は嵯峨を舞台としていたと考えられる。なお、山城国の歌枕。嵯峨野の秋景は虫や露とともに詠まれることも多い。

〔参考歌〕

①かなしさは秋の嵯峨野のきりぎりすなを古里に音をやなくらん（『新古今集』哀傷・七八六・実定）

②我ゆゑにぬるるにはあらじ大方の秋のさがにて露ぞ置くらん（『治承三十六人歌合』・二〇六・経正）

〔典拠〕 『本の雫』（散逸物語）。175番歌初出。　（鹿谷）

ひとかたならず物思けるころ、むしのねをきゝて

おやこの中の内大臣

おもふことちぐさにしげきむしのねにみだれまされるわがこゝろかな

〔校異〕 むしのねを―虫の声を〈嘉永〉むしの音の〈龍大〉 しけき―しけく〈宮甲・蓬左・陽乙・嘉永・田中・清心・日甲・静嘉・川口・国研・篠山・彰甲・丹鶴・龍門・内閣・松甲・刈谷・藤井〉しける〈天理・東大・明大〉しけく―（本マヽ）〈龍大〉

〔現代語訳〕

並々でなく物思いをしていた頃、虫の音を聞いて 『おやこの中』の内大臣

思うことが色々とあって、たくさんの草の中で盛んに鳴く虫の音によって一層乱れる私の心ですよ。

〔語釈〕 **○内大臣** 『おやこの中』の主人公と目される。物思いの内容はわからないが、恋仲であった女と心ならずも別れ、病死してしまう人物である（46番歌〔典拠〕参照）を考えると、この女と会えない状況を嘆いて詠んだものか。**○ちぐさ** 「千種」と「千草」を掛ける。思いが色々に乱れるさまと、草が多種類の意。「あきの野にみだれて咲ける花の色のちぐさに物を思ころ哉」（『古今集』恋二・五八三・貫之）。

〔参考歌〕 なし。

〔典拠〕 『おやこの中』（散逸物語）。46番歌初出。

（鹿谷）

身のありさまを絵にかきたりけるに、ゆふべながめたるところにかきつけ侍ける　あさちが露の尚侍

夕ぐれはよもぎがもとの下露にたれとふべしとまつ虫のこゑ

〔校異〕 かきつけ侍ける―かきつけゝる〈國學〉　尚侍―ないし〈狩野〉　下露―しら露〈宮甲・龍大〉　こゑ―鳴(声イ)〈狩野〉なく〈天理・東大〉鳴〈明大〉

付記　國學・神宮・林乙・林丁あり。

〔現代語訳〕

我が身の上を絵に描いてあったものの中で、夕方ぼんやりと眺めているところに書き付けました歌　『浅茅が露』の尚侍

夕暮れになると、蓬の根元に置いた露のあたりで、誰が訪ねてくれるだろうかと待っているかのように、松虫の鳴き声がする。

〔語釈〕　**○あさぢが露**　浅茅に置く露。浅茅は、「浅茅原」「浅茅生」などと詠まれる時は、荒れ果てたさびしい場所の意味で用いられ、「浅茅が露」では、細い茅の葉にかろうじて露が留まっていることの不安定さから、消えやすくはかないものの表象として詠まれる。「風吹けばまづぞみだるる色かはる浅茅が露にかかるささがに」(『源氏』賢木巻・紫の上)、「たのめこし言の葉ばかりとゞめをきて浅茅が露と消えなましかば」(『新古今集』恋三・一二二五・読人不知)。なお、『源氏』以前の用例は「袖にさへ秋のゆふべはしられけりきえし浅茅が露をかけつゝ」(『新古今集』哀傷・七七八・徽子女王)の一首のみで、歌語「浅茅が露」は『源氏』を契機として歌語として認識されたと言えよう。**○尚侍**　源中将と大納言典侍との間の姫君。二位中将と契りを結び、男児をもうけるが、当該場面では行方不明となっている。なお、現存本文中には「尚侍」として登場しない。末尾の散逸部分に、尚侍となる物語があった

と考えられる。（『事典』など）　**○よもぎがもとの下露**　蓬は、「たづねてもわれこそとはめ道もなく深き蓬のもとの心を」（『源氏』蓬生巻・光源氏）が著名であるように、葎や浅茅と同様に、荒廃した家や庭の形容に使用された。下露はこの場合、下の方の隠れた草葉に置く露という意味。「蓬の下露」については〔補説〕参照。**○たれとふべし**　誰が訪ねてくれるだろうかと、訪れを待つ言葉。〔参考歌〕②参照。**○まつ虫のこゑ**　松虫は秋を代表する虫の一つ。「チンチロリン」と鳴くとされる。江戸時代、屋代弘賢の『古今要覧稿』等により、鈴虫を今の「松虫」、松虫を今の「鈴虫」とする説が唱えられたが、近年になって、富永美香「鈴虫・松虫考―転換説への疑問―」（『お茶の水女子大学人間文化研究年報』一八・一九九四年）をはじめ、小町谷照彦・岩下均・今西祐一郎氏ら、あるいは、白石良夫（「鈴虫はほんとうにちんちろりんと鳴いたのか」『佐賀大国文』三八、二〇一〇年三月）などによって、再考、あるいはこれに異を唱える論考が発表されている。「あきの野に人松虫のこゑすなり我かと行きていざ訪はむ」（『古今集』秋上・二〇二・読人不知）のように、古来「松虫」と「待つ」を掛けて詠まれることが多く、当該歌も同様である。なお、現存『浅茅が露』では「まつむしぞなく」とある。

〔参考歌〕

①露しげき蓬が中の虫の音をおぼろけにてや人のたづねむ（『千載集』雑上・九七七・紫式部）

②よもぎふの籬の虫の声わけて月は秋ともたれかとふべき（『拾遺愚草』上・六六四・定家）

〔典拠〕　『浅茅が露』（末尾散逸）。『風葉集』に十首入集。このうち、1396番歌は現存本にない。

『浅茅が露』は、鎌倉末期ないし南北朝初期に書写された天理大学蔵本が唯一の伝本である。現存本には外題・内題ともにないが、『風葉集』に『浅茅が露』という物語の歌として収録されている十首のうち九首が一致するため、題号が『浅茅が露』であったと考えられている。現存本にない1396番歌は、末尾の散逸部分にあったものだろう。なお、題号の出所となるような和歌や記述は現存本文中に見つけられない。あるいは、散逸部分に「浅茅が露」の語が存在していたのかもしれない。

作者は未詳だが、辛島正雄氏によって藤原為家説が提起されており（辛島正雄『中世王朝物語史論』二〇〇一年、笠間書院）、為家ないしその周辺の人物が有力視されている。また、『無名草子』に「今の世の物語」として『浅茅が原の尚侍』と題する作品への評言が見えることから、これを『浅茅が露』と同一作品とする見解も示された（大槻修『あさぢが露の研究』一九七四年、桜楓社など）が、積極的な根拠はなく、現在は別作品とする見方が強い。

物語は、関白家の二位中将と右大臣家の三位中将という二人の貴公子と、源中将と大納言典侍との間に生まれた姫君を中心に展開する。姫君は母がすでに亡く、父も行方不明であるため、兵衛大夫の妻である乳母のもとで暮らしている。二位中将は、帝の姫宮が斎宮に決まったため失恋した後、方違え先の兵衛大夫宅で、その実子と思い込んで姫君と契るが、夜離れが続いてしまう。そんな中、兵衛大夫の邪恋に悩まされた姫君は、身を隠して二位中将の子を出産する。このとき姫君は死んだと思われたため、この男児は三位中将に引き取られる。しかし、形見によって二位中将の縁の者であることが知られ、二位中将に引き取られる。やがて、二位中将と三位中将は姫君の出自を知る。一方、姫君は仮死状態から北山の聖によって助け出されており、それを発見した三位中将は、聖のもとから自邸に迎え取ろうとする。以上が現存本のあらすじで、末尾に散逸部分がある。

当該歌の個所を次に挙げる。三位中将が陣痛に苦しむのを見かけて助けた女が産んだ男子が、形見から中納言の縁の者と知れる件である。

心もとなくまち給ふに、やがてたてまつり給へり。見給へば、まがふべくもなきそれなり。まぎらはしたるししのてならひ、ゐなんどのふでのながれ、すみつきまで、なべてにはありがたきさまなり。

あやしきいへのゝき葉におぎあり。ゆふづくよのそらをながむる女房かきたる所に、

とへとしもおもはぬをぎのうは風ぞことしもあればまづこたへける

ゆふぐれはよもぎがもとの白露にたれとふべしとまつむしぞなく

〔補説〕

○「蓬の下露」について

下露は、216番歌〔参考歌〕①に示した「秋はなほゆふまぐれこそただならねをぎのうはかぜはぎのしたつゆ」（『義孝集』四、『和漢朗詠集』上・二二九・義孝）のように萩と組み合わせて詠まれることが多く、蓬の下露を詠んだものは、貞応二年（一二二三）の詞書を持つ「秋もいまはふかきよもぎの下露もはらはでのみや霜となるらん」（『土御門院御集』・二五四）の一首のみである。一方、現存『浅茅が露』には「白露」とある。蓬の白露の用例は、「人のよはおもへばなべてあだしののよもぎがもとのひとつしらつゆ」（『秋篠月清集』南海漁父百首・五九二・良経）や「尋ねてもふかきよもぎの白露をむなしく分けぬ夕暮ぞなき」（『紫禁集』・一一八・順徳院）などがある。「蓬の下露」の用例は大変少なく、ひらがなの「た（多）」は「ら（良）」と字形が類似している。『風葉集』では、宮甲本と龍大本以外の伝本に「下露」とあるのは、「白露」の誤写が継承された為である可能性が高いのではないか。（鹿谷）

きりつぼの更衣のは、のもとにおほつかひにてまかでたるに、風いとすゞしく草村の虫のこゑぐ〳〵もよをしがほなれば　　源氏のゆげひの命婦

すゞ虫のこゑのかぎりをつくしてもながきよあかずふるなみだ哉

〔校異〕 おほつかひ—おほむ（イ）つかひ〈宮甲〉　おほんつかひ〈明大〉　風いと—いと〈嘉永〉　すゝしく—すゝし〈国研〉　つくしても—つくしても（ふりたてゝイ）〈狩野〉　なみた—浅〈東大〉　なかきよ—なかきよ〈篠山〉　なかき夜〈龍大〉　なみた—虫みた〈松甲〉

〔現代語訳〕

桐壺更衣の母のもとに帝の御使として行きましたときに、風がたいそう涼しく、草むらの虫もとりどりの声で涙を誘いそうなので　『源氏』の靫負命婦

鈴虫のように声の限りを尽くして嘆き悲しんでもなお、秋の夜長に飽きもせず降り続ける涙ですこと。

〔語釈〕　**○おほつかひ**　御使。桐壺更衣を失った悲しみにくれる桐壺帝は、更衣の母の許に靫負命婦を遣わした。当該歌は、更衣の母の邸を退出する際、車を前にして詠んだもの。**○すゞ虫**　「鈴虫」と「松虫」については、近年、論争がある（298番歌〔語釈〕参照）。『風葉集』の用例だけで判断を下すのは難しいが、「声の限りを尽くす」という表現からは、少なくとも一晩中鳴き続ける虫のイメージが伝わってくる。ここは原文通り「鈴虫」としておく。「すゞ（鈴）」と「ふる（振る）」は縁語。**○ながきよあかず**　「長き夜」を「飽かず」と表したのは〔参考歌〕①『伊勢集』が初出か。この歌のように、秋の月や空を飽かず眺める意で用いられるのが常套であるが、ここでは更衣を失った悲しみで涙がとめどなく流れることを「あかず」と表現している。**○ふる**　「すゞ（鈴）」の縁で「降る」に「振る」を掛ける。

〔参考歌〕

①我が宿をてりみつ秋の月影はながきよみれどあかずぞ有りける（『古今六帖』一・三〇二・伊勢、『伊勢集』第一・二句「我がやども□りみつ秋の」）

〔典拠〕　『源氏物語』（2番歌初出）桐壺巻。当該箇所を次に挙げる。

月は入り方の、空清う澄みわたれるに、風いと涼しくなりて、草むらの虫の声々もよほし顔なるも、いと立ち離れにくき草のもとなり。

鈴虫の声のかぎりを尽くしても長き夜あかずふる涙かな

えも乗りやらず。

〔他出〕　『物語二百番歌合』（後百番）五十一番左。

（田尻）

秋のころ女につかはしける　うつほの中納言まさあきら

秋のよのさむきまに〳〵きり〴〵す露をうらみぬあかつきぞなき

【校異】 詞書―欠〈伊達・龍門〉　まに〳〵―よひ（まにイ）〳〵〈狩野〉　うらみぬ―か《ヒ》（う）らみぬ〈陽甲〉

付記　國學あり。

【現代語訳】

秋の頃、女に遣わしました歌　『うつほ』の中納言正明

秋の夜が寒くなるにつれて、一晩中鳴き続けるこおろぎが露を恨めしく思うように、独り寝に泣き濡れる私は、涙の露を恨まない暁はありません。

【語釈】 **○女**　左大将源正頼の九の君、あて宮をさす。**○うつほの中納言まさあきら**　平中納言正明。嵯峨の院の孫で、あて宮の求婚者の一人。**○きり〴〵す**　現在のこおろぎのこと。

【参考歌】

①秋のよは露こそことに寒からしくさむらごとにむしのわぶれば（『古今集』秋上・一九九・読人不知）

【典拠】『うつほ物語』（3番歌初出）嵯峨の院巻。当該箇所を次に挙げる。

また、平中納言殿より、御文には、

「秋の夜の寒きまにまにきりぎりす露を恨みぬ暁ぞなき

知る人のなきなむわびしき」とて奉りたまへれど、御返りなし。

（田尻）

だいしらず　　　　かいば見の右大将

秋のよのながきおもひも蛬いつまでともになか〔ら〕むとすらん

〔校異〕よの―よを《ヒ》（の）〈松甲〉おもひ―うらみ〈嘉永〉なかむ―ならむ〈京大・陽甲・宮甲・蓬左・静嘉・川口・国研・彰甲・伊達・天理・東大・明大〉ならん〈陽乙・篠山・龍門・内閣・松甲・神宮・林乙・林丁〉なら（かイ）む〈清心〉なか（ら一本）ん〈丹鶴〉なら（らんイ）〈狩野〉すらん―ならん〈清心〉な（すイ）らん〈静嘉・川口・国研〉

付記　神宮・林乙・林丁あり。

〔現代語訳〕

題しらず　　『かいばみ』の右大将

秋の夜のように長く抱き続けているこの恋心も、こおろぎのようにいつまで一緒に泣こうとしているのでしょうか。

〔語釈〕**○かいば見**　「かいまみ（垣間見）」の訛りか。ここでは物語名。**○ながきおもひ**　『かいばみ』には「太政大臣の娘」「兵部卿宮の娘」の二人の女性が登場するが、この「おもひ」が誰に対するものかは不詳。**○蛬**　300番歌〔語釈〕参照。**○なかむ**　底本は「ならむ」。本歌と思われる〔参考歌〕①に「いたくな鳴きそ」とあり、「か（可）」と「ら（良）」は誤写の可能性が高いため、諸本により校訂した。

〔参考歌〕

①きりぐ〵すいたくな鳴きそ秋の夜のながきおもひは我ぞまさるる（『古今集』秋上・一九六・藤原忠房）

〔典拠〕『かいばみ』（散逸物語）。『風葉集』に八首入集。454番歌左注にも一首あり。

『和歌色葉集』巻三の物語名に「かいはみ」の題号が見える。題号から、垣間見による恋愛譚であることが想像される。九首中五首が右大将（301・335・366・454左注・474）、一首が大将（右大将と同一人物か）の詠（1359）であることから、『秀歌選』「散佚物語《鎌倉》」『事典』ともに右大将を主人公としている。ほかに太政大臣の女（336）と兵部卿宮の女（1143）の歌が一首ずつあることから、右大将と二人の女性をめぐる恋物語か。

物語の内容は、右大将は垣間見により恋に落ちた兵部卿宮の女のもとに通うが、太政大臣の女と結婚することになり、女と後朝の文を交わす（335・336）。右大将の結婚を知った兵部卿宮の女はこれを恨んで男に歌を送り（1143）、行方不明となる（454左注）。右大将は兵部卿宮の女の失踪を知って嘆き悲しみ、女を捜し出すため住吉に詣でる（454左注・1359）。神託を得て（454）女に再会することができた右大将は、住吉にお礼参りに出かける（474）、というもの。『小木散逸』「散佚物語《鎌倉》」では、垣間見によって出逢い、何らかの事情で行方不明になった女は太政大臣の女であり、心変わりを知った兵部卿宮の女が我が身を嘆くと解しており、『事典』では「右大将にはすでに妻（兵部卿宮女）がいるが、垣間見を通して別の女（太政大臣女）を愛するようになる（1143）」としている。しかし、1143の兵部卿宮の女の恨みの歌や335・336の贈答歌からすると、正式な結婚相手は、権力者である太政大臣の娘であったと考える方が自然である。とすれば、垣間見によって知り合い、失踪したのは兵部卿宮の女であると解することができるのではないか。そして、『源氏』の紫上のように、正妻の娘ではなく、事情があって人里離れた所に住んでいた可能性も考えられる。

なお「散佚物語《鎌倉》」では、住吉明神の霊験譚的色彩が濃厚であることから、『住吉』との類似も指摘している。

（田尻）

山ざとにものおもひける人を思やりてつかはしける

にほふ兵部卿のみこ

をじかなく秋の山ざといか〔り〕ならん小萩が露のかゝる夕ぐれ

〔校異〕 いかならん―いりならん〈京大〉 小萩か―小萩の〈日甲〉こ萩の〈丹鶴〉小荻か〈龍門〉かゝる―かゝり〈静嘉〉

〔現代語訳〕

山里で物思いに沈んでいる人を思いやって遣わしました歌

匂兵部卿宮

牡鹿の鳴く秋の山里ではどのように過ごしていらっしゃるでしょうか。小萩の露のように涙が袖に降りかかる、このような夕暮れには。

〔語釈〕 **○山里にものおもひける人** 父の八の宮に先立たれ、悲しみに沈む姫君たちをさす。**○いかならん** 底本は「いりならん」。典拠にも「いかならむ」とあり、京大本を除く諸本全てが「か」である。底本の「か（可）」と「り（利）」の誤写とみて、諸本により校訂した。**○小萩** 「小」に「子」を掛けて、八の宮の子である大君と中君を暗示する。**○露のかゝる夕ぐれ** 「露」に涙の意を含ませ、「かゝる」に「露が降りかかる」と「斯かる夕ぐれ」を掛ける。

〔参考歌〕

①秋はぎにうらびれ居ればあしひきの山下とよみ鹿のなくらむ（『古今集』秋上・二一六・読人不知）

〔典拠〕 『源氏物語』（2番歌初出）椎本巻。当該箇所を次に挙げる。

御忌もはてぬ。限りあれば涙も隙もやと思しやりて、いと多く書きつづけたまへり。時雨がちなる夕つ方、

「牡鹿鳴く秋の山里いかならむ小萩がつゆのかかる夕暮

ただ今の空のけしきを、思し知らぬ顔ならむも、あまり心づきなくこそあるべけれ。枯れゆく野辺もわきてながめらるるころになむ」などあり。

〔補説〕

○「鹿」と「萩」について

302番より309番までの八首が鹿の歌群。『千載集』までの勅選集における「鹿」の詠歌は、『後拾遺集』の十二首を除き、すべて二首から五首にとどまっていたが、『千載集』で二十首を数えて以降、『新古今集』十六首、『新勅撰集』十一首、『続後撰集』十四首、『続古今集』二十首と、十首を超える歌が採られている。このような中で『風葉集』の八首はやや少ないともいえるが、これは物語歌の性質上、「鹿」を純粋に秋の景物として詠んだ歌が少ないゆえではないかとも考えられる。

「我が岡にさ雄鹿来鳴く初萩の花妻問ひに来鳴くさ雄鹿」(『万葉集』秋雑・一五四一・旅人)や「あきはぎのさきたるのべのさをしかはちらまくをしみなくといふものを」(『家持集』一一二)など、『万葉集』以来、萩を好む、あるいは萩を妻にするなど、「鹿」は「萩」とともに詠まれることが多かった。ただし『万葉集』では鹿は妻を求めて鳴くものであったが、『古今集』以降、「奥山に紅葉ふみわけ鳴鹿のこゑきく時ぞ秋はかなしき」(『古今集』秋上・二一五・読人不知)に代表されるように、鹿の鳴く声を聞いて秋を「悲し」と観ずる抒情性が新たに加わってくる。当該歌においても、牡鹿の鳴く声に父を失った姫君たちの悲しみを響かせ、萩に置く露をその涙に見立てるのである。

(田尻)

おとこのをろかなるさまにみえ侍れば、山ざとにわたりて侍けるに、しかのなくをきゝて

みづあさみの右大臣中君

つまこふるおなじねにこそあらねどもしかなきくらす秋の夕ぐれ

〔校異〕 おとこ―そ（をとイ）こ〈狩野〉 侍れは―侍けれは〈嘉永・丹鶴・龍大〉 なくを―音を〈狩野〉 中君―中宮〈藤井〉 つまこふる―つまかふる〈伊達・龍門〉 ねにこそ―ねにこそ〈篠山〉

付記 國學あり。

〔現代語訳〕

男の愛情が遠のいたように思われましたので、山里に移り住んでおりましたところ、鹿の鳴く声を聞いて詠みました歌　　『水あさみ』の右大臣中君

妻を恋い慕って鳴く鹿と同じ声でこそありませんが、私もそのように泣き暮らしている秋の夕暮れです。

〔語釈〕 **○おとこ** 右大臣の中君のもとに通っていた男であろうが、人物は不明。**○をろか** 愛情などがおろそかで冷淡なさま。**○右大臣中君** 物語の題名が『大和物語』一〇六段、平中興女の歌による（266番歌〔典拠〕参照）と考えられることから、「絶えぬべくのみ見ゆる」男の冷淡さを嘆く女が主人公とすれば、右大臣中君がふさわしいか。**○しか** 「鹿」に「しか（然）」を掛ける。**○なきくらす** 「鳴き」に「泣き」を掛ける。「なきくらす」という表現が鹿に用いられるのは当該歌一例のみ。鹿は通常、夕方から夜にかけて妻を求めて鳴くのであり、一晩中鳴き続けるというイメージはない。この語が使われるのは、「空蟬」「虫」などの昆虫か、「鶯」「ほととぎす」「鳥」あるいは人に限られる。この場合、物語の登場人物に「泣き暮らす」状況が前提として存在しており、物語の抒情性

がこのような表現を生むことになるという点において、当該歌は非常に物語的要素の濃い歌であるといえる。

〔参考歌〕

①うちはへて音をなきくらす空蟬のむなしき恋も我はする哉（『後撰集』夏・一九二・読人不知）

②よも山のしげきをみればかなしくてしかなきぬべき秋の夕暮（『和泉式部集』一一三）

〔典拠〕『水あさみ』（散逸物語）。266番歌初出。

（田尻）

304

家の弁

しらざりし都のほかのすまゐしてしかもろともにねこそなかるれ

〔校異〕ねこそ―ね虫〈松甲〉

付記 國學あり。

〔現代語訳〕

（『水あさみ』の）右大臣家の弁

見知ることのなかった都の郊外に暮らして、鹿とともに、このように声を上げて泣くことになるとは。

〔語釈〕**〇家の弁** 右大臣家の女房。弁は女房名。中の君とともに山里に隠棲か。なお、勅撰集には「家の弁」という形の詠者名は見られない。**〇しらざりし** 知らなかった。見知ることのなかった。第二句「都のほか」にかかる。「しらざりし」を初句として詠み出し、遠く流浪する我が身、漂白の境遇を嘆く和歌は、『源氏』、『松浦宮』にも見られる。一種の類型といえるか。歌語「しらざりし」については、267番歌〔補説〕参照。**〇住まゐして** 住み着いて。暮らして。**〇しか** 「鹿」と「然」の掛詞。

〔参考歌〕

①知らざりし大海の原に流れきてひとかたにやはものは悲しき（『源氏』須磨巻・光源氏）
②あはれなり都のほかのすまひにはなれぬる物は鹿のねばかり（『正治百首』五九三・源通親）
〔典拠〕『水あさみ』（散逸物語）。266番歌初出。

（東）

いし山にこもり給へるに、しかのいとあはれになきければ

風につれなきの一品宮

さと、をきみ山のおくの鹿だにも秋のあはれはしのばざりけり

〔校異〕給へる―給ひつる〈狩野〉　つれなき―つつなき〈嘉永〉　鹿―下〈狩野〉

付記　國學あり。

〔現代語訳〕

石山寺に参籠なさっていると、鹿がたいそうさびしい風情で鳴いたので

『風につれなき』の一品宮

里から遠い深山のまた奥にいる鹿であっても、秋のさびしさをこらえられないのですね。

〔語釈〕〇いし山　石山寺。近江国の歌枕。平安時代以降、観音信仰の霊地として広く信仰を集め、京都からの地の利や景勝地であることから、多くの参籠客が足を運んだ。『枕草子』「寺は」（一九五段）にその名が見えるほか、『落窪』、『蜻蛉』、『和泉式部日記』、『更級』に石山詣でに関する記述が見える。〇一品宮　冷泉院の一品宮。吉野院皇女との説もある（『笠間中世王朝6』解題）。冷泉院の一品宮については、52・232番歌参照。作中にて薨去。散逸部分における主要人物の一人であり、『風葉集』所収の冷泉院の一品宮関係歌として、病床を見舞う太政大臣（三位中将）との贈答される231・232番歌、瀕死の床から関白（宰相中将）へ密かに贈られた658番歌、薨去した一品宮を偲

んで関白が独詠する666・668番歌がある。

〔参考歌〕

①をの山に朝たつ鹿も声たてて秋のあはれはしのばざりけり（『永久百首』三一五・大進）

〔典拠〕『風につれなき』（首巻のみ存）。52番歌初出。当該歌は散逸部分にあたる。

〔補説〕

○『風につれなき』の一品宮と女二宮について

当該歌および次歌に登場する「一品宮」については、語釈で述べた通り、吉野院の皇女とする説もある。しかし、生母および姉妹との関係を検討した場合、当該歌に登場する「一品宮」と次歌に登場する「女二宮」は、吉野院の皇女ではなく、冷泉院の皇女であると考えられる。

一品に叙されていることから、この「一品宮」はおそらく后腹内親王である。吉野院には、后が二人いるが、后の一人である弘徽殿中宮は第一子である堀河院出産後に薨去しており、二人の間に皇女は儲けられていない。このため、吉野院皇女のうち、一品に叙される可能性があるのは、もう一人の后である藤壺中宮腹の女一宮のみである。しかし、この女一宮は、母中宮とともに嵯峨野に隠棲し、「嵯峨入道姫宮」（1377）と呼ばれる存在である。出家および嵯峨での隠棲によって物語内呼称が変化した可能性はあるが、同じ人物の呼称が統一されず、しかも「冷泉院の一宮」（232）、「冷泉院の一品宮」（658）の呼称で収載されている冷泉院皇女の一品宮と混同されやすい呼称で、あえて『風葉集』に収載されるとは考えにくい。

また、吉野院の女二宮は、承香殿女御（式部卿宮女）腹であることが、現存する物語内容から確認されている。母中宮と行動をともにする嵯峨入道姫宮と、生母が異なる吉野院の女二宮が、当該歌および次歌にあるように、石山参籠で行動をともにすることはないだろう。この点からも、当該歌の「一品宮」と次歌の「女二宮」が吉野院の皇女である可能性は低い。

『風につれなき』登場人物系図（推定）

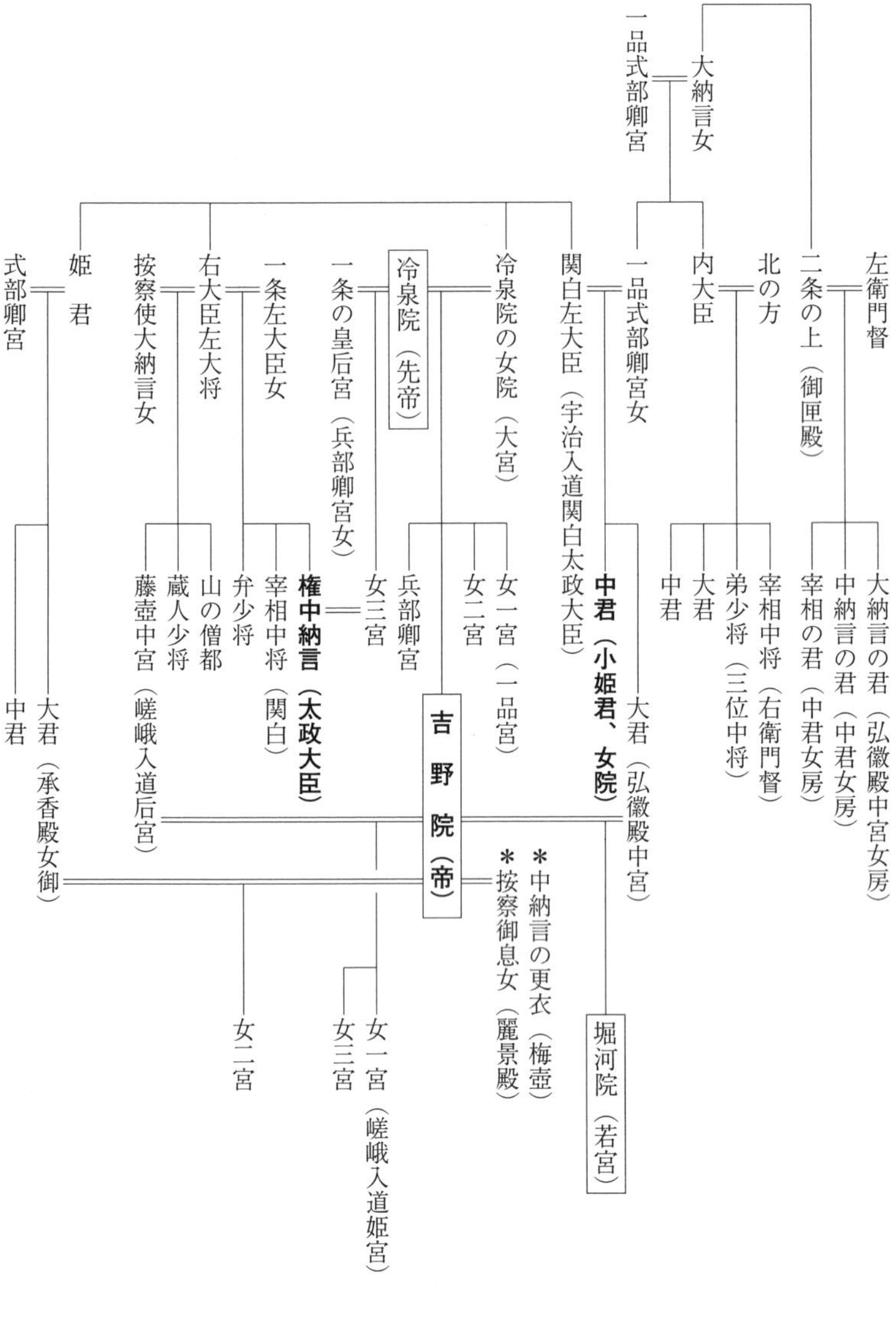

冷泉院の皇女および皇子としては、冷泉院女院腹の吉野院、一条皇后腹の女三宮の存在が確認できている。どちらかの同母姉妹であってもおかしくはないが、一品への叙品という待遇を考えると、皇位にある吉野院の同母姉ではないか。また、572番歌詞書「石山に詣でけるに、逢坂を過ぐとて」で、『風につれなき』の登場人物として、「兵部卿のみこ」の存在が確認できる。ここで石山寺に参籠する一品宮、女二宮のもとを訪れているのであれば、兵部卿宮も同母弟など強い血縁関係にある可能性が想定できる。

（東）

306

女二宮

かくばかりふかくはいまだしらざりきしかのなくねに秋のあはれを

〔校異〕 しかの―しかき《ヒ》（の）〈陽甲〉

付記 國學あり。

〔現代語訳〕

このように深くはまだ思い知ることはありませんでした。鹿の鳴き声に感じるという秋の哀れを。

（『風につれなき』の）女二の宮

〔語釈〕 **○女二宮** 冷泉院の第二皇女か。305番歌〔補説〕参照。

〔参考歌〕

①山里は秋こそことにわびしけれしかのなく音に目をさましつゝ（『古今集』秋上・二一四・忠岑、『是貞親王家歌合』『忠岑集』『古今六帖』では第三句「かなしけれ」）

②奥山に紅葉ふみわけ鳴鹿のこゑきく時ぞ秋は悲しき（『古今集』秋上・二一五・読人不知、『寛平御時后宮歌合』八二）

〔典拠〕 『風につれなき』（首巻のみ存）。52番歌初出。当該歌は散逸部分にあたる。

（東）

さがにすみ侍けるに、鹿のなくをきゝて、われもしかこそねを
つくしけれ、と人のいひければ
はつねのしかまの太政大臣女
をぐら山うき身に秋はしられつゝしかばかりこそこゑもおしまね

〔校異〕 侍けるに―侍ける比〈天理・東大・明大・狩野〉 太政大臣女―太政大臣〈陽甲・神宮・林乙・林丁〉 こゑも―こゑは〈伊達・龍門〉 おしまね―おしまぬ〈伊達・龍門・明大・狩野〉をしけれ〈宮甲・陽乙〉おしけれ〈蓬左・嘉永・彰甲・内閣〉おしまぬ（けれイ）〈天理・東大〉

付記 國學・神宮・林乙・林丁あり。

〔現代語訳〕

嵯峨に住んでおりましたところ、鹿が鳴くのを聞いて、「私もあの鹿のように声を限りに泣いていたものです」と人が言いましたので
『初音』の飾磨の太政大臣の娘
小倉山に住み、つらいことの多い身の上に、悲しく寂しい秋の訪れ、飽きられてしまった我が身が自然と意識されます。鹿だけは、声を惜しまずに鳴いているようです。

〔語釈〕 **○さが** 嵯峨。512番歌補説参照。**○われもしかこそねをつくしけれ** 詠歌の下句のみが詞書に引かれたもの。詞書に贈歌が取りこまれていることについては、79番歌補説参照。**○人** 不明。『小木散逸』では、飾磨の太政大臣の娘を訪ねてきた雲居の関白（800）ではないか、と推測している。**○しか** 「鹿」と「然」の掛詞。**○をぐら山** 小倉山。山城国の歌枕。京都左京区、大堰川北岸にあり、小倉山東麓には、嵯峨野が広がっている。東北麓

には化野、西南麓には保津川峡谷があり、大堰川を挟んだ南岸には嵐山が対峙する。『枕草子』第十一段「山は」冒頭にその名が見える遊覧の地であり、兼明親王の「雄蔵殿」、藤原定家の「中院山荘」、宇都宮頼綱の「小倉山荘」などが営まれた別荘地としても知られる。なお、『万葉集』巻八・一五一一「夕されば小倉の山に鳴く鹿は今夜は鳴かず寝ねにけらしも」や『竹取』「置く露の光をだにも宿さましをぐら山にてなにもとめけん」に見られる大和国の歌枕「小倉山」は、奈良県にある別の山のことである。**○秋**「秋」と「飽き」の掛詞。

〔参考歌〕

①夕づくよをぐらの山になく鹿の声のうちにや秋は暮るらむ（『古今集』秋下・三一二・貫之）

②里遠み小野の篠原わけて来てわれもしかこそ声も惜しまね（『源氏』夕霧巻・夕霧）

〔典拠〕『初音』（散逸物語）。『風葉集』に十五首入集。

題号「初音」の由来は不明。「鶯の初音」と「初子の日」を掛けて、和歌によく詠まれることから、そのような趣向の作中歌に由来するか、と推測されている（『事典』）。成立時期については、禖子内親王サロンの女房により、天喜五年（一〇五七）にあった後朱雀天皇第二皇女・前斎院娟子内親王と源俊房の密通・駆け落ち事件を受けて書かれたものではないか、との説（『小木散逸』）がある。

おそらく二世代にわたる恋物語で、飾磨の太政大臣女（307・801）のほか、照る月の中納言（475詞書）、芹川の御息所（475）、入道太政大臣（590・618・727詞書・728・841・997・1156）、一条のおほきおほひまうちぎみ（618詞書）、飾磨の太政大臣（618詞書・682・727・878）、浮木の内大臣（727詞書）、雲居の関白（800）、前斎院（841詞書）、梢に変はる女院（1155詞書）、高陽院（1155）といった人物を『風葉集』で確認できる。

第一世代の主要な登場人物として、入道太政大臣と飾磨の太政大臣という二人の男君、その恋の相手としての前斎院、尚侍の存在が確認できる。

入道太政大臣の詠歌には、「え離かりける女の故に、須磨にこもりゐて侍りけるころ、かの女のもとに遣はしける」（590）、「はるかなるほどに侍りけるころ、都に思ひ置きける女の、つらきさまに見え侍りければ遣はしける」（997）という詞書が付けられており、おそらく在位中から思いをかけ続けた「前斎院」（841詞書）と斎院退位後に結ばれたが、その恋の結果、須磨に籠居することになった。『源氏』における朝顔斎院との噂に端を発した源氏の須磨籠居を下敷きにした展開だろうか。

思いの通じ合った二人は、都と須磨に遠く隔たれることになっても、たびたび文を送って思いを交わしている。のちに高陽院のもとに入内する入道太政大臣の娘・梢に変わる女院（1155・1156）は、二人の恋の忘れ形見ではないかと考えられている（『事典』）。入道太政大臣の呼称から、作中で出家したと考えられるが、その時期は不明。前斎院の薨去など、契機となる出来事が作中に描かれていたとも考えられる。

飾磨の太政大臣と入道太政大臣は、深い交友関係あるいは「近い親戚」（『小木散逸』）であったと目される。一条太政大臣（飾磨の太政大臣の父か）薨去の際には、悲しみを慰撫する和歌を「あやめにつけて」（618）送っている。

飾磨の太政大臣もまた、忍ぶ恋をしていたようである。「忍びたる女のもとにまかれる暁よめる」と詞書にある878番歌「明けぬとて鳥の空音やはかるらんなほせき返す逢坂の山」が清少納言詠「夜をこめて鳥のそら音にはかるとも世に逢坂の関はゆるさじ」（『枕草子』一三〇段、『後拾遺集』雑上・九三九）を踏まえた歌であることは、宮中の女性との恋愛だったことによるのではないか。加えて、682番歌において、「内侍のかみ」の死を深く悲しみ、ひそかに喪に服していることから、878番歌詞書にある「忍びたる女」が尚侍であったと推測できる。

飾磨の太政大臣には、息子（浮木の内大臣）と娘（飾磨の太政大臣女）がいるが、この二人が尚侍と親子関係にあるかどうかは不明である。幼い我が子・浮木の内大臣の行く末を案じる飾磨の太政大臣が、入道太政大臣にその将来を託す贈答歌（727・728）があり、この時、飾磨の太政大臣は病床にあったか。「浮木の内大臣」という名から、早くに後見を失った身の上であることが想起される。また、このやりとりの中で入道太政大臣が「もろともに同じ梢をみどりなる松に千年の陰をならべよ」と詠んでいるのは、入道太政大臣の娘が「梢に変はる女院」と呼ばれることと関わる可能性もある。

第二世代では、梢に変わる女院と高陽院、飾磨の太政大臣女と雲居の関白という二組の恋愛関係が確認できる。立春、「初めてうち解けたるさまにて御覧ぜられ給へりけるあした」に高陽院が和歌を贈り(1155)、女院の父・入道太政大臣が返歌している(1156)。二人の関係がそれまでなだらかに進まなかったこと、二人の関係が公のものであることが、ここから分かる。高陽院については、閏九月に開かれた「菊の宴」で御代を言祝いで詠じられたよみ人知らずの賀歌(735)も残されている。

飾磨の太政大臣女と雲居の関白の関係は秘められたものである。二人の贈答歌である800・801番歌において、飾磨太政大臣の娘は「忍びたる女」とされている。関白の歌が「扇に書きて」見せられたものであり、その返しは「この歌の上に書き付け」られたものであることから、この贈答歌は、二人が同席した場面で交わされたものであることがうかがえる。飾磨の太政大臣邸で宴が開かれたか、あるいは、飾磨の太政大臣女が出仕、入内などにより宮中に滞在していたか。『小木散逸』では、『源氏』花宴巻における光源氏と朧月夜の邂逅を理由に、飾磨の太政大臣邸での出来事と想定している。飾磨の太政大臣女は、当該歌307では嵯峨に住み、「憂き身」を嘆いている。悲恋に終わったのだろう。

このほかの登場人物として、475番歌に登場する「みかど」「照る月の中納言」「芹川の御息所」がいる。第二世代は高陽院の御代であると考えられるため、「みかど」は第一世代の今上だろう。(東)

[・・・・・]
だいしらず　　しぐれの源大納言のむすめ
人しれぬ袖の時雨もひまなきにおなじ心にしかもなくなり

〔校異〕 たいしらす―欠〈京大〉　しくれ―雲〈國學〉　源大納言―大納言〈龍門〉　時雨も―しくれの〈嘉永〉　時

雨も〈藤井〉

付記　國學・神宮・林乙・林丁あり。

〔現代語訳〕

題知らず　『しぐれ』の源大納言の娘

人知れず袖を濡らす涙は、時雨のように絶え間なく、乾く暇もありません。同じ気持ちで鹿もずっと鳴いています。

〔語釈〕**○源大納言のむすめ**　源姓大納言の女。『しぐれ』の女主人公。**○袖の時雨**　袖を時雨のように濡らす涙。「時雨」は秋から冬のころに降る通り雨のこと。降ったりやんだりする時雨によって、涙がちに過ごしていることを示す。平安朝以降、「神無月」の景物として冬の和歌に詠まれることが増えたが、本来、秋の景物であった。この歌では、「鹿」と合わせて秋の和歌として詠まれている。354・373番歌〔補説〕。なお、「袖」と「時雨」の取り合わせについては『研究報一八』参照。**○ひま**　袖に対応する空間的な間隙と、時雨に対応する時間的な間断を合わせて指す。

〔参考歌〕

①あきもくれみやこもとほくなりしよりそでのしぐれぞひまなかりける（『斎宮女御集』二四五）

〔典拠〕『しぐれ』（散逸物語）。11番歌初出。

（東）

霧ふかきあしたに、女につかはしける　にほふ兵部卿宮

朝ぎりに友まどはせるしかのねをおほかたにやはあはれともきく

〔校異〕女に―女に〈狩野〉　宮―みこ〈狩野〉　きく―なく〈清心・静嘉・川口・国研〉

〔現代語訳〕

霧が深く立ちこめた早朝に、女に遣りました歌

匂兵部卿宮

朝霧に友を見失って鳴く鹿の声を、通り一遍にかわいそうとだけ聞きましょうか。あなたも、父上を亡くされて声を立てて泣いていらっしゃるのだと同情して聞いています。

〔語釈〕 **○霧** 上代より存在する歌材。平安期、季節は主に秋。嘆きの息が形象化されたものとしても詠まれた。**○あした** 早朝。「霧ふかき」とあり、秋霧晴れやらぬ早朝。深い想いを込め、夜明け早々に歌を贈る格好。**○女** 宇治の大君。ただしこの場面の匂宮は、以前の筆跡とは別人と気付くものの、姉妹のいずれかは知らない。**○朝ぎりに** 朝霧の中に妻を呼ぶ鹿の声を詠じた和歌は『万葉集』より存在する（巻十・二一四一「このころの 秋の朝明に 霧隠り 妻呼ぶ鹿の 声のさやけさ」）。**○友まどはせるしかのね** 友を見失った鹿の鳴き声。「鹿」「千鳥」は、友や妻を探し求めて鳴く声が詠まれることも多い。『源氏』では、父宮を喪って嘆く姫君を喩える。**○おほかたにやは** 「やは」は反語。参考歌①のような世界観を踏まえ、鹿に我が身を重ね合わせて恋情を訴える。

〔参考歌〕

①声たてて泣きぞしぬべき秋霧に友まどはせる鹿にはあらねど（『後撰集』秋下・三七二・友則）

〔典拠〕 『源氏物語』（2番歌初出）椎本巻。当該箇所を次に挙げる。

御忌もはてぬ。限りあれば涙も隙もやと思しやりて、いと多く書きつづけたまへり。時雨がちなる夕つ方、

牡鹿鳴く秋の山里いかならむ小萩がつゆのかかる夕暮

ただ今の空のけしきを、思し知らぬ顔ならむも、あまり心づきなくこそあるべけれ。枯れゆく野辺もわきてながめらるるころになむ」などあり。（中略）我さかしう思ひしづめたまふにはあらねど、見わづらひたまひて、

涙のみ霧りふたがれる山里はまがきにしかぞもろ声になく

黒き紙に、夜の墨つぎもたどたどしければ、ひきつくろふところもなく、筆にまかせて、押し包みて出だしたまひつ。（中略）

まだ朝霧深きあしたに、急ぎ起きて奉りたまふ。

「朝霧に友まどはせる鹿の音をおほかたにやはあはれとも聞く

もろ声は劣るまじうこそ」とあれど、（中略）なべていとつつましう恐ろしうて聞こえたまはず。

（玉田沙）

宇治にまかれりけるに、霧いとふかくたちわたりて、

みねのやへ雲思やるへだておほく、あはれなりければ

かほる大将

あさぼらけいへぢもみえず尋こしまきのと山はきりこめてけり

【校異】宇治―申治〈静嘉〉まかれりけるに―まかりけるに〈嘉永・狩野〉ふかく―ふと〈内閣〉みね―みぬ〈龍門〉へたておほく―いたて（く歟）おほく―をろ〱〈刈谷・龍大・藤井〉あはれなりければ―哀成り《ヒ》（け）れは〈狩野〉あはれになりけれは〈龍大〉かほる大将―欠〈蓬左〉こめてけり―こめてける〈嘉永〉こめにけり〈丹鶴〉

【現代語訳】

宇治に出かけた時のこと、霧はたいそう深く立ちこめ、峰には幾重にも雲が重なり、思いをはせるにも隔てが多く、しみじみと寂しく思われましたので　薫大将

夜がほのぼのと明ける頃、帰途の家路も見えない中を訪ねてきた槙の繁る外山は、今は霧に閉じ込められてし

まっていることよ。

〔語釈〕 **○宇治** 大内裏の南東に位置する山城国の歌枕。『源氏』宇治十帖の舞台。**○みねのやへ雲思やるへだて** 「白雲の八重にかさなる遠方にてもおもはむ人に心隔つな」（『古今集』離別・三八〇・貫之）や「思やる心許はさはらじを何隔つらん峰の白雲」（『後撰集』離別・一三〇六・直幹）に拠る和歌的表現。直前に「霧いとふかく」ともあるように、霧雲によって山が物理的に隔てられているため、心理的な隔ても感じる。『源氏』では、峰には仏道の師・八宮が籠っている。この前夜、薫は出生の秘密を巡る真実を知る。**○あさぼらけ** 夜明け。夜がほのぼのと明け、物がほのかに見え始める頃。恋人との別れの時間でもある。当該場面、新古今歌人に好まれた。「あさぼらけいざよふ浪も霧こめて里とひかぬるまきの島人」（『拾遺愚草』雑・二六七六）。**○まきのと山** 『源氏』諸本「まきのを山」。『風葉集』諸本には「を」の本文なし。「外山」は人里近い山。「槙の外山」。「槙」は杉や檜など、建材に使われる木の美材。立派な木がたくさん生えている人里近くの山の意。「槙の戸」を響かすか。「槙の戸」は、山里で男を待つ歌に多く詠まれるため、『風葉集』本文の場合、恋の意味合いが強まる。◇参考「やすらはで立つに立てうき真木の戸をさしも思はぬ人もありけり」（『後拾遺集』雑二・九一〇・和泉式部）。「槙の尾山」は山城国歌枕。宇治市南部、朝日山西側（宇治川右岸）に位置する。『源氏』初出で、その影響下に、『正治初度百首』を皮切りにして、『新古今集』前後、『源氏』宇治の川辺の景に詠みこまれた。「あさぼらけまきのをやまにきりこめてうぢの河をさ舟よばふなり」（『千五百番歌合』秋三・通親・一四九五）など。**○きりこめてけり** 立ちこめる霧は、惑いをますます深める。◇参考「あさぼらけ霧立つそらのまよひにも行き過ぎがたき妹が門かな」（『源氏』若紫巻）。

〔参考歌〕 なし。

〔典拠〕 『源氏物語』（2番歌初出）橋姫巻。当該箇所を次に挙げる。

……とて立ちたまふに、かのおはします寺の鐘の声かすかに聞こえて、霧いと深くたちわたれり。
峰の八重雲思ひやる隔て多くあはれなるに、なほこの姫君たちの御心の中ども心苦しう、何ごとを思し残すらん、かくいと奥まりたまへるもことわりぞかしなどおぼゆ。
「あさぼらけ家路も見えずたづねこし槇の尾山は霧こめてけり
心細くもはべるかな」とたち返りやすらひたまへるさまを、（中略）まいていかがはめづらしう見ざらん。
（玉田沙）

〔他出〕『物語二百番歌合』（前百番）七十五番左。

六条御息所、斎宮にぐしきこえてくだり侍ける日、霧
いたうふりてたゞならぬあさぼらけに、ひとりご[た]たせ
給ける　　六条院のおほむうた
ゆく方をながめもやらんこの秋はあふ坂山を霧なへだてそ

〔校異〕六条―六条院《ヒ》（イ）〈天理・東大〉くしきこえて―くして〈天理・東大・明大・狩野〉いたう―いたり〈内閣〉いたく《ヒ》（う）〈龍大〉ひとりこたせ―ひとりたたせ〈京大・蓬左〉ひとりたゝせ〈宮甲・蓬左・陽乙・嘉永・田中・清心・日甲・静嘉・川口・国研・篠山・彰甲・伊達・龍門・内閣・松甲〉ひとりこ（たイ）たせ〈狩野〉ひとりた（こ歟）ゝせ〈刈谷・龍大・藤井〉ながめも―詠る〈刈谷〉

〔現代語訳〕六条御息所が娘の斎宮に伴い申し上げて伊勢へ下向しました日に、霧がたいそう下りてきて、えもいわれぬほの暗い夜明けに、独り言におっしゃって
六条院の御歌
行く先を眺めてみよう。この秋は、霧よ、逢坂山を隔てないでおくれ。

〔語釈〕　○六条御息所　光源氏青年期の年上の恋人。前春宮妃。○斎宮　御息所と前春宮との間に生まれた娘。秋好中宮。○ひとりごたせ　底本は「たたせ」だが、「こ（己）」と「た（多）」の類似から誤写したものと考え、陽甲などにより校訂した。○あふ坂山　逢坂関のある逢坂山。近江国歌枕。逢坂関は東国との境界。京からの見送りはここで引き返した。「逢ふ」の音から、恋歌に多く詠まれた。

〔参考歌〕

①ほどとほくながめもやらんあきぎりはたびゆくみちをへだてざらなん（『古今六帖』四・別・たび・二四一一）

②君があたり見つつを居らん生駒山雲なかくしそ雨は降るとも（『伊勢』二三段）

〔典拠〕『源氏物語』（2番歌初出）賢木巻。当該箇所を次に挙げる。

　霧いたう降りて、ただならぬ朝ぼらけに、うちながめて独りごちおはす。

　　行く方をながめもやらむこの秋は逢坂山を霧なへだてそ

西の対にも渡りたまはで、人やりならずものさびしげにながめ暮らしたまふ。

（玉田沙）

一条のみやすむどころをのにすみ侍けるに、たづねいりて、女二のみこのか〔う〕たにてきりのたゞこの軒もとまでたちわたれるに、まかでむかたもみえずなりゆくは、いかゞすべきとて

　　　　　　　　　　　　　　　　ゆふぎりの左大臣

山ざとのあはれをそふる夕霧にたちいでん空もなき心ちして

〔校異〕　一条―八（一イ）条〈狩野〉　すみ―すみ（イ）〈狩野〉欠〈天理・東大・明大〉　かた―うた〈京大・田

中・伊達・松甲〉歌〈龍門〉軒もとまて―軒のもとまて〈嘉永・丹鶴・刈谷・龍大・藤井〉軒もとにて〈内閣〉たちわたれるに―たちわたるに〈刈谷・龍大・藤井〉かたも―かとも〈狩野〉なりゆくは―なりゆけは〈龍大〉夕霧に―夕霧○に〈東大〉たちいてん―たちけ（いてイ）む〈狩野〉なき―なに《ヒ》（き）〈東大〉なに〈明大〉

〔現代語訳〕

一条御息所が小野に住んでいました時、訪ね入って、女二宮の方で霧がすぐこの軒元まで立ちこめておりましたので、退出するにも道が分からなくなっていくのは、どうしたものかと思って

夕霧左大臣

山里の風情に寂しい思いをいっそう添えている夕霧のせいで、ここを発つにも行く先もない心地がして。

〔語釈〕 **○一条のみやすむどころ** 朱雀帝の更衣。一条に邸を有した。**○をの** 御息所が山荘を構えた地。小野。山城国の歌枕。7番歌参照。**○女二のみこ** 落葉の宮。御息所と朱雀帝の娘で、柏木に降嫁したが、柏木と死別した。後に夕霧の妻となり、夕霧と藤典侍の娘六の君を養育する。**○山ざと** 小野の地。勅撰集においては、『源氏』よりのちの『後拾遺集』より飛躍的に増える。『古今六帖』二・山部に「山里」項があり、一二首を収める。**○夕霧** 夕方の霧。「霧」「立つ」「空」は縁語。当該歌が『源氏』の「夕霧」の人物呼称・巻名の由来（〔補説〕参照）。

〔参考歌〕

①夕霧に衣はぬれて草まくらたびねするかもあはぬ君ゆゑ（『古今六帖』六二三・三〇二五）

〔典拠〕 『源氏物語』（2番歌初出）夕霧巻。当該箇所を次に挙げる。

いとど人少なにて、宮はながめたまへり。しめやかにて、思ふこともうち出でつべきをりかなと思ひゐたまへるに、霧のただこの軒のもとまで立ちわたれば、「まかでん方も見えずなりゆくは。いかがすべき」とて、

山里のあはれをそふる夕霧にたち出でん空もなき心地して

と聞こえたまへば、

山がつのまがきをこめて立つ霧も心そらなる人はとどめず
ほのかに聞こゆる御けはひに慰めつつ、まことに帰るさ忘れはてぬ。

〔他出〕『物語二百番歌合』（後百番）六十二番左。

〔補説〕

○歌語「夕霧」について

小町谷照彦氏は歌語「夕霧」について「紫式部が再発見した歌語だと言ってよい」（「夕霧の造型と和歌」『古代文学論叢4源氏物語と和歌研究と資料、一九七四・四）と指摘している。当該歌はその象徴的一首である。

「夕霧」の語は、『万葉集』に九例見えるが、平安期に入った後は、三代集には見えず（小町谷氏は「古今集の元永本に万葉集の訛伝歌が一首見える程度」としている）、勅撰集では『後拾遺集』秋上の「をぐら山たちどもみえぬゆふぎりにつままどはせるしかぞなくなる」（二九二・江侍従）がもっとも古い。『古今六帖』には三例見えるが、六三三と三〇二五は重出で『万葉集』の長歌（一九四）の末尾部分、二五〇二は『万葉集』の長歌（三三七）で、いずれも平安期に詠まれた歌とは言いがたい。平安期に詠まれた歌としては『忠岑集』八七の長歌、次いで、『和泉式部集』の一二五（夕ぎりにあれたちぬればあぢきなし以下欠）と五八〇（夕ぎりはたつをみましやうりふ山こまほしかりしわたりならでは）、又は『紫式部集』四二（ゆふぎりにみしまがくれしをしのこのあとをみるみるまどはるるかな）である。『紫式部集』の例は詞書に拠ると「なくなりし人のむすめ」の詠で、紫式部自身の詠ではないが、『源氏』には二例見られる。末摘花巻の光源氏詠と当該歌である。当該歌での「夕霧」の語は、この場面の情趣を盛り上げ、詠者の心情を象徴する表現となっており、巻名あるいは詠者の通称にもなっている。『万葉集』例の多くが「朝露」や「朝雲」の対句として使用されているのとは、遙かに異なっている。

平安後期には、この語は、当該歌を踏まえつつ用いられたようで、各勅撰集にも一・二例ずつ見え、私家集にも散見する。ところが、『堀河百首』に七例、『正治初度百首』八例、『建保名所百首』に八例、また、『秋篠月清集』

に四例、『拾玉集』に五例、『壬二集』に一〇例、『拾遺愚草』に六例、『後鳥羽院御集』に八例など、急激な多用の現象が見られる。これらは、例えば、

すまのあまのとまやもしらぬゆふぎりにたえだえてらすあまのいさりび
（『秋篠月清集』五三五、『続後撰集』秋中・三一九）

のごとく、背後に物語世界を彷彿とさせる、叙景と抒情の融合した表現となっている。『源氏』で再発見された歌語「夕霧」は、『堀河百首』を魁として新古今歌人の詠作で再構築されたと言えよう。『新古今集』にはまだ一例のみで、『新勅撰集』（三例）以降徐々に増加しており、この歌語は『新古今集』成立以降に定着していったようである。
（玉田沙）

返し　　　　女二宮

やま里の籬をこめてたつきりもこゝろ空なる人はとゞめず

〔校異〕 詞書―欠〈宮甲・蓬左・陽乙・嘉永・田中・清心・日甲・静嘉・川口・国研・篠山・彰甲・丹鶴・伊達・龍門・狩野・内閣・松甲・刈谷・龍大・藤井〉　やま里―山をと〈清心〉

〔現代語訳〕

返し　　　　女二宮

山里の籬に立ち込める霧でさえ、浮ついた心を持つ人を留めることはいたしません。

〔語釈〕 **○やま里の**　夕霧詠の語を使う。『源氏』では、『源氏物語大成』によれば、諸本ほぼ「山がつの」、別本系国冬本のみ「山里の」。「山がつの」だと、自身を物の心を解さない者と規定するため、卑下の度合いが強い。『風葉集』に異文はないので誤写は考えにくいが、『源氏』の依拠本によるか、『風葉集』歌集編纂時の改変かはわ

からない。**○籬**　竹・柴などを粗く編んだ粗末な垣根。**○籬をこめて**　人を留めるためかのように立つ霧を言う。末句の「人はとゞめず」を言い出すため。**○きり**　女二宮を比喩する。「霧」「立つ」「空」は縁語。**○こゝろ空なる人**　浮ついた心を持つ人。夕霧を指す。夕霧詠の「立ちいでん空」を受けて切り返す。ただし、実意あれば構わないとの曲解の余地を残す歌。

〔参考歌〕

①人はゆききりはまがきに立ちとまりさもなか空に詠めつるかな（『和泉式部集』一八一）

〔典拠〕『源氏物語』（2番歌初出）夕霧巻。312番歌〔典拠〕参照。

（玉田沙）

あねのもとにいでゝ、やがてたちかへりけるに、おぎのうは風あらゝかにふきまよふに　すゐばの露の東宮宣旨

夕霧にみちやまどはん荻のはのそよめくやどに心とまりて

〔校異〕　たちかへりける―たちかへりぬる〈狩野〉　うは風―上は風〈狩野〉　まよふ―まとふ〈嘉永〉　まかふ〈天理・東大・明大・國學〉　まか（よ一本）ふ〈丹鶴〉　荻のは―萩のは〈伊達〉

付記　國學あり。

〔現代語訳〕

姉の許へ退出してすぐに帰った時に、荻の上風が荒々しく吹き乱れておりましたので　『末葉の露』の東宮宣旨

夕霧のために道に迷ってしまうのでしょうか。荻の葉が穏やかに風に揺れる姉のもとに心を残して出てきたので。

〔**語釈**〕 **○あね** 人物の詳細は不明。**○いでゝ** 宮中から退出して。すでに出仕済みか。**○おぎのうは風** 216・287番歌〔語釈〕参照。**○東宮宣旨** 詳細は不明。**○みちやまどはん** 心惑いに夕霧が加わり、道を惑いかねない。**○そよめく** 風が穏やかに葉を揺らす意。多く「其よ」を掛ける。「そよめくやど」は「あら、かにふきまよふ」との対比を意識した表現。

〔**参考歌**〕

①いとどしく荻の上風ふきみだり心まどはす秋の夕ぐれ（『風葉集』秋上・二一六・『心高き』の右大臣）

〔**典拠**〕 『末葉の露』（散逸物語）。24番歌初出。

（玉田沙）

315

みこにおはしましける時、菊のえんせさせ給に、前中宮いまださとにおはしましける、御まへのきく〔ニ〕、関白にめされければ、ひともとたてまつれりけるのちに、さしをかせ給へりける　あだなみの院の御歌

わが心君がまがきにうつろふはなをやのこれるしらぎくの花

〔**校異**〕 えんせさせ給―えんをさせ給〈蓬左・陽乙〉えんをせさせ給〈内閣〉 御まへ―御まへ（本定）〈陽甲・田中・日甲・篠山・伊達・龍門・松甲〉御まへ（本定）〈日甲〉御まへ（本ノマ、本定）〈陽乙・内閣〉御ま（本定イ賀茂本ニモアリ）へ〈清心〉御本（本ノマヽ）まへ〈天理・東大〉御本（ナシイ）まへ〈狩野〉御本まへ（本ノマヽ）まへ〈天理・東大・明大〉御本（ナシイ）まへ〈狩野〉 きく―き〈京大・陽甲・蓬左・陽乙・彰甲・丹鶴・狩野・内閣・松甲〉きく（歟）〈篠山・伊達・龍門〉 関白に―関白〈嘉永〉 めされけれは―めされは《ヒ》（イ）けれは〈天理・

東大〉めされはけれは〈明大〉ひともと―ひとも〈清心〉ひとこ―（元か）〈静嘉〉ひとこと〈川口・国研〉ひとり〈刈谷・龍大・藤井〉たてまつれりける―たてまつりける〈日甲・天理・東大・明大〉奉りける〈狩野〉給へりける―給へる〈刈谷・龍大〉給ける〈藤井〉あたなみ―あたな〈刈谷・龍大・藤井〉あたなみ〈伊達〉うつろふ―うつらふ〈嘉永〉

付記　神宮（詞書欠）・林乙（詞書欠）・林丁（詞書欠）あり。

〔現代語訳〕

まだ親王でいらっしゃった時、菊の宴を催されます折に、前中宮はまだ里にいらっしゃった頃で、関白へ庭前の菊をお求めになったので、一株献上なさった後に、差し置かせなさいました

『あだ波』の院の御歌

私の心があなたの家の籬に惹かれるのは、まだ残っているからでしょうか、白菊の花が。

〔語釈〕**○菊のえん**　文献上の初見は天武朝である。やがて九月九日に重陽節として行われるようになる。一時途絶えるものの、嵯峨朝の頃に復活。菊は延寿の効があるとされ、菊酒を飲む習慣がある。皇族や貴族の私邸でも行われた。**○前中宮**　関白の娘か妹。**○めされければ**　名木・名花は権力者に召されることがある。「勅なればいともかしこしうぐひすの宿はと問はばいかが答へむ」（『拾遺集』雑下・五三一・家あるじの女）。**○ひともと**（典拠）参照。**○院**（典拠）参照。**○しらぎくの花**　白菊は、盛りを過ぎ、紫色に「移ろふ」様子が賞美された。前中宮を比喩する。「うつろふ」は「菊」の縁語。

〔参考歌〕なし。

〔典拠〕『あだ波』（散逸物語）。『風葉集』に二首入集。

登場人物は院、前中宮、関白、中関白（兵衛佐）。院は帝位につく前に、関白を通じて前中宮の庭前の菊を召し、返礼に託けて恋歌を贈った。後の中関白は、兵衛佐在任時、薩摩国に流され、伊予港にて都からの音信がないこと

を嘆いた。

関白と中関白（315詞書・586詠者名）については、同人・別人の両説がある。同人説を唱えるのは中野荘次（「風葉和歌集考（下）」『国語国文』三─三、一九三三年三月）・樋口芳麻呂（「散逸物語『あだ波』考」『愛知淑徳大学国語国文』一七、一九九四年三月）、別人説は『小木散逸』。『風葉集』諸本に、「関白」「中関白」ともに異文はないため、積極的に同人説を唱えることはできない。

当該作品の特記事項としては、改作の問題が存在する。丹鶴本が和歌の右肩に「一本菊物語上」と記したように、室町物語『一本菊』が『あだ波』の改作である可能性が強いのである（その場合、菊を「ひともと」に献上する当該場面は重要か）。樋口前掲論文によれば、闇討ちや島流しの設定には、『平家物語』からの影響が想像されるという。『平家物語』から中世王朝物語への影響は、『兵部卿物語』を巡って、早く佐々木八郎『中世文学の構想』（一九八一年、明治書院）によってなされている。『一本菊』伝本の二系統のうち、『風葉集』に近いのは、二首ともに小異を持つに留まり、「あだ波」の語を詠んだ贈答歌「身をすて、みるめかりにぞあだなみのうらにてふねといそぎつるかな」「あだなみのうらにいかなるちぎりしてみをすて、のみみるめかるらん」を持つ慶應本系統である。

〔補説〕

○「菊」歌群について

『風葉集』の「菊」歌群は、当該歌から320番歌まで六首で構成されている。第一首目である当該歌に「移ろふ」残花が詠まれた歌が配されて、晩秋の歌材としてある。菊は、中国から渡来した植物で、和歌に詠まれたのは平安時代になってからのようである。『古今集』秋下にも一三首が配されているように、平安期には急速に賞翫されるようになった。九月九日の重陽は、「菊」によって長寿を願う行事として盛んであったため、日中ともに長寿の象徴と見なし、日本ではさらに、残菊を特に愛好した。他の秋草が枯れてしまった後も、花の色を移ろわせてなお咲き残るさまに魅力を見出し、残り少ない秋を惜しむ思いも重ねて、我が国独自の菊花の美を詠んだのであろうか。

この後も、勅撰集では『後拾遺集』秋下に一二首の歌群がある。平安中期の宮廷でも晩秋の菊花が盛んに詠じられていたことが知られる。歴代の勅撰集には晩秋の歌群としては必ず見えるが、ほぼ五首前後である。『風葉集』の「菊」歌群もほぼ勅撰集と同様の詠みぶりであるが、物語歌であるので、「移ろふ花」に心変わりの恋心を、「花に置く露」に心変わりを嘆く涙を重ねて詠まれているのが、特徴である。

（玉田沙）

物おぼしけるころ、きくの花を御らんじて

六条院御うた

もろともにおきゐ《［ふ］》し菊のあさ露もひとりたもとにかゝる秋かな

〔校異〕六条院御うた―六条院御哥（イ）〈天理・東大〉欠〈明大〉六条院御哥〈狩野〉おきゐし―おきふし〈京大・宮甲・蓬左・陽乙・田中・清心・日甲・静嘉・川口・篠山・彰甲・丹鶴・伊達・龍門・明大・狩野・内閣・松甲・刈谷・龍大・藤井〉おきふ（ゐ源）し〈宮甲・国研〉おきふ（ゐ）し〈東大〉秋かな―秋かせ〈伊達〉

〔現代語訳〕

物思いを抱えていらした頃に、菊の花を御覧になって

六条院御歌

かつては一緒に起居して長寿を祈った菊の朝露も、今や私独りの袂にかかるような秋であることよ。

〔語釈〕**○物おぼしけるころ** 哀惜の物思いを抱えていた頃。『源氏』では紫の上の没した翌年の九月九日。菊の露を詠じ、「もろとも」「ひとり」を対置させている。『源氏』では紫上の没した翌年の九月九日。**○きくの花** 九月九日の重陽の節句では、長命の菊に因んで長寿を祈る。亡くなった紫上に思いを馳せる契機となる。**○おきゐし菊の** 「起き」と「置き」は掛詞。底本は「おきふし」だが、「おきゐし」の方が意が通じやすいので、「ふ」は字

形類似による「ゐ」の誤写と判断して、陽甲により校訂した。**○あさ露**　重陽の節句では、前夜に菊花に真綿を被せ、花に置いた朝露で身体を拭うことで老いを除こうとした。露は涙の比喩。**○かゝる**　露ならぬ涙が。「露」と「かかる」は縁語。

〔参考歌〕

①もろともにをきゐし秋の露許かゝらん物と思かけきや（『後撰集』哀傷・一四〇八・玄上女）

〔典拠〕『源氏物語』（2番歌初出）幻巻。当該箇所を次に挙げる。

九月になりて、九日、綿おほひたる菊を御覧じて

もろともにおきゐし菊の朝露もひとり袂にかかる秋かな

〔他出〕『物語二百番歌合』（前百番）六十四番左。

（玉田沙）

317

右大臣の女御、きさいにたち給てのち、みかどきくの
えだのおもしろきをたまはせたりければ

めもあはぬの后宮の弁〔歌〕

あさゆふの露わけわびし白菊も秋のみやこの光とやみし

〔校異〕　たち―え｜（立イ）〈天理・東大〉給て―たまふて〈蓬左〉えたの―枝〈天理・東大〉たまはせたりければ―たまはり｜（せイ）たりければ〈狩野〉給らせたりければ〈内閣〉の弁―の歌〈京大〉の弁（イ）〈天理・東大・狩野〉欠〈明大〉あさゆふの―朝夕に〈丹鶴〉あさちふの〈林乙〉秋の―秋や〈日甲〉

付記　神宮・林乙・林丁あり。

〔現代語訳〕

右大臣の女御が后にお立ちになって後に、帝が菊の素晴らしい枝を下さいましたので

『目もあはぬ』の后宮の弁

朝夕の分け入りかねるほどの露の置いた白菊、この白菊のように美しい皇后さまも、帝は、秋の都の光とご覧になりましたでしょうか。

〔語釈〕 **○右大臣の女御** 物語の主人公と推測されるが、確証はない。**○露わけわびし** 「露わけわぶ」は、露野を分け入りかねる意。◇参考「ねは見ねどあはれとぞ思ふ武蔵野の露わけわぶる草のゆかりを」（『源氏』若紫巻・光源氏） **○秋のみやこ** 「秋の都」と「秋のみや」（皇后）を掛ける。**○光** 皇后の美しさが輝くばかりであることをいう。

〔参考歌〕 なし。

〔典拠〕 『目もあはぬ』（散逸物語）。『風葉集』に三首入集。

題名の由来とする歌として、三角洋一氏（『物語の変貌』）が「目もあはぬ草のいほりにいとどしくあられふるなりをのの山里」（『拾玉集』八五九・慈円）、神野藤昭夫氏（「散佚物語《鎌倉》」）が「あなこひしやへのくもぢにめもあはずくるるよなよなさわぐ心か」（『新勅撰集』雑五・一三七二・二条太皇太后宮大弐）を挙げておられる。小野に住んだのが主人公と推測される人物の父親であろうことからは、前者によって題名が付けられたとは考えにくく、後者が題名の由来になったのではなかろうか。

『風葉集』入集歌などから知られる内容を推測しておく。女御は、勅勘を被った父（神野藤説）の小野の里への隠棲（418）により、宮中を去る。退出は、不本意ながら右大将邸へであった。そこでは女御は、帝に忘れられるのではないかと苦悩する（1011）とともに、他の妃への嫉妬にも苦しみ目も合わぬ夜を送るのであった（前掲の『新勅撰集』歌）。その後、父は勅勘が解け、右大臣に昇進（418詠者表記）、宮中に戻った女御も皇后宮になり（1011詠者表記）、帝か

ら白菊の枝を贈られた際には、女房の弁が返歌することもあった（当該歌）。（中城）

みかど、みこと申ける時、菊の枝をみよ、とてたま
はせたりければ　　　　のちくゆる大将の女御
うつりぬる色はうくとも朝霜のおきてやみまししら菊の花

〔校異〕 色は―色を〈明大〉　うく―こく〈国研〉　朝霜―あさつゆ〈蓬左〉　朝露〈陽乙・嘉永・彰甲・内閣・藤井〉　朝つゆ〈天理・東大・明大・狩野〉

付記　國學あり。

〔現代語訳〕

帝が親王と申しました時、菊の枝を「ご覧なさい」と下さいましたので
『後悔ゆる』の大将の女御

色がわりしてしまっている白菊をみると、あなたの心変わりが辛く思われます。でもやはり、朝霜が置いて美しい白菊を起きて見てみようと思います。

〔語釈〕 **○うつりぬる色**　変色した菊の色。変色は心変わりを連想させる。315番歌〔語釈〕「しらぎくの花」参照。**○朝霜**　朝、降りている霜。菊花は霜によって、移ろうとされた。霜は冬の風物だが、ここは秋に配して晩秋感を示している。**○おきて**　霜が「置きて」に「起きて」をかける。

〔参考歌〕

①世の中はあととむべくもみえねどもおきてやみましつゆの玉づさ（『範永集』八一）

〔典拠〕 『後悔ゆる』（散逸物語）。223番歌初出。（中城）

319

なが月ばかり、ゐあかしたるあけぼのに、菊をおりて
人のみせ侍ければ　　うつほの藤壺の女御
露ならぬ人さへおきて菊の花うつろふ色をまづもみるかな

〔校異〕ゐあかし―ねあかし〈天理・東大・明大〉ね（ゐイ）あかし〈狩野〉あけほのに―暁に〈蓬左・陽乙・嘉永・内閣〉あけほの〈龍大〉うつほの藤壺の女御―欠〈京大〉うつろふ―うつらふ〈嘉永〉

付記　國學あり。

〔現代語訳〕
長月のころ、横にならず起きたまま明かした夜明けに、菊の枝を折って人が見せましたので
『うつほ』の藤壺の女御
露は置くものですが、露ではないあなたまで起きて、菊の花が美しく色変わりするのを真っ先に見ているのですね。

〔語釈〕**○ながつき**　陰暦九月。**○ゐあかしたる**　「ゐあかす」は寝ずに座ったまま夜を明かす。**○人**　仁寿殿女御腹の朱雀院第三皇子。あて宮の求婚者の一人。**○見せ侍ければ**　読んでもらうために、歌を結び付けた折り枝を渡したのである。**○おきて**　「起きて」に「置きて」をかけ、「露」の縁語とする。

〔参考歌〕なし。

〔典拠〕『うつほ物語』（3番歌初出）嵯峨院巻。当該箇所を次に挙げる。

この九の君はすぐれて見えたまへば、三の宮は、静心なく覚えたまふこと限りなし。（中略）御前の一本菊、いと高くいかめしく、移ろひて、朝ぼらけに、めでたくいかめしう見ゆるに、露に濡れたるを押し折りて、かく書きつけたまふ。

「匂ひます露し置かずは菊の花見る人深くもの思はましや

あなわびし」と書きて、そこらの御中に、九の君に、「この花は近まさりぬべく」とて奉れたまふ。九の君、暗きほどなれば、書きつけたまへることは見で、ただかく書きつけたまふ。

露ならぬ人さへおきて菊の花移ろふ色をまづも見るかな　（中城）

と聞こえたまふ。

冷泉院の行幸侍けるに、菊をおらせ給てむかしの青海

波のおりをおぼしいで、　六条院御歌

色まさるまがきの菊もおり〱に袖うちかけし秋をこふらし

〔校異〕 むかしの―昔か〈清心〉むかし〈刈谷・龍大・藤井〉おりを―おり〈嘉永〉まかき―まかき〈龍門〉おり〱に―をり〱は〈天理・東大・明大〉折〱は〈狩野〉秋―袂〈秋イ〉〈天理・東大〉袂〈明大〉こふらし―こふらむ〈天理・東大・明大〉こふらん〈しイ〉〈狩野〉

〔現代語訳〕

冷泉院の行幸がございました時に、菊をお折りになってむかし青海波を舞った折をお思いだしになって　六条院御歌

院をお迎えして一段と色美しくなった垣根の菊も、私と同様に、手折った菊に袖をうち掛けるようにして舞ったあの秋を、折にふれて恋しく思っているようです。

〔語釈〕 **○冷泉院**　桐壺第十皇子。澪標巻で即位。薄雲巻で母藤壺中宮の死後に実父が光源氏と知る。藤裏葉巻で光源氏に准太上天皇位を贈り、朱雀院とともに六条院へ行幸。若菜下巻で退位。**○むかしの青海波のおり**　紅葉賀

巻で、桐壺帝の朱雀院への行幸の際に、頭中将と共に青海波を舞った時。**〇青海波**　唐楽、盤渉調の二人舞。

〔参考歌〕　なし。

〔典拠〕『源氏物語』（2番歌初出）藤裏葉巻。当該箇所を次に挙げる。

　神無月の二十日あまりのほどに、六条院に行幸あり。紅葉の盛りにて、興あるべきたびの行幸なるに、朱雀院にも御消息ありて、院さへ渡りおはしますべければ、（中略）朱雀院の紅葉の賀、例の古事思し出でらる。賀皇恩といふものを奏するほどに、太政大臣の御弟子の十ばかりなる、切におもしろう舞ふ。内裏の帝、御衣脱ぎて賜ふ。太政大臣降りて舞踏したまふ。主の院、菊を折らせたまひて、青海波のをりを思し出づ。

　　色まさるまがきの菊もをりをりに袖うちかけし秋を恋ふらし

大臣、そのをりは同じ舞に立ち並びきこえたまひしを、我も人にはすぐれたまへる身ながら、なほこの際はこよなかりけるほど思し知らる。

（中城）

〔他出〕『物語二百番歌合』（前百番）九十八番左。

321

九月十三夜、内にまいりてよめる

まよふきむのねの按察大納言

すべらぎのよも長月の月みればのどかにのみぞすみわたりける

〔校異〕　十三夜―十三日〈明大〉　よめる―まめる〈龍門〉　まよふ―まかふ〈明大〉　歌―すへらきのよも長月のつきみれはのとかにのみそすみわたりける〈狩野〉　すへらきの―すへしきの〈龍門〉　すみわたり―とみ渡〈川口〉

〔現代語訳〕

九月十三夜に、内裏に参上して詠みました歌

『まよふ琴の音』の按察大納言

帝の御代も長く続き、長月の月を見るとのどかに澄みわたっているので、この御代が末長く輝き続けることができると実感されます。

〔語釈〕 **○九月十三夜** 陰暦八月十五夜の仲秋の名月に準じる名月の夜。**○按察大納言** 166番歌〔語釈〕参照。**○すべらぎ** 天皇。「すめらぎ」とも。**○よも** 「よ」は、「代」と「夜」を掛ける。**○長月の月** ここは九月十三夜の月。〔補説〕参照。**○すみ** 「澄み」に「住み」をかける。

〔参考歌〕

①すべらぎのながゐの池は水すみてのどかにちよのかげぞ見えける（『永久百首』五四六・常陸）

〔典拠〕 『まよふ琴の音』（散逸物語）。5番歌初出。

〔補説〕

○「長月の月」について

321番歌から始まる「長月」歌群は336番歌まで一六首続き、歌集において「月」歌群は、概ね八月十五夜を詠じたものが多いのだが、『風葉集』では、八月十五夜を詠んだ歌群一四首（272～285）より多い。一六首の歌を見ると、当該歌のように九月十三夜も見られるが、「なが月のすゑつ方」（334詞書）とか、「有明」（333・335・336）とあり、長月末の月を詠んだ歌を含んでいる。

八月十五夜を愛でる習慣は中国から伝わったもので、『古今集』の時代から歌にも詠まれるようになり、『古今六帖』や『和漢朗詠集』には「十五夜」の題が見える。勅撰集でも『後撰集』以降、「月」は中秋の代表的歌題として配され、『金葉集』以降は秋の最大の歌群となっているのは、八月十五夜を意識したものであろう。平安後期以降、八月十五夜は「名月」という概念が定着したと思われる。一方、九月十三夜を愛でるのは我が国独自のもので、

延喜十九年九月十三日の月の宴の歌が古いとされるが、定着したのは院政期以降のようである。しかし、勅撰集では『新勅撰集』の秋下冒頭に一四首、『続古今集』秋下一一首ある歌群が、十三夜を意識したものかと思われる。晩秋に、八月十五夜の名残を賞翫するが、望月でないところが満ち足りない思いを生じさせ、心の襞に結びついて哀れを感じさせたのであろうか。しかし、「長月の月」は『万葉集』にも「長月の有明」を詠んだ歌（2299・2300）が見えるように、十三夜のみではない。長月は秋の末月で、その有明は秋の終わりを意識させ、惜秋の情を誘う。『風葉集』の「長月の月」歌群が大きいのは、この晩秋の有明の月が、物語世界に、惜秋の思いに重ねて、恋の名残、余情の溢れた場を演出する恰好の素材で、その場に組み込まれた歌が多かったことを反映しているのであろう（安田徳子「『風葉和歌集』の長月詠」（『研究報二』）参照）。

（中城）

中納言

雲のうへはすみまさりけりふるさとに世をへてみつる秋のよの月

〔校異〕けり―けれ（りイ）〈狩野〉　みつる―そへる〈川口〉　よの月―夕（よのイ）月〈狩野〉

（『まよふ琴の音』の）中納言

〔現代語訳〕

宮中では十三夜の月がひときわ明るく澄んでいたのですね。我が家で長年見てきた秋の夜の同じ月ですのに。

〔語釈〕**○中納言**　『まよふ琴の音』の登場人物で、1233番歌の詠者でもあるが、物語中での役割は不明。当該歌は321番歌と同じ場で詠まれたもの。名月に比えて帝への祝意を詠んだもの。**○雲のうへ**　「宮中」と「天空」を掛ける。「雲」と「月」は縁語。**○すみまさりけり**　「澄み」に「住み」を掛けて、「住み」と「ふるさと」は縁語。

○ふるさと　もと住んでいた場所。ここでは我が家。

〔参考歌〕 なし。
〔典拠〕 『まよふ琴の音』（散逸物語）。5番歌初出。
（中城）

おなじ夜、一条院にて御あそび侍けるついでによめる
伊勢をの右衛門督

秋のよのくまなき空の月影もたゞやどからにすむとこそみれ

〔校異〕 おなし夜―九月十三夜〈國學〉 にて―まて〈国研〉

付記 國學あり。

〔現代語訳〕
同じ夜に、一条院にて御遊がありました折に詠みました歌
『伊勢を』の右衛門督

秋の夜の曇りない空の十三夜の月の光も、ひとえにこの一条院で見るゆえに澄んで見えるのですね。

〔語釈〕 ○おなじ夜 九月十三日の夜。○すむ 「澄む」に「住む」を掛け、「やど」と「住む」は縁語。

〔参考歌〕
①宿からぞ月の光もまさりけるよの曇りなくすめばなりけり（『金葉集』秋・二〇一・読人不知）

〔典拠〕 『伊勢を』（散逸物語）。6番歌初出。
（中城）

よし野にて月を御らんじて
よしの山の中宮

帰りてもわすられじかし秋ふかきよしのゝ山にすめる月かげ

〔校異〕 よしの山の中宮―欠〈神宮〉 詠者名―欠〈神宮・林乙・林丁〉 わすられし―忘し〈清心・静嘉〉忘れし〈清心・川口・国研〉 山に―山の〈藤井〉

付記 神宮・林乙・林丁あり。

〔現代語訳〕

『吉野山』の中宮

吉野で月をご覧になって

都へ帰ってもけっして忘れられまい。晩秋の吉野に住んで見た、吉野山の上に澄む月の美しさは。

〔語釈〕 **○よしのゝ山にすめる月かげ** 「吉野の月」が多く詠まれるようになるのは、院政期以降である。「すめる」は、「住める」に「澄める」を掛ける。

〔参考歌〕 なし。

〔典拠〕 『吉野山』（散逸物語）。『風葉集』に四首入集。

物語名は、物語の舞台が吉野山であったことによると考えられる（『事典』）。次に、入集歌から知られる内容を記す。

都を離れ、中将は出家をすべく吉野山を目指すが、道々涙を止めえない（1382）。妹も、予想外の事件により吉野山に住むこととなり、鹿の恋鳴きを聞き、我が身だけが人恋しい思いに耐えているのではない、と自らを慰める日もあった（1232）。その後、中将はさらに山奥へ移り住む旨を妹に知らせ、妹は同行を願う（1313）。ただし兄は、最終官位により詠者表記を記すという『風葉集』の原則から出家を果たさなかったことになり、妹の作者表記が「中宮」とあることを考え合わせると、中将で夭折した可能性がある。妹の入内が吉野入山の前か後かも不詳。中宮と中将の関係については、兄と妹と見る『小木散逸』に従ったが、『物語史』は恋愛関係と見る。この物語に『多武

峯少将物語』の影響があると『小木散逸』は指摘する。（中城）

世をそむきてふしみにすみ侍けるに、権大納言夜ふかき月にたづねまできて侍ければ

みかきが原のさきの左大臣の三君

身のうさをなげかぬ人もたづねけりふしみのさとの秋のよの月

〔校異〕さきの―欠〈嘉永・国研〉ふかき―ふかく〈嘉永〉月に―欠〈嘉永〉うさ―うき〈さイ〉〈狩野〉うき〈内閣〉けり―ける〈嘉永〉

〔現代語訳〕

出家をして伏見に住んでおりました時に、権大納言が夜が更けてから月をめでつつ、たずねていらっしゃったので詠みました歌

『みかきが原』の前左大臣の三の君

我が身のつらさ、情けなさを嘆くこともないお方も訪ねていらっしゃったことです。伏見の里の秋の夜の月を。

〔語釈〕○世をそむきて　1032番歌の詞書（「みかどにはつかにみえたてまつりて侍ける後、心ならぬ事もありぬべかりけるを思ひわびて、世をそむきて侍けるが、かぎりのさまにさへなりにければ、内わたりにさぶらふ人につかはしける」）によると、左大臣三の君は帝とのほのかな出会いの後、「心ならぬ事」が起こりそうなことを嘆いて、その後出家し、やがてなくなったようである。○ふしみのさと　大和国と山城国の両方に「伏見」の地名はあり、どちらも『万葉集』時代から詠まれている古い地名である。大和国の場合は「菅原の伏見」というかたちで詠まれることが多い。どちらの場合も「荒れ果てて寂しいイメージ」あるいは「臥し身」をかけることが一般的である。また、後世には両者が

混同されることもあったようである（『建保名所百首』の山城国の「伏見題」に「菅原の伏見」が詠まれるなど）。当該歌の場合も物語が散逸しており、状況がわからないためどちらとも判別しがたい。中世、『無名草子』以後に成立した物語だとすると、山城国「伏見」は藤原頼通の子、橘俊綱が風流を尽くした山荘「臥見亭」を営み、貴族の別業として注目されて伏見荘として発展、院御領ともなったことなどから、より妥当か。**○権大納言**　ここだけに登場する人物で人間関係は、よくわからないが、前左大臣三の君は帝への思いを抱えたまま亡くなっており（1005番歌）、三の君の恋の相手と言うよりは兄弟かと考えられる。

〔参考歌〕

①聞くやいかに嵐の音もくれ竹のふしみの里の秋の夜の月（「宝治百首」・信覚・三三一八）

〔典拠〕　『みかきが原』（散逸物語）。76番歌初出。　（乾）

かつらにすみ侍けるころ、月をみて　　桂の関白北方

秋はなをかつらの里のさびしさを人こそとはね月はすみけり

〔校異〕　里―山〈明大〉　さひしさ―さひしき〈清心・静嘉・川口〉

付記　神宮あり。

〔現代語訳〕

かつらに住んでおりましたころ、月をみて　　『かつら』の関白北方

秋はやはり桂の里はさびしく人も訪れてくれないけれど、月だけは澄み輝いておりました。

〔語釈〕　**○かつら**　104番歌参照。104番歌の詞書によると、この物語では桂に左大臣の山荘があり、関白が中将であ

った頃、そこを訪ねたことが知られるが、左大臣と関白、関白北の方との関係は不明。なおこの物語の人物関係については、玉田恭子「散逸物語『かつら』について」（『研究報一〇』）に考察がある。**〇人こそとはね**「思ひいでて人こそとはね山ざとのまがきのをぎに秋風はふく」（『更級』）が最も早い例と思われ、おもに院政期以後に使われた歌語。**〇すみ**「月」の縁語で、「澄み」と「住み」をかける。◇参考「八重葎茂れる宿のさびしきに人こそ見えね秋は来にけり」（『拾遺集』秋上・一四〇・恵慶）

〔参考歌〕

①たづぬべき人もあらしに紅葉ちるかつらの里は月のみぞすむ（『後葉集』・五一五）

②かげたえて人こそとはねいにしへの中のし水月はすむらん（『続古今集』雑下・一七七九・教雅）

〔典拠〕『かつら』（散逸物語）。104番歌初出。（乾）

うぢにおはしましけるころ、月を御らんじてよませ給ける　　よその思ひの中宮

里のなもわが身ひとつの秋風をうれへかねたる月のいろかな

〔校異〕中宮―中君〈嘉永〉中宮（君イ）〈狩野〉　かな―さ《ヒ》（か）な〈陽甲〉

付記　國學あり。

〔現代語訳〕

宇治にいらっしゃった頃、月をご覧になってお詠みになりました歌　『よその思ひ』の中宮

里の名も「憂し」を表す宇治で、わが身だけに吹いてくる秋風が身にしみて、月の光を見るといよいよつらさ

をこらえかねることです。

〔語釈〕 **○うぢにおはしましけるころ** 「中宮宇治におはしましけるころきこえさせ給ける」（789番歌）、「中宮宇治おはしましける頃よみ侍りける」（1226番歌）とあり、何らかの理由で中宮は宇治に籠もっていたことが知られる。**○中宮** 帝が東宮時代から思いをかけていた女性で、毎夜伊勢大神宮に祈願、結ばれると夢告を得た（444番歌）。**○里のなも** 「里の名をわが身に知れば山城の宇治のわたりぞいとど住み憂き」（『源氏』浮舟巻・浮舟）を意識した表現。◇参考「里の名もむかしながらに見し人のおもがはりせるねやの月かげ」（『源氏』東屋巻・薫）。なお、「里の名」は『源氏』初出の歌語で、中世以降、『源氏』享受のかたちで取り入れられたものと思われる。「里の名を身にしる中の契りゆゑ枕にこゆる宇治の川なみ」（『拾遺愚草』一一六三）など。**○わが身ひとつの秋風** 「月見ればちゞにものこそかなしけれわが身ひとつの秋にはあらねど」（『古今集』秋上・一九三・千里）に由来する表現。「あき」は「秋」と「飽き」をかける。**○うれへかねたる** 歌語としては珍しい表現。当該歌と『伏見院御集』に一首見られるのみ。

〔参考歌〕

①さとのなもひさしくなりぬ山しろのとはにあひみん秋のよの月（『続古今集』秋上・三九六・鳥羽院）

〔典拠〕 『よその思ひ』（散逸物語）。54番歌初出。

（乾）

おなじころ、うちの御返ごとに

見し秋の月も雲ゐの空ながらよを宇治山の影ぞかはれる

〔校異〕 影ぞ―影も〈内閣〉 かはれる―かくれる〈静嘉・国研〉か丶れる〈川口〉

〔現代語訳〕

同じ頃、帝からの御返歌に
あなたとかつて一緒に見た秋の月は今もそのまま宮中の空に輝いているのに、世をつらいと言ってあなたが籠もった宇治山では、その光も変わっているのですね。

〔語釈〕 **○おなじころ**　前歌の中宮が宇治にいらっしゃったのと同じ頃。327番歌参照。**○よを宇治山**　「わが庵は宮この辰巳しかぞ住む世をうぢ山と人はいふなり」（『古今集』雑下・九八三・喜撰）による。この表現は『風葉』には、1226・1403番歌にも見られる。**○影**　山陰と月の光をかける。

〔参考歌〕
①あまのはら月はかはらぬ空ながらありしむかしの世をや恋ふらん（『後拾遺集』雑一・八五二・元輔）
②秋もあき月も雲ゐの空ながらむかしをいまにおもひかねつつ（「内裏歌合建保二年」六六番・順徳天皇）

〔典拠〕『よその思ひ』（散逸物語）。54番歌初出。　（乾）

朱雀院の御時、うす雲の女院うちにいらせ給へるに、
月はなやかなるにむかしの事おぼしいでられければ、
「こゝのへに霧やへだつる」ときこえ給へる御かへし
六条院御歌

329 月影はみしよの秋にかはらねどへだつる霧のつらくもあるかな

〔校異〕 うちに―内に〈龍大〉 いらせ―まいらせ〈龍大〉 なる―に事〈嘉永〉 おほしいてられ…霧やへたつると―おほし出られけれは九重に霧やへたつると〈イ〉〈天理・東大〉おほしめしいてられけれはこゝのへに霧やへた

つると（イ）〈狩野〉欠〈明大〉いてられ─いたられ〈内閣〉ときこえ─なときこえ〈嘉永〉六条院御歌─六条院御歌（イ）〈狩野〉つらく─つて〈嘉永〉秋に─秋虫〈松甲〉

【現代語訳】

朱雀院の御代に、薄雲の女院が参内なさっている時に、月の光が明るくさしているので昔のことが思い出されて「九重に霧や隔つる」と女院がお詠みになった歌へのお返し

六条院御歌

月の光はこれまでの秋と変わりませんのに、それを隔てる霧のようなお心が恨めしく思われます。

【語釈】 **○朱雀院の御時**　この場面の二年前に桐壺帝は譲位、翌年の冬に崩御。**○うす雲の女院**　藤壺のこと。『源氏』では見られない呼称（乾澄子「『風葉和歌集』における『源氏物語』歌についての覚書（一）」『研究報六』参照）。**○うちにいらせ給へるに**　藤壺は桐壺院の崩御後一周忌を期して出家を決意。東宮（冷泉帝）にそれとなく訣別を伝えるためにお忍びで参内した。**○むかしのこと**　桐壺院在世当時のこと。**○こゝのへに霧やへだつる**　藤壺の贈歌「ここのへに霧やへだつる雲の上の月をはるかにおもひやるかな」（賢木巻）の一・二句。命婦によって伝えられた。なお、詞書に贈歌が記されている例については79番歌〔補説〕参照。**○みしよの秋**　『源氏』が初出の表現。中世和歌に影響が見られる。**○へだつる霧**　藤壺のつれない心。「へだつる霧」も当該歌を初出として後世使われるようになった歌句。

【参考歌】 なし。

【典拠】 『源氏物語』（2番歌初出）賢木巻。当該箇所を次に挙げる。

月のはなやかなるに、昔かうやうなるをりは、御遊びせさせたまひて、いまめかしうもてなさせたまひしなど思し出づるに、同じ御垣の内ながら、変れること多く悲し。

ここのへに霧やへだつる雲の上の月をはるかに思ひやるかな

と、命婦して聞こえ伝へたまふ。ほどなければ、御けはひもほのかなれど、なつかしう聞こゆるに、つらさも忘られて、まづ涙ぞ落つる。

「月かげは見し世の秋にかはらぬをへだつる霧のつらくもあるかな

霞も人のとか、昔もはべりけることにや」など聞こえたまふ。　（乾）

九月ばかり山へのぼるとて、おほたけといふ所にてやすみ侍けるに、月影にしかの声あはれにきこえ侍ければ

風につれなきの関白

月のすむ峯をはるかにたづぬれどうき世をゝくるしかのこゑかな

〔校異〕月影に―欠〈蓬左〉侍ければ―ければ〈蓬左・陽乙・嘉永・内閣〉○侍〈一本〉ければ〈丹鶴〉風につれなきの関白―欠〈清心〉はるかに―はつかに〈天理〉たつぬれと―尋ぬれは〈宮甲〉尋れは〈嘉永・清心・静嘉・川口・国研・狩野・刈谷・龍大・藤井〉たつぬれは〈宮甲〉

〔現代語訳〕

九月頃比叡山に参詣することになって、大岳という場所で休んでいたところ、月の美しい光のもとで、妻を慕って鳴く鹿の声が、しみじみと聞こえてきましたので、

『風につれなき』の関白

月がすむという峯をはるばると訪ねてきてしまったけれど、聞こえてきたのはつらい憂き世を送る鹿の哀れな声であったことよ。

〔語釈〕 **○九月ばかり山へのぼるとて** この場面は現存部分にはなく、どういう状況で比叡山参籠に至ったのかはさだかではない。**○おほたけ** 比叡山の主峰、大比叡ヶ岳（大嶽）のこと。◇参考「ひえの山その大たけはかくれねどなほみづのみはながれてぞふる」（『永久百首』四六六・俊頼）**○関白** 現存部分には「関白」として登場しないが、通説では『風葉集』で太政大臣と呼称されている人物の弟、もとの宰相中将とされる。『風につれなき』の人物関係については52番歌〔典拠〕参照。**○をくる** 「世を過ごす」意と「妻に声を送り届ける」意をかける。

〔参考歌〕

①たぐひなき心ちこそすれ秋のよの月すむみねのさをしかの声（『山家集』三九七）

〔典拠〕『風につれなき』（首部のみ現存）。52番歌初出。

なお、当該歌は散逸部分にあったと思われる。

（乾）

右大臣

きくぞうき秋をしのばぬさをしかのみ山のおくの月になくこゑ

〔校異〕 み山―源山〈明大〉

〔現代語訳〕

右大臣

聞くのもつらいことだ、秋をしのぶことなどしない鹿が、深山のそのまた奥の月に向かって鳴く声は。

〔語釈〕 **○右大臣** 現存部分に登場しないので、人物関係は不詳。関白との関係も不明だが、関白が比叡山参籠を決意した事情を知り、同情を寄せる人物であることが当該歌から想定される。『風葉集』では詞書が前歌と同じになるので、ともに参籠したとすると関白、右大臣がともに行動していることになり、血縁関係の人物か。**○秋をし**

のばぬ　『万葉集』では鹿は妻を慕って鳴くものとされ、その後も継承されたが、一方「奥山に紅葉ふみわけ鳴鹿のこゑきく時ぞ秋はかなしき」（『古今集』秋上・二一五・読人不知）以来、秋の寂しさ、悲しさを表現するものともなった。ここでは鹿は秋をしのんで鳴くことをするわけではないけれど、その悲しげな鳴き声につらさが誘い出されるの意。**○さをしか**　「さ」は語調を整える接頭語。雄の鹿。

〔参考歌〕

①契りおくみやまの秋のあかつきを猶うき物としかぞなくなる（『続後撰集』雑上・一〇六四・入道二品親王道助）

②霞ふるみ山のおくの月かげに秋をわすれぬさをしかの声（『仙洞句題五十首』二一四・宮内卿）

〔典拠〕『風につれなき』（首部のみ現存）。52番歌初出。

当該歌は前歌と同様に散佚部分にあったか。

（乾）

四季のものがたりの中に　　月のみかどの御歌

山のはにかたぶく月のなになれやあはれはかはるすゞむしの声

〔校異〕なになれや―なになれは（や一本）〈丹鶴〉

付記　國學・神宮・林乙・林丁あり。

〔現代語訳〕

『四季ものがたり』の中に　　月の帝の御歌

山の稜線に傾き沈んでいく月は鈴虫にとって何であるというのであろうか。鈴虫の声がしみじみと悲しげな声に変わっていくことよ。

〔語釈〕　**○月のみかど**　235番歌に既出。『風葉集』に採歌された『四季ものがたり』一九首は詠者が一七名でこの

「月の帝」と「ほととぎすの帝」(137・1067)がそれぞれ二首詠んでいる。「帝」としては他に「雪の帝」(428)が見られる。**○山のはにかたぶく月**　衰えていくさまをさす「月」は「月の帝」を表し、力が衰退する意を示す。**○あはれはかはる**　「あはれ」は秋のしみじみとした情趣と「哀れ」をかけて、鈴虫の声が弱々しくかわっていくさまをいう。なお、「あはれはかはる」は他の和歌には見られない表現。**○すゞむし**　この時代における「鈴虫」と「松虫」の関係については、298番歌〔語釈〕参照。「鈴虫」と「月」は、「松虫」と「月」に比べてはるかに用例は少なく、「そでひちてすずむし水にすむ月はわがてにむすぶ氷なりけり」(『隆信集』一三四)、「すず虫のこゑふるさとの浅茅生によすがらやどる秋の月かな」(『後鳥羽院御集』一二四四)が見られるぐらいである。ただし、早く村上天皇主催の康保三年(九六六)八月十五夜清涼殿前栽合においては「花の色も秋の夜ふかき月かげに君がちとせをまつ虫のこゑ」(一八)、「秋の夜の月と花とを見るほどになきそふるかなすずむしのこゑ」(二三)の両者が見られる。

〔参考歌〕
①すず虫のこゑふりたつる秋のよはあはれに物のなりまさるかな(『和泉式部集』四八)
②衣うつひびきは月のなになれやさえゆくままにすみのぼるらん(『新勅撰集』秋下・三二四・俊成)

〔典拠〕『四季ものがたり』(散逸物語)。59番歌初出。(乾)

御返し　　すゞむしの少将

君だにもともに在明の影ならばなにかはむしのこゑよはるべき

〔校異〕御返し―欠〈龍門〉　君―君〈本〉〈刈谷・藤井〉　かけ―かた〈けイ〉〈狩野〉月〈天理・東大・明大〉　よはる―か〈よイ〉はる〈狩野〉

付記　國學・神宮・林乙・林丁あり。

〔現代語訳〕

御返し　　虫の少将

あなた様が有明の月の光のように残っていてくださるならば、どうして鈴虫の声が弱々しくかわることがありましょうか。

〔語釈〕　○在明のかげ　古くは「ありあけの月」の方が、一般的であるが、鎌倉期になると「ありあけのかげ」の表現が、家隆、良経、定家、忠良、隆房などに見られる。中でも定家は五首詠んでいる。勅撰集では『続後撰集』『続古今集』に見られ、また『風葉集』においても、当該歌以外に892番歌、1079番歌と三首に見られ、この時代に好まれた歌語として注目される。「在」は「在る」と「ありあけ」の掛詞。○むしのこゑよはる　秋も深まり冬が近づいて盛んに鳴いていた虫の声も衰えてくること。◇参考「秋風に声弱りゆく鈴虫のつゐにはいかゞならんとすらん」（『後拾遺集』秋上・二七二・匡衡）。衰退していくさまをあらわすが、ここでは「なにかは」とともに使われ、どうして衰退していくことがありましょうか、と帝の弱気を励ましている。

〔参考歌〕

①むしのねもうらがれそむるあさぢふにかげさへよわる在明の月（『続後撰集』秋下・四〇八・実氏）

②有明のなばかりあきのつきかげはよわりはてたるむしのこゑかな（『六百番歌合』二十九番左・定家）

〔典拠〕　『四季ものがたり』（散逸物語）。59番歌初出。

（乾）

ゆく秋の露に涙のをきかへて袖を草ばにやどる月かげ

いはでしのぶの関白

なが月のすゑつかた、ふえにふきすさみける

〔校異〕詞書―欠〈内閣〉　ふえに―ふえを〈宮甲〉ふみに〈明大〉　ふきすさみける―ふきすさみけり〈陽甲〉ふきすさひける〈嘉永・天理・東大・明大・狩野・松甲〉涙の―涙の（を）〈京大〉涙の（をイ）〈宮甲・静嘉・川口・国研〉なみたを〈蓬左〉涙を〈陽乙・彰甲・天理・東大・明大・内閣・松甲〉泪の（をイ）〈田中〉泪を〈日甲・狩野〉涙の（を一本）〈丹鶴〉をきかへて―をきそへて〈蓬左・陽乙・嘉永・彰甲〉おりかへて〈清心〉をりかへて〈静嘉・川口・国研〉おきそへて〈天理・内閣〉ゝきそへて〈東大・明大〉ゝきそ（かイ）へて〈狩野〉

〔現代語訳〕

九月の終わり頃、心の向くままに笛を吹いて、口ずさんだ歌

『いはでしのぶ』の関白

暮れて行く秋に置く露を涙に取り替え、私の袖の涙を草葉の露と見て、そこに映るのは月の姿です。

〔語釈〕**○ふえにふきすさみ**　慰みに笛を吹いて。「すさむ」（すさぶ）は、気の向くままに行動をすること、また慰みにする行動。関白は管絃の遊びが果てて退出し、そぞろ歩きをしつつ物悲しい気分で、忍びやかに笛を吹いて歌を口ずさむ。**○関白**　当時は二位中将。一品宮への恋情を秘める。**○涙の**　校異に示した如く、底本の京大本をはじめ、多くの伝本が、「の」の異文として「を」を書き添え、『秀歌選』は「を」と校訂しているが、陽甲本、物語本文は「涙の」であり、四句に「袖を」の表現もあるので、「を」では同字病を冒すことにもなるので、「涙の」を原型と判断した。「の」は格助詞。**○袖を草ばに**　袖の上の涙を草葉に宿る露と見て。

〔参考歌〕なし。

〔典拠〕『いはでしのぶ』（67番歌初出）巻一。当該箇所を次に挙げる。

さらに、うらやましきにや、又いかなるにか、涙もかきくるゝ心ちし給つゝ、御とのゐ所のかたへとおぼしつるに、すゞろに物ゝかなしければ、ありつるまゝに藤つぼわたりをたゝずみつゝ、月のかほのみながめ入給つるに、雲のたゝずまい、風の気色、過行秋をおしみがほに、なきよはりたるむしの音などとりあつめ、すご

うあわれに身にしむ心ちし給へば、ふゑをすこしふきならしつゝ、

行秋の露に涙のをきかへて袖を草葉にやどる月影　（那須）

と、忍びやかにふきすさび給つるに、たゞこゝもとのつまどを、やをらおしあけて、

なにごと、涙の色はしらねども秋のあわれによそへてぞきく

女のもとにまかれりけるに、あけゆく空の月をみて

かいば見の右大将

いつとても在明の月はみしかども心にとまる秋のそらかな

〔校異〕 詞書―欠〈宮甲・蓬左・陽乙・嘉永・田中・清心・日甲・静嘉・川口・国研・篠山・彰甲・丹鶴・伊達・龍門・天理・東大・明大・狩野・内閣・松甲・刈谷・龍大・藤井〉かいはみ―かいまみ〈天理・東大・明大・狩野〉かははみ〈刈谷・龍大・藤井〉右大将―右大臣〈蓬左・陽乙・嘉永・彰甲〉右大将|（臣イ）〈天理・東大〉いつとても―いつ○とても〈松甲〉在明の月―あり明のかた|（月イ）〈狩野〉

付記　國學あり。

〔現代語訳〕

女の許に行っておりました時、明けて行く空に残る月を見て

『かいばみ』の右大将

いつも折にふれて有明の月は見ていましたが、ひとしお心惹かれる、この秋空の月ですことよ。

〔語釈〕 **○女**　太政大臣のむすめ。右大将の愛情を兵部卿宮女と分かつ女性。失踪することになる女は太政大臣女か、または兵部卿宮女か論が分かれる。右大将についても301番歌〔典拠〕参照。**○心にとまる**　心が惹かれる。愛

情や深い関心・興味を感じる。

〔参考歌〕

①いつとても月見ぬ秋はなき物をわきて今夜のめづらしき哉（『後撰集』秋中・三二五・雅正）

〔典拠〕『かいばみ』（散逸物語）。301番歌初出。

（那須）

太政大臣のむすめ

〔・・〕かへし

しらざりき秋の空をばみしかどもかゝる在明の心づくしは

〔校異〕かへし―欠〈京大〉御返し〈國學〉空をは―そらを（本ノマヽ）〈伊達〉そらを〈龍門〉はて（そらイ）をは〈天理・東大〉はてをは〈明大〉果（空イ）をは〈狩野〉心つくしは―心つくして〈清心・静嘉・川口・国研〉

付記　國學あり。

〔現代語訳〕

返し（『かいばみ』の）太政大臣のむすめ

存じませんでした。これまで秋の空は幾度も見てきたとばかり思っていましたが、有明の月がこのように深い物思いを誘うものとは。

〔語釈〕○心づくし　物思いの限りを尽くすこと。有明の月を「心にとまる」と賞美する右大将の贈歌を承けて、その月は「心づくしの月」であって物思いを誘うものであると切り返す。

〔参考歌〕

①木の間よりもりくる月の影みれば心づくしの秋はきにけり（『古今集』秋上・一八四・読人不知）

②嘆きわび寝ぬ夜の空に似たるかな心づくしの有明の月（『狭衣』巻四・狭衣）

〔典拠〕『かいばみ』（散逸物語）。301番歌初出。　（那須）

秋悲不到貴人心といふこゝろを

道心すゝむる右おほいまうち君

337　いかばかりしづのわが身を思はねど人よりもしる秋のかなしさ

〔校異〕秋悲―秋怨（悲イ）〈天理・東大〉秋怨〈明大〉貴人―定人〈静嘉〉是（貴イ）人〈清心〉是人〈川口・国研〉道心すゝむる―道心すゝむ〈刈谷・藤井〉右おほいまうち君―右大臣君（イ）〈狩野〉おほいまうち君〈刈谷・藤井〉おほいまうちきみ〈龍大〉歌―欠〈宮甲・蓬左・陽乙・嘉永・田中・清心・日甲・静嘉・川口・国研・篠山・彰甲・丹鶴・伊達・龍門・天理・東大・明大・狩野・内閣・松甲・刈谷・龍大・藤井〉

〔現代語訳〕

「秋悲不到貴人心」ということを題にして

『道心すすむる』右大臣

わが身の程の卑しいことはどれほども思いませんが、私は人よりもいっそう感じるのです、秋の悲哀を。

〔語釈〕**○秋悲不到貴人心**　「津橋残月暁沈沈　風露凄清禁署深　城柳宮槐謾揺落　悲愁不レ到貴人心」（『白氏文集』巻第六十八「早入二皇城一、贈二王留守僕射一」新釈漢文大系）に拠る。転句・結句は『和漢朗詠集』（秋・落葉・三〇八）にも収載される。洛陽の留守として赴任する白居易の友人・王起を指して「貴人」とする。当該歌は、右大臣が自身を白居易に擬して詠んだものであろう。白詩で、起句に有明月を表す「残月」を、承句に「風」と「露」とを詠みこんだ詩意を踏まえて、当該歌には、前歌で終わる長月月歌群を、風を伴う露歌群の始まる338番歌に繋ぐという配歌意図がうかがえる。**○こゝろを**　詞書において「…といふ心を」「…の心を」と、歌の主題、趣向を示す類型的な表現。ここは白詩を基にした句題和歌の趣意。**○しづのわが身**　卑しい我が身。取るに足りない我が身。白詩においては、高位にある王起と対比する白居易をいう。物語で「右大臣が自らを「貴人ならず」とするのは、ひそかなる恋の競争者たる朱雀院の御身分に比し奉ってのこと」（『松尾平安』）とされる。あるいは、女の父親が権勢家関白であることに対して卑下して見せたとも考えられるか。**○秋のかなしさ**　右大臣は、七夕（221番歌）では不如意な恋心を嘆き、時雨の降る頃（1137番歌）にも空をながめて涙し、季節的な悲秋感に加えて恋の悲哀を訴える。秋の悲哀感は中国詩に由来し、日本における漢詩や和歌に通底する概念であるが、『万葉集』の秋歌においては、季節推移を慈しみ賞美する姿勢が基本的であった。

〔参考歌〕

①おほかたの秋くるからにわが身こそかなしき物と思ひ知りぬれ（『古今集』秋上・一八五・読人不知、『千里集』二八）

②大かたの秋くることのかなしきはあだなる人はしらずぞありける（『千里集』秋・四二「秋悲不至貴人心」）

〔典拠〕『道心すすむる』（散逸物語）。221番歌初出。

（那須）

　　秋の野も御覧じがてら、雲林院におはしましけるころ、
　紫のうへにつかはさせ給ける　　　六条院御歌

あさぢふの露のやどりに君をおきてよものあらしぞしづ心なき

〔校異〕御覧しかてら—御らむしてかてら〈田中〉御らんして（イ）かてら〈清心〉御らんしてかてら〈日甲〉つかはさせ—つかへさせ〈松甲〉　給ける—給けり〈内閣〉　君を—君も〈清心〉　よもの—よしの〈清心〉

〔現代語訳〕秋の野辺もご覧になりながら、雲林院にお出かけになっていました頃、紫の上にお遣わしなさいました

浅茅が生えて露の置くような所にあなたを残したままで、四方から吹き荒れる風に、あなたのことを案じる私の心は落ち着きません。

〔語釈〕 **〇雲林院** 京都市北区紫野の天台宗の寺院で、桜や紅葉の名所でもある。淳和天皇の離宮であったのを常康親王が伝領、雲林院親王と称され、後に親王の出家で寺は遍昭に委嘱された。光源氏の雲林院参籠は、桐壺院崩御の喪中で政情が緊迫し、藤壺への思慕もかなわない頃のこと。**〇露のやどり** 露が置く所。はかない現世。露のようにはかない身を置く住まい。当該歌から342番歌まで露に関わる歌群で構成される。**〇よものあらし** 東西南北、前後左右いたる所から激しく吹き荒れる風。「よものあらし」は『源氏』初出の歌語で、風が吹き荒れる景に加えて孤独や不安を表出する心情語であり、世間の不安定な情勢の意を背景に含む。『源氏』ではほかに、須磨巻の地の文に「独り目をさまして、枕をそばだてて四方の嵐を聞きたまふに」とある。『源氏』以降では、「もみぢばをよものあらしはさそへどもなほこのもとにかへるなりけり」（『顕輔集』一〇二）が古く、勅撰集の初出は「冬の夜のながきをおくる袖ぬれぬ暁がたのよもの嵐に」（『新古今集』冬・六一四・後鳥羽院）で、（但し、『大観』によれば、『千載集』（陽明本）春下一三二の静賢詠が最古）新古今歌人に特に好まれた。おそらく、『源氏』への関心から引き出されたものであろう。**〇しづ心** 静かな落ち着いた心。多くは「しづ心なし」の形で、平穏でいられない情況をいう。◇参考　久方のひかりのどけき春の日にしづ心なく花のちるらむ（『古今集』春下・八四・友則）

〔参考歌〕

①もみぢゆゑみやまほとりにやどりしてよるのあらしにしづこころなし（『恵慶法師集』一一八）

②秋風の露のやどりに君をおきて塵をいでぬることぞかなしき」（『新古今集』哀傷・七七九・一条院）

〔典拠〕 『源氏物語』（2番歌初出）賢木巻。当該箇所を次に挙げる。

大将の君は、宮をいと恋しう思ひきこえたまへど、あさましき御心のほどを、時々は思ひ知るさまにも見せたてまつらむと念じつつ過ぐしたまふに、人わろくつれづれに思さるれば、秋の野も見たまひがてら、雲林院に詣でたまへり。（中略）行き離れぬべしやと試みはべる道なれど、つれづれも慰めがたう、心細さまさりてなむ。聞きさしたることありて、やすらひはべるほどを、いかに。など、陸奥国紙にうちとけ書きたまへるさへぞめでたき。

浅茅生の露のやどりに君をおきて四方の嵐ぞ静心なき

などこまやかなるに、女君もうち泣きたまひぬ。御返り、白き色紙に、

風吹けばまづぞみだるる色かはる浅茅が露にかかるささがに

とのみあり。

〔他出〕『物語二百番歌合』（前百番）十三番左。

〔補説〕

〇「露」歌群について

「長月の月」歌群から「露」歌群338～342へと移行する。秋上252～256の露歌群は五首中四首が袖、狩衣に置く露とともに、一首が風を伴う詠であった。一方、秋下では五首中四首が風とともに詠まれ、「あらし」「山おろし」など、初秋の清かな風とは異なる、露を吹き払う荒々しい風が晩秋を演出する歌群となっている。猶、336番歌で終わった「長月の月」歌群と338番歌から始まる「露」歌群を、337番歌が両者の俤を連想させて繋ぐ役割を果たしている（337番歌〔語釈〕参照）。

（那須）

かへし

風ふけばまづぞみだるゝ色かはるあさぢが露にかゝるさゝがに

（紫の上）

〔校異〕 さゝかに―さにかに〈刈谷〉

〔現代語訳〕

返し

風が吹くと真っ先に乱れずにはいられません、秋が来て黄色く枯れた浅茅の露に掛かる蜘蛛の糸は。私もそのように頼りない身です。

〔語釈〕 **○色かはる** 秋になって葉が変色する意と、光源氏が心移りする意とを掛ける。**○かゝる** 蜘蛛が糸を掛ける意と、光源氏を頼みにする意とを掛け、また自身を指して「このような」の意も含む。**○さゝがに** 笹蟹。蜘蛛にかかる枕詞であった「ささがねの」が蜘蛛、蜘蛛の糸の異名となったもの。「我が夫子が来べき夕なりささがねの蜘蛛の行ひ是夕著しも」（『日本書紀』允恭紀八年二月）が、『古今集』仮名序で衣通姫の歌として引用されている。衣通姫歌の影響によって恋歌に多く用いられ、蜘蛛の糸は絶えやすいことから、はかなさ、心細さを表現する。紫上が自身を蜘蛛の糸に譬える。

〔参考歌〕

①さゝがにの巣がく浅茅の末ごとに乱れてぬける白露の玉（『後拾遺集』秋上・三〇六・長能）

〔典拠〕 『源氏物語』（2番歌初出）賢木巻。当該箇所は338番歌〔典拠〕参照。

〔他出〕 『物語二百番歌合』（後百番）八十一番左。

（那須）

秋のころ、女につかはしける　　うつほの兵部卿のみこ

をく露に萩の下葉は色づけど衣うつべき人のなきかな

〔校異〕　詞書―欠〈宮甲・蓬左・陽乙・嘉永・田中・清心・日甲・静嘉・川口・国研・篠山・彰甲・丹鶴・伊達・龍門・天理・東大・明大・狩野・内閣・松甲・刈谷・龍大・藤井〉　萩の―荻の〈陽乙・嘉永〉　人の―人も〈嘉永〉

〔現代語訳〕

秋の頃、女にお遣わしになりました歌　　　『うつほ』の兵部卿のみこ

露が置いて萩の下葉は色づいてきたけれど、私のために衣を打ってくれそうな人はいないのですよ。

〔語釈〕　**○女**　あて宮　**○兵部卿のみこ**　あて宮への懸想人の一人。あて宮から返歌はもらえない。**○萩の下葉**　萩は露や風によって下葉から順に黄色く変わるという概念から、人の心移りに譬えられることが多い。**○衣うつ**　光沢を出し布を柔らかくするために砧で衣を打つこと。晩秋に、女が男のために行う冬支度の作業。『貫之集』や『古今六帖』の貫之歌、素性歌に用例が見える。「擣衣」は、李白詩「子夜呉歌」の「萬戸擣レ衣聲」に由来する語で、その情趣が寂寥や季節感、男女の情などの歌材として和歌に取り込まれた。永承四年『内裏歌合』で出題され、その題詠歌四首中三首は『後拾遺集』秋下部の巻頭に採歌された。

〔参考歌〕

①風寒み我が唐衣打つ時ぞ萩の下葉も色まさりける（『拾遺集』秋・一八七・貫之）

〔典拠〕　『うつほ物語』（3番歌初出）祭の使巻。当該箇所を次に挙げる。

源宰相、中のおとどの簀子にて、男君たち御碁遊ばしなどする夕暮れに、（中略）

兵部卿の宮より、

「置く露に萩の下葉は色づけど衣うつべき人のなきかないかがせむ。かくてのみはえあるまじきを、つれなき御気色に見たまふるこそいとわびしけれ」と聞こえたまへり。御返りなし。

（那須）

341

有明の月のまだ夜ふかきに、宇治へまかりけるに、あらましき風のきほひにほろ〳〵とおちみだるゝ木葉の露ちりかゝるもいとひやゝかに、人やりならずぬれて

かほる大将

山おろしにたへぬこのはの露よりもあやなくもろきわがなみだかな

〔校異〕 ならす―ならぬ（す）〈藤井〉 おろし―かせ〈嘉永〉 ほろ〳〵と―ほの〳〵と〈蓬左・陽乙・彰甲・内閣〉 みたる、―みたる、時〈狩野〉 全文―欠〈京大〉

付記 京大本は341～363（秋下巻末）を欠き、底本本文がないので、京大本ともっとも近い陽甲本を基本に校訂本文を作成し、校異はこの校訂本文との異文を掲げる。

〔現代語訳〕

有明の月がまだ夜深い頃に、宇治へ出かけましたが、荒々しい風のすさまじい勢いに、ほろほろと落ち乱れる木の葉の露が散りかかるのも、ひどく冷やかで、誰のせいでもなく自分のせいとはいえ、すっかり濡れて

薫大将

山から吹き下ろす風に耐えられない木の葉の露よりも、訳がわからないがどうしようもなく、もろくこぼれる

私の涙です。

〔語釈〕 **○まだ夜ぶかきに** まだ夜明けまで時間がある頃。**○あらましき風** 「あらまし」は「ある（荒る）」の形容詞化した語。荒々しい風。激しい風。**○きおひ** 「きほふ」の連用形の名詞化。はげしい勢い。**○人やりならず** 誰のせいでもなく、自分のせいで。**○たへぬこのは・もろきわがなみだ** 和歌での用例の初出はそれぞれ、「こひわびてよものあらしのかぜふけばたへぬこのはや我が身なるらん」（『範宗集』五二四）、「もみぢばのふかきいろにもたぐふらんなげきのもとにもろきなみだは」（『林下集』二六九）で、いずれも当該歌によって開拓された歌句と思われる。**○あやなく** 不条理なことに。理屈に合わない。

〔参考歌〕 なし。

〔典拠〕 『源氏物語』（2番歌初出）橋姫巻。当該箇所を挙げる。

中将の君、久しく参らぬかなと思ひ出できこえたまひけるままに、有明の月のまだ夜深くさし出づるほどに出で立ちて、いと忍びて、御供に人などもなく、やつれておはしけり。

川のこなたなれば、舟などもわづらはで、御馬にてなりけり。入りもてゆくままに霧りふたがりて、道も見えぬしげ木の中を分けたまふに、いと荒ましき風の競ひに、ほろほろと落ち乱るる木の葉の露の散りかかるもいと冷やかに、人やりならずいたく濡れたまひぬ。かかる歩きなどもをさをさならひたまはぬ心地に、心細くをかしく思されけり。

山おろしにたへぬ木の葉の露よりもあやなくもろきわが涙かな

〔他出〕 『物語二百番歌合』（後百番）六十六番左。

（安田）

風あらくふきけるあした、人につかはしける
　　　　　　　　　　　　たまもにあそぶ関白
吹はらふ風にみだるゝしら露も物思ふ袖ににたるけふかな

〔校異〕あらく―あく〈龍門〉　しら露も―白露の〈天理・東大・明大・狩野〉　にたる―わたる〈清心〉　全文―欠〈京大〉

付記　國學・神宮・林乙・林丁あり。

〔現代語訳〕
風がはげしく吹いていた朝、恋人に贈りました歌　　　『玉藻に遊ぶ』の関白
吹き払う風のために乱れ落ちる白露も、物思いに涙を落とす私の袖に似ている今日の有様です。

〔語釈〕○関白　『玉藻に遊ぶ』の男主人公。物語については〔典拠〕参照。○物思ふ袖　物思いに涙する人の袖。

〔参考歌〕
①白玉か露かと問はん人もがなもの思ふ袖をさして答へん（『新古今集』恋二・一一一二・元真、『元真集』三三〇）

〔典拠〕『玉藻に遊ぶ』（散逸物語）。『風葉集』に一三首入集。
当該物語は、『物語合』の一番右に、
　　たまもにあそぶ権大納言
　右　　　　　　　　　　　　せじ
　ありあけの月まつさとはありやとてうきうき（ママ）てもそらにいでにけるかな
と見えるもの。これにより、成立は天喜三年五月、作者は宣旨（禖子内親王家女房）と知れる。題号は「春の池の玉

藻に遊鴫鳥の脚のいとなき恋もする哉」（『後撰集』春中・七二・宮道高風）に拠ったものであろう。『無名草子』にもこの物語について言及があり、『明月記』貞永二年（一二三三）三月二〇日条に記されているように、堀河院御時の物語絵にも取り上げられ、『風葉集』に一三首入集するところから見ても、かなり注目されていた長編物語であったと考えられる。『樋口散逸』に言うように、冒頭部分だけを掲出した『物語合』では『玉藻に遊ぶ権大納言』だったが、後に主人公は「関白」となっているので、『玉藻に遊ぶ』という題名になったかもしれないが、確認はできないとされる。また、『物語史』所収の「散逸物語基本台帳」、『事典』なども題号を『玉藻に遊ぶ権大納言』としているが、『風葉集』は入集歌すべてを「玉藻に遊ぶ」としているので、本書では『玉藻に遊ぶ』を題号としておく。

この物語について、『無名草子』には、

また、「『玉藻』はいかに」と言ふなれば、「さして、あはれなることもいみじきこともなけれども、『親はありくとさいなめど』とうちはじめたるほど、何となくいみじげにて、奥の高き。

物語にとりては、蓬の宮こそいとあはれなる人。後に尚侍になりて、もとの大臣に出だしたてられたる、ひろめき出でたるほどこそいと憎けれ。また、むねとめでたきものにしたる人の、はじめの身のありさま、もとだちこそ、ねぢけばみ、うたてけれ。何の数なるまじきみこしば、法の師などだに、いと口惜しき。物語にとりて、主としたる身のありさまは、いとうたてありかし。

また、『巌に生ふるまつ人もあらじ』と言へる女御ぞ、さる方にてかからぬ」など言へば、

と言及されている。物語の冒頭は催馬楽「いかにせむ　せむや　愛しの鴨鳥や　出でてゆかば　親は歩くとさいなべど　夜妻は定めつや　さきむだちや」に拠るものと指摘され、著名の句を利用した書出しは「奥の高き」と評価されている。これについて、『事典』は「漢詩句引用から始まる『狭衣』の斬新さに通じる」と指摘している。しかし、神野藤昭夫氏も指摘する（「散佚物語『玉藻に遊ぶ権大納言』の復原」『跡見学園女子大学国文学科報』一二四、一九九

六年三月）ように、同じ『物語合』掲出の『逢坂越えぬ権中納言』にも見られるので、『事典』の指摘は、作者宣旨が『狭衣』の作者にも擬せられていることから両作の共通性を意識したものであろう。冒頭の手法はこの頃の物語に共通する新手法であったのかも知れない。こうした資料をもとに復原することは、すでに多くの先学に拠って行われ、微妙に異なる部分がある。先学のご指摘を参考にしながら、ほぼ次のように考えておく。

主人公の男君（後の関白）は、若き日、親の心配をよそに夜歩きに耽り、今は落魄している蓬の宮に出逢い、契りを交わした。一方で、男君はひそかに一条帝の女一の宮に歌を贈って懸想していたが、蓬の宮の存在が障害となって、二人の結婚がうまくいかないと知った男君の父大臣が、蓬の宮を男君から引き離そうとして朱雀院の尚侍として入内させる。蓬の宮は朱雀院と男君の板挟みとなり、ついに宮中を出奔し、出家をする。また男君は、後に春宮の母女御とよばれる女と深い関係にあったが、うまくいかず、女は朱雀院（一説には今上帝）に入内し、皇子を生み、春宮の母となる。男君は、他にも冷泉院の一品の宮とも忍ぶ関係にあったらしく、関白まで栄達しながらも、絶え間なく恋の不遇に悩み続けるというものだったらしい。神野藤氏が指摘される（同前）ように「〈玉藻に遊ぶ〉という題号は、「いとなきこひ」すなわち絶え間ない恋の苦悩を暗示するとともに、華やかな外貌と内面の苦悩の対比が託されているのであった。蓬の宮・女一の宮・一品の宮・春宮の母女御といった女性たちと思うにまかせぬ恋をえがくところにこの物語の主眼があった」と考えられる。　（安田）

ふぢつぼの女御いまだまいり侍らざりけるころ、たまはせける
うつほのみかどの御歌

いつとてもたのむ物から秋風のふく夕ぐれはいふかたぞなき

【校異】いまた―の（いイ）また〈狩野〉　まいり―御まいり〈蓬左〉　みかとの―みかと〈明大〉　全文―欠〈京

大〉

〔現代語訳〕

藤壺の女御がまだ入内なさっていなかった頃、お贈りになりました

『うつほ』の帝の御歌

何時でもあなたの私への思いを頼みにはしているけれども、秋風の吹く夕暮はどうしようもなく恋しくなってしまうのです。

〔語釈〕 **○ふぢつぼの女御** あて宮。**○うつほのみかど** この時には東宮で、あて宮に懸想していた。

〔参考歌〕

①いつとても恋しからずはあらねども秋の夕べはあやしかりけり（『古今集』恋一・五四六・読人不知）

〔典拠〕 『うつほ物語』（3番歌初出）嵯峨の院巻。当該箇所を挙げる。

また東宮より、かく聞こえたまへり。

いつとても頼むものから秋風の吹く夕暮れはいふ方ぞなき

あて宮の御返り、

吹くごとに草木移ろふ秋風につけて頼むといふぞ苦しき

〔補説〕

○『うつほ』と『風葉集』の本文について

343〜345まで三首の『うつほ』歌が続くのを含め、『風葉集』には『うつほ』歌は一一〇首（内三首は現存本にはない）も入集し、『源氏』に次いで多い。この入集歌の特徴についてはすでに言及したことがある（「『風葉和歌集』の『宇津保物語』歌」『研究報』八号所収）が、典拠本文については未検討であった。入集歌一一〇首中現存本にない三首を除いた一〇七首中三二首が『うつほ』本文とは異なる部分を持つ。次の344・345のように、いずれでも一応意は通

じるが、『うつほ』本文の方がよいと思われる場合も多い。加えて、344のように『風葉集』本文に疑問を持ったためか、諸本で揺れている場合も多い。345のように丹鶴本が『うつほ』本文と同一の場合もしばしばあるが、丹鶴本は物語と校合をしているので、それによって修正を加えたと見るべきであろう。

異文が多いこと、三首の現存本に見えない歌があることを考慮すると、『風葉集』が採歌に使用した『うつほ』は現存本とは別系統の本であった可能性が窺われる。（安田）

344

おなじ女御のもとに、とかく申事侍て　　右大将仲忠

秋風のはぎの下葉をふくごとに人まつやどはとこやしくらん

〔校異〕 仲忠―仲恵〈龍門〉 はき―荻〈明大〉 やとは―やとと〈蓬生〉 宿は（本のマヽ）〈清心〉 とこや―と（本）こや〈陽甲・彰甲・伊達・龍門・松甲〉 とこ（本マヽ）や〈宮甲〉 とこ（本ノマヽ）や〈静嘉・国研〉と（本）こや（本ノマヽ）〈日甲〉 とこや（ほ本ノマヽ）〈篠山〉と（ほ本ノマヽ）こや〈田中・川口〉 しくらん―しく○（とふ本）らむ〈国研〉 全文―欠〈京大〉

〔現代語訳〕

同じ女御のもとに、あれこれ申すことがありまして　（『うつほ』の）右大将仲忠

秋風が萩の下葉を吹き過ぎる毎に、恋人の訪れを待つ宿では、その人が来たかと思って、床を敷くようです。

〔語釈〕 **○おなじ女御** あて宮のこと。**○とこやしくらん** 恋人が訪れたかと思って床を敷くようです。『うつほ』では「ことさやぐらむ」（ざわざわと落ち着かないようだ）となっている。いずれにしてもやや戯歌的。次の345番歌の「おりしける」の表現に続くように、採歌時に「とこやしくらん」と意図的に変えた可能性もある。

〔参考歌〕 なし。

〔典拠〕『うつほ物語』（3番歌初出）内侍のかみ巻。当該箇所を挙げる。

藤壺、

「吹き来れば萩の下葉も色づくをむなしき風といかが思はむ

まめやかにも見えずかし」。中将、「それはおもとにならむかし」とて、

秋風の萩の下葉を吹くごとに人待つ宿はことさやぐらむ　（安田）

さがの院のきさいの宮の六十御賀の屏風に、もみぢみ
る人、山辺にあら田かりつめるところ　参議さねより

おりしける秋のすゝきにまとゐしてかりつむいねをよそにこそみれ

〔校異〕 御賀―御○（一本）賀〈丹鶴〉御○（イ）賀〈清心・静嘉・川口・国研〉賀〈嘉永・田中・日甲〉すゝき―にしき〈嘉永・丹鶴〉全文―欠〈京大〉

付記　國學あり。國學はこの歌が最終歌である。

〔現代語訳〕

嵯峨院の后宮の六十御賀の屏風に、紅葉を見る人、山辺で新田の稲を刈り積んである所
（『うつほ』の）参議実頼

折り敷いた秋の薄に円く坐り紅葉を見る人は、刈り積んだ稲は余所事にして、向こうの山を眺めることでしょう。

〔語釈〕 **○さがの院のきさいの宮の六十御賀**　『うつほ』において、嵯峨院の大后で朱雀帝の母の六十賀を催すこ

とが「菊の宴」巻に見える。**○参議実頼**　『うつほ』の左大臣源季明の二男。このときは左近中将。**○もみぢみる人山辺にあら田かりつめるところ**　紅葉を見る人と山辺で新田の稲を刈り積んだ所、を描いた意か。『うつほ』では〔典拠〕に示した如くになっている。描かれた絵としてはほぼ同じ事を示していると思われるが、『うつほ』の方が落ち着きがよい。『風葉集』は「あり」の「り」が「ら」と誤写された結果か。**○おりしける**　「折り敷いた」の意か。**○秋のすゝき**　『うつほ』では〔典拠〕に示した如く「秋の錦」。また、『風葉集』も丹鶴本、嘉永本は「秋の錦」。詞書からすれば、『うつほ』の方が相応しい。「すゝき」は誤写に拠って生じたか。また、「錦」であれば、「おりしける」は「織り敷ける」で錦を織って敷いたような紅葉」の意。また、この345番歌から「紅葉」歌群であるので「秋のにしき」でもよいのだが、「紅葉」歌群第一首目で「錦」と詠じてしまう配列には違和感もある。右に示した二本を除く『風葉集』伝本は「すゝき」であるので、この本文で読んでおく。**○まとゐして**　円座になって。**○よそに**　離れて。向こうに。

〔参考歌〕　なし。

〔典拠〕　『うつほ物語』（3番歌初出）菊の宴巻。当該箇所を挙げる。
御屏風の歌。（中略）九月。紅葉見る人の山辺にあり。田刈り積めり。

中将実頼

織り敷ける秋の錦にまとゐして刈り積む稲をよそにこそ見れ

いかなるおりにか、秋のけしきもしらずがほにあをき枝の、かたえいとこくもみぢたるを、女につかはすとて

薫大将

（安田）

おなじ枝をわきてそめける山姫にいづれかふかき色ととはゞや

〔校異〕 かほに…もみちたるを―かほにあをき枝のかたは《ヒ》（え歟）いとこくもみちたるを〈宮甲〉かほに青き枝のかたへいとこく紅葉たちる《ヒ》を〈嘉永〉かほに青枝のかたえいとこくもみちたる（イ）を〈天理・東大・狩野〉かほを〈明大〉かほには、き枝のかたえいとこくもみちたるを〈刈谷〉つかはす―つかはしける〈日甲〉全文―欠〈京大〉

〔現代語訳〕

どんな折だったか、秋の気配も知らないような風情の青い枝のままで、もう片方は非常に紅く色づいているものを女に遣わすというので　薫大将

同じ枝なのに片方だけ分けて染めた山姫に、いったいどちらが深い色なのでしょうかと、聞きたいものです。

〔語釈〕 **〇山姫** 山を守り、治める女神。ここは秋を掌る山姫で、「竜田姫」とも呼ばれた。「裁ち縫はぬ衣きし人もなき物をなに山姫の布さらすらむ」（『古今集』雑上・九二六・伊勢）、「わたつみの神にたむくる山姫の幣をぞ人は紅葉といひける」（『後撰集』秋下・四一九・読人不知）が古い用例で、平安時代以降の概念か。それぞれの季節の山の景色を、山姫が糸を染め、織った布によるものと見立てる。『源氏』では大君をさし、大君が中の君を薫に取り持とうとしたことを「おなじ枝をわきてそめける」と表現した。

〔参考歌〕

①おなじ枝を分きて木の葉のうつろふは西こそ秋のはじめなりけれ」（『古今集』秋下・二五五・勝臣）

〔典拠〕 『源氏物語』（2番歌初出）総角巻。当該箇所を挙げる。

姫宮も、いかにしつることぞ、もしおろかなる心ものしたまはばと胸つぶれて心苦しければ、すべて、うちあはぬ人々のさかしら、憎しと思す。さまざま思ひたまふに、御文あり。例よりは、うれしとおぼえたまふも、

かつはあやし。秋のけしきも知らず顔に青き枝の、片枝、いと濃くもみぢたるを、

おなじ枝を分きてそめける山姫にいづれか深き色ととはばや

さばかり恨みつる気色も、言少なにことそぎて、おしつつみたまへるを、そこはかとなくもてなしてやみなむとなめりと見たまふも、心騒ぎて見る。かしがましく、「御返り」と言へば、「聞こえたまへ」と譲らむもうたてておぼえて、さすがに書きにくく思ひ乱れたまふ。

山姫の染むる心は分かねどもうつろふ方や深きなるらん

ことなしびに書きたまへるが、をかしく見えければ、なほえ怨じはつまじくおぼゆ。

（安田）

347

かへし　　　うぢのあねぎみ

山ひめのそむる心はわかねどもうつろふかたやふかきなるらむ

【校異】そむる―そむるは〈国研〉　心は―心に〈嘉永〉　なるらむ―成けれ（らんイ）〈狩野〉　全文―欠〈京大〉

【現代語訳】

返し　　　宇治の姉君

山姫の片枝を染めた心はわかりませんが、色が変わった方こそ想いが深いということでしょう。

【語釈】**○うぢのあねぎみ**　八宮の娘、大君。**○うつろふ**　「色が変わる」意と「心を移す」意を掛ける。

【参考歌】なし。

【典拠】『源氏物語』（2番歌初出）総角巻。該当箇所は346番歌の【典拠】参照。

（安田）

むらさきのうへ、春に心よせ侍けるに、なが月ばかり、

はこのふたにいろ〳〵の花もみぢをこきまぜてつかはさるとて　　冷泉院后宮

心から春まつそのはわがやどの紅葉を風のつてにてもみよ

〔校異〕花もみちを―花もみちを〈龍大〉花もみちを〈彰甲〉花もちちを〈明大〉つかはさる―つかはさせ《ヒ》（る）〈松甲〉心から―心よし（から）〈天理・東大〉心よし〈明大〉全文―欠〈京大〉

〔現代語訳〕

紫の上は春に心を寄せておりましたが、長月の頃に、箱の蓋にいろいろの花や紅葉を混ぜ合わせて入れて遣わされるというので　冷泉院后宮

心から春を待つ町のあなたは、今は如才ないでしょうから、私の町の紅葉を風にのって来たものとしてでも見て下さい。

〔語釈〕**○むらさきのうへ春に心よせ侍ける**　紫上は六条院の春の町の主人であり、春を好んだ。これに対して秋を好む中宮と春秋のよさを競う。この後、胡蝶巻で再び両者での春秋論争が描かれる。**○こきまぜて**　混ぜ合わせて。「見わたせば柳さくらをこきまぜて宮こぞ春の錦なりける」（『古今集』春上・五六・素性）からの発想による趣向。**○冷泉院后宮**　秋好中宮。故六条御息所の娘で光源氏の養女として冷泉帝に入内。**○風のつて**　風の助け。句跨がりの語であるが、歌語としては〔参考歌〕①が『源氏』以前の唯一の用例。平安末期から次第に用例が増えている。やはり『源氏』の当該歌に誘発された歌語か。

〔参考歌〕

①うぐひすのねをたづねずはとふことをかぜのつてにもきかずやあらまし（『斎宮女御集』一八六）

〔典拠〕『源氏物語』（2番歌初出）少女巻。該当箇所を次に挙げる。

九月になれば、紅葉むらむら色づきて、宮の御前、えもいはずおもしろし。風うち吹きたる夕暮に、御箱の蓋に、いろいろの花紅葉をこきまぜて、こなたに奉らせたまへり。大きやかなる童の、濃き衵、紫苑の織物重ねて、赤朽葉の羅の汗衫、いといたう馴れて、廊、渡殿の反橋を渡りて参る。うるはしき儀式なれど、童のをかしきをなん、え思し棄てざりける。さる所にさぶらひ馴れたれば、もてなし、ありさま、外のには似ず、好ましうをかし。御消息には、

心から春まつ苑はわがやどの紅葉を風のつてにだに見よ

若き人々、御使もてはやすさまどもをかし。御返りは、この御箱の蓋に苔敷き、巌などの心ばへして、五葉の枝に、

風に散る紅葉はかろし春のいろを岩ねの松にかけてこそ見め

この岩根の松も、こまかに見れば、えならぬつくりごとどもなりけり。

（安田）

ものおぼして御らんじいだしたるに、きゞの梢も色づきわたるころなりければ、よませ給ける

さごろものみかどの御歌

349

せく袖にもりて涙やそめつらん梢色ます秋の夕ぐれ

〔校異〕 もの―く《ヒ》（も）の〈陽甲〉 たる―たま（るイ）に〈狩野〉 せく袖に―をく袖に〈陽乙〉 せく袖〈天理・東大〉 全文―欠〈京大〉

〔現代語訳〕

物思いをなさって外の庭をご覧になると、木々の梢も一面に色づいている頃でしたから、お詠みになりました　　　　　　　　　　　　　　　　　『狭衣』の帝の御歌

堰き止めている袖から漏れた涙が梢の紅葉も色濃く染めているのでありましょう、この秋の夕暮れは。

〔語釈〕　**○ものおぼして**　狭衣が、飛鳥井の女君のことをうたた寝の夢に見て、懐妊のことや失踪のことなどをあれこれと気掛りに思うことを指している。**○御らんじいだし**　「見出し」の尊敬語の形。「見出す」は家の中から外を見る意。**○色ます**　黄や赤に色づく木々を、悲嘆にくれて流す「紅涙」「血涙」が更に深い色に染めること。

〔参考歌〕　なし。

〔典拠〕　『狭衣物語』（84番歌初出）巻一。当該箇所を次に挙げる。

鳴き弱りたる虫の声々さへ、常よりもあはれげなるに、御前近き透垣のもとなる呉竹、荻の葉風など吹きなびかしたる木枯の音さへ、身にしみて心細げなれば、簾を少し巻き上げたまへるに、木々の梢も色づきわたりて、さと吹き入れたり。

　　堰く袖に漏りて涙や染めつらん梢色ます秋の夕暮

　　夕暮の露吹き結ぶ木枯や身にしむ秋の恋のつまなる

など、様々に恋ひわびたまひて、涙のごひたまへる手つきの夕映のをかしさ、ただかばかりを、この世の思ひ出でにて止みぬべし、とぞ見たまひける。（新全集）

参考　旧大系…せく袖にもりて涙や染めつらむこずゑ色ます秋の夕暮

　　　　夕暮の露吹き結ぶ木がらしや身にしむ秋の恋のつまなる

　　集成……せく袖にもりて涙や染めつらむこずゑ色ます秋の夕暮れ

　　　　夕暮れの露吹きむすぶ木枯しや身にしむ秋の恋のつまなる

〔他出〕　『物語二百番歌合』（前百番）五十四番右。

（野崎）

しがにこもりていで侍とて色こき紅葉を折て

右大将なかたゞ

山づとを見すべき人はなけれどもわがもる枝に風もよきなん

〔校異〕　山つとを見すへき—山ことにみすへき〈静嘉・川口・国研〉山ことにうすへき（つとたにみすへき）〈清心〉山つとに（を一本）みすへき〈丹鶴〉山つとをみる（すイ）へき〈天理・東大〉山つとを見るへき〈明大・狩野〉わかもる—わかをる〈丹鶴〉枝に—山に〈蓬左〉全文—欠〈京大〉

〔現代語訳〕

志賀山寺に籠って帰る時に、濃く色づいた枝を折って（『うつほ』の）右大将仲忠

山からの土産の紅葉を見せるべき人はとくにいないけれど、目を離さず見守る私のこの枝には風もよけて吹いてほしいよ。

〔語釈〕　○しが　天智天皇の発願により造立されたと伝える寺。『枕草子』「物語は」（一九五段）にも「志賀」の名がある。古くより「志賀山寺」「崇福寺」の寺名を併用。朝野の崇敬を受けたが、中世以後廃絶。○右大将なかたゞ　俊蔭の娘の子仲忠。『うつほ』ではこの時「中将」。○山づと　「山苞」。山から持ち帰る土産。○もる　守る。『うつほ』の「折る」が本来の形か。『風葉集』諸本には異文はない。「わがもる」の表現は「君がためわがもる山の青がしはよろづよまでにもえまさらなん」（『夫木抄』一三九六二・読人不知、詞書「天禄三年五月資子内親王家歌合」）の例がある。○よきなん　「避く（上二段活用）」の未然形に、希望・願望の終助詞「なん（む）」のついたもの。不可能かも知れないが避けられるものなら避けてほしいと遠慮しながら希求する。

〔参考歌〕　なし。

〔典拠〕『うつほ物語』（3番歌初出）菊の宴巻。当該箇所を次に挙げる。

をかしからむ紅葉折りて山つとにせむとて見たまふに、この家の垣根の紅葉、からくれなゐを染め返したる錦をかけて渡したると見ゆ。源宰相、「情けある枝はかしこにぞあらむ」とて、まづ押し折るとて、

濃き枝は家つとにせむつれなくてやみにし人や色に見ゆると

中将、

山つとも見すべき人はなけれどもわが折る枝に風も避きなむ

（野崎）

思ふ事侍りて泊瀬にまうで丶、なるべきさまの夢見侍て、まかでけるみちにてよめる

しづのをだまきの左近府生

さほ山の紅葉の錦たちいで丶しるしをふかくみるよしもがな

〔校異〕 まかて―まかえヒ（て）〈国研〉 よめる―よみける〈神宮・林乙・林丁〉 さほ山―おヒ（さ）ほ山〈陽甲〉 さほ姫（山イ）〈天理・東大・狩野〉 さほ姫〈明大〉 全文―欠〈京大〉

付記 神宮・林乙・林丁あり。

〔現代語訳〕

思うことがございまして長谷寺に参詣してその折、事が成就する夢を見ましたので帰る道で詠みました歌

『しづのをだまき』の左近の府生

佐保山の錦織りなす紅葉は見事なもので、景色に留まりたい気持を振り切って出て来ましたが、その夢の験が

深いものであって欲しいと願います。

〔語釈〕 ○泊瀬　21番歌〔語釈〕参照。○なるべきさま　「なる」には「成る」「為る」「生る」など多様な意味があるが、ここは「思ふ事―なる」で「事が思いどおりに成就する」意であろう。用例としては「富士の嶺のならぬおもひに燃えばもえ神だに消たぬ空しけぶりを」（雑体・一〇二八・紀乳母）、「思ふこと成らで世の中に生きて何かせむ」（『竹取』）　○しづのをだまき　〔典拠〕参照。○左近府生　左近衛府の下級職員。雑役に従事した者。○さほ山　佐保の地（奈良市中央部北方、佐保川上流域一帯の総称）の北方に連なる丘陵。平城京の東に位置し、桜の名所として有名であったが、平安時代には紅葉の名所にもなる。○たちいでゝ　「たち」には出立する意と、惹かれる思いを裁ち切る意を持たせている。○しるし　霊験、ご利益。ここは長谷観音参籠の際に受けた夢のお告げ。○ふかくみる　この場合の「ふかし」は物事に関わる程度が濃密である意。並み並みではないものと思う。○よし　よすが、たよりどころの意。「良し」「吉し」「宜し」と懸けているかも知れない。○もがな　終助詞「もが」「な」の重なったもの。「…が欲しい」「…でありたい」の願望を表わす。

〔参考歌〕

①さほ山のはゝその色はうすけれど秋はふかくもなりにける哉（『古今集』秋下・二六七・是則、『是則集』一六）

〔典拠〕『しづのをだまき』（散逸物語）。『風葉集』には一首入集。

作者、成立年未詳。書名の「しづのをだまき」は「いにしへのしづのをだまき繰りかへし昔を今になすよしも哉」（『伊勢』三十二段）及び「いにしへの倭文の苧環いやしきも良きもさかりはありし物也」（『古今集』雑上・八八八・読人不知）によるらしい。「しづ」（倭文）を織る材料の「をだまき」（苧環）で、「倭文」は日本固有の古い織物の名。時に赤・青などに染めて模様を織り出しているので古代においては上等の布とされ、神祭りの際に幣帛として用いられることもあったが、後には古風で質素なものと見られた。大陸渡来の「文」（あや）に対して「倭文」の字で表記された。「しづ」は古代のものであるから「繰り返し」の序としたり又「苦し」の序としたりする歌語としての用法が多い。散逸物語の『しづのをだまき』について小木は「下賤の者の出世談を物語にするということは、当時の物語としては有り得ないこと」だとするが、「賤の男」を掛けているらしいし、都から初瀬への道中横に見る三輪山の「をだまき伝承」とも関わりがありそうでもあるので、府生を主人公とする高貴な女性の許に熱心に通いつめて思いを遂げるといったストーリーであったかも知れない。（野崎）

右大臣心あくがれたるさまなりける比、手習にして侍ける

心たかき後冷泉院宣旨

秋ふかき青葉の山のこきまぜに色〳〵ものをおもふころかな

〔校異〕 手習にして―手ならひして〈天理・東大〉手習ひに□て〈内閣〉こきませに―こきませて〈嘉永・龍大〉こきよ（ま）せに〈天理・東大〉こきよせに〈明大〉色〳〵―色を〈明大〉全文―欠〈京大〉

〔現代語訳〕

右大臣が他に心をうつしてうわの空の状態であった時、手習いのようにして書きました

『心高き』の後冷泉院宣旨

秋が深くなり青葉の山も黄や赤の色が混ぜ合わさっているでしょうが、私もあなたが私に飽いたのかと色々物思いする頃になりましたよ。

〔語釈〕 **○心あくがれたる** 「心憧る」は心が何かにひかれて本来あるべき所から離れてさまよう意。ここは右大臣が宣旨を妻としたにも拘らず、他の女性に心を移したことを指す。**○手習** 文字や自分の思いをそれとなく書き散らすこと。**○青葉の山** 青々と青葉が生い茂っている山。夏山。『物語後百番』では「あらしの山」となっている。散逸物語で原典は確認できないが、秋深くなって青葉も色付き、「こきまぜに色〳〵」になるのだから、「青

葉」の方が相応しいように思われる。**○こきまぜ**　「こきまず」はかき混ぜる意。**○色〳〵**　色彩がさまざまの意と様々なことの意を掛ける。

〔参考歌〕

①身にちかく秋や来ぬらん見るままに青葉の山もうつろひにけり（『源氏』若菜上巻）

〔典拠〕『心高き』（散逸物語）。93番歌初出。

〔他出〕『物語二百番歌合』（後百番）八十一番右。

（野崎）

これを見て　　右大臣

いろ〳〵に人の心ぞうつるらし青葉の山は秋もしらぬに

〔校異〕　人の心ぞ―人の心の〈日甲〉　うつるらし―うつるらん〈天理・東大・明大・刈谷・龍大・藤井〉　うつるらん―（しイ）〈狩野〉　全文―欠〈京大〉

〔現代語訳〕

これを見て　　（『心高き』の）右大臣

人の心というものは色々心がわりするようですね。私は青葉の山のように秋も知らず移ろうことはないのに。

〔語釈〕　**○これを見て**　352番歌の宣旨の歌を見て、右大臣が詠んだ歌。**○いろ〳〵**　色彩がさまざまの意と様々なことの意を掛ける。**○うつる**　心が「移る」と色が「映る」を懸ける。**○秋**　「秋」と「飽き」を懸ける。

〔参考歌〕

①秋の露は移しにありけり水鳥の青葉の山の色付く見れば（『万葉集』巻八・一五四七・三原王、『古今六帖』第一・一六八、第二・九二一）

②あきの露うつしなればやみづ鳥のあをばのやまのうつろひぬらん（『新撰和歌』四〇）
③352番歌〔参考歌〕①に同じ。

〔典拠〕『心高き』（散逸物語）。93番歌初出。

『心高き』から『風葉集』に十首入集（93番歌〔典拠〕参照）するが、そのうち、352・353番歌の宣旨と右大臣の贈答歌の背景は、『源氏』若菜上巻の紫の上の憂いに沈む気持を「手習」に書いたものを、硯の下から見つけて目をとどめ、それに光源氏が書き添えた情景と重なると思われ、『源氏』のこの場面を下敷にしているかも知れない。（野崎）

秋のすゑつかた、大井川にてせうようしてかへり侍けるに、しぐれに袖のぬれければ

みふねのおほきおほいまうちぎみ

やよしぐれもみぢにあかぬ色ぞとやことぞともなき袖ぬらすらん

〔校異〕 秋の―あけの〈神宮〉 侍けるに―けるに〈日甲〉 しくれに―しくれの〈狩野〉 時雨の〈嘉永〉 しくれる〈清心〉 みふねの―峯の〈嘉永〉 もみちに―もみち〈龍門〉 全文―欠〈京大〉

付記 神宮・林乙・林丁あり。

〔現代語訳〕

秋の末のころ、大井川で船遊びをして帰る時になって、時雨に降られ袖を濡らしてしまいましたので詠みました歌

『みふね』の太政大臣

これ時雨よ、紅葉色に染めても、それが満足できないというのか、これということもない私の袖までもぬらすのかね。

〔語釈〕 **○大井川** 大堰川。京都府中東部の丹波高地にある大悲山に源を発し、亀岡付近で保津川と名を変え、さらに下流で桂川となり、淀川に注ぐ川の、京都市西京区嵐山付近をいう。川に堰を設けて流れを調節したので、この名がある。都の西に位置するので、西川ということもあった。歴代天皇の行幸があり、都人の遊覧の地。紅葉の名所。**○やよ** 呼びかけのことば。やあ、もしもし。『古今集』に「やよや待て」（夏・一五二・三国町）の用例があるが、その後の勅撰集にはない。「新古今集」に参考歌②があり、「やよしぐれ」は『詠歌一体』では制詞とする。**○しぐれ** 265番歌〔語釈〕参照。時雨は木の葉を赤く染めることから、紅涙を暗示する。**○あかぬ色** 「飽かぬ」は、まだ十分といえない意。「よそにのみあはれとぞ見し梅花あかぬ色香は折てなりけり」（『古今集』春上・三七・素性）が古例で、これを本歌とする「梅の花あかぬ色香も昔にておなじかたみの春の夜の月」（『新古今集』春上・四七・俊成卿女）があるように、平安後期に好まれた語句と考えられる。**○ことぞともなき** 取り立てていうほどもない意。

〔参考歌〕

①紅葉散るころなりけりな山里のことぞともなく袖のぬるゝは（『後拾遺集』秋下・三六一・清原元輔）

②やよしぐれ物思袖のなかりせば木の葉の後になにをそめまし（『新古今集』冬・五八〇・慈円）

〔典拠〕『みふね』（散逸物語）。『風葉集』に六首入集。

物語名の「みふね」については、「三船」であれば漢詩・和歌・管絃の才に秀でて讃えられた藤原公任や源経信のような人物を主人公としている物語を想定できる（『小木散逸』『樋口散逸』）し、また「御舟」であれば「もみぢ葉のこがれて見ゆる御舟かな」（『俊頼髄脳』四四二・良暹、『八雲御抄』四八）に拠ったものかと考えられる（三角洋一『物語の変貌』）。宇多上皇の時に行われ、その後もくり返された華やかな行事である大堰川逍遥の場面を意識して作られた物語であろう。『経信集』の「いにしへのあとをたづねておほゐがはもみぢのみふねふなよそひせり」（一四七）が物語名の由来となったとも考えられる。内容については「太政大臣は忍んで通う女のもとを訪れたが、逢えずにむなしく帰る。その女はやがて出家する。それを聞いた太政大臣はまた訪れるが、女は逢わない。鳥の音に逢瀬の名残を惜しむ式部卿のみこの女の恋の相手は、後朝の別れを嘆く右大臣か。あるいは太政大臣×忍びたる女＝式部卿のみこの女×右大臣の三角関係を想定しうるかもしれない。浮舟の物語の変奏か。六道を行き来する運命をなげく皇后宮が太政大臣の相手で、苦しみの末に出家するとの想定の可能性も捨てきれない」（『散佚物語《鎌倉》』）とするが、憶測以上には出ず、不明である。猶、1346・510番歌から「しのびたる女」は、皇后宮である可能性が高い（382番歌〔補説〕参照）。

（野崎）

〔補説〕

○秋部の「しぐれ」の歌群について

秋の末の354～356番歌が、木の葉が染まる歌群、冬の巻頭歌364番歌詞書に「初しぐれ」の語があり、367番歌まで冬の訪れを知らせる歌群、372～381番歌は、音と組み合わせて「落葉」を詠んだ歌群となっている。秋の末から初冬にかけて途切れながら連なっている（『米田構造』にも指摘がある）。265番歌〔語釈〕に示したように、時雨は晩秋から初冬の景物であるが、勅撰集では、初冬の歌群として、冬部の初頭に配されているのは通例である。秋部中には、「紅葉」や「落葉」の歌群に「時雨」歌が散見することはあるが、歌群を形成して配されることは少ない。その中で、『新古今集』が秋下から冬にかけて途切れながら、冬572～590番歌まで一九首の「時雨」歌が歌群を形成して配されており、『風葉集』はこの形態に近い配列である。

（安田）

きさいの宮、さとにおはしましける比、うち時雨たるゆふべにたてまつらせ給ける　　　みかきがはらの春院御歌

そむれども木のはゝ風もさそひけり袖の色こそしぐれわびぬれ

〔校異〕うち―より〈内閣〉　風も―風に〈宮甲・蓬左・陽乙・嘉永・田中・清心・日甲・静嘉・川口・国研・篠山・彰甲・丹鶴・伊達・龍門・天理・東大・明大・狩野・内閣・松甲・刈谷・龍大・藤井〉　全文―欠〈京大〉

〔現代語訳〕

きさいの宮が里にいらっしゃいました頃、さっと時雨が降りました夕方にさしあげなさいました　　『みかきが原』の春院の御歌

時雨が降って色を染めるけれども、木の葉は風にもさそわれて散ってしまいました。私の袖の色だけは変わらず、流す涙で赤く染まってしまいますこと、つらい限りです。

〔語釈〕**〇きさいの宮**　皇太后宮。当該歌355番と356番の贈答、608番と609番の歌のやりとりは同じ人物間で詠まれたと考えられ、その二人は後春院と母皇太后と見るべきであろう。したがって皇太后は春院后。76及び608・609番歌〔典拠〕参照。**〇春院**　後春院の誤り。**〇しぐれわび**　時雨に濡る状態から抜け出せず困りはてる程の意。「しぐれわぶ」の語は当該歌以前には見られない。『大観』を検索しても、室町時代の『正徹千首』に一例見えるのみである。『源氏釈』に「おく山のはれぬしぐれぞわび人のそでのいろをばいとどましける」（三三七）や〔参考歌〕①などがこの語を生み出した発想源であろうか。

〔参考歌〕

①色そむるこのはは よきて捨人の袖にしぐれのふるがわびしさ（『うつほ』嵯峨の院・二一〇・仲忠）

〔典拠〕『みかきが原』（散逸物語）。76番歌初出。

（野崎）

356

御かへし　皇太后宮

秋ふかきかことばかりの袖の色にまだき時雨の空なうらみそ

〔校異〕　全文—欠〈京大〉

〔現代語訳〕

御返し　（『みかきが原』の）皇太后宮

秋が深くなって袖の色がほんの少し赤く染まったからといって、早くも降ってきた時雨の空のせいなどと恨まないで下さい。

〔語釈〕　〇秋　「秋」に「飽き」を掛ける。〇かこと　かごと（託言）とも。「かことばかり」は申しわけほど、ほんのわずかの意。〇まだき　早くも。

〔参考歌〕

①わが袖にまだき時雨のふりぬるは君が心に秋やきぬらむ（『古今集』恋五・七六三・読人不知）

〔典拠〕　『みかきが原』（散逸物語）。76番歌初出。　（野崎）

357

みかどみこと申ける時、かれ〴〵にならせ給へりければ、

なが月ばかりによめる　のちくゆる大将の女御

風さむみ人まつ虫のこゑたてゝなきもしぬべき秋のくれかな

〔校異〕　のちくゆる—のちこゆる〈東大・明大〉　大将の女御—大将の女〈嘉永〉　風さむみ—かせさむき〈狩野〉　なきも—鳴と（もイ）〈狩野〉　全文—欠〈京大〉

〔現代語訳〕

帝を親王と申し上げていた時、訪れが間遠におなりになったので、九月頃に詠みました歌

『後悔ゆる』の大将の女御

風が寒いので、松虫が最期の声を振り絞って鳴くように、あなたのおいでを待つのに絶えきれず、声をあげて泣いてしまいそうな秋の暮です。

〔語釈〕 ○大将の女御　物語の主人公。223番歌参照。帝が親王であった時に恋仲になるものの当該歌に見られる如く、何らかの事情で、大将の女御は帝との仲が、一旦は疎遠になってしまう。223番歌も当該歌もこの時期の歌と思われ、相互に逢えない辛さを嘆いている。○人まつ虫　「人待つ」と「松虫」を掛ける。「まつ虫」は298番歌〔語釈〕参照。○なき　「鳴き」と「泣き」を掛ける。

〔参考歌〕

①あきの野に人松虫のこゑすなり我かと行きていざ訪はむ（『古今集』秋上・二〇二・読人不知）

②あき山に恋する鹿の声たてて鳴きぞしぬべき君がこぬよは（『寛平御時后宮歌合』一一六・左）

〔典拠〕 『後悔ゆる』散逸物語。223番歌初出。

（藤井日）

題しらず　　風につれなきよしの、院御歌

むしのねも秋はてがたの草の原かれはの露はわがなみだかも

〔校異〕 題しらす―欠〈内閣〉　なみたかも―泪哉〈狩野〉　全文―欠〈京大〉

〔現代語訳〕

題しらず　　『風につれなき』の吉野の院の御歌

虫の音も聞こえなくなってしまった秋の終わりの草原では、枯れ葉に置く露は泣きつかれた私の涙であることよ。

〔語釈〕　**○むしのねも…なみたかも**　52番歌参照。当該歌は現存部分にはなく、『小木鎌倉』では「いつどこでとも知れぬので最後においた」とされるように、物語のどこに位置付けられるか不明である。**○秋はてがた**　「秋はて」は「秋果て」と「飽き果て」を掛ける。**○草の原**　「草の原」は、『源氏』では「死後の魂のありか」「墓所」と解釈されている。俊成は『六百番歌合』で「なにのこさんくさのはらといへる、えんにこそ侍るめれ（中略）、花宴の巻はえんなる物なり」と、「草の原」を詠んだ歌（〔参考歌①〕）を評価している。同様に『千五百番歌合』でも『源氏』に加えて『狭衣』の「尋ぬべき草の原さへ」を本歌とした歌（〔参考歌②〕）が評価されている。『源氏』『狭衣』以後の「草の原」について、乾澄子は「草の原という語」が「歌語として成熟」していったのは「俊成の功績」「手引き」によるものであり、「本歌取りとしては四季の歌の中に用いられ」「「露」「枯る」「風」などの語と結びついて、晩秋から初冬の寂寥感を表す」ようになったとされている（「物語と和歌─源氏物語「花宴」巻の「草の原」を手がかりに─」（『名古屋大学国語国文学』五四　一九八四年七月））。**○かれは**　「かれ」は「枯れ」と「離れ」を掛ける。当該歌は現存部分にない歌なので、帝（吉野の院）が小姫君（後の女院）に言い寄るが、拒絶されて別離することを指すか。

〔参考歌〕

①「うき身世にやがて消えなば訪ねても草の原をば問はじとや思ふ」（『源氏』花宴巻・朧月夜、『物語前百番』三番左）

②「尋ぬべき草の原さへ霜枯れて誰に問はまし道芝の露」（『狭衣』巻二・狭衣『物語前百番』三番右）

③「見しあきをなににのこさむくさのはらひとへにかはる野辺の気色に」（『六百番歌合』枯野十三番左・良経）

〔典拠〕　『風につれなき』（首部のみ現存）。52番歌初出。当該歌は散逸部分の歌。

（藤井日）

わたらぬ中の承香殿女御

わがごとくなきよはりゆく虫のねは秋はつる身やかなしかるらん

〔校異〕 欠―題しらす〈神宮〉 わかことく―わかこと、(くイ)〈天理・東大〉 わかこと、〈明大・狩野〉 なきよはり―なきか(よイ)はり〈狩野〉 身や―身の(やイ)〈宮甲〉 かなしかるらん―恋《ヒ》(悲)しかるらん〈陽乙〉 全文―欠〈京大〉

付記 神宮・林乙・林丁あり。

〔現代語訳〕

(題しらず) 『渡らぬ中』の承香殿女御

私のように弱々しくなっていく虫の声は、秋が終わるから悲しいのでしょうか。私も飽き果てられて嘆き悲しんでおります。

〔語釈〕 ○秋果つる 「秋果つ」は「秋果つ」と「飽き果つ」を掛ける。

〔参考歌〕

①なきよわるまがきのむしもとめがたきあきのわかれやかなしかるらむ(『紫式部集』二)

②なきよわる野原の虫の声きけばわが身の秋ぞいとどかなしき(『後鳥羽院御集』八二二)

〔典拠〕 『渡らぬ中』(散逸物語)。『風葉集』に六首入集。

題名の典拠として、『秀歌選』では「河と見てわたらぬ中にながるるはいはで物思ふ涙なりけり」(『後撰集』恋二・六三六・読人不知)、『小木散逸』では「吉野川浅瀬白波たどりわび渡らぬなかとなりにしものを」(『狭衣』巻二・狭衣)、「散佚物語《鎌倉》」『事典』はその両方を挙げている。男女の逢えない仲を象徴して題名にしたか。

入集歌の詠者は、大納言二首、関白北方二首、帝一首、承香殿女御一首である。このうちの二首(1374と1375)は、関白北方と大納言との贈答歌である。以上から物語の内容について、『事典』は「後の関白北方と吉野で出家する大納言の悲恋が語られていたか。なお帝の幻想的な恋、帝寵の薄れたと思われる承香殿女御の嘆きも確認される」とし、『小木散逸』は「大納言と関白北方、承香殿女御、帝としのびたる女、いずれも暗い悲しい恋のようで、恋の喜びよりも悲しみを叙した物語と思われる」とする。『風葉集』に入集された六首のみからは、大納言と関白北方の悲恋が帝の恋や承香殿女御と絡む物語か否か不明である。（藤井日）

おやこの中の中宮母

した草にあるかなきかになく虫のよをあきはつるこゑのかなしさ

〔校異〕 中宮母―中宮女（母）〈清心〉 こゑ―色〈国研〉 かなしさ―かなしき〈静嘉・東大・明大・狩野・内閣〉悲しき（さ）〈川口〉 全文―欠〈京大〉

〔現代語訳〕 （題しらず） 『おやこの中』の中宮母

秋の終わりの下草の中で、いるのかいないのか分からないほどか細い声で鳴く虫の声が、飽きられてしまった私の泣き声のように悲しく聞こえます。

〔語釈〕 **○中宮母** 女君は内大臣と結ばれ、その後、中宮となる（46番歌参照）。当該歌ではその中宮の母が中宮のことを思って詠んだ歌である。**○よ** 「よ」は「世」と「夜」を掛ける。**○あきはつる** 「あきはつ」は「秋果つ」と「飽き果つ」を掛ける。

〔参考歌〕

①秋はてて霧のまがきにむすぼほれあるかなきかにうつる朝顔（『源氏』朝顔巻・朝顔の姫君）

〔典拠〕『おやこの中』（散逸物語）。46番歌初出。（藤井日）

秋のくれに、ほうりんにまうでて、もみちの水になが
る丶を見て　　秋のよながむる少将

ちりつもる紅葉ば流す水にこそとふべかりけれ秋の行ゑは

〔校異〕 秋のよなかむる少将―欠〈蓬左〉秋のよかむる少将〈陽乙・内閣〉秋のよなかむる大《ヒ》（少）将〈日甲〉紅葉は―紅葉は《ヒ》（イナシ）〈宮甲〉もみちを〈田中・日甲・丹鶴・狩野〉紅葉を〈清心・静嘉・川口・国研・明大〉紅葉を（はイ）〈天理・東大〉行ゑは―行ゑに〈蓬左〉行へを〈嘉永〉ゆくゑを《ヒ》（は）〈伊達〉行ゑを〈陽乙・彰甲・内閣〉ゆくゑ哉〈龍大〉　全文―欠〈京大〉

付記　神宮・林乙・林丁あり。

〔現代語訳〕

秋の暮れに、法輪寺に参詣して、紅葉が水に流れるのを見て
『秋の夜ながむる』の少将

散り積もる紅葉の葉を流す水にこそ、秋の行方は尋ねるべきでした。

〔語釈〕 **○ほうりん**　法輪寺のこと、272番歌〔語釈〕参照。**○秋の行ゑ**　季節は訪れ、去るものという概念による語。「春の行方」は『古今集』に見え、それに誘発されて生まれた語。秋の去りゆく先の意。『事典』では、当該歌中の「秋の行方」という語について、久安五年（一一四九）の「何方とさだめてまねけ花すすきくれ行く秋の行へだにみん」（『右衛門督〈藤原家成〉家歌合』二五・顕輔）が初出で、僅かに『正治初度百首』九六〇、『建仁元年十首和歌』八六、『建保名所百首』秋（四七八・範宗）などに見られるに過ぎないとして、当物語の成立をこの辺りかとしている。

〔参考歌〕
①山里の紅葉見にとや思ふらん散りはててこそ訪ふべかりけれ（『後拾遺集』秋下・三五九・公任）

〔典拠〕 『秋のよながむる』（散逸物語）。『風葉集』には一首入集。
『事典』では、物語名『秋の夜ながむる』が『無名草子』に見えないので、その成立は『無名草子』以後『風葉集』以前とする。題名『秋のよながむる』は、「起きあかし見つゝながむる萩の上の露吹きみだる秋の夜の風」（『後拾遺集』秋上・二九五・伊勢大輔）や「ひとりゐて月をながむる秋の夜は何事をかは思ひのこさむ」（『千載集』雑上・九八三・具平親王）などを参考として、「秋の夜長」と「ながむる」を掛けて、「秋の夜長に恋人を思って物思いに耽ること」を象徴しているのであろう。（藤井日）

神な月にまいるべしときこえける人に、秋のくれに給はせける　　風につれなきの吉野の院御歌

くれぬべき秋をや人はおしむらんさもあらぬ露のかゝる袖かな

〔校異〕 きこえける―きこし―（えイ）ける〈狩野〉　秋の―秋〈龍門〉　全文―欠〈京大〉

〔現代語訳〕
十月に入内予定と申し上げている人に、秋の暮れにお遣わしになりました　　『風につれなき』の吉野の院御歌

暮れゆく秋を人は惜しみ涙するのでしょうか。私はそうではなく、あなたが恋しくて露ならぬ涙で袖を濡らしていることです。

〔語釈〕 **○神無月にまいるべしときこえける人**　吉野の院の中宮。宇治の入道関白太政大臣の長女。『風につれな

き』の巻一の残存部分には「神無月の一日、あるべき事に事を添へ、さらぬほどの事だに、ものの故深う心にくくおぼえ給へる大臣の御心おきてなるを」として、盛大な神無月の一日の入内の様が書かれている。

〔参考歌〕

①忘られて嘆く袂を見るからにさもあらぬ袖のしほれぬるかな（『金葉集』雑上・五六〇・堀河院）

②秋ふかきみかきが原の夕露にさもあらぬ袖をしぼりわびぬる（『後鳥羽院御集』秋二十首・三四七）

〔典拠〕『風につれなき』（首部のみ存）。52番歌初出。該当部分を次に揚げる。

なが月もやう〳〵つごもりがたになりぬれば、関白殿にはちかくなりぬる御いそぎに、ひと〴〵はまぎるれど（中略）うちより御使あり。源大納言の御この権中将なりければ、うとからねども、三位中将はあるじがたにてもてはやし給。御ふみはくれなゐのうすやうにて、さきやらぬきくにつけさせたまへり。

くれぬべき秋をや人はをしむらんさもあらぬ露のかゝるそでかな

わざとじやうずめかしくかきなれさせ給にける御ふでづかひのうつくしさを、いまよりはいとゞうつくしうみたてまつりたまひて、御返そゝのかしきこえたまふ。つゝましうおぼしたる、ことわりなれば、おとゞをしへてかゝせたてまつりたまふ。きくがさねのえならずしみふかきに、

をしまぬもをしむもあやなゆふまぐれ秋はならひの袖のしらつゆ

（藤井日）

九月つごもり、つれなかりける女のもとにまかりてよめる　　たゆみなきの中将

いでゝみよさこそつらさはつきずともこよひにかぎる秋のけしきを

〔校異〕　つれなかりける女―なかりける〈伊達・龍門〉　中将―少将〈神宮〉　つきす―つくす〈林乙〉　けしきを

―けしきは〈神宮〉けしきに〈林乙〉全文―欠〈京大〉

付記 神宮・林乙・林丁あり。

〔現代語訳〕

九月晦日に、冷淡な女の所に出かけて詠みました歌 『たゆみなき』の中将

出てきて御覧なさい。あなたのそのような辛い仕打ちは尽きることがないとしても、今宵で最後になる秋の景色を

〔語釈〕 **○九月つごもり** 九月晦日。九月尽日は厳密には節気の末日とは限らないが、慣例的に秋の末日と比定されてきた。和歌では平安時代以降、漢詩の影響下に「三月尽」とともに詠まれるようになったが、「暮秋」「九月尽」に詠まれた「惜秋」の情は日本独自に発達したものであった（太田郁子「『和漢朗詠集』の「三月尽」「九月尽」」『国文学言語と文芸』九一、一九八一・三）。**○つれなかりける女** 『たゆみなき』の登場人物で、中将に思いを寄せられる女性。当該歌のみからは後に藤壺女御として入内する女性と同一人物かは不明。〔典拠〕参照。**○中将** 『たゆみなき』の主人公、藤壺の女御となる女に思いを寄せている（〔典拠〕参照）。

〔参考歌〕

①出でて見よいまは霞も立ちぬらん春はこれより過ぐとこそ聞け（『後拾遺集』春上・二・光朝法師母）

〔典拠〕 『たゆみなき』（散逸物語）。『風葉集』に三首入集、364番歌詞書中の一首を含めると四首。

物語名は、「散佚物語《鎌倉》」『秀歌選』『事典』では「よの中はをそのたはぶれたゆみなくつつまれてのみ過ぐす比かな（『散木奇歌集』一四七八）によるとし、さらに『事典』は「たゆむことなく言い寄る主人公の心を象徴したもの」であるとする。『小木散逸』も「中将が、たゆみなく言いよったところから、「たゆみなき」と題したものか」とする。中将二首、藤壺の女御一首であるから、長編物語ではないだろう。そうであれば物語の内容について

は、詞書にある女（363・1107番歌）と364番歌の詠者藤壺女御を同一人物と考えて、『事典』の言うように「中将は山里に住む女に思いを寄せ通っていくが、どうしてもなびいてもらえず、涙で袖を濡らす。そのうちに女は藤壺の女御として入内してしまう」とし、さらに『小木散逸』は363番歌と364番歌について「巻こそ違え、連続している」とする。一方女と藤壺女御が別の女性であると考え、中将は「女」を「秋のころ」訪れるが「ただにかへり」（1107番歌）さらに、同じ「女」に「九つごもり」にも訪れるがやはり「つれなかり」（363番歌）であった、また別の年の「神な月」に藤壺の女御のもとを訪れ、「うき別れ」に贈答歌を交わす（364番歌）という『源氏』の光源氏と空蝉・藤壺との関係が想起される物語も考えられる。そうであれば363番歌と364番歌は連続しない。

〔補説〕

○「暮秋」歌群について

当該歌は「九月晦日」詠で秋部巻軸歌である。秋部は、352・356番歌に「秋ふかき」の語が見え、354番歌には「秋のすゑつかた」とあり、次第に晩秋の色が深まる。357番歌で「秋のくれ」とあり、358番歌では「秋はてがた」、359・360番歌でとうとう「秋はつる」時を迎える。361・362番歌の二首は去りゆく秋を惜しむ歌が配されて、当該歌の九月尽日、秋の最後の日となる。「暮春」「三月尽」で春部が閉じられると同じ形で春秋呼応している。この形は、安田徳子「勅撰集の四季意識―季節の始発と終焉―」（『研究報一二』）に指摘しているように、『古今集』『新古今集』と違って、『後撰集』『後拾遺集』『金葉集』『詞花集』『新勅撰集』『続古今集』『玉葉集』『風雅集』『新続古今集』の如く、暦月の尽日（晦日）で巻を終える形であるが、物語歌では「秋」と「飽き」が重なることから、秋の終わりに恋の終わりを重ねて、去りゆく秋と共に去りゆく恋を惜しんだ。九月尽日は、この悲しい秋が尽きる日で、辛い恋との決別を歌っている。しかし、『風葉集』では、冬の巻頭は秋巻軸と同じ物語（『たゆみなき』）の詠で、決別したはずの辛い恋は絶つこともできず、そのまま連続している。悲恋物語は季節を越えて続いている。この配列に、勅撰集とは異なる物語歌集の特質が表れている。

（藤井日）

風葉和歌集巻第六

冬

神な月のついたちに、たぐひなくうきわかれぢの袖のうへにいとゞふりそふ初しぐれかな、といへる人のかへし

たゆみなきのふぢつほの女御

たぐひなく物思ふ人の袖のうへにけさをわきける時雨ともみず

〔校異〕 たくひなく—たくひなき（くイ）〈狩野〉たくひなき〈天理・東大〉たくひなき《ヒ》（く）〈明大〉うへにけさ—うへはけさ〈陽甲〉わきける—分た（けイ）る〈狩野〉時雨とも—時たにも〈清心〉

〔現代語訳〕

十月の一日に「この上なくつらいあなたとの別れのために、私の袖は涙でひどく濡れておりますが、さらに折も折、初時雨が降り注ぐことです」という人への返事に

『たゆみなき』の藤壺の女御

たぐいなく物を思う人の袖の上に、冬になった今朝特別に時雨が降ったとも見えません。私の袖は、その前からずっと濡れたままですから。

〔語釈〕 **○たぐひなく…初しぐれ雨かな** 男の贈歌。登場する男は一人であるから、『小木散逸』が「中将の作」としている通りであろう。女と藤壺の女御を同一人物とすると、秋巻軸歌で「つれなかりける女（藤壺の女御）のもと」に出かけたその次の日の「類ひなく憂き別れ路」の後朝の歌と言うことになる。しかし一方女と当該歌の藤壺女御を別人物とすると、363番歌とは異なる年の同じ九月つごもりに藤壺の女御を訪れ、「類ひなく憂き別れ路」の後朝の歌と言うことになる。いずれの内容にしても、巻跨がりで「女」と「藤壺の女御」が同一人物で物語として連続していたように読め、非常に面白い配列になっている。**○初しぐれ** 冬は時雨と共に到来すると考えられ、最初に降るものをいう。◇参考「ちはやぶる　神無月とや　今朝よりは　曇りもあへず　うちしぐれ　もみぢとともに……」（『古今集』雑体・一〇〇五・躬恒） **○うきわかれぢ** 憂き別れ路。**○藤壺の女御** 主人公中将が思いを寄せる女性、当該歌は、『小木散逸』では藤壺女御として入内する以前とされるが、女が藤壺の女御となった経緯同様、『風葉集』に入集された三首からは窺い知ることができない。363番歌〔典拠〕で述べたように、『源氏』の光源氏と藤壺との物語がこの当該歌の「たゆみなき」物語の中将と藤壺女御に反映しているとすれば、当該歌では両者の心が通じ合っていて「私の方がつらい思いをしています」とも解釈できる。

〔参考歌〕 なし。

〔典拠〕 『たゆみなき』（散逸物語）。363番歌初出。

〔補説〕

○冬巻頭の歌群について

当該歌から冬部で、「神無月一日」朝の歌である。立冬ではなく、この日から冬歌が始まる。次の364番歌から369番歌までは神無月一日頃の歌である。勅撰集においても、「冬立つ」と詠じた「立冬」で始まる集はないが、「神無月一日」で始まる集も『後拾遺集』『風雅集』しかない。多くの集は、「神無月」になり、「時雨」が降る、あるいは「時雨」が降って冬が来たと詠じていて、明確な冬初日を詠じている歌もない。「秋果つ」「秋去る」と惜秋の情を詠じていることも多い（安田徳子「勅撰集の四季意識―季節の始発と終焉―」『研究報一二』）。冬の到来は望まれたものではなく、去った秋への名残の方が大きいのである。『風葉集』もこうした和歌的情緒は継承されている。当該歌から「時雨」は詠まれているが、「冬が来た」ことには一言も触れられていない。三首目（367）からは「秋果て」た哀感が詠み継がれている。368番歌から372番歌までは「落葉」が詠まれているが、秋の景物であった紅葉が散り失せてゆくのは、秋の名残が消えてゆくことである。物語歌集である『風葉集』では「秋果つ」は「飽き果つ」に重なっており、「飽き」が極まって二人の仲が遂に果ててしまったことを象徴するので、神無月が辛い日々の始まりとして意識されたことが、この配列を生み出したのであろう。（藤井日）

365

題しらず　　　　あさくらの皇后宮内侍

いつとなくしぐるゝ袖に神な月空さへいとゞはれぬころかな

〔校異〕 しくるゝ―しらるゝ〈蓬左・内閣〉袖に―袖の〈嘉永〉袖も〈陽乙・内閣〉袖に（もイ）〈天理・東大〉

〔現代語訳〕

題しらず　　　　『朝倉』の皇后宮内侍

いつと言うこともなく時雨のような涙が降る私の袖ですのに、神無月の空までもますます晴れる間のないこの頃です。

〔語釈〕 **○皇后宮内侍** 『朝倉』の皇后宮の女房。この人物の詠作は『風葉集』には当該歌のみで、詳細は不明。

〔参考歌〕

①いつとなくしぐれふりぬるたもとにはめづらしげなき神無月かな（『実方集』四八）

②人しれぬ心のうちはかみなつきしくるゝそてもおとりやはする（『相模集』二六八）

〔典拠〕『朝倉』（散逸物語）。39番歌初出。（谷本）

女のもとよりかへりてあしたにつかはしける

かいば見の右大将

神な月しぐれざりせばから衣けさのたもとをいかにいはまし

〔校異〕しくれさりせは―しくれさりと（せイ）は〈狩野〉　いはまし―しら（いは一本）まし〈丹鶴〉

〔現代語訳〕

女の居所から帰って翌朝に遣わしました歌　『かいばみ』の右大将

神無月の時雨が降らなければ、今朝の涙に濡れた袂を、どのように言い訳したことでしょう。

〔語釈〕〇女　「太政大臣の女」か「兵部卿宮の女」のいずれかであろうが、いずれとも判断しがたい。〇しぐれざりせば　神無月になれば、冬の到来を告げる時雨が降るはずで、もし、その時雨が降らなかったら、の意。〇から衣　中国風の衣服のことだが、ここでは衣の美的表現として用いられている。〇けさのたもと　後朝の別れの辛さに涙で濡れた袂。

〔参考歌〕

①君こふる涙は秋にかよへばや袖も袂も共にしぐるる（『貫之集』・六〇二）

〔典拠〕『かいばみ』（散逸物語）。301番歌初出。（谷本）

まの、浦にこもりいて侍ける比、しぐれがちなる空の

けしき思のこす事なくて　　をんなすゝみの左大将

ふりふらず時ぞともなき時雨かなうき世中にあきはてしより

〔校異〕こもり―籠も（ナシイ）〈狩野〉　侍ける―侍る〈伊達・龍門〉　なくて―なくとく〈龍門〉　ふりふらす―ふりくらす〈天理・東大・明大・狩野〉　時そ―時雨そ〈明大〉　世中に―よの中の〈嘉永〉

〔現代語訳〕

真野の浦に蟄居しておりました頃、時雨がちな空の様子に物思いの限りを尽くして　　『女すずみ』の左大将

降ったり降らなかったり、定めのない時雨のような涙の雨であることです。このつらい世の中に飽き果ててしまってから。

〔語釈〕**〇まのゝ浦**　歌枕。以下のように三カ所の説がある。それぞれ近江国滋賀郡真野郷（滋賀県大津市真野）の湖岸、摂津国武庫郡真野（神戸市長田区真野町）の海岸、下総国葛飾郡（千葉県市川市）の海岸。当該歌の場合は近江か摂津であろう。**〇ふりふらず**　ふったりふらなかったりする。歌句としては「ふりみふらずみ」の方が多く、他に用例を見ない。**〇あきはてし**　「飽き果てし」に「秋果てし」を掛ける。蟄居の原因が恋愛関係のもつれであるならば（32番歌〔典拠〕参照）、その意も込められるか。

〔参考歌〕

①よの中をあきはてしよりむら時雨ふるはわが身のなみだなりけり（『新和歌集』冬・二八二・藤原時朝）

〔典拠〕『女すすみ』（散逸物語）。32番歌初出。

（谷本）

かみな月のついたちごろ、宇治にてせうようし侍ける
に、八宮のすみ侍ける所のこずえことにおもしろふ、
と〔か〕をめさへすごげなるに　　にほふ兵部卿のみこ
秋はてゝさびしさまさる木のもとをふきなすぐしそ峯の松風

【校異】とをめ―かをめ〈京大〉　すこけ―う（すこイ）け〈宮甲〉　すうけ〈陽乙〉　すう（こ歟）け〈彰甲・伊達・篠山・藤井〉　すう（本ノママ）け〈刈谷・龍大・藤井〉　すうけ〈龍門〉　みこ―宮〈天理・東大・明大〉　はてゝ―果し（てイ）〈狩野〉　はてし〈刈谷・龍大・藤井〉　さひしさ―さひしき《ヒ》（さ）〈国研〉　淋しき〈龍門〉　もとを―本に〈刈谷・龍大・藤井〉　ふき―ふさ《ヒ》（き）〈松甲〉　すくし―つ（すイ）くし〈宮甲〉

【現代語訳】
神無月一日ごろ、宇治にて散策をなさっている折に、八宮のお住みになっている所の梢が格別に趣があり、
遠目に見ても寂しげであるのを　　匂兵部卿のみこ
秋が去って、寂しさが募る木の下を、あまり荒々しく吹き過ぎないでおくれ、峰の松風よ。

【語釈】**〇宇治にてせうようし侍けるに**　紅葉狩を口実に、匂宮と薫は宇治の姫君たちを訪問しようとした。**〇八宮**　桐壺院八宮。大君・中君・浮舟の父。この時には既に故人。**〇木の下**　匂宮から見えるのは梢だが、木の下にいる姫君たちのことを思いやっている。

【参考歌】なし。

【典拠】『源氏物語』（2番歌初出）総角巻。当該箇所を次に挙げる。
十月一日ごろ、網代もをかしきほどならむとそのかしきこえたまひて、紅葉御覧ずべく申しさだめたまふ。

（中略）この古宮の梢は、いとことにおもしろく、常磐木に這ひかかれる蔦の色なども、もの深げに見えて、遠目さへすごげなるを、中納言の君も、なかなか頼めきこえけるを、愁はしきわざかなとおぼゆ。（中略）右衛門督、

いづこより秋はゆきけむ山里の紅葉のかげは過ぎうきものを

（中略）親王の若くおはしける世のことなど思ひ出づるなめり。宮、

秋はててさびしさまさる木のもとを吹きなすぐしそ峰の松風

〔補説〕

○「落葉」歌群について

「もみぢ」は「春の花、秋の紅葉（黄葉）」と賞翫され、『万葉集』以来、多くの歌に詠まれてきたように、秋を代表する歌材であった。勅撰集においては、「桜（花）」歌が開花し、満開となり、散る様を表現するように配されているが、「紅葉」歌も同じく、木の葉が色付き始め、全山が錦となり、木の葉が散る様を表現するように秋下部に配されている。木々、或いは山を錦に染める紅葉も、風に散り舞い、地面や川を埋め尽くす紅葉も、その美しさが賞翫され、歌に詠まれ、散る紅葉と共に、秋の終焉を認知するものであった。

ところが、『後拾遺集』以降、冬部に「落葉」を主題として詠まれた歌が見られるようになる。『古今集』にも一首、『後撰集』には六首、『拾遺集』にも一首、冬部に「散る紅葉」を詠んだ歌があるが、これらはやはり秋の美しい紅葉の名残として詠まれているのであって、「落葉」という現象に主眼がない。秦澄美枝「漢詩から和歌的抒情への融合―「落葉（らくよう）」を音で関知する―」（『清泉女子大学人文科学研究所紀要』一九）には『後拾遺集』の散る木の葉（紅葉）を詠んだ歌は、「落葉」の語を含む四字結題で詠まれ、秋の「紅葉」とは異なる新しい感覚で「落葉」詠じており、それは漢詩の影響によるものと指摘されている。この「落葉」歌は、新古今歌人達によって中世的な美意識や仏教感で捉え直されて詠まれるようになり、『新古今集』冬部には一〇首も入集し、大きな歌群が形

成され、冬歌としての存在感を示している。

『風葉集』でも「落葉」歌は368～372番歌まで五首の歌群で配されているが、物語歌で題詠歌ではないので当然であるが、「落葉」題で詠まれたものではないし、「おちば」の語も見えない。「おちば」の語からまず想起される歌は、『源氏』若菜下巻で柏木が女三の宮との密会の後に、妻の女二宮の所で詠んで、「落葉の宮」の通称の典拠となった、

もろかづら落葉をなににひろひけむ名は睦ましきかざしなれども

である。高田祐彦氏が述べている（「『源氏物語』と落葉」『青山語文』二〇一二・三）ように、「落葉」の語は、『古事記』雄略天皇条に「落葉の盞に浮ける」とある一例の他は、漢詩文中以外に『源氏』以前の用例を見出し得ない。さらに、和語「おちば」の確かな例は一例もない。『源氏』には歌中ではないが、常夏巻に近江の君の噂をする場面にも「朝臣や、さやうの落葉《おちば》をだに拾へ」とある。二例の「落葉」は、高田氏が詳述するように、柏木と夕霧をめぐる物語の重要な展開を象徴する語となっている。この二例が和語「おちば」の初例で、「おち」には程度が低い意も含むことになり、『源氏』に用いられた。しかし、「おちば」が歌語となったのは、平安末期、『月詣集』（九〇一・敦経）、『玄玉集』（二六六・長明）辺りからで、漢詩文の「落葉」を和語化した表現として新古今時代以降多用されるようになったが、落葉を詠じても「おちば」の語が用いられないことも多かったのである。

（谷本）

右衛門督

いづくより秋はゆきけむ山ざとの紅葉のかげはすぎうきものを

〔校異〕 かけ―かせ〈嘉永〉

〔現代語訳〕

右衛門督

どちらから秋は去ってしまったのでしょう。山里の紅葉の蔭は今もたいそう立ち去りにくいものですのに。

〔語釈〕 **○右衛門督** 夕霧の子息。匂宮に忍び歩きをさせまいと、明石中宮から匂宮の御供に遣わされる。これにより、匂宮と薫は姫君たちのもとへの訪問を断念せざるを得なくなった。**○紅葉のかげ** 八の宮邸の紅葉した木々の下。**○過ぎうき** 238番歌〔語釈〕参照。

〔参考歌〕

①咲く花にうつるてふ名はつつめども折らで過ぎうきけさの朝顔（『源氏』夕顔・光源氏、『風葉集』秋上・247）

〔典拠〕 『源氏物語』（2番歌初出）総角巻。当該箇所は前歌〔典拠〕参照。

（谷本）

だいしらず　　　　　　　　　　　　とりかへばやのみてもの、ひじり

あきはて、よもの嵐にさそはる、木のはにたぐふ我身ともがな

〔校異〕 みてもの―み（はイ）てもの〈天理・東大〉はてもの〈内閣〉　あきはて、―秋はてし〈刈谷・藤井〉秋果し〈龍大〉　木のはに―木の葉〈内閣〉　たくふ―たは（くイ）ふ〈天理・東大〉たはふ〈明大〉

〔現代語訳〕

題しらず　　　　　　　　　　　　『とりかへばや』のみてものの聖

秋が去って、あちこちを吹きすさぶ嵐に誘われて散る木の葉に、飽き果てられてひどい仕打ちを受けている我が身をなぞらえてみたいものです。

〔語釈〕 **○みてもの、ひじり** 「みてもの」の語彙は不明。「聖」は知徳の優れた人。神通力のある人や、高徳の僧などもさす。「みてものの聖」という人物についても、『風葉集』の二首の歌（三七〇・一二三〇）以外に例を見ない

ので、物語においても如何なる人物か不明。『松尾平安』は、入集する二首より「悟りすました有徳の聖でなく、もと俗界にありながら、何等かの現世的な打撃によって世を背いた人」で、「吉野宮などとは全く境遇を異にして別個の、もののあはれの情趣豊かな公卿であった人物であらう。」とし、『小木散逸』もこれに同意する。**〇よもの嵐** 338番歌〔語釈〕参照。**〇あきはてゝ** 「秋果てゝ」に「飽きはてゝ」を掛ける。**〇たぐふ** 別個の二者を並べ比べて、一方が他方と同様・同等の性質や価値を持つとみなす。なぞらえる。見立てる。

〔参考歌〕

①あきかぜにたぐふこのはのいまはとておのがちりぢりなるぞかなしき（『続古今集』哀傷・一三九五・延喜女御三条右大臣娘）

②あさぢふの露のやどりに君をおきて四方のあらしぞ静心なき（『源氏』賢木巻・光源氏）

〔典拠〕 『とりかへばや』（散逸物語）。『風葉集』に十二首入集。

この『とりかへばや』は所謂『古とりかへばや』で、現存の通称『今とりかへばや』はその改作本。活発な女の子とおとなしく恥ずかしがり屋の男の子をもった父大納言が「返ゝとりかへばや」（『今とりかへばや』）と嘆息したという物語の記述に基づくと考えられる。成立は、『今とりかへばや』には『寝覚』の影響が見え、『無名草子』に言及があるので、その成立は長治〜嘉応頃（一一〇四〜一一七〇）と考えられるから、『とりかへばや』はそれ以前、承暦四年（一〇八〇）〜長治ごろかとする（鈴木弘道『とりかへばや物語の研究　解題編』一九七三年　笠間書院）。なお、『物語後百番』では『とりかへばや』から採歌しているが、『風葉集』では『とりかへばや』『今とりかへばや』の両者から採歌している。現存の『とりかへばや』諸本はすべて『今とりかへばや』であるが、『風葉集』成立時には併存していたことがわかる。

『無名草子』によれば、『とりかへばや』には悪い点もあるが、注目すべき点やしみじみとした点も見られるとし、殊に「歌こそよけれ」と、和歌については評価が高い。『物語後百番』にも六首採られており、『風葉集』での採歌も『とりかへばや』の十二首に対し、現存する改作物語である『今とりかへばや』は六首と、数の違いが注目される。『物語後百番』にも八首（うち詞書に二首）が採られ、そのうち『風葉集』は517番歌および815番歌とその詞書の三首が共通する。また、『無名草子』では『とりかへばや』の登場人物たちについての個別の批評の後に『今とりかへばや』について「ただ今聞こえつる『今とりかへばや』などの、もとにまさりはべるさまよ」等とあり、『とりかへばや』よりも『今とりかへばや』を高く評価している。

これらの『無名草子』の記述や、当該歌詠者の「みてものの聖」の存在が『今とりかへばや』には見られないこと、また『今とりかへばや』では、主人公である女中納言が、宰相中将（のちの内大臣）の子（のちの三位中将）を産んだ後、子を宰相中将のもとに置いて脱走し、男尚侍との入れ替わりを経て中宮となるのに対し、『とりかへばや』では、そのまま子（のちの権中納言）を伴って宰相中将の妻となったようであること（1326番歌の詠者は「とりかへばやの権中納言母」、『物語後百番』八十五番右の同じ歌の詠者は「権中納言　後内大臣上」となっている）など、『とりかへばや』と『今とりかへばや』の間には、複数の変更点が認められるようである。

なお、『とりかへばや』については、『松尾平安』、鈴木弘道『とりかへばや物語の研究　校注編　解題編』、『小木散逸』などに詳しい。『今とりかへばや』については48番歌〔補説〕参照。

（谷本）

なげく事侍けるころ、もみぢのちるを見て

あまやどりの太宰権帥重康

木枯にちゞにくだくるもみぢばゝ物おもふ人のこゝろなりけり

〔校異〕 もみちのちるを見て―もみちね|（のちるを見てイ）〈狩野〉　権帥―権〈天理〉　○権帥〈林丁〉　重康―當康〈嘉永〉　木枯に―木枯と〈清心〉　ち、に―ちるに〈清心〉　くたくる―こ|（くイ）たは|（くイ）る〈天理・東大〉

こたはる〈明大〉なりけり―なりける｜（りイ）〈狩野〉

付記　神宮・林乙・林丁・林戊あり。

〔現代語訳〕

嘆く事がありました頃、紅葉の散るのを見て

『雨やどり』の大宰権帥重康

木枯に様々に砕け散っている紅葉は、物思いに沈む自分の心の顕れであったことよ

〔語釈〕○ちゞにくだくるもみぢば　「様々に砕け散る紅葉」に加えて「流れ落ちる紅涙」を暗示している。『事典』も指摘するように、「紅葉」が「くだくる」という表現は平安鎌倉時代の和歌には他に例を見ない。

〔参考歌〕

①はなゆゑに身をやすててし草まくらちぢにくだくるわがこころかな（『好忠集』・四九一）

〔典拠〕『雨やどり』（散逸物語）。『風葉集』に二首入集。

『事典』は「雨宿りが男女の邂逅の契機となる」物語であろうとする。催馬楽に「妹が門　夫が門　行き過ぎかねてや　我が行かば　肱笠の　肱笠の　雨もや降らなむ　しで田長　雨やどり　笠やどり　やどりてまからむ　しで田長」（四六婦が門）とあるのが、題名の典拠か。但し、「雨宿り」の語は「とぶかたぞまづしられけるほととぎすいかになくねぞ雨やどりせで」（『馬内侍集』四一）が古例で、平安中期以降に見える語。『事典』は、登場人物が「大宰権帥重康」（当該歌）と実名で記されていること、「経よむは忌むなりと人の言ひければ」（504詞書）と類似の文が『蜻蛉』『紫式部日記』などに出てくることから、『源氏』以前の物語とする説もあるが、右の「雨宿り」あるいは「高瀬舟」などの語の使用例から、院政期以降の成立とする。

伝存するのが二首のみで、「大宰権帥重康」と「女御」（504）で、この二人が題名にいう「雨宿り」で邂逅した男女かなど、関係や物語の内容などは不明。

（谷本）

372

四季のものがたりのなかに　　しぐれの式部卿のみこ

色ふかくそめし紅葉はちりぬるをなにと世にふるしぐれなるらん

〔校異〕詞書―しぐれの式部卿みこ（イ）〈狩野〉

〔現代語訳〕

『四季ものがたり』の中に　　しぐれの式部卿のみこ

色を深く染めた紅葉は散ってしまっているのに、どうして時雨の私は相変わらす世を過ごし、涙を流し続けているのでしょう。

〔語釈〕**○色ふかくそめし紅葉はちりぬるを**　265番歌〔語釈〕「しぐれ」参照。**○ふる**　「降る」と「経る」を掛ける。**○しぐれ**　詠者自身を暗示する。

〔参考歌〕

①もみぢするやまのしぐれをおとにのみきくぞよにふるかひなかりける（『家経集』八七）

〔典拠〕『四季ものがたり』（散逸物語）。59番歌初出。

（谷本）

373

神無月ばかりしぐれいたうする日［月］、女につかはしける

とりかへばやのさきの太政大臣

物おもへばこゝろも空にみだれつゝ時雨にそ［け］ふるわがなみだ哉

〔校異〕いたう―いたり〈内閣〉　日―月〈京大・宮甲・蓬左・陽乙・田中・清心・日甲・静嘉・川口・国研・篠山・彰甲・伊達・龍門・狩野・内閣・松甲・刈谷・龍大・藤井〉　そふる―けふる〈京大〉

〔現代語釈〕

神無月の頃に時雨がひどく降る日に、女に遣わしました

『とりかへばや』の前太政大臣

物思いをするので時雨模様のこの空のように心も乱れ、繰り返し添う涙であるよ。

〔語釈〕 **○さきの太政大臣** 『今とりかへばや』には登場せず、主人公との関係、役割等不詳。**○空に** 「天空」の意に「平静を失う」を掛ける。

〔参考歌〕

①君によりうきたる物を思ふには心も空になりぬるものを（『古今六帖』第一・天の原・二六〇）

〔典拠〕 『とりかへばや』（散逸物語）。370番歌初出。

〔補説〕

○冬部の「時雨」歌群について

『古今集』以来、「秋下」354番歌から356番歌の歌材として登場する「時雨」であるが、本歌集でも、冬の到来を告げる歌材として「秋下」末に登場し、冬部に再び時雨歌群（372〜381）として置かれている。当該歌からは「時雨」に「涙」の語を添えて、恋の哀切さを詠じた三首を配置する。「時雨」は屢々涙を暗示するものではあるが、両語が詠み込まれた歌は、『古今集』の長歌（一〇〇二・一〇〇六）を除けば、『後撰集』（冬・四五九・伊勢）が初出。

（嘉藤）

いとせちにおもふ事侍けるころ、うちくもりしぐれければ

むもれ木の少将

はれまなき心や空にまがふらん涙しぐるゝ袖のうへかな

〔校異〕侍ける―侍る〈神宮〉 うちくもり―うち（イ）くもり〈狩野〉

付記 神宮・林乙・林丁あり。彰甲は374詞書「ころ」～380までの写真がなく、原本未見なので、校異に反映していない。

〔現代語訳〕

痛切に思う事がありました頃、急に曇って時雨れましたので

『埋れ木』の少将

晴れ間のない心が空模様にそっくりで、涙が時雨のように溢れ落ち濡れる袖の上ですこと。

〔語釈〕**○むもれ木** 古くは「うもれぎ」、平安時代以後「むもれぎ」と表記されることが多い。樹木が長い年月水中または土中にあって炭化した木の意が原義。世に捨てられ埋もれた人、または、秘めたる恋の謂。◇参考「名とり河瀬ゞの埋もれ木あらはればいかにせむとかあひ見そめけむ（『古今集』恋三・六五〇・読人不知）

〔参考歌〕

①木の葉ちる時雨やまがふわが袖にもろき涙の色とみるまで（『新古今集』冬・五六〇・通具）

〔典拠〕『埋れ木』（散逸物語）。『風葉集』には二首入集。

『枕草子』「物語は」（一九九段）に「埋木」の名がある。

判明する登場人物は少将のみで、物語内容は不明。900番歌の詞書は「おなじさまなりける暁によめる」であり、899番歌は「忍びたる所にて、心ならず出侍けるほど、いはんかたなくて」の詞書で「かぎりありて命たへずはいかゞせむ契らぬ暮のけふの思ひよ」とある歌を受ける。これは『我が身にたどる』巻二からの採歌で、権中納言（後の関白）が、院の女三宮を密かに訪れたが思いを遂げることが出来ず、空しく帰る折の詠である。従って900番歌

は、これとほぼ事情を同じくする『埋れ木』の少将の慨嘆詠ということになる。具体的な内容は不明だが、入集歌は二首とも少将の詠であり、これが主人公か。対象の女も同一人であろう。『松尾平安』は、「う（む）もれ木」という言葉から、「世に捨てられて顧みられない不遇の人の身の上」または「顕わるまじき秘めたる恋」が考えられるが、何れの意味にせよ、「不幸な境涯にある人の身の上をとりあつかっ」た物語であろうとする。（嘉藤）

たゞ人におはしましける時、さがの院の皇太后宮れいならでさとにおはする比、わたり給へるに、にはかにくもりしぐるれば、よませ給ける　狭衣のみかどの御歌

人しれずおさふる袖もしぼる〔るる〕まで時雨と〔・〕ともにふるなみだ哉

〔校異〕時―比〈天理・東大・明大・狩野〉欠〈刈谷・龍大・藤井〉皇太后宮―皇太后〈宮甲〉皇太后宮〈篠山〉わたり―みたり〈内閣〉にはかに―たれかに〈清心〉俄〈龍門〉しくるれ―しくれ《ヒ》―（イ）るれ〈天理・東大〉さころも―さころ〈日甲〉おさふる―をにふる〈田中〉おそふる〈日甲・川口・国研・狩野〉おさふる〈藤井〉袖も―袖は〈川口〉しほる―しほるる〈京大〉時雨と―時雨〈京大〉

〔現代語釈〕

臣下でいらっしゃいました時、嵯峨院の皇太后宮がご懐妊中で里においでなさいます頃に、お見舞いにお渡りなさいますと、空が急に曇り時雨れたのでお詠みになられました

『狭衣』の帝の御歌

人知れず涙を抑えている袖も、時雨と同様に絞る程まで、降るように流れる涙であることよ。

〔語釈〕 **○れいならで** 不例、ここは懐妊中のこと。**○おさふる袖も** 『狭衣』では「おそふる袖も」（旧大系・集成）ともあるが、『物語前百番』は『風葉集』と同文。

〔参考歌〕

①かぎりぞと思ふにつきぬ涙かなおさふる袖も朽ちぬ許に（『後拾遺集』恋四・八二八・盛少将、『九条右大臣集』八六）

〔典拠〕 『狭衣物語』（84番歌初出）巻二。

病の女二の宮が懐妊していることを知った母大宮は、相手の男が分からず、心痛のあまり病いに倒れる。二人共に里下がりして、窮余の果てに大宮自らの懐妊と偽り、病を養う。そこへ当の狭衣大将が見舞いに訪れて、密かに女二の宮への恋情を詠んだ歌。該当箇所を挙げる。

げに大空も思ふ心をば見知るにや、にはかに曇りてうちしぐるるに、木枯もあらあらしう吹きまよひて、色々の紅葉も散りまがひつついたう濡れたまへば、乱れたる扇の隠れもなきをさし隠して、

人知れずおさふる袖もしぼるまで時雨とともに降る涙かな

聞き分くべうもなく独りごちたまふを、（新全集）

参考 旧大系…人知れずをそふる袖もしぼるまで時雨とともにふる涙かな

集成……人知れずおさふる袖もしぼるまで時雨とともに降る涙かな

〔他出〕 『物語二百番歌合』（前百番）七十番右。

（嘉藤）

式部卿のみこさがにこもりゐて侍ける比、しぐれかきくらすゆふべにつかはさせ給ける

ながつきのわかれのみかどの御歌

思くらすゆふべの空やいかならむさもあらぬ袖もかゝるしぐれに

〔校異〕しくれかきくらす―かきくらす〈神宮・林乙・林丁〉　詞書―欠〈林甲・林戊〉　なか月のわかれのみかとの御歌―欠〈伊達・龍門〉　なか月のみかと御歌〈明大〉　空や―空は〈静嘉〉　しくれに―時雨を〈伊達・龍門〉　しくれも〈林甲〉　全文―欠〈彰甲〉

付記　神宮・林甲・林乙・林丁・林戊あり。

〔現代語釈〕

式部卿の親王が嵯峨に引き籠もっていらっしゃいました頃、時雨が空を薄暗くする程降る夕方に、お遣わさせなさいました　『長月の別れ』の帝の御歌

物思いをして日を暮らす夕べの空は、如何なるものなのか、あなたの程ではない私の袖も、こんなに涙の時雨が降りかかっておりますので。

〔語釈〕　なし。

〔参考歌〕　なし。

〔典拠〕　『長月の別れ』（散逸物語）。『風葉集』には二首入集。

題名は、『事典』は「式部卿宮が愛する女と長月に死別したことに拠る」とする。内容は、秋に式部卿の親王が長月に恋人に死別（642）後、嵯峨に籠もっていた頃、帝がその傷心を思い遣って歌を遣った（当該歌）ことが分かる。

しかし、登場人物は、帝と式部卿の親王のみで、二人の関係や物語内容は不明。（嘉藤）

山ざとにすみける女のもとに、つねよりもしぐれあかしたるあしたにつかはしける　ねざめの関白

つらけれど思やるかな山ざとの夜はの時雨のをとはいかにと

〔校異〕　すみける—住侍ける〈刈谷・龍大・藤井〉　つねより—いねより〈陽乙・内閣〉つれより〈龍門〉　しくれ—くれ〈清心・日甲・川口・国研〉　思やるかな—おもひやるらん〈嘉永〉

〔現代語訳〕　山里に住んでいた女の所に、いつもより時雨が降るように一晩中泣き明かした早朝に遣わしました歌　『寝覚』の関白

あなたの仕打ちは薄情だけれど、私はあなたに思いをはせておりますよ。山里の夜半の時雨の雨音はどんなに寂しいものかと。

〔語釈〕　**〇山ざとにすみける女**　主人公寝覚の上のこと。広沢の出家した父の許に身を寄せていた。**〇関白**　94番歌参照。当該歌時は大納言。

〔参考歌〕

①ねざめしてたれか聞きくらんこのごろの木の葉にかゝかるよはの時雨を（『千載集』冬・四〇二・馬内侍）

〔典拠〕　『夜の寝覚』。（51番歌初出）巻二。

主人公の姉大君は、石山姫君の母が妹の中の君（寝覚の上）であるらしいことを知る。これにより姉妹兄弟の関係が悪化。結局中の君は出家した父の広沢の御堂に続く別棟に身を寄せた。その折の歌である。該当箇所を示す。

さすがに、姨捨山の月は、夜更くるままに澄みまさるを、めづらしく、つくづく見出したまひて、ながめ入りたまふ。…中略…かやうに心慰めつつ、明かし暮らしたまふ。

つねよりもしぐれ明かしたる翌朝、大納言より、

つらけれど思ひやるかな山里の夜半の時雨の音はいかにと　（嘉藤）

題しらず　おも影こふる三位中将

物おもふ心のうきをしりがほにたえぬ時雨のをとぞかなしき

〔校異〕 こふる―かふる〈狩野・内閣〉うきを―うちを〈陽甲・宮甲・蓬左・陽乙・嘉永・田中・清心・日甲・川口・国研・篠山・丹鶴・伊達・龍門・天理・東大・明大・狩野・内閣・松甲・刈谷・龍大・藤井〉たえぬ―たへ（え歟）ぬ〈刈谷・龍大〉

〔現代語釈〕

題知らず　『面影恋ふる』の三位中将

物思いをする我が心の辛さを物知り顔に降る、絶え間のない時雨の音が悲しいことよ。

〔語釈〕 **○心のうき** 「ながしともしらずやねのみなかれつつこころのうきにおふるあやめぞ」（『玄々集』一四三）がもっとも古い用例で、他には『山家集』（二〇六）、『月詣集』（一〇六八・権僧正道勝）、また、『いはでしのぶ』（七・関白）に見えるのみの用例の少ない歌語。和歌の用例は平安末期ばかりで、限られた時期の歌語と思われる。

○しりがほ 「なかだにはしりがほにせよ山びこもむかしの声はききしれるらん」（『古今六帖』第二・一四三七）が古例と思われるが、「～がほ」の語は平安末期、特に西行周辺で好んで使用された歌語である。また、「心のうちをしりがほに」（『拾玉集』三一七）などもある。

〔参考歌〕 なし。

〔典拠〕 『面影恋ふる』（散逸物語）。『風葉集』には二首入集。

『事典』は二首を詳細に分析し、「忍んで関係を持っていた女が失跡し、亡くな」って「その面影を恋うという物語」とし、その成立は「従来鎌倉期かとされてきたが」「平安後期がふさわしいか」とされる。確かに当該歌においては、〔語釈〕に述べた如く、平安末期に特徴的な歌語であり、693番歌にも平安後期に歌語として定着した「道芝の露」の語が使用されており、平安末期頃の成立と考えることはできよう。しかし、物語内容は、主人公とおぼしき三位中将が、忍びの恋人を亡くし（693）、その面影を恋い慕い嘆き暮らす他は不明。（嘉藤）

みかどみこと申ける時、ひさしうをとづれさせ給はざりけるころ、しぐれのをとまことにきゝなされさせ給て

うたゝねのきさいの宮

をとたえぬ時雨につけて思ふかなちぎりし人のかゝらましかば

〔校異〕 ころ―この〈清心〉 まことに―まとほ（こと一本）に〈丹鶴〉 なされ―なれ〈龍門〉 なされてし□き〈静嘉〉 詠者名―欠〈伊達・龍門〉 思ふかな―思ふは〈内閣〉

付記 神宮・林乙・林丁あり。

〔現代語釈〕

帝がまだ親王と申し上げていらっしゃいました時、久しく訪れなさらなかった頃、時雨の音を聞いて、帝の実際の訪れとお思いなさいまして。

『うたたね』の后の宮

絶え間ない時雨の音につけて思うことです。お約束した人がこの時雨のようであるならと。

【語釈】　○うたたね　寝るとはなしに、寝床にはいらず、思わずうとうと眠ること。恋の物思いのためにするとされた。

【参考歌】　なし。

【典拠】　『うたたね』（散逸物語）。『風葉集』には五首入集。但し、『うたたねの宮』とある一首（734番）を同じ物語と見れば、六首。

『樋口散逸』は、物語名を「うたゝねに恋しき人を見てしより夢てふ物は頼みそめてき」（『古今集』恋二・五五三・小町）を踏まえて、皇后宮が物語中で「うたた寝」の歌を詠むことによるかとするが、『事典』は小町歌それ自体ではなく、これ以降数多く詠まれるようになった「うたたね」と「夢」を詠んだ歌のイメージに拠るものとする。帝は即位以前から通う女（「うたたね」の后の宮）がいた（当該歌）。女は男の離れ離れな訪問に不如意な想いを募らせ、書き置きを残して他所に移った（974番歌）。しかし、最終的には男が帝位に就き、女は后となったという物語か。登場人物は帝、后の他に、桂の尼の詠歌があるが関係は不明。『事典』は、女が移り住んだのがこの尼の許かとする。猶、『うたたねの宮』が同一物語か否かは不明だが、734番は異なる物語と推断した。734番歌参照。（嘉藤）

おとこの絶にける比、しぐれをきゝあかして

をぐるまのれいけい殿の女御

音信のたへぬなさけの時雨にもなどかく袖のぬれまさるらん

【校異】　たへぬ―たえね〈天理・東大・明大〉　なとかく―なくかく〈明大〉　まさるらん―まさるらし〈刈谷・龍

大〉

〔現代語釈〕

男の訪れが絶えてしまった頃、一晩中時雨の音を聞き明かして

『をぐるま』の麗景殿女御

絶え間なく音を立てて降る人情味のある時雨なのに、どうしてこんなに袖は濡れまさるのでしょう。

〔語釈〕 **○おとこ** 『をぐるま』の主人公と思われ、入内以前に女御の恋人だったか。267番歌〔典拠〕参照。**○音信のたへぬなさけの時雨** 男からの音信がない辛さを託つ女を思いやって、絶え間なく雨音を立てているという意。時雨を擬人化した表現。

〔参考歌〕 なし。

〔典拠〕 『をくるま』（散逸物語）。267番歌初出。

（嘉藤）

物おもひけるころ、月のにはかにかきくもりてしぐるゝをみて

あひずみくるしき源大納言三君

なぐさめにながむる月もかきくもりいとゞしぐれにぬるゝ袖哉

〔校異〕 ころ—この〈清心〉 かきくもりて—かきくもり〈嘉永〉 曇〈神宮・林乙・林丁・林戊〉 しくるゝ—しくゝる〈嘉永〉 みて—み侍〈田中・日甲〉 詞書—欠〈林甲〉 あひすみくるしき源大納言三君—源大納言三君あひすみくるしき〈天理・東大・明大〉 源大納言三君あひすみくるしき（イ）〈狩野〉 あひすみてるしき源大納言三君〈神宮〉 なくさめに—なくさめし〈龍門〉

付記 神宮・林甲・林乙・林丁・林戊あり。

〔現代語訳〕

物思いをしていたころ、月を見ていたら、急に空が曇って時雨が降るのを見て

『相住みくるしき』の源大納言三君

物思いばかりしているので、心を慰めようと思って月を眺めていると、空が急に曇り時雨が降って、もともと涙に濡れていた袖が、時雨によって、一層濡れることです。

〔語釈〕 **○あひずみ** 同じ家に一緒に住むこと。**○源大納言三君** この物語の主人公か。

〔参考歌〕

①わが心なぐさめかねつ更科やをばすて山にてる月を見て（『古今集』雑上・八七八・読人不知）

〔典拠〕 『相住みくるしき』（散逸物語）。『風葉集』に八首入集。

八首のうち四首が源大納言三君の歌であり、題名からみても、この人が主人公であろう。1003・1004の贈答歌からみて、内大臣の「いとしのびてあひて侍りける女」はこの源大納言三君であり、内大臣と源大納言三君は人目を忍ぶ恋仲であり、逢瀬もままならぬ仲であった。三君は、物思いをする時には月を眺めるのだった（381・1221・1222）。三君の「女ともだち」として、左大弁女の名が見え、共に月を眺めているところから、この人が、三君と相住みしているかと思われる。516・517の内大臣と式部卿宮北方の贈答歌から、内大臣の正妻は、式部卿宮の姫君であり、早世したことがわかる。正妻を失った内大臣と三君の恋の結末は不明であるし、主人公の三君が、なぜ相住みが苦しいのかも不明である。『小木散逸』の三君有夫説は、根拠が乏しいので採らない。

〔補説〕

○517番歌の所属について

517番の式部卿宮北方の歌を『校本』は所属不明とするが、516番歌と「蓮の上」「露」が共通しているので、517番の詞書の「かへし」が脱落したと考えて516番の返歌とする『小木散逸』や『秀歌選』の方が妥当である。

○「相住み」について

『事典』（あひすみくるしき）に、「女同士の同居はないわけではないが少なく、男女の相住みが多く」とある。これは、「相住み」と「住みわたる」とを同義として検討したことによるものであろう。しかし、「相住み」は「一緒に住むこと」、「住みわたる」は「男が女の許に長期にわたって通うこと」で、同じ意味ではない。用例を検討してみると、次のような場合が考えられる。

① 男女の共住み—「あひ住みける人心にもあらで別れにけるが」（『後撰集』八一三詞書・読人不知）、「宮づかへする女を忍びてかたらひとりてあひすみ侍りけるを」（『新千載集』哀傷・二二七一詞書・基政）

② 女同士の同居—「をばなりける人の相住みける方より」（『後拾遺集』八九四詞書・道綱母）、「院のつぼねにつねにあひずみなる人」（『周防内侍集』三九）、「あひ住みにも忍びやかに心よくものしたまふ御方なれば」（『源氏』玉鬘巻・花散里ノコト）、「うきふねの君に忍びてあひすみ侍りけるに」（『風葉集』1200詞書・小野の尼）

③ 同じ家に通う男同士の相婿—「源遠古が女に物言ひわたり侍りけるに、かれがもとにありける女をまたつかへ人あひすみ侍けり」（『後拾遺集』恋三・七二〇詞書・祭主輔親とその従者）、「右のおほいまうちぎみのもとにあひすみ侍ける比」（『風葉集』64詞書・「笹分けし朝」の関白と中納言）

『相住みくるしき』という題名から、誰と誰が相住みしたのかは、不明である。〔典拠〕にあるように、源大納言三君と相住みしているかも知れない左大弁女が重要な登場人物であるかどうかも不明である。（宮田）

382

しのびたる女のもとにまかりて、たゞにてかへり侍けるみちに月をみて

みふねの太政大臣

影とめし露のやどりも霜さえてうはの空にもめぐる月哉

〔校異〕 たゝにて―たゝに〈龍大〉 みちに―みちにて〈伊達・龍門〉 影―かを〈国研〉 さえて―さして〈刈谷〉 めぐる―めつる〈国研・藤井〉 月哉―袖哉〈狩野〉

〔現代語訳〕

忍び逢う女の許に出かけて、逢えずに帰った道で月を見て

『みふね』の太政大臣

来る途中では月影を映していた、露の置いていた道にも、今は夜が更けて霜が冴え冴えと降り、上空を見上げると、時間の経過を示して巡っていく月が見えます。あなたにはほんの少しも逢えず、私は冷え冷えとした気持ちで、上の空でさまよっています。

〔語釈〕 **○たゞに** そのまま何もしないさま。ここでは、女に逢いに行ったが親しく逢えないさま。**○影とめし** 「影」は月の光。「とめ」は留めること。月光が露に宿った様子をいう。**○霜さえて** 霜が冴え冴えと降りていて、月影は留まらないのである。留まるところを失った我が身を重ねている。**○うはの空** 月が天上にあるさまと自分の心境を掛けた表現。

〔参考歌〕

①かげとめし露のやどりを思いでて霜にあととふ浅茅生の月（『新古今集』冬・六一〇・雅経）

〔典拠〕 『みふね』（散逸物語）。354番歌初出。

〔補説〕

○「しのびたる女」について。

『みふね』（354番歌〔典拠〕参照）の『風葉集』所収歌は六首。その中の三首が太政大臣の歌であり、この人が主人公と思われる。その三首中の二首の詞書に「しのびたる女」とあり、いずれも訪れたが逢えなかったとある。厳しい状況の恋であったらしい。1346番歌に、その女は出家した、とある。『風葉集』所収歌だけによって推論するのは危険であるが、510番歌の詠者である皇后宮は仏道に心を寄せているようであるので、当該歌の「しのびたる女」は、皇后宮である可能性が高い。（宮田）

左大将みなせにすみ侍ける冬の比、つかはしける

みなせがはの新中納言

聞なれし峯のあらしもいかならん都もかはる風のけしきに

〔校異〕 冬の―冬の○○（イ）〈天理・東大・狩野〉欠〈明大〉　みなせかは―みなせかし〈川口〉

付記　神宮・林乙・林丁あり。

〔現代語訳〕

左大将が水無瀬に住んでおりました冬の頃に贈りました

『水無瀬川』の新中納言

あなたはもう聞き慣れたことでしょうが、水無瀬の山から吹く嵐はどんな具合でしょうか。都も、冬になって風の様子が変わり、それにつけても、あなたが思われます。

〔語釈〕 **○みなせがは**　本来の普通名詞としての意味は、地下を水が流れて表面が涸れている川。次第に、現在の大阪府三島郡島本町の水無瀬川を言うようになった。前者の例としては、「事にいでて言はぬ許ぞ水無瀬河したに

通ひてこひしき物を」（『古今集』恋二・六〇七・友則）のように、表面に現れない、或いは表せない心を詠んだものがある。後者は、「見わたせば山もとかすむ水無瀬河ゆふべは秋となに思ひけん」（『新古今集』春上・三六・後鳥羽院）のように、後鳥羽院の水無瀬離宮が契機となって、その頃から摂津国の歌枕として定着し始めたようである（『歌枕歌ことば辞典　増訂版』片桐洋一・おうふう刊）。

〔参考歌〕

①ききなれしみねのあらしにいつしかとおとづれかはるたにのした水（『隆信集』龍大本七）

②秋たつと人はつげねどしられけりみ山のすその風のけしきに（『山家集』二五五）

〔典拠〕　『水無瀬川』（散逸物語）。『風葉集』に一一首入集。

題名の「水無瀬川」が歌枕として定着したのは、〔語釈〕に述べた如く、水瀬離宮造営以降であるので、当該物語の成立もこれ以降の可能性が高い。この物語は、男主人公の隠棲する水無瀬川を舞台として、〔語釈〕に引く友則歌と同趣の歌も多い。普通名詞としての「水無瀬川」―表にはあらわせない忍ぶ恋―を内容とするものであったろう。

『風葉集』の一一首の中で五首が左大将の歌、二首が一品の宮の女房の中納言の歌である。545・546・562・880番歌からこの二人は忍ぶ仲であったことがわかる。「世の中はしたなき事どもありて」（565）、「世中はしたなき比」（1176）、「世をはゞかりて水無瀬といふ所にこもりたまひて」（1258）などとあるので、左大将が不祥事をおこしたことがわかる。不祥事とは、一品宮中納言との恋であったろう。その結果、左大将は、正妻の女二宮と別れて水無瀬に隠棲することになった。1176番歌から二人が冷泉院に住んでいたこと、565番歌から女二宮が宮中に引き取られたことがわかる。「女二宮」という呼称は565番歌の詞書に見えるだけで、詠者ではないから、正式の呼称は不明である。もしそれが中納言の仕えた「一品宮」と同じ人であるとすれば、546番歌の詠者名に「入道一品宮の中納言」とあるので、一品宮は出家したことになる。とすれば、この人間関係は『いはでしのぶ』の女二宮（一品宮）と左大将（内大臣）

の関係とよく似ており、この物語は、『小木散逸』のいうように、『いはでしのぶ』の影響下にあるかもしれない。当該歌の詠者である新中納言は、左大将の親友か弟であろう。彼が思いを寄せた相手は中務宮の女（776）と女四宮（1153）らしいが、いずれも実らぬ恋であったようである。左大将への返歌（1251）をする前関白太政大臣北方は、左大将の母と考えられる。（宮田）

少将なかよりみづのをにこもりいて侍けるのち、松風のさむきまに〳〵としをへてひとりふすらん君をこそおもへ、と申て侍ければ　うつほの修理大夫忠章女

ひとりぬるよさむもいまやこけをうすみ霜をく山の嵐をぞおもふ

〔校異〕侍けるのち―侍けるは|（後イ）〈狩野〉　ふすらん―すむらん〈嘉永〉　ふすらひ〈清心〉　おもへ―思へは〈嘉永〉　申て―申〈清心・静嘉・川口・国研〉　侍けれは―侍けれ〈内閣〉　忠章―忠宣〈松甲〉　いまや―しゝ|（今イ）や〈狩野〉　こけ―うけ〈蓬左・龍門・松甲・刈谷・龍大・藤井〉う|（こ歟）け〈陽乙・篠山・彰甲・伊達〉　うすみ―なみ〈蓬左・龍門・刈谷・龍大・藤井〉な|（うす）み―〈陽乙・篠山・彰甲・伊達・松甲〉うす〈内閣〉

〔現代語訳〕

少将仲頼が水尾に籠もって住んでいました後に、「松風が寒々と吹くにつれて、長年独り寝をしているであろうあなたのことをいたわしく思います」と申して参りましたので

『うつほ』の修理大夫忠章女

独り寝の夜の寒さも、今はどうでしょうか、あまり気になりません。それよりも、冬枯れの苔が薄いように、

僧衣が薄いので、霜が置いて、奥山の嵐があなたを傷めつけるだろうと、それが心配です。

〔語釈〕 **○少将なかより** 源仲頼。左大臣祐成の次郎。「嵯峨院」に、仲頼と宮内卿在原忠保の女との結婚の記事がある。五、六年後、仲頼はあて宮を見て心を奪われ、あて宮の東宮入内による失意のため出家、水尾に籠もる。水尾は、現在の京都市右京区嵯峨水尾。**○修理大夫忠章女** 「修理大夫」は、宮中の修理・営繕を司る役所の長官。しかし『うつほ』には、仲頼の妻は宮内卿在原忠保の女とあり、『風葉集』と相違する。諸本の中には「忠章」が、「忠寧」との中間の字形になっているものがある。**○いまや** 『風葉集』には異文がないが、『うつほ』は「いさや」である。「さ」と「ま（万）」は区別が難しいので、『風葉集』の誤読から「いまや」になったと思われる。意味は「いさや」の方がよい。**○こけをうすみ** 「こけ」は「苔」と「苔の衣」を掛ける。「苔の衣」は僧侶の粗末な衣。「僧衣が薄いので」の意。**○をく** 「（露）置く」と「奥（山）」の掛詞。

〔参考歌〕 なし。

〔典拠〕 『うつほ物語』（3番歌初出）国譲下巻。当該箇所を次に挙げる。

かくて、山籠りは、人々の奉りたまひし物ども見たまひて、人々に賜ぶべきは賜ひて、わが御用になるべきは、などして、中納言の、粥の料にとてありし物をば、子どもの母君のもとにやりたまふとて、御文には、

（中略）

松風の寒きまにまに年を経てひとり臥すらむ君をこそ思へ

（中略）

とて奉れたまふ。女君見たまひて、いみじく泣きて御返り、

（中略）

ひとり寝る夜寒もいさや苔を薄み霜おく山のあらしをぞ思ふ

この粥の料は、のたまへるやうに。

と書きて、奉りたまひつ。

〔補説〕

○「霜」歌群について

冬の代表的な歌材である「霜」の歌群は当該歌から388番歌まで五首配されている。『風葉集』の「霜」詠は秋下に一首（318）あるが、これは菊花の移ろいとともに詠まれ、冬近き晩秋を告げるべく配されていて（318番歌〔語釈〕参照）、「霜」はやはり冬の歌材である。冬部の「霜」歌は382番歌に「冬月」に添えた歌材として配した後、「嵐」詠を二首配し、その二首目に、「嵐」とともに詠まれたのが当該歌である。歌群の後も「千鳥」「豊明節会」にも詠み込まれている。「霜」は菊花を移ろわせるのに代表されるように、草木を枯らし、「霜さゆ」と詠まれるように、もはや何も「宿す」ものも「結ぶ」ものも残さず、冬夜の「冷え」の象徴である。但し、『風葉集』には『新古今集』など、中世の勅撰集の「霜」のような叙景的な歌は見られない。（宮田）

385

女のゆくへおぼつかなくおもほしなやみ［給］・ける比、
おばながもとの草もしもふかくなり行を御覧じて

さごろものみかどの御うた

たづぬべき草の原さへ霜がれてたれにとはまし道芝の露

〔校異〕おほつかなく―おほつかなくて〈蓬左・陽乙・田中・内閣〉 おもほし―おほし〈天理・東大〉 思し〈明大〉 なやみける―なやみ給ける〈京大〉 そやみけり〈内閣〉 おはなか―おきなか〈陽乙〉 おきなるい―〈内閣〉
草も―草の〈刈谷〉 みかとの―みかと〈天理・東大・明大・狩野〉

〔現代語訳〕
女の行方がわからなくてお悩みになっていた頃、尾花の根元の思い草も霜が深くなって行くのをご覧になって　　　　　　　　　　　　　　　　　　　　　　　　　　　　『狭衣』の帝の御歌
女君を尋ねるよすがになりそうな草原まで、霜によって枯れてしまって、道芝に宿る露のように消えてしまった飛鳥井姫君の行方を、誰に尋ねたらよいのだろうか。

〔語釈〕 **○おもほしなやみ**　「給」があるのは京大本のみ。「おもほし」が尊敬語であるので、「給」は不要と考えて校訂した。**○おばながもとの草**　尾花の根元に寄生するキセル草（ナンバンギセル）。また、尾花の根元に咲く女郎花・露草なども言う。ここでは、〔典拠〕にひく『狭衣』巻二巻頭の「物思ひの花」が源氏の宮を指すのに対して、うなだれて物思いに沈んでいるかのように見えるキセル草が、飛鳥井姫君を指す、という『狭衣物語全注釈』に従う。◇参考「道の辺の尾花が下の思ひ草いまさらさらに何か思はむ」（『万葉集』巻十・二二七〇）。〔典拠〕に挙げた『狭衣物語』巻二の冒頭にもこの歌が引歌として用いられている。**○草の原**　野原、また、草深い墓地。『風葉集』358の〔語釈〕参照。参考歌①の『源氏』花宴巻の歌の影響がうかがえる。**○道芝の露**　道端に生えている雑草に置いた露のようにはかないものを表す歌語。参考歌②がこの語の古例で、この歌などを踏まえつつ、『狭衣』で飛鳥井姫君を指す語として多用されたことから、平安末期から中世にかけて多く詠まれるようになった。

〔参考歌〕
①うき身世にやがて消えなば尋ねても草の原をば問はじとや思ふ（『源氏』花宴・朧月夜）
②消えかへりあるかなきかのわが身かなうらみてかへる道芝の露（『新古今集』恋三・一一八八・朝光、『小大君集』六二）

〔典拠〕 『狭衣物語』（84番歌初出）巻二。当該箇所を次に挙げる。
「物思ひの花」のみ咲きまさりて、汀がくれの冬草は、いづれとなくあるにもあらぬに、「『尾花がもとの思

ひ草』は、なを、よすが」と、思さるゝを、むげに霜枯れ果てぬる、いと心細う思し侘びて、

　尋ぬべき草の原さへ霜枯れて誰に問はまし道芝の露

あさましう、誰とだに知らずなりにしかば、なを、「思ふにも言ふにもあまる」心地（ぞ）し給へる。（『旧大系』による）

参考　新全集…たづぬべき草の原さへ霜枯れて誰に問はまし道芝の露
　　集成……尋ぬべき草の原さへ霜枯れて誰に問はまし道芝の露

〔他出〕『物語二百番歌合』（前百番）三番右。　（宮田）

四季物語中に　はぎの内侍のかみ

花のうへにむすびし露は夢なれや萩のふるはをうづむあさ霜

〔校異〕かみ―きみ〈龍門〉君〈国研〉露―霜〈嘉永〉萩―荻〈伊達〉ふるはを―ふるえを〈陽甲・田中〉ふるは（え歟）を〈宮甲〉ふりはを〈蓬左〉ふるはに〈刈谷・龍大・藤井〉うつむ―結ふ（うつむイ）〈天理・東大〉結ふ〈明大〉むすふ（うつむイ）〈狩野〉あさ霜―朝露〈嘉永〉あさみ（しイ）も〈狩野〉

〔現代語訳〕

『四季ものがたり』の中に　萩の尚侍

ついこの間まで萩の花の上に結んでいた露は、夢だったのでしょうか。今は萩の古い葉を埋めているのは、朝霜です。

〔語釈〕**○萩のふるは**　「萩の古枝」の例は多いが、「古葉」の用例はない。「え（衣）」と「は（者）」は見誤る可能性もあるが、校訂は控える。

〔参考歌〕
①津の国の難波の春は夢なれや蘆のかれ葉に風わたる也（『新古今集』冬・六二五・西行）
〔典拠〕『四季ものがたり』（散逸物語）。59番歌初出。　（宮田）

女のもとより帰りたる人にかはりて、あしたにつかはしける

参河にさけるの関白

朝霜のおくればくるゝ冬の日もけふこそながき物としりぬれ

〔校異〕帰りたる―帰りたるに〈蓬左〉　参河に―参議に〈伊達〉　さけるの―さけるの○｜（イ）〈宮甲〉　朝霜―朝し｜も（つゆ歟）〈宮甲〉　おくれは―おつれは〈嘉永〉　くるゝ―つるゝ〈陽乙・嘉永・国研〉て《ヒ》｜（く）るゝ〈天理・東大〉　冬の日も―冬の日の〈伊達・龍門〉　けふこそ―けふこそ｜（本ノマヽ）〈伊達〉　なかき―なき〈嘉永・伊達・龍門〉　なかに｜（きイ）〈天理・東大〉　しりぬれ―知ぬれ｜（るイ）〈天理・東大〉　しりぬる〈内閣〉

〔現代語訳〕
女の許から帰った男に代わって、後朝に遣わしました歌
『みかはに咲ける』の関白
朝霜が置く頃に起きるともうすぐ日が暮れる冬の日も、今日は、あなたに逢うまで長い一日だと知りました。

〔語釈〕**○関白**　『物語後百番』によれば、この時は三位中将。**○おくれば**　「置く」と「起く」との掛詞。

〔参考歌〕
①冬の日を春より長くなすものは恋ひつゝ暮らす心なりけり（『千載集』恋三・七九六・忠通）
〔典拠〕『みかはに咲ける』（散逸物語）。147番歌初出。

当該物語は147番歌〔典拠〕参照。当該歌は、承香殿女御と間違えて御匣殿と逢ってしまった権中納言に代わって三位中将が詠んだもの。この御匣殿については、388番歌参照。

〔他出〕『物語二百番歌合』（後百番）四十二番右。

（宮田）

かへし　　女院のみく《〔つ〕》しげ

冬の日のくる丶もしらずきえかへるあしたの霜に身をたぐ《〔が〕》へばや

〔校異〕みくしけ―みつしけ〈京大・松甲〉　くる丶―くる〈国研〉　きえかへる―きえかへり｜（るイ）〈天理・東大〉　霜に―霜に○〈天理〉　たぐへ―たがへ〈京大〉　た丶へ〈内閣〉

〔現代語訳〕

返歌　　女院のみくしげ

短い冬の日が暮れるまでのことなど、私は知りたくありません。その前に、すっかり消えてしまう朝の霜と一緒に消えてしまいたいものです。

〔語釈〕**○女院のみくしげ**　147番歌〔典拠〕参照。承香殿女御と間違えられて権中納言に逢ってしまい、しかもその結果、妊娠し、出産の時に命を落とす薄幸の女性。『無名草子』にも、「御匣殿こそ、いみじくいとほしけれ」と評されている。**○きえかへる**　「消ゆ」を強意したもの。すっかり消える。**○たぐへばや**　「たぐふ」（ハ行下二）は、一緒につけてやる意。京大本の「たがふ」では意味が通じないので校訂した。

〔参考歌〕

①年へつる苫屋も荒れてうき波のかへるかたにや身をたぐへまし（『源氏』明石巻・明石君）

〔典拠〕『みかはに咲ける』（散逸物語）。147番歌初出。

（宮田）

嵯峨院のきさいの宮の御賀の屏風に、あじろ[の]ある河
に船どもこぎうけたるところ　　うつほの権中納言忠能

こぎつらねひをはこぶとて網代にはおほくの船を見なれぬる哉

〔校異〕あしろ―あしの〈京大〉　ある―な|（あイ）り〈天理・東大〉なる〈明大〉　こきうけ―こきかけ〈清心・静嘉・川口〉こきか|（う）け〈国研〉　うつほ―つほ〈川口〉　ひを―もを〈田中〉　には―木は〈陽甲・嘉永・田中・清心・日甲・静嘉・川口・丹鶴・伊達・龍門・松甲・刈谷・龍大〉木のヒ|（に）〈蓬左〉木に〈陽乙・彰甲・内閣・藤井〉きは|（にイ）〈天理・東大〉きは〈明大・狩野〉木|（に歟）は〈宮甲〉木|（に）は〈国研〉　おほく―おほ□〈彰甲〉おほえ〈明大〉　船―船|（ふゆ）〈国研〉　ぬる―なる〈天理〉

〔現代語訳〕
嵯峨院の后宮の御賀の屏風絵に、網代がある川に何艘かの舟を漕ぎ出して浮かべてある所
『うつほ』の権中納言忠能
漕ぎ連ねて氷魚を運ぶというので、網代木のところに多くの舟を見慣れてしまいましたよ。

〔語釈〕　**〇御賀**　345番歌〔語釈〕参照。**〇あじろ**　氷魚をとる仕掛け。杭を、網を引く形にうち並べ、竹や木を横に編んでかける。王朝貴族にとっては宇治川の冬の風物であった。**〇忠能**　物語によると、この時「左大弁」であった源正頼の長男忠澄の歌で、この詠者名は誤りか。**〇ひを**　氷魚。鮎の稚魚。琵琶湖や宇治川で採れ、朝廷にも献上された。

〔参考歌〕　なし。

〔典拠〕『うつほ物語』（3番歌初出）菊の宴巻。当該箇所を挙げる。
十月。網代ある川に、舟ども漕ぎ浮けたる。

390

左大弁

漕ぎ連ねひを運ぶとて網代には多くの冬をみ馴れぬるかな　（出口）

宇治にてよみ侍りける　　かほる大将

霜さゆるみぎはの千鳥うち［き］わびてなくねかなしきあさぼらけ哉

〔校異〕 詞書—欠〈伊達・龍門〉 よみ—まち〈清心〉 かほる大将—欠〈清心〉 うち—うき〈京大〉より（うち歟）〈陽乙〉 あさほらけ—あさはらけ〈松甲〉

〔現代語訳〕

宇治で詠みました歌　　薫大将

霜が下りて冷え冷えとする水際にいる千鳥がつらいと思って鳴く、その鳴き声が悲しく聞こえる夜明け方ですね。

〔語釈〕 **〇霜さゆる** 「霜さゆ」の古例は参考歌①で、その後『源氏』の当該歌に使われ、新古今時代に以降、非常によく詠まれた表現。「霜さゆる」と「千鳥」を詠んだ「霜さゆる汀のくちばふみしだき山下海に千鳥鳴くなり」（『壬二集』二六四六）などは当該歌の明らかな影響が指摘できる。**〇みぎは** 水際のこと。**〇千鳥** ここでは宇治川に棲む鳥のこと。和歌では、千鳥の鳴き声を聞いて物思いをすることが歌われることが多い。冬の歌材である。以下三首、「千鳥」の和歌が続く。**〇うちわびて** うち侘びて。つらがって嘆いて。**〇なくねかなしき** 当該歌以前には用例のない表現。『万葉集』の「つとに行く雁の鳴く音は我がごとく物思へかも声の悲しき」（巻十・二一三七）の如く、秋・冬の夜の静寂の中の鳥の鳴き声は、物思う我が身の泣き声に重なって聞こえ、この表現が生まれたのであろう。当該歌の他には「夕づくよさはべにたてるあしたづの鳴くねかなしき冬はきにけり」（『金槐集』三一四）

などがある。

〔参考歌〕

①しもさゆるふたみのうらのをしのうへを君よりほかにたれかはらはん（『小大君集』一三六）

〔典拠〕『源氏物語』（2番歌初出）総角巻。当該箇所を挙げる。

中の宮、切におぼつかなくて、奥の方なる几帳の背後に寄りたまへるけはひを聞きたまひて、あざやかにゐなほりたまひて、「不軽の声はいかが聞かせたまひつらむ。重々しき道には行はぬことなれど、尊くこそはべりけれ」とて、

霜さゆる汀の千鳥うちわびてなく音かなしき朝ぼらけかな

言葉のやうに聞こえたまふ。つれなき人の御けはひにも通ひて、思ひよそへらるれど、答へにくくて、弁してぞ聞こえたまふ。

あかつきの霜うちはらひなく千鳥もの思ふ人の心をや知る

似つかはしからぬ御かはりなれど、ゆゑなからず聞こえなす。

〔他出〕『物語二百番歌合』（前百番）七十六番左。

〔補説〕

○「水鳥」歌群について

当該歌から、「千鳥」詠が三首（390〜392）、「鴛鴦」詠が五首（393・394・396〜398）、「鴨」詠が一首（395）、399番歌は「鳰の君」、400番歌は「鴨の帥の宮」の作で、「水鳥」の歌群となっている。389番歌が「網代」詠で、水辺の風物を配しているので、これに続く形で始まるが、390・391番歌は「霜」が詠まれ、388番歌までの「霜」歌群の冬夜の悲哀感を継承している。「千鳥」がもっともよく詠まれているが、「千鳥」「鴨」「鴛」「鳰」、いずれも『万葉集』以来の歌材である。冬の歌材として定着したのは、ほぼ『拾遺集』の頃であるが、『千載集』『新古今集』時代に急速に発達し

た。当該歌〔語釈〕にも述べた如く、孤独な鳴き声が孤独な独り寝の夜の思いを増幅させる印象があって、物語歌にもよく詠まれたものである。（出口）

391

かへし　　宇治中君

あか月の霜うちはらひなくちどり物おもふ人の心をやしる

〔校異〕宇治中君―宇治の中宮〈藤井〉　あか月の―あかつきに〈伊達・龍門〉　うちはらひ―うちはらふ（ひイ）〈狩野〉

付記　彰甲は391詠者～395までの写真がなく、原本未見なので、校異に反映していない。

〔現代語訳〕

返し　　宇治の中の君

明け方の霜を払って鳴く千鳥は、物思いに沈む私の心を知ってあのように悲しげに鳴くのでしょうか。

〔語釈〕**○霜うちはらひ**　羽に置いた霜を払うこと。

〔参考歌〕

①冬の夜のしもうちはらひなくことはつがはぬをしのわざにぞありける（『小大君集』二一）

〔典拠〕『源氏物語』（2番歌初出）総角巻。当該箇所は前歌〔典拠〕参照。

〔他出〕『物語二百番歌合』（後百番）九十六番左。（出口）

女のゆくへしらでなげきける比、ちどりのなくをきゝて
　　　　しぐれの中将これすけ
さよ千鳥友まどはせる声すなりおなじ心に物やかなしき

〔校異〕　なけきける―なけき〈静嘉・川口・国研〉　なけく―（きける一本）〈丹鶴〉　なくを―なくこゑを〈天理・東大・明大・狩野〉　なく声○―（イ）〈宮甲〉

〔現代語訳〕
女の行方が分からないで嘆いていたころに、千鳥が鳴くのを聞きまして
　　　　『しぐれ』の中将これすけ
夜に千鳥が友と離ればなれになってしまって鳴く声が聞こえます。私と同じ気持ちで千鳥も物悲しく思うのでしょうか。

〔語釈〕　**○中将これすけ**　『しぐれ』の主人公か。11番歌〔典拠〕参照。**○友まどはせる**　『源氏』椎本巻に「朝霧に友まどはせる鹿の音をおほかたにやはあはれとも聞く」がある。309番歌〔語釈〕及び玉田恭子「散逸物語『しぐれ』歌にみる『風葉和歌集』編纂意識―歌材の部立意識と『新古今和歌集』家隆「下紅葉」歌から―」（『研究報五』）参照。

〔参考歌〕
①夕されば佐保の河原の河霧に友まどはせる千鳥鳴くなり（『拾遺集』冬・二三八・友則）

〔典拠〕　『しぐれ』（散逸物語）。11番歌初出。　（出口）

物思ける比、水どりのこへをあはれにきゝて

もにすむゝしの権中納言

かたしきの袖さへこほる冬の夜は鴛のうきねをよそにやはきく

〔校異〕 水とりの―ちとりの〈蓬左〉水とり〈神宮〉あはれに―あけくれに〈清心・静嘉・川口・国研〉詞書―欠〈林戊〉すむゝし―すひし〈内閣〉すゝ《ヒ》｜（本のママ）〈神宮〉権中納言―権大納言〈静嘉・川口・国研〉権大｜（中イ）納言〈清心〉袖さへ―そへ《ヒ》｜（て）さへ〈蓬左〉うきねを―うきねを〈松甲〉

付記 神宮・林乙・林丁・林戊あり。

〔現代語訳〕

物思いに耽っていたころに、水鳥の声をしみじみと聞いて

『藻に住む虫』の権中納言

独り寝の袖までも凍る冬の夜は、水に浮いたまま一羽で眠るおしどりのつらそうな鳴き声を、どうして自分と無関係なものとして聞くでしょうか。

〔語釈〕 **○水どり** 水辺に棲む鳥の総称。鴨や鴛鴦、鳰などで、冬の歌材として用いられる。**○かたしきの袖さへこほる** 自分の衣の片袖を敷いて、さびしく一人で寝るときの涙によって袖が凍ること。**○鴛のうきね** 「鴛」は、おしどりのこと。雌雄が離れることなく仲むつまじいので、夫婦仲の良さをうたう和歌に用いられる。「うきね」は「浮き寝」と「憂き音」の掛詞。「鴛のうきね」を詠んだ歌は、参考歌①が最も古い。

〔参考歌〕

①かきつめてむかし恋しき雪もよにあはれを添ふる鴛鴦のうきねか（『源氏』朝顔巻・三一九・光源氏）

〔典拠〕 『藻に住む虫』（散逸物語）。風葉集には二首（所在巻不明歌一首を含む）入集。

題名は「あまの刈る藻にすむ虫の我からと音をこそなかめ世をばうら見じ」（『古今集』恋五・藤原直子）による

（『秀歌選』『事典』）。『風葉集』の二首以外資料が全くないので、詳細は全く不明だが、両首に「権中納言」が関わっているので、この人物が主人公で、冬の夜に独り寝を嘆いている（393）。また、一夜の逢瀬で身籠もった女が権中納言の夢に現れ、死を予感した歌（1415）を詠む。

（出口）

うらむる事ありてあひ侍らざりける女の、ひとりあかして、池の水どりのつがひはなれぬを、うらやましく見て

おやこの中の内大臣

水のうへにこほりとぢたるをしだにもつがひはなれてあかすものかわ

〔校異〕 はなれて―て（は）なれて〈陽乙〉　はなれぬ《ヒ》―（て）〈国研〉

〔現代語訳〕

恨みに思うことがあって逢いませんでした女のことを思って、独りで夜を明かして、池の水鳥のつがいが離れないのをうらやましく見て『おやこの中』の内大臣

水面が氷で閉じてしまって動けなくなったおしどりでさえも、別れわかれになって夜を明かすものでしょうか、いやそんなことはありません。

〔語釈〕 **〇女の**　この後に誤写か脱落があるのではないか。『おやこの中』の復元（46番歌〔典拠〕参照）によると、女は中宮で、内大臣に冷たい態度をとったとあるため、「女の思ひに」などの言葉が欠落しているように思われる。通釈はそれに基づいて訳した。**〇こほりとぢ**　氷って水の流れが閉ざされて。「こほり」「水」は縁語。◇参考「こほりとぢ石間の水はゆきなやみそらすむ月のかげぞながるる」（『源氏』朝顔巻・紫の上）　**〇つがひ**　雌雄一対。

○ものかわ　仮名遣いは「ものかは」が正しい。反語。
〔参考歌〕　なにはがたあしのしをればこほりとぢ月さへさむしをしのひところゐ（『秋篠月清集』六七一）
〔典拠〕　『おやこの中』（散逸物語）。46番歌初出。（出口）

池に水鳥どものあそぶを御覧じいでゝ、したやすから
ざらんほどおぼししられければ
うたゝねのみかどの御歌

水のうへにかものうき世をいつまでかしたくるしくてすぎんとすらん

〔校異〕　池に—池の〈日甲〉　水鳥ともの—鳥鳥ともの〈嘉永〉　水鳥の〈田中〉　御覧しいてゝ—御覧しいて〈内閣〉御覧して〈天理・東大・明大・狩野〉御らんし出して〈藤井〉　やすからさらん—やすらさらん〈松甲〉やすからぬ〈天理・東大・明大〉やすからぬ|（さらむイ）〈狩野〉　うたゝね—たうゝね〈嘉永〉　うき世—うきす|（よイ）〈清心〉　くるしくて—くるして〈伊達・龍門〉　すきん—すまん〈天理〉すまむ〈東大・明大・狩野〉

〔現代語訳〕
池に水鳥どもが遊いでいるのを御覧になって、水中でしきりに水を掻いているであろう様子が思いやられましたので　　『うたたね』の帝の御歌
水の上に鴨が浮いていますが、その鴨が水中では忙しく足掻きをしているのと同じように、私もこのつらい世をいつまで誰にも言えずに苦しい思いで過ごすのでしょうか。

〔語釈〕　**○したやすからざらんほど**　「下」は、目に見えない部分を言う語。ここでは、水鳥が水面の下で水を掻

いていることをいう。**○うたゝねのみかど**　『うたたね』の登場人物だが、379番歌〔典拠〕にいうように、物語が復元できないので、物語中での役割も不明。**○水のうへにかもの**　「うき」を導く序詞。**○うき**　「浮き」と「憂き」の掛詞。

〔参考歌〕

①水とりをみづのうへとやよそにみむわれもうきたる世をすごしつつ（『紫式部日記』六）

〔典拠〕『うたたね』（散逸物語）。379番歌初出。

（出口）

女二の宮のすみたまひける一条にしのびておはしましたるに、池にたちゐるおしのをとなひもおなじ御心におぼされければ　　さごろものみかどの御歌

わればかり思しもせじ冬のよにつがはぬ鴛のうきね成共

〔校異〕すみ―すや〈日甲〉　しのひておはしましたるにいけに―しのひておはしましたるに池に（イ）〈狩野〉しのひておはしましたるに池にそ（イ）〈天理〉しのひておはしましたるに池（イケ）にて〈東大〉しのひておはしましたるに池にそ〈内閣〉欠〈明大〉　たちゐる―たちぬる〈内閣〉たちゐ（ぬるイ）〈天理・東大〉　をとなひ―をなひ〈伊達・龍門〉　おほされければ―おほされて（ければ一本）〈丹鶴〉

〔現代語訳〕

女二の宮が住んでいらっしゃった一条宮に忍んでおいでになっているときに、池にじっと浮かんでいるおしどりの声も、私と同じようにつらく思われましたので

『狭衣』の帝の御歌
私ほどには物思いはしていないでしょう。冬の夜につがいを離れたおしどりのつらい浮寝であるといっても。

〔語釈〕 **○をとなひ** 『物語前百番』七十六番右の詞書に「三条の宮に忍びて参りて池に立ち居る鴛鴦の声を聞かせ給ひて」とあるので、「声」と訳した。（注：一条の宮の誤りか） **○おなじ御心に** 和歌の中に「つがはぬ鴛の」とあるので、つがいでなく一羽とわかる。独り寝の我が身と同じ気持ちであることとする。 **○うきね** 「浮寝」と「憂き寝」の掛詞。

〔参考歌〕
①391番歌〔参考歌〕①に同じ。
②冬の池のつがはぬをしはさよ中にとびたちぬべきこゑきこゆなり（『和泉式部集』七〇）

〔典拠〕 『狭衣物語』（84番歌初出）巻二。当該箇所を次に挙げる。

池にたち居る鴛鴦の音なひ、つがはぬにやと耳とまりたまひて、

我ばかり思ひしもせじ冬の夜につがはぬ鴛鴦の浮き寝なりとも

と言ふも聞く人なければ、心にまかせてうちすさみたまふにも、なほ飽かねば、もし寝覚めたる人もやあると、試みに近く寄りて聞きたまへど、音する人もなくて、格子のもとの風に吹きならさるるは、心ときめきせらるるや。（新全集による）

参考　旧大系…我ばかり思ひしもせじ冬の夜につがはぬ鴛鴦のうき寝なりとも
　　　集成……我ばかり思ひしもせじ冬の夜につがはぬ鴛鴦の浮寝なりとも

〔他出〕 『物語二百番歌合』（前百番）七十六番右。

（出口）

女のもとにまかれりけるに、つれなかりければ、池の
をしのなくをきゝて　　はしたかの按察大納言
もろともにはねうちかはす鴛どりもさゆる霜夜はたへずなく成

〔校異〕　まかれりけるに―まかれりけるし（にイ）〈天理・東大〉　うちかはす―うちかはし〈藤井〉　鴛とりも―鴛とりの〈田中・清心・静嘉・川口・国研〉をしよりも〈丹鶴〉　たへす―たえへ《ヒ》（す）〈陽乙〉たえす〈内閣〉

〔現代語訳〕

女の家にでかけて行きましたが、すげなくされましたので、池の鴛鴦の鳴く声を聞いて

『箸鷹』の按察大納言

いっしょに羽をかさねて寝るという鴛鴦でさえも、霜がおいて寒く冷たい夜には耐えられずに鳴くのです。

〔語釈〕　**○按察大納言**　『箸鷹』九首（7番歌参照）中、この詠者の歌は当該歌一首のみ。物語の主筋との関係は不明。**○はねうちかはす**　羽をならべる。仲の良いさまをいう。◇参考「深山木に羽翼うちかはしゐる鳥のまたなくねたき春にもあるかな」（『源氏』真木柱巻・蛍宮）　**○さゆる**　「冴ゆ」。しんしんと寒く冷たい意。ここでは、思う相手に冷たくされて自分の心も寒い。◇参考「ふゆかはのをしのうきねやいかならんつねのとこだにさゆるしもよに」（『相模集』二七一）。

〔参考歌〕

①さむしろに思ひこそやれ笹の葉にさゆる霜夜の鴛のひとり寝（『金葉集』冬・二九八・顕季）

②かた身にやうわ毛の霜をはらふらんとも寝のおしのもろ声になく（『千載集』冬・四二九・親房）

〔典拠〕　『箸鷹』（散逸物語）。7番歌初出。

（浅井）

あひそひて侍ける女の、はなれゐて侍ける比、つかはしける　　われからの［か］はりまのかみ

冬の夜にならはぬをしのひとりねはうはげの霜をいかにせよとぞ

〔**校異**〕あひそひて―あひそ侍て〈川口〉あひそめ（ひイ）て〈狩野〉はなれゐて―はなれて〈狩野〉われから―わかれち（れからイ）〈刈谷・龍大・藤井〉はりまのかみ―はかまのかみ〈京大・陽甲〉歌―冬の夜にならはぬ鴛のひとりねは上毛の霜をいかにせよとぞ（イ）〈狩野〉夜に―よは〈清心〉よも（に一本）〈丹鶴〉とぞ―とて〈嘉永・清心・国研・天理・東大・明大〉

付記　神宮・林乙・林丁あり。

〔**現代語訳**〕

いっしょに暮らしていた人が、離れて住むようになりました頃、遣わしました歌

『われから』の播磨守

冬の夜に、慣れない鴛鴦の独り寝は、ただでさえ寒くつらいのに、羽の上に置く霜をいったいどうしろというのですか。

〔**語釈**〕**〇はりまのかみ**　播磨の守。『われから』八首中、この詠者の歌は当該歌一首のみ。1242番歌の詠者、讃岐守の娘が「あひそひて侍ける女」か。**〇われから**　割れ殻。海藻などについている小さい節足動物。「我から」を掛ける。**〇をしのひとりね**　いつも共寝をしているという鴛鴦にとっては、慣れない独り寝。我が身の今の状態を表している。**〇うはげの霜**　水鳥の羽毛の上に置く霜。独り寝の寂しさに冷たさが重なって辛い心情を喩えている。

◇参考「うちはらふともねならねばをしどりのうはげの霜もけさはさながら」（『和泉式部集』六四四）。

〔**参考歌**〕なし。

〔典拠〕『われから』（散逸物語）。『風葉集』に八首入集。物語名『われから』は「あまの刈る藻にすむ虫の我からと音をこそなかめ世をばうら見じ」（『古今集』恋五・八〇七・藤原直子、『伊勢』六十五段）による。「われから」と、我が身ゆえにと自らを責めて嘆く恋が主題の物語か。八首の内訳は、当該歌の播磨守の歌一首、讃岐守の娘の歌三首（1248は出家した父を思いやる歌、1242と1362は自ら消え入りたいと嘆く歌）、母の喪に服す兵衛佐の歌二首（604・1292）、ちごの五十日が子の日にあたったという式部卿親王の歌一首（707）と侍従のめのとの歌一首（708）である。讃岐守の娘の歌が最も多いことから、主人公かと考えられ、「ちご」は、式部卿宮と讃岐守の娘との間に生まれた子と推定できないこともないが、内容は不詳である。『体系五』は「登場人物たちの身分が低い点に注目される」とする。（浅井）

四季物語の中に　にほのきみ

浪わくるにほのうきすの磯づたひよるべさだめぬちぎりかなしな

〔校異〕にほ―にふ（ほイ）〈天理・東大〉　わくる―かくる〈田中・清心・日甲・静嘉・川口・国研・丹鶴〉　かなしな―かなしふ（なイ）〈天理・東大〉　かなしき（なイ）〈狩野〉　かなしき〈明大・刈谷・龍大・藤井〉

付記　神宮・林乙・林丁あり。

〔現代語訳〕

『四季ものがたり』の中に　鳰の君

波をわけるようにして浮かんでいる鳰の浮き巣は、磯づたいに寄る辺もないという、それが前世からの因縁とは悲しいことです。

〔語釈〕○にほのきみ　『四季ものがたり』における登場人物の命名は自然を擬人化したものと思われるが、そのほとんどが身分（帝、女御、斎院、内侍のかみなど）や官職（中納言、中将、木工頭など）による名がついているのに対して、「鳰の君」（当該歌）、「紅葉の君」（648）、「泉の姫君」（1192）の三人だけは、詠歌状況から、女君たちであることのほかは不明。**○にほのうきす**　「鳰（にほ）」は水鳥の「かいつぶり」。「浮き巣」は、水草を集めて作ったもので、蘆の間などの水面に浮かんでいる。よるべなく、たよりなく不安定なさまをいう。「浮き」に「憂き」を掛ける。頼るあてのない我が身は、つらく悲しい意。◇参考「おのづからたちよるかたもなぎさなるにほのうきすのうきみなりけり」（『正治初度百首』一九九五・讃岐）

〔参考歌〕

①はかなしや風にただよふ波の上ににほのうきすのさても世にふる（『新千載集』雑上・一八二四・式子内親王）

〔典拠〕『四季ものがたり』（散逸物語）。59番歌初出。　（浅井）

かもの帥宮

人めもるつららのとこのうき枕こゝろくだくる波のうへ〔つ〕哉

〔校異〕歌―歌｜（本ノマ、）〈天理・東大〉本ノマ、〈明大〉　人目もるつらゝの床のうきまくらこゝろくたくるなみのうへかな（イ）〈狩野〉　つらら―つらし｜（ら）〈京大〉　うき―うち〈陽甲〉　うへ―うつ〈京大・松甲〉うゐ〈陽乙〉こゐ〈天理・東大・内閣〉

〔現代語訳〕

（『四季ものがたり』の中に）　鴨の帥宮

人の目をはばかる氷の床のひとり寝は、波の上の旅寝にて、心がくだけるくらいにつらいことですよ。

〔語釈〕○かもの帥宮　『四季ものがたり』は四季の景物を擬人化した物語であったと思われ（59番歌参照）、当該歌は冬の景物である「鴨」を擬人化したもの。**〇人めもる**　「人目守る」。人の見る目をはばかる。他人の目が見張っている意。**〇つらら**　氷のこと。「つらら」と「砕く」は縁語。**〇うきまくら**　水辺または舟で旅寝、つらいひとり寝。「浮き」に「憂き」を掛ける。用例に「水鳥のたまもの床のうきまくらふかき思ひはたれかまされる」（『千載集』冬・四三一・匡房）などがある。

〔参考歌〕

①水鳥のつらゝの枕ひまもなしむべさへけらし十ふの菅菰（『金葉集』冬・二七五・経信）

〔典拠〕　『四季ものがたり』（散逸物語）。59番歌初出。

（浅井）

　女を、おやのとりこめて侍けるに、忍びてまかりながらなげきあかして

篠わけしあさの関白

いかにせんかたしきわぶる冬のよのとくるまもなき袖のつらゝを

〔校異〕　篠わけしあさの関白―欠〈龍門〉　まもなき―まてなき〈宮甲・篠山・刈谷・龍大・藤井〉　け―（まイ）もなき〈狩野〉　つらゝ―つゝら〈国研・伊達〉

〔現代語訳〕

　女を、親が取り込めましたので、ひそかに出かけましたが悲しくて泣き明かして

『笹分けし朝』の関白

どうしたらよいでしょう。独り寝のつらくて苦しい冬の夜の、溶ける隙さえもない袖の氷を。

〔語釈〕　**〇かたしきわぶる**　「片敷く」は独り寝をすること。「わぶ」は、つらくてできない意。独り寝の状態を続けることがつらい。226番歌「起き臥しわぶる」参照。用例に「夜を寒みかたしきわぶる衣手の田上川に千鳥鳴くな

り」（『続後拾遺集』冬・四六二・国助）がある。**〇とくるまもなき**　「とくる」は溶ける。氷が「溶ける」と心がうちとける意をかける。「袖」と「つらゝ」は縁語。涙で濡れた袖が凍り、溶ける隙がないように心がうちとける隙もなくて、身も心も寒い。

〔典拠〕『笹分けし朝』（散逸物語）。22番歌初出。

（浅井）

女につかはしける　　　　　　ゆふぎりの二のみこ

おちつもる涙は袖にこほりつゝとけてねらるゝよゐのまもなし

〔校異〕女に―女の〈刈谷・龍大〉二のみこ―このみこ〈田中〉こ（二）のみこ〈天理・東大〉このみこ〈明大〉こ（二イ）のみこ〈狩野〉おちつもる―おちつもり〈陽甲〉こほり―つもり〈龍大〉

〔現代語訳〕

女のもとへ遣わしました歌　　　　　『夕霧』の二の親王

こぼれおちるほどの涙は袖を濡らし、それが凍ってとけず、くつろいで寝られる宵の間もありません。

〔語釈〕**〇おちつもる涙**　こぼれて袖がぬれるほどの涙。用例に「おちつもるなみだをふかみいまさらにうききともなるわがまくらかな」（『能宣集』一五一）などある。「涙」、「袖」、「こほり」、「とけ」は縁語。

〔参考歌〕なし。

〔典拠〕『夕霧』（散逸物語）。『風葉集』には一首のみ入集。『源氏』を想起させる題名ではあるが、詳細は不明。

（浅井）

雪のふりつもれるに、月くまなくさしいでて、ひとつ
色にみえ[ヽ]わたされたるに、やり水もいたうむせび、池
のこほりもえもいはずすごきに　　むらさきのうへ

こほりとぢいしまの水はゆきなやみ空すむ月の影ぞながる、

〔校異〕 雪―霜〈伊達・龍門〉みえ―み、〈京大〉欠〈嘉永・明大〉見え（イ）〈天理・東大〉みえ〈狩野〉みて（え）〈松甲〉やり水も―水も〈伊達・龍門〉やり水る〈刈谷〉むせひ―むすひ〈龍門・内閣〉いはす―いわれす〈丹鶴〉いは〈東大〉すこきに―すこきに〈狩野〉詠者名―欠〈伊達・龍門〉

〔現代語訳〕

雪が降り積もっているうえに、月がすみずみまで明るく照らして、あたり一面をおなじ景色にみせており、遣り水も流れが滞ってたいそうむせぶような音をたてていて、池の氷のようすも言いようもなく淋しく荒涼としている風情なので　（『源氏』の）紫の上

氷が張って閉じられている石の間の水は、流れかねていますが、空に澄む月の光は流れるように移っていきます。

〔語釈〕 **○やり水**　遣り水。庭に水を引き入れて作られた流れ。**○むせび**　「噎ぶ」は、むせび泣きをするような声や音をたてる意。ここでは遣り水の音。◇参考「いしまよりいづる泉ぞむせぶなる昔をしのぶ声にやあるらん」（『兼盛集』一七）**○すごき**　「すごし」は、身にしみて淋しく感じられる情趣、情景。ここでは雪が降り積もって、雪明かりと月の光がひとつになっている夜、遣り水の音が聞こえ、池の氷に月の光がうつっている情景をいっている。「月」「水の音」「池の氷」に「雪」が加えられることによって、寂寥感がよりいっそう強く表現されている。

『紫式部日記』に「艶になりぬる人は、いとすごうすずろなる折も、もののあはれにすすみ」、『源氏』には、箒木巻に「何心なき空のけしきも、ただ見る人から、艶にもすごくも見ゆるなりけり」、須磨巻に「冬になりて、雪降り荒れたるころ、空のけしきも、ことにすごくながめたまひて、琴を弾きすさびたまひて」、総角巻に「夕暮の空のけしき、いとすごうしぐれて」など多くの用例があり、『源氏』の特徴的表現かと思われる。梅野きみ子『えんとその周辺 平安文学の美的語彙の研究』第二章「すごし」考（笠間書院）参照。**○いしまの水** 石の間を流れる水。「石間」は、「岩間」とも。『紫式部集』の〔参考歌〕①をはじめ、三三一・八五にも見え、『源氏』には「浅けれど石間の水はすみはてて宿もる君やかけはなるべき」（真木柱巻）、「ともかくも岩間の水の結ぼほれかけとむべくも思ほえぬ世を」（同）などとあり、紫式部が好んで使用した表現。**○ゆきなやみ** 「ゆき」は「行き」と「生き」の掛詞。水の流れが滞っていることと、頼るあてもない身の上をかけている。紫の上自身の心の苦しみが詠まれている。**○こほりとぢ** 394番歌〔語釈〕参照。◇参考「年暮れて岩井の水もこほりとぢ見し人かげのあせもゆくかな」（『源氏』賢木巻　王命婦）**○空すむ月** 「住む」と「澄む」は掛詞。

〔参考歌〕

①とぢたりしいはまのこほりうちとけばをだえの水もかげみえじやは（『紫式部集』五七）

〔典拠〕『源氏物語』（2番歌初出）朝顔巻。該当する部分を掲げる。

雪のいたう降り積もりたる上に、（中略）「時々につけても、人の心をうつすめる花紅葉の盛りよりも、冬の夜の澄める月に雪の光りあひたる空こそ、あやしう色なきものの身にしみて、この世の外のことまで思ひ流され、おもしろさもあはれさも残らぬをりなれ。すさまじき例に言ひおきけむ人の心浅さよ」とて、御簾捲き上げさせたまふ。月は隈なくさし出でて、ひとつ色に見え渡されたるに、しをれたる前栽のかげ心苦しう、遣水もいといたうむせびて、池の氷もえもいはずすごきに、童べおろして雪まろばしせさせたまふ。（中略）月いよいよ澄みて、静かにおもしろし。女君、

こほりとぢ石間の水はゆきなやみそらすむ月のかげぞながるる

〔他出〕『源氏物語歌合』（五十四番歌合）二十九番左。

〔補説〕

〇「冬月」について

月は暦を支配しているものであり、我が国では、常に月とともに生きていたといっても過言ではない。しかし、秋の月がもっとも賞翫され、次いで春の朧月夜である。冬の月は『歌ことば歌枕大辞典』も、その「美が積極的に称揚されたのは、平安時代の半ば頃」と述べ、端緒として「いざかくてをり明かしてん冬の月春の花にも劣らざりけり」（『拾遺集』雑秋・一一四六・元輔）を挙げ、右〔典拠〕に示した当該歌を含む『源氏』朝顔巻を挙げる。「冬月」の美を詠んだ歌としては「大空の月のひかりし清ければ影見し水ぞまづこほりける」（『古今集』冬・三一六・読人不知、『新撰万葉集』一七七）などが古い。『新撰万葉集』には「ふゆの池のうへは氷にとぢられていかでか月のそこに入るらん」（四二六、『拾遺集』冬・二四一・読人不知）も見え、「氷」との取合せで、月光の冷澄美、冷艶美を詠んでいる。同集の歌に付された漢詩には「冬月」を詠んだものが一〇首もあり、「冬月」は漢詩の影響下に見出された歌材であることを窺わせる。「寒流帯月澄如鏡」（『和漢朗詠集』冬・三五九・白楽天）をはじめとする唐詩の刺激によることはすでに指摘されている。『源氏』には朝顔巻の他にも「冬月」の情景を美しく描き出した文章が各所に見られる。菅井麻由子氏は、『源氏』において、「冬月」の「白い光」に罪や情念を浄化する清浄性を新たに見出して賞翫したと指摘する（「『源氏物語』「冬の月」試論―朝顔巻をめぐって―」『東洋大学大学院紀要文学研究科』三六、二〇〇〇）が、『新撰万葉集』詠と同質のものであろう。ところが、『詞花集』頃から、「落葉」との取合せ（一四八）、「時雨」との取合せ（一五〇）の歌が登場し、落葉した枯木の間、時雨の晴間に輝く、荒涼とした孤独な月が詠まれた。こうした「冬月」詠は新古今歌人によって醸成され、『新古今集』には、五九一～六一一番歌まで、「霜」を詠んだ六〇二番歌を挟んで一九首の「冬月」歌群を形成している。前半は「落葉」「時雨」との取合せ、後半は「木枯し」「霜」との取合せで詠まれている。他に、平安中期以来の「氷」や「雪」との取合せ歌もあり、冬の代表的歌材となった。
『風葉集』における「冬月」詠はまず381番歌に「時雨」、382番歌に「霜」とともに詠まれた二首、403・404番歌に「氷」、405番歌に「雪」とともに詠まれ、406番歌は「冬月」のみを素材とした歌の四首が歌群として収められている。前半の二首は新古今歌人によって見出された美意識、後半の四首は『源氏』に代表される平安中期に見出された美意識に基づく歌と言えよう。これは、『風葉集』が王朝時代を志向する物語の歌の集積であることを反映しているのであろう。　　（浅井）

八条院の冬の御かたにて、雪ふり月おもしろき夜、詩うたなどたてまつり侍けるに　　さゝわけしあさの関白
さえわたるいけのこほりも月影もおなじ鏡とみゆるよは哉

〔校異〕 御かた―御うた〈篠山〉　にて―欠〈嘉永・明大・狩野〉にて（イ）〈天理・東大〉　おなし―かなし〈刈谷〉　鏡―鑽《ヒ》（鏡）〈松甲〉

〔現代語訳〕 八条院の冬の御殿において、雪が降っていて月が風情あるようすの夜に、詩歌などを奉りましたときに　　『笹分けし朝』の関白
あたり一面に荒涼として池の氷も月も同じ鏡のように澄んで見える夜更けですよ。

〔語釈〕 **○八条院の冬の御かた**　『源氏』の六条院を連想させる広大な邸宅の冬の御殿。八条院はその主の名。22番歌〔典拠〕及び225番歌参照。詠者関白との関係は不明。**○さえわたる**　寒々しくあたり一面荒涼としている意。

「雪」と「池のこほり」、「月」とともに詠まれている情景は、『源氏』の朝顔巻（439番歌）、賢木巻（〔参考歌〕①）の場面に同じである。「池」「鏡」「月」は縁語。**○月影**　月の光。ここでは、主催者を月に喩え、敬意を表している。主催者の長寿や家の弥栄を言祝ぐ詩歌が詠まれた。

〔参考歌〕

①さえわたる池の鏡のさやけきに見なれしかげを見ぬぞかなしき（『源氏』賢木巻・光源氏）

〔典拠〕　『笹分けし朝』（散逸物語）。22番歌初出。

（浅井）

405

頭中将

たとふべきかたなき物は冬ふかみ雪ふりしけるよは〔、〕の月影

〔校異〕　よはの―よ、の〈京大〉

〔現代語訳〕

頭中将

例えようのないものは、冬が深まって、一面に降り積もっている雪面の、その上に射し込む夜更けの月の光です。

〔語釈〕　**○頭中将**　蔵人頭と近衛中将を兼ねる君達。『風葉集』所収歌に同一人物の詠歌はなく、『笹分けし朝』における人物造型は不明である。**○たとふべきかたなき物**　例えようもないもの。前歌が凍った池の水面に映る月を詠んだのに対して、それよりも、の意を含む。**○ふりしける**　「降り敷く」と「降り頻く」を掛ける。月の光と雪を重ね合わせて用いた初期の例として、「よるならば月とぞみましわがやどの庭白妙にふりしける雪」（『貫之集』六五）がある。**○よはの月影**　「よは」は、夜更け、夜中。底本「よ、」。他本全て「よは」あるいは「夜半」とある

ため校訂した。「月影」は、月の光、月明かり、月の姿、あるいは月明かりに照らされた人の姿。新古今時代に歌語として好まれたこの表現の最初期の例に、「めぐりあひて見しやそれともわかぬまにくもがくれにし夜はの月かげ」（『紫式部集』一、『新古今集』雑上・一四九九）がある。「月かな」とする異文も多いが、同時期に、句またがりで、「水の上にやどれる夜半の月かげのすみとくべくもあらぬ我が身を」（『公任集』二九〇）の例があり、このころに歌語として成立したと思われる。

〔参考歌〕

①むばたまの夜のみ降れる白雪は照る月影の積もるなりけり（『後撰集』冬・五〇三・貫之、『古今六帖』第一・三一七）

②ふりしける雪かとみゆる月なれどぬれてさえたる衣手ぞなき（『貫之集』二五九、『古今六帖』第一・三一六）

〔典拠〕　『笹分けし朝』（散逸物語）。22番歌初出。

〔補説〕

○『笹分けし朝』の詩歌の宴について

405番歌は関白詠の404番歌に頭中将が唱和するものである。巻十賀にある「冬の御方にて、雪降り月おもしろき夜、人々詩歌など奉りけるついでによませ給ひける」の詞書がついた八条院御詠の739番歌、左大臣詠の740番歌、左大弁詠の741番歌と合わせて『風葉集』所収歌十首のうち半数が同場面に占められていることになり、八条院・冬の御殿で開かれたこの詩歌の宴が、物語における重要な盛儀であったと推測される。（東）

題しらず　　　　つまこひかぬる三位中将

なげきわびうちぬるとこのさびしきにあはれをそふる冬のよの月

〔校異〕　あはれを―あはれを〇〈神宮〉

付記 神宮・林乙・林丁・林戊あり。

〔現代語訳〕

題知らず　　『妻恋ひかぬる』の三位中将

悲嘆にくれて横になる寝床の寂しさに、さらなる悲哀をそそる冬の夜の、冷たく冴えた月です。

〔語釈〕 〇**三位中将** 『妻恋ひかぬる』の男主人公。春、宇治に住む女性を置いて京に戻った。〇**なげきわび** 悲嘆にくれる。苦悩し、憂いに沈む。ひどく嘆き悲しむ。〇**あはれをそふる** 悲哀をそそる。悲しみを加える。◇参考「月かげのくもがくれにしこのやどにあはれをそふるむら時雨かな」（『伊勢大輔集』一三三）。〇**冬のよの月** 新古今時代の歌人たちが好んで用いた歌語だが、「冬の夜の月はとほくやわたりけんかげみしづみのまづしこほれば」（『寛平御時中宮歌合』二二）を初めとして、平安中期頃から用例が散見される。ただし、これらの用例は、冬の月の澄んだ光のさまや色形を賞美するものであり、「あはれをそふる」と叙情的、心情的に詠む406番歌の中世的な歌風とは異なっている。また、「月」の体言止めを第五句に置く新古今時代の表現のあり方については、藤尾恭子「『新古今集』第五句末「月」をめぐって—新古今的虚構叙景歌の表現」（『中世文学』二二、一九七六・一〇）に詳しい。

〔参考歌〕

①天の原空さへさえや渡るらん氷と見ゆる冬の夜の月（『拾遺集』冬・二四二・恵慶、『古今六帖』第一・三二九・つらゆき）

②人もこずさびしきやどのいたまよりふゆのよなよなてらす月かげ（『千穎集』八九）

〔典拠〕 『妻恋ひかぬる』（散逸物語）。112番歌初出。

（東）

うす雲の女院かくれ給てのち、思《ひ》いできこえさせ給つゝ、

おほとのごもれるに、うらみたるさまにて夢にみえさせ給ければ　　六条院のおほむうた

とけてねぬね覚さびしき冬のよにむすぼゝれつる夢のみじかさ

〔校異〕　思いて—思ひて〈京大〉おもひいて〈蓬左・田中・日甲・伊達・刈谷・龍大・藤井〉思出〈嘉永・天理・東大・明大〉思ひいて〈清心・静嘉・川口・国研・丹鶴・龍門・内閣〉思ひ出〈狩野〉　給つゝ—給て〈藤井〉　とけて—とけたて〈龍門〉　つる—つゝ〈るイ〉〈狩野〉　みしかさ—みしかき〈静嘉〉

〔現代語訳〕　薄雲の女院が崩御あそばした後、思い出し申し上げながら、お休みになったところ、恨めしく思っている様子で夢の中においでになられましたので　　六条院の御歌

おだやかに眠ることもできない寂しい冬の夜に結んだなんとも気が塞ぐ寝覚の夢は、短いものであったよ。

〔語釈〕　**〇うす雲の女院**　藤壺中宮。賢木巻での出家後、三十七歳で崩御するまでの通称で、「薄雲」の名は薄雲巻で崩御したことによる。物語中では「入道后の宮」「入道の宮」「宮」と称されており、女院号宣下についての言及もないが、澪標巻における「入道后の宮、御位をまた改めたまふべきならねば、太上天皇になずらへて御封賜らせたまふ」の記述から、古系図や『風葉集』で「女院」の呼称を用いるようになった。**〇思いできこえさせ給つつ**　雪の朝、女童たちの雪まろばしの様子から、前年崩御した藤壺中宮のことを回想した。このとき、藤壺中宮、朝顔斎院、朧月夜尚侍、明石君について、紫上に語った。底本「思ひて」とあるが、他本全て「おもひいて」「思出」「思ひいて」「思ひ出」。文意にも合わないため校訂した。**〇とけて**　くつろいで。安心して。おだやかな気持ちで。**〇ね覚さびしき**　第五句「夢のみじかさ」との対句的表現。両語ともに『源氏』を初発とし、新古今時代か

らよく詠まれるようになった歌語である。**○むすぼゝれ**　「結ぼほれ」。初句を受けて、気がふさぐの意。第五句「夢」と合わせて、夢を見る、夢で逢瀬を果たすの意。「冬の夜のなみだのかかるむばたまのかみはこほりにむすぼほれつつ」（『賀茂保憲女集』二〇二）に見られるような「冬の夜」に霜や氷が「結ぶ」ことに見立てた表現か。「とけて」と「むすぶ」は、霜や氷の縁語として、対照関係にある。

〔参考歌〕

①ゆめにだにみるべきものをねざめつつこふるこころはゆくかたもなし（『陽成院親王二人歌合』五）

〔典拠〕　『源氏物語』（2番歌初出）朝顔巻。当該箇所を次に掲げる。

入りたまひても、宮の御事を思ひつつ大殿籠れるに、夢ともなくほのかに見たてまつるを、いみじく恨みたまへる御気色にて、漏らさじとのたまひしかど、うき名の隠れなかりければ、恥づかしう。苦しき目を見るにつけても、つらくなむ」とのたまふ。御答へ聞こゆと思すに、おそはるる心地して、女君の「こは。などかくは」とのたまふにおどろきて、いみじく口惜しく、胸のおきどころなく騒げば、おさへて、涙も流れ出でにけり。今もいみじく濡らし添へたまふ。女君、いかなることにかと思すに、うちもみじろかで臥したまへり。

とけて寝ぬ寝覚めさびしき冬の夜に結ぼほれつる夢のみじかさ

〔他出〕　『物語二百番歌合』（前百番）三十六番左。

（東）

たゞ人におはしましける時、こかはにまうで給に、
よし野川のわたりにてみぎはのこほりとぢこめて、
おほむふねもえすぎやらぬに　　さごろものみかどの御歌
わきかへりこほりのしたはむせびつゝさもわびまさるよしの川哉

〔校異〕 おはしましける—おはしける〈蓬左・陽乙〉 こかは—こりは〈龍門〉にかは〈刈谷〉 まうて—まうて〈天理・東大〉 すき—すに（きイ）〈天理・東大〉 やらぬに—やらぬまに〈嘉永・明大・狩野〉 やらぬま《ヒ》（イ）に〈天理・東大〉 みかとの—欠〈日甲〉 したは—したは（に）〈国研〉 まさる—さする〈陽甲〉

〔現代語訳〕

臣下の身分でいらっしゃった時、粉河寺に参詣なさるのに、吉野川のあたりで水際が硬く凍ってしまって、
舟が過ぎて行くこともできないので

『狭衣』の帝の御歌

わき返る水は、氷の下で音を立てて流れ、強くわき上がる思慕の思いを表には出せないままに悲しみでむせび泣くようなそのさまを見ていると、なんとも悲しみが増すような気がする吉野川であることです。

〔語釈〕 **○たゞ人** 皇族に対して、臣下のこと。160番歌〔語釈〕参照。**○こかは** 和歌山県北部紀ノ川市にある粉河寺のこと。『粉河寺縁起絵巻』に、宝亀元年（七七〇）創建と伝えられる古刹である。『枕草子』「寺は」（一九五段）にその名が挙げられ、『うつほ』吹上上巻では、源涼が住む紀伊国吹上宮訪問に関わって散見される。**○まうで給に** 源氏宮が託宣によって賀茂斎院に選ばれたことから、出家を思い立って高野・粉河に参詣した。**○よし野川のわたり** 奈良県吉野山麓を流れる川。紀伊国では「紀ノ川」と呼ぶ。京から宇治・奈良を経て、紀伊国に入って、吉野川岸に到達した。吉野川は歌枕として古来名高く、『枕草子』「河は」（六〇段）にもその名が見える。**○みぎは** 汀。水際。陸地の、水に接する所。**○わびまさる** つらさが募る。悲しみ、苦しみが増す。

〔参考歌〕

①こころには下行く水のわきかへりいはで思ふぞいふにまされる（『古今六帖』第六・二六四八）

〔典拠〕 『狭衣物語』（84番歌初出）巻二。当該箇所を掲げる。

霜月の十余日なれば、紅葉も散りはてて、山も見所なく、雪かき暮し降りつつ、もの心細くて、いと思ふ

こと積りぬべし。吉野川の渡り舟、いとをかしきさまにてあまた候はせければ、乗りたまひて流れ行くに、岩波高く寄せかくれど、水際は氷いたく閉ぢこめて、浅瀬は舟もえ行きやらず。棹さしわぶるを見たまひて、

　吉野川浅瀬しらなみたどりわび渡らぬなかとなりにしものを

おぼしよそふることやあるらむ。妹背山の近きは、なほ過ぎがたき御心を酌むにや、御舟も出で行きやらず。

「沸きかへり氷の下にむせびつつさも侘びさする吉野川かな

上はつれなく」など口ずさみつつ、からうじて張り渡るに、（集成）

参考　新全集…吉野川浅瀬白波たどりわび渡らぬ仲となりにしものを

　わきかへり氷の下にむせびつつさもわびさする吉野川かな

旧大系…吉野川浅瀬白波たどりわび渡らぬ中となりにしものを

　わきかへり氷の下にむせびつゝさも侘びさする吉野河かな

〔他出〕『物語二百番歌合』（前百番）七十八番右。　（東）

409

女のもとにたび〳〵まかりてひとりあかしてよみ侍ける

おやこの中の内大臣

ひとりねのよをかさねたるさびしさにとこさへさゆるかたしきの袖

〔校異〕よみ―もえ〈内閣〉　かさねたる―かきねたる〈松甲〉

〔現代語訳〕

女のもとにたびたび出かけて、一人で夜を明かしてお詠みになりました

『おやこの中』の内大臣

独り寝の夜を幾度も重ねたその寂しさに、寝床までもがしみ通るように冷え込む我が袖であることよ。

〔語釈〕 ○女 内大臣が心を寄せて足を運ぶが、逢うことができない女性。271番歌などの詞書に「独り明かして」と示される。「恨むることありて逢ひ侍らざりける女」（394詞書）、「心ならず隔たりて、逢ひがたくなりにたる女」（1030詞書）とも称されるが、詳細な内容については不明。980番歌の詞書に「内大臣心変りたるさまに見え侍りけるころよませ給ひける」とあることから、この「女」を「中宮」として、恋仲であった二人の間に誤解が生じた結果、別れることになった、と推定されることが多い。○内大臣 『おやこの中』の男主人公。思うにまかせぬ恋に苦悩し、物語中で病死（1030）する。○まかりて 上位者の命や許しによって行動する、貴人の傍らから退出する意。宮中から退出したその足で、女のもとをたびたび訪れていると思しい。○かさねたる 二つ以上の物事を繰り返す、添え加えること。上句の「夜」と合わせて幾夜も過ごしていることをいう。「袖」の縁語で、「夜」は重ねても「袖」を重ねることができない、共寝が叶わないつらさを意識させる。○とこさへさゆる 「冴ゆる」は、鋭い寒さによる空気や視界が澄んで透き通るような感覚を示し、独り寝の寂しさが、冬の夜の寒さ、寝床の冷たさによって明確に意識されることを表現する。また、寂しさに流す涙が「袖」だけでなく「床」までをも冷たくするほどである意を含む。○かたしきの袖 衣の袖の片方だけを敷いて寝ること。独り寝のさまを示す歌語で、「うちはへて涙にしきしかたしきの袖の氷をけふはとけたる」（『和泉式部集』四四五、『和泉式部続集』三六一）、や参考歌①などを最初期の用例として確認できる。また、類似の表現である「かたしく袖」を用いた例が271番歌に見える。

〔参考歌〕

①心さへ空にみだれし雪もよにひとり冴えつるかたしきの袖（『源氏』真木柱巻・髭黒、『風葉集』1154）

〔典拠〕 『おやこの中』（散逸物語）。46番歌初出。

（東）

五節のまひ、めにつかはしける　　ゆふぎりの左大臣

ひかげにもしるかりけめやをとめごのあまのは袖にかけし心を

〔校異〕 左大臣―大将（左大臣）〈嘉永〉 しるかりけめや―思ひかけめや〈蓬左〉しるかけめ（本ノ）や〈陽乙〉しかりけめなや〈田中〉しるかりけめなや〈日甲〉しるかりけめや（りな一本）〈丹鶴〉 をとめこの―をとめこか〈宮甲・蓬左・陽乙・田中・静嘉・川口・彰甲・国研・刈谷・龍大・藤井〉 心は〈天理・東大・明大・狩野〉

〔現代語訳〕

五節の舞姫に遣わせた歌　　夕霧の左大臣

日の光を受けてはっきりとおわかりになったのではないでしょうか。日陰の蔓を挿した乙女がその身にまとった天の羽衣を振る姿の美しさに思いをかけた私の気持ちを。

〔語釈〕 **○五節のまひゝめ** 五節とは、大嘗会・新嘗会に行われた儀礼の行事のこと。十一月の中の丑・寅・卯・辰の四日間にわたり、丑の日に帳台の試、寅の日には殿上の淵酔と御前の試、卯の日には童女御覧、辰の日に正式な五節の舞が行われる。豊明節会とも言う。舞姫は、五節の定により、未婚の少女四名あるいは五名が選定される。「天つ風雲の通ひ路吹きとぢよをとめの姿しばしとゞめむ」（『古今集』雑上・八七二・遍昭）をはじめ、『枕草子』、『紫式部日記』など平安文学においてよく取り上げられる題材である。ここでは、五節の舞姫に出された惟光の娘。五節の後に出仕し、藤典侍と称される。夕霧との間に、多くの子女を儲けた。**○ひかげ** 日の光の意である「日陰」と挿頭（髪や冠のかざり）とする植物の「日かげの蔓」を掛けている。日かげの蔓は、シダ科の常緑多年草。**○あまのは袖** 天の羽衣の袖、あるいは羽のような袖。**○かけし** 「かける」は「袖」「心」の縁語。

〔参考歌〕

①日かげさしをとめのすがたみてしよりうはのそらなるものをこそおもへ（『大弐高遠集』六三）

〔典拠〕『源氏物語』（2番歌初出）少女巻。当該箇所を次に掲げる。

「五節はいつか内裏へは参る」と問いたまふ。「今年とこそは聞きはべれ」と聞こゆ。「顔のいとよかりしかば、すずろにこそ恋しけれ。ましが常に見るらむもうらやましきを、また見せてんや」とのたまへば、「いかでかさははべらん。心にまかせてもえ見はべらず。男兄弟とて近くも寄せはべらねば、まして、いかでか君達には御覧ぜさせん」と聞こゆ。「さらば、文をだに」とてたまへり。さきざきかやうのことは言ふものをと苦しけれど、せめてたまへば、いとほしうて持て往ぬ。年のほどよりはされてやありけん、をかしと見けり。緑の薄様の好ましきかさねなるに、手はまだいと若けれど生い先見えていとをかしげに、

日かげにもしるかりけめやをとめごが天の羽袖にかけし心は　（東）

とよのあかりの節会に、をみにて侍けるに、まかづとて、あり明の月のおもしろくさへわたれるに

みかきが原の右大将

めづらしきとよのあかりのひかげぐさかざす袖にも霜はおきけり

〔校異〕節会にをみにて―節会を見に〈静嘉・清心・川口・国研〉せちえにをみわ（にイ）て〈天理・東大〉まかつ―まかる〈日甲〉まう（か一本）つ〈丹鶴〉わたれるに―わたるに〈明大〉わたれる〈龍門〉月の―欠〈嘉永〉月に（のイ）〈狩野〉みかきか原―みかきはら〈龍門〉右大将―右大臣〈宮甲・日甲・篠山・刈谷・龍大・藤井〉右大将（臣イ）〈清心・静嘉・川口・国研〉右大将（臣一本）〈丹鶴〉かざす―かざすや《ヒ》〈日甲〉けり―ける〈嘉永〉

〔現代語訳〕

豊明の節会に、小忌の公達として奉仕して、儀式が終わって退出しようということで、その帰り道に有明

の月が興深い様子で冴え冴えと澄んだ光があたりを照らしておりますので、『みかきが原』の右大将めったにないすばらしいさまであることだ。豊明の節会のため日かげの蔓を挿した小忌の姿でいると、月の光が小忌衣の白布を照らして翳した袖にも霜が下りてきたようだよ。

〔語釈〕 **○とよのあかりの節会** 豊明の節会。大嘗会・新嘗会の翌日に豊楽殿で開かれる宴のこと。天皇が新穀を食し、群臣もそれを賜る。宴の後に五節の舞などが行われた。**○をみ** 小忌。嘗会・新嘗会などの大祭において、神事に奉仕する官人のこと。潔斎で身を清めたしるしとして、白布に青摺の文様を施した上衣を着て、右肩に赤紐二本を垂らす装束「小忌衣（おみごろも）」を着ることから、このように呼ばれる。**○右大将** 「二品のみや」（716）の子で、誕生時に「ちごの御衣」と賀歌を贈る「皇太后宮」（715）の孫。**○めづらし** 賞美する価値がある、目新しく新鮮であるの意。小忌衣の清新なさまを示す常套句として用いられる（竹鼻績『実方集注釈』）。小忌の姿から導かれる表現であると同時に、日の光の名を持つ「ひかげぐさ」を挿頭としているのに、氷や霜がゆるんだり、とけたりするはずがかえって霜が置いたようだ、との歌意をまとめて評する語である。また、「ひかげぐさ」の名と小忌姿を白く照らす月の光の対照についても含むか。**○かざす** 上句と合わせて日かげの蔓を挿頭とする意、下句と合わせて袖をかざすの意、をそれぞれ表す掛詞。

〔参考歌〕

①うは氷あはにむすべるひもなればかざす日影にゆるぶばかりを（『千載集』雑上・九六一・清少納言）

〔典拠〕 『みかきが原』（散逸物語）。76番歌初出。

（東）

まことにおきたりけるにや、うちはらへるけはひおかしかりければ

412

大納言典侍

ひかげぐさかざすにいとゞ霜さへてこほりやむす[せ]ぶ山あゐの袖

〔校異〕 けはひ―けはむ〈龍門〉かさすに―かさすも〈嘉永〉さえて―さめて〈静嘉〉むすふ―むせふ〈京大・陽甲・蓬左・嘉永・田中・清心・日甲・静嘉・川口・国研・彰甲・丹鶴・伊達・龍門・刈谷・龍大・藤井〉結ふ〈天理・東大・明大〉むさ（せ）ふ〈陽乙〉結ふ〈明大〉むす（せイ）ふ〈狩野〉

〔現代語訳〕

本当に袖に霜が下りてきたとでもいうのでしょうか、まるで霜を払うような様子をするのを面白く思いましたので、（『みかきが原』の）大納言典侍

日かげの蔓を挿頭としているのに、その名に反して日が射すどころかますます霜が冷え込んでいき、ついには小忌衣の袖が凍って青摺文様も地布と同じ白色になってしまうのでしょうか。

〔語釈〕 **○まことにおきたりけるにや** 月の光を霜に見立てた411番歌の内容通り、本当に袖に霜が下りてきたとでもいうのでしょうか。**○うちはらへるけはひ** 霜を払うような様子。「白妙の衣の袖を霜かとて払えば月の光なりけり」（『後拾遺集』秋上・二六〇・国行）は、月の光を霜に見立て、実際に払うしぐさをするという内容の歌である。**○大納言典侍** 『みかきが原』の右大将と恋人関係にあった女性か。787番歌では、「うち解けたてまつらぬさま」である大納言典侍に対して、「みかど」が「我ならぬ人にも疎くならはずは重ねてなかの袖も恨めし」と詠み掛けている。**○むすぶ** 底本以下「むせぶ」とする伝本が多いが、ここでは「むすぶ」に校訂した。「氷」と「むせぶ」の語が合わせて読まれる場合、「氷」の下で流れる水音を詠むことが通例である。当該歌では「むせぶ」の本文では意味が取りにくい。また、『風葉集』1148番歌「つれなくてさて山藍の袖の色氷れる上に結ぼほれつつ」（『みかきが原』右大将）が当該歌に続く返歌である可能性も考慮される。1148番歌との贈答関係を捉える時、当該歌も「むすぶ」

という表現を用いて詠まれたものと考えるのが妥当だろう。**○山あゐの袖**　山藍で摺り染めにした青摺や小忌衣のこと。小忌衣の青摺文様は、山藍の葉を絞った藍染料によって摺り出した。

〔参考歌〕　なし。

〔典拠〕　『みかきが原』（散逸物語）。76番歌初出。

（東）

忍たるおとこの、りむじのまつ〔へ〕りのまひ人にてわたりけるに、くるまよりあふぎをさしいでたりければ、むまをうちよせたるに　五せち

をみのきる山あゐのころもめづらしくたゞゆきずりにけふはみよとや

〔校異〕　りむしの―りむしの（一本）〈丹鶴〉　まつりの―まへりの〈京大・明大・藤井・伊達〉まへ（つ）りの〈東大〉　さしいて―さしていて〈蓬左・陽乙・内閣〉さして（イ）いて〈天理・東大〉　五せち―欠〈伊達・龍門〉　ゆきすりに―ゆきすらに〈川口〉

〔現代語訳〕

忍んで通ってきていた男が、賀茂の臨時の祭りの舞人として通り過ぎて行くところに、車から扇を差し出したところ、馬を寄せてきたので　（『みかきが原』の）五節

小忌の着る山藍の衣を、今日は珍しい物とただ行きずりに見よと言うのですか。

〔語釈〕　**○りむじのまつり**　賀茂神社の祭礼は、旧暦四月の中の酉の日に行われる賀茂祭（北祭・葵祭）に対して、

旧暦十一月下の酉の日に行う祭りを賀茂臨時祭という。**○五せち** 当該歌も物語名がなく、前歌と同じく『みかきが原』の歌と考えられ、その登場人物。五節の舞姫を務めた女性。76番歌〔典拠〕参照。**○をみ** 411番歌〔語釈〕参照。

〔参考歌〕

①をみごろもめづらしげなるはるさめにやまゐのみづもみぎはまさりて（『実方集』一一四）

〔典拠〕『みかきが原』（散逸物語）。76番歌初出。（石原）

夕ぐれの空のけしきいとすごうしぐれたる日、にほ《よ》ふ兵部卿宮、ながむるはおなじ雲ゐを、と申て侍けるに

宇治のなかの君

霰ふるみ山のさとのあさゆふにながむる空もかきくらしつゝ

〔校異〕 いとすこう―すこう〈蓬左〉いとここう〈国研〉にほふ―よほふ〈京大〉なかむるは―詠かは〈龍大〉侍けるに―侍ける〈田中〉なかの君―なかの、君〈龍門〉さとの―里は〈嘉永〉空も―空の〈刈谷・龍大・藤井〉

〔現代語訳〕

夕暮れの空の様子がぞっとするほど寂しく、時雨の降る日に、匂兵部卿宮が「ながむるは同じ雲居を」と申して来られましたので

宇治の中君

霰が降る、深い山里で朝夕に眺める空も、暗く曇っております。

〔語釈〕 ○ながむるはおなじ雲ゐを　『源氏』総角巻で、匂宮の訪れが絶えて恨めしく思っていた中の君のところに、届いた匂宮の手紙に記された歌。「ながむるは同じ雲居をいかなればおぼつかなさをそふる時雨ぞ」。

〔参考歌〕
①霰降るみ山の里のわびしきは来てたわやすく問ふ人ぞなき（『後撰集』冬・四六八・読人不知）

〔典拠〕 『源氏物語』（2番歌初出）総角巻。当該箇所を次に示す。

夕暮れの空のけしきいとすごくしぐれて、木の下吹き払ふ風の音などに、たとへん方なく、来し方行く先思ひつづけられて、添ひ臥したまへるさまあてに限りなく見えたまふ。

（中略）

例の、こまやかに書きたまひて、

ながむるは同じ雲居をいかなればおぼつかなさをそふる時雨ぞ

「かく袖ひつる」などいふこともやありけむ、耳馴れにたる、なほあらじごとと見るにつけても、恨めしさまさりたまふ。さばかり世にありがたき御ありさま容貌を、いとど、いかで人にめでられむと、好ましく艶にもてなしたまへれば、若き人の心寄せたてまつりたまはむことわりなり。ほど経るにつけても恋しく、さばかりところせきまで契りおきたまひしを、さりとも、いとかくてはやまじと思ひなほす心ぞ常にそひける。御返り、「今宵参りなん」と聞こゆれば、これかれそのかしきこゆれば、ただ一言なん、

あられふる深山の里は朝夕にながむる空もかきくらしつつ

（石原）

世をのがれんとて出けるみちに、江侍従内侍がもとのものに見あひて、事つけ侍ける

あまのかるもの権大納言

あられふるみ山の里はいかにぞとくる人ごとのたよりすぐすな

〔校異〕 出けるみちに―出けるに〈宮甲・蓬左・陽乙・嘉永・田中・清心・日甲・静嘉・川口・国研・篠山・彰甲・丹鶴・伊達・龍門・天理・東大・明大・狩野・内閣・松甲・刈谷・龍大・藤井〉もとの―さとの〈清心〉ものに見あひて―ものに見（イ）あひて〈天理・東大〉事つけ―ことつて〈伊達・龍門〉〇侍ける―侍けるに〈明大〉いかに―いかに〈藤井〉いかて《ヒ》（に）〈龍門〉くる人―しる人〈静嘉・内閣〉く（しイ）る人〈天理・東大〉

〔現代語訳〕

憂き世を逃れようと出家したところ、江侍従内侍の所の者に出会って、言付けました

『あまのかるも』の権大納言

霰が降る深い山里はいかがですかと、来る人毎に届く便りを見過ごさないでください。

〔語釈〕 **〇江侍従内侍** 近江守の女。三位中将（『あまのかるも』の主人公）とはかない契を結ぶ。62番歌〔典拠〕参照。『無名草子』に、「江侍従の内侍こそ、いと心深く好もしけれ」とある。**〇権大納言** 三位中将の兄。62番歌参照。**〇すぐすな** 「過ぐす」は、日時・月日が経つのに任せる、暮らす、打ち捨てておく、の意。ここは「たよりすぐすな」なので、「便りを見過ごさないでください」の意。

〔参考歌〕

①414番歌〔参考歌〕①に同じ。

〔典拠〕 『あまのかるも』（散逸物語）。62番歌初出。

（石原）

女のゆくへしらでなげきける比、木枯あらく〔〵〕しぐれうちして、またふきかへし霰のをとのおどろ〳〵しきをきゝて　　　　すゑはの露の右大臣

こひわぶる冬のよすがらね覚めして時雨がうへの霰をぞきく

〔校異〕女の―女院〈宮甲・蓬左・陽乙・田中・清心・日甲・静嘉・川口・国研・篠山・彰甲・丹鶴・伊達・龍門・内閣・松甲・刈谷・龍大・藤井〉女院の〈嘉永〉木枯―こからしの（ナシ一本）〈丹鶴〉あらく―あら〳〵〈京大・龍門〉あらくしぐれうちしてまたふきかへし霰の―欠〈日甲〉をと―もと〈刈谷〉しくれ―しくれ（イ同之）〈清心〉うちして―かちして〈刈谷〉うちしく〈伊達〉霰をそ―あられをみ〈静嘉〉

〔現代語訳〕

女が行方知れずで嘆いていた頃、木枯らしが荒く時雨も打ちつけてまた吹き返し、霰の音もひどく響き渡るのを聞いて　　『末葉の露』の右大臣

恋に悩んでいる冬の夜、一晩中眠れなくて、時雨とさらに霰の音までも聞くことです。

〔語釈〕**○女の**「女院」とする伝本が多いが、行方知れずになっているのが女院であるとする根拠はないので、校訂はしない。**○右大臣** 255番歌に既出。**○こひわぶる冬のよすがら**『物語後百番』では上句は「恋ひ渡る冬の夜な夜な」である。**○しぐれがうへ** 時雨に加えての意か。当該歌以外には「ふゆの夜のねざめならひしまきのやのしぐれがうへにふるあられかな」（『千五百番歌合』冬二・一八四九・通具）しか使用例を見ない、非常に珍しい歌語。

〔参考歌〕

①「思ひやれ秋の夜すがらねざめしてなげきあかせる袖のしづくを（『新続古今集』恋三・一二六〇・参河内侍、『続詞花

集』恋中・五八五）

〔典拠〕『末葉の露』（散逸物語）。24番歌初出。

〔他出〕『物語二百番歌合』（後百番）九十六番右。（石原）

いとつれなき女のもとにまかりて、たゝきかねて侍けるに、あられのふりければ　　水あさみの左兵衛督

うらやましうはの空なる霰だにまきの板戸のうち[き]にいる成

〔校異〕つれなき―つれなきの〈龍大〉　あられの―あはれの〈田中〉　左兵衛督―左兵衛督〈日甲〉　板戸の―いたま（戸イ）の〈天理・東大〉　板まの〈明大〉　いたまの〈狩野〉　うちに―うきに〈京大〉　いる―いり〈蓬左〉　成―けり〈蓬左〉

〔現代語訳〕

大変つれない女のもとを訪ねて、戸をたたきかねておりましたところに、霰が降ってきましたので　　『水あさみ』の左兵衛督

うらやましいことだ、空から降ってくるいい加減な心ない霰でさえも、真木の板戸をたたいて内に入っているのに。

〔語釈〕　**○左兵衛督**　『水あさみ』（266番歌〔典拠〕参照）の登場人物だが、この一首しか資料がなく、物語中の役割も不明。「いとつれなき女」も同様。**○うはの空なる霰**　この表現は他に例を見ない。「霰」を擬人化した表現。「うはの空」には「天上」と「いい加減で落ち着きがないこと」意を掛ける。**○まきの板戸のうちにいる成**　詞書の「たゝきかねて」と対比させた表現。「まきの板戸」は「きみや来む我や行かむのいさよひに槙の板戸もさゝず

寝にけり」（『古今集』恋四・六九〇・読人不知）で知られるが、『万葉集』から詠まれてきた恋人の隠れ家の入り口の粗末な戸、「「二人を隔てる物」の象徴」（『古今和歌集全評釈』六九〇番歌〔鑑賞と評論〕）である。その障害を何のこだわりもなく、霰が降り付けて音を立てるのを、我が身の有り様と対照させている。

【参考歌】

①ふる里のまきの板戸のつまびさし霰たばしる冬ぞさびしき（『堀河百首』冬一五首・九三八・顕仲）

【典拠】『水あさみ』（散逸物語）。266番歌初出。

（石原）

冬のころ、をのにうつろひ給けるに、日比心もとなかりける雪かきくらしふりて、風のをともいとはげしければ

めもあはぬの右大臣

山ふかくけふなれそむる嵐よりやがてけはしくある、雪哉

【校異】給けるに―侍けるに〈天理・東大・明大・狩野〉　かきくらし―かきけ（く歟）らし〈陽乙・篠山・彰甲・伊達〉かきけらし〈龍門・松甲〉　風の―風も〈内閣〉　をともいと―をと〈宮甲〉　はけしけれは―はけしかりければ〈清心・藤井〉　めもあはぬ―の（めイ）もあはぬ〈天理・東大〉のもあはぬ〈明大〉　けふなれそむる―けふなきそむる〈清心〉　けはしく―はけしく〈宮甲・刈谷・龍大・藤井〉　ある、―あるし〈狩野〉

【現代語訳】

冬の頃、小野にお移りになって、何日か心配していた雪がとうとう暗く曇って降り、風の音も激しいので

『目もあはぬ』の右大臣

山深く居て、今日慣れ始めた嵐によって、そのままひどく荒れていく雪であるよ。

〔語釈〕 **○右大臣** 『目もあはぬ』の主人公と推測される、右大臣の女御の父親。この時は勅勘により小野の里に隠棲していたが、後に許されて右大臣に昇進したものと思われる（317番歌〔典拠〕参照）。**○けはしく** 「けはし」は、山・坂などの地形に対して用いられることが多いが、気候に対して用いられた例も散見する。◇参考「あじろぎにかくるかがりのしめるまでけはしきよはのむらしぐれかな」（『為忠家初度百首』冬・五一四・為業）

〔参考歌〕 なし。

〔典拠〕 『目もあはぬ』（散逸物語）。317番歌初出。

（石原）

よし野山にこもりゐて侍ける比、雪のふりければ

浜松中納言

ふりぬめりよしの丶山に雪ふみていとゞ人めやたえんとすらん

〔校異〕 浜松―浜山《ヒ》（松）〈松甲〉　ふりぬめり―ふりぬめる〈嘉永〉　ふりぬめり（冬籠）〈天理・東大〉　よしの丶―よし野丶〈東大〉　ふみて―ふみ（降イ）て〈天理・東大〉　人め―人か（めイ）〈狩野〉

〔現代語訳〕

吉野山にこもっておりました頃、雪が降ったので　『浜松』の中納言

ずいぶん雪が降ったようだ。古い地である吉野の山に雪を踏んで来る人も、いよいよ絶えようとしているのでしょうか。

〔語釈〕 **○よし野山にこもりゐて侍ける比**　この時、中納言と共に吉野山にいたのは「姫君」。母尼君を亡くして

消沈する姫君を、中納言が気遣う場面である。31番歌〔典拠〕参照。**〇ふりぬめり**　「ふりぬ」は「降りぬ」と「古りぬ」を掛ける。『浜松』では「冬ごもり」。**〇人め**　「他人の目」が原義であるが、ここでは「人の訪れ」をいう。

〔参考歌〕

①山里は冬ぞさびしさまさりける人目も草もかれぬとおもへば（『古今集』冬・三一五・宗于）

②かきくもる中空にのみ降る雪はひとめも草もかれがれにして（『和泉式部集』七一三）

〔典拠〕　『浜松中納言物語』（31番歌初出）巻四。当該箇所を次に示す。

うちとけの、あさましげなるありさまは、いかに見給ふらむ、と、はづかしういみじながらも、このころの、よもの嵐の吹きまよふころのすごさは、あまた年、耳馴れにしかど、このほどの風の音は、思ひやるかたなく、聞くたびに心もくだけ、もの恐ろしきに、この人の、ものうち言ひ、経など読みて添ひゐ給へれば、頼もしきかたにおぼゆるも、思へば、いと世に知らずめづらかにおぼすにも、恋しさかなしさかきくらしつつ、何ごとも思ひわかるべき心地もせずのみ沈み給ふを、いと心苦しう、わりなうおぼしわびて、几帳押しやりて、ながめ出だし給へれば、木々の木の葉、残りなうなりにたるに、雪うち降りて、鳥どものたち騒ぐけしきもいとあはれにて、「鳥は林と契れり、林枯れぬれば鳥」と、いとおもしろう誦じ給ひて、この人を、例ざまに思ひなぐさめさせて、すこしうちとけ見馴れて、かやうの空のけしきをも、鳥のさへづりをもともに見ばやと、心もとなくおぼえ給ふ。

冬ごもり吉野の山に雪降りていとど人目や絶えむとすらむ
山里などいへど、すこしけ近う世のつねなるもありや。

（石原）

よし野にすみ侍ける人につかはしける

きえかへり思やるとはしるらめやよしの丶山の雪のふかさを

〔校異〕すみ侍ける—はへりける〈田中〉　ふかさを—ふかきを〈宮甲〉

〔現代語訳〕

吉野に住んでいる人に遣わしました歌

（『浜松』の中納言）

消えてしまいそうになるほど、吉野の山の雪の深さを私が思いやっていると、知っているでしょうか。

〔語釈〕**〇よし野にすみ侍ける人**　419と同じ「姫君」を指す。中納言は、いったん帰京して姫君を中将の乳母の里に引き取る準備をしていた。**〇きえかへり**　388番歌参照。

〔参考歌〕

①わが宿の菊のかきねにをく霜のきえかへりてぞ恋しかりける（『古今集』恋二・五六四・友則）

〔典拠〕『浜松中納言物語』（31番歌初出）巻四。当該箇所を次に示す。

添へ給へる人々にも、このほどのおぼつかなさ、かへすがへす書き給ひて、「御前去らず、よくなぐさめたてまつれ。その日ばかりになむ、御迎へにたてまつるべき」とて、さぶらふ人々も、ひきつくろふべき用意などさへ、いたらぬくまなくおぼし寄り、姫君の御もとには、

消えかへり思ひやるとは知るらめや吉野の山の雪の深さを

とある御返し、青鈍の紙に、

ふるままにかなしさまさる吉野山うき世いとふとたれたづねけむ

（石原）

大納言ただよりの七十賀の屏風に、山に雪たかうふれるいへあるところ

よみ人しらず

雪ふかくつもりてのちは山ざとにふりはへてくる人のなき哉

〔校異〕 山に―欠〈狩野・刈谷・明大・龍大・藤井〉山に（イ）〈天理・東大〉 たかう―たから（う）〈陽甲〉ところ―ところに〈嘉永〉 よみ人しらず―よみ人しらずおちくぼ〈宮甲〉 のちは―後の（は）〈龍大〉 はへて―はへり〈刈谷〉

〔現代語訳〕

大納言忠頼の七十賀の屏風に、山に雪が高く積もっている家がある様子が描かれているところ

よみ人しらず

雪が深く積もって後は、この山里にわざわざ困難を冒してまで訪れてくる人はいないことです。

〔語釈〕 **○大納言忠頼** この物語の女主人公落窪の姫君の父親。4番歌参照。**○七十賀の屏風** この歌は『落窪』諸本においては「十一月」に配されている。〔典拠〕参照。物語に拠れば、家の中に女がすわっていて眺めている様子が描かれている。**○ふりはへて** 「ふりはふ」はわざわざ困難を押して出かけてくる意。「ふり」に「降り」をかけ、雪の縁語。

〔参考歌〕

①わが宿は雪ふりしきて道もなしふみわけて訪ふ人しなければ（『古今集』冬・三二二・よみ人しらず）

〔典拠〕 『落窪物語』（4番歌初出）第三。当該箇所を次に挙げる。

物語本文ではこの前後錯簡、脱落が予想されている。引用本文として用いている新大系『落窪』（藤井貞和校注）は「十二月とありたいが、底本以下「十一月」とする。新全集『落窪』（小学館 三谷栄一・邦明校注）で

は「意改」として、「十二月」に校訂した本文を掲げている。ここでは、『新大系』から当該箇所を挙げておく。

屏風の絵、ことどもいと多かれど、書かず。（中略）

十一月、山に雪いと深く降れる家に、女ながめてゐたり。

雪深くつもりてのちは山里にふりはへてける人のなきかな

〔補説〕

○物語名の脱落について

京大本では物語名がなく、詠者名が「よみ人しらず」とあるのみであるが、詞書の内容および書陵部本から、物語は『落窪』であることは明らかである。『落窪』から『風葉集』への入集は八首で、そのうち六首が忠頼の七十賀の月次屏風からの採歌である。他の部分の詞書は4番歌が物語名、詠者名共に脱落（4番歌〔語釈〕参照）、72・139・706・759番歌では「よみ人しらず落窪（あるいはおちくぼ）」と小字で物語名が付されている。当該歌が『落窪』の歌であることには問題はなく、むしろ、諸本のほとんどが京大本と同じく物語名が付されていないことに興味が持たれる。諸本の系統を考える上で参考になる事例と思われる。（乾）

雪のあしたに、あはれといふことをきて、歌あまたよみける中に

ふたよのともの上人

みちたゆることとやうからん降雪をあはれとみてもひとのまたれば

〔校異〕 あしたに―あした〈嘉永〉　をきて―きゝて〈伊達・龍門〉　歌―歌に《ヒ》|（イ）〈天理・東大〉歌に|（ナシイ）〈狩野〉歌に〈明大〉　よみける―よみたる〈篠山〉　雪を―雪に〈刈谷・龍大・藤井〉　みても―みすも〈蓬左・陽乙・内閣〉みすや〈嘉永〉みて|（すイ）も〈天理・東大〉　人の―人も〈嘉永〉　またれは―まら|（たイ）れは〈狩

野〉またれて〈清心〉

〔現代語訳〕

雪の降った朝に、「あはれ」という言葉を詠み込んで、歌を多く詠んだ中に

「ふたよの友」の上人

道が絶えることはつらいことであるよ。降る雪を情趣深いと思って一人見ていても、やはり共に解してくれる人が訪れてくれることが待たれるので。

〔語釈〕 **〇歌あまたよみける** 雪の朝に「あはれ」と題にして、何首か詠んだか。あるいは何人かで（おそらく出家者）歌を詠みあった可能性も考えられよう。**〇ふたよ** 「二世」とも「二夜」とも解せるが、「散逸物語《鎌倉》」のいうように前世・後世の二世の意がふさわしいか。**〇上人** 知徳を兼ね備えた優れた僧。有徳の僧のこと。423番歌も詠者名がなく、諸本異同もないので、同じ上人の歌か。**〇みちたゆる** 雪で通う道が閉ざされることと、仏道が思うように進まないことをかける。**〇ひとのまたれば** 「ひと」は訪問してくれる人と仏道に精進してくれる人の両方の意をかける。

〔参考歌〕

①山里は雪降りつみて道もなし今日来む人をあはれとは見む（『拾遺集』冬・二五一・兼盛）

②とへかしなにはのしらゆきあとたえてあはれもふかき冬のあしたを（『六百番歌合』五四五・兼宗）

〔典拠〕 『ふたよの友』（散逸物語）。『風葉集』に四首入集。

当該歌から雪の朝に「あはれ」という語を題に歌を詠みあう場面と、深更まで法文を語り合い贈答する聖と不断念仏の尼の場面（1262・1263）がある。登場人物は「上人」「聖」「尼」と出家者のみが知られる。「散逸物語《鎌倉》」は「後世を願う人々がさまざまに登場する物語の可能性もあるか」とし、『事典』は「出家者やそうしたものの世界を前面に据えた物語であるとすれば珍しい」とする。隠者が集まって、詩歌の研鑽をし、風雅を楽しむ場が形成

されるようになった平安末期以降の隠者世界が、『宝物集』などのように、物語化されたものか。『風葉集』からうかがえる登場人物は普通名詞的な呼称で、また登場人物も少ないので、かなり小さな物語か。

〔補説〕

○「雪の朝」の「あはれ」について

当該歌は雪の朝に「あはれ」を詠み込んだ上人の歌であるが、同趣の歌は平安後期から見られ、慈円を初めとして隠遁者、僧籍にある者の詠が多い。山に隠棲したものにとって、雪の風情は花鳥にあふれた都よりも興趣を誘うものであったのであろう。また、「六百番歌合」の冬の題に「冬朝」というのがあり、この題はこの歌合が初出である。俊成の判詞も「雪のあしたはあはれにもをかしくもや」（「冬朝　一番）として、家隆の詠を勝ちとしている。俊成は花宴巻の「草の原」や「夕顔」など『源氏』に取材した新しい歌語を認め、歌壇にも影響を与えたが、そのような俊成の美意識に影響される形で作られた物語の可能性も考えられよう。

（乾）

423

ふる雪のけさのあはれにさそはれていかなるひとのたれをまつ覧

〔校異〕　あはれに―あはの《ヒ》（れ）に〈東大〉

〔現代語訳〕

雪の降った今朝の情趣に誘われて、どのような人が誰を待つのであろうか。誰も訪れてはくれない。

〔語釈〕　○けさのあはれ　他には見ない歌語。422番歌〔補説〕と同じ美意識から生み出された表現か。

〔参考歌〕

①雪ふかしひとめもさらになしはらのむまやむまやとたれをまつらん（『正治後度百首』五四五・家長）

〔典拠〕　『ふたよの友』（散逸物語）。423番歌初出。

当該歌には、詞書、詠者共に記載がないので、前歌（422番歌）と同じ場、同じ詠者と認められる。（乾）

中宮のおさなくおはしましけるを、六条院にわたしきこえんと思けるに、雪かきくらしふりつもるに、かやうならんひましていかにおほつかなからんとて、めのとに申侍ける　　あかしのうへ

雪ふかきみ山のさとははれずともなをふみかよへあとたへずして

〔校異〕 わたし―いヒ（わイ）たし〈狩野〉　きこえん―きこらん〈松甲〉　思―おほし〈天理・東大・明大・狩野〉　かやう―か（イ）やう〈狩野〉　ひ―りヒ（ひイ）〈天理・東大〉　まして―まして〈嘉永〉　ましく〈伊達・龍門〉　申侍ける―申侍（一本）ける〈丹鶴〉　申侍る〈日甲〉　雪ふかき―雪ふかみ〈刈谷・龍大・藤井〉　み山―み〈龍門〉　はれず―わけず〈清心〉　かよへ―かへよ〈明大〉　たへずして―絶すとて（たへずして）〈清心〉

〔現代語訳〕

明石中宮がまだ幼くていらっしゃった時に、六条院のもとに移し申し上げようと決心したところ、雪が空を暗くして降り積もっているので、こんな日はましてこれからいかに心細い気持ちがするでしょうと、乳母に申しました歌　　明石の上

雪の深いこの山里は晴れることがなくても、やはり雪を踏み分けてお便りをください。途絶えることなく。

〔語釈〕 **○中宮**　光源氏と明石の君の娘。后がねとして紫の上のもとで養育され、今上帝（朱雀院の皇子）に入内して中宮となる。東宮、匂宮、女一の宮の母。**○六条院**　光源氏を指す。物語のこの場面で明石の姫君が移ったの

は二条院。**〇思ける**　天理、東大、狩野、明大本は「おほし」とよんでいるが、ここは「おもひ」がふさわしい。**〇乳母**　光源氏が姫君が生まれたときに明石に遣わした。桐壺院に仕えた宣旨の娘。明石の君のもとで三年過ごした。**〇明石の上**　8番歌参照。**〇み山のさと**　「み山」はこの時明石の君が滞在していた大堰を指す。なお、『源氏物語大成』によれば、諸本「み山の道」で異同はない。**〇ふみ**　「文」と「踏み」をかける。「雪」の縁語。**〇あと**　「筆跡」と「足跡」をかける。

〔参考歌〕

①あとたえずなほふみかよへはまちどりかひあるうらのしほのあはひぞ（『輔親集』一四七）

〔典拠〕『源氏物語』（2番歌初出）薄雲巻。当該箇所を掲げる。

雪かきくらし降りつもる朝、来し方行く末のこと残らず思ひつづけて、例はことに端近なる出でゐなどもせぬを、汀の氷など見やりて、白き衣どものなよよかなるあまた着て、（中略）落つる涙をかき払ひて、「かやうならむ日、ましていかにおぼつかなからむ」とらうたげにうち嘆きて、

雪ふかみみ山の道は晴れずともなほふみかよへあと絶えずして

とのたまへば、乳母うち泣きて、

雪間なき吉野の山をたづねても心のかよふあと絶えめやは

と言ひ慰む。

（乾）

425

よし野山にて雪のふる日、よませ給ける　よしの、女院

ふみわけてくる人あらばとひてまし都もかくや雪つもるらん

〔校異〕　よし野山―よしの山○（イ）〈天理・東大〉よしの〈明大・狩野〉　給ける―たまひ侍ける〈日甲〉

〔現代語訳〕

吉野山に雪の降っている日、お詠みになりました歌

『吉野』の女院

この雪を踏み分けて来る人がいたなら、尋ねてみたいものです。都もこのように雪が降り積もっているでしょうか、と。

〔語釈〕 **○吉野山** 4番歌〔語釈〕参照。万葉時代には吉野川のほうが圧倒的に詠まれたが、平安時代以降、盛んに詠まれるようになる。人も通わぬ隠棲地のイメージがあり、雪と共に詠まれることが多かった。なお、桜の名所として注目されるのは平安後期以降である。西行の影響が大きい。**○女院** 皇后・皇太后・太皇太后・内親王などにつけられた尊号、あるいは尊号を受けた女性。7番歌〔語釈〕参照。**○ふみわけて** 「ふむ」「雪」「つもる」は縁語。

〔参考歌〕

①みやこにもみちふみまよふ雪なればとふ人あらじみやまべのさと（『好忠集』三五七）

〔典拠〕 『吉野』（散逸物語）。『風葉集』に二首入集。

1376番歌によれば、まだ親王であった院が吉野の法皇を訪ねていることが知られるが、それ以外のことは不明。

〔補説〕

○『伊勢』八十三段の影響

424番歌、並びに当該歌は、失意の貴人が人の訪れを期待するものであるが、その背景には『伊勢』八十三段の惟喬親王にあてて詠んだ業平歌「忘れては夢かとぞ思思ひきや雪ふみわけて君を見むとは」の影響が見てとれよう。立場が反対であるが、物語の伝統から言っても『伊勢』の影響は大きく、読者はこれらの歌に背後に『伊勢』の世界を重ねたことと思われる。

○物語と「吉野」

奈良県南部の吉野は、壬申の乱で勝利を収めた天武天皇ゆかりの地として、早くから特別な場所であり、「み吉野」と称され、万葉時代から歌枕として雪とともに詠まれた。平安時代になると修験道の隆盛と共に金峰山寺への信仰が盛んになり、宇多法皇、藤原兼家、道長、頼通、白河上皇などが盛んに詣でた。が、女人禁制の山であったために、『枕草子』(「あはれなるもの」一一五段「よき男の若きが、御嶽精進したる」)『源氏』(夕顔巻「御嶽精進にやあらん、ただ翁びたる声に額づくぞ聞こゆる」)などにも「御嶽精進」の語で間接的に出てくるが、女流作品の舞台になることはない。

しかし、平安後期になると「山里」としての「吉野」が物語に登場するようになる。「み吉野の山のあなたに宿も哉世のうき時のかくれがにせむ(『古今集』雑下・九五〇・よみ人しらず)、「ひたすらに厭ひ果てぬる物ならば吉野の山に行方知られじ(『後撰集』恋四・八〇八・時平)などに見られるように 厭世の隠れ場所として、あるいは籠りの非日常の空間としてあらたに物語世界で着目されるようになる。「都」に対する「山里」としては小野、宇治などが知られるが、平安後期になると、『狭衣』では思うようにならない恋を抱えた、主人公狭衣が吉野に出かけ、『浜松』『とりかへばや』では物語の重要な舞台となる。和歌の世界では西行が吉野を愛し、吉野と桜を中心に多くの名歌を生み出すとその影響もまた大きく、再び吉野が注目されるようになる。

『風葉集』に見られる散逸物語のなかにも、当該歌のような『吉野』の物語名を持つもの、また324番歌ほか四首入集の『吉野山』、あるいは『風につれなき』の重要登場人物、吉野の院などがみられる。

(乾)

おなじ山にすみて、ことに心ほそかりけるによめる

はま松の帥宮中君

みよしの、雪のうちにもすみわびぬいづれの山を今はたづねん

〔校異〕すみて―すすて〈日甲〉 ほそかりけるに―ほそかりける時に〈嘉永〉 はま松―も《ヒ》(は)ま松〈松甲〉 帥―浦〈刈谷・龍大・藤井〉 中君―中宮〈田中・日甲・丹鶴・伊達・龍門・藤井〉 いつれ―いは(つ)れ〈天理・東大〉 いはれ〈明大〉 今は―今や〈嘉永〉

〔現代語訳〕

同じ吉野の山に住んで、特別に心細い気持ちがした時に詠みました歌

『浜松』の帥宮の中の君

隠れ住むにはよい吉野の深い雪の中に住むのもつらくなってしまいました。これから私は住むところを求めて、どこの山を捜したらよいのでしょう。

〔語釈〕○おなじ山 425番歌にあった吉野山のこと。○ことに心ほそかりけるに 物語場面は母吉野の尼君が死去し、四十九日法要が終わったところ。○帥宮中君 帥宮と尼君との間に生れた姫君。吉野の姫君のこと。115番歌(『研究報』一一号)参照。○すみわびぬ 「雪」と「住み侘ぶ」を詠んだ早い例。中世になって用例は見られるが、平安時代の用例は見られない。

〔参考歌〕なし。

〔典拠〕『浜松中納言物語』(31番歌初出)巻四。当該箇所を掲げる。

几帳押しやりて見出だし給へれば、雪はいと高う積もり、いまもかきくらしたるやうに降り重なるに、(中略)日ごろ年ごろ住み馴れしところともおぼえず、さびしくあはれなることぞたぐひなく、立ちめぐるべき心地せ

ぬや。

み吉野の雪の中にも住みわびぬいづれの山をいまはたづねむ　（乾）

〔他出〕『物語二百番歌合』（後百番）三十五番右。

女の行へしらずなりて侍けるふるさとに、雪のふる日、

ひぐらしながめてかへるとてよめる　かはほりの少将

たづぬべきかたもなくてぞかへりぬる雪ふるさとに跡もみへねば

〔校異〕女の―女〈神宮〉なりて―なして〈神宮〉ひくらし―くらし〈伊達・龍門〉よめる―欠〈嘉永〉かはほり―かほり〈伊達〉なくてそ―なくこそ〈清心〉なくてや（そ）〈林乙〉かへりぬる―かへりぬれ〈清心〉みへねは―みえねと〈宮甲・田中・清心・日甲・川口・篠山・丹鶴・伊達・龍門・松甲・刈谷・龍大・藤井〉みえねは（とイ）〈狩野〉

付記　神宮・林乙・林丁あり。

〔現代語訳〕

女が行方知れずになってしまった家で、雪の降る日に一日中物思いにふけって過ごし、帰るときに詠みました歌　『かはほり』の少将

探しあてる方法もなくて私は帰ります。雪の降る古里には訪ねようにもその跡も見当たらないので。

〔語釈〕○女　1350番歌にある中務卿宮の娘か。1350番歌の詞書によると近江国山吹に移ろい住んだらしい。女が失踪する理由は継子いじめか、正妻による嫌がらせによるものあるいは女が男を信じられずに自ら身をひくもの、何らかの事情で男に知られないままに転居や出仕を余儀なくさせられる場合が考えられるが不明。〔典拠〕参照。○か

はほり　蝙蝠扇のこと。開いた形が蝙蝠が羽を広げたところに似ている。夏扇とも。〔典拠〕参照。○少将　男主人公か。○たづぬべき　通っていた女がある日当然姿を消すという型の話は『源氏』帚木巻の常夏の女（後の夕顔）を始め、当時の物語に多く見られる。「たづぬべき」で始まる歌は参考歌にあげた小大君の歌が初出で、中世以後に多く見られる表現。小大君の歌は詞書から男が女を訪ねたけれど、女が戸を開けなかったという状況が知られ、行方不明とは異なる。行方不明の女への思いを詠んだ歌は『狭衣』の飛鳥井女君への思いを詠んだ「たづぬべき草の原さへ霜がれてたれにとはまし道芝の露」（385番歌）が最初で、その後の物語に大きな影響を与えている。「たづぬべき」で始まる歌は『風葉集』には当該歌を含め、385（『狭衣』）、1203（『浜松』）、1340（『住吉』）、1369（『時雨』）の五首見られる。○雪ふるさと　「ふる」は「降る」と「ふる（さと）」の掛詞。「雪」「降る」「跡」は縁語。

〔参考歌〕

①たづぬべき人もおぼえぬわがかどをよるはむぐらのねこそさすらめ（『小大君集』六九）

〔典拠〕　『かはほり』（散逸物語）。『風葉集』には三首入集。

その他の参考資料として、『枕草子』前田家本、堺本に「かはほりの宮」（「物語は」）、『狭衣』に「あな、おぼつかなのわざや。かはほりの宮にや」（巻四）などがあり、当該物語との関係が問題になる。これらの資料から『小木散逸』は『枕草子』以前の成立かとするが、『枕草子』の諸本の問題もあり、断定は難しい。『狭衣』には登場するので、平安期の成立と想定は許されよう。三角洋一氏は1350番歌が源景明歌（『新古今集』・恋一・一〇六六）の影響が見られることから、成立の上限をおおよそ十世紀の終わり頃とされる。（「『かはぼり』のことなど」『物語の変貌』若草書房、一九九六年。以下の三角氏の説は本論文による。）

書名が『かはほり』なのか『かはほりの宮』なのか、二通り考えられる。『枕草子』に拠れば、『かはほりの宮』ということになるが、『狭衣』では「かはほりに登場する宮」の意ともとれ、書名の直接的な証拠にはならない。ここでは、『風葉集』の表記にしたがって、「かはほり」としておく。また、題名の「かはほり」が何を表しているのか問題になる。すなわち動物のこうもりの意と紙を張った夏扇の意と両方が考えられる。三角氏は「いまのところ何とも想像のしようがないが、しいていえば、こうもりの住みかとなったあばら屋に住む中務卿宮女の物語と考えておきたい」とされる。しかし、『源氏』の朧月夜の例、あるいは『狭衣』の飛鳥井女君の例などの影響から、行方知らずの恋と扇は物語展開上重要な要素であり、この物語の「かはほり」も夏扇のこととして捉えておきたい。

内容としては「少将は中務卿宮の女に通っていたが、何らかの事情で、宮の女は少将にも告げずに、その家を出て、近江国山吹の崎あたりの里に隠れ住む。少将は女の行方不明なことを聞き知り、雪の日にかつての女の家に立ち寄り、残っている女房などを相手に日暮らし物思いにふけって空しく立ち去る。一方、女は海辺で、下燃えに焦がるる身をなげいている」というものであろうか。なお、小木氏は女が隠れ住んだところが近江の山吹で石山寺に近く、この物語には観音が登場し、この男女は観音のご加護で再会するとされる（『小木散逸』）。　（乾）

四季物語のなかに　　ゆきのみかどの御歌

白雪のいかでかなみをむすばましむすぶこほりのたよりならでは

〔校異〕 ならては―ならす（てイ）は〈田中〉ならす（てイ）は〈清心〉ならすは〈川口〉ならすは〈国研〉ならす（て一本）は〈丹鶴〉

〔現代語訳〕

『四季ものがたり』の中に　　雪の帝の御歌

白雪がどうして波を凍らせることができるでしょうか、つなぎ止める氷の助けなしでは。

〔語釈〕 **○ゆきのみかど**　『風葉集』に採られた『四季ものがたり』の詠者のうち、帝は三人。「月の帝」「ほととぎすの帝」がある。**○むすばまし**　「むすぶ」は「つなぎ合わせる」意から「凍らせること」。「むすばまし」「むすぶ」と同じ語の他動詞と自動詞を連続して使うことで、リズミカルで機知に富んだ表現を生み出している。
〔参考歌〕 なし。
〔典拠〕 『四季ものがたり』（散逸物語）。59番歌初出。　（乾）

ないしのかみ、さまかへて侍ける後、雪のあしたにつ
かはさせ給ける　　　玉藻にあそぶの朱雀院御歌

あはれとは思をこせよかたしきて身もさへわたる雪のよな〳〵

〔校異〕 つかはさせ―つかはせ〈藤井〉　あそふ―あかふ〈陽乙〉　思をこせよ―思をこゆよ〈陽乙〉

〔現代語訳〕
尚侍が出家しました後、雪の朝にお遣わしになりました
『玉藻に遊ぶ』の朱雀院御歌
私のことを辛かろうと思い遣って下さい。我が片袖だけを敷いて寝ていると、身も凍りつくような雪の夜な夜なです。

〔語釈〕 **○ないしのかみ** 『玉藻に遊ぶ』の蓬の宮。若き日、男主人公と契ったが、後に朱雀院に尚侍として入内し、朱雀院と男の板挟みとなって、宮中を出奔、出家した。342番歌〔典拠〕参照。**○思をこせよ** 思い出して下さい。和泉式部がこの句を使って「吹く風のおとにもたえてきこえずは雲のゆくへをおもひおこせよ」（『和泉式部集』三〇九）をはじめ七首も詠んでいる。「思いおこす」は『元輔集』の「よそにても思ひおこせば冬のよの袂にこほる涙とくやと」（二三二）あたりが古い用例で、元真・高明・道信や馬内侍といった和泉式部と同時代歌人詠にも見え、この時代に成長した歌語。**○かたしきて** 我が袖だけを敷いて。独寝をいう。**○さへわたる** 冴え渡る。凍り

そうな寂しさが広がる。**〇雪のよな〳〵** これ以前には、類似の表現としては「起き明かす露の夜な〳〵へにければまだきぬるとも思はざりけり」（『後撰集』秋中・二八三・師輔）があるのみの斬新な表現。
〔参考歌〕 なし。
〔典拠〕『玉藻に遊ぶ』（散逸物語）。342番歌初出。　（安田）

新大納言世をのがれて高野にすみ侍けるに、雪のふる
日つかは《え》させ給ける　　しのぶの院の御歌
都だにきへあへずふる白雪にたか野のおくを思こそやれ

〔校異〕 侍ける―侍る〈内閣〉　つかはさせ―つかえさせ〈京大・松甲〉　つかへさせ〈陽乙・田中・彰甲・伊達・龍門・内閣〉つかへ｜（は歟）させ〈篠山〉　つかはせ〈藤井〉　たか野の―たか〈明大〉
〔現代語訳〕
新大納言が出家して高野に隠棲しておりました時、雪の降る日にお遣わしになりました
『しのぶ』の院の御歌
都でさえも消え果てずに降る白雪に、雪深い高野の奥に住むお前のことを思い遣っています。
〔語釈〕 **〇新大納言** 『しのぶ』の主人公。187番歌〔典拠〕参照。**〇高野** 高野山のことで、空海が創建した真言宗の本山金剛峰寺があり、霊地として知られ、多くの出家者や修行者がここに隠棲した。
〔参考歌〕 なし。
〔典拠〕『しのぶ』（散逸物語）。187番歌初出。　（安田）

431

この御歌をみても、雪御覧ぜし御ともつかうまつれりし事など、おもひいでられ侍ければ、よめる　新大納言

むかしみしをしほの山のみゆきまでおもひいでゝも袖ぞぬれける

〔校異〕 まつれりし―まつれし〈天理・東大〉　おもひいてられ―思ひいて、〈嘉永〉思ひてられ〈篠山〉

〔現代語訳〕

院のこの御歌を見るにつけても、雪をご覧になった行幸に供奉いたしましたことなど、思い出されましたので、詠みました歌　（『しのぶ』の）新大納言

昔、行幸の時に見ました小塩山の深雪まで思い出されるにつけても、涙に袖が濡れることです

〔語釈〕 **○この御歌**　430番歌を指す。**○をしほの山**　山城国の歌枕。京都市西京区大原野の地の西にある山。山麓に藤原氏の氏神である大原野神社が鎮座する。小塩山の初見は「大原や小塩の山もけふこそは神世のことも思いづらめ」（『古今集』雑上・八七一・業平）。**○みゆき**　「行幸」と「深雪」を掛ける。

〔参考歌〕

①②『源氏』行幸巻の贈答（『風葉集』432・433番歌）。

〔典拠〕　『しのぶ』（散逸物語）。187番歌初出。

〔補説〕

○430・431番歌と432・433番歌の行幸について

432・433番歌は、432番歌の〔典拠〕に掲出したように、『源氏』行幸巻に見える贈答である。『源氏』のこの場面は、『河海抄』なども指摘するように、延長六年（九二八）十二月五日の醍醐天皇大原野行幸（この時の様子は『吏部王記』に詳しい）を念頭に書かれている。431番歌の『しのぶ』の雪御覧の行幸は『源氏』行幸巻の冷泉帝の行幸から発想

されたと思われる。430番歌の「院」は雪御覧の折には帝、新大納言も親しく宮仕していた時期で、『しのぶ』の物語を動かす重要な出来事があったか。（安田）

六条院太政大臣にものし給ける時、おほ原野の行幸につかうまつり給べく、かねて御気色ありけれ《〔かし〕》ど、ものいみのよしそうせさせ給て、さも侍らざりけるに、きじひとえだたてまつらせ給とて　冷泉院御歌

雪ふかきをしほの山にたつきじのふるき跡をもけふはたづねよ

〔校異〕 太政大臣―大将（太政イ）大臣〈天理・東大〉大将大臣〈明大〉太将（政）大臣〈狩野〉給へく―玉て〈嘉永〉給へり〈清心〉給へく、〈伊達〉給へて〈天理・東大・明大・内閣〉給て〈篠山〉給ひて〈狩野〉給へてヒ（く）〈松甲〉ありけれと―あかしけれと〈京大〉ありけれは（とイ）〈宮甲〉有ければ〈清心・静嘉・川口・国研・刈谷・藤井〉ありけれは〈日甲・篠山・龍大〉ありけれとも〈天理・東大・明大・狩野〉ありけれはヒと〈松甲〉侍らさり―侍らんさり〈篠山〉きし―さし〈静嘉〉

〔現代語訳〕

六条院が太政大臣でいらっしゃった時、大原野の行幸に供奉なさるよう、前もって御意向をお示しになりましたが、光源氏はその日は物忌みだと申し上げて、供奉なさらなかったので、狩の成果である雉を一枝、源氏に差し上げなさるというので　『源氏』の冷泉院御歌

このお贈りします獲物から、雪深い小塩山に立つ雉の古い踏み跡をもお尋ね下さい。行幸の先例を尋ねますと、大臣が供奉した例もありますのに、今日はあなたの供奉がなくて残念でした。

〔語釈〕 **○おほ原野** 大原野神社。京都市西京区大原野。平安遷都によって遠くなった藤原氏の氏神春日神社を、嘉祥三年（八五〇）この地に勧請。王城鎮護の神として貴顕の信仰を集め、二月と十一月に大原野祭が行なわれた。**○行幸** 天皇の内裏から他所へ外出することをいう。ここは冷泉帝の十二月に行われた大原野行幸。430番歌〔補説〕参照。『源氏』中では、源氏の最盛期の一年を四季屏風のように描いた七巻の末尾に当たる。**○ありけれど** 底本は「あかしけれと」で、「明かし」でも意は通じるが、他の諸本がすべて「あり」である上、「御気色あり」の方が通常の表現であり、これを原態とみて校訂した。**○きじひとえだ** 『九条右大臣集』58番歌の詞書に「朱雀院のみかどの、かりにみゆきありけるおほむともに、さはることありてえつかうまつりたまはぬに、きじひとつをえだにつけてたまはせたりければ、そうしたまひける」とある。『河海抄』には、雉の一双を左右の枝に上下して付けるのが作法と記されている。**○きじ** 雉。冷泉帝自身を譬える。**○跡** 雉の踏み跡。行幸の先例を譬える。「雪」「きじ」「跡」は縁語。

〔参考歌〕 なし。

〔典拠〕 『源氏物語』（2番歌初出）行幸巻。当該箇所を掲出する。

かうて野におはしまし着きて、御輿とどめ、上達部の平張に物まゐり、御装束ども、直衣、狩の装ひなどにあらためたまふほどに、六条の院より、御酒《おほみき》、御くだものなど奉らせたまへり。今日仕うまつりたまふべく、かねて御気色ありけれど、御物忌みのよしを奏せさせたまへりけるなりけり。蔵人《くら》の左衛門尉《ぜう》を御使にて、雉一枝奉らせたまふ。仰せ言には何とかや、さやうのをりの事まねぶにわづらはしくなむ。

雪ふかきをしほの山にたつ雉のふるき跡をも今日はたづねよ

太政大臣の、かかる野の行幸に仕うまつりたまへる例などやありけむ、大臣《おとど》、御使をかしこまり、もてなさせたまふ。

をしほ山みゆきつもれる松原に今日ばかりなる跡やなからむ

と、そのころほひ聞きしことの、そばそば思ひ出でらるるは、ひが事ことにやあらむ。

〔他出〕『物語二百番歌合』（前百番）九十九番左。『源氏物語歌合』（五十四番歌合）八番左。（安田）

御返し　　六条院御歌

をしほ山みゆきつもれる松原にけふばかりなるあとやなか覧

〔校異〕 御返し―返し〈嘉永〉　みゆき―雪も（みゆきイ）〈宮甲〉　つもれる―つもる（本ノマ、）〈伊達〉　つもる〈龍門〉　なるあと―有跡〈刈谷・龍大〉

〔現代語訳〕

御返し　　六条院御歌

小塩山には深い雪が積もって、松原に今日ほどの確かな足跡も見つからないように、小塩山への行幸は幾度もありましたが、跡を尋ねよとおっしゃっても、今日ほどすばらしい先例は見つからないでしょう。

〔語釈〕 **○みゆき**「深雪」「行幸」を掛ける。**○跡**「踏み跡」「先例」を掛ける。

〔参考歌〕 なし。

〔典拠〕『源氏物語』（2番歌初出）行幸巻。当該箇所は432番歌〔典拠〕参照。（安田）

雪の内にかほる大将まできて、兵部卿宮のかへりごとはいづかたにかきこゆる、と、とひ侍りければ

宇治のあねぎみ

雪ふかき山のかけはし君ならで又ふみかよふあとをみぬ哉

〔校異〕まて—まかて〈宮甲〉　きて—来りて〈刈谷・龍大・藤井〉　かへりことは—かへりことも〈狩野〉

〔現代語訳〕
雪の中を薫大将が訪ねてきて、匂兵部卿宮へのお返事は姉妹どちらがなさるのですかと、聞かれましたので

『源氏』の宇治の姉君

雪深い山の架け橋ですので、あなた以外の踏み通う跡を見たことはありませんし、あなたの他に手紙を通わせる方もおりません。

〔語釈〕○かけはし　崖に沿った険しい道に、板を棚のように掛け渡した桟道。○ふみ　「文」「踏み」を掛ける。○あと　「足跡」「筆跡」を掛ける。

〔参考歌〕なし。

〔典拠〕『源氏物語』（2番歌初出）椎本巻。当該箇所を掲出する。

「かならず、御みづから聞こしめし負ふべきこととも思ひたまへず。それは、雪を踏みわけて参り来たる心ざしばかりを御覧じわかむ御このかみ心にても過ぐさせたまひてよかし。かの御心寄せは、またことにぞはべかめる。ほのかにのたまふさまもはべめりしを。いさや、それも人の分ききこえがたきことなり。御返りなどは、いづ方にかは聞こえたまふ」と問ひ申したまふに、ようぞ戯れにも聞こえざりける、何となけれど、か

うのたまふにも、いかに恥づかしう胸つぶれまし、と思ふに、え答へやりたまはず。

雪深き山のかけ橋君ならでまたふみかよふあとを見ぬかな

と書きて、さし出でたまへれば、

〔他出〕『物語二百番歌合』（前百番）七十八番左。『源氏物語歌合』（五十四番歌合）三十二番左。（安田）

まいるべきよしきこえける人に、雪いたくつもりて、えもいわずしみこほりたるくれ竹の枝につけて、給はせける　さごろもの後一条院御歌

たのめつゝいくよ［か］へぬらん竹のはにふる白雪のきえかへりつゝ

〔校異〕いくよ—いくか〈京大〉　きえかへり—き（さイ）えかへり〈天理・東大〉さえかへり〈内閣〉　きへ《ヒ》（え）かへり〈龍大〉

〔現代語訳〕

入内が予定されている人に、雪がひどく積もって、何とも言いがたいほど趣深く冷え凍った呉竹の枝に結んで、遣わされました　『狭衣』の後一条院御歌

入内してくれるというあなたの心を頼みにして、幾夜過ごしたことだろう。竹の葉に降り積もる白雪がすっかり消えてしまうほどに時が経って、私も消えてしまいそうです。

〔語釈〕　**○くれ竹**　中国伝来の竹で、淡竹のこと。**○まいるべきよしきこえける人**　入内が予定されている人、即ち、源氏の宮。**○後一条院**　『狭衣』の一条院の皇子で、この歌を詠じたときは東宮。**○いくよ**　幾夜。底本は

「いくか」であるが、底本以外すべて「いくよ」であり、縁語の表現と思われるので、校訂した。「よ」には「節」を掛け、「竹」の縁語。**○ふる**　「降る」に「経る」を掛ける。**○きえかへり**　雪が消えてしまう意と命が無くなる意を掛ける。

〔参考歌〕

①ゆきをおもみえだになびけどくれたけのしたにかよはぬ夜こそみえけれ（『中務集』一三三）

〔典拠〕　『狭衣物語』（84番歌初出）巻二。当該箇所を『集成』本により掲出する。

「東宮の御使参りぬ」と聞きたまへれば、例の心やましくて、御前に参りて見たまへば、母宮もこの御方にて、御文御覧ず。御使はやがて宮の亮なりけり。女房の袖口なべてならず、出でゐつつもの言ふめり。御文は氷襲の唐の薄様にて、雪いたう積り、えもいはずしみこほりたる呉竹の枝につけさせたまへり。（中略）「やがて、この御返りは教へきこえさせたまへ」とて、御文も賜はせたれば、見たまふ。

頼めつつ幾世経ぬらむ竹の葉に降る白雪の消えかへりつつ

硯の水もいたうこほりけると見えて、筆涸れに書きなされたる、文字様などこそそこまかにをかしげならねど、筆の流れなどはいとあてに、「をかしき御手なりかし」と見たまふ。

「げにいとほしく候ふめるを、聞こえそこなひては口惜しくや」とてうち置きたまへば、「まいてそこなはぬやうはあらじ」とのたまはすれど、「さりとては」とて、

末の世も何頼むらむ竹の葉にかかれる雪の消えもはてなで

と書かせたてまつらせたまへば、「いと苦し」とおぼしながらも、「いかが」などもえ聞こえさせたまはで、うちそばみて書かせたまふ手つきなどのうつくしげさ類なし。

参考　新全集…頼めつつ幾世経ぬらん竹の葉に降る白雪の消えかへりつつ

行く末も頼みやはする竹の葉にかかれる雪の幾夜ともなし

旧大系…頼めつゝいくよ経ぬらん竹の葉に降る白雪の消えかへりつゝ、
行末も頼みやはする竹の葉にかゝれる雪のいく世ともなし

〔補説〕

○「雪」と「竹」の取合せについて

雪と竹を詠んだ歌は『万葉集』巻二十の天平勝宝五年（七五三）正月十一日の家持詠「み苑生の竹の林にうぐひすはしき鳴きにしを雪は降りつつ」（四二八六）がもっとも古いが、竹に鶯という漢画の取合せに春雪を取り込んだものと思われる。『貫之集』の「白雪はふりかくせども千世までに竹の緑はかはらざりけり」（三二二）は雪に埋もれた竹だが、これも漢詩の影響下に詠まれたもの。雪の白と竹の緑は中世歌人には好まれたが、『狭衣』の時代には斬新な歌材。漢詩文に見える「雪中竹」からの発想で、漢詩文の影響が指摘されている『狭衣』の特徴を裏付けているか。

（安田）

〔他出〕『物語二百番歌合』（前百番）九十七番右。

御かへし　斎院

すへのよもなにたのむらん竹のはにかゝれる雪のきえもはてなで

〔校異〕すへのよも―すへの〈京大・陽甲〉末のよと〈天理・東大・明大・狩野〉すゑの〈松甲〉　はてなで―はてなく〈蓬左・陽乙〉

〔現代語訳〕

御返し　（『狭衣』の）斎院

これから先も私は何を頼りにすればよいのでしょうか。お贈り下さった竹の葉にかかっている雪が消えずに残っておりますように、私を思って消えて果てるとおっしゃるあなたのお言葉も信じられません。

〔語釈〕 〇斎院　源氏の宮。斎院となったのは後のこと。この歌の詠者とされているが、『狭衣』によれば、狭衣が代作して斎院に書かせたもの。〇すへのよ　末の世。「末」は未来、「よ」は男女の仲をいい、ここはこれから先の二人の仲をいう。当該歌は、436番歌〔典拠〕に示したように、「行く末も頼みやはする竹の葉にかかれる雪の幾夜ともなし」とする物語諸本が多く、歌の表現は大きく異なるが、歌意はあなたの私への思いが将来まで続くとは信じがたいと、やんわりと入内を拒否するもので、「すゑのよ」も「行く末」も同じ意と思われる。「よ」には「節」を掛け、「竹」の縁語。

〔参考歌〕 なし。

〔典拠〕 『狭衣物語』（84番歌初出）巻二。当該箇所は435番歌〔典拠〕参照。

当該歌は前掲の如く流布本系統より採歌されたと思われる。他系統は「行く末も…」で、大きく異なる。ちなみに、『物語後百番』所収歌は他系統の方を採っている。

〔他出〕 『物語二百番歌合』（前百番）九十七番右。（安田）

こゝち例ならず侍ける比、関白しのびてまできて、雪のつもりたる暁の空をいざなひてみせ侍ける

かやがしたおれの宣耀殿女御

うきことは身にのみつもる白雪のきえかへりてもふるぞかなしき

〔校異〕 こゝち―心ちの〈宮甲〉　暁の―欠〈天理・東大・明大・狩野〉　みせ―よせ〈龍門〉　侍ける―侍けるに

〈天理・東大・明大・狩野〉かやかしたおれ―かやの下をれ〈明大〉宣耀殿―宣耀院殿〈嘉永〉きえかへりても―き（さイ）えかへりても〈天理・東大〉さえかへりても〈内閣〉ふるそ―ふるも《ヒ》（そ）〈陽甲〉

〔現代語訳〕

体調がすぐれませんでした折、関白がこっそりとやってきまして、雪が積もった明け方の空を、女御にすすめて見せましたところ

『かやが下折れ』の宣耀殿女御

辛いことは私の身にばかり降り積っています。白雪がすっかり溶けて消えてしまっても、また降ってくるように、辛いことが降り積もる中で過ごさなければならないことが悲しいのです。

〔語釈〕 **○こゝち例ならず** 体の調子がすぐれないこと。病気であること。「こゝち例ならず侍ける比」という詞書の始まりは、和泉式部の「あらざ覧この世のほかの思ひ出でにいまひとたびの逢ふこともがな」（『後拾遺集』恋三・七六三）の詞書「心地例ならず侍りける頃、人のもとにつかはしける」を連想させる。女御の病状は重く、まさに「いまひとたびの」逢瀬であったのかもしれない。また、「こゝち例ならず」は懐妊による体調不良にも用いる。その場合は懐妊が意に染まぬことであり、「うきこと」の一つとなろう。**○関白** 『かやが下折れ』の女主人公と目される嵯峨院中宮に思いを寄せる人物として描かれる。宣耀殿女御とも何らかの関係があったか。246番歌〔典拠〕参照。**○までき** 「まうでく」の転。**○宣耀殿女御** 関白とは忍ぶ恋仲であったか。『事典』では後に当代の中宮となる関白の娘の母親かとされる。**○つもる** 「憂きことが積もる」意と「雪が積もる」意を掛ける。**○ふる** 「降る」と「経る」の掛詞。「身にのみつもる」とあるように、「積もる」だけの年月を経ていることがわかる。

〔参考歌〕

①きえやらず雪はしばしもとまらなんうきことしげき我にかはりて（『古今六帖』七〇二）

〔典拠〕 『かやが下折れ』（散逸物語）。246番歌初出。

（江口）

438
返し
たれもみなきえのこるべき身ならねばふりそふ雪をなにかいとはん
【校異】ふりそふ雪―ふる|（りそふイ）白雪〈天理・東大・狩野〉ふる白雪〈明大〉
【現代語訳】
返歌
誰もがみなこの世から消えずに生き残ることができる身ではないので、さらに降り続ける雪をどうして厭いましょうか。いずれ終わりが来るのですから厭う必要はありません。
【語釈】**○きえのこる**　死なずにこの世に残ること。雪が「消え残る」意を重ねる。「消え残る」は「雪」の縁語。**○ふりそふ雪**　さらに雪が降り続くさま。「雪」は「憂きこと」を暗示する。
【参考歌】
①誰も皆消え残るべき身ならねどゆき隠れぬる君ぞ悲しき（『栄花』鳥辺野・伊周、『続古今集』哀傷・一四〇二・伊周）
【典拠】『かやが下折れ』（散逸物語）。246番歌初出。（江口）

439
山里に侍ける女のもとに雪のふる日つかはしける
ふきこす風の宰相中将
さびしやと思こそやれ雪ふかきみ山の里の[雪]冬のけしきを
【校異】山里に―山里は〈静嘉〉冬の―雪の〈京大・陽甲・国研・日甲・明大・松甲〉雪|（冬歟）の〈宮甲・清心・篠山・彰甲・伊達〉ゆきの〈蓬左〉雪の|（冬歟春門）（イ同）〈清心〉雪|（本ノ）の〈丹鶴〉雪|（冬イ）の〈天理・

東大〉

付記　神宮・林乙・林丁あり。

〔現代語訳〕

山里におりました女のもとに雪の降る日に送りました歌

『吹きこす風』の宰相中将

心細いのではないかと思いはせています、あなたが過ごす雪深い山奥の里の冬の景色を。

〔語釈〕　**〇冬のけしき**　底本は「雪のけしき」であるが、「雪」では一首中に同じ語が二度使用されていることになり、同字病を犯すことになる。一方、諸本中には「冬のけしき」となっているものも多い。和歌においては同字病は避けたい表現であるから、ここは「冬のけしき」が正しいと考えられる上、神宮や陽乙など比較的古い写本にも「冬」とあるので、校訂した。

〔参考歌〕

①かきくらししぐるゝ空をながめつゝ思こそやれ神なびの森（『拾遺集』冬・二一七・貫之）

②雪ふかきみ山のさとははれずともなをふみかよへあとたへずして（『風葉集』冬・四二四・明石の上）

〔典拠〕　『吹きこす風』。『風葉集』に当該歌一首のみ入集。

題名は、『秀歌選』では「いまいまとわがまついもはすずかやまふきこす風のはやもきななん」（『古今六帖』二八三一）によるかとし、「散佚物語《鎌倉》」において「荻の葉を吹きこす風の音たかみほに出でて人に秋をしらする」（『堀河百首』六八七・紀伊）の可能性を指摘している。この一首から物語の内容を推測することは困難であるが、宰相中将には山里に通う女がいた。当該歌の宰相中将が男主人公だとすると、極めて短編の作品であるか。（江口）

仏名などことしばかりにこそはとおぼしめして、御導師のさか月のつゐでによませ給ける　六条院御歌
春までの命もしらず雪のうちに色づく梅をけふかざしてん

〔校異〕　なし。

〔現代語訳〕
仏名会なども今年限りであろうかとお思いになって、御導師に盃を賜るついでにお詠みになりました　六条院御歌
春まで長らえる命かどうかもわからないが、まだ雪の降るうちに咲き初めた梅の花を今日はかざしに挿そう。

〔語釈〕　**○仏名**　仏名会のこと。十二月十九日から三日間、宮中および諸寺院で仏名経を読誦し、その年の罪障を懺悔する法会。貴族の邸宅でも行われた。**○ことしばかりにこそは**　光源氏は出家を決意している。六条院で催される最後の行事という思い。**○御導師**　法会を中心となって営む僧。**○かざしてん**　「かざす」とは草木や花などを飾りとして頭に挿すこと。**○色づく梅**　仏名会に色付く梅は、春の近いことを象徴する。

〔参考歌〕
①降る雪はかつも消ななん梅花散るにまどはず折てかざゝむ（『後撰集』春上・四五・貫之）

〔典拠〕　『源氏物語』（2番歌初出）幻巻。当該箇所を次に挙げる。
御仏名も今年ばかりにこそはと思せばにや、常よりもことに錫杖の声々などあはれに思さる。行く末ながきこと請ひ願ふも、仏の聞きたまはんことかたはらいたし。雪いたう降りて、まめやかに積もりにけり。導師のまかづるを御前に召して、盃など常の作法よりも、さし分かせたまひて、ことに禄など賜す。年ごろ久しく参り、朝廷にも仕うまつりて、御覧じ馴れたる御導師の、頭はやうやう色変りてさぶらふも、あはれに思さる。

例の、宮たち上達部など、あまた参りたまへり。梅の花のわづかに気色ばみはじめてをかしきを、御遊びなどもありぬべけれど、なほ今年までは物の音もむせびぬべき心地したまへば、時によりたるもの、うち誦じなどばかりぞせさせたまふ。

まことや、導師の盃のついでに、

春までの命も知らず雪のうちに色づく梅を今日かざしてん

御返し、

千代の春見るべき花といのりおきてわが身ぞ雪とともにふりぬる

人々多く詠みおきたれど漏らしつ。　（江口）

御かへし　　御導師

千代の春［ある］みるべき花といのりをきてわが身ぞ雪とともにふりぬる

〔校異〕　御かへし―御かへし（イ）〈狩野〉　春―ある〈京大〉　松〈宮甲〉　ともに―ともる（に歟）〈篠山・彰甲〉ともか（に歟）〈伊達〉　ともる〈龍門・松甲〉　ふりぬる―ふり（に歟）〈龍門〉

〔現代語訳〕

御返歌　　御導師

千年先の春までもめぐり合うことができる花であるようにと、院の長寿をお祈りしておいて、私自身は雪が降るのと共に年をとって老いてしまいました。

〔語釈〕　**○千代の春**　『源氏』初出の歌語。千年先の春。34番歌「千歳の春」項参照。**○花**　梅の花をいう。贈歌440番歌の「色付く梅」の語から紅梅が暗示されており、下句の「雪」と対照されている。**○ふりぬる**　「降り」と

「古り」の掛詞。

〔参考歌〕

①しらゆきとみはふりぬれどあたらしきはるにあふこそうれしかりけれ（『素性法師集』六三）

〔典拠〕『源氏物語』（2番歌初出）幻巻。当該箇所は、440番歌〔典拠〕参照。

（江口）

442

さがの院の后宮の御賀の屏風に仏名したるところ

右大将なかたゞ

かけていのり仏のかずしおほかればとしに一たびち代もますらん

〔校異〕 御賀の―御名の〈清心〉 右大将―右○大将〈宮甲〉 右将〈篠山〉 なかたゝ―た|（なイ）かたゝ〈天理・東大・狩野〉 たかたゝ〈明大〉 いのり―いのる〈陽甲・宮甲・嘉永・清心・静嘉・川口・国研・篠山・丹鶴・天理・東大・明大・狩野・内閣・刈谷・龍大・藤井〉 いのり|（る歟）〈伊達〉 おほかれは―おほか|（けイ）れは〈宮甲〉おほけれは〈蓬左・嘉永・日甲・丹鶴・龍門・天理・東大・明大・狩野〉 ますらん―よ|（まイ）すらん〈清心〉よすらむ〈川口〉よすらむ〈国研〉まする|（無歟）らん〈篠山・彰甲〉まするらん〈龍門・松甲〉

〔現代語訳〕

嵯峨の院の后宮の御賀の屏風に、「仏名会をしているところ」を

右大将仲忠

願掛けして祈りましたが、その仏の数が多いので、年に一度の法会であっても、御寿命は千年も増すことでしょう。

〔語釈〕 **○御賀** 后宮の六十の賀の祝い。**○右大将なかたゞ** 流布本系ではこの歌の詠者は仲忠であるが、これを

左衛門の督の君とする異本もある。ここで奉られた屏風歌十二首のうち仲忠は当該歌を含め二首詠んでいる。河野多麻氏は嵯峨院后宮とさほど関わりのない仲忠がここで二首も献ずるのは不審とする（『うつほ物語伝本の研究』一九七三、岩波書店）が、中野幸一氏はむしろ仲忠の卓越性が示唆されているとする（新全集）。**○仏のかずしおほかればば** 仏名会では過去・現在・未来の三千の仏の名を唱える。

〔参考歌〕 なし。

〔典拠〕『うつほ物語』（3番歌初出）菊の宴巻。当該箇所を次に挙げる。

嵯峨院后宮の六十の賀の祝いの席で詠まれた屏風歌。

十二月。仏名したる所。　中将仲忠

かけて祈るほとけの数し多かれば年に光や千代もさすらむ　（江口）

としのくれによめる　わが身にたどるの皇后宮宰相

雪ふりてくれゆくとしのかずごとにむかしのとをくなるぞかなしき

〔校異〕 わか身にたとるの皇后宮宰相―わか身にたとるの后宮宰相〈丹鶴〉わか身にたとるの皇后宮宇ヒ（宰）相〈松甲〉我身にたとる皇太后宮宰相〈神宮〉　むかしの―むかしを〈蓬左〉むかしも〈天理・東大・明大・狩野〉なるそかなしき―なるはかなしき〈神宮〉

付記　神宮・林乙・林丁あり。

〔現代語訳〕

年の暮れに詠みました歌　『わが身にたどる』の皇后宮宰相

雪が降って、暮れていく年の数を重ねるごとに、昔のことが遠くなっていくのが悲しい。

〔語釈〕 **○としのくれ** 歳暮。勅撰集四季部の巻軸歌。節気の冬の末日ではなく、暦月の末で、十二月晦日と明示されることも多いが、当該歌では「晦日」とは明示していない。また、多くは「歳暮」歌群で締め括られるが、『風葉集』では当該歌一首のみで終わる。**○皇后宮宰相** 物語では「宰相の君」。両親が亡くなり、心細い様子だったのを、物語の女主人公である我が身姫の相手をつとめるものとして引き取られた。「皇后宮」は我身姫のことで、巻四で皇太后になるが、この時点での呼称による表現か。

〔参考歌〕

①年ごとに昔は遠くなりゆけど憂かりし秋はまたも来にけり（『後拾遺集』哀傷・五九七・重之）

〔典拠〕 『わが身にたどる』（281番歌初出）巻一。当該箇所を次に挙げる。

かくいふは、をとは山のふもとなり。せきいるゝ水のをともこほりむせびて、ともとする松の風だにうづもるゝ、雪おれに、いとゞしくしづかなる世のけしきに、宰相の君の、さらぬわかれいとゞとりそへ、うちなかれぬ。

雪ふりてくれ行としのかずごとにむかしのとをくなるぞかなしき

とひとりごつも、おりからはあはれなり。

（江口）

444

風葉和歌集巻第七
神祇

ちぎりとてむすばずもなき白糸をたえぬばかりやおもひみだるゝ

こ〔さ〕れは、よそのおもひのみかど、中宮の御事を、おほん心ひとつにふかくおぼしめして、よな〳〵大神宮を拝したてまつらせ給て、おほとのごもり共なき〔に〕おほん夢につげ給ひけるとなん

〔校異〕 これは―されは〈京大・静嘉・刈谷〉 拝し―拝（はい）し〈東大〉 物し〈明大〉 ておほとのこもり共なきおほん夢につけ給ひ―欠〈宮甲・蓬左・陽乙・嘉永・田中・清心・日甲・静嘉・川口・篠山・彰甲・丹鶴・伊達・龍門・天理・東大・明大・狩野・内閣・松甲・刈谷・龍大・藤井〉 ひ〈松甲〉 なき―なに〈京大〉

付記 国研本は第七神祇～第十賀巻を欠く。

〔現代語訳〕 前世からの宿縁であって結ばなくもない白糸なのに、その縁がぷっつり切れてしまうほどかと心乱されることです。

これは、『よその思ひ』の帝が、中宮の御事を、一途に思いつめなさって、夜ごとに伊勢大神宮を拝み申しあげなさって、ご就寝になるともない御夢で神がお告げになったとのことです。

〔語釈〕 **○神祇** 天の神と地の神。〔補説〕参照。神祇歌では、神の、夢の御告げの歌については、詞書に相当する部分が左註として歌の後に記される。**○白糸** 染めない白い糸。白は古代より神聖な色とされる。「むすぶ」「たゆ」「みだる」は糸の縁語。「白糸を」までの上の句が、「たゆ」に掛かり「たえぬばかり」を導く序詞。**○よそのおもひのみかど** 散逸物語『よその思ひ』の主人公。**○中宮** 『よその思ひ』において、帝が思い続けた女君。宇治移居を経てついには入内し、中宮になったと予想される。54番歌〔典拠〕参照。**○大神宮** 伊勢神宮。正称は神宮。三重県伊勢市にある皇室の宗廟。皇大神宮〈内宮〉と豊受大神宮〈外宮〉との総称。石清水八幡宮、賀茂神社とともに三社の一つ。**○おほん夢につげ** 大神宮の神の夢の御告げ。夢はもう一つの現実、又は予兆として信じられた。神仏や故人が夢の中で未来の指針となる事柄を知らせてくれる。ここでは、女君を思って思い乱れる帝に将来結ばれる宿縁が有るのだから、それほどに思い悩まなくともよいという大神宮のお告。

〔参考歌〕 なし。

〔典拠〕 『よその思ひ』（散逸物語）。54番歌初出。

（岡本）

〔補説〕

○『風葉集』の神祇歌について

神祇歌は、神詠、奉納歌、法楽歌など神に手向ける歌、神威を称讃する歌など、神への信仰を表出した歌をいうが、「神祇」の名称は『後拾遺集』巻二十に「釈教」とともに見えるのが最初である。『古今集』巻二十「大歌所歌・神遊歌」や『拾遺集』巻十「神楽歌」も内容的に「神祇歌」に通じるものであるが、兼築信行氏（「中世和歌と神道―部立・神祇をめぐって」『解釈と鑑賞』六〇―一二、一九九五・一二）や深津睦夫氏（「勅撰和歌集神祇部に関する覚え書き」『皇学館大学神道研究所紀要』二〇、二〇〇四・三）がご指摘のように、釈教歌に対応して生じた概念で、古代信仰による歌とは一線を画していると考えられる。「神祇部」として勅撰集の部立となったのは「釈教部」とともに『千載集』が最初であるが、その後の歴代の勅撰集に両部は一対ともいうべき形で置かれている。「神祇部」は、歌数においても僅かに一首のみ神祇歌が多い『新古今集』『新続古今集』、同数の『続後撰集』以外は、釈教歌の方が多く、「釈教部」に対して軽い扱いである。仏教信仰が盛んであった鎌倉時代の状況を反映しているが、深津氏などが指摘しておられるように、それぞれの微妙な変化は神仏習合思想や神道の確立の情況を反映しているようである。部立の構成は『新古今集』の形が以後の撰集にほぼ踏襲されており、神詠に始まり、日本紀竟宴和歌、神社関係詠、末尾は禊ぎや祓え（『続後撰集』では大嘗会和歌）の順序で配されている。深津氏によると、神社関係詠は神社別歌群を形成して、奉幣使を遣わす「二十二社」をほぼ社格の順序に配しており、特に『続後撰集』から『新後撰集』まではよくこれが継承されているという。神祇歌は釈教歌に伴って生じたとは言え、仏教のように神道の教理や経典は未だ整っておらず、神仏習合とか本地垂迹といった仏教からのアプローチのような理論しかないので、神への祈念と神の託宣、あるいは神威への称讃、畏怖を歌うといった現象を対象とした詠作が大半である。託宣や神威の発揚は超現実的現象であるから、神詠は伝承歌であって、勅撰集所収歌としては特異なものである。

さて、『風葉集』は神祇部と釈教部がそれぞれ一巻ではなく、両部で一巻を形成している。神祇部が三八首、釈教部が四一首で、釈教歌が僅かに多いという点では勅撰集と同傾向を示している。神詠一一首（444〜454）、神社祈願詠一三首（455〜467）、その他の神祇三首（477〜479）、賀茂社二首（480・481）で構成されている。神詠とその後の部分それぞれに「二十二社」順に神社別に配する意識はある（457〔補注〕参照）が、この二つの歌群を「住吉」で結んだり、末尾に再度「賀茂」詠を置いたり、多少の変形は加えられている。「賀茂」（一五首）と「住吉」（一〇首）で神祇部の三分の二を占めているのが特徴的である。また、典拠を見ると、『源氏』（七首）、『狭衣』（五首）が突出している。『源氏』は、「五節」（477）を素材とした一首を除けば、光源氏の流謫に関わるもので、物語は「賀茂」と「住吉」の神威や加護によって大きく展開している。『狭衣』は所収五首中四首が「賀茂」の歌で、「賀茂」の神威は物語全編に亘って重要な役割を果たしている。この両物語歌にも見られるように、物語では神威の発揚や神の力の示現はしばしば語られるところであり、神祇歌というべき歌もよく見られる。『風葉集』ではこうした物語歌の特徴を『源氏』『狭衣』歌で象徴的に示している。

（安田）

やすみしるわがすべらぎにしたがはでたがまことをか神のうくべき
おほむ夢のうちの御託宣たのもしくおもほしめされければ、
関白春宮の大夫に侍けるとき、勅使にてみてぐらなどたて
まつらせ給ひけるに、ことなくかへりのぼり侍けるみちにて、
これも夢につげたまひけるとなん

〔校異〕 すへらき—さく（すへイ）らき〈天理・東大〉 さくらき〈明大〉 まこと—まとと〈伊達〉 神の—神は〈田中・清心・日甲・静嘉・川口〉 神は（の一本）〈丹鶴〉 うちの—うちに〈天理・東大・明大〉内に〈狩野〉 御託宣—御侘宣〈松甲〉 おもほし—おほし〈刈谷・龍大・藤井〉 大夫—大天（夫）〈清心〉 勅使—勅便《ヒ》（使）〈陽甲〉 みてくらなと—みてくら〈丹鶴〉 給ひけるに—給けるを〈天理・東大〉 みちにて—みちねて〈内閣〉 これも—これを〈狩野〉

〔現代語訳〕

我が帝に従わないで、いったい誰の誠意を神が受けとめようか。帝の御願は必ず成就いたします。

帝は夢の中での神の御告げを必ず頼みになるとお思いあそばされたので、関白がまだ春宮大夫でいらっしゃいました時、関白を勅使として御幣などを神に御奉納なさった折に、無事に帰京しましたその道中で、

この歌も夢で神がお告げになったとのことです。

〔語釈〕**○やすみしる**　「（わが）すべらぎ」の枕詞。「やすみしし」と同じで、クニの隅々まで安らかに知ろしめす意。「すべらぎ」は帝、天皇。**○おほむ夢のうちの御託宣**　帝の夢の中での、大神宮の神の御告げ。444番歌をさすか。**○関白**　567番に一首ある。**○春宮の大夫**　春宮職の長官。「春宮」はここでは帝のこと。当時まだ春宮であった。**○勅使**　勅旨を伝えるために派遣される使者。ここでは、帝は444番歌の夢のお告げに対して、大神宮に謝意を表して御幣などを捧げるための使者。帝はこの時未だ春宮だったのだから、厳密に言えば「勅使」ではないが、『風葉集』は帝詠としているので、このように表記した。**○みてぐら**　神に奉納する幣。

〔参考歌〕なし。

〔典拠〕『よその思ひ』（散逸物語）。54番歌初出。

（岡本）

446

やはたにこもりて、こと事なくきねむする事侍て、か[う]きてはしらにをしつけ[ら]ゝる　いはしみづのいよのかみ

ふかくのみたのみをかくるいはし水ながれあふせのしるべ共なれ

〔校異〕こと事―こと〈清心・狩野〉事〈静嘉・川口〉　かきて―うきて〈京大・松甲〉　をしつけゝる―をしつけらる〈京大〉をしつけたる〈田中・日甲・明大〉おしつけたる〈静嘉・川口〉をしつ（イ）けける〈狩野〉をしつけて〈内閣〉をし付ける〈刈谷・龍大〉をし侍ける〈藤井〉　共なれ―ともしれ〈日甲〉とも哉〈清心・川口・静嘉・内閣〉ともかな〈宮甲・蓬左・陽乙・田中・篠山・彰甲・丹鶴・伊達・龍門・天理・東大・明大・狩野・松甲・刈谷・龍大・藤井〉

付記　林乙（475の次）あり。

〔現代語訳〕

石清水八幡宮に参籠し、一事に懸けて祈願することがございまして、その願いを書いて柱に押し付けました歌　　　　『石清水』の伊予守

ただ一心に願をかける石清水八幡宮の神様、岩間の清水が流れ合うように、恋しい人に逢う道の案内ともなってください。

〔語釈〕　**○やはた**　石清水八幡宮。京都府八幡市にある。貞観元年（八五九）僧行教が宇佐八幡宮の託宣を受けて、翌年男山に勧請。男山八幡宮ともいう。鎌倉時代以降、源氏の氏神として信仰された。石清水臨時祭を南祭と言い、対して賀茂神社の葵祭を北祭と言う。**○こもりて**　参籠して祈願し、神の御告げを待つ。**○きねむする事**　『石清水物語』によれば、心に思いを懸けている方が入内なさることになったので、なんとかしてお目にかかり、今一度一言でよいから直に告白し、入道するための指標にしたい。それが実現できたら、自分の思いを封じると誓い、神に願を懸けたこと。**○いよのかみ**　『石清水物語』の男主人公。東国の武士で、上京した折、関白の姫を見初めたが、後に姫は入内した。守は悲恋の末、出家遁世する。物語名『石清水』の由来は、守が恋の成就を祈願して、石清水八幡宮に奉納した当該歌による。**○ながれあふせ**　「合ふ瀬」と「逢瀬」の掛詞。

〔参考歌〕

①絶えぬとも何思ひけん涙河流れあふ瀬も有りける物を（『後撰集』恋五・九四九・内侍たひらけい子）

②いはし水たのみをかくる人はみなひさしく世にはすむとこそきけ（『拾玉集』第五・五五〇九）

〔典拠〕　『石清水物語』。162番歌初出。当該箇所を次に掲げる。

八わたへまうでゝ、七日こもりて、夜昼まじる事なくこのことを念じけり。（中略）弥法花経をよみあ《かか》して「せかいふらうこ、女すいまつはうえむ」と、ゆるらかにうち上たる声、いみじうたうとくて、打聞く人泪落さぬはなく、そゞろさむきまですみのぼりたるに、神も定てきゝ入給らんとおぼゆ。

447

ふかくのみたのみをかくるいはし水ながく（れカ）あふ瀬のしるし（べ）ともなれ

いさ、か成紙に書て、御前の柱におし付て、夜もすがらおこなひあかして、（岡本）

ほうでんよりけたかきこへにて、御かへしにて

夢ばかりむすびをきけるちぎりゆへながきおもひに身をやこがさん

〔校異〕 ほうてん―ほんてむ〈林乙〉けたかき―ほたかき〈清心〉御かへしにて―御返事〈刈谷・龍大・藤井〉御返し〈宮甲・陽乙・嘉永・蓬左・田中・清心・日甲・静嘉・川口・篠山・彰甲・伊達・内閣・松甲〉御かへし〈丹鶴・龍門・天理・東大・明大・狩野〉ちきりゆへ―ちきりより〈ゆへイ〉〈狩野〉いはし水〈日甲〉

付記 林乙あり。

〔現代語訳〕

神殿から気高い声で、御返歌として

夢のようにはかなく結んでおいた宿縁ですから、そのために長い間苦しい恋の炎に身を焦がしてよいものですか。

〔語釈〕 **〇ほうでん** 宝殿。石清水八幡宮の神殿。**〇御かへしにて** 当該歌は前番歌の祈念に対して、伊予守の夢の中で神が応えたもの。**〇夢ばかり** 夢のようにはかない意。ほんの少し、わずか。**〇ながきおもひ** 「（思）ひ」と「火」の掛詞。伊予守の木幡の姫君への忍び続ける恋心。神の夢の御告げにより、今後、物語で展開する伊予守の悲恋の結末が暗示される。**〇身をやこがさん** 「や」は反語。身を焦がすのか、そんなことはない。神が恋の苦しみからの救済を暗示しているか。「焦がす」は「火」の縁語。

〔参考歌〕 なし。

〔典拠〕『石清水物語』。162番歌初出。当該箇所を次に掲げる。

暁ちかく成ほどにうちやすみて、いさゝかまどろみたるゆめに、ほうでんのうちより、けだかき声にて、此歌をよみ給ふ。

「夢ばかり結びおきける契りゆへながきおもひに身をやこがさん

いのちはかぎりある物を」といふと聞程に、明ぬとしらるゝ鐘の音に、ふとおどろきぬ。夢成りけりとおもふに、むねさはぎて、さだかなりつる事共はまがふべくもあらず思ひつゞくるに、「結びおきつるちぎり」とありつるは、いかなるべうにかと心さはぎせられて、いそぎはらへ物など多く、しにもとらせて、心をいたして祈すべきよし言置て出にけり。

（岡本）

神代よりしめひきかへしさかき葉をわれより外にたれかおるべき

これは、さごろもの源氏宮、内へたてまつらんとし給ひけるに、堀川院の御夢に、賀茂よりとてはべりける

となん

〔校異〕 かへし―かけし〈刈谷・龍大・藤井〉はへし〈丹鶴・天理・東大・明大〉は｜（かイ）へし〈狩野〉は｜へ（そめイ）し〈宮甲〉うへし〈林乙〉 さころも―ころも〈林乙〉

付記 林乙あり。

〔現代語訳〕

神代の昔から標を新しくとり替えてきた榊葉を、私より他にいったい誰が折ることができようか。

これは、『狭衣』の源氏宮を、帝に奉ろうとなさった時に、堀川大臣の御夢で、賀茂明神からとしてお告げがありましたということです。

〔語釈〕○しめ　標。占有または禁立入りの標識。標縄を結う、又は杭を刺すことにより、占有を表示する。○ひきかへ　新しく取り替えること。この表現と一致する『狭衣』伝本に蓮空本がある。○さかき葉　ツバキ科の常緑樹。神事に用いる木。当該歌では、思う人の喩で、源氏の宮のこと。○たれかおるべき　さかき葉を折ることは、神に奉仕する者への禁忌の恋を言う。源氏宮の入内は許さず、賀茂神社の斎院にするようにとの神のお告げである。○堀川院　狭衣の父堀川大臣。○賀茂　京都市にある賀茂神社。賀茂別雷《わけいかづち》神社（上賀茂神社）と賀茂御祖《みおや》神社（下賀茂神社）の総称。未婚の皇女または女王が、斎院として奉仕する。

〔参考歌〕

①をとめ子があたりと思へば榊葉の香をなつかしみとめてこそ折れ（『源氏』賢木巻・光源氏）

〔典拠〕『狭衣物語』（84番歌初出）巻二。当該箇所を次に掲げる。

殿の御夢にも、「賀茂より」とて、禰宜とおぼしき人参りて、榊にさしたる文を源氏の宮の御方に参らするを、我あけて御覧ずれば、

「神代より標引きそめし榊葉を我よりほかに誰か折るべき

よし試みたまへ。さてはいと便なかりなむ」とたしかに書かれたりと見たまひて、うちおどろきたまへる心地、いとものの恐ろしくおぼされて、母宮、大将などに語りきこえさせたまふを、聞きたまふ心地、なかなか心やすくうれしくぞなりたまひぬる。（集成）

参考　新全集…神代より標ひき結ひし榊葉は我よりほかに誰か折るべき

旧大系…神代より標引き結ひし榊葉を我より前に誰か折るべき

（岡本）

人しれずわがしめさし、さかきばをおらんといかでおもひよるらん

これは、みたらしがはの内大臣、さい院のいまだ[に]父みかどにもしられきこへ給はざりける比、ほのかにみきこえて、心にかゝりてねたる夜、かもよりとて、さかきにつけたるふみにかゝれたりけるとなん

〔校異〕しめさしゝ―しめさし〈川口〉しめさして〈内閣〉いかて―いかゝ(て)〈林乙〉さい院の―さい院〈内閣〉いまた―いまに〈京大〉みかと―みこ(か歟)と〈宮甲〉みこと〈蓬左・陽乙・清心・日甲・静嘉・川口・篠山・彰甲・伊達・龍門・天理・東大・明大・内閣・松甲・刈谷・龍大・藤井〉みこ(かイ)と〈狩野〉みきこえて―聞て〈明大〉かゝれたりけるとなん―かゝれたり〈田中・日甲〉かゝれたり(イ)けるとなん〈清心〉かゝれけるとなん〈静嘉・川口〉かゝれたりとなん〈嘉永〉

付記 林乙あり。

〔現代語訳〕

密かに私が標をさしておいた榊の葉を折ろうなどと、どうして考えるようになったのであろうか。

この歌は、『御手洗川』の内大臣が、斎院がまだ父帝にも知られ申しあげなさらなかった頃、わずかにお見受けして、斎院を忘れられないまま寝ていた夜、賀茂明神よりとして届けられた榊に付けてある文に、書かれていたとのことです。

〔語釈〕**○しめさしゝ** 「標刺す」は占有するの意。**○さかきば** 当該歌では斎院の喩。**○みたらしがは** 物語名。78番歌〔典拠〕参照。**○内大臣** 『御手洗川』の主人公。後に帝の子と知れて斎院となった女を、思慕し続けた。

○さい院 『御手洗川』の内大臣の恋の相手。帝の御落胤で、後に斎院となった。

〔参考歌〕

①恋せじと御手洗河にせしみそぎ神は受けずぞなりにけらしも（『古今集』恋一・五〇一・読人不知）

②神垣はしるしの杉もなきものをいかにまがへて折れる榊ぞ（『源氏』賢木巻・六条御息所）

③神代より標引きそめし榊葉を我よりほかに誰か折るべき（『狭衣』巻二・賀茂明神、『風葉集』神祇・448二句「しめひきかへし」）

〔典拠〕 『御手洗川』（散逸物語）。78番歌初出。　（岡本）

雲ゐなるほどはみあれのあふひ草てる日のよそにおもふばかりぞ

これは、『よそのおもひ』のみかどおぼしめしなげくことを、心くるしくみたてまつりて、宰相のすけ、賀もにまうで丶いのり申ける夜の夢にみ侍けるとなむ

〔校異〕 みあれの―に|（み）あれの〈東大〉こ|（み）あれの〈天理〉みあれと《ヒ》|（の）〈林乙〉 よそのおもひの―よその〈嘉永〉 みかと―みかとの〈嘉永〉 なげく―たけく〈内閣〉 賀も―賀もと|（ナシイ）〈狩野〉 まうて丶―まうう|（イナシ）て丶〈宮甲〉 夜の―よ〈明大・嘉永〉に〈狩野・内閣〉に|（よのイ）〈天理・東大〉 み侍ける―見侍ける〈龍大〉見侍る〈藤井〉

○付記 林乙（歌のみ）あり。

〔現代語訳〕

帝として宮中にいる間は、賀茂の神のもとにある葵草には、帝は遠くから思いを寄せるしかないのであるぞ。

これは、『よその思ひ』の帝がお嘆きになることを、お気の毒に思い申しあげて、宰相の典侍が、賀茂神社に参詣してお祈り申しあげた夜の夢に見ましたとのことです。

〔語釈〕 **○みあれ**　陰暦四月、賀茂祭の前に行われる神招きの神事。ミは接頭語。アレは出現の意。祭神の出現・降誕の縁となる物の意。転じて、奉幣、「御生木（みあれぎ）」をさすとも。「御生木」は境内の神聖な常緑樹の枝。ここでは賀茂明神のこと。**○あふひ草**　当該歌では帝が思いを寄せる斎院の喩。「葵」と「逢ふ日」の掛詞。**○てる日**　空に光る日。日の神。天皇。**○よそにおもふばかりぞ**　『よその思ひ』の題名の由来とも考えられる。54番歌〔典拠〕参照。**○みかどおぼしめしなげくこと**　1070番の帝の歌「草の名をかけてもさらにかひなきは神の許さぬかざしなりけり」でも、葵を掛け渡しその草の名に懸けて逢えるようにと願っても、全く効き目がない訳は、葵が賀茂の神がお許しにならない神聖なかざしだからであった、と嘆いている。**○宰相のすけ**　宰相の典侍のことで、女房名。帝に近侍する女官か。

〔参考歌〕

①あふひ草てる日は神の心かはかげさすかたにまづなびくらん（『千載集』夏歌・一四六・基俊）

〔典拠〕『よその思ひ』（散逸物語）。54番歌初出。

（岡本）

451 あきらけくてらさむこの世のちのよも光をみする露やきえなん

これ《さ》は、風につれなきよしの丶院の中宮の御さむちかくなりて、宇治入道関白かすがにまうで丶侍けるに、夢うつ丶ともなく、いとけたかきさまなる人のつげ侍けると

なん

〔校異〕 歌—欠〈林乙〉 みする—みさる〈嘉永〉 これは—されは〈京大〉 つれなき—つれなきの〈龍大〉 ちかく—ちかて〈明大〉 ちる（かイ）く〈狩野〉 まうて、—まうて〈伊達・龍門〉 けたかき—けなきた《ヒ》かけき〈田中〉 けなたきたとき（たたけきイ）〈清心〉 けたかきたけき〈静嘉・川口〉

付記 林乙（左注のみ）あり。

〔現代語訳〕

明るく照らそうぞ、今もその後も。輝きを見せている露こそは消えるであろうが。

これは、『風につれなき』の吉野院の中宮のお産が近づいてきて、宇治入道関白が春日社に参詣いたしました時、夢か現実かはっきりしない中で、たいそう高貴なようすをした人が告げました、ということです。

〔語釈〕 **○あきらけくてらさむ** 安泰であるように、前途に光をあててやろうとの神示。若宮が無事に誕生し、長じて帝位に就くことを暗示する。**○のちのよ** ここでは将来、この先。中宮にとっては亡き後の後世の意も兼ねて加護が約束される。**○光** 若宮を出産する中宮の、光り輝くような美しさと栄えをいう。**○露やきえなん** 中宮を、光を宿す露に形容して、やがて命が尽きるであろうと告げる。**○宇治入道関白** 中宮の父。79番歌参照。七月二十日頃、皇子誕生を春日社に祈願して夢告を得た。十月三日中宮逝去の後、宇治へ隠棲する。**○かすが** 大和国の春日大社。天皇家の外戚藤原氏の氏神。3番歌参照。**○けたかきさまなる人** 宇治入道関白の夢に現形された春日明神を指す。

〔参考歌〕

①さだめなき此世の程をつくるとも後の世までも猶たのめかし（『赤染衛門集』三二）

〔典拠〕『風につれなき』（首部のみ存）巻一。52番歌初出。当該箇所を次に挙げる。

七月廿日あまりのほどに、かすがにおとゞまゐり給て、みかぐらなどつねの事にすぎて、神の御こゝろもおどろくばかりしつくさせ給て、ひとつ心にねんじいりてさぶらひ給。あか月がたありあけの月くまなく、山風すゞしく吹はらひたるに、夢ともなう、うつゝともなく、いとけたかきさまなる人のこゑにてほのかに、

「あきらけくてらさむこの世のちのよもひかりをみする露やきえなむ

なげくべきならず。これみなさきの世の契なるうへに、人の思もそふなるべし」といふ。たそと見まはし給へど、人かげもせず。（中略）

八月卅日いたうもなやみ給はで、ひかりをはなつやうなるをとこみこぞたひらかにうまれさせ給へる。（那須）

なをたのめなげきなきよを松のはにかゝれる藤の花のさかりは

これは、夢がたりのさきの関白、女をなくなして世をそむかんとおもひ侍けるも、とかくさはりがちに侍りければ、かすがにまうでゝ、さまたげあらせ給ふなといのり申ける暁がたに、うちねぶりたる夢に、ふぢの花を給はすとての給はせけるとなん

〔校異〕松のは―まつのみ（はイ）〈狩野〉藤の花の―藤の花の〈藤井〉さかりは―さかりを〈天理・東大〉なくなして―なくして〈天理・東大・明大・狩野〉おもひ―思ひて〈清心・静嘉・川口〉侍けるも―侍けるに〈天理・東大・明大・狩野〉かすか―かすか（イ）〈狩野〉まうでゝ―詣て〈嘉永〉さうてゝ〈明大〉さまたけ―さ

も（まイ）たけ〈狩野〉ふちの花を―ふちの花〈田中〉左注―欠〈林乙〉全文―欠〈龍門〉

付記 林乙（歌のみ）あり。

〔現代語訳〕

相変わらず頼みに思うがよい。悲しみ嘆くことのない世を待って、やがて常緑の松葉に懸かり咲く藤の花盛りのような繁栄があろうから。

これは、『夢がたり』の前関白が、女を亡くしてしまって出家しようと考えましたものの、何かと差し障りが多くありましたので、春日社に参詣して、「妨げをなさいませんように」とお祈り申し上げた明け方に、少しまどろんだ夢の中で、藤の花をお与えくださっておっしゃった、ということです。

〔語釈〕 **○松のはにかゝれる藤** 屏風絵の典型的な取り合わせである松と藤の景は、当該歌においても松を皇室に、その松に添い懸かる藤を、外戚である藤原氏の繁栄に見立てたもの。「松のは」は常緑で色変わりしないことから長久不変を表し、「松」に、繁栄を「待つ」意を掛ける。この「松と藤の組合せ」表現については、正倉院御物の阮咸撥面絵や鳥毛立女図屏風・密陀絵盆蓬廬図などに見え、唐絵の取合せが我が国に伝わったもの。下店静市「唐絵と大和絵」（『下店静市著作集』七、一九八六・五、講談社）、渡辺秀夫「『貫之集』における屏風絵と屏風歌」（『平安朝文学と漢文世界』一九九一・一、勉誠社）及び128番歌参照。**○夢がたり** 夢に見たことを覚めてから語ること。夢のような儚い物語。歌句としては稀少で、初例は「はかなくも枕さだめずあかすかな夢がたりせし人を待つとて」（『小町集』九三）である。**○さきの関白** 物語の主人公とみられる。亡くなってしまう「女」は娘か恋人か定かではないが、『松尾平安』では「風葉集の哀傷の歌の他の例をみると、どうやら情人とみる方が穏当らしい」とする。ここでも恋人あるいは妻と見る。

〔参考歌〕

①千年へん君がかざせる藤の花松にかゝれる心地こそすれ（『後拾遺集』賀・四五七・良暹）

②たのみつつかかれるふぢはまつのきのちよてふこともあかずぞありける（『伊勢集』七五）

【典拠】『夢がたり』（散逸物語）。『風葉集』に五首入集。

当該歌が題号に関わると思われるが、五首中に「夢がたり」の歌句は見えない。「ひかり出でん暁ちかくなりにけり今ぞ見し世の夢がたりする」（『源氏』若菜上巻・明石入道）の影響も考えられようか。『無名草子』は「言葉遣ひなだらかに、耳立たしからず、いとよしと思ひて見もてまかるほどに、いと恐ろしきこともさし交じりて、何事も醒むる心地する」のが「今の世の物語」で、そのひとつとして『夢がたり』を挙げていることから、成立は平安末期から鎌倉初期にかけてと推定される。神詠一首と、前関白・宰相中将歌が各二首。前関白は、若い頃に女に先立たれて傷心のあまり出家を願うも夢告を受けて思いとどまり、後には関白となって栄えるという内容が想定される。宰相中将歌（595）から、何らかの罪に問われて高麗に放逐されたことが分かるのみで、前関白との関係については不明。宰相中将の唐土放逐について『松尾平安』では、「源氏が朧月夜内侍の事によって須磨に謫居してゐた事件等に暗示を得たもの」として、「須磨を高麗に変へたのは浜松中納言物語が支那を舞台としている影響であらう」とする。『小木散逸』も、「狭衣が出家しようとするのを、加茂の神が父堀河大臣の夢にあらわれて、これを阻止する話や、浜松中納言渡唐の話に筋を得た作品と思われる」とする。（那須）

なみの外きしもせざらんさとながらわがくに人にたちははなれず

これは、まつらの宮の右大弁宰相うぢたゞ、遣唐のそへづかひにわたりて侍ける時、いくさおこりてよのみだれいできにけるを、かのおほやけのいくさにまじはりて我国の神ほとけを念じけるに、むま、くらまでわがすがたにかはらぬ人九人いで来て、もろ共にた丶かひてことなくしづめ侍にければ、うちやすみたるよの夢にみへ侍ける住よしの御歌となん、いひつたへたる

〔校異〕 なみ—流〈陽乙〉　外—ほる〈嘉永・龍門・松甲〉なか〈藤井〉　さと—さも（とイ）〈狩野〉　なから—なかく（ら）〈陽甲〉　たちは—たちな〈蓬左・天理・東大・明大〉立ゐ〈嘉永〉立な〈狩野〉　はなれす—はなれそ〈宮甲・蓬左・陽乙・田中・清心・日甲・静嘉・川口・篠山・彰甲・天理・明大・狩野・松甲・刈谷・龍大・藤井〉はなれて〈嘉永〉はなれそ（すイ）〈東大〉　右大弁—后大弁〈陽乙・内閣〉　宰相—宇（宰）相〈松甲〉　遣唐—造（遣イ）唐〈東大〉造唐〈明大〉遣唐〈篠山〉　わたりて—い（はイ）たりて〈東大〉いたりて〈天理〉　おこりて—おこりて〈東大〉　念しけるに—いのりけるに〈嘉永〉念しける〈田中〉　くらまて—くら虫て〈陽甲〉　九人—欠〈伊達・龍門〉　侍にければ—侍ければ〈天理・東大・明大・狩野〉侍るにければ〈内閣〉　よの—欠〈嘉永〉　いひつたへたる—いひつたへたる（イ）〈天理・東大〉欠〈明大・狩野〉

〔現代語訳〕

岸に打ち寄せる波のほかには来る人もない異国であるが、我国の人から立ち離れることは決してありませんよ。

これは、『松浦宮』の右大弁宰相氏忠が、遣唐副使として唐土へ渡っておりました時、戦いが勃発して世の中に騒乱が起きた際に、その国の戦いに加わることになって我が日本の神仏に祈願したところ、馬や鞍までも自分の姿と変わらない人が九人出現して、共に戦って無事に鎮定しましたので、少し横になった夜の夢に現れなさいました住吉明神の御歌であると、言い伝えられています。

〔語釈〕　○きし　「岸」は「波」の縁語で、「来し」を掛ける。○さと　宮仕えする所から離れた地。ここでは、日本から遠く離れた唐土を指す。○たちははなれず　そばに寄り添って離れない。常に住吉明神の加護があること。「立つ」は「波」の縁語。○うぢたゞ　物語の主人公。176番歌参照。○そへづかひ　副使。添使。遣唐大使を補佐する役。○おほやけのいくさ　唐土の先帝亡き後に、燕王の謀反によって起きた動乱。住吉明神の加護を受けた氏忠の加勢によって戦は平定される。神功皇后が住吉明神の加護のもと、三韓征伐に成功する故事を連想させる。○かはらぬ人九人いで来て　神助によって氏忠と同じ姿の人物が九人出現する。伊井春樹氏は、「阿修羅は九つの頭を持っていたこと、それがために弁少将の神兵が九人出現したのではないか。」「阿修羅の化身である宇文会に対するには、どうしても九人が必要とされたのであろう。」（「松浦宮の方法」『詞林』十五号、一九九四・四）とする。同論では『大正新脩大蔵経』経集部・佛説観佛三昧海経の、「九頭頭有千眼、有九百九十九手八脚」とする阿修羅像が引用されて九人の根拠とされる。一方、阿含部・起世経に阿修羅を「七頭」とある点も注目される。実在の阿修羅像は興福寺に代表されるような三面六臂像が多く、頭や手の数は仏像によって異なる。また、多方面に活躍する意味の語「八面六臂」は、仏像の「三面六臂」に由来すると言われるが、「九人」との関連性については不明。○住よし　摂津国の住吉大社。住吉明神は国家鎮護、海上交通の守り神、軍神として尊崇された。『万葉集』巻第六・一〇二一では船首に祭る「現人神」として、巻第十九・四二四五ではその住吉明神が遣唐船の船尾で護ったとある。歌神として尊崇されるのは平安後期から。「松」「波」「岸」などが景物で、「住吉」に「住み良し」を掛ける常套句がある。なお、『万葉集』では「住吉」を「すみのえ」とする。

〔参考歌〕

①住吉のきしもせざらん物ゆへにねたくや人に松といはれむ（『拾遺集』神楽歌・五八七）

②思ひきや古きみやこをたちはなれこの国人にならむものとは（『後拾遺集』雑三・一〇一七・懐寿）

〔典拠〕　『松浦宮物語』（176番歌初出）巻二。当該箇所を次に挙げる。

我が本国の仏神を念じたてまつりて、はるかに返り向かふ道、やうやう日は暮れはてて、（中略）ひとりと見つる左右に、かたち、姿、馬、鞍まで、ただ同じさまなる人四人、たちまちに出で来ぬるに、猛き心もしばしとどこほりて、見定めて討たむとするに、ただ同じさまなる人、また五人、宇文会がうしろに馳せかけて、並べる八人が太刀抜きたる右の肩より、竹などをうち割るやうに、馬、鞍まで一刀に割り裂きつる時に、遠く見るもの、またこの人に弓を引き、刀を抜きて、向かはむと思ふなし。（中略）弁は、思ひよらぬ力を尽くして、はからざるに、猛き誉れを極めつれど、空を歩む心地のみして、身もいと苦しければ、少しくまある木のもとに宿りして、ゐながらと言ふばかりうち休めるに、きのふの御姿ながら、

　波のほか来しもせざらむ郷ながら我が国人に立ちは離れず

とのたまはせて、甲冑をはじめ、物の具、御馬、鞍をたまふと見て、うち見あけたれば、夢にもあらず、さながら前に置かれたり。（那須）

あふことはいさしら雲のかたくともたちかへりみつしるしあらじや

　これは、かひばみの右大将、女のゆくへしらぬ事をすみよしにまうで、申侍とて、おもふ人よにすみよしと思せばたちかへりこんきしのしらなみ、と読侍けるに、えもいはずけたかきおとこのけはひにてつげ侍けるとなむ

〔校異〕 あらしや―あらめ《ヒ》（し）や〈蓬左〉あらめや〈刈谷・龍大・藤井〉かひは見―かいまみ〈天理・東大・

明大・狩野〉 侍とて―侍けるとて〈龍門〉 よに―よみ《ヒ》（に）〈蓬左〉 思せは―おもはせは〈嘉永〉 思はせは〈天理・東大・明大・狩野〉 えも―えと（えも）〈東大〉 えと〈明大〉 侍ける―侍るける〈内閣〉

〔現代語訳〕

巡り逢うことは、さあどうかわからない。しかし難しいとしても、住吉の岸に浪が繰り返し打ち寄せながら満ちてくるように、戻って来て再会するという願いがかなう霊験のないことがあろうか、きっとあろうぞ。

これは、『かいばみ』の右大将が、女の行方がわからなくなった事を住吉社に参詣して申し上げ、再会を祈念して、「恋しい人がこの世を住みよいと思ったとしたら、もう一度ここへ戻って来て欲しい、寄せ返る岸の白波のように」と詠みましたところ、言いようもなく高貴な男の声音で告げました歌、ということです。

〔語釈〕 **○いさしら雲の** 多くは、「いさ」の下に「しらず」を伴って、見当がつかない意とする常套的表現。「白」と「知ら」を掛ける。「白雲」は女を喩える。◇参考 旅衣たちゆく浪路とをければいさしら雲のほどもしられず（『新古今集』羇旅・九一五・奝然） **○たちかへりみつ** 波が寄せては返りながら満ちてくる意と、元の場所に戻って逢う意を掛ける。「雲」と「立ち」は縁語。**○しるし** 波が満ちてくる兆候と、効験が現れる兆候とを掛ける。**○右大将** 『かいばみ』の主人公。行方しれずになった「女」は、右大将が密かに通う兵部卿宮の女。301番歌〔典拠〕参照。**○おもふ人……しらなみ** 右大将が、女の行方を求めて住吉明神に祈願した際の歌。「おもふ人」はその女のこと。「すみよし」は、「住吉」と「住み良し」の掛詞。「たちかへり」は「波」の縁語。**○けはひ** それとなく感じられるようすや匂い、話し声、物音など。

〔参考歌〕 なし。

〔典拠〕 『かいばみ』（散逸物語）。301番歌初出。 （那須）

秋のよの松ふく風のをとよりもあはれ身にしむのりの声哉

これは、いはかきぬまの頭中将、住よしにこもりてど経などしてをこなひ侍ける暁、つぼねにたてぶみにてさしをきて侍ける歌なり

〔校異〕 風―忩〈内閣〉 こもりて―こもり〈嘉永〉 つほねに―つほ○（イ）ねに〈宮甲〉 つほ○ねに〈篠山〉 つほ[虫]に〈東大〉 つほねに〈明大〉 つほに〈刈谷・龍大・藤井〉 たてふみにて―たて文して〈嘉永〉 たてふも（み）にて〈清心〉

〔現代語訳〕

秋の夜に松を吹き抜ける風の音よりも、ああ、身にしみる読経の声であるよ。

これは、『岩垣沼』の頭中将が、住吉社に参籠して経を読むなどの勤行をしました明け方、局に立文の形で置いてありました歌です。

〔語釈〕 **○のりの声** 読経や説法をする声。「のりの声たえせぬきしに水すみてしのぶるかげをうかべつるかな」（『恵慶法師集』一八五・のぶまさ）あたりから見える語で、続いて物語作者小弁とほぼ同時代の『和泉式部続集』『伊勢大輔集』『範永集』に存する。以降の時代において、釈教歌や法文歌で、多くは懺法や聴聞会を背景にして詠まれた。「秋の夜はふけゆくさまに松風のみにしむのりのこゑをききつる」（『明恵上人集』一八）のような、当該歌と類似する歌もある。**○頭中将** 物語の主人公。157番歌参照。恋愛に起因する失意からの参籠か。**○をこなひ** 仏道の修行。勤行。加持祈祷。**○つぼね** 寺院などで、身分の高い参詣者のために居所に充てる仕切った空間のこと。宮殿では、高貴な女性の私室に充ててある所をいう。**○たてぶみ** 立文。竪文。細長く畳んだ書状を包み紙で包み、

余った上下の部分を裏側に折って紙縒りで結ぶ包み方の一種。事務的な書状や公的な書状に用いる正式の形。恋文は略式の「結び文」の形にする。〔補説〕参照。

〔参考歌〕なし。

〔典拠〕『岩垣沼』（散逸物語）。157番歌初出。

〔補説〕

○「立文にする」ことについて

『物語史』では、『源氏』『寝覚』などの用例から、「物語において〈立文〉はたんなる事務的な書状形式として描写されるより、男女関係を意識的に隠すための小道具として利用されることが多い」ことを踏まえて立文の主を、「頭中将の心に同情するばかりではなく、自分もまた傷心をいだいていた」人物として157番歌の女を想定する。『松尾平安』は「たま〳〵住吉に籠り合わせ」た「中将のみたされぬ恋の対象である女」を立文の主とし、加えて「日頃中将の心中を知る親しい男」の可能性も提示する。

不審な立文ということで想起されるのは、『仲文集』八三番歌の詞書「仁和寺の御はての日、ものいみにさしこもりてゐたるに、たてぶみにて、ほうしどうじ、けふすぐすまじき御ふみなりとてさしおきたるをみれば、くるみいろのしきしにあやしきてして」である。その歌「これをだにかたみとおもふにみやこにはかへやしつらむしひしばのそで」は、『枕草子』一三二段、『後拾遺集』（哀傷・一八三・一条院）にも見られる。『仲文集』では居貞親王から仲文への手紙とするが、『枕草子』では、「蓑虫のやうなる童」が文挿にはさんだ立文を「巻数」と言って届け、「胡桃色といふ色紙の厚肥えたるをあやしと思ひて、あけもて行けば、法師のいみじげなる手にて」とある。これは、一条院に中宮が加担して藤三位に宛てた悪戯の手紙ということであった。これらの状況設定の隔たりに疑問が残るものの、共通するのは、事務連絡的ではないことと、受け手に不審の念を抱かせていることである。『うつほ』に見られる「唐の紫の色紙に、立て文にて、よきほどにつけたまへり」（楼の上上巻）という立文は、朱雀院への尚侍の返歌で、使いの蔵人を「蓑虫のやう」と形容している。『栄花』巻第三十「つるのはやし」には、中宮の夢中で故道長極楽往生の知らせが立文で届けられる。『蜻蛉』中巻（安和二年六月）で道綱母から愛宮へ贈った文は、「紙屋紙に書かせて、立文にて、削り木につけ」て、愛宮の異母兄・高光を暗示して「『多武峰』よりと言へ」と指示する。新全集頭注では「使いに高光からと言わせて、送り主を紛らわしたのは、作者が悲痛な内容を仰々しく長歌で贈る照れかくし」とする。文は使いが届け先を間違えて、その後の混乱を招くこととなる。料紙の種類や色などへの配慮も、その手紙の意図を物語るものであり、意識的に立文を装うことは、物語世界だけではなく現実にも行なわれたようである。

これらの例が示すように、立文の形式にすることには、恋愛関係に限らず、状況を韜晦する効果が期待されていたのであり、それはまた受け手の不審、不可解感を誘うことにもつながっている。この不審な立文にある当該歌は、詠者を曖昧にすることによって、神詠歌群から独詠への流れをより円滑にしているように思える。

（那須）

456

さるべき人もまうで侍らざりければ、神の御しわざにやと

おもひてひとりごちける

かくばかり物おもふ人はあらじよにたれか身にしむあはれなるらん

〔校異〕 人も―人の〈陽乙・彰甲・篠山・松甲〉 まうて―まう〈田中〉

錯簡 京大本は当該歌の詞書が前歌（455）の左注の後に、改行せずに書写されている。

〔現代語訳〕

それらしい人も参詣していませんでしたので、神が為されたのであろうかと思ってつぶやきました歌

（『岩垣沼』の頭中将）

これほどにも思い悩む人はあるまい、世の中には。いったい誰がこの悲哀を身にしみて感じるというのであろうか。

〔語釈〕 **○さるべき人**　それに相応しい人。立文を置きそうな人を指す。頭中将には心当たりがなく、半信半疑ながら神の所業かと思う。ここからは詞書形式に移り、当該歌は頭中将の独詠。**○物おもふ人**　物思いに苦しむ自分自身、中でも恋に悩む心境を投影して詠まれることが多く、ここも悩みの種は不詳ながら、並々でない物思いを抱えているらしい頭中将自身を指す。**○よに**　「世の中に」の意に、程度の甚だしさをいう副詞「世に」を掛ける。

〔参考歌〕

①我がごとく物思人はいにしへも今行末もあらじとぞ思（『拾遺集』恋五・九六五・読人不知）

〔典拠〕『岩垣沼』（散逸物語）。157番歌初出。

（那須）

457

左大将かたちをかくしてところ〴〵見ありきけるころ、前斎宮に大弐まさかぬがちかづきよりけるを、太神宮とおもはせてさま〴〵申けるに、おそれて、をこたり申ていでにければよみ給ける　　かくれみの、前斎宮

わがためにあまてる神のなかりせばうくてぞやみに猶まどはまし

〔校異〕 前斎宮に―前斎院に〈蓬左〉前斎院（宮イ）に〈嘉永〉太神宮（ナシイ）前の斎宮に〈狩野〉まさかぬか―まさかねか〈嘉永・静嘉・川口〉まきかねか〈清心〉まさかぬ〈藤井〉ちかつき―ちか（イ）つき〈宮甲〉ちかつき〈伊達〉申けるにおそれて―欠〈嘉永〉をこたり申て―申て〈嘉永〉をこたち申て〈伊達〉こおこたり

〈明大〉いてにけれは―いてきけれは〈天理〉いてき（にイ）けれは〈東大〉いてよけれは〈明大〉うくて―ことて〈川口〉う（かイ）くて〈天理・東大〉かく（うくイ）て〈狩野〉かくて〈内閣・刈谷・龍大・藤井〉

〔現代語訳〕

左大将が姿を隠してあちらこちらを見て廻っていた頃、前斎宮に大弐まさかぬが接近して行ったのを、天照大神と思わせて左大将がいろいろ申したところ、大弐まさかぬは畏れてお詫びを申し上げて離れて行ったので、お詠みになりました歌　『隠れ蓑』の前斎宮

私にとって天照大神がおいでにならなかったとしたら、辛い思いで今もまだ闇の中で途方にくれていることでしょう。

〔語釈〕　**〇左大将**　物語の主人公（185番歌参照）。左大将は着る人の姿を隠すという隠れ蓑を着て行動することがあった。**〇をこたり申て**　謝罪のことばを述べて。**〇前斎宮**　呼称から、物語の最終場面では退下されていたようであるが、当該歌がいつの時点のものかは不詳。『松尾平安』では、左大将、大弐まさかぬともに伊勢の現斎宮に近づくのは不謹慎として、「前斎宮となられてから京においての事件」とされる。あるいは、斎宮は大御神に仕える身であるがために加護を賜ることから、斎宮在任中の詠との見方もあろうか。**〇大弐まさかぬ**　太宰府の次官。当該歌のみに登場する人物。**〇あまてる神**　伊勢神宮（444番歌参照）の祭神で皇祖神である天照大神の別称。「天照る」は空にあって光りわたる意。初例は「ひさかたのあまてるかみをいのるとぞえだもすゑゑにぬさはしてける」（『日本紀竟宴和歌』上・一七・物部宿禰安興）である。『万葉集』では「天照らす神」はあるが「天照る神」は見えない。**〇やみ**　「照る」と「闇」を対照させる。神が隠れて世が暗くなる意と、思慮分別を失って乱れる心の闇の意とを掛ける。

〔参考歌〕　なし。

〔典拠〕　『隠れ蓑』（散逸物語）。70番歌初出。

〔補説〕

○神社別の歌群について

勅撰集神祇部の配列において、神社の序列に基づく構成意識が明確になるのは『新古今集』以降である。とりわけ『続後撰集』では、「熊野を例外として、見事なまでに二十二社の序列と一致している」（深津睦夫「勅撰和歌集神祇部に関する覚え書き」〈『皇學館大学神道研究所紀要』第二十輯〉）と指摘される。『風葉集』においてもこうした配列意図がうかがえる。巻頭から順に上七社筆頭の伊勢、続いて石清水・賀茂・春日、次いで中七社の住吉と配され、457番歌からまた、伊勢・賀茂・平野・春日・稲荷・住吉となっている。序列では稲荷が春日の上位に位置する点を除けば、『風葉集』の配列が厳密に「二十二社」の序列にしたがっており、これは『新古今集』以降、とりわけ『続後撰集』以降の配列意識を踏襲したものと考えられる。

「二十二社」とは、朝廷の奉幣を受けて特別に尊崇された神社で、その数は段階的に加えられていった。『風葉集』神祇歌の神社はすべて、「二十二社」となる以前の康保三（九六六）年に奉幣を受けた、その当時でいう「十六社」に既に列せられていた。『千載集』から『続古今集』まですべてに存する日吉社と、『新勅撰集』以外のすべてに存する熊野社の詠が『風葉集』には採られていない。熊野社は「二十二社」に名が見えず、また日吉社は、最終的に「二十二社」となった長暦三年（一〇三九）の時点で、下八社の最上位に加えられた神社である。この二社が神社歌群に見えないのは、社格をより尊重した配列事情に拠るのであろうか。

『風葉集』における神社別の歌群は、「二十二社」の中でも原初に近い形である「十六社」を礎として、当時認識されていた社格に則った配列と考えられる。

（那須）

やはたにまうで、よみける　　　　をだへのぬまの右大臣

ちかひをきし神の心もたのむ哉人のひとにはあらぬ身なれば

〔校異〕詞書―やはたにまうて丶よみける（村田本）〈狩野〉やはたにまうて丶よみける（イ）〈天理・東大〉やはたにまうて丶よみ侍ける〈丹鶴〉欠〈明大〉をきし―て《ヒ》（置）し〈林乙〉心も―心を〈陽甲・陽乙・嘉永・田中・清心・日甲・静嘉・川口・彰甲・丹鶴・内閣・藤井・伊達・龍門・内閣・刈谷・藤井〉こゝろを〈宮甲・蓬左・篠山・松甲・龍大・林乙〉慮を〈狩野〉慮（心イ）を〈天理・東大〉意を〈明大〉ひとには―人そ（にイ）は〈狩野〉

付記　林乙あり。

〔現代語訳〕

石清水八幡宮に参詣して詠みました歌　『緒絶えの沼』の右大臣

以前、神に誓っておきました、その時の神の御心も頼りにしています。私は、人数にも入らないようなつまらない身なので。

〔語釈〕**○やはた**　石清水八幡宮。**○右大臣**　右大臣の歌は、96・1174にも見える。96番歌参照。『事典』に、主要登場人物と思われる春宮大夫・尚侍・春宮らよりも「上の世代」で、「おそらくこの世代の物語から始まっていたのであろう」と指摘されている。**○ちかひ**　誰の誓いかについて諸本で異同があり、解釈が異なる。「神の心も」の場合は、右大臣が誓い、それを神も受納したことになり、「神の心を」では、神だけが誓ったことになる。『秀歌選』は「神の心を」という本文を採用し、「衆生を救おうと約束しておかれた（中略）神の御心」の意とするが、ここでは「神の心も」とし、右大臣と神、双方の誓いと見ておく。**○人のひとにはあらぬ**　人数にも入らない。「人の人」という表現は珍しく、これ以前には「かつ見れどあるはあるにもあらぬ身を人の人とや思ひなすらむ」（集成本『狭衣』巻三・一〇七・狭衣）、「ささがにのいとよをかくてすぎにける人のひとなるてにもかからで」（『山家集』下・雑十首・一五五二）などの数首が知られるのみ。

〔参考歌〕 なし。

〔典拠〕 『緒絶えの沼』（散逸物語）。66番歌初出。

（鹿谷）

女一宮斎院にいたまへるも、はゝ[ら]はしらずやあらんと
おぼされて、よませ給ける

秋の夜ながしとわぶるみかどの御歌

ゆふかけてしらずやあるらんおもふ人神のいがきにしめゆひつ共

〔校異〕 いたまへるも―いたまへる比（もイ）〈狩野〉　は、は―はらは〈京大・天理・刈谷〉はかは〈清心〉は〈神宮〉　詞書―欠〈林甲・林戊〉　あるらん―有けん〈林甲〉

付記　神宮・林甲・林乙・林丁・林戊あり。

〔現代語訳〕

女一宮が斎院にお就きになっているけれども、母は知らないだろうとお思いになって、お詠みになりました歌

『秋の夜長しとわぶる』帝の御歌

まったく知らずにいらっしゃるでしょうか。愛娘が賀茂神社の神域にお仕えする身となったということを。

〔語釈〕 **○女一宮**　当該歌から、斎院になったことがわかる。**○はゝ**　女一宮（斎院）の母。460・1018番歌の詠者名から、后の位についたことがわかる。**○ゆふかけて**　木綿を榊にかけて神に供えること。「神の斎垣」「しめ結ふ」

の縁語。「かけて（も）知らず」で「まったく知らない」意。**○おもふ人** 女一宮を指す。**○神のいがき** 神社の神聖な垣。また、その垣に囲まれた所。**○しめゆひ** 「しめ結ふ」は、縄などを張って神域を囲うこと。ここではその神域に囲い込まれたこと、即ち斎院となったことを表す。

〔参考歌〕 なし。

〔典拠〕 『秋の夜長しとわぶる』（散逸物語）。『風葉集』に四首入集。

物語名について、『事典』は『古今集』196番歌「きりぎりすいたくな鳴きそ秋の夜のながきおもひは我ぞまされる」（秋上・忠房）を踏まえるか、とする。『無名草子』に記載がないため、これ以降の成立と思われる。作者未詳。『風葉集』入集歌から知られる登場人物は、「帝」「斎院（女一宮）」「斎院の母后」「道頼」「弘徽殿の左近」の五名。1018番歌より、女一宮（斎院）の母は帝から忘れられてしまうような事態があって、帝の前から姿を消したが、460番歌より、賀茂の神のお告げによって帝と母后は再会したらしい。その後、后に昇ったのだろう。当該歌から、母が姿を消している間に女一宮が斎院になったとわかる。また、1135番歌から、道頼と左近の恋愛は冷めかけていたようである。（鹿谷）

賀茂の御つげにてみかどにしられたてまつり給て、さかき［に］・葉のさしておしふる人なくば、との給はせたる

御返し　　　　　　おなじ斎院の母后の宮

かはるなとさか［・う］き葉さして祈こしこやそのかみのしるしなるらん

〔校異〕 たてまつり―たてまつりて《ヒ》（ナシイ）〈狩野〉　さかき―さかきに〈京大〉　なくは―ならは〈蓬左・陽乙・内閣〉　なく（らイ）は〈天理・東大〉の給はせたる―の給はせける〈丹鶴〉のたまはせたり〈清心〉　かはるなと

―かはるなよ〈宮甲・蓬左・陽乙・嘉永・田中・清心・日甲・静嘉・川口・篠山・彰甲・丹鶴・天理・東大・明大・狩野・内閣・松甲・龍大・藤井・伊達・龍門〉　さかき―うき〈京大・陽甲〉さか〈松甲・日甲〉

〔現代語訳〕
　賀茂の神のお告げによって帝に所在を知られ申し上げなさって、帝が「はっきりと教えてくれる神がいなかったら」と詠まれた歌への御返歌
　　同じ（『秋の夜長しとわぶる』の）斎院の母后の宮
「二人の仲よ、変わるな」と榊葉を挿して祈ってきました。これは、その当時の神の霊験なのでしょうね。

〔語釈〕　**○さかき葉のさしておしふる人なくば**　帝からの贈歌の一部。「さかき葉の」は「さして」を導く序詞。「さして」は「挿して」と「さして（はっきりと示して）」の掛詞。**○そのかみ**　「そのかみ（その昔）」と「その神」の掛詞。**○しるし**　神仏の霊験。ここでは、賀茂の神のお告げを指す。

〔参考歌〕
①ときはなる神南備山のさか木葉をさしてぞ祈る万世のため（『千載集』神祇・一二八一・義忠）
②いのりくる神のしるしはさかきはのいろもかはらぬところなりけり（『元輔集』一二八）

〔典拠〕　『秋の夜長しとわぶる』（散逸物語）。459番歌初出。

（鹿谷）

　　御出家おぼしめしたゝせ給て、かもにまうでさせ給て、
　　よませ給ける　　　　　　　　　　風につれなきのよしの、院御歌

今はとていのりかけつるゆふだすきわが世《いく》の後は神にまかせつ

〔校異〕　今は―まは〈川口〉　かけつる―かけたる〈蓬左〉　わか世の後―いく世の後〈京大〉　わか後の世〈龍大〉

付記　林乙あり。

〔現代語訳〕

御出家を決意なさり、賀茂神社にお参りになってお詠みになりました歌

『風につれなき』の吉野院の御歌

私の御代も最後だと、木綿襷を掛けて神に祈りを捧げました。私の治世の後は、神様にお任せします。

〔語釈〕　**○御出家**　吉野院の出家は散逸部分に属す。吉野院は、在位中に主人公の姫君に再三入内を要請するが、拒まれており、『事典』『笠間中世王朝』などは、この姫君への悲恋の結果、出家したと推測する。出家後は吉野に隠棲した。**○今は**　自らの治世は、もう最後だということ。**○いのりかけつる**　賀茂の神に祈りを捧げること。「かけつる」は「いのり」と「ゆふだすき」の双方に掛かる。**○ゆふだすき**　木綿で作った襷の意で、神事の折に肩に掛けて袖をからげるもの。「懸く」「掛く」に掛かる枕詞。**○わが世**　京大本は「いく世」だが、退位を決意した吉野院の歌なので、「わが世の後」の方が意が通じやすいので、他の諸本により校訂した。

〔参考歌〕

①ちはやぶる賀茂の社の木綿だすき一日も君をかけぬ日はなし（『古今集』恋一・四八七・読人不知）

〔典拠〕　『風につれなき』（首部のみ存）。52番歌初出。当該歌は散逸部分にあたる。

（鹿谷）

かものいつきいまだかはり侍らざりける時、花のさかりに内大臣まうで、、ちらでも花の千代をへよか〔は〕し、と申侍ければ　　みたらしがはの斎院中納言

さかき葉も花のにほひもたぐひなきおる人からに千代もへぬべし

〔校異〕 いまた―い〇（イ）また〈宮甲〉　ちらても―ちらて〈蓬左・陽乙・日甲・彰甲・内閣〉　へよかし―へよはし〈京大・陽甲〉　詠者名―欠〈林乙〉　にほひも―匂ひに〈嘉永〉

付記　林乙あり。

〔現代語訳〕

賀茂の斎院がまだ交代していませんでしたとき、桜の花盛りに内大臣が宮のところに参上して、「花よ、散らずにとこしえに咲き続けてほしい」と申し上げましたところ

『御手洗川』の斎院中納言

榊の葉も花の美しさも類なく優れています。折る人次第でとこしえに咲き続けるでしょう。

〔語釈〕 **〇かものいつきいまだかはり侍らざりける時**　「かものいつき」は、賀茂神社の斎院。「いつき」は「いつきのみこ（斎皇女）」の略。内大臣が恋心を抱いていた姫君が、次の斎院に決まり、まだ着任していない時を指すのだろう。**〇花**　『御手洗川』の斎院をたとえる。なお、当該歌は『狭衣』巻四の源氏宮と女一宮の贈答歌（参考歌①、②参照）の影響を受けていると考えられるため、ここでの「花」も『狭衣』と同じく桜と推測される。**〇内大臣**　78番歌参照。**〇ちらでも花の千代をへよかし**　「いつまでか野辺に心のあくがれん花し散らずは千世もへぬべし」（『古今集』春下・九六・素性）に依拠した贈歌か。**〇斎院中納言**　斎院に仕える女房。当該歌のみに登場。**〇おる人**

からに　折る人次第で。折る人ゆえに。「おる（折る）」は、斎院になることを暗示し、「おる人」は賀茂の神を指す。「からに」は、原因・結果を順接の関係において示す語。

〔参考歌〕

①時知らぬ榊の枝にをりかへてよそにも花を思ひやるかな（『狭衣』巻四・一五〇・源氏宮）

②榊葉になほ折りかへよ花桜またそのかみの我が身と思はん（『狭衣』巻四・一五一・女一宮）

〔典拠〕『御手洗川』（散逸物語）。78番歌初出。

（鹿谷）

みかどたゞ人におはしける時、まつりの日宮しろにて、
都にはをとなきほとゝぎす、みかきのわたりにはこへ
なりにけるをきかせ給て、かものいはがきたづねきに
けり、との給はせけるに　　さごろもの斎院女別当

かたらはゞ神もきゝてん時鳥おもわんかぎりこへなおしみそ

〔校異〕　わたりには―わたりに〈伊達〉　こへ―こゑ（すイ）〈宮甲〉こす〈天理・東大・明大・狩野〉　なりにけるを―なりけるを〈天理・東大〉なれにけるを〈嘉永・刈谷・龍大・藤井〉なり（ナシイ）にけるを〈清心〉　かもの―かも〈伊達・龍門〉　いはかき―いはりき〈龍門〉　きにけり―来にける〈嘉永〉　女別当―別当〈嘉永・龍大〉　かたらはゝ―かたよはゝ〈陽乙・内閣〉かたよはく〈蓬左〉　きゝてん―きゝなん〈丹鶴〉

〔現代語訳〕

狭衣帝が臣下でいらっしゃった時、賀茂祭の日に賀茂神社で、京の都ではまだ鳴いていないほととぎすが、

神社を取り囲む垣根の辺りで鳴き声を立てているのをお聴きになって、「賀茂の岩垣たづね来にけり」とお詠みになったところ　『狭衣』の斎院女別当

語りかけたならば、きっと神も聞き届けてくれるでしょう。ほととぎすよ、思いのたけを尽くして、声を惜しまずに鳴きなさい。

〔語釈〕 **○みかど** 狭衣を指す。当該場面では大将。**○まつり** 賀茂祭。146番歌〔語釈〕参照。**○宮しろ** 御神社。**○ほとゝぎす** 狭衣をたとえる。**○こへなりにける** 鳴き声を立てていること。「声」が「成る」と表現する例は、「高砂に我が泣く声は成りにけり宮この人は聞きやつくらん」（『拾遺集』恋五・九九八・読人不知）、「ほのぼのと嵐のこゑもなりにけりしら月山の有明の空」（『清輔集』一六六）などがあり、いずれも「声や音を立てる」という意味である。『狭衣』本文は「声馴れにけり（もの馴れた声で鳴いている）」であるため、悩ましいが、「こへなりにける」のままで意味が通ること、「こへなれにける」を採用している『風葉集』の伝本が嘉永本ほか四本のみであることから、『風葉集』としては「こへなりにける」という本文だったのではないかと考え、校訂は行わなかった。**○かものいはがきたづねきにけり** 狭衣の詠歌（〔典拠〕参照）の一部。「どうせ無駄になるのに、ほととぎすが賀茂の神域に訪れて鳴いて祈っていることだよ」の意と思われるが、「いはがき」は、岩石が垣根のように取り巻いているところであり、物語本文（〔典拠〕参照）の、「賀茂の瑞垣」（集成）、「神の斎垣」（旧大系）、「賀茂の社」（新全集）の方が、歌意には似つかわしい。この歌の上句の「思ふこと」は、狭衣の源氏宮への思いをあらわす。**○斎院女別当** 斎院に仕える女官の長。狭衣の源氏宮への思慕を知るよしもなく、単に神の加護を求めたものと受けとめている。

〔参考歌〕

①かたらはばをしみなはてそほととぎすききながらだにあかぬこゑをば（『相模集』一五）

〔典拠〕 『狭衣物語』（84番歌初出）巻三。当該箇所を次に示す（集成による）。

祭の日のことどもなど、例の作法なり。（中略）京には音もなかりつる郭公も、斎垣のわたりには声馴れにけり。若き人々の耳とどめぬは、いかでかはあらむ。（中略）大将殿、御前近く候ひたまひければ、

　思ふことなるともなしにほととぎす賀茂の瑞垣たづね来にけり

とひとりごちたまふを、女別当、

　語らはば神も聞きてむほととぎす思はむかぎり声なをしみそ

参考　旧大系…語らはば神も聞くらんほと、ぎす思はん限り声な惜しみそ

（狭衣の贈歌…思ふことなるともなしにほと、ぎす神の斎垣にたづね来にけり）

新全集…語らはば神も聞くらんほととぎす思はん限り声な惜しみそ

（狭衣の贈歌…思ふこと成るともなしにほととぎす尋ね来にけり賀茂の社に）

（鹿谷）

六条院すまにうつろひ給はんとて、故院の御はかにまうで給ける御ともにさぶらひて、賀茂のしもの宮しろをかれとみわたすほど、斎院の御けいに、かり[も]の御ずいじんにてつかうまつれりし事おもひいでられて、おりて御まのくちをとりてきこへける　源氏の衛門大夫

ひきつれてあふひかざしゝ[て]そのかみをおもへばつらしかものみづがき

【校異】　すまに—すまへ〈天理・東大・明大・狩野〉　まうて給ける—詣玉はん（ひけるイ）とての〈嘉永〉　宮しろを—宮しろに《ヒ》（を）〈松甲〉　みわたす—見んたす〈清心〉　見くたに〈川口〉　みもたす〈内閣〉　かり—かも〈京

大〉かは〈清心〉つかうまつれりし事ーつかうまつれ〈イ〉りし事〈狩野〉つかうまつれりし事〈藤井〉かりの御すいしんにてつかうまつれりし事ー欠〈田中〉御まのー御むま〈伊達・龍門〉衛門大夫ー衛衛門太夫〈狩野〉かさし丶ーかさして〈京大〉かさ丶し〈伊達・龍門〉

〔現代語訳〕

光源氏が須磨にお移りになろうとして、故桐壺院の御墓にお参りなさったお供に参上して、下鴨神社をそれと遠くから見渡すうちに、斎院の御禊の折、仮の御随身としてお仕え申し上げたことが思い出されて、馬から下りて光源氏の御馬のくつわを引いて申し上げました歌

『源氏』の衛門大夫

連れだって葵を冠に挿した往時を思うと、賀茂の神だけではなく瑞垣までも恨めしく思われます。

〔語釈〕**〇六条院** 光源氏を指す。当該場面では大将。**〇故院** 光源氏の父、桐壺院。**〇賀茂のしもの宮しろ** 下鴨神社。**〇かれと** それと遠くから。「かれ」は遠称。**〇御けい** 伊勢の斎宮、賀茂の斎院などが、鴨川の河原で禊ぎを行う儀式。斎院の御禊は、賀茂祭の前の午の日か未の日に行われた。**〇かりの御ずいじん** 臨時の御随身。底本は「かもの」だがほとんどの諸本が「かりの」、物語本文も「かりの」(〔典拠〕参照)であり、「仮の」が本来であったと判断して校訂した。**〇御まのくちをとりて** 御馬のくつわや手綱を引いて。**〇衛門大夫** 伊予介(空蝉の夫)の子。当該場面では右近将監で蔵人。**〇かざし丶** 「かざして」だと、詞書に書かれた内容と相違するため校訂した。**〇そのかみ** 「そのかみ」と「その神」の掛詞。『源氏』葵巻の、賀茂の新斎院御禊の日を指す。**〇つらし** 神を恨めしく思う気持ち。**〇みづがき** 神社などの周囲に設けた垣根の美称。

〔参考歌〕なし。

〔典拠〕『源氏物語』(2番歌初出)須磨巻。当該箇所を次に示す。

明日とての暮には、院の御墓拝みたてまつりたまふとて、北山へ参でたまふ。(中略)中に、かの御禊の日

仮の御随身にて仕うまつりし右近将監の蔵人、得べきかうぶりもほど過ぎつるを、つひに御簡削られ、官もとられてはしたなければ、御供に参る中なり、賀茂の下の御社をかれと見わたすほど、ふと思ひ出でられて、下りて御馬の口を取る。

ひき連れて葵かざししそのかみを思へばつらし賀茂のみづがき

と言ふを、げにいかに思ふらむ、人よりけに華やかなりしものを、と思すも心苦し。

（鹿谷）

〔他出〕『物語二百番歌合』（前百番）八十七番左。

やがてむまよりおりて、みやしろのかたをがみたまふ、

神にまかり申給とて　六条院御歌

うき世をば今ぞ［こそ］わかるゝとゞまらん名をばたゞすの神にまかせて

〔校異〕　むま―馬上〈龍大〉　かたをかみ―かたををかみ〈丹鶴〉かたをおかみ〈伊達〉かたをおりみ〈龍門〉　神に―榊に〈明大〉　今ぞ―今こそ〈京大〉　名をは―名は〈天理〉　まかせて―まかして〈嘉永〉まかせん〈天理・東大・明大〉

〔現代語訳〕

すぐに馬から下りて、御社殿の方を拝みなさって、神にお暇を申しなさると言うので　六条院御歌

憂い辛い都に今こそ別れて行くことです。後に残る噂は、正邪を糺すという糺の森の神に委ねて。

〔語釈〕　**○やがて**　当該歌は『源氏』中でも前歌に続いているので、詞書も前歌を承ける形で始まっている。源氏は、須磨に移るに際して賀茂社に詣でた時、供奉した衛門大夫の詠作（前歌）に即座に唱和した。**○うき世**　憂い

辛い世の中。ここでは都を言う。**〇今ぞわかるゝ** 底本は「今こそわかるゝ」であるが、底本以外は全て「そ」である上、結びの連体形と呼応するのは「ぞ」であるので、校訂した。猶、『源氏』本文も「ぞ」。**〇名** 噂。世上の評判。**〇たゞすの神** 賀茂御祖神社（下賀茂神社）の神。「たゞす」は「糺す」（他動詞）と「糺の森」を掛ける。

〔参考歌〕 なし。

〔典拠〕 『源氏物語』（2番歌初出）須磨巻。

賀茂の下の御社を、かれと見わたすほど、ふと思ひ出でられて、下りて御馬の口を取る。

ひき連れて葵かざししそのかみを思へばつらし賀茂のみづがき

と言ふを、げに、いかに思ふらむ、人よりけに華やかなりしものを、と思すも心苦し。君も、御馬より下りたまひて、御社の方拝みたまふ。神に罷申ししたまふ。

うき世をば今ぞ別るるとどまらむ名をばただすの神にまかせて

とのたまふさま、ものめでする若き人にて、身にしみて、あはれにめでたしと見たてまつる。

〔他出〕 『無名草子』。『物語二百番歌合』（前百番）四十五番左。

（安田）

兵部卿のみこのむすめ、うちにまいるべしときこえける、にはかにかものいつきにさだまりにければ、をみなへしにかけてつかはさせ給ける

みかきが原のみかどの御歌

神がきにさきまじるとも女郎花露ばかりをば思わするな

〔校異〕 まいるべし―参る〈静嘉・川口〉 けるにはかに―けるにはかに〈蓬左・嘉永・龍門〉 さたまりに―さたまり〈嘉永・明大〉 かけて―か｜〈つ歟〉けて〈宮甲〉 つけて〈嘉永・丹鶴〉 つかはさせ―つかわし〈嘉永〉

〔現代語訳〕

兵部卿親王の女は入内するだろうと噂されておりましたが、急に賀茂の斎院に任ぜられたので、女郎花に付けて、お遣わしになりました

『みかきが原』の帝の御歌

女郎花よ、賀茂の神域に咲き交じっても、露ばかりでも私のことを忘れないで下さい。

〔語釈〕 **○兵部卿のみこのむすめ** 帝をめぐる女性の一人。「一品宮中宮」（808番歌詞書）とは別人。詳細は不明。**○かものいつき** 賀茂の斎院。**○をみなへし** 237番歌〔語釈〕〔補説〕参照。ここは「兵部卿のみこのむすめ」を譬える。**○露ばかり** 「露」に「僅か」の意を掛ける。「露」は「女郎花」の縁語。**○思わするな** 「思ひ忘るな」で、私の事を忘れないで思っていてほしい。

〔参考歌〕

①女郎花しをれぞまさる朝露のいかにおきけるなごりなるらん（『源氏』宿木巻・落葉の宮）

〔典拠〕 『みかきが原』（散逸物語）。76番歌初出。

（安田）

467

御かへし　　斎院

ゆふだすきかけても人の忘れずはつゆのなさけをたのみこそせめ

〔校異〕 斎院―斎〈伊達・龍門〉

〔現代語訳〕

御返し　　　　　　　　　　　　　　　　　　　　（『みかきが原』の）斎院

木綿襷を懸けて神に奉仕しましても、少しでもあなたがお忘れにならないのであれば、ほんの僅かのお情けも頼りにいたします。

〔語釈〕 **○ゆふだすき** 木綿襷。木綿で作った襷で、神事に奉仕する時に、これで袖を絡げた。木綿は楮の樹皮を蒸して晒し、細かく裂いて糸状にしたもの。**○かけても**「懸けても」と「少しも」の意を掛ける。**○つゆのなさけ** 僅かの情け。「露」を掛ける。

〔参考歌〕

①ゆふだすきたもとにかけて祈りこし神のしるしをけふ見つるかな（『後拾遺集』雑四・一〇七九・読人不知）

〔典拠〕『みかきが原』（散逸物語）。76番歌初出。　　　　（安田）

神無月の十日比、平野に行幸侍けるに、さい院のわたりのもみぢいみじうさかりに御覧じわたさせ給ひて

さごろものみかどの御歌

神がきは杉のこずえにあらねども紅葉のいろもしるくみえけり

〔校異〕わたさせ―わたさ（らイ）せ〈宮甲〉　詠者名―欠〈伊達・龍門〉　神かきは―かみかきは（の歟）〈宮甲〉　しるく―しるくそ〈田中〉

〔現代語訳〕

十月十日頃、平野神社に行幸がございました時に、斎院の辺りの紅葉がまさに盛りであるのを御見渡しなさいまして　　　　『狭衣』の帝の御歌

神垣は目印の杉の梢ではないけれども、紅葉の色でもあなたの居るところがはっきりと見えることです。

〔語釈〕 ○平野　京都市北区南西部の衣笠山東麓にある平野神社。当初は桓武天皇の生母高野新笠の祖廟として平城宮で祀られたが、延暦十三年（七九四）平安京遷都に伴い、平安宮近くに移し祀られたことに始まる。皇太子守護の神とされ、天元四年（九八一）円融天皇の行幸があり、それ以後も行幸が度々行われた。○さい院　斎院の御所。紫野の船岡山の東麓、七野社辺にあったとする説が有力。この時の斎院は源氏の宮。○杉のこずえ　「わが庵は三輪の山もと恋しくは訪ひきませ杉たてるかど」（『古今集』雑下・九八二・読人不知）により、「門に立つ杉」は恋人の家の目印。

〔参考歌〕

①思出て来つるもしるくもみぢ葉の色は昔に変らざりけり（『後撰集』雑四・一三〇一・兼輔）

〔典拠〕 『狭衣物語』（84番歌初出）第四。当該箇所を『新全集』によって挙げる。

十月上の十日は平野の行幸なりけり。（中略）なかなか、いとど恋しきこと多く御覧じ渡すに、斎院のわたりの紅葉もいみじう盛りにて、色々錦を引き渡したるやうに見渡されたるに、峰の嵐、あらあらしう、時々吹き渡して、散り紛ひたるなど、絵に描かまほしうをかしきを、さしも思ふあたりならずとも、心ばかりはあくがれぬべきが、いとどひとつ方にのみ眺め入らせたまへり。

神垣は杉の木末にあらねども紅葉の色もしるく見えけり

と御覧ずるにも、かひなし。

参考　旧大系…神垣は杉の木末にあらねども紅葉の色もしるく見えけり

集成……神垣の杉の木末にあらねども紅葉の色もしるく見えけり

（安田）

題しらず　　　うつほの参議すけずみ

めにちかくおり〔も〕ていのれどかすが〔丶〕の丶もりのさかきは色もかはらず

〔校異〕めに―めも〈にイ〉せ〈宮甲〉めも〈刈谷・龍大・藤井〉おりて―おもて〈京大・松甲〉いのれと―いのれは〈清心〉かすかの丶―かす丶の丶〈京大〉

〔現代語訳〕

題知らず　　　『うつほ』の参議すけずみ

目の前で跪いて、折って祈りましたが、春日野の森の榊葉は色も変わりません。

〔語釈〕**○参議すけずみ**　源正頼の三郎、祐澄。この時は右近中将。但し、当該歌は『うつほ』によれば、祐澄を介して兼雅があて宮に贈った歌。**○おりて**　底本は「おもて」であるが、歌意が通じにくく、底本以外の諸本は全て、加えて新全集の『うつほ』も「をりて」を採るので校訂した。ただし、『宇津保物語本文と索引』は「おもて」を採っている。「居りて」「折りて」を掛ける。**○さかきは**　「榊は」と解したが、天理・東大・狩野は「榊葉」と漢字を当てている。これでも意は通じる。

〔参考歌〕

①いのりくる神のしるしはさかきばのいろもかはらぬところなりけり（『元輔集』Ⅲ一二八）

〔典拠〕『うつほ物語』（3番歌初出）藤原の君巻。当該箇所を次に挙げる。

中将、あて宮に、「聞こえし大将殿より、かくなむのたまはせたる。見たまへ」。「いかでか、御もとにあんなるをば見たまへむ」とて聞きも入れたまはねば、中将、「久しくさぶらはで、かしこまりきこゆるに、賜はせたるをなむ。かのうけたまはりしことは、かくなむとものすべき人、見聞かぬ心になむ。春日は、

目に近くをりて祈れど春日野の森の榊葉色も変はらず

かひなき音にこそ」とて奉りたまへり。（安田）

竜吟出家し侍て又のとしの春、こぞのむ月に、いなりの御幸の御ともつかうまつりて侍けるかざしの杉に、雪のふりかゝりたりしなど、おぼしめしいでられければ

あまのもしほ火の院御歌

いのりこし神さへつらしいなり山いづらは杉のしるしありける

〔校異〕 又の―みの〈伊達〉 こぞの―こぞ〈伊達・龍門〉 かゝりたり―かゝり〈明大・狩野〉かりたり〈松甲〉 ありける―ありけん|〈り〉〈蓬左〉ありけり〈陽乙・田中・清心・日甲・静嘉・川口・篠山・彰甲・伊達・龍門・松甲〉有けり〈内閣・刈谷・龍大〉ありけり|〈本ノ〉〈丹鶴〉

〔現代語訳〕
竜吟が出家しました翌年の春、昨年の睦月に、稲荷山御幸に供奉して参りました時に、かざしの杉に春の淡雪が降りかかって、麗々しかったことなどを思い出されましたので、

『あまの藻塩火』の院の御歌

あなたが出家して去ってしまいましたので、今は稲荷山の神までも薄情だと感じてしまいます。あの御幸の時、堅く誓願を致しましたのに、神の霊験はいったいどこにあるのだろうかと。

〔語釈〕 ○竜吟 『あまの藻塩火』の登場人物の名。49番歌〔典拠〕に述べられた如く、竜吟が大僧都の名の可能性もあるが、大僧都という高僧が名のみの呼び捨てで示されている点に疑問がある。むしろ、431番歌の『しのぶ』

の「新大納言」と共通するような、院の稲荷御幸に廷臣として供奉し、その後に出家、隠遁した人物と見る方が妥当ではないか。**〇いなりの御幸**　「いなり」は、京都伏見の稲荷山三ヶ峯に和銅四年（七一一）二月七日初午の日に鎮座したと伝える、稲荷大明神を祀る稲荷大社。延久四年（一〇七二）三月、後三条天皇が行幸して以来、しばしば行幸や御幸があった。**〇かざしの杉**　髪や冠に指してその霊力や生命力を授かろうとした杉。杉は『稲荷大明神流記』によると、稲束を担い杉の葉を持った老翁が東寺の南門に顕現し、弘法大師がこれを鎮守神としたと伝える稲荷明神の神木。**〇院**　当該歌と737番歌の詠者である。「〇〇院」という呼称は見えないが、737と738番歌から、『あまの藻塩火』では嵯峨院と院の二人の上皇が併存していたことが知られる。嵯峨院が前院、院が後院あろう。〔補説〕参照。**〇いのりこし**　院が竜吟との主従の誓いに神の加護を祈ったこと。**〇つらし**　薄情である。冷たい。**〇杉のしるし**　稲荷明神の霊験。

〔参考歌〕

①滝の水かへりてすまば稲荷山七日のぼれるしるしと思はん（『拾遺集』雑恋・一二六八・よみ人しらず）

〔典拠〕『あまの藻塩火』（散逸物語）。49番歌初出。

〔補説〕

〇『あまの藻塩火』と後嵯峨院・後深草院・大宮院

737と738番歌は「嵯峨院五十御賀の御遊の夜」の院と嵯峨院の贈答である。院が嵯峨院の五十賀を月と雁に言寄せて祝し、嵯峨院はこれに謝意を込めて答えている。ここから見て、嵯峨院が前院、院が後院で、二人は親子かもしれない。

ところで、『風葉集』成立の三年前の文永五年（一二六八）正月から二月にかけて、後嵯峨院五十賀の準備が盛大に行われており、試楽や舞御覧が幾度も行われていた。そこには、後嵯峨院と大宮院、その子新院（後深草院）が会していた。そこへ蒙古襲来という事件が勃発して、五十賀は中止されているが、この後嵯峨院五十賀を『風葉集』では『あまの藻塩火』の「嵯峨院五十御賀」に重ねて、嵯峨院は後嵯峨院、院は後深草院、皇太后宮には大宮院を投影させているようである。また、院は、当該歌によれば稲荷御幸を行ったり、499番歌によれば不断の読経を行うといったように、信仰の篤い人物として描かれている。後嵯峨院も後深草院も、社寺への御幸を繰り返し、不断の御読経を欠かさぬ人物であったようであるから、『あまの藻塩火』の嵯峨院や院との人物像の類似性が認められる。こうしたことから、『あまの藻塩火』が、既説の如く、平安後期あるいは『新古今集』成立前後の成立とすれば、『風葉集』の撰集において、『あまの藻塩火』に現実の後嵯峨院と大宮院、後深草院との類似性を見出し、これを意識しつつ、採歌したということであろうが、逆に『風葉集』成立直前に、その宮廷状況を取り込みつつ、成った物語という可能性も考えられるのではないか。（安田）

六条院、すみよしにまうでさせ給けるに、しのびてまいりてよめる　　源じのあかしのあま

昔こそまづわすられね住吉の神のしるしをみるにつけても

〔校異〕　あかし―あるし〈龍門〉　わすられね―わすらね〈宮甲〉

〔現代語訳〕

六条院が住吉神社にご参詣なさった時に、密かにそこへ参りまして詠みました歌　　『源氏』の明石の尼

昔のことがまず何よりも忘れられない。住吉の神の御霊験の結果を見るにつけても。

〔語釈〕　**○すみよしにまうでさせ給ける**　六条院（光源氏）が、須磨、明石に流離した時期に、住吉明神に立てた多くの願が成就した御礼参りの住吉詣をしたことをいう。**○しのびてまいりて**　六条院の参詣に合わせて、明石の

尼も密かに住吉社に参詣して。**〇あかしのあま**　明石の君の母。**〇昔のこと**　夫の明石入道が住吉明神に願をかけたこと。**〇神のしるし**　神の霊験。具体的には、孫である明石の姫君が国母になることが約束されたこと。**〇よめる**　明石の尼が独り言ちた歌。

〔参考歌〕

①467番〔参考歌〕①に同じ

〔典拠〕『源氏物語』（2番歌初出）若菜下巻。当該箇所を次に挙げる。

尼君、うちしほたる。かかる世を見るにつけても、かの浦にて、今はと別れたまひしほど、女御の君のおはせしありさまなど思ひ出づるも、いとかたじけなかりける身の宿世のほどを思ふ。世を背きたまひし人も恋しく、さまざまにもの悲しきを、かつは、ゆゆしと言忌みして、

住の江をいけるかひある渚とは年経るあまも今日や知るらん

おそくは便なからむと、ただうち思ひけるままなりけり。

昔こそまづ忘られね住吉の神のしるしを見るにつけても

と独りごちけり。

（安田）

おなじおり、廿日の月はるかにすみて、うみのおもて〔か〕

おもしろくみえわたるに、霜のいとこちたくをきて松原

も色まがひて、よろづの事そゞろさむきに

むらさきのうへ

すみよしの松に夜ふかくをく霜は神のかけたるゆふかづらかも

〔校異〕 はるかに―にはかに〈田中・清心・日甲・静嘉・川口・丹鶴〉 うみの―かみの〈京大・陽甲・松甲〉 霜の―霜〈宮甲〉 まかひて―まよひて〈静嘉〉 まとひて〈川口〉 よろつの―よろの〈伊達・龍門〉 そゝろ―そゝろに〈日甲〉 夜ふかく―夜ふけて（かくイ）〈嘉永〉

〔現代語訳〕

同じ機会に、二十日の月が天空遥かに澄んで、海面が趣き深くあたり一面見渡せるうえに、霜がたいそう深く置いて、松原も同じ色に見間違えられて、何もかもが、わけもなくぞっとするほど神々しい風情なので　紫の上

住吉の松に、夜更けに深く置く霜は、まるで神が自らお懸けになった木綿鬘のようですこと。

〔語釈〕 **○廿日の月はるかにすみて** 遅く出てすでに中天にある。詞書は『源氏』の本文「二十日の月遥かに澄みて～よろづのことそぞろ寒く」をそのまま引用している。「冬の月」が和歌では漢詩を契機として『古今集』から詠まれ、一条朝前後から多くなり、散文においても『源氏』頃から興趣をそそるものとして認識されるようになったらしいことは、丹羽博之氏「月氷攷―「影見し水ぞまづ氷りける」の展開―」（藤岡忠美編『古今和歌集連環』一九八九年五月・和泉書院）参照。『源氏』の「冬の月」の美については、菅井麻由子氏「『源氏物語』「冬の月」詩論―朝顔巻をめぐって―」（東洋大学大学院紀要文学研究科三六・二〇〇〇年二月）、夏目真理絵氏「『源氏物語』の冬の「月」について―王朝作品との比較から―」（『愛知大学国文学』四九・二〇一〇・一月）参照。**○こちたく** 「こちたし」は様子や状態が甚だしい意。**○すみよしの松** 「すみよし」は『源氏』本文では「住の江」。「松」は「住の江」「住吉」の景物とされる（次の473番歌参照）。「住吉社」の「霜」について、後藤祥子氏は住吉社頭詠の盛行が円融朝以後であることに加え、「夜や寒き衣やうすきかたそぎのゆきあひのまより霜やをくらん」（『新古今集』神祇・一八五五・

住吉御歌、『古今六帖』第六・四四八九）が住吉社夢託説話に仕立てられたのが一条朝あたりとして、その説話の「原歌の「霜」を採りつつも、それにまつわる神の困窮のイメージを剥ぎ取って、冷気や白さから神さびた気品を引き出すことに成功しているといえる。」とされた（「住吉社頭の霜―『源氏物語』「若菜下」社頭詠の史的位相―」（寺本直彦編『『源氏物語』とその受容』一九八四年九月）。**○夜ふかく** 深夜、夜更けの意で、さらに「ふかく」は「霜」が深く置く意との懸詞。**○ゆふかづら** 「木綿鬘」。木綿《ゆふ》で作った鬘で、おもに祭祀に物忌みのしるしとして頭部にかける。月光下の社頭の霜の白さを「木綿鬘」に見立てた。なお、『源氏』本文では、比良の山の雪を木綿鬘に見立てた歌を思い合わせている。◇参考「ひもろぎは神の心にうけつらむ比良の高ねにゆふかづらせり（『袋草子』一四〇、『袖中抄』三四九・菅原文時）」

〔参考歌〕 なし。

〔典拠〕『源氏物語』（2番歌初出）若菜下巻。当該箇所を次に挙げる。

夜一夜遊び明かしたまふ。二十日の月遙かに澄みて、海の面おもしろく見えわたたるに、霜のいとこちたくおきて、松原も色紛ひて、よろづのことそぞろ寒く、おもしろさもあはれさもたち添ひたり。対の上、常の垣根の内ながら、時々につけてこそ、興ある朝夕の遊びに耳ふり目馴れたまひけれ、御門より外の物見をさをさしたまはず、ましてかく都の外の歩きはまだならひたまはねば、めづらしくをかしく思さる。

住の江の松に夜ぶかくおく霜は神のかけたる木綿鬘かも

篁朝臣の、「比良の山さへ」と言ひける雪の朝を思しやれば、祭の心うけたまふしるしにやと、いよいよ頼もしくなむ。

（玉田恭）

六条院内大臣と申ける時、住よしに御願はたしにまで

させ給けるに、神の御とくをあはれにめでたとおもひて申いで侍ける

参議惟光

住吉のまつこそ物はかなしけれ神よの事をかけておもへば

〔校異〕 まて―まうて〈宮甲・蓬左・篠山・天理・東大・明大・狩野・内閣〉詣〈嘉永〉まふて〈刈谷・龍大・藤井〉御とくを―とくを〈嘉永〉御《ヒ》さ（と）くを〈松甲〉めてた―めてたし（イ）〈宮甲〉めてたし〈嘉永・明大・松甲〉めてた（本ノママ）〈日甲〉まつこそ―松《ヒ》よ《ヒ》り（こそ物語）〈東大〉松より〈明大〉松より（こそイ）〈狩野〉

〔現代語訳〕

光源氏が内大臣と申しました時、住吉に御願が叶ったお礼に参詣あそばされた際に、神の御徳をしみじみと尊いと思って、ことばにして申しあげました歌

参議惟光

住吉社の標の松を見ますと、先ずは悲しさがこみ上げてきて堪えられません。住吉の神世の昔に願いをかけて過ごした、須磨・明石の辛かった頃のことが思い出されますので。

〔語釈〕 **○住よしに御願はたしに** 住吉明神に立てた願が成就した御礼参りに。『源氏』澪標巻に「その秋、住吉に詣でたまふ。願ども果たしたまふべければ」とある。**○住吉のまつ** 「住吉」の景物。「まつ」は「松」と「先ず」の懸詞。**○かなしけれ** 住吉の松に触発されて、昔の辛く悲しかった思い出（神よの事）がこみ上げてきた。「かなし」は対象に触発されて堪えきれない当事者の痛切な感情の表現（木之下正雄『平安女流文学のことば』至文堂日本文法新書、一九六八）。**○神よの事** 昔の事で「住吉」の縁語。具体的には須磨・明石に流離していた時のことをさす。『伊勢』七十六段に「むかし、二条の后の、まだ春宮の御息所と申しける時、氏神にまうでたまひけるに、近衛府にさぶらひけるおきな、人人の禄たまはるついでに、御車よりたまはりて、よみて奉りける。／大原や小塩

しらずかの山も今日こそは神代のこともおもひいづらめ／とて、心にもかなしとや思ひけん、いかが思ひけむ、しらずかし」とある。この「神代のこともおひいづ」「心にもかなし」の影響を受けた表現であろうか。**○かけて**　「思いをはせて」と「神に願をかけて」の意を懸ける。

〔参考歌〕
①我問はば神世の事も答へなん昔を知れる住吉の松（『拾遺集』神楽歌・五九〇・恵慶、『拾遺抄』四三六、『恵慶集』一三〇）

〔典拠〕『源氏物語』（2番歌初出）澪標巻。当該箇所を次に挙げる。

君はゆめにも知りたまはず、夜一夜いろいろのことをせさせたまふ。まことに神のよろこびたまふべきことをし尽くして、来し方の御願にもうち添へ、ありがたきまで遊びののしり明かしたまふ。惟光やうの人は、心の中に神の御徳をあはれにめでたしと思ふ。あからさまに立ち出でたまへるにさぶらひて、聞こえ出でたり。

住吉のまつこそものは悲しけれ神代のことをかけて思へば

げに、と思し出でて、

「あらかりし波のまよひに住吉の神をばかけてわすれやはする

しるしありな」とのたまふもいとめでたし。

〔他出〕『物語二百番歌合』（後百番）六十三番左。

すみよしの御しるしあらたに侍けるかへり申に、まうでゝよみはんべりける

かいばみの右大将

しるしありとたのむ心はすみよしの松のみどりのいつかかはらん

（玉田恭）

〔校異〕 詠者名―欠〈伊達・龍門〉 いつかかはらん―いつかかるらん〈嘉永〉 いつかかたらむ〈川口〉

〔現代語訳〕

住吉の神の霊験が著しく現れたお礼参りに、参詣して詠みました歌

『かいばみ』の右大将

霊験があらたかであると住吉の神を頼みにする私の心は、穢れがなく澄み切っていて、この住吉神社の松の緑が永遠であるように、いつ変わることがございましょうか。

〔語釈〕 **○御しるしあらたに** 霊験があらたかに。**○かへり申** ここでは神仏にかけた祈願が成就した後、礼物をささげてお礼参りする意。「賽《カヘリマウシ》」（『名義抄』法下四七） **○しるしあり** 霊験があること。◇参考「すみよしのなをたのみこししるしありてかへるみやこにおもひいでもがな」（『嘉応二年住吉社歌合』一二四・述懐・隆信） **○すみよしの松** 「すみ」は「心が澄み」と「住吉」の懸詞。

〔参考歌〕 なし。

〔典拠〕 『かいばみ』（散逸物語）。301番歌初出。

（玉田恭）

475

みかど、てる月の中納言の事きかせ給て、月かゝりけんすみよしの松、との《［のの］》給はせければ

はつねのせり川の御息所

住よしの神もことわれあはぢ島月かゝれとはながめざりしを

〔校異〕 かゝりけん―あかゝりけむ〈神宮・林乙・林丁〉 の給はせければ―のの給はせければ〈京大〉 の給はせ

たまひければ〈刈谷・龍大・藤井〉はつねの―は（は）つねの―〈宮甲〉住よしの神―住よしの松〈嘉永〉住吉の神（松イ）〈国研・松甲〉すみよしの松（神イ）〈天理・東大〉すみよしの松〈明大・狩野〉

付記　神宮・林乙・林丁あり。

〔現代語訳〕

帝が、てる月の中納言の境遇をお聞きあそばされて「住吉の松に月がかかった事であろう」と詠まれましたので

『初音』のせり川の御息所

住吉の神も、事の理非を御判断ください。淡路島に照る月は全てを隈なく照らし出してくれるそうですから、今までそのようにあれと思って眺めたことはありませんでしたが、今こそ「月よかかれ」と眺めることです。

〔語釈〕 **〇てる月の中納言**　「散佚物語《鎌倉》」は当該歌の詠者芹川御息所の兄弟かとする。何か事件に関わって、住吉に籠居したか。〔補説〕参照。**〇月かゝりけんすみよしの松**　引歌があるか、あるいは帝の詠歌の下句か。帝と詠者の贈答とすれば都でのことであろう。「月かゝる」は「よろづよの松にかかれる秋の月ひさしきかげをみよとなるべし」（『高光集』八）あたりが古く、他には『斎宮女御集』二二七、『後拾遺集』秋上二六一（惟宗為経）などに見え、「月がさしかかる」という意のようである。**〇せり川の御息所**　「芹川」は山城国の歌枕。京都市右京区嵯峨の大堰川に注ぐ小川。また伏見区下鳥羽芹川の地ともされる。芹川は、芹摘みに衣・袖が濡れると詠まれ、『枕草子』二二八段にも引かれる芹摘み説話も存在し、「御垣が原」とともに詠まれることが多い（77番歌〔典拠〕、〔補説〕参照）。「せり川の御息所」は、散逸物語『初音』中での詳細は不明だが、芹摘み説話を背景とした不遇のイメージがある。**〇住よしの神もことわれ**　「ことわる」は事の是非、理非を判断する。裁く。『源氏物語』「明石」巻で暴風雨に見舞われ、住吉の神に願を立てる場面にも「天地ことわりたまへ」とある。ここでは、「てる月の中納言」の不遇が不当であることを住吉の神に訴えた。**〇あはぢ島**　現在は兵庫県に属するが、淡路国一国を占める大島で瀬戸内海に浮かぶ歌枕。淡路島の月は淡路島の他、対岸の須磨・明石・住吉の浜から眺められるものとして詠

まれる。「住吉の松の木まより見渡せば月おちかかるあはぢ島山」（『頼政集』二〇五）のように、住吉から月のかかる淡路島がよく見えた。「淡路にてあはとはるかに見し月の近きこよひは所がらかも」（『新古今集』雑上・一五一五・躬恒）「あはと見る淡路の島のあはれさへ残るくまなく澄める夜の月」（『源氏』明石巻・光源氏）、「めぐり来て手にとるばかりさやけきや淡路の島のあはと見し月」（『源氏』松風巻・光源氏）を踏まえ、淡路島に月がかかると、島は残る隈なく明らかに見えることから、全てが明らかになることを暗示する。**〇月かゝれとはながめざりしを**「かゝれ」は月が「かかる」と、「かくあれ」の懸詞。

〔参考歌〕 なし。

〔典拠〕『初音』（散逸物語）。307番歌初出。

〔補説〕

〇『初音』と「配所の月」について

当該歌の詞書「月かゝりけんすみよしの松」、と歌の内容からすると、「てる月の中納言」は罪無くして住吉に流され配所の月を見る境遇にあると考えられる。「配所にて月を見ばや」とは、源俊賢の子で後一条院崩御に際して出家した入道中納言顕基の言と伝えられる。この話は『江談抄』以下『袋草子』、『今鏡』、『発心集』、『十訓抄』、『古事談』、『古今著聞集』、『徒然草』にみえ、小沢正夫・後藤重朗・島津忠夫・樋口芳麻呂氏共著『袋草紙注釈上』九二（一九七四年三月・塙書房）に「特に配所にて月を見たいといったことは、『江談抄』の「入道中納言顕基常被レ談云、無レ咎被ニ流罪一、配所ニテ月ヲ見バヤ云々」がもっとも古く、『源氏物語』の須磨巻が意識の底にあるかと思われる。」との指摘がある。当該歌の第三・四句「あはぢ島月かゝれとは」は配所が明石と住吉の違いはあるが、『源氏』明石巻「あはと見る」および松風巻「めぐり来て」を引くと考えられ（〔語釈〕参照）、当該物語のその他の箇所と同様に『源氏』の影響を受けている。「配所の月」については久保田淳氏「配所の月を見た人々」（『笠間レポート』第一八号一九七九年二月、同氏『中世和歌史の研究』（一九九三年六月・明治書院）再録）参照。

（玉田恭）

かいの物語の中に、八月十五日すみよしにまうで丶よめる　　　　　あはびがいの左大弁

いかばかり神の心もすみぬらんこよひにたる月しなければ

〔校異〕 中に―中には〈田中〉 八月十五日―八月十五夜〈嘉永・狩野・刈谷・龍大・藤井〉 あはひかい―あはすかい〈天理・東大〉あはすかい〈明大〉 神の心も―神の心に〈嘉永〉神の慮（心イ）も〈天理・東大〉神の意も〈明大〉神の慮も〈狩野〉 月しなければ―月もなければ〈宮甲〉

付記 神宮・林丁あり。

〔現代語訳〕

『貝のものがたり』の中にある、八月十五夜の名月に、住吉の神に参拝して詠みました歌　　　あわび貝の左代弁

どんなにか住吉の神の御心も澄みきっておられたことでしょう。今宵のこの月ほど澄み切った月はありませんので。

〔語釈〕 ○かいの物語 『貝の物語』で散逸した異類物語の名。 ○あはひかいの左大弁 『貝の物語』の登場人物。「あはひかい」は鮑貝。

〔参考歌〕

①「いつとなくさやけく見ゆる月なれど猶秋の夜に似る物ぞなき（『栄花』巻十九「御裳ぎ」二二五・公成）

②かぞへねど秋のなかばぞしられぬるこよひにたる月しなければ（『新勅撰集』秋上・二六〇・登蓮、『治承三十六人歌合』三一〇・登蓮）

〔典拠〕 『貝のものがたり』（散逸物語）。『風葉集』に一首のみ。

先行研究では1348番歌を当該476番歌と同じ『貝のものがたり』とするが、1348番歌は、詞書・詠者名表記は諸本にほとんど異同がないこと、作者表記は『風葉集』の原則では「作品名」+「詠者」が原則であること、詞書中にも作品名がなく、異類物語に多い詞書中の作品名を示す形式（四季物語・雀の物語）にも合致していないこと、から『風葉集』の表記形式の原則に従って、作品名『西の海』、詠者名「あまかい」とみて、別の物語とする。1348番歌〔典拠〕参照。

当該物語の内容は、当該歌から鮑貝の左大弁が八月十五夜に住吉詣をして、名月をめでることがわかる以外は不明。

成立は、〔参考歌〕②登蓮『治承三十六人歌合』（『大観』解題では治承三年〈一一七九〉の成立）歌との近似からみて治承三年（一一七九）以降であろうか。

（玉田恭）

五節のまひゝめをみてつかはしける

ゆふきりの左のおほいまうち君

あめにますとよをかひめの宮人もわが心ざすしめをわするな

〔校異〕 あめにます―あめにさ（まイ）す〈東大〉あめにまけ〈内閣〉とよをかひめ―とよを（わイ）かひめ〈宮甲〉とよわかひめ〈天理・東大・明大〉とよわ（をイ）か姫〈狩野〉こ（本）よをか姫〈刈谷・藤井〉わするな―忘るなよ〈龍門〉

〔現代語訳〕

五節の舞姫を見て遣わしました歌　夕霧の左大臣

天にいらっしゃる豊岡姫に仕える宮人のあなたも、私が標を張って自分のものと心に決めたのを忘れないで下さい。

〔語釈〕 **○五節のまひゝめ** 「五節」は毎年十一月中の丑寅卯辰の四日間に亘って行われる新嘗祭（即位初は大嘗会）の要の行事で、辰の日の「豊明の節会」で大歌所が五節の歌を奏し、舞姫が五節舞を舞う。舞姫は公卿二人と受領二人が推薦した少女四人が奉仕するが、『源氏』少女巻では、「大殿には今年五節奉りたまふ。……殿の舞姫は惟光朝臣の、津の守にて左京大夫かけたるむすめ」とあり、光源氏が奉仕することになり、惟光の娘が召し出されて、舞姫の一人となった。したがって、ここは、後に藤典侍と呼ばれ、夕霧と結ばれた惟光の娘を指す。**○みてつかはしける** 夕霧がその惟光の娘を見て、初めて歌を詠みかけたこと。**○あめにます** 天におられる。「ます」は「座（坐）す」。「ある」「いる」の意の尊敬語。**○とよをかひめの宮人** 「とよをかひめ」は「豊受姫（とようけひめ）」の転訛した語。伊勢外宮豊受大神宮の祭神。「とよ」は美称、「うけ」は食物の意で五穀の神であり、あるいは、天照大神をさすとも。その宮人はここでは五節の舞姫をさす。**○しめ** 「しめ」は「標」。動詞「占む」の連用形名詞化。張りわたして占有であることを示す標識。「豊岡姫」の縁語。神事の「注連」にこと寄せた。恋の相手を独占することを喩える。

〔参考歌〕

①みてぐらは我がにはあらず天にます豊岡姫の宮のみてぐら（『拾遺集』神楽歌・五七九）

〔典拠〕 『源氏物語』（2番歌初出）少女巻。当該箇所を次に挙げる。

舞姫かしづきおろして、妻戸の間に屏風など立てて、かりそめのしつらひなるに、やをら寄りてのぞきたまへば、なやましげにて添ひ臥したり。ただかの人の御ほどと見えて、いますこしそびやかに、様体などのことさらび、をかしきところはまさりてさへ見ゆ。暗ければこまかには見えねど、ほどのいとよく思ひ出でらるるさまに、心移るとはなけれど、ただにもあらで、衣の裾を引きならいたまふ。何心もなく、あやしと思ふに、「あめにますとよをかひめの宮人もわが心ざすしめを忘るなみづがきの」とのたまふぞうちつけなりける。

〔他出〕『物語二百番歌合』（後百番）四十一番左。

（玉田恭）

登華殿女御にしのびて物申て出ける暁、温明殿のわたりをすぐとて内侍所のおぼしめす覧事もおそろしとて

女すゝみの左大将

神もみよかゝるなげきにむすびけるちぎりはけふのわが心かは

〔校異〕女御に―女御ふ｜（に）〈京大〉 出ける暁―出ける〈蓬左〉出ける暁｜（一本）〈丹鶴〉いてけり｜（るイ）暁〈狩野〉 温明殿―温明殿〈狩野〉 温明殿の…内侍所のおほし―欠〈日甲〉 おそろしとて―おそろしくて〈陽甲・宮甲・陽乙・嘉永・田中・清心・日甲・静嘉・川口・篠山・彰甲・丹鶴・伊達・龍門・天理・東大・明大・狩野・内閣・刈谷・龍大・藤井〉をそろしくて〈松甲〉 左大将―左大臣〈田中〉

〔現代語訳〕

登華殿女御に人目を忍んで逢って帰った暁、温明殿のあたりを通り過ぎようとして、神鏡がどうお思いになっているだろうと恐ろしくて 『女すすみ』の左大将

神もご覧下さい。このような「歎き」という名の投げ木を燃やしながら結んだ契りは、今日の私の心でしょうか。私の心ではどうにもならない深い因縁によるものなのです。

〔語釈〕**○登華殿女御** 物語の女主人公。左大将の恋人。右大臣の娘か。32番歌〔典拠〕参照。「登華殿」は後宮殿舎の一つで弘徽殿の北、貞観殿の西にある。**○神もみよ** 神よお知りおきになって下さい。当該句初出は、治承

二年（一一七八）の『賀茂別雷社歌合』で、『拾玉集』八首、『拾遺愚草』一首、『続後撰集』二首、『為家五社百首』三首、『建長三年影供歌合』一首と平安末から鎌倉時代に詠まれ、ほとんど初句に見える。神の教えを信受する喜びを詠む法楽和歌的な類型句。**○温明殿**　内裏の殿舎の一つで紫宸殿の東北にあり、その南側母屋は神座、神殿といい天照大神の御霊代の神鏡を祀る賢所が置かれ、北側母屋には内侍所が置かれ、神前に奉仕する内侍がいた。**○内侍所のおぼしめす覧事**　「内侍所」は三種の神器の一つである神鏡を祀る所、また、神鏡そのものをいう。神鏡がお思いになるだろう事。帝の神聖を冒した左大将が神の怒りはいかばかりかと推測した。**○なげきにむすびけるちぎり**　「なげき」は「歎き」に「投げ木（火中に投げ込んで燃やす木）」を掛ける。恋の炎に「歎き」という名の投げ木を燃やしながら結んだ契り。◇参考「祈言をさのみ聞きけむ社こそ果てはなげきの森となるらめ」（『古今集』雑体・一〇五五・讃岐）。

（玉田恭）

〔参考歌〕　なし。

〔典拠〕　『女すずみ』（散逸物語）。32番歌初出。

すまにて、やよひの朔日にいできたるみの日、御はらへさせ給とて　　六条院御歌

やほよろづ神もあはれと思ふらんをかせるつみのそれとなければ

〔校異〕　御―の〈天理・東大・明大・狩野〉　させ―せさせ〈陽甲・宮甲・蓬左・嘉永・田中・清心・日甲・静嘉・川口・篠山・彰甲・丹鶴・伊達・龍門・天理・東大・明大・狩野・内閣・松甲・刈谷・龍大・藤井〉　あはれと―哀も〈清心〉

〔現代語訳〕

須磨で、三月の朔日に重なった巳の日に祓をさせなさるということで

六条院御歌

あまたの神々も哀れんでくださるでしょう。犯した罪が特にあるわけではないので。

〔語釈〕 **○すま** 摂津国の歌枕。光源氏の退去先。**○やよひの…御はらへ** 上巳の祓。三月の最初の巳の日に行う。ここでは、それが朔日に重なったことを言う。いわゆる朔日意識がうかがわれる。当該行事は中国古代の風習に基づくもので、記録上の初出は桓武朝の延暦十一年（『類聚国史』）。文武朝に三日を節日とした。曲水の宴もある。『河海抄』所引『世風記』に「招魂請魄、払除不祥」とあり、死霊を招魂し、不祥を払った。物語はこの後、夢に故・父帝が現れる。**○はらへ** 罪・穢れを除き、災厄を避けるために神に祈る行為。**○やほよろづ** 数がこの上なく多いこと。『古事記』所引六月晦大祓に「天安河の河原に八百万の神を神集ひに集へて」。次歌とは「やほよろづ」「神」を介して繋がる。**○それとなければ** 政治的な無実を訴える。藤壺には「かく思ひかけぬ罪に当たりはべるも、思うたまへあはすることの一ふしになむ、空も恐ろしうはべる」（須磨巻）と言っている。光源氏が深層に持つ「罪」の意識は、ここに詠む「罪」と次元が異なる。この後暴風雨が起こり、明石へと誘われる。

〔参考歌〕

①みそぎつつ思ふ事をぞいのりつる八百万代の神のまにまに（『古今六帖』第一・なごしのはらへ・一一一）

〔典拠〕 『源氏物語』（2番歌初出）須磨巻。当該箇所を次に挙げる。

弥生の朔日に出で来たる巳の日、「今日なむ、かく思すことある人は、禊したまふべき」と、なまさかしき人の聞こゆれば、海づらもゆかしうて出でたまふ。いとおろそかに、軟障ばかりを引きめぐらして、この国に通ひける陰陽師召して、祓せさせたまふ。（中略）海の面うらうらとなぎわたりて、行く方もしらぬに、来し方行く先思しつづけられて、

八百よろづ神もあはれと思ふらむ犯せる罪のそれとなければ

とのたまふに、にはかに風吹き出でて、空もかきくれぬ。

〔補説〕

○『物語二百番歌合』の番いと『風葉集』の配列について

当該歌と次歌は、『物語前百番』八十八番において番わされている。『物語二百番歌合』と『風葉集』両集の共通歌が両集でも連続する箇所は他にも散見されるが、番いで連続するものは、他にはない。

〔他出〕『物語二百番歌合』（前百番）八十八番左。

（玉田沙）

斎院のみそぎの日、はらへつかうまつるをきかせ給て、
いとかうぐ〱しく、物をそろしうおぼされて

さごろものみかどの御うた

みそぎするやほよろづよの神もきけもとよりたれか［に］思そめてし

〔校異〕かう〱しく―かう〱して〈嘉永〉　みそき―すそき〈清心〉　詠者名―欠〈清心〉　たれか―たれに〈京大〉

〔現代語訳〕

斎院の御禊の日、宮司が祓に奉仕するのをお聞きになって、たいそう神々しく、何となく恐ろしくお思いになって

『狭衣』の帝の御歌

禊ぎを捧げる、幾代にも続く神々も聞いてほしい。元々誰が先に源氏宮に想いをかけていたのかを。

〔語釈〕**○斎院のみそぎ**　斎院御禊（ごけい）。賀茂祭当日以前の午か未の日を選んで行われる儀式。ここでは源氏

宮が初めて賀茂神社に参るための禊ぎでもある。**○たれか**　底本のみ「たれに」。誤写と見て諸本により校訂。

○もとよりたれか思そめてし　『風葉集』諸本には異同がなく『物語前百番』本文と一致し、『狭衣』伝本では吉田本・鎌倉本・慈鎮本と一致する。〔補説〕参照。

〔参考歌〕

①497番歌〔参考歌〕①参照。

〔典拠〕　『狭衣物語』（84番歌初出）巻三。当該箇所を次に挙げる。

宮司参りて、御祓へつかうまつるは、いと神々しく聞こゆれど、大将殿は昼の御ありさまのみ心にかかりたまひて、

御禊する八百万代の神も聞けもとより誰か思ひ初めしと

と思すは、うしろめたき御兄の心ばへなり。（新全集）

参考　旧大系…御禊する八百万代の神も聞け我こそさきに思ひ初めしか

集成……みそぎする八百万代の神も聞けわれこそしたに思ひそめしか

〔補説〕

○480番歌の『狭衣』依拠伝本について

当該歌と次歌は『狭衣』からの入集である。『風葉集』所収『狭衣』本文の詳細は、中城さと子「『風葉和歌集』の依拠本―『狭衣物語』の場合（その一）―」「同（その二）」（『研究報』三・八）を参照されたいが、当該歌については、和歌は吉田本・鎌倉本・慈鎮本に一致し、詞書は一致するものがなく、近似するに留まる本が多い。

本注釈が依拠する三種の『狭衣』本文（新全集・旧大系・集成）の中に、当該歌下句に合致する本文がない。一方で、『物語前百番』とは下句も含めて完全に一致しているが、『狭衣』から両作品に入った歌のうちで同様の傾向を持つものは他に228・806・1025・1130のみであり、近似する伝本も一定しない。依拠本は『物語前百番』とも異なるよう

である。

〔他出〕『物語二百番歌合』（前百番）八十八番右。

（玉田沙）

たゞ人におはしましける時、御出家おぼしめしたゝせ給けるを、かもの大明神、堀川院につげきこえ給事ありて、御ほいもとげさせたまわで、宮しろにてさまぐ\御いのり侍りけるをきかせ給て、おほん心のうちに《おもはざらなん》

神もなをもとの心おかへりみよ此世とのみはおもはざらなん

〔校異〕事ありて—事あらて〈内閣〉　御いのり—○御（イ）いのり〈天理・東大〉いのり〈狩野〉　おほん心のうちに—おもはさらなん〈京大〉

〔現代語訳〕

臣下でいらっしゃった時にご出家を思い立ちなさったところ、賀茂大明神がこのことを父の堀川院に告げ申し上げなさることがあって出家の本懐も遂げさせなさらず、賀茂の御社で様々に御祈りがございましたのをお聞きなさって、お心の内に　（『狭衣』の帝の御歌）

大明神も、昔のお心を振り返ってください。現世だけのことを考えないでほしい。

〔語釈〕　**○かもの大明神**　上賀茂神社に祀られている賀茂別雷神。448番歌参照。**○堀川院**　狭衣帝の父。**○おほん心のうちに**　底本のみ「おもはざらなん」。次行の和歌末句の目移りであろう。諸本により校訂。**○もとの心**　昔の心。詞書からすれば、本地垂迹説に立ち、神に姿を変える以前の仏としての心を言うか。〔参考歌〕①②参照。

一説に、狭衣の、源氏宮に対する早くからの思慕の思い。平安末期に流行する歌ことばで、定家も好んだ。◇参考「あさぢふやまじるよもぎのすゑ葉よりもとの心のかはりやはする」（『拾遺愚草』二九三四）。**〇此世とのみ**　現世で幸せにあれとばかり。一説に、源氏宮に対する、現世のみの浅い思い。

〔参考歌〕

①礒の神ふるから小野の本柏本の心はわすられなくに（『古今集』雑上・八八六・読人不知）

②いにしへの野中の清水ぬるけれど本の心をしる人ぞくむ（『古今集』雑上・八八七・読人不知）

〔典拠〕『狭衣物語』（84番歌初出）巻四。当該箇所を次に挙げる。

「光失する心地こそせめ照る月の雲かくれ行くほどを知らずはさるは珍しき宿世もありて思ふことなくもありなんものを。とくこそ尋ねめ。昨日の琴の音あはれなりしかば、かくも告げ知らするなり」とて、日の装束うるはしうして、いとやんごとなきけしきしたる人の言ふと見たまひて、うち驚きたまへる殿の御心地、夢現実とも思し分かれず。（中略）夜も明けぬるまでうちも休みたまはず、なほ思しむせびたる御けしきの、いと心苦しう、罪得らんかしと、まことにおぼえたまへば、思ひかけぬさまをのみ、返す返す聞こえ慰めたまひて、例の御方にわたしきこえたまふなど、さりげなくもてないたまへど、御心のうちはなほ乱れまさりて、胸もつとふたがりたまへり。げに、さしもたしかに御覧じけんよ。しづめがたき心の中をおぼしも咎めで、強ひて憂き世にあらせまほしう思すらん神の御心ありがたきものから、かたがたつらき方にぞすすみたまひける。

参らせたまふ日の事どもなど推し量るべし。いつ、いかなりし御願ども果させたまふにかと、御社の神人どもも驚くに、「神も、いとど心殊に、まぼり育みきこえたまひて、夢の中に告げ知らせたまひけん、行く末のありさまも、思しおきつるに違はず」と、返す返す申しあぐる声ひき、いと頼もしげなれど、みづからの御心の中には、

神もなほもとの心をかへり見よこの世とのみは思はざらなん（新全集）

参考　旧大系…神もなをもとの心をかへり見よこの世とのみは思はざらなん

集成……神もなほもとの心をかへりみよこの世とのみは思はざらなむ

〔補説〕

○481番歌の『狭衣』依拠伝本について

前歌に続き、『狭衣』よりの入集である。中城論考「その二」によれば、当該歌の歌句は一致する伝本が多いが、詞書も一致するものは蓮空本である。

○神祇最終歌としての意義について

当該歌の解釈にも関わるが、神祇の最終歌として出家をめぐる歌が位置せしめられているのは、次の釈教歌に繋ぐためか。第二句「もとの心」の意味も、恋愛要素の少ない詞書と併せ考えると、宗教の文脈で解するのが良いのではないか。

（玉田沙）

釈教

482

むかしより心づくしのちぎりにてなげかんことも此よばかりぞ

これは、あまのかるもの権大納言おもふ事侍てはつせにこもりて、かゝるおもひやめ給へ、と申ける夢に、いぬふせぎよりうるはしきそうのさしいで、申けるとなん

〔校異〕 なけかん—なけか○(イ)ん〈狩野〉 ことも—ことは〈嘉永・天理・東大・明大・狩野〉 あまのかるも—あまのかるも〈伊達・龍門〉 あまのはま(かるイ)も〈東大・狩野〉 あまのはまも〈明大〉 かゝる—かう〈刈谷・龍大・藤井〉 申ける—申侍ける〈嘉永・明大〉

〔現代語訳〕
昔から物思いの限りを尽くしてきたあなたがたの関係ですが、こうして嘆くこともこの世だけのことです。

これは、『あまのかるも』の権大納言が、悩むことがあって初瀬に籠もって、このように悩むことがないようにして下さい、と願い申した夢の中に、犬防ぎから端正な僧が出てきて申した歌だということです。

〔語釈〕 **○心づくし** 物思いのかぎりを尽くすこと。心労。**○あまのかるもの権大納言** 『あまのかるも』の三人

の主要人物の一人。後の関白。62番歌〔典拠〕参照。**○いぬふせぎ** 犬よけ。寺院の内陣と外陣との境界などに立てた格子。

〔参考歌〕

①くみしより心づくしになげくかなきみゆゑものを思ひそめかは（『相模集』五九〇）

〔典拠〕『あまのかるも』（散逸物語）。

〔補説〕

○『風葉集』の釈教歌について

当該歌から巻末まで「釈教歌」が収められている。「釈教歌」は仏教関係の歌をいう。「釈教歌」というべき歌は『万葉集』から見える。部立として纏めて収集しているのは、勅撰集では『後拾遺集』二十巻に「神祇歌」と共に収められたのがもっとも古い。「釈教歌」を集めた歌集としては選子内親王の『発心和歌集』などが早い時代のもので、「釈教歌」という区分が意識されるようになったのは、平安中期頃からだったと見てよかろう。岡崎知子氏が述べておられる（「釈教歌考―八代集を中心に」『仏教文学研究』一、一九六三）ように、狂言綺語である文芸を方便として仏道の真髄に導くという考え方から「釈教歌」が意識されるようになり、平安末期頃には和歌は「阿字」であり「真言陀羅尼」であるという理解に達して、仏道の功徳として位置付けられ、盛んに詠まれるようになった。『千載集』以降は独立した一巻の部立とし、勅撰集には欠くべからざる巻となった。勅撰集に準ずる『風葉集』としては、「神祇歌」とともに「釈教歌」の部立を立てることは必須だったが、物語歌には、和歌のような題詠歌はほとんどないので、経旨歌や教理歌は望めない。物語中で苦衷からの脱却を仏に祈る、あるいは妄執を捨てて浄土を願うといった法縁歌を採歌するしかなかったことが類推できる。『風葉集』の「釈教歌」は当該歌から四一首収められている。『米田構造』には「第一歌群として冒頭の仏詠（夢告）の歌八首、第二歌群は、「法華経」を中心とする法文を詠み込んだ経旨歌と西方浄土の歌合わせて二十一首そして第三歌群は、仏事や修行中詠まれた法縁歌と来世の成仏を願った歌で十九首」と分類されているが、法縁歌が圧倒的に多い点が勅撰集と大きく異なる傾向である。冒頭から初瀬・石山・清水・法輪・鞍馬と現世利益で信仰を集めている観音や菩薩に関わる歌を配す（482～494）。そのうち前半の七首が仏詠、後半の六首が仏徳を詠んだ歌で、勅撰集の釈教部には『新古今集』冒頭に二首見られる程度であまりないもの、むしろ神威の発揚を歌った神祇歌と同質といってもよいものである。「神祇歌」「釈教歌」を併せて一巻としているのも、この辺りに拠るのであろう。その後に「法華経」の各品を詠んだ四首（495～498）が『雀のものがたり』から採られている。この物語はおそらく「法華経」二十八品歌を主題とした特殊な物語（495番歌〔典拠〕参照）で、「釈教歌」の部立を勅撰集に近似した形態で整えるのには好都合なものだったのであろう。499以降は法縁を得て浄土を願う歌が配されており、厭世、欣求浄土の思想が広がっていた鎌倉期以降の撰集であることが頷是られよう。しかし、この世の人と人との哀れを描く物語は、世俗への執着を捨て往生を願う仏心とは相容れない場合が多い。『風葉集』は、断ち切れない世俗の執着を抱えながら往生を希求する法縁歌を、独詠歌や贈答歌の形で収める。女人の往生を願う歌が多いこともその延長上にある。『風葉集』の釈教部は、現世から後世へ仏縁を願う営みを軸に配され、褻の世界を主流とした物語歌集の独自性が明瞭に示されているのである。

猶、『風葉集』諸本中、静嘉本と川口本は、内容は同じであるが、巻七神祇・巻八釈教・巻九離別・巻十羇旅と一巻ずつ独立の巻としている。これは、すでに末尾が失われ、巻十八までしか無くなっていた時に、二〇巻に体裁を調えるべく行われた改訂であろう。『研究報九』（二〇〇八・九）に報告した如く、両本は同一の親本から書写された伝本と考えられるので、この親本の段階で巻の独立が行われたものと思われる。

（安田）

こ［よ］ひわぶるこゝろはやみにくらすとも雲ゐの月をよそにながめよ

これは、ちゞにくだくる左大臣、もの申けるおんなのきさゐにたち給にけるをしらで、なげきけるころの夢に、いし山よりとて巻数のふだにかきつけたりけるとなん

〔校異〕 こひ―こよ〈京大・陽甲・蓬左・陽乙・田中・日甲・篠山・彰甲・丹鶴・伊達・龍門〉こひ（え歟）〈宮甲〉恋〈嘉永〉こえ（よイ）〈清心〉こえ〈静嘉・川口〉こよ（ひイ）〈松甲〉くたくる―くら（たイ）くる〈狩野〉たち給にける―立給ける〈刈谷・龍大・藤井〉いし山―いし石〈嘉永〉は山〈刈谷〉石山〈藤井〉巻数の―巻数の（イ）〈狩野〉つけ―時（付イ）〈狩野〉

〔現代語訳〕

恋に悩む心は途方に暮れて真っ暗になっているかもしれないが、あの天空に輝く月を遠くにあるものとして眺めなさい。闇に迷っていても、遙か遠くの真如の月を見て悟りを得るように。

これは、『ちぢにくだくる』の左大臣が、通っていた女が后にお立ちになったことを知らずに、居なくなってしまったことを嘆いていた頃の夢に、石山観音より左大臣宛の巻数の札に書き付けてあった歌ということです。

〔語釈〕 **○やみにくらす** 全く先が見えず、絶望して真っ暗になること。**○雲ゐの月** 「もの申しける女」を譬える。「雲ゐ」は「天空」と「宮中」を掛け、女が入内してしまったことを暗示する。「闇」と「月」を対比させる。また、「真如の月」をも暗示している。**○よそ** 他所。自分とは関係のないもの。**○ちゞにくだくる左大臣** 『ちぢにくだくる』の主人公。277番歌〔典拠〕参照。**○もの申ける女** 『ちぢにくだくる』の按察御息所。**○いし山** 305

番歌〔語釈〕参照。ここでは、石山観音の託宣。**○巻数のふだ**　僧が願主の依頼に応じて読誦した経文、陀羅尼などの名や度数を記して、願主に送った文書。「かの巻数に書きつけたまへりし」（『源氏』蜻蛉巻）等と見える。

〔参考歌〕
①思ひきや雲ゐの月をよそに見て心の闇にまどふべしとは（『金葉集』二度本・五七一・忠盛）

〔典拠〕『ちぢにくだくる』（散逸物語）。277番歌初出。

（安田）

かげならべすまんことこそかたからめ入がたちかき山のはの月
　これもいし山の観音、みたらしかわの内大臣の夢につげ
　給けるとなん

〔校異〕いし山―石山寺〈嘉永〉

〔現代語訳〕
　輝やく光を並べて住むことはできないでしょう、沈む時が近づいた山の端の月とは
　これも石山観音が、『御手洗川』の内大臣の夢でお告げになった歌ということです。

〔語釈〕 **○すまむ**　「澄まむ」「住まむ」を掛ける。「澄まむ」は「月」の縁語。**○入がたちかき山のはの月**　死期が近づいている女（内大臣の思慕する斎院）を暗示する。**○みたらしかはの内大臣**　『御手洗川』の主人公。78番歌〔典拠〕参照。

〔参考歌〕
①羨しかばかりすめる池水に影ならべたる在明の月（『栄花』玉の台・若き人）

〔典拠〕『御手洗川』（散逸物語）。78番歌初出。

（安田）

まてしばし道くるしほの時のまをかひもなぎさとなにうらむらん

これは、ちくまの川のなかの君、おと丶ひどもところ〴〵にまで丶、身のゆくへいのりけるに、あねのきよ水にて、あらたなるしるしはべりけるを聞て、いし山にこもりて、おこしけるひろきちかいの中にしもわが身ひとつのなどもれにけん、とよみ侍ける御返しの夢の中に、となん

〔校異〕道くる―みちらる〈伊達〉道て（くイ）る〈天理・東大〉道てる〈明大〉かひもなき―ひもなき〈内閣〉ちくま川―ちくまの（一本）かは〈丹鶴〉なかの―なかれ〈蓬左〉なかれの（なかのきみノイ）〈清心〉なかれの〈静嘉・川口〉おと丶ひとも―おと丶ひとの〈刈谷・龍大・藤井〉ところ―とこ丶ろ〈日甲〉まて丶―きてし〈嘉永〉まう（一本）て丶〈丹鶴〉身の―身〈伊達・龍門〉ゆくへ―ゆくゑを〈嘉永〉行ゑを〈天理・東大・明大・狩野〉おこし―おはし〈天理・東大・明大〉ひとつ―ひとり〈嘉永〉もれ―もり〈伊達〉御返しの―御かへし〈明大〉夢の―に（の）〈龍大〉中に―なか（うちイ）〈宮甲〉となん―も（と）なん〈陽甲〉

〔現代語訳〕

お待ちなさい、もう少し。満ちてくる潮のように僅かの間なのに、それを甲斐もないとどうして恨むのですか。

これは、『ちくまの川』の中君が、姉妹たちがあちこちの寺に詣でて、自分たちの将来の幸運を祈っておりましたところ、姉が清水観音によって、あらたかな霊験を得たと聞いて、自分も石山に籠もって、広大な仏の慈悲にすがってまいりました中でも、我が身だけがどうして御加護から漏れてしまったのでしょう、と詠みました御返事として、夢の中に見えた石山観音の歌ということです。

〔語釈〕 **○道くるしほ** 満ちてくる潮。よい時期が来たという意を掛ける。**○かひ** 「甲斐」に「貝」を掛け、「潮」「渚」と縁語。**○なぎさ** 「無き」と「渚」を掛ける。**○ちくまの川** 散逸物語名。〔典拠〕参照。猶、「千曲の川」は、信濃川の上・中流部で、長野県下を流れる部分の呼称。**○きよ水** 清水観音。京都市東山区五条坂の清水寺。延暦十七年（七九八）、坂上田村麻呂の創建と伝えられ、本尊の千手観音の信仰が篤く、観音信仰で栄えた。**○しるし** 霊験。**○おこしける…などもれにけん** 『ちくまの川』の中君が詠んだとされる物語中歌。

〔参考歌〕

①まてしばしうらみなはてそ君をまもる心の程は行末を見よ（『玉葉集』神祇・二七四一・熊野権現）

〔典拠〕 『ちくまの川』（散逸物語）。『風葉集』に三首（485番歌詞書中の一首を含む）入集。

題号は「散佚物語《鎌倉》」では「きみが代はちくまのかはのさざれ石の苔むすいはとなりつくすまで」（『正治初度百首』三〇三・式子内親王）、「三角洋一は『狭衣物語』巻一にみえる「御涙、千曲の川渡り給ひけるにやと見え」と引かれる古歌によるかとする」と挙げるが、「信濃なる千曲の川の小石も君し踏みてば玉と拾はむ」（『万葉集』巻十四・三四〇〇、『古今六帖』一二六八）によるとも考えられる。『風葉集』以外には資料がなく、詳細は不明だが、詞書中歌を含めた三首とも姉妹の清水・石山の霊験に関わる歌で、「散佚物語《鎌倉》」も指摘する如く「霊験譚的色彩の濃い物語か」。496番歌の詠者「女院」は、清水観音の加護を得たとしているので、当該歌の「あね」と同一人物の可能性もあろう。

（安田）

かれはてん後をうらみよ埋木も花さく春もありとこそきけ

これは、うつせみしらぬの内大臣の、中宮ゆくへしらぬさまになり給ひ、頭中将もよにかしこまることなど侍けるころ、きよ水にこもりて、枯れたらんうへ木も、と経よみ侍けるをきゝて、花さかん事をいのりしむもれ木はさてだにくちてねさへかれめや、とおもひて、いさゝかまどろみて侍けるに、此てらの師の大とくとおぼしきが申侍けるとなん

〔校異〕 埋木も―うもれ木も（はイ）〈宮甲・松甲〉むもれ木は〈嘉永〉埋れ木の〈藤井〉 花さく―花さへ〈陽乙〉 春も―春の（もイ）〈宮甲〉春の〈天理・東大・明大・狩野〉 あり―ある〈蓬左〉 中宮―中君〈天理・東大・明大・狩野・刈谷・藤井〉中宮の〈丹鶴〉中の君〈龍大〉 給ひ―給ひ（てイ）〈宮甲〉給て〈天理・東大・明大・狩野〉 かれたらん―かれな（た）らん〈龍大〉 うへ木―うへ木の〈嘉永〉うへ木に〈天理・東大・明大・松甲〉か（うイ）へ木に〈狩野・龍大〉 経よみ―経（イ）とよみ〈清心〉よみ〈静嘉・川口〉 さてたに―さてたち〈日甲〉たてたに〈刈谷・龍大・藤井〉 侍けるに―侍ける〈静嘉・川口〉 てらの師―てら法師〈松甲〉

〔現代語訳〕

枯れてしまったろうと思っても、もう少し枝先を見て下さい。すっかり離れてしまったのを確めた後に恨んでください。埋れ木だって、枯れ果ててしまわねば花が咲く春もあると聞きます。再び栄える日が来るかもしれ

ませんから、まだまだ恨まないで、もう少し先を見て下さい。

これは、『うつせみ知らぬ』の内大臣が、中宮の行方がわからないようになられ、頭中将も世間に遠慮して蟄居することなどがございました頃、内大臣は清水に籠もって、「枯れてしまったように見える植木でも再び花が咲くように」と願って経を読みましたのを聞いて、「花が咲くことを祈っておりました埋れ木は、このままで朽ちて根まで枯れてしまうでしょうか、そんなことはないでしょう。」という一首を心に思いつつ、少しまどろみました時、この寺の高僧の師とおぼしい者が申しました歌ということです。

〔語釈〕 **○かれはてむ** 枯れ果てたろう。「枯れ果て」には「離れ果て」を懸ける。**○うらみよ** 「恨みよ」に「末見よ」を掛ける。「枯れ」「末」「木」「花」は縁語。**○埋木** 内大臣一族を暗示する。**○うつせみ** 空蟬。蟬の抜け殻。241番歌の〔典拠〕に記したように、『万葉集』四六八番歌を踏まえて、世の無常を象徴するか。**○内大臣** 散逸物語『うつせみ知らぬ』の中宮と頭中将の父とされる。241番歌の〔典拠〕参照。**○かしこまること** 謹慎すること。**○枯れたらんうへ木も** 中宮と頭中将を暗示し、清水寺の本尊である千手観音に関わりの深い『千手陀羅尼経』には「以大神呪呪乾枯樹。尚得生枝柯華果。何況有情有識衆生。」という一文があり、この経文を読んで誓願したことをいう。『梁塵秘抄』巻二に「万の仏の願よりも　千手の誓ひぞ頼もしき　枯れたる草木も忽ちに　花咲き実熟ると説いたまふ」（三九）の一首も見え、この経文は千手観音の衆生済度を示すとして広く知られていたらしい。**○花さかん…ねさへかれめや** 『うつせみ知らぬ』中の内大臣の心中歌。**○此てらの師の大とく** 清水寺の長老の高徳の僧。

〔参考歌〕

①かれはてぬむもれ木あるを春はなほ花のたよりによくなとぞ思ふ（『古今六帖』第二・四〇二六、『貫之集』八五六）

〔典拠〕 『うつせみ知らぬ』（散逸物語）。241番歌初出。

（安田）

はかなしや夢ばかりなる逢ことにながきうれへおかへてしづまん

これは、かさぬるゆめの大将、いとせちにおもふ事侍て、法輪にこもりてをこなひ侍けるに、夢うつゝともわきがたきこへにてつげ侍ける、となむ

〔校異〕 ことに―ことを（に）〈伊達〉　ことを（に）へ〈明大〉　うれへ―う（本）へ〈刈谷・龍大・藤井〉　かさぬる―□さぬる〈嘉永〉　せちに―せちよ〈内閣〉

〔現代語訳〕

はかないことです。夢ほどの僅かな逢瀬ために、長い愁いを代償にして妄執に沈もうとは。

これは、『重ぬる夢』の大将が、強く思うことがありまして、法輪に籠もって仏道に励んでおりました時に、夢とも現実とも区別できない声で告げがありましたという歌ということです。

〔語釈〕 **○はかなしや**　この表現は歌語としては、『和泉式部続集』の師宮挽歌の一首として見える「はかなしや朝日まつまの露をみてくもでにぬけるたまとみけるよ」（一六三）辺りがもっとも古いものだが、新古今時代に非常に愛用された。全て初句に用いられている。『拾玉集』には八首も見え、特に慈円には好まれた表現だったらしい。**○しづまむ**　妄執に苦しむ悪道に沈むことをいう。**○いとせちにおもふ事**　恋しい人に僅かでもよいから逢いたいという思いか。**○法輪**　271番歌〔語釈〕参照。**○こへ**　法輪寺の虚空蔵菩薩の声。

〔参考歌〕

①うつゝにて夢ばかりなる逢ふことをうつゝばかりの夢になさばや（『後拾遺集』恋二・六七五・高明）

〔典拠〕 『重ぬる夢』（散逸物語）　『風葉集』に二首。

『風葉集』の二首はいずれも大将の歌で、この物語は大将が儚い逢瀬に悩んだ後（487）、死を迎える（1177）悲恋物語らしい。題号「重ぬる夢」は『拾玉集』と『増鏡』に一例ずつしか見えない語で、『拾玉集』二九〇六の「しほ木つむ磯のまつがね枕にてかさぬる夢をとふ人もがな」が題号に関わるかと『事典』は指摘するが、『秀歌選』は否定的で典拠不明とする。文永八年（一二七一）以前の物語という制約からすると、微妙であるが、「むかしおもふなみだつきせぬ袖にまたうきをかさぬる春のよのゆめ」（『実材母集』二四四、『親清五女集』三八三）が内容に近似するように思う。

（安田）

488

しばしこそせきもとゞめゝいもせ川つゐにはすゑにながれあひなん

これは、なるとの侍従、いもうとのゆくへしらぬことをなげきて、くらまにこもりたりけるゆめに見侍ける、となん

〔校異〕 とゝめゝ―とゝめし〈陽乙〉とゝめ｜（めめイ）〈清心〉とゝめよ〈日甲〉とゝめゝ｜（本ノマヽ）〈伊達〉つゐにはすゑに―終に末には〈丹鶴〉　これは―これも〈内閣〉　くらまに―くらまて｜（に）〈陽甲〉

〔現代語訳〕

僅かの間は堰き止まろうとも、妹背川は最後には流れが一つになるように、遂には逢うことができるでしょう。

これは、『なると』の侍従が、妹の行方がわからないことを嘆いて、鞍馬に籠もりました時、夢に見えました歌ということです。

〔語釈〕 **○いもせ川**　奈良県吉野郡にある妹山と背山との間を流れる川。吉野川の上流。妹背山に誘発されて、平安時代に生じた歌枕。「身のならむふち瀬もしらずいもせ河おりたちぬべきここちのみして」（『篁集』五）が最古例か。ここは侍従と妹（中務卿親王女）を暗示する。**○侍従**　散逸物語『なると』の主人公中納言の恋人中務卿親王

女の兄。159番歌〔典拠〕参照。○**くらま**　鞍馬寺。鞍馬山の中腹にあり、毘沙門天を本尊とし、併せて千手観世音を祀っており、平安京の北方鎮護の寺。正月寅の日に参拝する鞍馬詣で信仰を集めた。

〔参考歌〕

①瀬をはやみ岩にせかるゝ滝川のわれてもすゑにあはむとぞ思ふ（『詞花集』恋上・二二九・崇徳院）

〔典拠〕『なると』（散逸物語）。159番歌初出。

（安田）

ところ〴〵見ありきける頃、ほうしの、女のてをとらへて
侍けるに、仏のの給やうにてみゝにいひいれ侍ける
　　かくれみのゝ左大将
たもたずてあやまつとが《[よ]》をみる時ぞをしへし法もくやしかりける

〔校異〕　見ありきける―見ありき侍ける〈丹鶴〉　侍けるに―侍りけるを〈狩野〉　いひいれ―わ《ヒ》（い）ひいれ〈松甲〉　かくれみのゝ左大将―かくれみのゝ左大臣〈田中〉かくれみのゝ左大将〈天理・東大〉欠〈明大・狩野〉　たもたず―たもとま（たすイ）〈天理・東大・狩野〉　とかを―とよを〈京大〉　みる―よる〈伊達〉　時ぞ―時は〈蓬左・陽乙・彰甲・狩野・内閣〉　くやしかりける―くやしかりける（りイ）〈清心・静嘉・川口〉　くやしかりけり〈日甲・狩野・刈谷〉　くやしかりける（り歟）〈篠山〉

〔現代語訳〕

　所々を見て回っていた頃、法師が女の手を捉えていましたので、仏様が仰るようにして耳に言い入れました歌

　　　『隠れ蓑』の左大将

戒を保たずに誤ちを犯す咎を見る時には、教えた仏の道も虚しく思われます。

〔語釈〕 **○ところ〴〵**　『有明の別れ』巻一に「かくれみのなどいひけんやうに、いたらぬくまなくまぎれありき」とある。「隠れ蓑」を用いて見聞した場所をいう。**○仏のの給やうにて**　蓑で姿が見えないため、仏からの告げを装った。**○かくれみのゝ左大将**　『隠れ簑』の主人公か。70番歌〔典拠〕参照。**○あやまつとがを**　底本のみが「とよ」で「と世」と解せば「過ちを犯してしまうという世の有様」と何とか通じるが、他伝本は全て「とか」で、こちらは「過ちを犯す咎」と解すことができる。諸本の状況と歌の理解から「とか」の方が相応しいので、これを原態とみて校訂した。**○をしへし法**　仏法。

〔参考歌〕 なし。

〔典拠〕 『隠れ蓑』（散逸物語）。70番歌初出。

（玉田沙）

八月十五夜によみ侍ける　　雪の内のひじり

いかでなを鷲のみ山にすむ月をこのみるばかりさやかにもみん

〔校異〕 よみ侍ける—よめる〈神宮・林丁・林戊〉　いかてなを—いかになを〈伊達〉　鷲のみ山—わしのお山〈嘉永〉　月を—月の〈林乙〉　この—のの〈嘉永〉　この｜（イ同）〈清心〉　みるはかり—みかはかり〈内閣〉

付記　神宮・林乙・林丁・林戊あり。

〔現代語訳〕

八月十五夜に詠みました歌　　『雪のうち』の聖

やはりどうにかして、霊鷲山の空に浮かぶ澄んだ月を、今見ているように心の中にたしかに見たいものです。

〔語釈〕 **○八月十五夜**　月を愛でる夜。宮中などで詩歌の宴が催された。272番歌の梅壺女御詠も嵯峨法輪の月を詠じる。**○鷲のみ山**　霊鷲山。古代インドにおける釈迦の説法地で、王舎城東北の聖地（『如来寿量品』など）。和歌では行基が「霊山（りやうせん）」と詠んだものが古い（『拾遺集』哀傷・一三四八）。他には「鷲の峰」とも。月・散華とともに詠まれることが多い。歌材としては『久安百首』で崇徳院・俊成を始めとした数名が詠じたことや、慈円が好んだことが特筆される。**〇すむ**「住む」「澄む」掛詞。澄んだ月は、迷妄から解き放たれた心を象徴する。霊鷲山の月は常に澄むもの。〔参考歌〕①参照。**〇さやかにもみん** 月輪観（密教の観法。心を満月のように完全清浄と観ずることで悟りを得ようとする）による。悟りを開いた清浄な心で月を見たいとの意。翻ってここでは、信仰心あるいは悩みの深さを歌い上げる。

〔参考歌〕

①つねにすむわしのみ山の月なればとひくる人をてらさざらめや（『拾玉集』五七一二）

〔典拠〕『雪のうち』（散逸物語）。272番歌初出。

（玉田沙）

かへし　　　　むめつぼの女御

はれがたきいつ〻の雲をはらひつ〻君ぞ心の月はみすべき

〔校異〕 いつ〻―いつく〈蓬左・内閣〉雲―雲｜（そら本著）〈宮甲・田中〉雲｜（そら本書）〈日甲・川口・篠山・丹鶴・龍門〉雲｜（空本書）〈彰甲〉空〈清心〉そら｜（雲）〈松甲〉そら〈林乙〉君そ―きみに〈蓬左〉君そ（本ノマ、）〈刈谷・龍大・藤井〉みすへき―すむへき〈丹鶴〉みる《ヒ》｜（す）へき〈林乙〉

付記　林乙あり。

〔現代語訳〕

返し　　（『雪のうち』の）梅壺の女御

五障による私の晴れがたい迷いを払いながら、他ならぬあなたが、迷妄のない心を見せてくださるべきなのです。

〔語釈〕　○むめつぼの女御　既出、272番歌参照。○はれがたきいつゝの雲　五障（女性が生まれながらに持つ五種の障害。女性は、梵天、帝釈、魔王、転輪聖王、仏にはなれない）をたとえる。○心の月　悟りを開いた清らかで明るい心。仏教用語「心月輪」（菩提心）に基づく。現存最古の用例である行尊詠（冷泉家桝型本『行尊僧正集』一〇五）以降、院政期から『新古今集』前後にかけて流行した歌語。

〔参考歌〕

①けふや君おほふ五の雲はれて心の月をみがきいづらん（『西行法師家集』三九一）

②我もさはいつつのさはりくもはれて心の月をすむよしもがな（『林下集』三六八）

〔典拠〕　『雪のうち』（散逸物語）。272番歌初出。

（玉田沙）

なき人のために普賢菩薩つくりあらはしたてまつりてをこなひ侍ける夜、暁がたの月くまなうさし入て御かざりども、きら〳〵と見えければ　風につれなきの関白

ちかひあらばかゝる光をさしそへてまよはんやみをてらさゞらめや

〔校異〕　つくり―つり〈嘉永〉　あらはし―あらはして〈宮甲〉　夜―に〈嘉永・天理・東大・明大・狩野・内閣〉　よ（にイ）〈松甲〉　御かさりとも、―御かた（さイ）りとも、〈狩野〉　かさりとを、〈清心〉　御かさりともる〈川口〉　きら〳〵と―きら〳〵〈丹鶴〉　見え―見え給ひ〈陽甲・宮甲・陽乙・静嘉・川口・篠山・彰甲・丹鶴・内閣・松甲・刈谷・龍大・藤井〉　見え給〈蓬左〉　見え玉へり〈嘉永〉　めえ給ひ〈清心〉　みえたまひ〈田中・日甲〉　見

え給へり〈天理・東大・狩野・明大〉みえ給〈伊達・龍門〉みえ給ひ〈松甲〉つれなき―つれなよ〈明大〉てらさゝらめや―てらさゝらなん〈日甲〉

〔現代語訳〕

亡くなった人のために普賢菩薩を造立し申し上げて勤行をしていました夜に、有明の月の光が隈なく差し込んで菩薩像の飾りもきらきらと見えましたので

『風につれなき』の関白

救いの誓いがあるならば、差しかかるこのような光を救いの光に添えて、あの人が迷うであろう闇を照らさないことがありましょうか。きっと照らすでしょう。

〔語釈〕 **〇なき人** 不明。関白と恋愛関係にあり、作中で薨じた一品宮か女三宮。歌句「まよはんやみ」「さしそへて」からすると、関係を秘匿していた一品宮か（668番歌参照）。**〇普賢菩薩** 釈迦三尊の一。右の脇侍で白象に乗る。『法華経』で重視されるため女人に厚く信仰され、十羅刹女とともに描かれることも多かった。**〇御かざりども** 仏像を荘厳する装飾品。**〇関白** 散逸部分の主要人物。主人公女院のいとこか。**〇ちかひ** 普賢菩薩が衆生の救済を願って立てた誓いには普賢十願がある（『華厳経』）。**〇かゝる光** 「斯かる」「掛かる」掛詞。後者、菩薩像を荘厳する飾りに月光が当たるさまをいう。前歌とは月の語で繋がる。**〇さしそへて** 十願に重ねて、強い導きを願う。**〇まよはんやみ** 中陰の間、また罪障を抱えた者はその後も、魂が彷徨うとされた死後世界の闇。無明長夜。関白は亡き人の罪障を知る、あるいは共に背負うか。

〔参考歌〕

①この世にてながめられぬる月なればまよはんやみもてらさざらめや（『山家集』一〇四一）

〔典拠〕 『風につれなき』（首部のみ存）。52番歌初出。散逸部分に当たる。

（玉田沙）

きよ水にこもらせ給けるに、むねのみてはたてまつりぬ、
といふ夢み給て、かもにまうでさせたまひて院の御車に
たてまつるとて　　ちくまのかはの女院

夢の内にさづくとみへしむねのみてのちかひたがはぬ時いたりぬる〔か〕

〔校異〕 こもらせ—こもりせ〈清心〉 給けるに—たまひしけるに〈清心〉 給てけるに〈天理・東大〉 給けるに〈イ〉〈狩野〉 むねのみては—むね〈イ同〉のみては〈清心〉 むねのまては〈静嘉〉 むねのみつ《ヒ》大《ヒ》（てイ）は〈天理・東大〉 むねのみつ大は〈明大〉 夢—ゆめを〈神宮・林丁〉 み給て—み給ふて〈伊達・龍門〉 ちくまのかわの女院—ちくま河の女院〈神宮〉 ちくまのかわの女院（イ）〈天理・東大〉 さつく—きつる〈内閣〉 みての—みそ〈天理・東大〉 みては〈神宮・林丁〉 いたりぬる—いたりぬか〈京大・陽甲・林丁〉

付記 神宮・林丁あり。

〔現代語訳〕

清水寺に参籠されました時に、胸で祈る手はあなたに差し上げました、と観音さまが託宣する夢をご覧になり、賀茂の社にお詣りになって、上皇様の御車に手紙を差し上げるということで

『ちくまの川』の女院

夢の中で清水の観音さまがお授け下さると見えた、胸の御手の約束が、違わず叶う時となりました。

〔語釈〕 **○きよ水** 清水寺。485番歌〔語釈〕参照。**○むねのみて** 千手観音が胸の前で合掌している両手。千手観音には合掌していない四〇本の腕もあり、四〇本の腕の五指にはそれぞれに五つの観音力があり、四〇×五×五で合計千手とするが、千の手は衆生済度にさしのべる慈悲を、それぞれの指にある眼は教え導く智を表現している。

歌の「むねのみてのちかひ」は、千手千眼であらゆる願いを必ず叶えようという約束をいう。**○かも** 448番歌〔語釈〕参照。**○ちくまのかは** 千曲の川。485番歌〔語釈〕「ちくまの川」参照。**○時いたりぬる** いよいよ願いが叶う時となりました。賀茂神社での贈歌であることを考えると、賀茂明神が清水観音の助成を得て、院の祈念を叶える時が来たという意か。物語の詳細は分からないが、当該歌の作者が女院であり、男性は将来院となっているので、憶測するに、その願いとは男性が帝位につくことか。とすれば、この女院は、485番歌の中君の姉であり、その皇子が帝位に即くことにより女院になったという、現世利益の物語か。

〔参考歌〕 なし。

〔典拠〕『ちくまの川』（散逸物語）。485番歌初出。　（中城）

おなじてらにこもりて、おもふ事かなふさまに侍ければ

恋に身かふる頭中将

あなたうとかれたる木にも花さくととけるちかひは今ぞしらるゝ

〔校異〕 さまに―さまにぬる〈神宮〉 かふる―こふる〈神宮〉恋ふる〈林戊〉 たうと―たそと〈松甲〉こうと〈神宮・林戊〉

付記 神宮・林丁・林戊あり。

〔現代語訳〕

同じ寺に籠もって、願いが叶うようでありましたので、

『恋に身かふる』頭中将

なんと尊いことか。枯れた木にも花が咲くようにして下さるという約束が、今こそ叶えられると分かります。

〔語釈〕**○おなじてら**　前歌と同じ、清水寺。**○おもふ事**　歌と物語名からは、いったん仲の絶えた女性との恋が苦労の末に叶うことではなかろうか。**○かれたる木にも花さく**　486番歌〔語釈〕「枯れたらんうへ木も」参照。

〔参考歌〕

①486番歌と同じ。

〔典拠〕『恋に身かふる』（散逸物語）。『風葉集』に一首のみ。

　この歌から知られる以上の物語の内容は分からないが、室町物語『しぐれ』がこの物語の改作（中野荘次『風葉和歌集考（下）』、『小野散逸』）といわれているので、参考のため『しぐれ』の概略を記す。

　清水寺参詣での時雨で、傘の貸借をきっかけとする中将と姫君の恋が芽生える。その夜、姫君が清水の別当に奪われようとして逃げ込んだ局で二人は再会し、中将は観音への感謝の歌（当該歌の類歌で、初句は「たのもしや」）を詠む。二人の幸せは、中将の権門との結婚により続かず、悲観した姫君は入内するに至る。姫君は帝の寵愛を一身に集め、皇子を儲け、縁者も栄える。中将は、祈祷師に操られていた魂が正気に戻り、求める姫君が后に上っているのを知り、叡山で出家する。物語は、姫君の果報も中将が仏道に入ったのも、観音の利生と説いて終わる。

（中城）

495

すゞめの物語の中に、方便品、若人散乱心乃至以一華供
　養於画像漸見無数仏

なにとなく手向し花の一ふさにかずの仏をみる身とぞなる

〔校異〕中に―なかを〈静嘉〉　方便品―方便品に〈天理・東大・明大・狩野〉　手向し―たむけ〈嘉永〉　ふさ―ふま（さイ）〈東大〉　みる―みる（ぬイ）〈陽甲〉

〔現代語訳〕

『雀の物語』の中に、方便品「若人散乱心乃至以一華供養於画像漸見無数仏」

何ということもなく手向けた花の一房で、多くの仏を見る身となりました

〔語釈〕 **○雀の物語**　散逸物語。〔典拠〕参照。**○方便品**　「方便」とは、仏・菩薩が衆生を導くのに臨機応変の手だてを用いる智慧の働きをいい、「品」とは、仏典の中の編や章に当たるものをいう。方便品は、『法華経』第二。詞書部分を読み下すと「若シ人散乱ノ心ニテ　乃至《ナイシ》一華ヲ以テモ　画像ニ供養セバ　漸ク無数ノ仏ヲ見タテマツル」である。

〔参考歌〕

①乱れちる心なりともひと花をそなへよとよく法ぞうれしき（『正治後度百首』一五六・範光）

〔典拠〕　『雀のものがたり』（散逸物語）。『風葉集』に四首（495～498）入集。

『風葉集』入集歌は全て、当該歌以下に示された釈教歌で、これ以外に全く資料がないので、物語の詳細は不明であるが、法華八講を聴聞し衆生済度されるにいたる雀たちの物語で、法華二十八品にちなむ和歌をそれぞれが詠む場面を持つのではなかろうか。

（中城）

496

人記品

枯はてしふかき山べのむもれ木におもはず花のさきにける哉

〔校異〕　枯はてし―かれはてし（ていイ）〈狩野〉

付記　林乙あり。

〔現代語訳〕

人記品
すっかり枯れた深い山の麓の辺りの埋もれ木に、思いがけないことに花が咲きましたよ。

〔語釈〕 **○人記品**　にんきほん。「授学無学人記品」の略称。『法華経』第九。

〔参考歌〕
①486番歌に同じ。

〔典拠〕『雀のものがたり』（散逸物語）。495番歌初出。（中城）

勧持品
心ぐまれはへだてゝおもはぬになにゆへ人のうらみがほなる

〔校異〕 へたてゝ―へたてし〈明大〉へたてし（てイ）〈天理・東大・狩野〉　おもはぬに―おもはぬも〈刈谷・龍大・藤井〉

付記　林乙あり。

〔現代語訳〕
勧持品
何か気にさわることがあるのでしょうか。私は隔て心なんか持っていないのに、どうしてあなたは恨み顔でいらっしゃるのですか。

〔語釈〕 **○勧持品**　『法華経』第五第十三品。品の前半は諸菩薩比丘等が仏命を奉じて法華を受持し弘通することを説き、品の後半は仏がさらに諸菩薩に受持弘通を勧めることを説く。この歌は、勧持品の「何故憂色而視如来。汝心将無謂我不説汝名授阿耨多羅三藐三菩提記耶。憍曇弥。我先総説一切声聞皆已授記」により詠まれている。

○心ぐま　心にわだかまりがあること。
〔参考歌〕　なし。
〔典拠〕　『雀のものがたり』（散逸物語）。495番歌初出。　（中城）

498

神力品

いひをきし此ことの葉をおもひいでてなからむあとのかたみにもせよ

〔校異〕　神力品—神日品〈内閣〉　なからむ—なからむ〈陽甲〉　かたみにも—かたみとも〈桂甲〉かたみに（とイ）も〈松甲〉

付記　断簡1（佐佐木信綱旧蔵久曾神昇蔵「桂切」、498下句～500詠者、『私撰集残簡集成』による）・林乙あり。

〔現代語訳〕

神力品

言い残して置いたこの言葉を思い出して、私のいなくなった後の形見ともしてください。

〔語釈〕　○神力品　『法華経』第二十品。如来が深法を菩薩に授けようとして十種の神通力を見せたことを説く。
○なからむあと　神力品冒頭の「而白仏言。世尊。我等於佛滅後。世尊分身所在句国土滅度之処。当広説此経」により詠まれているので、詠者の死後をいう。
〔参考歌〕　なし。
〔典拠〕　『雀のものがたり』（散逸物語）。495番歌初出。　（中城）

院のふだんの御経ちやうもんして侍けるに、いづくか

ことにたうときと人の申侍ければ

あまのもしほびの院新中将

水のあはのうきてはかなき世中をいとへと、ける法ぞうれしき

〔校異〕ふたんの―ふたん〈内閣〉　人の申―申〈嘉永〉　人のみ〈清心〉　人の申て〈藤井〉　新中将―新中納言〈嘉永〉　うきて―うきて（イ）〈狩野〉　いとへと―いと、へと〈日甲〉　いとへ〈龍門〉

付記　断簡1あり。

〔現代語訳〕

院の不断経の聴聞をしました時に、どの辺りが特に尊いとお思いですか、と人が尋ねましたので

『あまの藻塩火』の院の新中将

水の泡が浮かんでは消えるように儚く辛いこの世を厭って出家しなさい、と説く仏の教えが有難いと思います。

〔語釈〕**○ふだんの御経**　一定の期間、昼夜間断なく大般若経・最勝王経・法華経などを読み上げ、死者の冥福追善などのために祈る。**○いづくかことにたうとき**　どの経のどの辺りが特に尊いか。当該歌の歌句が『維摩経』善権品第二「是身如泡不得久立。…諸仁者。此可患厭」に対応する（『研究報八』49番歌〔典拠〕玉田沙織担当）ので、詠者は『維摩経』を聴聞し、ここをもっとも尊いと感じたことが知られる。**○院新中将**　院の女房であるが、院の不断経を聴聞したこと以外の動静は不明。**○うき**　「浮き」と「憂き」を掛け、「憂き」と「世中」は縁語。

〔参考歌〕なし。

〔典拠〕『あまの藻塩火』（散逸物語）。49番歌初出。

（中城）

兵部卿のみこのはてにさまかへ給はんとて

なみのしめゆふの冷泉院女一宮

涙のみくもるたもとにかけでみよ衣のうら《はし》のたまやにごらん

〔校異〕 さま—きま〈内閣〉 くもる—くもの〈内閣〉 みよ—みよ|（はイ）〈松甲〉 うら—はし〈京大〉 うち〈天理・東大・明大〉 内〈狩野〉 にごらん—にこさむ〈丹鶴〉

付記 断簡1（詞書・詠者のみ）あり。

〔現代語訳〕

兵部卿のみこの一周忌に出家なさろうとして詠みました歌

『なみのしめゆふ』の冷泉院女一の宮

心を曇らせる涙ばかりを袂に掛けないでください。衣の裏の珠が濁るように出家の志も鈍ってしまうではありませんか。

〔語釈〕 **○兵部卿のみこ** 入内前の淑景舎女御と恋仲であったらしい。**○女一の宮** 兵部卿のみこの正妻か。**○くもる** 真実が見えない、迷いが残る意。**○衣のうらのたま** いわゆる衣裏宝珠（繫珠）のこと。法華七喩の一つで、『法華経』五〇〇弟子受記品による教え。親友の家で酔いつぶれた男の着衣の裏にこの親友が無価宝珠（値がつけられないぐらい高価な宝石）を結んでおいてくれたのに、それに気づかず貧窮する男の話。宝珠は一切智の象徴である。（『仏教語大辞典』）。「衣のはし」では法華経を踏まえた表現とならず、諸本により校訂した。**○たまやにごらん** せっかくの出家の志の澄んだ心が揺れて濁る意。

〔参考歌〕 なし。

〔典拠〕 『波のしめゆふ』（散逸物語）。1番歌初出。

（乾）

女院の御ことに、心ちかぎりになりて侍けるに、いのりの
僧の若人有病得聞是経といふわたりをよむをきゝて

いはでしのぶの一条院内大臣

きゝへたる御法のかひもあらじか［よ］したへにし人にかぎるいのちは

〔校異〕 是経―覚経〈内閣〉　きゝへ―きこへ〈嘉永〉　きゝわ（え一本）〈丹鶴〉　きゝえ（こえイ）〈狩野〉　人に―人そ（本ノマヽ）〈刈谷・龍大・藤井〉

〔現代語訳〕

女院のこのたびのことで心を痛め、臨終になられた時に、祈祷の僧が『法華経』の「若人有病得聞是経」というあたりを読むのを聞いて

『いはでしのぶ』の一条院内大臣

聞くことができた法文の言葉も甲斐がないに違いない。あの方が出家なさって関係が絶えてしまった今は、私の命もいよいよ終わりです。

〔語釈〕 **○女院の御こと**　女院（一品の宮）が母后の逝去を悲しんで出家したこと。その落胆のあまり内大臣は重病に臥すようになる。**○若人有病得聞是経**　『法華経』薬王菩薩本事品第二十三の「此経則為　閻浮提人　病之良薬　若人有病　得聞是経　病即消滅　不老不死」のくだりをさす。現存する抜書本（三条西家本）では本文に「びやうそくせうめつのちかいも、いまは我身には、むなしうなりむかし」とあり、「病即消滅」の部分がとられているが、元の物語本文ではこの部分もあったのかもしれない。**○かきるいのち**　もう終わってしまう命。巻四にも「さきだたばちぎりしかひぞなかるべき我のみ君にかぎるいのちを」（関白）「行さきはなほぞかなしきしかばかり

うき身をかぎるいのちともがな」（前斎院）とあり、『いはでしのぶ』において好まれた表現。

〔参考歌〕　なし。

〔典拠〕　『いはでしのぶ』（散逸物語）。67番歌初出。

当該歌は抜書本である三条西家本によれば、巻三に見える。当該箇所を次に挙げる。

「びやうそくせうめつのちかいも、いまは我身には、むなしうなりぬかし」と、さすが心ぼそうきかれ給ふ。

きゝゐたるみのりのかいもあらじかしたへにし人にかぎるいのちは

つねよりことに、物がなしうおぼしつゞけらるゝに、（乾）

なにはへの宮に八講をこなひて聴聞せさせ給けるに

をのれけぶたき右大将

君がためつとめもとめてことさらにひろむるのりの心しらなん

〔校異〕　宮―宿（宮イ）〈天理・東大〉宿〈明大・狩野〉　せさせ―を（せ）させ〈天理・東大〉を（せイ）させ〈狩野〉　給けるに―給けるを〈松甲〉　詠者名―欠〈刈谷・龍大・藤井〉

付記　神宮・林丁あり。

〔現代語訳〕

難波江の宮で八講を行って親王に聴聞をおさせなさったときに

『をのれけぶたき』の右大将

あなたのために八講をおこなってわざわざ広める仏教の本義を知っていただきたい

〔語釈〕　○なにはへの宮　1329番歌に「なにはのみこ」が出てくる。この人物の住んでいた邸と思われるが、右大将との関係は不明。**〇八講**　法華八講のこと。『法華経』八巻を八座に分け一巻ずつ講讃する法会。（『仏教語大辞典』）　**〇をのれけぶたき**　『風葉集』以前では〔典拠〕にあげた深養父集、江帥集と「堀河百首」の「炭がまに薪こりたく夕ぐれはおのれけぶたき小野の山人」（基俊・一〇八三）しか用例のない珍しい表現。**〇君がため**　『事典』は思う人のためで、それは女の人であったろうとするが、「なにはのみこ」（1329）の可能性も考えられる。いずれにしても故人の追善のための法華八講であろう。

〔参考歌〕

①たまさかにひろむるのりの心にもたちおくれけむ身をぞうらやむ（『伊勢大輔集』・一一六）

〔典拠〕　『おのれけぶたき』（散逸物語）。『風葉集』に三首入集。

　題名は『深養父集』の「おのれたきおのれけぶたき思ひかなこやわれからのあまのたくも火」（四四）あるいは江帥集の「しづのをのやどにふすぶるかやりびのおのれけぶたきなげきをぞする」（二八九）によるかとされる（『秀歌撰』など）。あまり類例のない表現だが、これらの歌から自らの恋の思いに苦しむ男主人公の話か。登場人物は他に愛情深い女がありながら他の女のところに泊まって、元の女の独り寝を思いやる大将（922）、幼い孫に笛を吹かせてその将来に思いを馳せる難波の親王（1329）がいる。「大将」と当該歌の「右大将」が同一人物の可能性も考えられる。三角洋一氏は右大将は難波宮の婿で、宮の娘は大将の子を産んで死ぬか、とされる（「和歌文学会第二十九回大会　公開講演会資料」平成二十二年十月）。当該歌の右大将が難波の宮邸で法華八講を行っていることから、右大将と「なにはのみこ」は近い関係にあることがわかるが、『風葉集』以外に手がかりがなく、それ以上の関係は不明というほかない。

（乾）

此世をわかればやのほいもさすがなる身のほどにおもひ
わびて、車にのるとて　水あさみの内大臣

なにせんにおもひの家をおしむらんみつの車にのりをねがはで

〔校異〕 わかれ―のかれ〈松甲・刈谷・龍大・藤井〉 車に―車に〈陽甲〉 ねかはて―ねかはは〈嘉永〉 ねかはむ〈田中〉 ねかは、〈明大〉

〔現代語訳〕

此の世と別れたいという出家の念願もさすがにできかねる身の有様に思い悩んで、車に乗るときに
『水あさみ』の内大臣

どうして物思いの火に焼かれる家、すなわち現世での生活を惜しむのだろう。『法華経』の教えによる三車に乗って真の悟りへの到達を願わないで。

〔語釈〕 **○内大臣** 『小木散逸』『散逸物語〈鎌倉〉』では主人公かとするが、『風葉集』に九首収載されている内で内大臣の歌はこの一首しか見られず、他に参考となる資料もないことから不明。**○おもひの家** 『法華経』譬喩品で説かれるところの「火宅」。煩悩と苦しみの満ちた此の世を火に包まれた家に喩えていう。「三界無案猶如火宅」に基づく。「おもひ」の「ひ」は「火」をかける。**○みつの車** いわゆる「三車火宅」の三つの車。火の燃えさかっている家から、知らずに遊んでいる子どもを助け出すために羊車・鹿車・牛車を与えるからといって屋外にださせたその三つの車のこと。真理に至る三つの道を乗り物に喩えた三乗を表すために羊車を声聞乗。鹿車を縁覚乗、牛車を菩薩乗に喩える。法華七喩の「三車火宅」を表現したもの。**○のり** 「法」と「乗り」をかける。

〔参考歌〕

①わが心三の車にかけつるはおもひのいへをうしとなりけり（『続千載集』巻十・九四四・近衛院）

〔典拠〕『水あさみ』（散逸物語）。266番歌初出。　（乾）

経よむはいむなりと人のいひければ　あまやどりの女御

たかせ船のりもしらではしら波のきえなん後ぞかなしかるべき

〔校異〕いむなり―いかなり〈嘉永〉心むなり〈刈谷・龍大・藤井〉人のいむなり〈狩野〉人の―欠〈狩野〉詠者名―あまやとりの女御（イ）〈天理・東大〉のりも―のりし（も）〈清心〉のりし〈川口〉きえなん―きら（え）なん〈松甲〉かなし―くやし〈嘉永〉

〔現代語訳〕

経を読むことは不吉なことであると人が言いますので　『雨宿り』の女御

高瀬舟の乗り方も知らないように、法すなわち仏教の初歩的な教えも知らなければ、白波の消えるように命が消えた後が悲しいことでしょう。

〔語釈〕　**○経よむはいむなり**　『蜻蛉』中巻に「あはれ、今様は女も数珠ひきさげ、経ひきさげぬなし、と聞きし時あな、まさり顔な、さる者ぞやもめになるてふなど」、『紫式部日記』に「むかしは経読むをだに人は制しき」などとあるように、女性が経を読むことを難ずる傾向があった。それらと同様の表現。**○たかせ船**　上代から中世にかけて河川、湖沼。海辺で用いられた吃水の浅い小舟。仏教では迷っている此岸から、悟りの彼岸に渡してくれる教えを乗り物に喩え、ここでも悟りの境地に導くものの意。なお、高瀬舟そのものは平安中期から詠まれるが、仏教と関連して詠まれたのは参考歌②の覚性の歌が早い例である。**○のり**　「法」と「乗り」を掛ける。「船」「乗り」「波」は縁語。**○かなしかるべき**　極楽浄土にいけないので悲しいの意。

〔参考歌〕
①たかせ舟くるしき海のくらきにものりしる人はまどはざりけり（『玉葉集』二七〇三・覚性）
②たかせぶねさをもとりあへずあくるよにさきだつ月のあとのしらなみ（『秋篠月清集』一一〇〇）

〔典拠〕『雨宿り』（散逸物語）。371番歌初出。　（乾）

右大将のはゝのために、宇治に堂たてゝ、供養し侍てよめる
ひちぬいしまの関白
さりともとたのまるゝ哉さしわたるみのりの船のみちのしるべは

〔校異〕 侍て―侍と（イ）て〈宮甲〉侍るとて〈天理・東大・狩野〉侍とて〈明大〉　さしわたる―さしわたり〈内閣〉　みのりの船―みのり舟〈伊達・龍門〉　しるへは―しるへは（にイ）〈宮甲・松甲〉しるへに〈嘉永・明大〉しるへに（はイ）〈天理・東大・狩野〉しるへに〈明大〉

〔現代語訳〕
右大将の母のために、宇治に御堂を建てて供養なさった時に詠みました歌　『ひちぬ石間』の関白
それにしても、と、頼りに思われることです。遙か遠くの極楽浄土に導いてくれる御法の舟の道案内となることの御堂を建てて供養したからには。

〔語釈〕 **○右大将のはゝ**　中務卿の娘。関白の妻で二人の間に一男一女がある。男子が右大将。**○みのりの船**　「法の舟」とは仏法の導きを船に喩えていう語。「のり」は「法」と「乗り」の掛詞、「渡る」「船」「しるべ」は縁語。

〔参考歌〕
①ふたつなきみ法の舟ぞたのもしき人をもささでわたすとおもへば（『清輔集』三五七）
〔典拠〕『ひちぬ石間』（散逸物語）。28番歌初出。　（乾）

をはりにのぞみて善知しきの心にかなうべき事とて、
七重宝樹のありさまなどゝきゝかせ侍ければ
　　あれまくの大納言大君
なゝへなるうへきをしらで紅葉ゞのやしほになどか心そめけん

〔校異〕のぞみて―のそみの〈刈谷・龍大・藤井〉事とて―ことゝして〈神宮〉ありさま―やさま〈嘉永〉なと、ききかせ―なと、きき（イ）かせ〈宮甲〉なと、（もイ）きき（ナシイ）かせ〈狩野〉なと、きかせ〈刈谷・龍大・藤井・神宮〉なゝへ―なら（ヒ）（な）へ〈松甲〉やしほに―やしほの〈宮甲〉なとか―なにか〈龍大〉そめけん―そみけん〈天理・東大・明大〉そみ（めイ）けん〈狩野〉そめ南〈神宮〉

〔付記〕神宮・林丁あり。

〔現代語訳〕臨終に際して、仏道に導く僧が大君の気持ちにかなうであろうこととして、七重宝樹の様子などを説き聞かせなさったので　『あれまく』の大納言大君
極楽に七重に植えられているという宝樹のことを知らないで、どうして紅葉の何度も繰り返し染めたような濃い色の美しさに心を奪われたのでしょう。仏教の教えの深さを知らないで、移ろいやすいこの世のことに心を

染めてしまったのだろう。

〔語釈〕 **○善知しき** 人を仏道に導く高徳の僧。善知識。**○七重宝樹** 極楽浄土にある七重にならんでいるという七種の宝樹、すなわち金樹。銀樹、瑠璃樹、玻璃樹、珊瑚樹、瑪瑙樹、しゃこ樹のこと。また黄金の根、紫金の茎、白銀の枝、瑪瑙の条、珊瑚の葉、白玉の花、真珠の実をそなえた宝の樹。しちじゅうほうじゅ。**○あれまく** 散逸物語名。「まく」は推量の助動詞「む」の未然形に接尾辞「く」がついたもの。荒れるであろうこと。〔典拠〕参照。**○うへき** 七重宝樹の巻が考え方を自分の心に修得しないで。**○紅葉ゝのやしほになどか心そめけん** 「やしほ」は八入。「しほ」は染汁に浸す回数をいう語で、なんども染汁に浸して濃く染めること。「八」は「ななへ」の「七」と対応。「紅葉ゞ」の「葉」と「うへき」の「木」は縁語・大君が紅葉に代表される俗世の美に心を奪われていたことを反省する気持ちを指す。

〔参考歌〕

①陰きよきななへのうゑ木うつりきてるりのとぼそも花かとぞみる（『新後撰』六五七・俊成）

②ななへなるうゑ木の陰もくらからずなつの夜ふかきのりのひかりに（『夫木抄』一三六三二・能宣）

〔典拠〕 『あれまく』（散逸物語）『風葉集』に一首のみ。

題号は「いざここにわが世をはへなむ菅原や伏見の里のあれまくもをし」（『古今集』九八一・読み人しらず）によるかとされる。（「散逸物語《鎌倉》」『秀歌撰』など）。

内容について、『事典』は『古今集』の「いざここにわが世をはへなむ菅原や伏見の里のあれまくもをし」を踏まえた表現が『うつほ』他に散見することから、「あれまく」は「男の訪れがなくて荒廃するであろう女の宿を言うものであると理解できる」とし、大君が男の訪れもなく、荒廃した宿で男を思う状態があり、そのことを臨終の際に「紅葉ゝのやしほになどか心そめけん」と後悔したのであろうと解釈している。「あれまく」の歌語は『万葉集』初出の歌語であるが、中世になって多出する語である。「いざここに」の古今歌の本歌取りの歌も多く見られる一方、月や花（橘など）とともに詠んで郷愁を詠むものも多く、『いはでしのぶ』の「うぐひすも春やむかしをわするなよあれまくをしき花のふるさと」（1159）などもその傾向がうかがえる。この作品が中世のものであるなら、必ずしも荒廃した宿で絶えてしまった男の訪れを待つことを後悔したとは限らないのではないか。この一首しか他に参考になるものがないので、可能性を提示することしかできないが、男との関係というより仏道修行を怠り、この世の風流事などにうつつを抜かしていたことを後悔しているとも解釈できよう。（乾）

いり日をみはんべるとて　つゞらこの式部卿宮北方
ごくらくをおもひやりつゝいまいくか西にいり日の影をゝがまん

〔校異〕 をみはんへるとて―をかみ侍とて〈宮甲〉をかみて〈嘉永〉をみるとて〈清心・静嘉・川口〉を侍とて〈伊達・龍門〉おかみ侍とて〈天理・東大・明大〉お（をイ）かみ侍とて〈狩野〉をおかみ侍とて〈松甲〉見侍りとて〈林戊〉つゝらこ―つゝい〈天理・東大・明大〉つゝい（らこイ）〈狩野〉つゝら（らゝイ）こ〈松甲〉つゝら〈本不審〉こ〈刈谷・龍大・藤井〉おもひやりつゝ―おもひやりつる〈川口〉いま―けふ〈龍大〉西に―初《ヒ》（西）に〈陽乙〉初（本）〈刈谷・龍大・藤井〉

付記 神宮・林乙・林丁・林戊あり。

〔現代語訳〕
入り日を見るというので　『葛籠』の式部卿宮の北の方
極楽へ思いを馳せながら、あと幾日、西に沈む入り日の光を拝むのでしょう。

〔語釈〕 **○つゞらこ**　葛籠。蔓草や竹・檜の薄皮などを編んで作った衣裳などを入れる籠。ここでは散逸物語名。
○式部卿宮北方　死期の近いことを意識した歌だが、物語中でどのような役割の人物かは不明。**○いくか**　「幾日」

に「行く」を掛ける。**○西に入り日の影をゝがまん**　『観無量寿経』に解く十六観法の一つである日想観によって、浄土を観想するために、死期に際して西に向かい太陽の没するさまを拝むのである。

〔参考歌〕

①極楽をねがへとばかりをしへてやただにしへのみ月はいるらむ（『拾玉集』三二一四）

〔典拠〕『葛籠』（散逸物語）。『風葉集』に一首入集。

「散佚物語《鎌倉》」には「「野山ゆきまつたけくめるつづらこのいくふし秋をくりかへすらん」（『賀茂保憲女集』九八）と関係があるか」とするが、当該歌以外に資料がなく、詳細は全く不明。（安田）

さがの院の中宮の御ずゞをとりて、半座のうへにてかへしたてまつらんとて　かやがしたおれの関白

おなじ世のつらさもさてやわすれなんともとまつべき契りくちずは

〔校異〕つらさも―つらき（さイ）も〈天理・東大〉つらきも〈明大〉さて―さく（て）〈伊達〉物（さてイ）〈天理〉物（さて）〈東大〉物〈明大〉物（扨イ）〈狩野〉

〔現代語訳〕

嵯峨院の中宮の御数珠を取って、浄土で共に座る蓮台の半座の上でこれを嵯峨院に返し申し上げるのでしょうと言って　『かやが下折れ』の関白

同じこの世の辛さも、もしかしたら忘れられるでしょうね、一緒に浄土の蓮台に座るのを待っているという約束が朽ち果てねば。

〔語釈〕○さがの院の中宮　物語中で、関白とも思いを通じていたと思われるが、この時は嵯峨院を失って歎きの

中にあった。**○半座**　死後浄土で蓮台の上に一緒に座るというその席の半分。本来は、法華経で、釈迦の教えの真実を証明するために多宝仏が出現した時、多宝塔中の座の半分を釈迦に譲った、その座のこと。**○関白**　『かやが下折れ』の主人公か。嵯峨院の菩提を弔う中宮を慰めていた。一方で、246番歌〔典拠〕に記されるように、関白には「しのびたる女」がいた（771）のだが、これを中宮と同一人物と見れば、中宮が嵯峨院入内以前に、関白と中宮は思いを通じていたとも考えられる。とすれば、心乱れつつ、嵯峨院を失った中宮を慰めていたことになろう。

○さてや　もしかしたら。

〔参考歌〕　なし。

〔典拠〕　『かやが下折れ』（散逸物語）。246番歌初出。

（安田）

大僧都御加持にさぶらひけるに、あふぎにかきてさし
いでさせ給ひける　　あまのもしほびの皇太后宮

むすびつるたゞかばかりをかごとにてしづまん後の世をだにもとへ

〔校異〕　さふらひける―さふらひてける〈天理・東大〉　あふきに―あふきに〈狩野〉　かきて―つきて〈清心〉　いてさせ―いたさせ〈宮甲・龍門〉　いたさせて〈嘉永〉　いたせ（さ歟）せ〈伊達〉　給ひける―給ひけるに〈篠山〉　かはかりを―かはかりを（のイ）〈松甲〉　しつまん―しつまむ〈日大〉

〔現代語訳〕

大僧都が御加持に参上した時に、扇に書いて差し出しなさいました歌

『あまの藻塩火』の皇太后宮

この御加持によって因縁を結んだという唯それだけを頼みとして、せめて迷道に沈むであろう私の後世だけで

もご供養ください。

〔語釈〕 **○大僧都** 『あまの藻塩火』はこの高僧の恋と修行を描いた（49番歌〔典拠〕参照）物語と思われるが、思いを寄せる相手がよくわからない。**○加持** 仏・菩提が人々を加護することを言い、真言行者が口に真言を誦し、意に仏・菩提を観じ、手に印を結んで、この三密を行ずること。**○皇太后宮** 物語中の人物関係は不明だが、詞書に「あふぎにかきてさしいで」とあるので、大僧都との親密な関係が窺われる。『研究報八』49番歌〔典拠〕参照。**○むすびつる** 加持を受けて仏との因縁を結んだこと。**○かごと** 他に託けていう言葉。**○しづまん後の世** 迷道に沈むであろう後世。具体的なことはわからないが、往生を妨げるような妄執を抱えていたことが類推される。

〔参考歌〕 なし。

〔典拠〕 『あまの藻塩火』（散逸物語）。49番歌初出。

（安田）

題しらず　　　　みふねの皇后宮

いくたびかゆきてはかへるむつのみちくるしみならぬ所［比］あらじを

〔校異〕 所—比〈京大〉　あらじを—あらじな〈藤井〉

〔現代語訳〕

題知らず　　　　『みふね』の皇后宮

幾度も行たり来たりする六つの道は、苦しみのない所はないであろうに。

〔語釈〕 **○皇后宮** 物語中の人物関係も不明。354番歌〔典拠〕参照。**○むつのみち** 六道。すべての衆生が生前の業因によって、生死を繰り返す、地獄・餓鬼・畜生・修羅・人間・天上の六つの迷いの世界。◇参考「六の道いくめぐりしてあひぬらん十こゑ一こゑすてぬちかひに」（『続後撰集』釈教・六一〇・湛空）

〔参考歌〕　なし。

〔典拠〕　『みふね』（散逸物語）。354番歌初出。　（安田）

いひわたり侍けるをんなの仏事しけるに、さゝげ物
てうじつかはし侍とて　さがのゝ二のみこ

せばからぬはちすの花ときく物をもらすべしやはかゝる露まで

〔校異〕　さゝけ物―つけ物〈嘉永〉ささけ物〈藤井〉　てうし―てうして〈陽甲・宮甲・蓬左・陽乙・嘉永・田中・清心・日甲・静嘉・川口・国研・篠山・彰甲・丹鶴・伊達・龍門・天理・東大・狩野・内閣・松甲・刈谷・龍大・藤井〉てらして〈明大〉　侍とて―侍と（イ）て〈宮甲〉　二の―これ（二のイ）〈天理・東大・狩野〉これ〈明大〉

〔現代語訳〕

求愛し続けている女が仏事をした時に、供物を準備して贈るというので
『嵯峨野』の二の親王

狭くはないという極楽の蓮の花の台と聞いておりますから、ご供養の仏縁から漏れることはないでしょう、露のようにはかない私でも。

〔語釈〕　**○いひわたり侍けるをんな**　中務卿親王の娘。**○仏事**　683番歌から父中務卿親王が娘を残して没したことが知られ、『事典』はその父の没後の法要とみるが、当該歌は作者が供物を捧げて自らも仏縁に加わりたいということに託けて、女への思いを訴えているので、父の没後法要は似つかわしくないとも思われる。別の法会かもしれない。**○さゝげ物**　仏前に供える供物。**○さがの**　京都西北に広がる嵯峨野。ここでは散逸物語名。**○せばからぬはちすの花**　極楽の池には蓮の花が咲き乱れており、迷いから救われた衆生はこの蓮台に生まれ変わるとされる。

「衆生済度」と言われるように、あらゆる衆生を迷いから救い出して極楽浄土に導くというから、蓮台は狭くないはずだということ。**○かゝる**　「このような」の意の副詞と「懸かる」を掛ける。「漏らす」「懸かる」は「露」の縁語。**○露**　衆生を指すが、ここでは自分のことを暗示する。「露」は「蓮」の縁語。

〔参考歌〕
①極楽のはちすの花のうへにこそ露の我が身はおかまほしけれ（『続詞花集』四六六・山口重如女）

〔典拠〕　『嵯峨野』（散逸物語）。『風葉集』に四首入集。

物語の題号は、嵯峨野を主たる物語の舞台とすることによるか。女主人公と思われる中務卿の女が父と嵯峨野に住んでいたか。その父が亡くなり、頭中将が弔問している（683）。長年求婚し続けていた二の親王は女の主催する仏事に供物を送っている（511・512）。他に、四位侍従が文を送り、ただ一度だけ返した女も登場する（819）が、これらの人物の関係も、物語の展開も不明。『源氏』の八宮とその娘、匂宮・薫による宇治十帖の影響下に作られた物語か。（安田）

返し　　中務卿のみこのむすめ

にごりなき池のはちすの花なれば此世の露はすへぬなるべし

〔校異〕　詞書―欠〈静嘉〉

〔現代語訳〕

返し　　（『嵯峨野』の）中務卿親王の娘

濁りのない池の蓮の花ですから、濁り多いこの世の露は置けないようです。

〔語釈〕　**○池**　極楽の池　**○此世の露**　贈歌の作者「二の親王」を指し、宮の求婚を拒絶する。

〔参考歌〕

①いかにしてにごれる水にさきながら蓮の花のけがれざるらん（『堀川百首』五〇八・永縁）

〔典拠〕『嵯峨野』（散逸物語）。511番歌初出。

〔補説〕

○「嵯峨」について

嵯峨野は、東は太秦、西は小倉山、北は上嵯峨の山麓、南は大堰川を境とする地で、平安遷都後は禁野とされ、天皇・貴族の遊猟の地となったが、若菜を摘み、前栽を掘り、花が咲き乱れる秋草、背後の山の紅葉、四季の川の流れが楽しめる景勝の地で、宇多法皇の大井川御幸を始め、天皇や上皇が行幸・御幸する遊覧の地となった。また、嵯峨野の奥には竹林が広がり、都の近隣でありながら、都とは隔絶された仙境の趣があり、嵯峨天皇が嵯峨院（現大覚寺）を、檀林皇后が檀林寺を営んだのをはじめ、多くの別業が設けられた。源融の棲霞観は融の没後に棲霞寺となり、その釈迦堂に宋渡来の釈迦如来が安置され、信仰を集めた。清和天皇も譲位後は大覚寺に入ったし、兼明親王は雄蔵殿を営み、ここに隠棲した。卜定された斎宮の潔斎の場、野宮も嵯峨野に営まれた。嵯峨野の奥は、出家、隠棲、潔斎の地としても認識されるようになった。平安後期以降、嵯峨の地のこのあり方はますます強くなり、西行のような厭世者が庵を結び、定家が小倉山荘を営み、その子為家は阿仏尼と晩年を嵯峨で過ごした。また、後嵯峨院が大覚寺を仙洞とし、さらに、亀山の麓に嵯峨殿（亀山殿）を造営し、これは亀山院に引き継がれた。これらの仙洞や別業では仏事や歌会を始めとする多彩な文芸活動や遊興行事が催され、都の俗事を一時遁れた貴族たちの嵯峨通いが盛んとなった。一方で、仙洞は治天の君の政の場であり、嵯峨は隠棲・厭世の地でありながら、俗世を動かす地でもあるという二面性を持つ特異な地となった。嵯峨は聖と俗、華やかさと秘やかさが同居する地であった。

独特のイメージを持つ嵯峨は、物語の場としてもしばしば採り上げられた。早くは『うつほ』に嵯峨院が登場し、嵯峨仙洞での華やかな行事が描かれている。『源氏』でも、光源氏は大覚寺の南辺に御堂を造り、ここで出家したとされるし、野宮巻は嵯峨野の奥を舞台に光源氏と聖地に赴く六条御息所との別れが描かれている。『夜の寝覚』では、寝覚の君も一時、父入道が隠棲している広沢池辺に隠れ住む。『狭衣』では、帝が退位して女二の宮と共に嵯峨野に隠棲し、狭衣帝がそこを訪れる件もまた、聖と俗の交差の場として機能している。嵯峨への注目が高まった鎌倉時代の物語には、現存物語及び『風葉集』などから辿れる散逸物語を見ると、『石清水物語』『いはでしのぶ』『かやが下折れ』『みかきが原』『海人の藻塩火』『我が身にたどる』『苔の衣』などのように「嵯峨院」が登場したり、『もとのしずく』『有明の別れ』『しのぶぐさ』『初音』『長月の別れ』『煙のしるべ』『嵯峨野』『みふね』などのように嵯峨を舞台とする件を持つ物語はさらに多くなっている。

こうした情況を踏まえて、『風葉集』には嵯峨に関わる五〇首ほどの物語歌が採られていて、高い関心を反映している。後嵯峨院后の大宮院が『風葉集』撰集に深く拘わっていたことも関係しているかもしれない。また、『嵯峨野』物語から採った511と512の贈答は、大井川御幸から発想したと思われる『みふね』物語から採った510に続けて配されている。このように、『風葉集』には各所に「嵯峨」を意識した構成も見出される。

（安田）

513

をこなひなどし侍けるをさまたげて、ゆくすゑながきことをちぎり侍ける人に　心たかき後冷泉院のせんじ

此世にはゆくすゑとてもかぎりあるをながくはちすのうへをちぎらん

〔校異〕ながき―なかに〈きイ〉〈天理・東大〉なかに〈明大〉　侍ける―○侍ける〈陽乙〉侍る〈嘉永〉ける〈丹鶴〉　ちきらん―ふくらん〈嘉永〉

〔現代語訳〕

仏道修行などをしておりましたのを妨げて、二人の仲の行末長く続くことを約束しました人に

『心高き』の後冷泉院宣旨

この世においては行末までもといっても限りがあるので、末長く極楽の蓮台の上まで一緒に、ということを仏に願いましょう。

〔語釈〕 **○をこなひ** 仏道修行。**○後冷泉院のせんじ** 散逸物語『心たかき』の主人公。93番歌〔典拠〕参照。

〔参考歌〕

①この代にて契りしことをあらためてはちすのうへの露とむすばん（『為頼集』六七）

〔典拠〕 『心高き』（散逸物語）。93番歌初出。

（安田）

うたゝねのかつらの尼

をこなひすとてねぶると、人のわらひければよめる

きへぬべき露のわが身を夢にてもはちすのうへにをくやとぞおもふ

〔校異〕 をこなひ―をこひ〈明大〉 ねふると―ねふると〈陽乙〉 きへぬへき―さらぬへき〈内閣〉 わか身を―わか身と〈川口〉

〔現代語訳〕

勤行のお経を読みながら眠ってしまうと、人が見てわらったので詠みました歌

『うたたね』の桂の尼

いずれ消えてしまうにちがいない露のようにはかない私の身を、せめて夢の中では、極楽の蓮台の上に置いてもらえるかと思いまして。

〔語釈〕 **○かつらの尼**　かつらは京都市西京区桂（104番歌語釈）参照。そこに住むかつらの尼は『うたたね』の人物の一人（379番歌〔典拠〕）参照。当該歌の詠者「桂の尼」について、『小木散逸』は974番歌で皇后宮が「ほかへうつろひ」とあるのは、「かれ〲に」なっていらっしゃる帝が原因で、「この桂の尼」のところに身を寄せたのであろうとしている。当該歌の詞書から言えば、この尼は勤行をしながらうたたねをするだけではなく、それをからかわれると、極楽の蓮台の上に居たいからだとなお言い通しているところから、前後の深刻な歌とは異なる軽妙で気がきいた歌を詠む程の人物である。**○露のわが身を夢にてもはちすのうへ**　「夢」に、「露」のわが身を極楽の「蓮」台を願う例として、隆信は出家後、俊成に「いまさらに　露ときえにし　おもかげも　あとにとまれる　ことのはも　袖のみぬれて（中略）ながき夢ぢの　さめぬまを　今はむみやうの　くもきえて　心のつきも　はれよとや　おなじはちすを　ねがうべき」（『隆信集』雑四・九三六）と詠んでいる。これに対して俊成も「あさぢふの　露けきやどにながめつつ（中略）ゆめぢにのみぞなぐさむる（中略）いまはひとへに　ねがはくは　はちすの池に　ふく風に　うゐの思ひを　ひるがへし　心をふかく　すましつつ　さとりひらかん」（『隆信集』雑四・九三八）と返している。

〔参考歌〕　なし。

〔典拠〕　『うたたね』（散逸物語）。379番歌初出。

（藤井日）

忍て物申ける女のなくなりて、つみふかきさまにみへ
ければ、世をのがれてをこなひておもひ〔り〕つゞけ侍ける
かばねたづぬる三のみこ
うきしづむ池のみくづとなしはてゞ空にひらくる花ときかばや

〔**校異**〕　物申―物（イ）申〈狩野〉をこなひて―欠〈刈谷・龍大・藤井〉おもひ―おりひ〈京大〉みくつ―みくす《ヒ》（つ）〈龍大〉

付記　神宮・林丁あり。

〔**現代語訳**〕

ひそかに契りをかわしていた女が亡くなり、夢に罪深い様子に見えたので、出家遁世して仏道修行をしてその女のことを思い続けました歌

『かばねたづぬる』三の親王

あの女は、浮いたり沈んだりする池の水の中の屑となってしまわないで、空に咲き開く蓮華となったのだと聞きたいものです。

〔**語釈**〕　**○物申**　契りをかわす。**○女**　当該歌の「忍て物申ける女」と641番歌の「しのひてかよひ侍ける女」は、三の宮が忍んで通っていた女性で、何らかの事情で亡くなったと考えられる。**○かばね**　『源氏』花宴巻では朧月夜は「うき身世にやがて消えなば尋ねても草の原をば問はじとや思ふ」と、光源氏に我がかばねを尋ね探す意志があるかを問うている。『狭衣』では、入水をした飛鳥井の「早き瀬の底の水屑となりにきと扇の風よ吹きも伝へよ」、狭衣の「唐泊底の藻屑になりにしを瀬々の岩間も尋ねてしかな」なども、515・641番歌の「水屑」「尋ね」の語句と一致するだけでなく、狭衣が飛鳥井女君の亡くなった跡を尋ねるなど内容的にも似ている部分がある。**○おもひつゞけ**　京大本は「おりひつゞけ」とあるが、意味が通らないので、「も」を「り」と誤写したと考え、諸本により校訂した。**○三のみこ**　『風葉集』所収『かばねたづぬる』の二首は、いずれも詠者名が三の親王であるところから、主人公であろう。〔典拠〕参照。なお『更級』では『かばねたづぬる宮』とある。**○池のみくづ**　『大斎院前御集』上に「はちすゆゐいけのみくづはうかぶともいとつみぶかきそこはいかにぞ」（九一・進）とある。**○空にひらくる花**　迷いの世界にいる女の成仏を願う気持ちを、極楽の蓮華の花が空に咲くと表現したもの。

〔参考歌〕

①わだつ海の底のもくづと見し物をいかでか空の月と成らん（『金葉集』補遺・七〇九・勝超法師）

〔典拠〕『かばねたづぬる』（散逸物語）。『風葉集』に二首入集。

この物語の題号は、『事典』が「男主人公が女の亡骸を捜し求めるストーリーを表している」ことによるか。成立については、『樋口散逸』では「『源氏物語』の成立以後から万寿元年以前の十数年間」とされている。その理由として、まず『六条斎院物語歌合』に提出された『玉藻に遊ぶ権大納言』『逢坂越えぬ権中納言』『をかの山たづぬる民部卿』などの物語名と近似」しているところから、「『源氏物語』以後の作品」、さらに「『更級日記』の作者の姉が、『かばねたづぬる宮』の一読を切望した」記事・「『更級日記』作者の姉の死は治安四年（一〇二四）」であるからとする。この物語の内容について、三谷栄一・関根慶子氏（旧大系『狭衣』）の注・『樋口散逸』などは物語の進行順序を515・641と考えて、515番歌から亡くなった女は入水したとする。こうしたことから、三谷氏は『狭衣』中に見える「屍」と『玉の緒の姫君』との関係、樋口氏は「『源氏物語』宇治十帖の影響」を指摘されている。一方松尾聡氏（『平安時代物語の研究』）・『小木散逸』などはこの順序を逆として、641番歌には入水を示す詞がないため女は入水ではないとされ、参考歌の詞書にある「竜女成仏」は「歌と語句に少異があるだけで、女人成仏という点は変わらない」とされている。いずれにしても『風葉集』の二首のみからは物語の全容を窺うことが困難である。『更級』の作者は、亡き姉が切望していたこの物語を親類の人が捜し出して送ってくると、「うづもれぬかばねを何にたづねけむ苔の下には身こそなりけれ」と返歌をしている。亡骸を「かばね」としてそのまま『かばねたづぬる』という題号にするなど、『源氏』『狭衣』などの女流文学とは異なる物語だったことが窺える。

（藤井日）

すみわたりけるおんなかくれて後、暁の念仏のへかうにも、

516

いまさらもよほされ侍ければ、女のはゝに申つかはしける

あひずみくるしきの内大臣

いつかまたはちすのうへにあひもみん露のやどりにこゝろまどはで

〔校異〕侍ければ―侍れは〈伊達・龍門〉　はゝに―はゝ、〈田中〉　まどはで―とまらて（まとはて一本）〈丹鶴〉と《ヒ》ま《ヒ》らて〈田中〉

〔現代語訳〕

長年連れ添った妻が亡くなって後に、暁の念仏の廻向にも、あらためて悲しみの涙がこぼれましたので、亡き妻の母に言ってお遣りになりました歌

『相住み苦しき』の内大臣

いつかまた極楽のはちすの上でお会いしたいものです。露のようにはかないこの浮き世に心を乱していないで

〔語釈〕**○すみわたりけるおんな**　内大臣の正妻。517番歌の詠者式部卿宮北方はその母（381番参照）。**○へかう**　回向。念仏の功徳で、死者の極楽往生を祈ること。**○内大臣**　主人公。源大納言三君とも忍ぶ仲（381番歌参照）。

〔参考歌〕なし。

〔典拠〕『相住みくるしき』（散逸物語）。381番歌初出。

（藤井日）

517

式部卿の宮北方

今はとてはちすのうへをおもふにも露けきは猶此世成けり

〔校異〕おもふにも―思ふと（にイ）も〈天理・東大〉思ふとも〈嘉永・明大・狩野〉

〔現代語訳〕

（『相住み苦しき』の）式部卿の宮北方

娘が亡くなってしまった今となっては、あの子が極楽の蓮台に迎えられているとは思っても、涙にくれるのは、やはり私の方が此の世に残されているからです。

〔語釈〕 **○諸本詞書の「かへし」がないが、516・517番歌は贈答歌と考えられ、脱落したか**（381番歌補説参照）。**○式部卿の宮北方** 式部卿宮北方の娘は、内大臣の亡き妻。**○今はとて** 『兼澄集』に「なきたまははちすのうへにうかばなむなみだのつゆもゆきやかよふと」（九八）、その「かへし」に「ここのよをはかなきつゆときしかどいまははちすの露となるらん」（一〇〇・輔親）とある。

〔参考歌〕 なし。

〔典拠〕 『相住みくるしき』（散逸物語）。381番歌初出。

（藤井日）

518

さまかへて後よみける　伊勢をの前関白三君

にごりなきはちすのうへの露ばかりいかで此世に心とゞめじ

〔校異〕 よみける―よみ侍ける〈陽甲〉 いかて―いきて〈川口〉

〔現代語訳〕

出家して尼姿になった後に詠みました歌　『いせを』の前関白三君

濁りのない蓮の上の露のように、何とかしてこの世のことにはいっさい心をとどめないようにしたいものです。

〔語釈〕 **○にごりなきはちすのうへ** 「露ばかり」にかかる序詞。「露」は「露」と「つゆ（いっさい）」との掛詞。

○前関白三君　左大将の正妻か（6番歌参照）。三君が「さまをかへ」出家をしたのは、1101番歌詞書に見える左大将と式部卿親王の中君との関係に苦悩したことが原因か。

〔参考歌〕　なし。

〔典拠〕　『いせを』（散逸物語）。6番歌初出。　（藤井日）

さごろものみかど、あすかゐうせにけるときかせ給て、後の事などとぶらはせ給て、うちまどろませ給へるに、ありしながらのさまにて見えたてまつりける歌

くらきよりくらきにまどふしでの山とふにぞかゝる光をもみる

〔校異〕　うせにける―うせにけり〈丹鶴〉　まとろませ―まとませ〈日甲〉　まとふ―まよふ〈明大・狩野・刈谷・龍大・藤井〉　まよ（とイ）ふ〈天理・東大〉　光をも―光をそ〈日甲・丹鶴〉

〔現代語訳〕

狭衣の帝は、飛鳥井女君が亡くなってしまったとお聞きになって、一周忌の法要などをお営みになって、うとうととなさったところ、飛鳥井女君の亡霊をただもう生前そのままの姿で拝しました時の歌

浮かばれないままに暗い冥途への道からさらに暗い道にとさ迷い続けて冥途の死出の山を越えきれないでおりましたが、供養してくださったお蔭で、成仏することができました。

〔語釈〕　**○あすか井うせにける**　狭衣は今姫君の母代から、飛鳥井女君が入水後に伯母の常盤の尼君の許で過ごした後に狭衣との子を残して亡くなったことを聞く（『狭衣』巻三）。**○後の事など**　狭衣が飛鳥井女君の死後一周忌

の法要を催したこと。**○ありしなからのさま**　飛鳥井女君の亡霊。**○くらきよりくらきに**　飛鳥井女君の亡霊の歌。『法華経』化城喩品第七「従冥入於冥、永不聞仏名」による。なお『源氏』若紫巻では、「仏の御しるべは、暗きに入りても、さらに違ふまじかなるものを」と光源氏が尼君に若紫を依頼する為に利用している。**○まどふ**　『狭衣』では古本系統などでは「まとふ」、流布本系統では「まよふ」。**○しての山とふにぞ**　冥途での越えなければならない険しい山。三途の川（三瀬川）と併称される。『狭衣』では狭衣が、この歌に続く後文で「後れじと契りしものを死出の山三瀬川にや待ちわたるらん」と詠じている。**○とふ**　死後を弔い、死者の霊を慰め供養すること。**○かゝる光**　『狭衣』の後文「皆如金色従阿鼻獄」（弥勒菩薩の偈「眉間光明、照于東方、万八千土、皆如金色」）の意を取って、飛鳥井女君が仏の眉間の白毫相の光により成仏の結果が得られたこと。

〔参考歌〕

①暗きより暗き道にぞ入りぬべき遙に照せ山のはの月（『拾遺集』哀傷・一三四二・和泉式部）。

〔典拠〕『狭衣物語』（84番歌初出）巻三。当該箇所を次に挙げる。

　暁にもなりぬらんとおぼゆるまで居明かしたまひて、あまり苦しければ、やがて端にうち休みて、まどろみたまへるに、ただありしさまにて、かたはらに居て、かく言ふ。

　　暗きより暗きに惑ふ死出の山とふにぞかかる光をも見る

と言ふさまの、らうたげさもめづらしうて、物言はんと思すに、ふと目覚めて、見上げたまへれば、澄み上りて、月のみぞ顔に映りたりける。（新全集による）

参考　旧大系…暗きより暗きにまどふ死出の山とふにぞかゝる光をも見る
　　　集成……暗きより暗きに迷ふ死出の山とふにぞかかる光をも見る

（藤井日）

わらはにて心とゞめたりける女の、くらくておそろしきにしそくさして、といふと夢に見て、なく成にけるにやとて、光明真言みて、その印むすびて思ひやるとてよめる　　あまのもしほびの大僧都

なか空にたゞよふやみはふかくとも光をかはせ山のはの月

〔校異〕心と、めたりける―心と、めたる〈嘉永・明大・狩野〉くらくて―くらくて〈狩野〉おそろしきに―おそろしき〈陽乙・天理〉おそろしきに〈東大〉さして―して〈嘉永〉夢に―夢し《ヒ》（に）〈宮甲〉なく成―なり（くイ）なり〈天理・東大〉みて―よみて〈内閣・丹鶴・日甲〉よ（イ）みて〈天理・東大〉よ（歟）みて〈宮甲〉よめる―欠〈丹鶴〉大僧都―大僧正〈丹鶴〉ふかくとも―くらくとも〈龍大〉かはせ―かはす〈伊達〉

付記 断簡2（久曽神昇氏蔵古筆手鑑所収「桂切」、520詠者～522詞書、『私撰集残簡集成』による）あり。

〔現代語訳〕
大僧都が子供の時に心を寄せていた女が、「暗くて恐ろしいので紙燭をともして下さい」と言う夢を見て、亡くなってしまったのかと、光明真言を見て、その呪文を唱えて印を結んで菩提を弔い詠みました歌
『あまの藻塩火』の大僧都
中空に漂っている女の闇は深いとしても、山の端の月よ、その光を通わせて女を悟りの世界に導いておくれ。

〔語釈〕**○わらはにて** 大僧都はまだ元服以前に、女（中宮新宰相）にほのかな恋心を抱いていた（49歌番参照）。**○しそく** 松の木に紙を巻いて作った室内用の燈火。**○女なく成にける** 女（中宮新宰相）は病であったことが1235番歌にも、「心ちわづらひて」とあり、その後亡くなった女。**○光明真言みて** 「光明真言」は真言密教の呪文の一

つ。大日如来の真言で、これを唱えると一切の罪業が除かれるという。「よみて」の方が意がとりやすいが、京大本以下の諸本はすべて「みて」なので、このままとする。「光明真言」が女人の成仏に使われたようである。**〇印むすび** 真言密教で僧が呪文を唱える時に、指できまった形を作る。**〇光をかはせ** 『秀歌選』では、「大僧都が唱える光明真言は、女の願い通り、かすかではあっても、女の紙燭に火をともしたことになる。だから「光を交はせ」と詠んだのであろう」とする。（藤井日）

〔典拠〕『あまの藻塩火』（散逸物語）。49番歌初出。

あづまのかた修行し侍けるに、頼義朝臣がせめけんころ
もがはのたちにおもふ心ありて、そとばたてなどして

すくはんとおもふちかひをたてをけばむべも仏のすがた成けり

〔校異〕 あつまの―あつま〈蓬左・陽乙・彰甲〉 侍ける―侍りける〈藤井〉 頼義―頼義（朝イ）〈狩野〉 かせめ―か丶せめ〈松甲〉 からく（イ）せめ〈天理・東大〉 からくせめ〈明大〉 からく（ナシイ）せめ〈狩野〉 ころもかは―ころもかえ（は）〈陽甲〉 たて―たく〈伊達〉 して―し侍〈田中〉 たてをけは―たて丶置は〈刈谷・龍大・藤井〉 むへ―うへ〈丹鶴〉 けり―けり（る一本）〈丹鶴〉 ける〈篠山〉 けり（るイ）〈田中・日甲〉

付記 断簡2あり。

〔現代語訳〕

東国の方で仏道修行をしました折に、頼義朝臣が攻めたという衣川の館に思うことがあって、供養の卒塔婆を立てなどして　（『あまの藻塩火』の大僧都）

救おうと思う誓いを立てて卒塔婆を立てて置いたので、なるほどそれは御仏の御姿となるのですね。

〔語釈〕　**○あづまのかた修行し**　当該歌が『あまの藻塩火』の大僧都の詠とすると、99番歌に依れば、大僧都は月山にも登ったらしい。**○頼義朝臣**　源頼義（九八八—一〇七五）。河内源氏初代棟梁である源頼信の嫡男。若い頃より武芸に秀で、永正六年（一〇五一）より子の義家を伴って陸奥守として陸奥国に赴き、天喜四年（一〇四六）に、陸奥国北部に勢力を誇った安倍氏との間に戦端を開いた（前九年の役）。**○ころもがはのたち**　衣川の館。衣川の北岸にあったという安倍氏の居城。安倍貞任・宗任が立て籠もり、康平五年（一〇六二）九月、激しい戦闘の末に陥落した。従って、この物語の成立はこれ以降であると考えられる。当該歌には詠者名がないので、直前歌（520）の詠者名（『あまの藻塩火』の大僧都）と同じと考えられるが、『校本』は「所属物語不明及び疑問の歌」に入れる。**○そとば**　墓地や霊地に供養・功徳業として、あるいは標示として建てる石塔、碑石や木製の柱・板の類。先行作品では『栄花』に伊周が配流前に父道隆の墓へ詣でた折の「卒塔婆や釘貫などいと多かる中に」（「浦々の別」）が古い例。和歌の詞書では『続詞花集』437番歌に「ははのはかにまかりて、そとばにかきつけける」（新院上野）と和歌をかきつけた例もある。

〔参考歌〕
①いそのかみふるからのべのをみなへしなほいにしへのすがたなりけり（『続詞花集』巻五・二二四・秋下・親隆）

〔典拠〕　『あまの藻塩火』（散逸物語）。49番歌初出。

（谷本）

入道前関白太政大臣さがにてわづらひ侍けるに、行幸ありて、常行堂のみあかしの事などおほせくだ〔に〕させ給て、よませ給ける　　有明の別のみかどの御歌

すゑの世を久しくてらせかゝげをくけふのみゆきののりのともし火

〔校異〕 ありて―ありて（るとイ）〈天理・東大〉あるとて〈内閣〉堂―道（堂イ）〈天理・東大・狩野〉道〈明大〉くたさせ―くにさせ〈京大〉給て―給とて〈嘉永〉よませ―め《ヒ》（よ）ませ〈東大〉みかとの―みこと〈明大〉けふの―今日や（のイ）〈狩野〉けふや〈天理・東大・明大〉

付記　断簡2（詞書のみ）・神宮・林丁あり。

〔現代語訳〕 入道前関白太政大臣が嵯峨で御病気になられた折に、帝の行幸があって、常行堂の御灯明の事などをお言いつけになって、お詠みになりました　『有明の別れ』の帝の御歌

末法の世を永く照らしてください。今日の行幸で掲げて置く、この法の灯火よ。

〔語釈〕 **○入道前関白太政大臣**　物語前半部の主人公である女院の父。帝の祖父。この時は嵯峨に隠棲していた。〔典拠〕参照。**○常行堂**　天台宗で常行三昧をするための堂。常行三昧は『般舟三昧経』に依拠し、特定の日数の間、飲食や用便の時以外は阿弥陀仏を心に念じ唱えながら阿弥陀仏の周りを行道する修行のこと。**○みあかし**「み」は接頭語。神仏にそなえる灯火。御灯明。申しつけたのは祖父の病気平癒の願いをこめている。**○みかど**　院と女院の一宮。二宮である春宮とは同腹の兄弟。帝は院に、春宮は女院に似ているとされる。**○のりのともし**

火　煩悩に迷う人の心や、無明の世界を救う仏法を、闇夜を照らす灯火にたとえた語。煩悩からの救いは選子内親王、仏法をさす表現は赤染衛門に早期の例があり、慈円なども好んで用いた。

〔参考歌〕

①あきらけく後の仏のみよまでも光つたへよ法のともし火（『新拾遺集』巻十七・釈教・一四五〇・伝教大師）

〔典拠〕　『有明の別れ』巻三。『風葉集』に二〇首入集。

『無名草子』に「今の世の物語」として記された四編のうち、最初に挙げられる物語で、平安末期から鎌倉初期の成立。伝本は現在、近世中期の写本である天理図書館蔵本のみ。作者は定家周辺の人物と推定されているが、詳細は不明。

入道前関白太政大臣（当時は左大臣）には一男一女がいるとされていたが、実際には、姫君が男装した右大将（当時は権中納言）一人が存在するのみであった。右大将は、妻として迎えた女性が他の公達との間に一男一女を儲けた後、院（当時は帝）に男装を見破られ、世間には右大将死去と公表して、女姿に戻り入内した。院との間に二男を儲け、立后を経て、院から帝への譲位に伴い女院となる。また、楽の音による奇瑞から、前世は天女であったことも知られた。

表向き故右大将の姫君である中宮は、後に、死の間近にある内大臣が実父であったことを知る。同じく子息である左大臣は、密かに女院を慕いつつも他の女性たちと関係を持ち、結婚して子を儲けた。往時の事情を知る女房が、左大臣に実父は内大臣の父関白であることを語ろうとする所で、物語は終わる。

当該歌は、院と女院の一宮である帝が、祖父の入道前関白太政大臣を嵯峨に見舞う場面である。入道前関白太政大臣は、院の四十賀を機に、自身は栄華を極めたとして、四月に大堰に隠棲、五月に出家し、八月に入ってから急病に臥した。表向きの孫である左大臣、院、女院、春宮も次々に見舞いに参上し、一族ほぼ勢揃いとなった。この後、程なくして入道前関白太政大臣は死去する。

当該箇所を次に挙げる。

八月廿日のほどに行幸あり。（中略）御だう〳〵などをがませ給て、常行堂のみあかしのことなど、かさねておほせくだささせ給て、

すゑのよをひさしくてらせかゝげをくけふのみゆきのゝりのともし火

くれはつるほどにぞかへらせ給。（谷本）

523

風葉和歌集巻第八
離〔雑〕別

中宮のおさなくおはしましける、ぐしきこ〔に〕へて、むすめの都にのぼりけるによめる

源氏のさきのはりまの督

ゆくさきをはるかにいのる別ぢにたへぬは老の涙なりけり

〔校異〕 離別―雑別〈京大〉 おさなく―おななく〈明大〉 おはしまし―おはし〈蓬左・陽乙・嘉永・田中・日甲・静嘉・川口・篠山・彰甲・丹鶴・伊達・龍門・天理・東大・明大・狩野・松甲・刈谷・龍大・藤井〉 ける―けるに〈伊達・龍門〉 きこへ―きにへ〈京大〉 のほりける―のほり侍ける〈宮甲・陽乙・嘉永・田中・清心・日甲・静嘉・川口・篠山・彰甲・丹鶴・伊達・龍門・天理・東大・明大・松甲〉 のほりはへりける〈蓬左〉 上り侍ける〈狩野〉

〔現代語訳〕

明石中宮が幼くていらっしゃったのを、お連れ申し上げて、娘の明石の君が都へ上る折に詠みました歌

『源氏』の前の播磨守

遠い都での姫君の将来を祈る今日の別れにあたって、こらえきれずに流れ続けるのは、この老人の涙なのでした。

〔語釈〕 **○中宮** 明石中宮。8番歌〔語釈〕参照。物語場面では三歳で、母である明石の君とともに明石から大堰に移り住むことになった。『物語前百番』八十三番左の詞書中に「きさいの宮」と記される。**○源氏のさきのはりまの督** 明石入道のこと。光源氏の母方の祖父の甥にあたる。須磨に退居していた光源氏を迎え、娘である明石の君と娶せた。『物語後百番』五十八番左の詠者として「あかしの入道」と記されており、「前の播磨守」とするのは最終官職に拘る『風葉集』の特徴であろう。**○ゆくさき** 旅の行く先とともに、姫君の将来もさす。**○たへぬ** 「絶へぬ」と「堪えぬ」を掛ける。

〔参考歌〕

①おいぬれどなほゆくさきぞいのらるるちとせまつにもいきのまつばら（『中務集』九二）

〔典拠〕 『源氏物語』（2番歌初出）松風巻。当該箇所を次に挙げる。

若君は、いといとうつくしげに、夜光りけむ玉の心地して、袖より外には放ちきこえざりつるを、見馴れてまつはしたまへる心ざまなど、ゆゆしきまでかく人に違へる身をいまいましく思ながら、片時見たてまつらではいかでか過ぐさむとすらむと、つつみあへず。

「行くさきをはるかに祈るわかれ路にたえぬは老の涙なりけり

いともゆゆしや」とて、おしのごひ隠す。

〔他出〕 『源氏物語歌合』（五十四番歌合）五十番右。

〔補説〕

（谷本）

○『風葉集』の離別歌について

離別歌は、主として別れに際して人の心の動揺悲哀を詠じたものであると考えられる。人が別れに接する場合、親と子、兄と妹、主人と従者、そして友人同士、恋人同士とそれぞれ情感が異なるものである。その多種多様な様相を持つ離別歌を物語の中からすくい上げどのように離別部として配列するか、その創意工夫は撰者の腕の見せ所であろう。そもそも離別部として立てられたのは、最初の勅撰集『古今集』からである。離別部が羈旅部と密接な関係にあることは、既に有吉保氏（「第四章　離別部の構成と特質」『新古今和歌集の研究』一九六八・四）で指摘があり、加えて『古今集』から『詞花集』までの六代集に関しては、離別部が羈旅部と比べて歌数の上で優位を占めているが、『千載集』以降は羈旅部の歌数の方が優位となり、それは十三代集にまで及ぶ。『新勅撰集』『続後撰集』に至っては、離別部は立てられていない。その中で『風葉集』は離別部と羈旅部で一巻ではあるものの、離別部歌数四八首、羈旅部歌数三二首と、離別部優位という特徴を持っている。

巻頭歌は『源氏』松風巻の明石入道詠で、孫の明石の姫君の将来を願い、娘と孫の上京を見送る歌。次の歌は、『源氏』薄雲巻の明石の上詠で、同じく娘の将来を思い、明石の姫君を紫の上のもとに託する際の歌である。両歌とも後に中宮となる明石の姫君との別離の悲哀を詠んだものであるが、雲上人となる姫君を思う歌を冒頭に据えることで、巻末歌の『竹取』の昇天するかぐや姫詠歌と対応させたものか。その間幾つかの歌語で関連付けながら、親子、夫婦（『源氏』の光源氏と紫の上の須磨退去の際の別れ）、恋人同士と連続させ、途中唐土へ出立する者への別れや「さらぬ別れ」を詠みこんだ歌を並べる。その離別は悲壮感を深め、哀傷的な雰囲気を帯びるよう配列されているか。これを勅撰集における離別部の配列と比較すると、『古今集』離別部巻末歌が「かた〴〵わかるとも行きめぐりても逢はむとぞ思ふ」、『後撰集』同巻末歌が「あひ見むまでは思ひ乱るな」と再会を願う歌で締め括っているに対し、『後拾遺集』同巻末歌が唐から日本の両親にあてた歌「いかばかり空をあふぎて歎く覧」と二度と逢えないであろう心境を詠じた歌となり、『続古今集』同巻末歌が定家歌「いつとわかねど」とやはり再会の目途のたたない悲哀を詠じる歌を置いている。『風葉集』の配列もその延長線上に位置するか。『風葉集』巻末歌は、唐よりも更に遠い月の世界に赴くかぐや姫との別れであり、絶望感の強いものとなろう。

（米田）

おなじ中宮、六条院にわたり給ける時よめる

あかしのうへ

すゑとおき二葉の松にひきわかれいつかこだかきかげをみるべき

〔現代語訳〕

同じ明石中宮が、六条院にお移りになる時に詠みました歌

明石の上

生い先遠い二葉の松のような幼い姫君と別れて、いつの日にまた木高い松のように大きく成長した姿を見ることができるのでしょうか。

付記 林乙あり。

〔校異〕 おなじ―欠〈林乙〉

〔語釈〕 **〇六条院にわたり給ける時** 明石の君とともに大堰にいた明石中宮は、後の入内のために、六条院の春の町の主人である紫上のもとで養育されることとなった。**〇二葉の松** 芽を出したばかりの幼い松。ここでは明石中宮をさす。「松」「引き」「二葉」は縁語。**〇こだかきかげ** 松の木の生長に明石中宮の成長を重ねる。「木」「かげ」は縁語。

〔参考歌〕

①みてしかな二葉の松のおひしげりやそうぢ人のかげとならんよ（「元輔集」・六二）

②昨日まで二葉の松ときこえしをかげさすまでもなりにけるかな（『うつほ』吹上の下巻・嵯峨院）

〔典拠〕『源氏物語』（2番歌初出）薄雲巻。当該箇所を次に挙げる。

姫君は、何心もなく、御車に乗らむことを急ぎたまふ。寄せたる所に、母君みづから抱きて出でたまへり。

片言の、声はいとうつくしうて、袖をとらへて、「乗りたまへ」と引くもいみじうおぼえて、

　末遠き二葉の松にひきわかれいつか木高きかげを見るべき

えも言ひやらずいみじう泣けば、さりや、あな苦しと思して、

「生ひそめし根もふかければ武隈の松に小松の千代をならべん

のどかにを」と慰めたまふ。

（谷本）

〔他出〕『物語二百番歌合』（前百番）八十三番左。

おさなきむすめを都におきて、あづまへくだり侍ける

によめる　　　　読人しらずのじま

おもはずなまだふたばなるひめ小松ひきわかれ行なげきせんとは

〔校異〕 むすめを―むすめを（イ）〈宮甲〉　侍ける―侍りける〈藤井〉　読人しらすのしま―欠〈明大〉　よみ人しらすのしま（イ）〈狩野〉　ゆく―ゆき（くイ）〈東大・狩野〉　ゆき〈明大〉

〔現代語訳〕

　幼い娘を都に残して、東国へ下りました時に詠みました歌　　よみ人しらず『野島』

　思いもしなかったことです。まだ二葉の出たばかりの姫小松のような幼い姫君と別れてゆく嘆きをしようとは。

〔語釈〕 **○読人しらず**　詠者は女性で、「さがみなりける女」と同一人物か。〔典拠〕参照。**○ひめ小松**　姫松とも。小さな松のこと。ここでは詠者の幼い娘をさす。**○野島**　『万葉集』に「淡路の野島の崎の浜風に妹が結びし紐吹き返す」（巻三・二五一・人麿）とあることから、淡路国の歌枕とされ、兵庫県津名郡北淡町、岩屋港の西方という。

しかし、『八雲御抄』や『夫木抄』では「淡路或近江」とあって、右の歌が『玉葉集』では「あふみぢの」として収められている。さらに、『千載集』には「東路の野島が崎の浜風にわが紐ゆひし妹がかをのみ面影に見ゆ」（雑下一一六六・顕輔）があって、平安後期以降には「近江路」や「東路」の野島とも考えられていた。ここでは物語名だが、当該歌も詞書から東の地名と考えられるから、『秀歌選』は「神奈川県横浜市金沢区野島町か、千葉県安房郡白浜町の野島崎」としている。〔典拠〕参照。

〔参考歌〕

①末遠き二葉の松にひきわかれいつか木高きかげを見るべき（『源氏』薄雲巻・三〇一・明石の君）

〔典拠〕『野島』（散逸物語）。『風葉集』に八首入集。

題名の「野島」は、現在の横浜市金沢区野島とみる説（『小木散逸』）と、千葉県安房郡白浜町の野島崎とみる説（『体系五』）とがある。後者の説は〔語釈〕に挙げた『千載集』所収歌を踏まえており、『事典』も後者の方が妥当かとしている。

八首のうち、よみ人しらず歌が四首、三位中将の歌が四首である。三位中将は東国へ下る途中で羈旅歌を詠み（577）、下った先の野島で月を見て物思いに耽り（582）、更には「さがみなりける女」の元へ行き恋の恨みを訴えたが、女は会ってくれなかった（857）。また、時期は不明だが、広沢でも月を見ながら「すみ馴れしむかしの人」に思いを馳せた歌を詠んだ（1273）。一方、よみ人しらずは、「おさなきむすめ」を都に残して東国に下る人物（525）や、旅の空であはれのかぎりを感じ（578）、草枕に泣く（579）人物、また「おとこ」の心変わりを思って歌を詠む人物（951）がいる。

『小木散逸』では、『伊勢』の影響があるかとして、よみ人しらずは「さがみなりける女」と同一人物と見なし、高貴ではないが品賤しからぬ女性で、かつて広沢で三位中将と夫婦生活を送り一女を儲けたが、後に地方官の妻となって相模に下ったとしている。『体系五』では、「試案にとどまる」としながら、やはり「さがみなりける女」とよみ人しらずを同一人物とした復原案を提示する。『事典』では、よみ人しらずのうち、578、579は「中将に同行の従者などのものである可能性も捨てきれない。」とする。
（谷本）

よし野に侍ける比、あねを関白のむかへ侍ければ、父みこわかれおしみ侍けるつゐでに

今とりかへばやのよし野ゝみこの中君

いづかたに身をたぐへましとゞまるもいづるもともにおしき別を

〔校異〕 関白の―関白〈丹鶴〉みこ―みこと〈伊達〉おしみ―をしく〈川口〉侍ける―ける〈伊達・龍門〉つゐてに―ついて〈宮甲・蓬左・陽乙・嘉永・田中・日甲・彰甲・内閣・松甲〉つゐて〈静嘉・川口・伊達・刈谷・龍大・藤井〉今―ま〈川口〉中君―中宮（君イ）〈宮甲〉中宮〈日甲・篠山・刈谷・藤井〉かたに―かたへ〈宮甲・蓬左・嘉永・田中・日甲・川口・篠山・彰甲・丹鶴・伊達・龍門・松甲・刈谷・龍大・藤井〉方へ〈清心・静嘉〉たくへ―はよせ〈天理・東大・明大・狩野〉とゝまる―とる（とイ）まる〈天理・東大〉いつる―いつゝ（るイ）〈松甲〉ともに―とも〈松甲〉おしき―おなし（しきイ）〈天理・東大・狩野〉おなし〈明大〉

〔現代語訳〕

吉野におりました頃、姉姫君を関白がお迎えになるというので、父宮が別れを惜しみなさっている折に

『今とりかへばや』の吉野のみこの中君

どちらにご一緒したらよいのでしょうか。父上のもとにとどまるのも、姉上とともに出て行くのも、どちらも名残惜しい別れですのに。

〔語釈〕　○よし野ゝみこの中君　先帝の親王である吉野の宮の中君。関白（元尚侍）に迎え取られる姉姫君に付いて、吉野から都へ上ることになっている。後に内大臣（元宰相中将）に見初められ、姫君二人と若君を儲ける。
○いづかたに　父・姉・中君による唱和歌のうちの一首である。

〔参考歌〕
①年へつる苫屋も荒れてうき波のかへるかたにや身をたぐへまし（『源氏』明石巻・二三八・明石の上）

〔典拠〕　『とりかへばや物語』（48番歌初出）巻第四。当該箇所を次に挙げる。

父宮も有べき左右おぼしをきてて、「今は、何しにかはこの庵を又たち返り給べき。（中略）今よりはひとすぢに行ひ勤め侍べきなれば、いみじうなんうれしかるべき」とて、うち泣きたまひて、

行末もはるけかるべき別れには逢ひ見ん事のいつとなきかな

とて、「今日は、言忌みすべしや」と、をしのごひ隠し給。女君、

逢ふ事をいつとも知らぬ別れ路は出づべきかたもなく〱ぞ行く

とて、袖を顔にをしあてて、出でやり給はず。中の君、

いづかたに身をたぐへましとゞまるも出づるもともにおしき別れを

（谷本）

527

すまにうつろひ給はんとする比、きやうだいにより給て、こよなうこそおとろへにけれ、とて　　六条院御歌

身はかくてさすらへぬとも君があたりさらぬ鏡のかげははなれじ

〔校異〕　すまに―すまの〈田中〉　給はん―給け（はイ）ん〈天理・東大〉給けん〈明大〉　こよなうこそ―こよなうこえ〈清心〉　けれとて―けり（れイ）とて〈狩野〉けるとて〈嘉永〉　さすらへぬ―す（さイ）すらへぬ〈狩野〉

付記 林乙あり。

〔現代語訳〕 須磨にお移りになろうとする頃、鏡台にお寄りになり、「すっかりやつれてしまったな」と仰って
六条院の御歌
この身はこうして流離って行ってしまっても、あなたのお手許に置かれている鏡に映った私の面影はお側から離れることはありませんよ。

〔語釈〕 **○すまにうつろひ給はん** 光源氏が須磨に謫居すること。**○こよなうこそおとろへにけれ** 鏡に映る光源氏自身の姿を見て、すっかり衰えたと気付いたこと。『白氏文集』巻一七「対鏡吟」に同様の発想の詩がある。しかし、物語では「面痩せたまへる影の、我ながらいとあてにきよらなれば」との自負の内心に続くので、紫の上に向けた嘆きの言葉は同情を引くためとなる。**○かくてさすらへぬ** 詞書の「すまにうつろい」を受ける。**○鏡のかげははなれじ** 「かげ」は鏡の「影」と、「かけ」離る、の掛詞。なお、参考歌①『後撰集』歌の詞書には「遠き国にまかりける人に、旅の具つかはしける、鏡の箱の裏に書きつけてつかはしける」とある。この参考歌①は「おもへども身をし分けねば目に見えぬ心をきみにたぐへてぞやる」(『古今集』離別・三七三・伊香子敦行)を意識した歌なので、「見えぬ心を君に」添わせる意である。鏡は真実を映し出す「かげみ」の意であり、霊力を備えたものとして、祭祀に使用されてきた。「鏡は将来の吉凶を照らすもの、思うところを自照すればやがてあらわれるなどとある」(『芸文類聚』鏡部所引)(旧大系『菅家文草』巻四・二五四「対鏡」頭注)や、「姿を映した人の魂は鏡に留まるという民俗信仰があったものか」(『源氏』新全集頭注)とされる。

〔参考歌〕
①身を分くる事の難さにます鏡影許をぞ君にそへつる(『後撰集』離別・一三一四・大窪則善)

〔典拠〕 『源氏物語』(2番歌初出)須磨巻。当該箇所を次に挙げる。

帥宮、三位中将などおはしたり。対面したまはむとて、御直衣など奉る。「位なき人は」とて、無紋の直衣、なかなかいとなつかしきを着たまひてうちやつれたまへる、いとめでたし。御鬢かきたまふとて、鏡台に寄りたまへるに、面痩せたまへる影の我ながらいとあてにきよらなれば、「こよなうこそおとろへにけれ。この影のやうにや痩せてはべる。あはれなるわざかな」とのたまへば、女君、涙を一目浮けて見おこせたまへる、いと忍びがたし。

身はかくてさすらへぬとも君があたり去らぬ鏡のかけは離れじ

と聞こえたまへば。

別れても影だにとまるものならば鏡を見てもなぐさめてまし

柱隠れにゐ隠れて、涙を紛らはしたまへるさま、なほここら見る中にたぐひなかりけりと、思し知らるる人の御ありさまなり。（嘉藤）

御かへし　　むらさきのうへ

わかれても影だにとまる物ならばかゞみをみてもなぐさめてまし

【校異】なくさめ—なくさみ〈めイ〉〈狩野〉なくさみ〈天理・東大・明大〉　むらさきのうへ—欠〈林乙〉

付記　林乙あり。

【現代語訳】

御返し　　紫の上

お別れしても、たとえあなたの面影だけでも私の鏡に留まるものなら、鏡を見て悲しみの心を慰めることもできましょうものを。

〔語釈〕**○みても** 係助詞「も」によって、鏡に映るという光源氏の面影を見ることが詠者には確信できないことを提示しており、「なぐさめてまし」という切実な願望が非常に強い思いとして表出される。

〔参考歌〕

①かはとだにかがみにみゆるものならばわするるほどもあらましものを（『古今六帖』巻五かがみ・三二二九）

〔典拠〕『源氏物語』（2番歌初出）須磨巻。当該箇所は前歌527番歌参照。（嘉藤）

529

その暁になりて　六条院御歌

いける世の別をしらで契りつゝ命を人にかぎりける哉

〔校異〕しらて―しらて（イ）〈狩野〉

付記 林乙あり。

〔現代語訳〕

出発の日の未明になって　六条院の御歌

生きているこの世で別れがあることを知らないで、繰り返し末永いお約束を交わし、命ある限りは別れまいとしたことですのに。

〔語釈〕**○その暁に** 527・528の贈答歌に続く出発の日の早朝の意。『物語』ではこれより数日後の須磨へ旅立つ当日の事。**○いける世** 現世。死後の世に対する語。〔典拠〕

〔典拠〕『源氏物語』（2番歌初出）須磨巻。当該箇所を次に挙げる。

その日は、女君に御物語のどかに聞こえ暮らしたまひて、例の夜深く出でたまふ。……「月出でにけりな。なほすこし出でて見だに送りたまへかし。…とて御簾捲き上げて端に誘ひきこえたまへば、女君泣き沈みたまへる、ためらひてゐざり出でたまへる、月影に、いみじうをかしげにてゐたまへり。わが身かくてはかなき世を別れなば、いかなるさまにさすらへたまはむと、うしろめたく悲しけれど、思し入りたるに、いとどしかるべければ、

「生ける世の別れを知らで契りつつ命を人にかぎりけるかな

はかなし」など、あさはかに聞こえなしたまへば、

惜しからぬ命にかへて目の前の別れをしばしとどめてしかな

げにさぞ思さるらむといと見棄てがたけれど、明けはてなばはしたなかるべきにより急ぎ出でたまひぬ。

（嘉藤）

御かへし　　むらさきのうへ

おしからぬ命にかへてめのまへの別をしばしとゞめてし哉

〔校異〕 詠者名―欠〈伊達・龍門〉　おしからぬ―おしからむ〈日甲〉　命―いのちを（に）〈田中〉　まへの―まへに〈林乙〉

付記　林乙あり。龍門は、詞書の後に509番歌詞書～歌上句「さしいてさせ給ひける　あまのもしほ火の皇太后宮むすひつるたゝかはかりをちきりにて」が重複混入。

〔現代語訳〕

御返歌　　紫の上

惜しくもない私の命と引き換えに目の前のあなたとの別れをほんの暫くの間でも引き止めたいものです。

〔語釈〕 **○おしからぬ命**　贈歌の「命を人にかぎ」ったのに対応する語。別れが避けられないのならこの命など惜

しくない意　**○めのまへの別をしばしとゞめてし**　今目の前の別れをほんの暫でも留めたい意。光源氏の、鏡の影に残るとする「契り」より、今目の前の別れをしばらくの間でも留めて延ばしたいとする紫の上の切実な願い。

〔典拠〕『源氏物語』（2番歌初出）須磨巻。当該箇所は前歌529番歌参照。

〔他出〕『無名草子』。『物語二百番歌合』（前百番）四十六番左。　（嘉藤）

531

中納言もろこしへおもひたち侍とて、いとまきこへけるに、月いとあかゝりければ　はままつの東宮

いかばかり涙にくれておもひいでん西にかたぶく月をみつゝも

〔校異〕おもひたち―おかひたち〈田中・松甲〉　侍とて―侍とて〈伊達〉　あかゝりけれは―あわ（かゝ）りけれは〈東大〉　いかはかり―いかはかり〈嘉永〉

〔現代語訳〕

中納言が渡唐を決意なさいまして、東宮に暇乞いを申し上げましたときに、月がとても明るく照っていたので　『浜松』の東宮

どれ程の涙にくれてあなたを思い出すことでしょう、毎夜西に傾く月を繰り返し眺めながらも。

〔語釈〕○中納言　『浜松』の主人公。**○はままつの東宮**　帝の皇子式部卿宮、後に東宮。好き者。主人公との関係では『源氏』の薫と匂宮の関係に相当。

〔参考歌〕なし。

〔典拠〕『浜松中納言物語』（31番歌初出）首部の散佚部分の歌。　（嘉藤）

御かへし

ふるさとのみかさの山をおもひいでゝわれもいかゞ[のら]は月をみるべき

【校異】詠者名欠—浜松の中納言〈宮甲〉 いかゝは—いのらは〈京大〉 いをは〈川口〉 月を—月と〈静嘉〉

【現代語訳】

御返歌 （『浜松』の中納言）

私も故国日本の故郷の三笠の山を思い出して、どんなにか恋しく、東に昇る月を見ることでしょう。

【語釈】〇ふるさと ここでは唐に渡ったことを前提に故国日本を指す。

【参考歌】

①あまの原ふりさけ見れば春日なる三笠の山にいでし月かも（『古今集』羇旅・四〇六・仲麿、詞書「唐土にて月を見てよみける」）

【典拠】『浜松中納言物語』（31番歌初出）首部の散佚部分の歌。

（嘉藤）

参議うぢ[は]たゞ遣唐のそへつかひにわたり侍けるに、
したひくだり[り]てまつらの宮にとまりてよみ侍ける

まつらの宮のあすかのみこ

けふよりや月日のいるおしたふべきまつらの宮にわがこまつとて

【校異】うちたゝ—うはたゝ〈京大〉 そへつかひ—うへつかひ〈陽乙・嘉永・篠山・彰甲・内閣・松甲〉 侍ける—ける〈蓬左〉 けるに—けりに〈明大〉 まつら—まつり〈京大〉 宮に—みやも（に風）〈静嘉〉 とまりて—と、

まりて〈刈谷・龍大・藤井〉　あすかのみこ―あすか（イ）のみこ〈狩野〉

【現代語訳】

参議氏忠が遣唐副使として唐へお渡りになられたのに、離れがたく思い後を追って都から下り松浦宮に留ってお詠みになりました歌　『松浦宮』の明日香皇女

今日からは月日の沈む西方を慕うことでしょう、松浦の宮で、遠い西の方唐国から帰国する我が子を待つために。

【語釈】　**○まつらの宮のあすかのみこ**　主人公氏忠母　**○まつら**　末盧国（『魏志倭人伝』に初見）末羅とも。備前国（佐賀・長崎）北・西部一帯の玄界灘に面する地域の呼称。大陸への交通の要港であった。「君を待つ　松浦の浦の　娘子らは　常世の国の　海人娘子かも」（『万葉集』巻五・八六五）、「足日女　御船泊てけむ　松浦の海　妹が待つべき　月は　経につつ」（『万葉集』巻十五・三六八五）など、古くから海を渡った人を待つ歌や、待たれる側の心情が詠われた地である。「松浦の宮」は母明日香皇女が氏忠の帰りを待つために「国（日本）の境をだにいかでかは離れむ」としてこの地の「松浦の山に宮を造」ったことによる呼称。

【典拠】　『松浦宮物語』（176番歌初出）巻一。当該箇所を次に挙げる。

大将は、「難波の浦まで送らむ」とのたまひしかど、母宮、「限りあらむ神のちかひにこそ添はざらめ、この国の境をだにいかでかは離れむ」とのたまひて、こぞより松浦の山に宮を造りて、「帰りたまはむまでは、そなたの空を見む。若き老いたるとなき浮かべる身の、遠き舟路にさへ漕ぎ離れたまはむに、波風の心も知らず、たれもむなしくあひ見ぬ身とならば、やがてその浦に身をとどめて、天つ領巾振りけん例ともなりなん」と出で立ちたまへば、大将、限りある宮仕へを許されたまはねど、「住みたまはんさまをだに見置かん」と添ひたまへれば、道のほどことに変れるしるしもなし。追ひ風さへほどなくて、三月二十日のほどに、大宰府に着きたまひぬ。

大将さへ添ひおはすれば、帥の宰相いみじく経営して、遊びし文作る。これに日ごろとどまりて、四月十日あまり、舟よそひしたまふ。ゆくへも知らぬ海のおもてを見たまふに、かねて思ひしことなれど、宮は心弱く流し添へたまふ。

けふよりや月日の入るを慕ふべき松浦の宮に我が子待つとて

大将殿、

もろこしをまつらの山もはるかにてひとり都に我やながめん

いかばかりはかなくてもおはせまほしけれど、宣旨重ければ、帰りたまふなりけり。弁少将氏忠、

波路行く幾重の雲のほかにして松浦の山を思ひおこせん

（嘉藤）

534

おなじたびかの宰相にしのびてつかはしける

「かむなびのみこ」

もろこしのちへの波まにたぐへやる心よともに立帰見よ

〔校異〕 宰相―宇相〈明大〉 つかはしける―つかしける〈陽甲〉 詠者名―欠〈京大〉 かんないのみこ〈天理・東大・狩野〉かんなへ《ヒ》（い）のみこ〈明大〉 ちへの―ち丶の〈明大〉 波まに―なみまて〈伊達〉浪ぢに〈林丁〉浪路〈林戊〉 心よ―心も〈陽乙・田中・嘉永・日甲・静嘉・川口・彰甲・丹鶴・伊達・龍門・狩野・内閣・松甲・刈谷・藤井・神宮・林戊〉こ丶ろも〈宮甲・蓬左・清心・篠山・天理・東大・明大・龍大・林丁〉 見よ―てよ〈内閣〉みる（よイ）〈狩野〉みる〈嘉永・明大〉見る〈松甲〉みる（てよイ）〈天理・東大〉

付記 神宮（最終丁雑三1405番歌の後に、「離別」として534・535詞書、詠者・539・540詞書、詠者名有）・林丁（雑三の次に離別・羇旅・哀傷・賀を配す）・林戊（雑三の次に離別を配す）あり。

〔現代語訳〕
同じ時にあの宰相氏忠に、人目につかないようにして遣わしました
唐土への海路に幾重にも立つ波に添わせて行かせる心よ、直ぐに一緒に私のところへ帰って来てくださいね。
（『松浦宮』の）神奈備の皇女

〔語釈〕○おなじたび　前歌と同様、氏忠の遣唐副使として渡唐の旅。○かの宰相　物語主人公氏忠。氏忠は十六歳で、式部少輔・右少弁・近衛少将を兼任従五位上に補任、この遣唐副使拝任の年十七歳春正五位下。○かむなびのみこ　氏忠が心中密かに思慕する皇后腹の皇女。ある年の菊の宴の夜、氏忠は幼なじみの彼女に思いを告白するが拒絶される。しかし、歌の贈答は続いていたが、皇女は望まれて入内、帝に寵愛される。氏忠は悲嘆の極みであったが、翌年（十七歳）遣唐副使に任命される。歌はその時のはなむけ。○たぐへやる　連れ立って行かせる、添わせてやる意。心を旅行く人に付けてやる発想は渡来文化か（「身情長エニ在リテ暗ニ相随イ、生魄君ニ随フモ君豈ニ知ランヤ」「韓偓」金子元臣に依る）、『古今集』三六八・三七三等にもある。○立帰　長く逗留しないで、直ぐに帰国しなさいの意。波が立ち「返る」と「帰る」の掛詞。

〔参考歌〕
①おもへども身をし分けねば目に見えぬ心をきみにたぐへてぞやる（『古今集』離別・三七三・伊香子敦行）

〔典拠〕『松浦宮物語』（176番歌初出）巻一。
当該箇所は、533番歌の物語引用部分の前に当たる。
いまはと出で立ちて京を出づるに、高き卑しき、馬のはなむけす。夜すがら文作り明かして、出でなんとするに、いみじう忍びてたまへる、神奈備の皇女、
もろこしの千重の波間にたぐへやる心もともに立ち返り見よ
いまはと参りたまひし後、一言葉の御なさけもなかりつるを、心憂しと思ふに、なほをり過ぐさずのたまへる

を見るに、血の涙を流せど、使ひは紛れ失せにければ、ただとどまる人につけて、女王の君のもとに、

息の緒に君が心したぐひなば千重の波分け身をもなぐがに　（嘉藤）

535

もろこしにわたるとて、道より女のもとにつかはしける

はまゝつの中納言

身にそへる面影のみぞこぎはなれゆく波ぢともをくれざりけり

〔校異〕波ちとも―波ちにも〈陽甲〉　をくれさりけり―をくれさりける〈陽甲〉　歌―欠〈宮甲・蓬左・陽乙・嘉永・田中・清心・日甲・静嘉・川口・篠山・彰甲・丹鶴・伊達・龍門・天理・東大・明大・狩野・内閣・松甲・刈谷・龍大・藤井・神宮・林丁〉　詞書・歌―欠〈林戊〉

付記　神宮（詞書・詠者のみ）・林丁（詞書・詠者のみ）・林戊（詠者のみ）あり。535歌〜539詠者まで、536の林乙を除き、京大・陽甲以外の諸本はすべて欠落している。なお、神宮本は、神祇・釈教の次は雑一に続き、雑三1405番歌の後に、離別・羇旅・哀傷を補っている。この巻順は林丁・林戊本も同じである。

〔現代語訳〕

唐に渡ることになって、途中から女の許に送ってやりました歌　『浜松』の中納言

日本から唐へ漕ぎ離れていく船の旅路にも、あなたの面影だけは、私の身に付き添っていて遅れずについてくるのですね。

〔語釈〕　○女　左大将大君（尼姫君）

〔参考歌〕　なし。

〔典拠〕『浜松中納言物語』（初出は31番歌）。首部の散逸部分と思われる。　（宮田）

みかどとなりのくにへいでたち給に、御ぞてうじて
たてまつるとて、たもとにむすびつけ給ひける
　　　　　　　みことかしこき后

別ぢは唐錦にもあらなくにたゝまくおしきたび衣哉

〔校異〕 全文―欠〈宮甲・蓬左・陽乙・嘉永・田中・清心・日甲・静嘉・川口・篠山・彰甲・丹鶴・伊達・龍門・天理・東大・明大・狩野・内閣・松甲・刈谷・龍大・藤井〉

付記　林乙あり。

〔現代語訳〕

帝が隣の国へ出発なさる時に、お召し物を仕立てて差し上げてその袂に結びつけなさった歌

『みことかしこき』の后

唐の錦を旅の衣にするために裁つのは惜しいものですが、その錦でなくても、あなた様が旅にお発ちになるお別れが惜しまれます。

〔語釈〕 **○となりのくに**　朝鮮半島か。**○てうず**　調ず。整える。仕立てる。**○みこと**　天皇のお言葉。**○かしこき**　畏れ敬う意。**○唐錦**　中国から輸入した、数種類の色糸で文様を織り出した布。当時は貴重品であった。「裁つ」「衣」の縁語。**○たゝまくおしき**　「裁つ」と「発つ」は掛詞。

〔参考歌〕

①思ふどち円居せる夜は唐錦たゝまくおしき物にぞありける（『古今集』雑上・八六四・読人不知）

〔典拠〕『みことかしこき』（散逸物語）。資料はこの一首のみ。『万葉集』に見られる「おほきみのみことかしこみ」を含む歌は、命令に応じて不本意ながら家族と別れて遠隔地に赴任する内容のものが多い。この物語も、題名からすると、渡唐或いは渡韓するという帝のお言葉に畏れ謹んで従うという内容か。（宮田）

中納言すゞしのふきあげに人〴〵まかりてかへりけるに、
ぬさてうじてをくるとて、少将なかよりに

うつほのきのかみたねまつの女

今はとてたつとしみればから衣袖のうらまで塩のみつ哉

〔校異〕たねまつの―たねまつか〈陽甲〉 全文―欠〈宮甲・蓬左・陽乙・嘉永・田中・清心・日甲・静嘉・川口・篠山・彰甲・丹鶴・伊達・龍門・天理・東大・明大・狩野・内閣・松甲・刈谷・龍大・藤井〉

〔現代語訳〕

中納言涼の吹上の邸に人々が参って帰るときに、幣を調えて贈るといって、少将仲頼に

『うつほ』の神奈備種松の女

もうこれでお別れ、といって出発なさるのを見ますと、私の着ている唐衣の袖の裏まで涙でぐっしょり濡れます。ちょうど、浦に潮の満ちるように。

〔語釈〕**〇すゞし** 源涼。嵯峨院の子。母は神奈備種松の娘。**〇ふきあげ** 紀伊国牟婁郡吹上の浜にあった神奈備種松の豪邸。**〇人〴〵** 源仲頼・藤原仲忠・清原松方・吉岑行政など。**〇ぬさ** 幣。神に祈るときに捧げる供え物。麻・木綿・紙などでつくった。旅に出るときは、種々の絹・麻・紙などを四角に細かく切って幣袋に入れて持参し、道祖神の神前でまき散らして手向けた。**〇なかより** 在原忠保の婿。右近少将。**〇種松の女** 源恒有の女。再婚し

て種松の北の方となった。新編日本古典文学全集『うつほ物語』の頭注に、「風葉集にうつほの紀伊守種松の妻として収載」とあるが、京大本・陽甲とも「女」。**〇たつ**　「裁つ」と「発つ」は掛詞。**〇から衣**　「裁つ」「袖」「裏」が縁語。**〇袖のうら**　「袖の浦」という地名は山形県酒田市野浦にあるが、本来は地名でなく、「袖の裏」を見立てで「袖の浦」といった表現に、特定の地名をあてるようになったと思われる（片桐洋一『歌枕歌ことば辞典　増補版』による）。**〇うら**　「浦」と「裏」が掛詞。「浦」「塩」「みつ」が縁語。**〇塩**　潮。

〔参考歌〕　なし。

〔典拠〕　『うつほ物語』（3番歌初出）。「吹上　上」。

種松が北の方、君だち三所に、幣調じて奉れり。白銀の透箱四つづつ、黒方の炭一透箱、金の砂子に、白銀、黄金を幣に鋳たる一透箱の上に、歌一つ、やがて結び目に結ひつけさせたり。少将には、

今はとてたつとし見れば唐衣袖のうらまで潮の満つかな

（宮田）

めのとのちくごになりてくだりけるに　　なるとの中務卿のみこの女

いかにせんわが身をさらぬ涙だに松こそいづれとまりやはする

〔校異〕　全文―欠〈宮甲・蓬左・陽乙・嘉永・田中・清心・日甲・静嘉・川口・篠山・彰甲・丹鶴・伊達・龍門・天理・東大・明大・狩野・内閣・松甲・刈谷・龍大・藤井〉

〔現代語訳〕

乳母が、夫が筑後守になったので、共に下っていった時に　　『なると』の中務卿親王の女

どうしたらよいのでしょう。いつも私の身を離れない涙ですらまず一番に流れ出て止まらないのに、ましてや、あなたが私の傍に留まるはずがありましょうか。

〔語釈〕 **○ちくご** 筑後国は現在の福岡県南部。**○中務卿のみこの女** 女主人公。中納言と結ばれる。**○松** 「先づ」と掛詞。

〔参考歌〕 なし。

〔典拠〕 『なると』（散逸物語）。159番歌初出。（宮田）

つくしにて見なれける女に、のぼるとてよめる

たなばたのつたへの太宰大弐

かさねけん事ぞくやしきから衣袖のみぬるゝつまと成けり

〔校異〕 かさね―かきね〈陽乙・内閣〉 成けり―成ける〈丹鶴〉 詞書・詠者名―欠〈宮甲・蓬左・陽乙・嘉永・田中・清心・日甲・静嘉・川口・篠山・彰甲・丹鶴・伊達・龍門・天理・東大・明大・狩野・内閣・松甲・刈谷・龍大・藤井・神宮・林丁・林戊〉

付記 神宮（歌のみ）・林丁（歌のみ）・林戊（歌のみ）あり。

〔現代語訳〕

筑紫国で世話をしていた女に、任期が明けて帰京するといって詠んだ歌

『七夕の伝へ』の太宰大弐

あなたと衣を重ねて逢ったことが、今となっては後悔される。別れる今、私の袖が濡れるばかりの事態となるきっかけになったのだから。

〔語釈〕 **○つくし** 筑前・筑後の総称。現在の福岡県。**○つま** 「端」と「褄」が掛詞。
〔参考歌〕 なし。
〔典拠〕 『七夕の伝へ』（散逸物語）。資料が539・540番歌の二首しかないため、詳細は不明。太宰大弐は、筑紫で世話をした女と別れを惜しみつつ帰京する。その後、二人の逢瀬は七夕ほどもなかったが、女の産んだ息子は、後に、比叡山で修行して僧正になる。（宮田）

かへし　　山の僧正のは、ゝ

から衣たちはなれなばわれのみぞうらむる袖もくちはてぬべき

〔校異〕 たちはなれなは―たちはなれすは〈神宮〉　うらむる―恨むら〈静嘉・川口〉
付記　神宮・林丁・林戊あり。
〔現代語訳〕
　返歌　　山の僧正の母
あなたと別れ別れになってしまったら、私だけが恨めしく思って、涙で袖がすっかり朽ちてしまうことでしょう。
〔語釈〕 **○山** 一般的には比叡山をさす。**○山の僧正のはゝ** 太宰大弐のもとの愛人。539番歌〔典拠〕参照。**○から衣** 「たち」の枕詞。また「たち（裁ち）」・「うら（裏）」・「袖」と縁語。
〔参考歌〕
①かさねてもたちわかれなばから衣わが袖のみや朽ちはてぬべき（龍大本『隆信集』七一二）
〔典拠〕 『七夕の伝へ』（539番歌初出）（散逸物語）。（宮田）

541

すまひの節すぎてつくしにかへりくだらんとて介の
中将のもとにまかりてよめる　　　　すまひの修理助

数ならぬ身こそゆく共したがはぬ心は君にたちもはなれじ

〔校異〕 つくし—つくる〈川口〉　くたらん—くる（たイ）らん〈狩野〉　くたむ〈松甲〉　介—すま〈清心〉　たち—たて〈嘉永〉

〔現代語訳〕

相撲節が終わって、筑紫に帰国しようとして、次官の中将の所へ参って詠んだ歌　　『相撲』の修理助

人数にも入らない私の身は筑紫へ帰りますが、身に従わない私の心は、あなたの側から離れないでしょう。

〔語釈〕 **○すまひの節**　毎年七月、宮中の庭において諸国より徴した相撲人が行う相撲を天皇が観覧する儀式。相撲節に先立ち、二、三月頃左右近衛府より諸国へ使いを遣わして相撲人を集める。七月に入り相撲召仰がある。上卿が勅を奉じて左右近衛府の次将等を召し、相撲節当日の準備をする。続いて内取という稽古に入る。節会の当日は天皇が出御し召合があり、左右の相撲人を互いに勝負させる。召合は初め二十番であったが、のち十七番となる。延暦十二年（七九三）より恒例となった相撲節は、鳥羽天皇の保安以後、三十余年停止され、後白河天皇の保元三年（一一五八）再興されたが、その後は承安四年（一一七四）に行われたのみで廃絶した（『国史大辞典』による）。なお、相撲節会前後の描写は、『うつほ物語』「内侍のかみ」に、詳しい　**○介の中将**　左右近衛府中将は、相撲節の実施にあたる責任者であった。542番歌に右中将とある。**○修理助**　相撲人であろう。修理職の次官は従五位下相当であるが、「小木散逸」に、『長秋記』に五位の相撲人の例があるという長野嘗一の論を引く。確かに、『長秋記』に「丸部貞宗、因幡国住人、五位」とある。また、同じ天永二年（一一一一）八月廿日の相撲召合の『中右記』の

記事に、「宍人師門、丹後住人、五位」という相撲人も見えるから、五位では地位が高すぎるということもないのかもしれない。また、『小右記』寛仁三年（一〇一九）七月一四日条に、七月二十七日に行われる相撲召合の相撲人を選ぶのに、「其体不堪」「痩衰殊甚」などと評しているところがある。強い者を選ぶのは、なかなか難しかったのかも知れない。

〔参考歌〕

①おもへども身をし分けねば目に見えぬ心をきみにたぐへてぞやる（『古今集』離別・三七三・伊香子淳行）

②おもひとる身にしたがはぬ心もてたちはなれては猶や恋しき（『拾遺愚草』二七二五）

〔典拠〕『相撲（すまひ）』（散逸物語）。『風葉集』に一〇首入集。

当該物語の資料は『風葉集』の一〇首以外にはない。相撲人修理助は、相撲節の間に親しくなった右中将との別れを惜しみつつ、筑紫へ下る。翌年の再会を約束したのに、心ならずも修理助は、土佐国の室生（室戸）で住むことになる。嘆く修理助を内記の聖が慰める。土佐守の女が兄の死を悲しむ歌があるので、もし兄妹であれば、修理助は受領の子であるのかもしれない。右中将と修理助は男色関係か。成立は、『風葉集』1344（修理助）の「世中に生きたるかひもひろはぬにあらいそなみにそでのぬるらん」が『二条太皇太后宮大弐集』一四二の「わが袖はあらいそなみにぬるれどもいきたるかひはまだにひろはぬ」と酷似していること（山田和則「二条太皇太后宮令子サロンの物語制作―散逸物語『すまひ（相撲）』の成立年代を中心に」『日本文学』二〇〇二年十二月号）から、院政期頃か。（宮田）

かへし　右中将

とゞむとも心はみへぬ物なれば猶おもかげぞ恋しかるべき

〔校異〕右中将―右中将（イ）〈天理・東大〉　と、むとも―と、むるも〈田中・清心・日甲・静嘉・川口・丹鶴〉

〔現代語訳〕

あなたが心を残して置いていっても、心は目に見えないものだから、やはり、私はあなたの面影を恋しく思うことでしょう。

返歌　　右中将

〔語釈〕　○右中将　修理助と互いに慕いあった相手。541番歌初出。

〔参考歌〕

①おもひやる心はなれぬから衣かさぬと人にみえぬばかりぞ（『清輔集』二四四）

〔典拠〕　『相撲（すまひ）』（散逸物語）。541番歌初出。　（宮田）

あけむとしも又のぼるべきよし、など申て

都出て又こん秋の空まではおぼつかなくぞまちわたるべき

〔校異〕　都出て―都いて〈明大・狩野〉都いて〇て―（イ）〈天理・東大〉空までは―そら迄も〈田中〉空までも〈清心・刈谷・龍大・藤井〉空までも―（はイ）〈日甲・静嘉・川口〉空までも―（は一本）〈丹鶴〉

〔現代語訳〕

来年もまた都に上るだろう由など申し上げて　（『相撲』の右中将）

あなたが都に再び戻ってくる来年の秋までは、私は落ち着かず、心細い思いで待ち続けねばならないのでしょうか。

〔語釈〕　**○あけむとしも**　来年も。**○またのぼるべきよし**　再び筑紫から上京するだろうこと。**○申て**　申すというのは、右中将が修理助に申し上げて。**〇都出て**　都を出て筑紫にもどる。**〇又こん秋**　「再び都に来る」と「再び秋が巡る」を掛ける。早い用例としては『後拾遺集』（春上・六八）の赤染衛門歌が初出として挙げられるが、ここは〔参考歌〕①の宮内卿の歌が秋の空を頼みとする意で重なろう。**〇秋の空**　「空」は「秋の空」と「上の空」を掛ける。**〇おぼつかなくぞ**　気がかりで。心細い気持ちで。**〇まちわたるべき**　待ち続けねばならないのか。〔参考歌〕②は、詞書「八日の日、よめる」と七月八日詠で、来年の七夕までもう一年待たなければならないのかとなり、来年の秋に再び戻ってくるという修理助を待つ右大将の気持ちと重なる。

〔参考歌〕
①わすれずは又こんあきのそらまでと雲にたのむる有明の月（『千五百番歌合』六百九十七番右・宮内卿）
②けふよりは今来む年の昨日をぞいつしかとのみ待ちわたるべき（『古今集』秋上・一八三　忠岑）

〔典拠〕　『相撲』（散逸物語）。541番歌初出。

（米田）

かへし　　修理亮

中〱に都の月をみそめては心づくしにわれぞながめん

〔校異〕　なし。

〔現代語訳〕

返し　　修理亮

都の月を見初めてから、かえって物思いの限りを尽くし、私は筑紫で月をながめていることでしょう。

〔語釈〕　**〇修理亮**　541番歌参照。**〇中〱に**　いっそ～したらよいと思う半端な状態。「なかなかに」を初句に置く初例に「なかなかに人とあらずは桑子にもならましものを玉の緒ばかり」（『万葉集』巻十二・三〇八六・作者不明）

があり、上代からよく詠まれた歌語表現。**〇みそめては**　「都で月を見ることになってから」の意だが、「都の月」は右中将を暗示する。修理助は相撲節のために初めて上京し、都で右中将と出会い、魅了され心惹かれあったのであろう。別れる二人の縁として「月」を詠みこむ例は「あづまじのこのしたくらくなりゆかばみやこの月をこひざらめやは」（『実方集』二一〇、詞書「みちのくにへくだるに、きんたふの衛門のかみ、したくらたてまつり給ふとて」）がある。**〇心づくし**　「筑紫」と「心尽くし」を掛ける。

【典拠】『相撲』（散逸物語）。541番歌初出。

（米田）

石山にこもらんとて出侍ける暁に、女に

みなせがはの左大将

いまこんとおもふ物から心をばとめてぞいづるあり明の月

【校異】　詞書―欠〈日甲〉　こもらん―こもらむ〈松甲〉　出侍ける―出（イ）侍ける〈宮甲〉侍ける〈蓬左・陽乙・田中・静嘉・川口・篠山・丹鶴・彰甲・清心・伊達・龍門・狩野・刈谷・龍大・藤井〉　暁に―暁〈宮甲・蓬左・陽乙・嘉永・田中・丹鶴・彰甲・静嘉・篠山・川口・天理・伊達・龍門・内閣・天理・東大・明大・狩野・松甲〉あかつき〈清心・川口・刈谷・龍大・藤井〉　みなせかは―みなれ川〈龍門〉　左大将―左中将〈丹鶴〉　心をは―心をも〈嘉永〉　いつる―いのる〈丹鶴・日甲・静嘉・清心・川口・田中〉　あり明の月―あかつきの月〈丹鶴〉

【現代語訳】

石山寺に籠ろうと思い、女の家を出ました暁に、女に

『水無瀬川』の左大将

今すぐ帰ってこようとは思うものの、私の心はあなたのもとに留めて出よう。あの有明月が空に残っているよ

うに。

〔語釈〕 **○石山** 石山寺。305番歌参照。**○暁** 夜明け前。女と一緒にいて、女と別れる暁。**○女** 入道一品宮中納言。入道一品宮家に仕える女房。**○左大将** 『水無瀬川』の主人公。**○いまこんと** 「今行くよ」と、男が女に告げた語であるが、〔参考歌〕①が歌語としてはもっとも古い用例で、以後この語を念頭に、男の不実な恋心を漂わせた表現として多用された。**○心をばとめて** 何かの理由で石山寺に籠らなければならないのだが、心は女に残しておく。「のこりなくこころをとめてあさぎりにまどはれつつをたちいでつるかな」(『兼澄集』八九)と同様、心は女のもとに留めるが、立ち出でざる得ないという思いを含む。**○いづる** 「月が出る」と「ここを出る」の掛詞。**○あり明の月** 「心はここに有る」と「有明月」の掛詞。有明月は、陰暦で十六日以後の月。月がまだ空にあるままで夜が明けようとするころ。衆目があり、夜明け前に家を出なければならないのだが、ぐずぐずしていて夜が明けようとする頃になってしまったことを示す。〔参考歌〕②の女と別れる「有明の別れ」の気持ちを言う。

〔参考歌〕
①今こむと言ひし許に長月のありあけの月を待ちいでつる哉(『古今集』恋四・六九一・素性)
②晨明のつれなく見えし別より暁許うき物はなし(『古今集』恋三・六二五・忠岑)

〔典拠〕 『水無瀬川』(散逸物語)。383番歌初出。

(米田)

かへし　　　　入道一品宮中納言

帰りこむほどをもまたずきえはてば此暁やかぎりなるべき

〔校異〕 入道一品宮―入道一品〈田中・静嘉・清心・日甲・川口〉 きえはては―き丶はてむ〈松甲〉

〔現代語訳〕

返し

入道一品宮中納言

あなたが帰って来られる時を待たずに、私が露のように消え果ててしまうとしたら、この暁があなたとの最期のお別れとなるのでしょう。

〔語釈〕 **○きえはてば** すっかり消えてしまうのは「有明月」と「露」。あの有明の月が消えるように、露が消えてしまうとしたら。つまり死んでしまうとしたら。〔参考歌〕①を踏まえた表現。**○此暁** 元来この暁は特別であるとして「いつとなくながめはすれどあきのよのこのあか月はことにもあるかな」(『道信集』九八)と詠まれ、春の景物の「郭公」「鶯」、秋の景物「きりぎりす」などと詠まれることが多かった。西行が「暁無常」の題で「つきはてしそのいりあひのほどなさをこのあかつきにおもひしりぬる」(『山家集』中・雑・七七〇)と詠み、以後特に『洞院摂政家百首』では「わかれ」で為家が「帰るさのこの暁の月をだにわかれにかへてや又や見ざらん」(恋・一二二二)、「うきながら此あかつきを忘るなよさこそ別のちぎりなりとも」(恋・一二七七・少将)、更に「露」を含み〔参考歌〕②と詠じ、この暁で別れる、命が尽き果てる意が盛り込まれるようになる。

〔参考歌〕

①白玉かなにぞと人の問ひし時露とこたへて消えなましものを(『伊勢』六段、『新古今集』哀傷・八五一・業平)

②露の身よ又別路もつらからじこのあかつきにおもひきえては(『洞院摂政家百首』恋・一二五八・家長)

〔典拠〕 『水無瀬川』(散逸物語)。383番歌初出。

(米田)

もろこしよりかへりわたり侍けるに、かのくにの人どもをくりにまできて、ふみつくりなどしけるつひでによめる

はま、つの中納言

おなじよのしばしのほどと〔に〕思ふだに別てふるはいかゞかなしき

〔校異〕 かへりわたり—かへり〈内閣〉 かのくにの—かのくに〈蓬左・陽乙・田中・嘉永・静嘉・日甲・清心・川口・彰甲・伊達・龍門・松甲・内閣・天理・東大・明大・狩野・刈谷・龍大・藤井・林丁〉 をくりに—をくり〈神宮・林丁〉 まてきて—まうてきて〈狩野・宮甲・天理・東大・明大・狩野〉まかてきて〈神宮・林丁〉 つくり—つり〈嘉永〉 よめる—欠〈日甲〉 はまゝつ—し|（は）まゝつ〈天理・東大〉しまゝつ〈明大〉 しはしのほとと—しはしのほとに〈京大〉 別てふるは—わかれてふなは〈宮甲・蓬左・嘉永・田中・日甲・篠山・伊達・龍門・天理・東大・明大〉別てふなは〈陽乙・清心・日甲・静嘉・川口・彰甲・明大・内閣・松甲・刈谷・龍大・藤井・林丁〉別てふ名は〈丹鶴〉別てふなは|（イ）〈狩野〉わかれてふ名は〈神宮〉

付記 神宮・林丁あり。

〔現代語訳〕

唐土より帰って参りました時、唐土の人たちが日本まで見送りに付いてきて、漢詩など作るついでに詠みました歌　　『浜松』の中納言

おなじ国でしばしの間と思うのでも別れは辛いのに、まして唐土と日本の間で別れて過ごすとのは、どんなにつらいことでしょうか。

〔語釈〕 **○かへりわたり** 唐土に渡っていた中納言が海を渡って帰国したので、「かへりわたり」と表現した。**○かのくにの人どもをくりにまできて** 中納言が唐土より帰国する際、唐土の人が特別に筑紫まで見送りに付いて来ていた。その人々が唐土に帰国するので、中納言は見送りのための宴を催した。**○ふみ** 文。漢詩。**○おなじよ** 同じ国の中でも別れは辛いのに。**○しばしのほどと** 京大本・明大本は「しばしのほどに」であるが、意が通じにくいので、陽甲本をはじめ他の諸本の「しばしのほどと」に校訂する。「しばしのほどと」を含む歌としては

〔参考歌〕①参照。**○別てふるは**　別れたままで時が過ぎるのは。「てふる」とあるのは京大本と陽甲本のみで、他は「てふな」である。『浜松』の当該歌も〔典拠〕に示したように「てふる」であるが、新全集本の頭注には『風葉集』の所収を指摘し、「第四句「わかれてふ名は」とある異同は、「る」と「な」との字形が似ているのから生じた異文で、後者が原形か」としている。これは『風葉集』を京大・陽甲以外の本文を使用している故の注記と思われる。『風葉集』伝本は京大・陽甲本の方が古形を伝えている可能性が高いので、校訂はしない。**○いかがかなしき**　どんなに悲しいことだろうか。

〔参考歌〕
①かりの間のしばしのほどと思ふだにいかばかりかは袖の濡れける（『夜の寝覚』巻四・寝覚の上）

〔典拠〕　『浜松中納言物語』（31番歌初出）巻二。当該場面は、唐土の人たちの帰国前夜、筑紫で中納言たちが和歌・漢詩を詠み、別れを惜しむ箇所。当該箇所を次に挙げる。

明日とての夜、宣旨にておほやけの御使ひにくだりたる中将、大弐をはじめて、筑前、肥後の守など、国にすこしものおぼゆるかぎり集ひて、文作り歌詠む。中納言の作り給へる御文に、もろこしの人々も、この世の人も聞くかぎり、紅の涙を流して、めであはれがり聞こゆ。

おなじ世のしばしのほどと思ふだに別れてふるはいかがかなしき

とうち泣き給ふ。（米田）

〔・・・〕

かへし　　もろこしの宰相

あふごなみ雲のきはめをへだてにていつともあらじ君をこふらく

〔校異〕　詞書―欠〈京大・陽甲〉　宰相―宇相（明大）　あふこなみ―あふこなき〈嘉永〉　あふこ―（とイ）なみ―（きイ）

〈東大・天理〉あふとなき（内閣）きはめ―きはめ｜（み歟）〈宮甲〉きはみ〈日甲〉へたてにて―へたてきて〈宮甲・蓬左・陽乙・田中・清心・日甲・静嘉・川口・彰甲・丹鶴・伊達・龍門・内閣・松甲・林丁〉へたてなく〈嘉永・明大・狩野〉へだてなく｜（きてイ）〈東大・天理〉隔来て〈刈谷・龍大・藤井〉へたて来て〈神宮〉こふらく―こふらく｜（てイ）〈東大・天理〉こふらん〈嘉永・松甲〉こふらん｜（イこふらく）〈伊達〉こふとて〈刈谷・龍大・藤井〉

付記　神宮・林丁あり。

〔現代語訳〕

返し　　唐土の宰相

逢う機会もなく、波と雲の分かれ目を隔てとし、私はいつということなくいつもあなたを恋い慕っているでしょうよ。

〔語釈〕 **○かへし**　底本「かへし」はないが、京大本・陽甲本以外の他の諸本にはあり、贈答歌なので詞書を補う。**○もろこしの宰相**　唐土から中納言の見送りに筑紫までやってきた、唐土の宰相。物語中では「かの国の宰相なる人」。**○あふごなみ**　「あふご」は「逢ふ期」と「朸（天秤棒）」の掛詞、「なみ」は「波」と「無み」を掛け、逢う機会もないのでの意。「朸」は潮水を汲むときに桶を両方に下げる天秤棒の意。「あふご」の用例としては「見るめ刈る渚やいづこあふごなみ立寄る方も知らぬ我が身は（『後撰集』恋二・六五〇　在原元方）」がある。『物語後百番』も「あふごなみ」だが、『浜松』は「荒るる波」。**○きはめ**　「極め」と「際目」の二通りが考えられ、「極め」は限り・果ての意で、「際目」は境目・分かれ目となる。ここは後者か。「きはめ」の用例としては「ももづたふやそしまかけてみわたせばそらこそうみのきはめなりけれ（『長秋詠草』九三）」「雲のきはめ」はこの歌（『風葉集』と『物語後百番』）のみ。**○へだてにて**　「へだて」を含む歌は兼輔（『兼輔集』五三）和泉式部（『和泉式部集』一九一）相模（『相模集』五九三）など平安中期の歌人が多い。対して「へだてにて」を含む歌は少なく、初出歌は俊頼の『散木奇歌集』の「程もなきひとよばかりをへだてにてけふをもこぞといはんとすらん」（冬・六八四、詞書「歳暮の歌とてよめる」）で、その後も「夜のへだて」を詠む歌が続く。「雲」「空」の「へだて」では「かやりびのかぶりをそらのへだてにてくもにくもらぬのきの月かげ」（『千五百番歌合』夏三・九〇八・公経）とこの歌のみである。『浜松』は「へだてつつ」。「逢ふ期」「きはめ」「へだて」など歌語としては馴染みの少ない語を用いているのは、唐土の人との交友で和語に馴染みにくい雰囲気を出そうとしたものか。**○君をこふらく**　「君をこふらく」は『物語後百番』と『風葉集』のこの歌のみ。「君にこふらく」では『万葉集』歌の「大き海に立つらむ波は間あらむ君に恋ふらく止む時もなし」（巻十一・二七四一）「石走る垂水の水のはしきやし君に恋ふらく我が心から」（巻十二・三〇二九）の二首がある。「らく」は上代語の接尾語で文中にあると「～すること」の意を表し、文末では詠嘆を表す。文末に置く歌としては「見渡せば明石の浦に燭す火のほにぞ出でぬる妹に恋ふらく」（『万葉集』巻三・三二六・門部王）など。『浜松』は「君恋ふること」。古風な表現を用いて、遣唐使を送っていた時代の雰囲気を出そうとしたか。

〔**典拠**〕『浜松中納言物語』（31番歌初出）巻二。当該箇所を次に挙げる。

かの国の宰相なる人、かたち、心ばへすぐれて、何ごともなだらかにたどたどしからず、この三年がほど、夜昼中納言の御あたり離れず、この御ありさまをめでたしと身にしみて、せちに別れを思ひわび、御送りにこれまで渡り来たる、いみじううちしをれて、

荒るる波雲のきはめを隔てつついつともあらじ君恋ふること

とぞよみたりける。

〔**他出**〕『物語二百番歌合』（後百番）三十三番右。

（米田）

あすかのみこをつくしにおくりおきて、かへりのぼる

とてよみ侍ける　　　　　　　　まつらの宮の大将冬明

しらざりし別にそへるわかれ哉これもやよゝの契りなるらん

〔校異〕　おくりおきて―おきて〈丹鶴〉　よみ侍ける―よめ侍ける〈明大〉　そへる―そふる〈天理・東大・明大・狩野〉そへて〈嘉永〉　わかれ哉―わかなかな〈陽乙・彰甲〉　これも―それも〈宮甲・蓬左・陽乙・嘉永・田中・清心・日甲・静嘉・川口・彰甲・伊達・龍門・天理・東大・明大・狩野・内閣・松甲・刈谷・龍大・藤井〉それも（こ一本）〈丹鶴〉

〔現代語訳〕

明日香の皇女を筑紫にそのまま残して、都に帰るということで詠みました歌　　　　　　　　　　『松浦宮』の大将冬明

今まで経験しなかった別れに更につけ加えて、今度はあなたとの別れであることよ。これも前世からの約束だったのだろうか。

〔語釈〕　**〇あすかのみこ**　大将橘冬明の妻で、氏忠の母。明日香の皇女。176番歌〔典拠〕参照。**〇つくし**　ここは佐賀県唐津市東部の鏡山で、領布振山周辺。**〇おくりおきて**　「送り置きて」は、「あしひきの荒山中に送り置きて帰らふを見れば心苦しも」（『万葉集』巻九・一八〇六・田辺福麻呂）や『隆信集』三九二・三九八の詞書のように「死者を埋葬する」という意が多いが、ここは「目標への到着を見届けるよう付き添っていく」の意。冬明が妻明日香の皇女と共に、息子氏忠の唐土へ出発するのを見送るために、松浦まで付き添い、そのまま妻をその地に残したことを言う。**〇かへりのぼる**　引き返し、都に上る。**〇しらざりし別**　まだ十分に知らなかった別れのつらさ。まだ経験したことがない別れ。物語では、息子氏忠との別れ。**〇わかれにそへる**　用例はこの歌のみ。**〇よゝの契り**　前世からの約束である世世の別れ。例として「憂かりける世ゝの契りを思ふにもつらきはいまの心のみかは」（『千

載集』恋五・九一九・上西門院兵衛）、「過ぎにけるよゝの契りも忘られて厭ふ憂き身のはてぞかなしき」（『新古今集』恋五・一三九三・弁）がある。同じ意の「昔の契り」を含んだ歌として〔参考歌〕①の下句が類似する。

〔参考歌〕

①おしかへしおもへば人ぞつらからぬこれもむかしのちぎりなるらん（『続古今集』恋四・一二一二・光頼、『桂大納言入道殿御集』一二）

〔典拠〕『松浦宮物語』（176番歌初出）巻一。当該場面は、息子氏忠が遣唐副使に任ぜられ、大将冬明が妻明日香皇女とともに松浦の宮で氏忠を見送る。冬明は、妻を筑紫に残し先に都に帰ることになり、妻との別れの歌を交わす箇所。次に当該箇所を挙げる。

世の常ならずいかめしき舟のさまも、ただおし出づるままに、はかなき木の葉ばかりに見え行く。はてはては雲も霞もひとつに消え行くまで、御簾を引き上げてながめたまふ御気色の、限りなく悲しきを、大将は、我しも劣るべきならねど、いかで過ぐしたまふべき年月ならんと、あはれに見捨てがたけれど、「かばかりも例なきこと」と、便なくものたまはせしかば、七日ありて帰りたまふ。別れもまたあはれなり。大将、

知らざりし別れに添へる別れかなこれもや世々の契りなるらむ

宮、

いかなりし世々の別れのむくいにて命にまさる物思ふらん

とても押し当てたまふを、よろづに慰め出でたまふも、めづらかにあはれなり。

（米田）

かへし　　　　あすかのみこ

いかなりしよゝの別のむくひにて命にまさる物おもふ覧

〔校異〕　あすか―すすか〈嘉永〉　いかなりし―いかなれし〈龍大〉　命に―いのち〈伊達・龍門〉　まさる―まさる（本ノマヽ）〈伊達〉

〔現代語訳〕

返し　　　　明日香の皇女

いったいどのような前世の別れの報いで、命がけでどうにもならないつらい物思いをするのでしょうか。

〔語釈〕　**○あすかのみこ**　549番歌〔語釈〕参照。**○よゝの別のむくひ**　「世々の別」の用例はこの歌のみで、前世から決まっていた現世での別れ。「世々の報い」は〔参考歌〕①。前世から定まっていたという別れの報いのせいで。**○命にまさる**　平安中期頃までの和歌や文学作品では使用例は見出せない。早い例は「いける身はいのちにまさるものあらじそれにもかへてこれをあはせ（ママ）よ」（『行尊大僧正集』二〇一）。よく似た表現の「命にむかふ」では「別る」も含み〔参考歌〕②がある。〔参考歌〕③は「命にむかふ物思ふ」と類似、①②③いずれも定家の詠である。

〔参考歌〕

①いかなりし世々のむくいのつらさにてこの年月のよわらざるらん（『六百番歌合』七七五・『拾遺愚草』八六五）

②かはれただ別るる道の野辺の露命にむかふ物も思はじ（『六百番歌合』七一三・『拾遺愚草』八六〇）

③よもすがら月にうれへてねをぞなく命に向かふ物思ふとて（『拾遺愚草』一三七五）

〔典拠〕　『松浦宮物語』（176番歌初出）巻一。当該箇所は549番歌〔典拠〕参照。

〔補説〕

○『松浦宮』の和歌について

『松浦宮』の和歌の本質については、多くの研究者によってその類歌の出典に関しての分析が進んでおり、特に萩谷朴『松浦宮全注釈』（一九九七年　若草書房）に「附録二　松浦宮物語の和歌作品とその本歌・類歌の時代別一覧表」が掲載されている。特徴として「上巻前半は殆ど万葉一色であったが、上巻後半渡唐のあたりから万葉の歌は著しく減少して、古今・後撰・拾遺の和歌が主流を占め、上巻末尾華陽公主とのロマンスから新古今時代の和歌が用いられ始めている。」とし、これらは「やはり作者定家の意識した作風の変遷という考えによってのみ説明のつく現象であろう。」とする。549・550番歌は、その上巻（巻二）末尾部分に相当し、新古今的な歌風への移行点になる箇所である。定家の工夫するところの修辞を用い、独特な世界を紡ぎ出している。この549・550番歌は大将橘冬明と明日香皇女との別れ、次歌551・552番歌は華陽公主と氏忠との別離の場面で、四首とも新古今的な歌語を含む物語歌である。

（米田）

参議うぢたゞかへりわたらんとし侍けるに、よませたまひける　　まつらの宮のもろこしの后

秋風の身にしむ比をかぎりにて又あふまじき世のわかれ哉

〔校異〕侍けるに―侍ける時〈明大〉　まつらの宮の―松浦宮〈天理・東大・明大・狩野〉　わかれ哉―わかれ〈嘉永〉

〔現代語訳〕

参議氏忠が日本に帰ろうとしましたときに、お詠みになりました歌　　『松浦宮』の唐の后

秋風が身にしむこのときを最後として、この世では再び逢うこともない別れですよ。

〔語釈〕**〇うぢたゞ**　弁の少将氏忠。物語の主人公。遣唐副使として渡唐していた。**〇かへりわたらん**　唐より帰国しようとしているとき。**〇もろこしの后**　唐の鄧皇后、幼帝の母后。氏忠の渡唐中の恋の相手である。

〔参考歌〕

①この世にて又あふまじきかなしさにすゝめし人ぞ心乱れし（『千載集』哀傷・六〇五・円位、『山家集』八〇六）
②むかしみし人のみいまは恋しきをまたあふまじきことぞかなしき（『千五百番歌合』恋三・二六五五・俊成）

〔典拠〕『松浦宮物語』（176番歌初出）巻三。当該箇所を掲げる。

秋を待つべきに定まりぬれば、いくばくのほどならねど、少し心静かに思ひなれど、（中略）卯月の月のころ、例のしげき事業もはてて、人々まかでぬるほど、御門け近くおはしまして、「つひに頼むべき道ならねど、しばしの月日のほども、心のどかなるは、思ふことかなふ心地する慰めもはかなく」とのたまはする御気色にも、まづ涙のみこぼれて、（中略）よしの片端も聞こえ出でては、せきやらぬ涙の気色を、遠けれどあはれに御覧ぜらる。聞こゆべくもあらぬ御ひとりごとにや、

秋風の身にしむころを限りにてまた逢ふまじき世の別れかな

言ひ消つやうにさだかならぬ御けはひは、違ふところなきしも、変化のものの、まねび似せたらむをこがましさは、罪去りどころなきこそ、なかなか慰めどころなかるべければ、

行く舟のあとなきかたの秋の風別れてはてぬ道しるべせよ

（浅井）

かへし

ゆくふねのあとなきかたの秋の風わかれてはてぬ道しるべせよ

〔校異〕かへし―御かへし〈宮甲・蓬左・陽乙・篠山・龍門・天理・東大・明大・狩野・内閣・刈谷・龍大・藤井〉御返し〈陽乙・嘉永・彰甲・伊達・松甲〉御（一本）かへし〈丹鶴〉ゆくふねの―ゆくふねの〈陽甲〉わかれて―わかれて（も歟）〈宮甲〉わかれて（本）〈刈谷・龍大・藤井〉

〔現代語訳〕

返し

去って行く舟の通った跡が消えてしまうように、私はいなくなりますが、その方向から吹く秋風よ、別れても終わらない恋の道案内をしてくださいよ。（『松浦宮』の氏忠）

〔語釈〕 ○あと　舟の航跡と、自分のいなくなった後の意を掛ける。

〔参考歌〕

①白浪の跡なき方に行舟も風ぞたよりのしるべなりける（『古今集』恋一・四七二・勝臣）

②世の中を何にたとへむ朝ぼらけ漕ぎ行く舟の跡の白浪（『拾遺集』哀傷・一三二七・満誓）

③まだ知らぬ人をはじめて恋ふるかな思ふ心よ道しるべせよ（『千載集』恋一・六四二・前太皇太后宮肥後）

④ゆく舟のあとなき浪にまじりなばたれかはみづのあわとだに見む（『新勅撰集』恋四・九三九・読人不知）

〔典拠〕 『松浦宮物語』（176番歌初出）巻三。当該箇所は551番歌〔典拠〕参照。（浅井）

553

つくしへくだる人にの給はせける　おちくぼの中宮

おしめどもしゐて行だにある物をわが心さへなどかおくれぬ

〔校異〕 詞書―つくしにくたる人にのたまはせける〈宮甲・蓬左・陽乙・田中・清心・日甲・静嘉・川口・篠山・彰甲・丹鶴・伊達・龍門・内閣・松甲・刈谷・龍大・藤井〉つくしにくたる人にの給はせける〈嘉永・林丁〉欠〈明大〉つくしにくたる人にのたまはせける（イ）〈天理・東大・狩野〉つくしへくたる人にのたまひはせける〈神宮〉　中宮―中君（宮）〈蓬左〉　しゐて―しゐ〈狩野〉　ある―ある（うき一本）〈丹鶴〉　おくれぬ―おかれぬ〈宮甲・嘉永・清心・静嘉・川口〉をかれぬ〈蓬左・陽乙・田中・篠山・彰甲・伊達・龍門・松甲・刈谷・龍大〉をかれん〈神宮〉

付記 神宮・林丁にあり。

〔現代語訳〕

筑紫へ下る人にお詠みになりました歌　『落窪』の中宮

私がどんなに別れを惜しんでも、あなたがどうしても旅立って行くことさえ悲しいのに、私の心までが、どうして私のもとにとどまらずついていこうとするのでしょうか。

〔語釈〕 ○つくしへくだる人 忠頼の四の君。大宰権帥と再婚し、前夫兵部少（面白の駒）との間の娘を連れて筑紫に下る。○中宮 道頼と落窪の君との娘、のちに中宮。『落窪』ではこの部分には「姫君」とある。当該歌は落窪の君の娘大君（姫君。後の中宮）から四の君（落窪の君の義妹）の娘への歌である。四の君が帥邸に移る時、左大臣が贈った衣装一くだりは落窪の君の姫君の衣装として用意されていたものであった縁による。但し、新全集本『落窪』の本文も異動はないが、現代語訳に「女君から四の君の姫君へのお手紙には」とあり、当該歌の詠者を落窪の君とする。『秀歌選』は新全集と同様に解し、「姫君の御文」とあることによる『風葉集』の撰者の誤解とする。○しゐて「強ひて」。むりやりに、どうしてもの意。◇参考「強ゐて行く人をとゞめむさくら花いづれを道とまどふまで散れ」（『古今集』離別・四〇三・読人不知）

〔参考歌〕 なし。

〔典拠〕 『落窪物語』（4番歌初出）第四。当該箇所を掲げる。

つとめて、御文あり。

よべはほど経んとしのつもりを取り添へて聞こえんと思ひ給へしを、夜みじかき心ちして。はかなき身を知らぬこそあはれに思ひ給れ、

はるぐ〳〵とみねのしら雲立ちのきて又帰りあはんほどのはるけさ

まことの道の程、見たまへ。

とて、（中略）ころも箱一よろいあり。この御むすめにおこせ給へるなるべし。片つ方には御装束一具、片つ方にははこ（ママ）がねの箱に白いもの入れて据へ、ちいさき御櫛の箱入れたり。くはしく書くべけれど、むつかし。姫君の御文には、

けふのみと聞き侍れば、何心ちせんとなん、

おしめどもしゐて行だにうきものを我心さへなどかをくれぬ

とあり。（中略）

むすめの君の御返り、

これよりも、近き程にだに聞こえさせせんと思給へるほどになん。をくれぬものはこゝにも、

身を分けて君にし添ふる物ならば行くも止まるも思はざらまし

となんありける。

（浅井）

かへし　　大納言忠よりの四君

身をわけて君にしそふる物ならばゆくもとまるも思はざらまし

〔校異〕 四君―四宮（君）〈伊達〉　わけて―わくる（けてイ）〈天理・東大・狩野〉わくる〈明大〉　そふる―かふる〈陽乙〉　思は―おもひ〈川口〉　さらまし―さるまし〈陽乙〉

〔現代語訳〕

返し　　（『落窪』の）大納言忠頼の四君

私の身を分けて、その一方があなた様のおそばに添えるものであるならば、旅立つ人も留まる人も思い悩まずにすむでしょうに。

〔語釈〕 **○忠よりの四君**　忠頼の四の君。但し、当該歌の詠者は、物語では四の君の娘である。新大系『落窪』に「四の君の娘から姫君への返状」との指摘がある。

〔参考歌〕

①これやこのゆくもとまるもわかれてはしるもしらぬもあふさかのせき（『素性集』四七、上句「行くも帰るも別れつゝ」

　『後撰集』雑一・一〇八九・蝉丸）

〔典拠〕『落窪物語』（4番歌初出）第四。553番歌参照。

（浅井）

吹上に人〴〵まうできて、日ごろあそびて、卯月の

朔日比にかへり侍ければ、よめる　　中納言すゞし

かたらはぬ夏だにもくるけふしもや契りし人のわかれゆく覧

〔校異〕 人〳〵―心《ヒ》（人）〳〵〈龍大〉　朔日比に―朔に〈田中・日甲〉朔日に〈清心〉朔日〈静嘉・川口〉朔日頃（ナシ一本）に〈丹鶴〉　人―又〈蓬左・陽乙・内閣〉心《ヒ》（人）〈龍大〉

〔現代語訳〕

　吹上の邸に人々が訪問して、幾日も遊びましたのち、四月の一日のころに帰りましたので、詠みました歌

（『うつほ』の）中納言涼

もっと春を楽しみたかったのに、まだ親しくしていない夏までもやってくる今日という日に、共に過ごしたいと約束をしていた人は別れて行くのでしょうか。

〔語釈〕 **○吹上**　紀伊の国吹上の浜。『うつほ』で、涼が、祖父神南備種松と住む所。**○中納言すゞし**　97番歌の〔語釈〕参照。**○日ごろあそびて**　「日ごろ」は数日。物語では、三月初めに訪問、野山の遊び、詩歌管絃の遊びな

どのもてなしをうけて、四月一日に帰京。当該歌は、出発に際しての饗宴で詠まれた歌。場面は、98・132・133・537・585・1343番歌などに同じ。『風葉集』には、『うつほ』中の「春日詣」「菊宴」「祭の使」あるいは当該場面などの行事の折に詠まれた歌が多数取り込まれて、部立形成に重要な役割を果たしている。132番歌〔補説〕参照。**○かたらはわぬ**　「語らふ」は、親しく過ごす意。ここでは、もっとずっといつまでも親しく共に春を過ごしたいのにの意。「かたらはぬ」と「契りし」、「くる」と「わかれゆく」とが対句。

〔参考歌〕　なし。

〔典拠〕　『うつほ物語』（3番歌初出）吹上上巻。当該箇所を掲げる。

かくて、四月一日に君だち帰りたまふ。その日の饗、常よりも心殊なり。（中略）かくて、ものの音など、惜しむ手なくかきあわせて遊ばしつつ、日高くなりゆけば、急ぎたまふ折に、あるじの君、かはらけ取りてかくのたまふ。

語らはぬ夏だにも来る今日しもや契りし人の別れ行くらむ

（浅井）

斎宮せきこえ給ぬ、ときこしめして、よませ給ける

ひとりごとのみかどの御歌

わかるてふつげのをぐしもさしてしをまた関こゆときくぞかなしき

〔校異〕　せき―を《ヒ》|（せ）き〈天理・東大〉をき〈明大・狩野〉よませ―く|（よイ）ませ〈狩野〉よませ給ぬときこしめしてよませ〈伊達〉よませ給ぬと聞し召てよませ〈龍門〉ひとりこと―ひとるかた〈宮甲・蓬左・陽乙・田中・篠山・彰甲・丹鶴・伊達・龍門・天理・東大・狩野・内閣・松甲・刈谷・龍大・藤井〉ひとる|（イ同シ）かた〈日甲・静嘉・川口〉ひとりかた〈明大〉詠者名―欠〈清心〉わかる―わかれ〈宮甲・蓬左・嘉永・篠山・伊

達・龍門・松甲・刈谷・龍大・藤井〉別れ〈陽乙・彰甲・内閣〉つけの―つゆの〈天理・東大〉こゆと―こゆる《ヒ》（と）〈龍大〉

〔現代語訳〕

斎宮が関をお越えになった、とお聞きになって、お詠みになりました

『ひとりごと』の帝の御歌

別れにというので黄楊の櫛もさしたのに、そのうえさらに関を越えると聞くことは悲しいことです。

〔語釈〕 **○つげのをぐし** 黄楊の小櫛。ここでは、御櫛の儀のこと。斎宮が伊勢に下るときに参内し、帝が斎宮の額に黄楊の小櫛を挿して「京の方におもむきたまふな」と仰せになること。『源氏』賢木巻、秋好中宮が斎宮として伊勢に下向のとき、朱雀帝が櫛を挿す場面「いとうつくしうおはするさまを、うるはしうしたてまつりたまへるぞ、いとゆゆしきまで見えたまふを、帝御心動きて、別れの櫛奉りたまふほど、いとあはれにてしほたれさせたまひぬ」が想起される。

〔参考歌〕 なし。

〔典拠〕 『ひとりごと』（散逸物語）。五首入集。

題号の由来は不明である。『小木散逸』は、『源氏』賢木巻、六条御息所と斎宮が伊勢に下向の翌日、届いた御息所の歌の次に、「うちながめて、ひとりごちおはす」とあることから、「源氏が思ひやったのは御息所であったが、この物語では、帝が斎宮をおもいやって、「ひとりごちおはし」たのではあるまいか」とし、それが当該歌であったかとするが、断定はできない。

内容は、弾正の親王（921）と按察大納言の娘（1017）とは恋仲であったらしく、二人の間の娘が斎宮となり（556）、按察大納言の娘は、斎宮となった娘とともに伊勢に下ることになったが、病気になり都にとどまった（574の詞書）。斎宮はひとりで下向することになり、近江の国を出発するときに母に送った歌（574）と、母の返歌（575）がある。

574番歌の詠者を斎宮女御とすることから、斎宮はのちに入内したことまでは推定できるが、物語の主筋は不明である。（浅井）

宮づかへにいでたち侍けるに、あね、ふる里にとゞまり侍ければ　すゑ葉の露の中納言典侍

忘るなよ心にもあらで別ぬる此ゆふぐれぞかたみなるべき

〔校異〕いて―いて丶〈陽甲〉あね―あねの〈宮甲・蓬左・陽乙・嘉永・田中・清心・日甲・静嘉・川口・篠山・彰甲・伊達・龍門・天理・東大・明大・狩野・内閣・松甲・刈谷・龍大・藤井〉あれの〈伊達〉ふる里―ふるなさと〈内閣〉と丶まり―と丶まりて〈丹鶴〉忘る―わすれ〈嘉永〉あらて―あらん〈陽乙・内閣〉

〔現代語訳〕

宮仕えに出ましたときに、姉君が、住んでいた家に残っておりましたので　『末葉の露』の中納言典侍

私のことを忘れないでください。心ならずも別れたこの夕暮のことは、おたがいを思い出す縁となることでしょう。

〔語釈〕**○宮づかへにいでたち侍けるに、あね、ふる里にとゞまり侍ければ**　『物語後百番』の詞書は「宮仕へに出で立つとて、車寄せたるに、姉姫君に」とある。『風葉集』の詞書がより詳しい内容であることと、歌の「心にもあらで」から、出発の時点に何らかの事情があったものと考えることができる。**○中納言典侍**　当該歌一首のみの人物のため、物語における人間関係は不明。**○かたみ**　「形見」に「互に」の意を掛ける。

〔参考歌〕　なし。
〔典拠〕　『末葉の露』（散逸物語）。24番歌初出。
〔他出〕　『物語二百番歌合』（後百番）九十五番右。
（浅井）

母御息所のすみ侍けるところを、ほかへうつろひ侍とて
しのぶぐさの先帝姫宮
なき人のかたみとみつるやどをさへまたわかれぬるけふぞかなしき
〔校異〕　母―女〈宮甲・蓬左・陽乙・田中・清心・日甲・静嘉・川口・篠山・彰甲・伊達・龍門・内閣・松甲・刈谷・龍大・藤井〉女御〈嘉永〉　うつろひ―よつろひ〈川口〉　先帝姫宮―先帝姫君〈天理・東大・明大・狩野・龍大・藤井〉　やとを―やとを〇〈天理・東大〉　宿〈明大〉　また―かた〈内閣〉
〔現代語訳〕
母御息所が住んでいましたところを、他所へ住まいを変えますとのことで
『忍ぶ草』の先帝の姫宮
亡き人の形見と見ていた宿にまでも、また別れてしまう今日はなんと悲しいことでしょう。
〔語釈〕　**〇母御息所**　中納言の御息所。**〇すみ侍りけるところ**　中納言の御息所が移り住んだ嵯峨の地か。**〇うつろひ**　移動する。場所を変える。母御息所の没後、京に戻ることになったのだろう。**〇先帝姫宮**　先帝と中納言の御息所の娘。
〔参考歌〕
①なき人のむすびおきたる玉匣あかぬかたみと見るぞ悲しき（『玄玄集』一一一・藤原為時）

〔典拠〕『忍ぶ草』（散逸物語）。41番歌初出。（東）

おとこの心かはれるさまに侍ければ、ほかにわたるとて、
かのおとこのいもうとなる人に　夢ぢにまどふ大納言女

ゆくすゑに立帰るべき身なりせばわかれもかくはおもはざらまし

〔校異〕わたる―わた（か一本）る〈丹鶴〉 夢ちにまとふ大納言女―ゆめにまよ（とイ）ふ大納言女〈宮甲〉 夢ちにまよふ大納言女〈嘉永〉 欠〈伊達〉 ゆめちにまとふ大納言女〈松甲〉 夢路にまよ（と）ふ大納言女〈龍大〉

〔現代語訳〕

男が心変わりしてしまった様子でいましたので、他所に移るということで、その男の妹である人に
『夢路にまどふ』の大納言女

将来、再びここに戻ってくる、かつての関係に立ち戻る身であったならば、今回の別れもこれほどに物思うものではなかったでしょうに。

〔語釈〕 **○おとこ**　右大臣。関白の息子。**○大納言女**　『夢路にまどふ』の女主人公。右大臣の心変わりを機に転居していること、右大臣の姉妹との交流が示されていることから、右大臣邸内に居住していたと推測される。正式な妻として同居していたのか、後見のない女君として右大臣のもとに引き取られた立場であったのかは不明である。
○立帰る　もとの場所に戻る。昔に立ち戻る。

〔参考歌〕

①かねてよりわかれをしとしれりせばいでたたむとは思はざらまし（『貫之集』四三一）

〔典拠〕『夢路にまどふ』（散逸物語）。91番歌初出。（東）

560
かへし　関白のむすめ
ちとせまですむべき物を君がためわかれといふなはかけずもあらなん

〔校異〕 かへし—欠〈日甲〉　わかれ—わか（歟）れ〈宮甲・篠山〉われ〈陽乙・嘉永・彰甲・伊達・龍門・内閣・松甲〉わか（イ）れ〈田中〉我〈天理・東大・明大・狩野〉と—も〈田中〉

〔現代語訳〕
返し　（『夢路にまどふ』の）関白の娘
千年までも末永く暮らすはずの場所ですから、いずれ戻ってくるはずのあなたのために、「別れ」ということばは口にしないでください。

〔語釈〕 **○関白のむすめ**　前歌詞書「おとこ」である右大臣の妹。**○かけずもあらなん**　「名をかく」は、口にする、ことばにするの意。

〔参考歌〕
①千とせまですむべき宿のためしにといはねの小松けふぞうへつる（『六条修理大夫集』八三）

〔典拠〕 『夢路にまどふ』（散逸物語）。91番歌初出。　（東）

561
左大将まの〻うらにこもりゐて侍けるころ、まかりて
かへるとてよめる　女す〻みの中宮権大夫
君をきて帰らぬ旅の空にだに露けかるべき袖のうへ哉

〔校異〕 空にたに—空たに〈日甲〉　露けかる—露ゆ《ヒ》（け）かる〈天理・東大〉

〔現代語訳〕
左大将が真野の浦に隠棲していました頃、左大将のもとを辞して帰京するということで詠みました歌
『女すすみ』の中宮権大夫
あなたを置いて帰るというわけでもない旅の空であっても、旅のつらさに涙で湿っぽくなりそうな私の袖です。まして、あなたを残して帰るのですから、どれほどつらくさびしい旅路に袖をぬらすことになることでしょう。

〔語釈〕 **○左大将** 『女すすみ』の男主人公。 **○まの丶うら** 真野の浦。摂津国の歌枕。 **○こもりゐて** 先帝の登華殿女御を寵愛する今上帝に女御との関係を知られ、御意を憚って蟄居したらしい。 **○中宮権大夫** 左大将の友人あるいは兄弟か。中宮は左大将の姉妹。真野の浦にいる左大将に中宮から送られた215番歌の詞書に「遣はさせ給ひける」とあり、この時の遣いが中宮権大夫か。 **○まかりてかへる** 左大将のもとから辞して帰京する。『源氏』須磨閑居における頭中将（当時宰相中将）の訪問を下敷きとした場面か。

〔参考歌〕
①君をおきてたち出づる空の露けさに秋さへくるる旅のかなしさ（『山家集』一一二三・待賢門院加賀）

〔典拠〕 『女すすみ』（散逸物語）。32番歌初出。（東）

心ぼそくおぼえけるころ、すこしへだゝりぬべき人に
みなせ川の入道一品宮中納言
風をまつ露の命はえぞしらぬたゞかりそめのわかれなりとも

〔校異〕 なりとも―とも〈伊達・龍門〉

〔現代語訳〕

心細く感じていた頃、少し心が離れてしまったようである人に

『水無瀬川』の入道一品宮中納言

風を待つばかりの露のようにはかない命は、いつまで続くものなのかとうていわかりません。ただ仮初めの別れに過ぎないのだとしても、そのまま永遠のお別れとなってしまうのかもしれません。

〔語釈〕 **○すこしへだゝりぬべき人** 545・546番歌で恋愛関係を確認できる左大将のことか。「隔たる」は、空間的、時間的な距離、あるいは心理的な疎隔がある意。**○入道一品宮中納言** 入道一品宮に仕える女房。入道一品宮は、左大将の正妻であった「女二宮」の出家後の呼称とも想定されている。**○露の命** 露のようにはかない命。「露」は、「風」の縁語。

〔参考歌〕

①かりそめのわかれと人や思ふらんやがてまことの草のまくらを（『拾玉集』一九二）

〔典拠〕 『水無瀬川』（散逸物語）。383番歌初出。 （東）

たゞにもおはしまさゞりけるに、ほどちかくなりて、いでさせ給とて

風につれなきの吉野院中宮

かりそめとおもふべきかはわかれなばさだめなき世の命まつまに

〔校異〕 中宮―中将〈宮甲・蓬左・陽乙・嘉永・田中・清心・日甲・静嘉・川口・篠山・彰甲・伊達・龍門・天理・東大・明大・狩野・内閣・松甲・刈谷・龍大・藤井〉

〔現代語訳〕

普通のご様子ではいらっしゃらなかったところ、ご出産の時期が近くなって、宮中を退出なさるというこ

とで　　　　　『風につれなき』の吉野院の中宮

仮初めの別れと思うでしょうか。いったんお別れしてしまえば、無常の世ではかない命が消えるのを待つのはわずかな時間ですから。

〔語釈〕 **○たゞにもおはしまさざりける**　懐妊を示す婉曲表現のひとつ。**○ほどちかくなりて、いでさせ給**　出産準備のために関白邸に退出なさる。物語中で行われる出産は八月三十日、この退出については「御神事もかぎりあれば、二月にはいでさせ給ぬ。」と記されている。また、帝（吉野院）が里下がり期間中の中宮参内を望むにあたって、「御神事のひまにあからさまにまゐらせたまへ」としており、懐妊中の退出が神事との関わりを重視して描かれている。**○吉野院中宮**　関白大君。主人公中君の姉である。十三歳で裳着、同年入内して弘徽殿に入り、翌年には立后する。第一皇子を出産後、関白邸で急逝した。なお、諸本「中将」とあるが誤り。京大本、陽甲本のみ正しく「中宮」とする。**○かりそめとおもふべきかは**　「ゆくすゑはるかなる御契もあはれなるに、かりそめのわかれもたゆべくもなき」という帝の言葉を受けて詠み込まれた表現。

〔参考歌〕

①命こそ絶ゆとも絶えめさだめなき世のつねならぬなかのちぎりを（『源氏』若菜上巻・光源氏）

〔典拠〕『風につれなき』（首巻のみ存）。52番歌初出。当該箇所を次に挙げる。

「いとはかなき心ちする身なれば、ひさしく世にながらふべしともおぼえぬに、ましてかやうならむをりもいかゞあらむ。はゝうへの御ためしもたのむべくもおぼえぬ物を」と、「ゆくすゑはるかなる御契もあはれなるに、かりそめのわかれもたゆべくもなき」などのたまはするさま、けしきのいつはりとしもみえずあさからぬにも、よろづこゝろぼそく思なされ給ひて、

かりそめとおもふべきかはわかれなばさだめなき世のいのちまつまに

（東）

宇治にすみ侍けるが、心ならず都へいづとて
　宇治の河なみの式部卿宮北方
命をぞかぎりと思しやどなれどさらでわかるゝかたもありけり

〔校異〕いつ―出たつ〈藤井〉をそ―もそ〈清心〉をは〈静嘉〉さらて―さして〈明大〉けり―ける（り）〈陽乙〉

〔現代語訳〕
宇治に住んでいましたが、不本意ながら京に出るということで
　『宇治の川波』の式部卿宮の北の方
命が終わる時がここを離れる時だろうと思っていた家でしたが、そうでない形でこの家と別れることもあったのでした。

〔語釈〕○式部卿宮北方　帥宮の娘。宇治に住む三姉妹の大君で、式部卿宮と結ばれて京に出る。のちに妹中君と故大将の姫君を引取って女御として入内させたことが、『無名草子』に伝えられている。

〔参考歌〕なし。

〔典拠〕『宇治の川波』（散逸物語）。564番歌初出。
（東）

565

世中はしたなき事どもありて、女二宮うちにいり給に

きこえ侍ける　　　　　　　　水無瀬河左大将

なにせんにさらぬ別をなげきけんかゝるかぎりの道もありけり

〔校異〕　二宮―二三君〈内閣〉　いり―まゐり〈宮甲・清心・静嘉・川口・刈谷・龍大・藤井〉　まいり〈蓬左・陽乙・田中・日甲・篠山・彰甲・伊達・龍門・明大・内閣・松甲〉　参り〈嘉永・丹鶴・天理・東大〉　参〈狩野〉　給に―給ふよし（にイ）〈天理・東大〉　給よし〈明大〉　給ふよし〈狩野〉　侍ける―侍けり〈陽乙・内閣〉　ける〈丹鶴〉　せんに―せむと〈宮甲・陽乙・田中・静嘉・川口・伊達・内閣・刈谷・藤井〉　せんと〈蓬左・嘉永・龍門・松甲〉

〔現代語訳〕

世間に具合の悪いことがあって、女二の宮が内裏にお入りになる時に申し上げなさいました歌　　　　　　『水無瀬川』の左大将

どうしてあなたとの死別を嘆いたのでしょうか。死ぬこと以外にもこのような後戻りできない生き別れもありましたのに。

〔語釈〕　○はしたなき事ども　「はしたなし」は「中途半端だ・決まり悪い」意の形容詞。ここでいう「はしたなき事」とは、383番歌の典拠によれば、左大将の起こした不祥事。一品宮中納言との忍ぶ恋であろう。○女二宮　左大将の正妻。左大将の不祥事によって別れ、宮中に引き取られたと考えられる。○さらぬ別れ　避けられない別れ。死別を意味する。○限りの道　ここでは、死別ではなく生き別れ、という意味か。

〔参考歌〕

①老いぬればさらぬ別れもありと言へばいよ〳〵見まくほしききみ哉（『古今集』雑上・九〇〇・業平母、『伊勢』八十

四段）
②世中にさらぬ別れもなくも哉千代もとなげく人の子のため（『古今集』雑上・九〇一・業平、『伊勢』八十四段）
③たづぬともかさなるせきに月こえて逢ふをかぎりの道やまどはん（『拾遺愚草』恋・二五八八）

（石原）

【典拠】『水無瀬川』（散逸物語）。383番歌初出。

　父、大弐になりて、ぐしてくだり侍ける女をえとゞめ
侍らでよめる　　　露のやどりの権大納言

ゆく末のさら《［たゝ］》ぬ別をおもはずはなげかざらまし心づくしに

【校異】侍ける女を―侍けるを〈藤井〉侍らて―侍らすして〈蓬左〉侍りて〈静嘉・刈谷〉侍て〈明大〉さらぬ―たゝぬ〈京大〉つくしに―つくしを〈宮甲・蓬左・陽乙・嘉永・田中・清心・日甲・静嘉・川口・篠山・彰甲・丹鶴・伊達・龍門・天理・東大・明大・狩野・内閣・松甲・刈谷・龍大・藤井〉

【現代語訳】
　父親が大弐になって、連れて下向しました女を引き留めることができなくて詠みました歌
『露のやどり』の権大納言
将来、二度と会えなくなる別れを思わなければ、心を尽くしてこんなに嘆くことはなかったでしょうに。

【語釈】○**ぐしてくだり侍ける女**『無名草子』に、「大弐が娘こそいとほしけれ。『扇の風を身にしめて』などあるほどはいみじ」とあるのとおなじ女性か。「扇の風を身にしめて」の歌の全体も、この歌の詠まれた背景も、他に資料がないのでわからない。しかし、「扇の風」は、「添へてやる扇の風し心あらば我が思ふ人の手をな離れそ」（『後撰集』離別・一三三〇・読人不知、詞書「旅にまかりける人に扇つかはすとて」）や「別れ地を隔つる雲のためにこそ

扇の風をやらまほしけれ」（『拾遺集』別・三二一・能宣、詞書「物へまかりける人に馬の餞し侍て、扇遣はしける」）などとあるように、離別に際して餞別に扇を贈る慣習があり、その扇に自分の香を焚き染めたらしいので、「扇の風」には送り手の香が漂っていた。したがって、ここでは別れの時に恋人（おそらく権大納言）から贈られた扇を使い、遠く離れた恋人を想う大弐の娘の歌であった可能性は高い。**○権大納言**　大弐の娘と愛し合う仲であったこと以外、人物関係もわからない。**○心づくしに**　心を尽くして、の意。「築紫」と「尽くし」の掛詞。

〔参考歌〕

①思ひやれかねて別れし悔しさに添へてかなしき心づくしを（『後拾遺集』哀傷・五六一・式部命婦）

（石原）

〔典拠〕『露のやどり』（散逸物語）。『風葉集』に七首入集。

物語名は、「事の葉もみな霜がれに成ゆくは露の宿りもあらじとぞ思」（『後撰集』恋五・九二三・読人不知）によるか。「露」は命にたとえられている。世のはかなさを言ったものであろう。

成立は、平安時代後期『無名草子』以前。『無名草子』に、『海人の刈藻』、『末葉の露』に続けて「今様の物語」の中にあげられており、「また、『露の宿り』、古物語の中には、言葉遣ひ、歌なども、いと悪しくもなし。あまりに人の失せたるほどぞまがまがしき」とあることから、古物語ながら当世風の物語であったらしく、歌も悪くはないと評価されている。人の死が多く描かれていて、そのはかなさを語った物語であったと考えられる。

現存するのは、『無名草子』に一首（『風葉集』677）、『物語後百番』九十番から九十四番までの右歌に五首と『風葉集』に入集の七首であるが、そのうち677・889・1322番歌が重複しているので、合わせて一〇首である。詞書や詠者名からは、登場人物が多いことはわかるが、相互の関係が見えず、主筋はとらえにくい。権大納言の歌は、大弐の娘との別離を嘆く歌一首のみ（566当該歌）であるが、兵部卿親王の出家前後の歌（『物語後百番』九十番右・九十一番右）の詞書、入道摂政の死をしらせる中将内侍の歌（677）の詞書に登場、弁少将母の歌（696当該歌）の詞書により幼い子を遺して亡くなったことがわかる。一条院の歌は、忍恋の歌（『物語後百番』九十二番右）と兵部卿親王へ藤の枝にそえて遣わした歌（1180）である。主筋に関係しているかどうかは不明であるが、権大納言、大弐の娘、兵部卿親王、一条院のあいだには、何らかのかかわりがあったのではないかと考えられる。そのほかに前斎宮、斎宮女別当、修理太夫女、内侍督が登場するが、詳しくは不明である。『無名草子』に、「大原野行幸、（中略）車あまたやり続けて見たるところこそ、いみじけれ」とあることから、『源氏』を連想させる場面もあったか。（浅井）

つれなかりける女の、つくしへくだりけるに、こがねして
かまど山のかたをつくりて、あたりをこがして、おとこの
うちみあげたるをつかはすとて　いはやの左兵衛督

かまど山もゆる思ひはひとしくてわれはけぶりにたちをくれぬる

〔校異〕こかねして―こかねしく（てイ）〈天理・東大〉かねして〈内閣〉　みあけたるを―の《ヒ》（み）あけたるを〈伊達〉　いはやの左兵衛督―いはやの左兵衛督（イ）〈狩野〉　かまと山―かもと山〈明大〉　思ひは―おもひも〈宮甲・蓬左・田中・日甲・伊達・松甲〉思ひも〈陽乙・静嘉・川口・彰甲・丹鶴・龍門・明大・内閣・龍大〉思ひも〈刈谷・藤井〉

〔現代語訳〕
つれなかった女が、筑紫へ下向する時に、金で竈門山の形を作って周りを焦がして、男が見上げている姿を作ったのを遣わすというので　『いはや』の左兵衛督

竈門山で燃える火と、あなたを思う私の思いは同じですが、しかし私は築紫には行けず、煙のように取り残されてしまいました。

〔語釈〕**○かまど山**　竈門山。筑前太宰府の宝満山。**○左兵衛督**　『いはや』では、この左兵衛督と、兵衛佐とが

女主人公に思いをよせていたが、女はつれない態度をとっている（567・791・823・1100）。しかし現存する中世小説『岩屋のさうし』（あるいは『岩屋物語』）には、この二人は登場しない。**〇かまど山もゆる思ひ**　「思ひ」に「火」を掛け、さらに「かまど」「火」「けぶり」が縁語である。**〇たちをくれ**　「たち」は「けぶり立つ」と「たちをくれ」の掛詞。

〔参考歌〕

①春はもえ秋はこがるゝ竈山霞も露も煙とぞ見る（『拾遺集』雑賀・一一八〇・元輔、詞書「築紫へまかりける時に、竈山のもとに宿りて侍けるに、道つらに侍ける木に古く書き付けて侍ける」）

〔典拠〕　『いはや』（散逸物語）。『風葉集』に六首入集。

現存する中世小説『岩屋のさうし』（あるいは『岩屋物語』）とは共通点も多いが、『いはや』の改作とまでは言い切れない。『いはや』の女主人公は、筑紫に下る（567）途中、何らかの事情で海辺の岩屋で海人に養われることになる（1352）。最終的には内大臣に見出だされ、北の方となり幸せに暮らす（718）、という筋と考えられる。（石原）

かねの使にてみちのくに、くだりて、のぼりけるに、かしこなるおんなに

かゞみもしらぬの所の衆〔泉〕

はなかつみかつみてだにも恋しきをあさかのぬまをいかでゆかまし

〔校異〕　使―渡〈宮甲〉便〈蓬左・陽乙・彰甲・松甲〉たより〈嘉永・田中・清心・日甲・静嘉・川口・丹鶴〉便（使か）〈伊達・龍大〉便（使歟）〈刈谷〉便（使）〈藤井〉　みちのくに、―みちのくにへ〈宮甲・蓬左・陽乙・嘉永・田中・日甲・篠山・彰甲・丹鶴・伊達・龍門・天理・東大・明大・狩野・内閣・松甲・刈谷・龍大・神宮・林丁〉みちのくに〈清心・静嘉・川口〉みちの国へ〈伊達・龍門・藤井〉みちのくへ〈神宮〉陸奥へ〈林戊〉くたりて

—くたり〈神宮〉のほり—のほりて〈神宮・林丁〉か丶みも—うらみ〈宮甲・蓬左・陽乙・田中・清心・日甲・静嘉・川口・篠山・彰甲・丹鶴・伊達・龍門・内閣・松甲・刈谷・龍大・藤井〉か丶み〈嘉永・明大・松甲・神宮・林丁・林戊〉か丶（うらイ）み〈天理・東大〉か（うイ）丶み〈狩野〉しらぬの—しらぬ〈静嘉・川口〉しらぬの（ナシイ）〈狩野〉衆—泉〈京大・蓬左・陽乙・嘉永・田中・清心・静嘉・川口・篠山・丹鶴・天理・東大・明大・狩野・内閣・龍大・神宮・林丁・林戊〉泉郎（歟）〈宮甲〉いつみ〈伊達・龍門〉恋しきを—恋しきに〈宮甲・蓬左・陽乙・嘉永・田中・日甲・静嘉・川口・彰甲・龍門・内閣・松甲・刈谷・龍大・藤井・神宮・林丁・林戊〉こひしきに〈伊達〉あさかの—あさるの〈明大〉あたかの〈松甲〉ぬまを—ぬさを〈龍門〉

付記 神宮・林丁・林戊あり。

〔現代語訳〕

金の使いとして陸奥に下って、上京する時に、そこにいる女に

『鏡も知らぬ』の所の衆

花かつみをほんのちょっと見ただけでも恋しいのに、あなたが上京する私のことを心が浅いと思うだろうと思うと、どうやってこの安積の沼を行き過ぎたらいいのでしょう。

〔語釈〕 **○かねの使** 宮中用の金を貢納させるために、東北地方に派遣される使者。『続日本紀』天平二十一年二月に「陸奥国始貢黄金云々」とある。『大和物語』第七十段には「蔵人所にをりて、金の使かけて、やがて親のともにいく」とある。「金の使」は蔵人所の者が派遣される役目だったらしい。**○かゞみもしらぬ** 〈校異〉に示した如く、「うらみしらぬ」とする伝本も多いが、比較的古態を伝えると思われる伝本に「か丶みもしらぬ」あるいは「か丶みしらぬ」の例が多く、新しい伝本に「うらみしらぬ」が多い傾向がある。これを踏まえて「か丶みもしらぬ」が原態であったと考える。「鏡も知らぬ」は鏡も見たことがないほど、田舎びた女の意か。ここは物語名。**○衆** 底本「泉」。他にも「泉」とする諸本は多いので問題は残るものの、「所の泉」では作者名としてふさわしく

ないので、「泉」は「衆」の誤写の可能性があると考え、校訂する。物語名に「鏡」があるので、「鏡―泉」と引かれて誤写したものか。「衆」としているのは、陽甲・日甲・彰甲・丹鶴・松甲・刈谷・藤井。「所の衆」は、「蔵人所の衆」の略で、蔵人所に属して雑務を勤めた人。五位・六位の中から選ばれる。右の『大和』のように、「金の使」に派遣された者だったのであろう。**○はなかつみ**　水辺に生える草の名。まこもとも、あやめともいわれる。ここでは、「かつみ（見）」を引き出す枕詞。また、「かしこなる女」を譬える。**○かつみて**　ほんの少しだけ見て。**○あさかのぬま**　陸奥の歌枕。岩代国、今の福島県郡山市日和田安積山公園の近くにあったという沼。「花かつみ」で有名。ここは、「あさ」に「心が浅い」意をかけている。

〔参考歌〕
①陸奥の安積の沼の花かつみかつ見る人に恋ひやわたらむ（『古今集』・恋四・六七七・読人不知）

〔典拠〕　『鏡も知らぬ』（散逸物語）。『風葉集』に一首入集。
資料が当該歌一首のみしかないので、物語の詳細は不明。詞書からは、下級官吏である所の衆が、金の使いとして陸奥に下り、そこで親しくなった女があったが、上京する時に別れたということしか解らない。『伊勢』十四段にあるような、陸奥の女との恋愛を描いたものであろうか。あるいは『大和』七十段などの影響もあったか。題名の由来についても、当該歌一首しか資料がないので、〔語釈〕に記した如くに理解するしかない。（石原）

天の迎ありてのぼりけるに、みかどにふしの薬たてまつるとて　たけとりのかぐや姫
今はとてあまのは衣きるときは君をあはれとおもひいでける

〔校異〕　けるに―侍けるに〈宮甲・蓬左・陽乙・嘉永・田中・清心・日甲・静嘉・川口・篠山・彰甲・丹鶴・天

理・東大・明大・狩野・内閣・松甲・刈谷・龍大・藤井〉侍りけるに〈伊達・龍門〉たけとりの―たちとりの〈伊達〉ときは―をりそ〈陽甲・宮甲・清心・日甲・静嘉・川口・丹鶴・内閣〉おりそ〈蓬左・陽乙・嘉永・田中・篠山・彰甲・松甲〉折そ〈伊達・龍門・刈谷・龍大・藤井〉時（おりイ）そ〈天理・東大〉時そ〈明大〉ときそ〈狩野〉

〔現代語訳〕

天の迎えがあって天に昇りました時に、帝に不死の薬を奉ると言って　『竹取物語』のかぐや姫

今はもうお別れと言って天の羽衣を着る時には、帝がしみじみと思いだされることです。

〔語釈〕　**〇着るときは**　『竹取』では「着るおりぞ」。『風葉集』においても「をりそ」「おりそ」とする伝本が多いが、「ときは」でも意味は通じるため、ここでは校訂しなかった。

〔参考歌〕

①雲分くる天の羽衣うち着ては君が千歳にあはざらめやは（『後撰集』慶賀哀傷・一三六九・典侍あきらけい子）

②そらにとぶあまのはごろもえてしかなうきよのなかにかくものこさじ（『古今六帖』雑の衣・三三二八）

〔典拠〕　『竹取物語』。『風葉集』には三首入集。

作者・成立年ともに未詳であるが、『源氏』の「絵合」巻に「物語の出で来はじめのおやなる竹取の翁に」とある。かぐや姫の生誕、五人の貴公子の求婚、帝の求婚を経て、かぐや姫が昇天するまでが描かれる。『風葉集』おいては、かぐや姫が帝の求婚を断り昇天する際に詠んだ当該歌と、かぐや姫が去った後の帝の嘆き（570番歌）、求婚した貴公子の一人、石上中納言にかぐや姫が遣わした1339番歌の三首が入集している。当該箇所を掲出する。

かく、あまたの人を賜ひて、とゞめさせ給へど、ゆるさぬ迎へまうできて、とりいてまかりぬれば、口おしくかなしき事。宮仕へつかうまつらずなりぬるも、かくわづらはしき身にて侍れば。心えずおぼしめされつ

らめども、心強く、うけたまはらずなりにし事、なめげなる物におぼしめしとゞめられぬるなん、心にとゞまり侍ぬる。

とて、

今はとて天の羽衣きるおりぞ君をあはれと思ひいでける

とて、壺の薬そへて、頭中将よびよせて奉らす。（石原）

御かへし

あふ事の涙にうかぶわが身にはしなぬくすりもなに丶かはせん

とて不死のくすりも此御歌にぐして空近をえらびて、

ふじの山にてやかせさせ給けるとなん

〔校異〕 うかふ―そふる〈嘉永〉 えらひて―えらひ〈宮甲・陽乙・嘉永・田中・清心・日甲・静嘉・川口・篠山・彰甲・丹鶴・伊達・龍門・天理・東大・明大・狩野・内閣・松甲・刈谷・藤井〉えらみて〈蓬左〉やかせさせ―やかせ〈伊達・龍門〉給ける―給へりける〈宮甲・蓬左・陽乙・嘉永・篠山・彰甲・丹鶴・伊達・龍門・天理・東大・明大・狩野・内閣・松甲・刈谷・龍大・藤井〉たまへりける〈田中・清心・静嘉・川口〉玉へりける〈日甲〉

〔現代語訳〕

御返し

もう逢うこともなく、涙に浮かぶばかりの私の身には、不死の薬も何になるというのでしょう。

とおっしゃって不死の薬もこの御歌に付けて空に近い場所を選んで、富士山で焼かせなさったというこ
とです。

〔語釈〕 **○御かへし** 〔典拠〕で示したように、もともとの『竹取』では前歌569との贈答ではないが、『風葉集』では贈答としている。帝の歌である。**○あふ事の涙に** 「涙」は「なみ」との掛詞。「逢うことが無いので」と、「涙に浮かぶ」意をかけている。

〔参考歌〕 なし。

〔典拠〕 『竹取物語』。569番歌初出。当該箇所を次に挙げる。

「いづれの山か、天に近き」

と、問はせ給に、ある人、奏す、

「駿河の国にあるなる山なん、この都も近く、天も近く侍る」

と奏す。これを聞かせ給ひて、

逢ふことも涙にうかぶ我が身には死なぬくすりも何にかはせむ

かの奉る不死の薬に、又、壺具して、御使にたまはす。

（中略）御文、不死の薬の壺ならべて、火をつけて燃やすべきよし、仰せ給。

（石原）

羇旅

571

あふさかをこゆとてよめる　　とりかへばやの新中納言

あさぼらけゆふつけ鳥ももろ声になく〳〵こゆるあふ坂の関

〔校異〕　羇旅―風葉和歌集巻第十　羇旅〈嘉永・川口〉「風葉和歌集巻第十」楽前本此標なし　羇旅〈清心〉「風葉和歌集巻第十」无　羇旅〈静嘉〉　詞書―あふさかをこゆとてよめる本ノ侭〈宮甲〉あふさかをこゆとてよめる本ノマ、イ〈田中・日甲〉あふ坂をこゆとてよめる本ノマ、〈天理・東大〉あふさかをこゆとてよめる本ノマ、〈明大〉　ゆふつけ―ゆふつけ〈陽甲〉　鳥も―とりと〈宮甲・蓬左・嘉永・田中・篠山・伊達・龍門・天理・東大・明大・松甲〉鳥と〈陽乙・清心・日甲・静嘉・川口・彰甲・丹鶴・狩野・内閣・刈谷・龍大・藤井〉　声に―ともに〈田中・清心・日甲・静嘉・川口〉とも（こゑ一本）に〈丹鶴〉

付記　林乙あり。

錯簡　571詞書の次に575～580、次に571作者名～574〈宮甲・蓬左・陽乙・嘉永・田中・清心・日甲・静嘉・川口・篠山・彰甲・丹鶴・伊達・龍門・天理・東大・明大・狩野・内閣・松甲・刈谷・龍大・藤井〉、京大・陽甲のみ錯簡なし。

〔現代語訳〕

逢坂を越える時に詠みました歌

『とりかへばや』の新中納言

夜明けに木綿付け鳥も声を一緒にあげて、泣きながら越える逢坂の関です。

〔語釈〕 ○羇旅　和歌集などの部立ての一つで、旅での思いや情況を詠んだもの。『古今集』から始まった部立て。『風葉集』では、巻八に「離別」と合巻され、後半部分が充てられてる。〔補説〕参照。○あふさか　滋賀県大津市逢坂山にあった関所。京の入り口として交通の要所であった。逢坂に「逢ふ」の意をかけて歌に詠まれることも多い。また、この関を越えることが男女の結ばれる意としても使われた。○とりかへばやの新中納言　現存する、いわゆる『今とりかへばや』（48番歌〔典拠〕参照）には該当すると思われる人物はいない。『物語後百番』では、この歌の作者は「右大臣の四の君」となっている（〔他出〕参照）。『小木散逸』では、作者について「風葉集の誤りと考えるのがよいと言えよう」としながらも、結論を確定してはおらず、いくつかの仮説を提示している。この歌の作者については今のところ考察の根拠となる資料もなく、未詳と言うしかない。「あふさかをこゆとてよめる」という詞書の情況も不明。○ゆふつけ鳥　世の中が乱れた時に、都の四境の関で行われたお祓いのための木綿を付けた鶏。男女の仲を邪魔するものとして詠まれることも多い。また、鶏の異名。

〔参考歌〕

①相坂の木綿つけ鳥もわがごとく人やこひしき音のみなく覧（『古今集』恋一・五三六・読人不知）

②恋ひ〳〵てまれにこよひぞ相坂の木綿つけ鳥はなかずもあらなむ（『古今集』恋三・六三四・読人不知）

③相坂の木綿つけ鳥にあらばこそきみが行き来をなく〳〵も見め（『古今集』恋四・七四〇・閑院）

〔典拠〕『とりかへばや』（散逸物語）。370番歌初出。

〔他出〕『物語二百番歌合』（後百番）八十九番右。

（石原）

〔補説〕

○『風葉集』の羇旅歌について

羈旅歌は、離別歌が旅への出発にあたり、相別れる瞬間の悲哀を詠じるに対し、もっぱら旅中の感情を詠んだ歌を指す。『古今集』で最初に立てられた部であるが、『古今集』では離別部四一首に対し、羈旅部一六首と離別歌の三分の一程度であった。ところが『千載集』から逆転し、『風葉集』直前に撰集された『続古今集』では、離別歌三九首に対し羈旅歌八七首と離別歌の二倍以上の歌数となり、羈旅歌が優位となる。物語歌という制限故、勅撰集のように歌会や歌合の歌を見出すことは困難であるが、配列には物語を鑑賞するが如くの工夫がみられる。

テーマ別に前半と後半に別れ、前半は京から東国へ下る旅程が、後半は京から唐土へ下る旅程が、詞書の中に地名を記し並べられている。冒頭歌は『とりかへばや』の「あふさかをこゆとてよめる」に始まり、石山・粟津・伊勢・鈴鹿山・旅中の歌・野島と地名を連ねる。後半部は笙の岩屋・吹上・伊予・と畿内が続き、住之江・須磨・明石・筑紫・唐土と地名を連ね、下船し故郷を夢に見、月を眺め偲び、『松浦宮』の「夜の雨」を含む歌で締めくくる。601歌〔語釈〕〔補説〕に詳しく記すが、「夜の雨」は寂しい孤独感を助長するものとして詠みこまれ、羈旅部配列の最後は、旅先での孤独に耐え偲ぶ姿を浮かび上がらせている。『古今集』羈旅部では、巻頭歌に阿倍仲麻呂歌を据えその後海辺や小舟の歌を置き、五首目からは業平の東下り歌を並べている。『風葉集』羈旅部の配列は、前半後半の旅程は逆になるものの『古今集』の影響下により構成されたものか。

（米田）

いし山にまうで侍けるに、あふさかをすぐとて

風につれなきの兵部卿のみこ

またこえん人にもかたれ相坂のせきのし水に袖ぞぬれしと

〔校異〕 まうて侍ける—まうてける〈宮甲・蓬左・陽乙・田中・清心・日甲・静嘉・川口・篠山・彰甲・丹鶴・伊達・龍門・天理・東大・明大・狩野・内閣・松甲・藤井〉まふてける〈刈谷・龍大〉詣ける〈嘉永〉こへん—こ

む—（えむイ）〈宮甲〉こへぬ〈嘉永〉　袖そぬれしと—袖ぬれしとそ〈嘉永〉

付記　林乙あり。

〔現代語訳〕

石山寺にお参りしましたときに、逢坂の関を過ぎるといって
『風につれなき』の兵部卿親王

また越えてくるだろう人に話してください。私の袖が濡れているのは、逢坂の関の清水で袖が濡れたからだと。

〔語釈〕　○いし山　滋賀県大津市にある石山寺のこと。平安時代より続く観音信仰の聖地。○兵部卿のみこ　現存部分には登場しない人物で、詳細は不明。『風葉集』にはこの一首のみ入集。○せきのし水　逢坂の関付近に湧き出ていた清水。歌枕でもあった。○袖そぬれし　涙で袖が濡れたことを関の清水で袖が濡れたのだと言いまぎらわす意。

〔参考歌〕

①逢坂の名をもたのまじ恋すれば関の清水に袖もぬれけり（『後拾遺集』恋一・六三二・白河天皇）

〔典拠〕『風につれなき』（首部のみ存）。52番歌初出。当該歌は散逸部分に当たる。

（江口）

573

みちのくに丶くだ覧とて、あはづといふ所にとゞまりて侍けるに、水のおもてに月のいみじうあかきをみても思いづる事おほくて
あさくらの皇太后宮大納言

しらじかし関よりをちにかけはなれみし在明の月をこふとは

〔校異〕　みちのくに丶—みちのくに〈明大〉　あはつ—しはつ〈田中・清心・日甲・静嘉・川口〉し—（あ一本）はつ

〈丹鶴〉あか（はイ）つ〈天理・東大〉あかつ〈明大〉と、まりて―とまりて〈東大〉と（イ）まりて〈狩野〉とまもて〈明大〉水―水うみ（宮甲・蓬左・陽乙・嘉永・田中・清心・日甲・静嘉・川口・篠山・彰甲・丹鶴・伊達・龍門・内閣・松甲）みつうみ〈天理・東大・明大・狩野・刈谷・龍大・藤井〉みても―みて〈嘉永〉思いつる―思いへ（つイ）る〈狩野〉おか（も）ひいつる〈松甲〉皇太后宮―皇太后宮〈龍門〉しらしかし―しらしから〈龍門〉関―おき〈宮甲・陽乙・嘉永・田中・日甲・篠山・彰甲・丹鶴・伊達・龍門・天理・東大・明大・狩野・内閣〉をき〈蓬左・松甲・刈谷・龍大・藤井〉をち〈清心・静嘉・川口〉お（を）ち〈伊達〉こふとは―恋とて（は）〈明大〉

〔現代語訳〕

陸奥の国に下向しようとして、粟津という所にとどまっておりましたときに、湖の水面に月がたいそう明るく映っているのを見ても、思い出す事が多くて

『朝倉』の皇太后宮大納言

父上はきっとご存じないでしょうね。私が逢坂の関から遠くかけ離れた粟津で、父上に逢えないまま見続けた有明の月を恋しく思っているとは。

〔語釈〕 **〇みちのくに** 陸前（宮城県・岩手県）・陸中（岩手県・秋田県）・陸奥（青森県・岩手県）・磐城（福島県・宮城県）・岩代（福島県）の奥州五国の古称。**〇あはつ** 粟津は滋賀県大津市南部の地名。古くから交通の要所であった。「逢わず」の意味を掛けて歌に詠み込まれることもあった。**〇水** 琵琶湖の湖水を指す。京大本、陽甲本以外は「水うみ（みづうみ）」とする。**〇皇太后宮大納言** 物語の主要中心人物の朝倉の女君。女君はこの歌を詠んだ後、琵琶湖に身を投げたが、助けられる。**〇関** 逢坂の関のこと。底本の京大と陽甲のみ「関」とし、他の諸本は「おき」とする。詞書に「水」（京大・陽甲以外は「水うみ」）とあることから本来の「関」から「おき」になったのではないだろうか。**〇をち** 遠く隔たっていること。**〇有明の月** 陰暦20日以後の、夜が明けても空に残っている月。

1284番歌によると、女君は父親が出奔したのち、そのうち会いに来ると言った父親を待ち続けて有明けの月を眺めていた。

〔参考歌〕

①関越えて粟津の森のあはずとも清水に見えし影を忘るな（『後撰集』恋四・八〇一・読人不知）

〔典拠〕『朝倉』（散逸物語）。39番歌初出。（江口）

母そひて伊勢にくだるべきにて侍ける、わづらふ事ありてとまりにければ、あふみたち給日つかはしける

ひとりごとの斎宮の女御

あふみてふ名をたのめどもひとりけふたつはかひなししがのうら波

〔校異〕侍ける―侍けるに〈宮甲・天理・東大・明大・狩野〉侍りけるに〈伊達・龍門〉ひとりこと―ひとりか（こ歟）と〈宮甲〉ひとりかと〈蓬左・陽乙・嘉永・日甲・篠山・彰甲・丹鶴・伊達・龍門・松甲・刈谷・藤井〉ひとりみかと〈清心・静嘉・川口〉ひとりかも〈内閣〉たつは―たつ〈狩野〉かひなし―悲しき〈嘉永〉かひなく〈内閣〉

〔現代語訳〕母が付き添って伊勢に下向するはずでありましたが、母がご病気になって留まることになってしまったので、近江を出立なさる日に送りました歌

『ひとりごと』の斎宮女御

「近江」つまり「逢ふ身」という名をあてにしておりましたが、一人で今日出立しなければならないのは地名の甲斐のないことですよ。だんだんと遠ざかっていく志賀の浦波の音であることよ。

〔語釈〕 ○母 575番歌の按察大納言女のこと。斎宮女御は按察大納言女が921番歌の弾正宮との間に設けた子か。斎宮女御はのちに556番歌の帝のもとに入内したと考えられる。○あふみ 「近江」または「淡海」とも書き、今の滋賀県の旧国名。「あふみ」に「逢ふ身」の意を掛けて歌に詠まれることが多い。○たつ 波が「立つ」と「出立」の意を掛けている。また、「かひ（甲斐・貝・櫂）」と「波」は縁語。○しかのうら波 志賀の浦は歌枕で、琵琶湖の南西岸のあたり、今の大津市唐崎から柳が崎一帯を指す。「浦風」「浦波」が読み込まれることが多い。ここでは参考歌①を踏まえて、伊勢に向かって近江を出立し、次第に遠ざかっていく志賀の浦波の音を表す。また、この歌の内容は、立ち返るものとして浦波をとらえ、「近江」の名の通りになったという参考歌②とは真逆のものであり、だからこそ「かひなし」という言葉が響く。実材母の「あふみぢはげにかひなしやおのづからみるめもからぬしがのうらなみ」（『実材母』一二六）は当該歌を意識して詠まれたか。

〔参考歌〕
①さ夜ふくるまゝに汀や氷るらん遠ざかりゆく志賀の浦波（『後拾遺集』冬・四一九・快覚法師）
②思ひきや志賀の浦浪立ちかへりまたあふみともならむ物とは（『千載集』雑歌中・一一二〇・平康頼）

〔典拠〕 『ひとりごと』（散逸物語）。556番歌初出。

（江口）

575

返し　　　　按察大納言女

もろともにたゝまし物をよそにのみきくぞかなしきしがのうら波

〔校異〕 返し―かへし（歌脱タリ）〈刈谷〉 きくそ―聞え〈清心〉

〔現代語訳〕

返歌　　按察大納言女

あなたと一緒に出立したかったのに、志賀の浦波の音も実際には聞こえず、あなたが今日一人で出立なさったと遠くで聞くことこそ悲しいことです。

〔語釈〕 ○よそにのみきく 「よそに聞く」とは自分とは関係のないものとして聞くという意。

〔参考歌〕

①もろともにたゝましものを陸奥の衣の関をよそにきくかな（『詞花集』別・一七三・和泉式部）

〔典拠〕 『ひとりごと』（散逸物語）。556番歌初出。

（江口）

伊勢のみてぐらのつかひにてくだり侍ける時、すゞか山に
てよみ侍ける　　よそのおもひの関白

まだき秋の時雨降けるすゞか山ならはぬ袖に色ぞうつろふ

〔校異〕 くだり侍ける―くたりける〈宮甲・蓬左・陽乙・田中・日甲・篠山・彰甲・丹鶴・伊達・龍門・天理・東大・明大・狩野・内閣・松甲・刈谷・龍大・藤井〉下りける〈嘉永・清心・静嘉・川口〉 詠者名―欠〈明大〉よそのおもひの関白（イ）〈狩野〉 時雨―山しくれ〈内閣〉 降ける―ふりぬる〈宮甲・蓬左・陽乙・嘉永・田中・清心・日甲・静嘉・川口・篠山・彰甲・丹鶴・伊達・龍門・天理・東大・明大・狩野・内閣・松甲・刈谷・龍大・藤井〉

〔現代語訳〕

伊勢の御幣の使いとして下向しましたとき、鈴鹿山で詠みました歌

『よその思ひ』の関白

まだ早い秋の時雨が降った鈴鹿山で、旅慣れない袖に時雨で赤く染まったように紅葉の色がうつってしまった。

〔語釈〕 **○みてくらのつかひ** 「幣（みてぐら）」は神に奉納する物の総称。「幣使い」はみてぐらを奉納するために神社に派遣する使者。**○すゝか山** 鈴鹿山は鈴鹿山脈南端、鈴鹿峠付近の山々の総称。伊勢国の歌枕。なお、「降ける」の「ふる（振る）」と「すゞか山」の「すゞ（鈴）」は縁語。**○関白** 『風葉集』445番歌によると、かつて春宮の大夫であったときに勅使として伊勢神宮に御幣を奉納しに行ったとあるので、そのときの歌か。**○またき** 「まだき」はある時点に十分達していない時期、早い時期の意。**○袖に…うつろふ** 涙で袖が赤く染まるという。血涙のことを指すか。

〔参考歌〕 なし。

〔典拠〕 『よその思ひ』（散逸物語）。54番歌首出。

（江口）

577

あづまへまかりける時、みちにてよめる

のじまの三位中将

物ごとにあはれ成けり旅の空わきていづれと人にかたらん

〔校異〕 のしま―の（あイ）しま〈天理・東大〉あしま〈内閣〉成けり―なりける〈丹鶴・龍大〉いつれと―何れも〈静嘉〉

付記 林乙あり。

〔現代語訳〕

東国へ参ります時、道の途中で詠みました歌

『野島』の三位中将

それぞれに風情のあることであるなあ、旅の空は。とりわけどこが素晴らしかったと人に語ろうか。

〔語釈〕○三位中将　この物語の主人公。

〔参考歌〕なし。

〔典拠〕『野島』（散逸物語）。525番歌初出。

（江口）

578

よみ人しらず

ながめわぶるたびのあはれのかぎり哉月影かすむあけぼの丶空

〔校異〕あはれの—哀は〈嘉永〉　月影—月かけ（イ）〈狩野〉

〔現代語訳〕

よみ人しらず

しみじみと物思いに沈んでつらい気持ちになる旅の情趣の極みであるなあ、月の光もかすんで見えるあけぼのの空は。

〔語釈〕○よみ人しらず　577番歌と同じ内容と考えられるので『野島』の歌と考える。○ながめわぶる　「眺め侘ぶ」はもの思いに沈んでつらい気持ちになること。歌語としては『源氏』が一番古い。

〔参考歌〕

①をちこちも知らぬ雲ゐにながめわびかすめし宿の梢をぞとふ（『源氏』明石巻・光源氏）

〔典拠〕『野島』（散逸物語）。525番歌初出。

（江口）

うちなげきいく世〳〵の草枕するゝこそ露はふかく成けれ

〔校異〕うちなけき―うきなけき〈宮甲〉うちなけく〈日甲〉うちなきて（けき一本）〈丹鶴〉な《ヒ》（打）なけき〈龍大〉いく世〳〵―いくよな〳〵〈陽甲〉いく夜（宵か）〳〵〈宮甲〉いくよ（宵イ）〳〵〈静嘉・川口〉いく夜（宵歟）〳〵〈篠山〉いくよ〳〵（宵ゝ同上）〈丹鶴〉いく宵〳〵〈刈谷・龍大・藤井〉成けれ―成けり〈嘉永〉詠者名―欠

〔現代語訳〕

嘆きながら幾夜も旅寝をして来ましたが、それも終わりを迎えて涙の露はひとしお深くなったことですよ。

（よみ人しらず）

〔語釈〕〇詠者 前歌578の「よみ人しらず」か。577に「野島の三位の中将」とあり、582に、その主人公が野島に到着したと見られる歌があるので、577と当該歌とは主人公に同行した者の詠か。〇草枕 草を束ねて作った枕の意で、主に旅にかかる枕詞だが、ここでは「露」にかかる。この外、「結ぶ」「ゆふ」「かり」などにも用いられる。

〇露 草枕の縁語。野に伏す旅寝の辛さに流す涙の意を含む。

〔参考歌〕なし。

〔典拠〕『野島』（散逸物語）。525番歌初出。

（久富木原）

題しらず　右大将仲忠

たび人の日も夕ぐれの秋風は草の枕の露もほさなん

〔校異〕右大将―右中将〈伊達・龍門〉露も―露と〈嘉永〉

付記 林乙あり。

〔現代語訳〕

錯簡 571番歌〔校異〕の錯簡参照。

題しらず　（『うつほ』の）右大将仲忠

旅人が紐を結び直して夕暮になる頃に吹く秋風は、独り寝で流す涙の露も乾かしてほしいものです。

〔語釈〕○題しらず『うつほ』で仲忠が琴の召しを逃れ、藤壺に隠れてあて宮と語り、歌を贈答する場面で詠んだ歌。○日も夕ぐれ「日も夕」と「紐結ふ」の掛詞。『秀歌選』は「前の歌が『野島』の歌とすると、『万葉集』巻三の柿本人麻呂の「淡路の野島の崎の浜風に妹が結びし紐吹き返す」（二五一）の連想から、仲忠の歌を並べたか」とする。

〔参考歌〕

①唐衣日もゆふぐれになる時は返す〴〵ぞ人はこひしき（『古今集』恋一・五一五・読人不知）

〔典拠〕『うつほ物語』（3番歌初出）内侍のかみ巻。当該箇所を次に挙げる。

あて宮、からうじていらへたまふ。「下紐解くるは朝顔に、とかいふことある。中将、「同じく吹かば、この風も、ものの要にあたるばかりになりなむ」とて、

旅人のひもゆふ暮れの秋風は草の枕の露も干さなむ

涙のかからぬ暁さへなきこそ。」藤壷の御いらへ、

「あだ人の枕にかかる白露はあき風にこそ置きまさるらめ

忘れたまふ人々も、なうはあらじかし。」

（久富木原）

色そむる木のは、よきてたび人の袖に時雨のふるぞわびしき

〔校異〕　よきて—まきて〈宮甲・蓬左・陽乙・嘉永・田中・篠山・彰甲・丹鶴・伊達・龍門・内閣・松甲〉すきて〈日甲・静嘉・川口〉まさ（きイ）て〈天理・東大〉まさて〈明大・狩野〉ま（よ敷）きて〈刈谷・龍大・藤井〉袖に—袖の〈伊達・龍門〉わびしき—かなしき〈日甲〉詠者名—欠

付記　林乙あり。

〔現代語訳〕

美しく紅葉する木の葉を避けて、旅人の袖には紅の涙の時雨が降り注ぐのがつらいことです。

（『うつほ』の右大将仲忠）

〔語釈〕　**○詠者名**　前歌同様、仲忠の歌。『うつほ』の仲忠が九月二十日頃の夜、仲澄と物語をして夜を明かした折の和歌。**○よきて**　よけて。避けて。主語は「時雨」。時雨は紅葉する木の葉を避けて、旅人の袖に降り注ぐの意。**○たび人**　旅人。ここでは、詠者自身をたとえている。実際に旅をしているわけではないが、晩秋の時雨の時節の侘しい心情を旅人に託して詠んだ。『うつほ』では「捨人」とあり、自分を世間から見捨てられた者に喩えるが、物語のこの場面においては正頼・大宮夫妻はもとより、あて宮本人までが仲忠を高く評価して、仲忠が卓越した人物であることが強調されている。その仲忠が自身のわびしい心情を詠むのである。**○袖に時雨のふる**　袖に時雨が降りかかるの意だが、時雨は「涙」の比喩で、初句に「色そむる」とあるから、物思いの極まった時に流す「紅涙」を意味する。即ち、時雨は木の葉を赤く染める代わりに旅人に紅の涙を流させて袖を紅く染めるとするのである。（参考・東望歩「「袖の時雨」考」『研究報一八』〈研究ノート〉）。

〔参考歌〕

①しらつゆも時雨もいたくもる山は下ばのこらず色づきにけり（『古今集』秋下・二六〇貫之）

〔典拠〕『うつほ物語』（3番歌初出）嵯峨の院巻。当該箇所を次に挙げる。

かかるほどに、九月二十日ばかりの夜、風いとはるかに聞こえて、しぐれなむとす。源侍従の君、夜一夜物語などし明かして、暁に、仲忠、

色染むる木の葉はよきて捨人の袖に時雨の降るがわびしさ

とうち歌ふ声、いとめでたし。九の君、いとをかしと聞きたまふ。いと人気なき者には思さずなむありける。

（久富木原）

のじまにまかりて月まち出たるおりしも、鹿のなきけるにおもひいづる事侍ければ　　野じまの三位中将

面影を波よりいづる月にみてあかぬ名残をおじか鳴なり

〔校異〕侍ければ―侍ければよめる〈宮甲・蓬左・陽乙・嘉永・田中・清心・日甲・静嘉・川口・篠山・彰甲・丹鶴・伊達・龍門・天理・東大・明大・狩野・内閣・松甲・刈谷・龍大・藤井〉

〔現代語訳〕

野島に赴いて待っていた月が出た、ちょうどその時に鹿が鳴くのを耳にして思い出すことがありましたので　　『野島』の三位中将

恋しい人の面影を波から昇る月の面に見出して満ち足りない思いでいると、自分と同じく相手を求めて牡鹿が鳴くのですよ。

〔語釈〕**〇おじか鳴なり**　和歌では秋の交尾期に牡鹿が牝鹿を求めて鳴く声が情趣あるものとされてきた。ここでも牡鹿の鳴き声を聞くことによって恋しい人に対する恋慕の情がいっそう募るのである。「おじか鳴く」について

は302番参照。

〔参考歌〕

①おもかげのわすらるまじき別かな名残を人の月にとどめて（『山家集』・六二一）

〔典拠〕『野島』（散逸物語）。525番歌初出。

〔補説〕

○「月」「面影」「名残」の表現について

「月」に懐かしい人の「面影」を重ねるのはごく一般的な発想だが、当該歌は「波よりいづる月」という海上の月の風景に通常は山中で鳴く牡鹿を取り合わせている。さらに「海上の月」という視覚的な要素に、鹿の鳴き声という聴覚的な要素を加えて「恋しさ」を焦点化する点に妙味がある。なお「月」・「面影」・「名残」を重ねる歌は意外に少なく、〔参考歌〕掲出の西行歌のみである。個々の表現が珍しいわけではないが、これらすべての表現を兼ねた歌の例はなく、その意味では特異だといえよう。また海辺の月に面影を見出す点で想起されるのは、『源氏』須磨巻で暴風雨に見舞われた後、月に故桐壺院の面影を認める場面である。故院の姿が見えなくなった後、光源氏の心境として「月の顔のみきらきらとして、夢の心地もせず、御けはひとまれる心地して、空の雲あはれにたなびけり。（中略）ほのかなれどさだかに見たてまつりつるのみ面影におぼえたまひて」と記されるが、そこには鹿は登場しない。（久富木原）

笙のいはやにこもりてよめる　はな宰相のみ、律師

とをざかるいはやの中のたびねには木のはを衣苔をさむしろ

〔校異〕み、律師―みこ律師〈丹鶴〉律師〈天理・東大・明大・狩野〉みく律師〈刈谷・龍大・藤井〉み律師〈神

宮〉中の―なかれ〈蓬左〉たひねには―旅ねにそ〈刈谷・龍大・藤井〉木のはを―木のはの〈宮甲・龍大〉このはの〈蓬左・陽乙・田中・清心・日甲・静嘉・川口・篠山・彰甲・丹鶴・内閣・松甲〉この葉の〈嘉永・神宮・林丁〉木の葉の〈伊達・刈谷・藤井〉木葉の〈龍門・天理・東大・明大・狩野〉苔を―こけの〈宮甲・蓬左・嘉永・田中・清心・日甲・静嘉・川口・篠山・丹鶴・伊達・龍門・天理・東大・明大・狩野・松甲・林丁〉苔の〈陽乙・彰甲・内閣・刈谷・藤井・神宮〉苔〈龍大〉　詞書―欠〈刈谷〉

付記　神宮（当該歌の前に「釈教」とあり。）・林乙・林丁あり。

〔現代語訳〕

笙の岩屋にこもって詠みました歌　　　　『はな宰相』のみみ律師

世の中から遠く離れた岩屋の中の旅寝では、木の葉を衣にして苔を狭い敷物にすることだよ。

〔語釈〕　**○笙のいはや**　奈良県大峰山脈の国見岳にある霊場で岩のほら穴。大峰山は吉野と熊野を結ぶ山。急峻な山々を対象として日本の原始的民俗信仰を核に仏教の影響を受けて山岳宗教が展開した。彼らは山伏とも呼ばれ、険しい崖をよじ登って深山の岩屋にこもって穀断などの荒行を重ねた。大峰山は役小角が開いて修行した霊場とされて全国修験道のメッカとなった。〔補説〕参照。**○はな宰相**　散逸物語。『秀歌選』は「花のような参議の意で物語の主人公の呼称か。」とする。「はな宰相」の「はな」はおそらく吉野に関係の深い桜の意味を持つのであろうが、「はな」と「みみ」とを共に持つことから、「花」に「鼻」を掛け、「みみ（耳）」と対照させていることも考えられ、華やかさばかりではなく嗅覚、聴覚共にすぐれた特殊な才能を持つ人物かとも推測される。**○律師**　僧正・僧都に次ぐ僧官。**○木の葉を衣**　「木の葉」を衣の代わりとして厳しい修行をする。「木の葉を衣」は、これ以前には詠まれていない。これ以降も正徹の『草根集』に五首（但し、すべて「木の葉の衣」一二二一九番など）とその他に一首認められるが、珍しい表現だといえよう。

〔参考歌〕

①宿りする岩屋の床の苔むしろ幾世になりぬ寝こそ寝られね（『千載集』雑中・一一〇九・前大僧正覚忠）

〔典拠〕『はな宰相』（散逸物語）。『風葉集』に三首入集。

物語の題号の由来や内容については不詳。成立年も不詳だが、題号の「はな宰相」は「主人公で華やかな人物」だと推測される（『事典』。〔語釈〕参照）。しかし「笙の岩屋」にこもっているところから、かなり厳しい修行に堪えることのできる道心堅固な聖である。この外の内容としては帝と登華殿女御の愛情深い贈答歌が詠まれたことが知られている。〔補説〕参照。

〔補説〕

○「笙の岩屋」について

『浜松』巻五で中納言が道心堅固な修行者の例として「笙の岩屋の聖」を挙げている。この岩屋は三善清行の弟、日蔵上人（道賢）が隠棲した地として名高く、「道賢上人冥土記」（『扶桑略記』）によれば、上人は天慶四年（九四一）に金峰山で断食修行中に息絶えたが、仏の化身に導かれて菅原道真と醍醐天皇の姿を見て蘇生した後、験力の強い行者として知られたとされる。類話は『北野天神絵巻』にもみえ、『新古今集』釈教歌・一九二三には「御嶽の笙の岩屋にこもりてよめる　日蔵上人／寂莫の苔の岩戸のしづけきになみだの雨のふらぬ日ぞなき」とある。『今昔物語集』巻一三にも日蔵と思われる聖の話が載り、歌人として著名な行尊も次のような和歌を残している。「大峰の生の岩屋にてよめる／草の庵なにつゆけしとおもひけん漏らぬ岩屋も袖はぬれけり」（『金葉集』雑上・五三三）。なお参考歌に挙げた歌の詞書には「大峰通りける時、笙の岩屋といふ宿にてよみ侍ける」とあり、歌には先達が修行を重ねた霊地に至った折の緊張と興奮が詠まれている。「笙の岩屋」には、こうした実在の人物の事績および物語や説話等が認められる。なお『源氏』若紫巻に登場する北山の聖は、即座に瘧病を治す特別な力を持つが、やはり「峰高く、深き岩の中」で修行していた。「岩屋」という空間は俗世間と交わらず、聖が一心に修行する場であった。

（久富木原）

たびに侍ける夜、故郷の女の夢にみへ侍ければ

ひちぬいしまの内大臣

ふる里にながめやすらん草枕たびねの夢にみゆるおも影

〔校異〕 侍ける―侍つる〈宮甲〉 夢に―夢〈嘉永〉 みゆる―こゆる〈田中・清心・日甲・静嘉・川口・丹鶴〉

〔現代語訳〕

旅をしておりました夜、ふるさとの女が夢に現れたので

『ひちぬ石間』の内大臣

今頃、ふるさとで物思いに沈んでいるのであろうか。旅寝の夢の中に見えたあの人の面影よ。

〔語釈〕 **○ひちぬいしまの内大臣** 詠者と他の歌の詠者たちとの関係などについては不明。28番歌〔語釈〕参照。

〔参考歌〕

①ふるさとの旅寝の夢にみえつるは恨みやすらんまたと問はねば（『新古今集』羇旅・九一二・橘良利）

〔典拠〕 『ひちぬ石間』（散逸物語）。28番歌初出。

（久富木原）

吹上より帰らんとし侍けるにみやこ鳥のなくをきゝて

うつほの右少将仲頼

名にしおはば関をもこへじ都鳥こへするかたをもゝしきにして

〔校異〕 うつほ―うつ月〈田中〉う月〈日甲〉　し侍ける―侍ける〈嘉永・藤井〉　右少将―右大将〈天理・東大・明大・狩野〉左少将〈藤井〉　関をも―せきとも〈陽乙〉せきもゝ〈蓬左〉関をし〈静嘉〉

〔現代語訳〕

吹上から帰ろうとしておりました時に、都鳥の鳴くのを聞いて

『うつほ』の右少将仲頼

都鳥という名を負っているのならば紀伊の関を越えて都には帰るまい。都鳥の声のする場所が内裏だと思うことにしまして。

〔語釈〕 **○吹上**　98・537・555番等の〔語釈〕参照。当該歌は都より仲頼、仲忠など四人の貴公子が吹上の種松邸を訪れ、一ヶ月間の滞在後、辞する時の惜別の一首である。**○関**　紀伊の関

〔参考歌〕

①名にし負はばいざ言とはむ宮こどりわが思ふ人は有りやなしやと（『古今集』羇旅・四一一・業平）

〔典拠〕『うつほ物語』（3番歌初出）吹上上巻。当該箇所を次に挙げる。

かくて、四月一日に君だち帰りたまふ。吹上の宮より出で立ちたまふ。その日の饗、常よりも心殊なり。（中略）かくてからうじて出で立ちたまひぬ。あるじの君、宮の人を率ゐ、守のぬし、国の内をこぞりて見送りしたまへり。関のもとまで。

［絵指示　・略］

これは君だち直衣姿にて、乗り連ねて出で立ちたまへり。

ここは関のもと。国の守のぬし設けしたまへり。君だちに沈の折敷二十、御供の人に蘇枋の机ども立て並べて、物参りたり。かづけ物、女の装ひ一襲づつかづけて奉り、清らなる衣櫃一つに、衣入れつつ奉りたまふ。

そこより、守のぬし帰りたまひなむとする折に、都鳥遠き声に聞こゆ。少将、

名にし負はば関をも越えじ都鳥声する方を百敷にして　（久富木原）

兵衛佐に侍ける時、さつまのくにゝうつされけるに、
いよのみなとゝいふ所にて都鳥をみてよみ侍ける

あだなみの中の関白

都鳥恋しきかたの名にはあれどわがふる里の事づてもなし

〔校異〕　さつま—菩薩（さつま村田本）〈狩野〉　けるに—ける〈宮甲〉　よみ侍ける—よみ侍けり〈陽甲〉　名には—名に〈丹鶴〉

〔現代語訳〕

兵衛佐でありました時、薩摩国に左遷されて行く途中、伊予の港というところで、都鳥をみて詠みました歌

『あだなみ』の中の関白

都鳥とは恋しい方角の名を持つ鳥であるが、私のふるさと、都からは便りもないことです。

〔語釈〕　**○兵衛佐**　後の中の関白。315番歌にみえる「関白」と同一人物だとすると、中宮の兄弟か。**○うつされける**　後に関白にまでなるので、一時的な左遷か。**○さつまのくに**　西海道の一国で現在の鹿児島県の西半部。延喜

式における中国。**○いよのみなと**　伊予国の港。伊予国は現在の愛媛県で南海道の国。延喜式では上国。**○都鳥**　本来はミヤコドリ科の鳥をさすが、『伊勢』で詠まれた都鳥がカモメ科のユリカモメだったことから、詩歌の世界で都鳥が詠まれる時はこちらを指す。「名にし負はばいざ事問はむ宮こ鳥わが思ふ人はありやなしやと」（『伊勢』九段）があまりにも有名だったため、都鳥を歌うものは『伊勢』の影響によるものが一般的であった。

〔参考歌〕

①故郷をたれにかとはん泉川都鳥だにみえぬわたりは（『月詣集』八六八）

〔典拠〕『あだなみ』（散逸物語）315番歌初出。

（乾）

心にもあらず故郷をはなれてさすらへけるに、はつかりのなくをきゝて

ふせやの関白北方

雁かねよしばしとまりて旅の空こひなくかたの物語せよ

〔校異〕雁がねよ—雁連よ（にイ）〈狩野〉　空—せい〈神宮〉　こひ—こゐ〈伊達・龍門・天理・東大・明大・狩野〉かひ〈神宮・林丁〉

付記　神宮・林乙・林丁あり。

〔現代語訳〕

不本意なことに、故郷を離れてさすらっていたところ、折から初雁が鳴くのを聞いて

『ふせや』の関白北の方

雁よ、しばしとどまって、この旅の空で、私が恋い焦がれて泣いている都の方の話を聞かせておくれ。

〔語釈〕　**○はつかり**　その年に初めて北方より渡ってくる雁。285番歌参照。**○こひなく**　恋ひ泣く。恋い焦がれて

泣く、恋い慕って泣くこと。**〇かた** 方角、方向。都をさす。

〔参考歌〕

①初雁は恋しき人のつらなれや旅の空飛ぶ声のかなしき（『源氏』須磨巻）

〔典拠〕 『ふせや』（散逸物語）。

『風葉集』にはこの一首のみ、また他資料にも見いだせないので、物語の詳細は不明。題号の「伏屋」は、「地面に伏せたように軒が低い小さなみすぼらしい家」の意、あるいは信濃国の歌枕「伏屋」に由来するか、いずれとも言い難い。

『住吉』の影響下にあることが指摘されている室町期の一連の継子物語に『ふせやの物語』という作品があり、本作の改作物語かとされている。当該歌との関係を見るとにほひの姫君が継母のために湖に沈められるが、母の霊である亀に助けられる場面に「ふるさとのみやこへゆかばかりがねのわがありさまをものがたりせよ」（『室町時代物語大成』）、「はつ雁よ都へゆかばたらちをにわがありさまのものがたりせよ」（『室町物語集』）など見られる。また「美人くらべ」（『室町時代物語大成』）は『ふせや物語』の異本かと思われ、「かりがねはしばしとまりてたびのそらこしぢのかたをものがたりせよ」と当該歌に非常に近い歌と「わがすみしみやこへゆかばかりかねよこのありさまをものがたりせよ」を有する。これらの所収歌から見ても『ふせやの物語』『美人競べ』は当該物語の改作の可能性が高い。

（乾）

すみのへに侍けるを、関白にいざなわれて都にのぼりけるに、霧のたへまよりまつのこずゑばかりはるかにみへければ　　住吉の関白北方

はかなくてわがすみなれし住のへの松のこずゑのかくれゆく哉

〔校異〕侍けるを―侍けるに〈松甲〉いさなわれて―いさなわされて〈清心〉のほり―のほりて〈内閣〉はかり―欠〈清心・丹鶴〉ゆく―ぬる〈宮甲・蓬左・陽乙・嘉永・田中・清心・日甲・静嘉・川口・国研・篠山・影甲・丹鶴・伊達・龍門・天理・東大・明大・狩野・内閣・松甲・刈谷・龍大・藤井〉

〔現代語訳〕

住の江におりました時、関白に誘われて上京しましたところ、霧の絶え間から松の梢ばかりが遙かに見えましたので　　『住吉』の関白北の方

心細い思いで私が住み慣れた住の江の松の梢が見えなくなっていくのを見ることです。

〔語釈〕〇すみのへ　摂津国の古郡名。現在の大阪市住吉区。住之江区、阿倍野区、東住吉区、生野区および堺市北部の一部地域を指す。『万葉集』では「すみのえ」と称されるが、「住吉」と表記し、「吉」が「え」「よし」とも読まれた例があるので、「すみよし」と読むようになったとされる。両語形が併存する中古の和歌では「住の江」に海面、海岸、「住吉」に陸上の地名と一定の使い分けがなされるようになるが、絶対的なものではない。歌枕として「浪」「松」「忘れ草」などの景物とともに多くの歌が詠まれた。物語中では、女主人公の姫君が継母の計略から逃れ、乳母子とともに逃れた地。亡母の乳母が尼になって暮らしていた。〇関白　左大臣の息子で、四位少将。女主人公を助け出す。〇関白北方　この物語の女主人公。

〔参考歌〕　なし。

〔典拠〕　『住吉物語』。『風葉集』に七首入集。他に、序に「これを入りあひ」を含む連歌の存在が示されている。

現存本は鎌倉期の改作で、平安期に『源氏』以前に存在したかとされる古本『住吉物語』の存在が知られているが、現在は散逸してしまっている。『風葉集』にとられた『住吉』は改作本。

内容は典型的な継子物語で、中納言で左衛門の督を兼ねた人と先帝の娘との間に生まれた姫君が女主人公。八歳の時に実母を失い、継母のもとに引き取られるが迫害に遭う。姫君の美しさを伝え聞いた左大臣の息、四位少将が姫君に求婚。継母は七〇歳あまりの主計頭に姫君を盗ませようとしていることを知った姫君が、乳母子の侍従とともに逃れる地が、亡母の乳母が尼となって隠棲している住吉である。長谷寺で夢想を得た少将は住吉に下って、姫君を見出し都に連れ帰り、幸せな生活を営む。やがて少将は関白内大臣に昇進し、姫君の父も大納言に昇るが、継母は落魄のうちに没する。

『住吉』の伝本は一二〇種類以上が知られており、非常に多い上に本ごとに異本であると言われるほど多様な内容、形態を持つ。歌に限っても一五首所収のものから一一八首所収のものまで、幅広い。その中で、当該歌を有する本文として契沖本がある。当該箇所を武山隆昭氏『住吉物語の基礎的研究』（勉誠社　一九九七年）より引用する。

かくいふ程にやうやう夜のあけゝり姫君あやしのすまゐに都おほしあはせて
はかなくてわか住なれし住の江のまるのすゐにそうつり行かな
とほのめかし給へは中将きかぬよしにて見給へはさが野にて見しよりもさかりに見えてねみたれかみのなつかしさいふにもたくひなかりけり（三三二四頁）

（乾）

589

すまよりあかしにうつろはせ給て、都なる人につかはさせ給ける　　六条院御歌

はるかにもおもひやる哉しらざりし浦よりをちにうらづたいして

〔校異〕つかはさせ―つかはせ〈蓬左・陽乙・彰甲・内閣〉　うらつたい―浦つたひ（イ）〈狩野〉

〔現代語訳〕

須磨から明石に移動なさって、都に残っておられる方にお送りになりました歌　　六条院御歌

遙かにあなたに思いを馳せることです。知らないところであった須磨の浦よりさらに遠い明石の浦に、海岸伝いに移ってきて。

〔語釈〕○**すまよりあかしにうつろはせ給て**　須磨にて謹慎していた光源氏の夢枕に故桐壺院が立ち、住吉の神の導きによって須磨を去るように告げる。明石入道に迎えられ、明石に移った。○**都なる人**　都に残っている紫の上のこと。○**をちに**　遠方に。○**うらづたい**　この語が初出の和歌は「ますらをのあまくりかへしはるのひにわかめかるとやうらづたひする」（『伊勢大輔集』一五八）で『源氏』と同時期であることから、『源氏』との先後関係は決定しにくいが、いずれにしてもそれ以前には使われていなかった語。勅撰集初出は『後拾遺集』の相模の「なにはがたあさみつしほにたつちどりうらづたひするこゑきこゆなり」（冬・三八九）。鎌倉期になると非常に多くの歌にこの語が使われるようになるが、おそらく『源氏』のこの歌の影響であろう。

〔参考歌〕なし。

〔典拠〕『源氏物語』（2番歌初出）明石巻。当該箇所を次に挙げる。

「かへすがへすいみじき目の限りを見尽くしはてつるありさまなれば、今はと世を思ひ離るる心のみまさりは

べれど、『鏡を見ても』とのたまひし面影の離るる世なきを、かくおぼつかながらやと、ここら悲しきさまざまの愁れはしさはさしおかれて、

はるかにも思ひやるかな知らざりし浦よりをちに浦づたひして

夢の中なる心地のみして、覚めはてぬほど、いかにひが言多からむ」と、げにそこはかとなく書き乱りたまへるしもぞ、いと見まほしき側目なるを、いとこよなき御心ざしのほどと、人々見たてまつる。

〔他出〕『物語二百番歌合』（後百番）三十一番左。『無名草子』。

（乾）

えがたかりける女のゆへにすまにこもりいて侍けるころ、かのおんなのもとにつかはしける

はつねの入道太政大臣

ひきかさねうらみし袖の涙にもいとかくばかりしづまざりしを

〔校異〕袖―そく《ヒ》（て）〈松甲〉

〔現代語訳〕

手に入れることが難しい女のせいで、須磨にこもっておりましたころ、その女のもとに送りました歌

『初音』の入道太政大臣

あなたへの恨みが積み重なって、何度も流した袖の涙でしたが、今回ほど悲しみに沈みはしませんでしたのに。

〔語釈〕　**○えがたかりける女**　841番歌の詞書などから前斎院を指すと思われる。（当該歌の時点では在任中か）　**○すまにこもりいて**　須磨謫居の原因は前斎院との恋か。307番歌〔補説〕参照。　**○ひきかさね……しづまざりしを**

「かさね」「袖」「涙」は縁語。

〔参考歌〕 なし。

〔典拠〕 『初音』（散逸物語）。307番歌初出。 （乾）

父にぐしてつくしへくだりけるに、ふな子どものあら〳〵しきこへにて、うらかなしくもとほくきにけるかな、とうたふをきゝて、恋しき人もありければよめる

源氏のさきの少弐女

ふな人もた［こ］れをこふとかおほしまのうらかなしげに声のきこゆる

〔校異〕 ともの―とも〈嘉永・松甲〉 きゝて―きそ《ヒ》（きて）〈陽甲〉 恋しき―恋しさ〈宮甲〉 よめる―欠〈天理〉 小弐女―小弐母〈龍大〉 たれ―これ〈京大〉 こふ―とふ〈嘉永〉

〔現代語訳〕

父に同道して筑紫にくだるときに、舟を操る舟子どもが荒々しい声で「うら悲しくも遠くに来にけるかな」と歌うのを聞いて、恋しく思う人もあるので詠みました歌

『源氏』の前の少弐の女

舟人も誰を恋しがっているのだろうか、大島の浦を通り過ぎながら、懐旧の思いを誘う悲しげな歌声が聞こえることです。

〔語釈〕 **○父にぐして** 玉鬘の乳母の夫が大宰少弐に任官し、家族を帯同して下向することになったことをいう。

○舟子　舟に乗り込んで舟を操る人。**○うらかなしくもとほくにきにけるかな**　当時の舟歌の一節と思われる。**○恋しき人もありければ**　『源氏』諸本においてこの文章は見られないが、物語では直前に乳母の娘たちが亡き夕顔を思い出している文章があるので、そのことを指すと思われる。**○前の少弐の女**　物語によれば、玉鬘の乳母の娘二人がそれぞれに思いを詠んだことになり、当該歌が姉の詠なのか、妹兵部の君（あてき）の詠なのかは不明。**○たれ**　底本の「こ」のままでも文意が取れないことはないが、京大本以外の『風葉集』諸本、『源氏』諸本もみな「たれ」であることから、「た」が誤写されたとみて校訂した。**○おほしま**　大島は福岡県宗像郡大島を指すか。大島は各地にあり周防国のをそれが歌枕として有名だが、ここでは、すぐあとの物語本文に「金の岬」として、福岡県宗像郡玄海町にある鐘の岬が登場することから、その沖の大島を指すと考えられる。**○うら**　「浦」と「うら（心）」の掛詞。

〔参考歌〕　なし。

〔典拠〕　『源氏物語』（2番歌初出）玉鬘巻。当該箇所を次に挙げる。

おもしろき所どころを見つつ、心若うおはせしものを、かかる道をも見せたてまつるものにもがな、おはせましかば、我らは下らざらましと、京の方を思ひやらるるに、返る波もうらやましく心細きに、舟子どもの荒々しき声にて、「うら悲しくも遠く来にけるかな」とうたふを聞くままに二人さし向かひて泣きけり。

舟人もたれを恋ふとか大島のうらかなしげに声の聞こゆる

来し方も行く方もしらぬ沖に出でてあはれいづくに君を恋ふらん

雛の別れに、おのがじし心をやりて言ひける。

（乾）

つくしよりのぼるとて　　　　　たまかづらのないしのかみ

ゆくさきもみへぬ浪ぢにふなでして風にまかする身こそうきたれ

〔校異〕　たまかつら―たまくら〈宮甲・嘉永・田中・日甲・静嘉・川口・篠山・彰甲・伊達・龍門・松甲〉たまく（かつ歟）ら〈刈谷・藤井〉　ないしのかみ―典侍〈天理〉　さき―末〈東大・刈谷・龍大・藤井〉　みへぬ―しらぬ〈刈谷・龍大・藤井〉

付記　断簡3（星名家蔵古筆手鑑『藻塩草』所収、592詠者～595詞書、国文学資料館の成果報告書『平成19年度研究成果報告 物語の生成と受容③』の岩木謙太郎編「『風葉和歌集』断簡一覧および解説」による）・神宮・林乙（587の次）・林丁あり。

〔現代語訳〕

筑紫より上京する時に　　　　　玉鬘の尚侍

何処へ行くかもわからない波路に出て行った船のように、風に任せている我が身は頼りなく不安なことです。

〔語釈〕　**○つくしよりのぼる**　乳母の夫の家族に同道して筑紫に下った玉鬘が、大夫の監の求婚から遁れるために上京することを指す。**○ゆくさき**　波に翻弄されがちな舟の行く先に、筑紫を後にした自分の、これからを重ねた言葉。**○うき**　「浮き」と「憂き」を掛ける。なお物語ではこの歌の直前に兵部の君の歌があり、そこで地名「浮島」（周防国か）が詠まれていることから、それを踏まえた表現となっている。

〔参考歌〕　なし。

〔典拠〕　『源氏物語』（2番歌初出）玉鬘巻。当該箇所を次に挙げる。

姉おもとは、類ひろくなりて、え出で立たず。かたみに別れ惜しみて、あひ見むことの難きを思ふに、年経つる古里とて、ことに見棄てがたきこともなし、ただ、松浦の宮の前の渚と、かの姉おもとの別るるをなむ、かへりみせられて、悲しかりける。

浮島を漕ぎ離れても行く方やいづくとまりと知らずもあるかな
　行くさきも見えぬ波路に舟出して風にまかする身こそ浮きたれ
いとあとはかなき心地して、うつぶし臥したまへり。
（乾）

　もろこしへわたりける道にて　松浦宮参議氏忠
わたの原おきつしほあひに[・]うかぶあはをともなふ船のゆくへしらずも

〔校異〕 わたの原―天の《ヒ》（川イ）原〈狩野〉天の原〈丹鶴・刈谷・龍大・藤井〉あまのはら〈宮甲・蓬左・陽乙・嘉永・田中・日甲・川口・篠山・彰甲・天理・東大・明大・松甲〉あま（わた本集）のはら〈静嘉〉あまの原〈清心・伊達・龍門・内閣〉しほあひに―しほあひ〈京大〉しほのひに〈川口〉塩あひに〈刈谷・龍大・藤井〉あはを―あま《ヒ》の《ヒ》（はヲ）〈断簡3〉あはのを〈清心〉船―松〈静嘉〉しらすも―しらすは〈嘉永〉

付記　断簡3・林乙あり。

〔現代語訳〕

　唐土へ渡りました船旅の途中で（『松浦宮』の）参議氏忠
大海の沖の潮合に翻弄されて浮かぶ泡を伴って進む船は、はかなく消える危険を伴ってどこへ行くのかも分からなくて、不安なことです。

〔語釈〕 **○氏忠** 176番歌初出参照。**○しほあひに** 「潮合」は潮流が流れ出合う所。底本は「に」を欠くが、陽甲本をはじめ主要諸本が「に」をもつこと、『松浦宮』の本文も「に」を持つこと、「に」があった方が意味が安定するので、原形は字余りだが「に」を持っていたと判断して校訂した。**○あはをともなふ船のゆくへしらずも** 「泡」ははかなく消えるもの。「とも」は、伴う意と舟の艫《とも》の掛詞。「行へ」の「へ」と「舳《へ》」を掛ける。艫（船尾）と舳

（船首）は舟の縁語。潮流に翻弄されて舟の後先（尾首）も分からず、唐土に着けるかどうか不安であること。

〔参考歌〕

①わたつ海の沖つ潮合に浮かぶ泡のきえぬ物からよる方もなし（『古今集』雑上・九一〇・読人不知）

〔典拠〕『松浦宮物語』（176番歌初出）巻一。当該箇所を次に挙げる。

少将はさまざまかへりみのみせられて、心細く悲しきにも、かの皇女の御文をぞあたり去らず持たまへる。

たぐへける人のこころや通ふらんおもかげ去らぬ波の上かな

わたのはら沖つ潮合に浮かぶ泡をともなふ舟のゆくへ知らずも

宰相も若き妻子をとどめてひとり出でたれば、まして老いの涙添ひて、

春日なる三笠の山の月かげは我が舟乗りに送り来らしも

（岡本）

参議安倍関丸

かすがなるみかさの山の月影はわがふなのり[・]にをくりくらしも

〔校異〕参議―参〈伊達・龍門〉 安倍関丸―安倍関九〈日甲〉 安部関白〈龍門〉 安信関丸〈明大〉 みかさの山―みかきの山〈東大〉 月影は―月かけを〈狩野〉 ふなのりに―ふなのり〈京大〉 ふる（ねイ）のりに〈天理・東大〉 をくりくらしも―おくりすらしも〈天理・東大・明大・狩野〉 おくりくらして〈静嘉・川口〉

付記 断簡3・林乙あり。

〔現代語訳〕

参議安倍関丸

春日の地にある三笠の山に輝く月は、私の渡唐の船出に際して見送ってついて来るらしいよ。

〔語釈〕 **○参議安倍関丸** 『風葉集』に関丸の歌は当該のみ。遣唐大使。**○をくりく** 去りゆくものに、別れがたくてついてくること。

〔参考歌〕

①あまの原ふりさけ見れば春日なる三笠の山にいでし月かも（『古今集』羇旅・四〇六・阿倍仲麻呂）

〔典拠〕『松浦宮物語』（176番歌初出）巻一。当該箇所は593番歌〔典拠〕参照。（岡本）

世中いとわづらはしき事ありて、かうらいといふ
くにゝはなちつかはされける道にてよめる

ゆめ語の宰相中将

浪枕しらぬたびねのかなしきにいく世をかぎる道の空ぞも

〔校異〕 はなちつかはされ—はなちつかはれ〈蓬左・陽乙・彰甲・内閣〉 道の空—そら〈静嘉〉みち空〈日甲〉う《ヒ》（そ）ら〈松甲〉 そも—しも〈神宮・林丁〉

付記 断簡3（詞書のみ）・神宮・林丁あり。

〔現代語訳〕

世の中に大変厄介な事ができて、高麗という国に追放された道中で詠みました歌

『夢語り』の宰相中将

枕元に浪音を聞く未経験の船旅が悲しいにつけても、幾世で終わるとも知れない、空のように果てしない旅路です。

〔語釈〕 **○わづらはしき事** 地位を揺るがすような厄介なこと事。**○かうらい** 高麗。朝鮮王朝の一つ。九三六年

に半島を統一。**○はなちつかはされ**　追放され。流罪にされ。**○宰相中将**　『ゆめ語り』全五首のうち宰相中将は当該と1297番歌。追放されることを嘆く二首である。**○浪枕**　〔補説〕参照。**○いく世をかぎる**　「幾世を限度とする」意。「世」には「夜」を掛けて、「枕」「旅寝」の縁語。**○道の空**　空のように果てしない旅路。112番歌〔語釈〕参照。**○ぞも**　係助詞「ぞ」「も」を重ねたもので、文末に用いて意を強調する。「沫雪かはだれに降ると見るまでに流らへ散るは何の花ぞも」（『万葉集』巻八・一四二〇・駿河采女）など、『万葉集』など古い時代に多く見える用法。高麗を舞台とした内容が窺えるところから、古風な印象を求めたものか。

〔参考歌〕

①水とりのかものうきねのうきながら浪のまくらにいくよへぬらん（『堀河百首』一〇二四・河内）

②いかにせんゆかじはあはずこずはみじいくよをかぎるいのちとはなし（『能宣集』二六四、『小馬命婦集』五二・五句「命ともなし」）

〔典拠〕　『夢語り』（散逸物語）。452番歌初出。

〔補説〕

○「浪枕」について

「浪枕」は波を枕に寝る意から、水上や水辺でする夜泊、また船中での旅寝をいう。この語は十二世紀初頭の『堀河百首』に初出する。「こしの海あゆの風ふく奈呉の海に舟はとどめよ浪枕せん」（一一四七・仲実）。次例は「波枕いかにうき寝をさだむらんこほります田の池の鴛鴦」（『金葉集』冬・二九七・前斎宮内侍）、「旅の空ならはぬ磯のなみまくらかかるうきねといも知るらめや」（『三百六十番歌合』六十二番左・五五五・前関白）である。思う相手との辛い定めに涙する心情を詠む。

「なみのまくら」と「の」が入る表現は、十世紀末の『実方集』に初出する。「うぢがはのなみのまくらにゆめさめて／といへば／よるはしひめやいもねざるらむ」（五七・信方中将）。次例は『堀河百首』による「水とりのかものうきねのうきながら浪のまくらにいくよへぬらん」（一〇二四・河内）である。これらは枕に落ちる涙の比喩表現である。

「草枕」は万葉の時代から詠まれるが、「浪枕」は平安朝半ばからであり、水辺や船中での旅寝をいうとともに、辛い定めに涙する心情も込める歌語である。但し、「浪枕」を詠んだ歌は題詠歌であって、現実の旅の体験、経験を詠んでいるのではない。なお、この語は平安時代の物語・日記・随筆等の散文にはほとんど用例が見られない。

（岡本）

つくしへかへりくだりける道にて、海のわたりをおりて
みるがいなどをてまさぐりにして、右中将のなつかし
くかたらひしをおもひいでて　　すまひの修理亮

あさりするあら磯よりも都にてみるかひありし君ぞ恋しき

〔校異〕かへり―とをり〈明大〉とを《ヒヒ》|（かへイ）り〈狩野〉とを|（返イ）り〈天理・東大〉　くたり―くたれり〈清心〉　てまさくり―まさくり〈天理・明大〉○て|（イ）まさくり〈東大〉　右中将―右中侍|（将イ）〈狩野〉　おもひいてて―思ひいて〈内閣〉　歌―欠〈天理・東大・明大〉補入（イ）〈狩野〉

〔現代語訳〕

筑紫へ帰って行った道中で、海辺に降りて見て、海松貝などを弄び、右中将の睦まじくうちとけ合った姿を思い出して　　『相撲』の修理亮

海松貝を探し求める荒磯にいるよりも、都で見る甲斐があった右中将が恋しいことです。

〔語釈〕 **○みるがい** 海松食貝。二枚貝。右中将を連想させる。「みるかひ」は「見る甲斐」を、「かひ」にはさらに「峡《かひ》（海峡）」を掛ける。「峡」は「磯」の縁語。**○てまさぐり** 手先で弄ぶこと。**○右中将** 修理亮が相撲節の間に親しくなった人。541～544番歌参照。**○あら磯よりも** 「よりも」は「寄り藻」と掛ける。波風に吹き寄せられた藻。「漁り」「あら磯」「寄り藻」「海松貝」は「海」の縁語。

〔参考歌〕
①きてみればなごのうらまでよるかひのひろひもあへず君ぞ恋しき（『伊勢集』三七九）

〔典拠〕 『相撲』（散逸物語）。541番歌初出。 （岡本）

ふねよりおりたるに、浪のたかくうちかくれればよめる
こしかたもまたゆくさきもはるかなる波のなかにもまじりぬる哉

〔校異〕 うちかくれは―うちくれは〈清心・内閣〉 詞書―欠〈天理・東大・明大〉補入（イ）〈狩野〉 こしかたも―こしかたを〈嘉永〉

〔現代語訳〕
舟から降りたところ、波が高く叩きつけるようにかかるので詠みました歌 （『相撲』の修理亮）
通り過ぎてきた方向も、又これから行く先も遙かに遠く、高い波の中に混じり込んでしまうことです。

〔語釈〕 **○こしかたもまたゆくさきもはるかなる** 過ぎ去った所、これから行く先も、時間的に空間的に長い旅路。過去も将来もあてどない人生を重ねて暗示する。**○波のなかにもまじりぬる哉** 濃密な時間が過ぎ去って、これからは流浪の人生を旅するのか、という虚ろな心情。「波」は心移りしないことを相手に誓う「きみをおきてあだし

心をわが持たば末の松山浪もこえなん」（『古今集』東歌・一〇九三）など、恋歌にも多く見られる。この歌では「波」は過去も未来も飲み込んで、消し去ってしまうもの。当該歌の下句は相手への誓いを込めて、ひとり生きてゆく憂愁の人生をかたどる。

〔参考歌〕

①こしかたも又行さきもいかにこは雲と浪とに成はてぬらん（『林葉集』一〇〇八）

〔典拠〕『相撲』（散逸物語）。541番歌初出。　（岡本）

もろこしにて、ふる里のおんなを〔と〕夢にみて

はま丶つの中納言

ひのもとのみつのはま松こよひこそ夢にみえつれわれをこふらし

〔校異〕をんなを―おんなと〈京大〉　夢―我〈明大〉我《ヒ》（夢イ）〈狩野〉我《ヒ》（夢）〈天理・東大〉　みえつれ―こえつれ〈静嘉〉

〔現代語訳〕

渡航先の唐土で、ふる里日本の女を夢の中で見て

『浜松』の中納言

祖国で逢ったあの姫君が、今宵は夢に現れたことですよ。きっと私を恋しがっているのでしょう。

〔語釈〕**〇もろこしにて**　中納言は、亡父が転生したという唐土の皇子に会うため渡唐した。**〇ふる里の女**　祖国日本で契りを結んだ女。中納言の継父の姫君。中納言の渡唐後、懐妊がわかり、出家して尼姫君と呼ばれる。中納言は唐にいて姫君の出家を知らない。**〇みつのはま松**　渡唐船が発着した大阪の難波津にある浜辺の松。美称の

「御」をつけて「御津」。「浜松」は置き去りにした姫君を喩えたもの。「御津」に「見つ」、「松」に「待つ」を掛ける。『御津の浜松』が当該物語の原題とされる。**○夢にみえつれわれをこふらし**　夢に見えたのが「われを恋ふ」決め手であるとする。「夢」は予兆とされた。この下句は、『風葉集』諸本と『物語後百番』では全てこの順であるが、物語所収の歌は四句めと五句めの順が逆である。

〔参考歌〕

①いざ子ども早く日本へ大伴の三津の浜松待ち恋ひぬらむ（『万葉集』巻一・六三・憶良、『新古今集』羇旅・八九八）

〔典拠〕『浜松中納言物語』（31番歌初出）巻一。当該箇所を次に挙げる。

思ひやりなうけ近う見なして、ほどなくはるかになりにしを、いかにおぼすらむ、と思ひやる涙は、うつつにもせきやるかたなくて、

日本の御津の浜松こよひこそわれを恋ふらし夢に見えつれ

「今は」と別れしあかつき、忍びあへずおぼしたりしけしきもらうたげなりしなど思ひ出づるに、もし命絶えてなくは、行きかへり、このほどの怨みとくばかり、いかで見えたてまつらむ。式部卿の宮おはしましにけむ、さらば、いとほしうもあるべきかな、と、ことごとなくおはしつづけける。

〔他出〕『物語二百番歌合』（後百番）二十一番右。

（岡本）

秋のゆふべをながめて

をく露も霧たつ空も鹿のねも雲井の空もかはりやはする

〔校異〕ゆふへ—ゆふ〈松甲〉ゆふへ（歟）〈篠山・伊達・龍門〉露も—露は〈狩野〉霧たつ空—きりたつうら〈蓬左・陽乙・嘉永・彰甲・龍門・狩野・内閣・松甲〉きりたつう（そ歟）ら〈篠山〉霧たつそ（う一本）ら〈丹

鶴〉 空も—空は《ヒ》|（も）〈龍大〉 やはする—やはすれ〈藤井〉

〔現代語訳〕

秋の夕べを眺めて　　　　　　（『浜松』の中納言）

草におく露も霧の立つ空も鹿の鳴く声も雲の浮かぶ遙かな空も、どうしてふる里の秋の情景と異なることがありましょうか。

〔語釈〕 **〇雲井の空もかはりやはする**　『風葉集』諸本では全て「かはりやはする」であるが、『浜松』では下句が「雲居の雁も変らざりけり」。『秀歌選』では「空」の重複を理由に「雁」の方がよいとする。物語では従者の歌「虫の音も」詠に応じて中納言も「変らざりけり」で結ぶ。四句めの「雲井の空も」まで、目前の唐土の秋の情景に託して日本への郷愁がわきあがる心情を表わす。

〔参考歌〕 なし。

〔典拠〕 『浜松中納言物語』（31番歌初出）巻一。当該箇所を次に挙げる。

八月十日余日、中納言のおはする高層のまへの前栽、ことにおもしろく見渡せば、夕べ、ふるさとをおぼし出でて、簾垂を捲きあげて、つくづくとながめ臥し給へれば、人々もみな都を思ひ出でて、さまざま言ひあへる中に、心ばせある人、かく言ふ。

　　虫の音も花のにほひも風の音も見し世の秋に変らざりけり

と言ひ出でたる返りごとを、集まりてうそぶくめれど、ややほど経ぬれば、中納言うちほほゑみ給ひて、「げにさることとなれど、おどされたることぞ多かる」とのたまはするも、すずろにはづかし。

　　置く露も霧立つ空も鹿の音も雲居の雁も変らざりけり

とながめ給ふを、集まりてこれをのみ誦んじて、え言ひ出でずなりぬ。

（岡本）

おなじくに丶て月をみてよめる　まつらの宮の参議氏忠

見るごとにをば捨山のかずそひてしらぬさかひの月ぞかなしき

〔校異〕まつら―まく《ヒ》（つ）ら〈狩野〉　見ること―見るたひ〈龍大〉　月そ―月は〈陽甲〉

〔現代語訳〕

同じ唐の国で、月を見てよみました歌　『松浦宮』の参議氏忠

この異境に美しく輝く月を見る度に、姨捨山に照る月ではないが、辛い気持ちが積もるばかりです。異境の月と譬えられる母后を拝する度にお慕いする思いが募って、哀しさに堪えられません。

〔語釈〕　**○おなじくに**　598番歌と同じ国、則ち唐国。**○まつらの宮の参議氏忠**　『松浦宮』の主人公。**○をば捨山**　信濃国の歌枕。長野県千曲市と東筑摩郡筑北村にまたがる冠着山。月の名所。「姨捨つ」に掛ける。『大和物語』『俊頼髄脳』などに棄老伝説がある。ここでは〔参考歌〕①を踏まえている。**○かずそひて**　回数が重なって。**○しらぬさかひの月**　唐土の月。唐の母后を指す。

〔参考歌〕

①わが心なぐさめかねつ更科やをばすて山にてる月を見て（『古今集』雑上・八七八・読人不知）

〔典拠〕『松浦宮物語』（176番歌初出）巻二。当該箇所を次に挙げる。

ゐざり入らせたまひぬるにほひとまりて、言ふかたなき月の影なりけんかし。立ち出づるそらもなく、心は浮かれて、開けながらぞながめ明かす。

見るごとに姨捨山の数添ひて知らぬさかひの月ぞかなしき

さし当たりては、とまれる心地する御にほひに、うちもまどろまれず。

（安田）

雨のふる日〔・・・・・〕

しらざりしおもひをたびの身にそへていとゞ露けきよるの雨かな

〔校異〕 雨のふる日―欠〈京大〉雨のふるに〈嘉永・田中〉雨のふる日〈静嘉・川口〉雨の降日〈狩野〉 しらさりし―しらさるし〈龍大〉 たひの―たにも〈嘉永〉 身にそへて―身にかへて〈陽乙〉みにかへて〈内閣〉 よる―夜る〈陽乙・彰甲・内閣〉

付記 〈清心〉本歌の後に、「右十四首以楽前校本補之 真清」とある。

〔現代語訳〕

雨の降る日 （『松浦宮』の参議氏忠）

それまで知らなかった辛い思いを、この異国への旅で我が身に付け加えしまいましたので、淋しさを募らせる夜の雨に涙も止められず、すっかり湿っぽくなっています。

〔語釈〕 **○雨のふる日** 『松浦宮』中では、八月十五夜の次の日で、ひどく雨降る日。氏忠は八月十五夜の前夜、華陽公主と逢い、琴の曲を伝授され、公主に魅了された。**○しらざりしおもひ** これまで経験したことのない辛い思い。ここでは華陽公主を恋する思いを暗示する。**○たびの身にそへて** 唐土への旅の辛さを負う我が身に、さらにその旅が新たな辛さを付け加えて。**○よるの雨** 夜降る雨だが、淋しい孤独感を助長するもの。〔補説〕参照。

〔参考歌〕

①昔おもふ草のいほりの夜の雨になみだなそへそ山郭公（『新古今集』夏・二〇一・俊成）

②行宮見月傷心色　夜雨聞猿断腸声（『和漢朗詠集』下・恋・七八〇・白居易）

〔典拠〕 『松浦宮物語』（176番歌初出）巻一。当該箇所を次に挙げる。

こよひは便なげにのたまひつれど、かひなきながら、おはすらむさまをもいかで見むと思へど、御門、月の宴したまひて、夜すがら遊び明かしたまふ。
次の日もいとま許されず、まつはし暮らさせたまふ。雨いみじく降りて、心細き旅寝も、いまさらに面影添へるは、げにあぢきなき身の思ひなり。

知るらざりし思ひを旅の身に添へていとど露けき夜の雨かな

〔補説〕

○歌語「よるのあめ（夜の雨）」について

歌語「よるのあめ」は『頼政集』に「雨中増恋」の題で見える「君こふとながめくらせる夜るの雨は袖にしもるる心ちこそすれ」（四〇九）と〔参考歌〕①が最も古い例であろう。頼政詠は闇に降る雨の鬱陶しさが恋人に逢えない夜の閨の孤独を増長し、涙が袖をぬらすのである。『拾遺愚草』には「貞永元年四月関白左大臣家百首」の一首に「旅宿夜夢」題で詠まれた「旅ごろもぬくや玉のをよるの雨は袖にみだれて夢もむすばず」（一五九四）が見える。これはおそらく右の頼政詠を念頭に置いた詠で、『松浦宮』の当該歌も念頭にあったかも知れない。一方、俊成詠は「蘭省花時錦帳下　廬山雨夜草菴中」（『和漢朗詠集』下・山家・五五五・白居易）を念頭に詠まれたもので、山里の草庵で雨降る夜に唯一人華やかだった昔を思う淋しさ、闇に聞こえる時鳥の声がそれをさらに堪えられないものにするのである。この歌は俊成の自讃歌として人口に膾炙し、『秋篠月清集』一二六二や『壬二集』六〇、『拾遺愚草員外』四三二、『寂蓮集』一一六などに詠まれ、新古今時代の歌人間に歌語として定着した。

ところで、夜降る雨を詠んだ歌としては、『万葉集』には、「雨つつみ常する君はひさかたの昨夜の雨に懲りにけむかも（巻四・五一九・大伴女郎）、「人魂のさ青なる君がただひとり逢へりし雨夜の葉非左し思ほゆ」（巻十六・三八八九）、「橘の匂へる香かもほととぎす鳴く夜《よ》の雨にうつろひぬらむ」（巻十七・三九一六・家持）の三首が見える。三八八九は意味不詳の部分もあるが、夜の雨は待つ人の訪れを妨げ、孤独な夜をもたらすものであったことは窺われる。平安時代に入って、最も早いものは『元真集』に「秋のよのあめといふこと」の題で「あづまぢのゆくたびびとをわかれきておもひこそやれあきのよのあめ」（一六〇）の一首がある。さらに、『公任集』八〇にも「秋の夜《よ》の雨」とあって、秋の雨夜の寂寥感が詠まれている。一方、『元輔集』の「いそのかみふりにし人のあふときはうれしかりけり夏の夜の雨」（一一）は「うれしかりけり」とある「夏の夜《よ》の雨」で、「夜雨」の歌としては異質である。

しかし、平安時代後半から、『長能集』一三には「秋夜雨といふ題」、『清輔集』三五九には「閑居夜雨」、『重家集』一九八には「夜雨聞虫」の題で詠まれた歌、『小侍従集』には「寄雨増恋」の題で「たのむれば待つ夜《よ》の雨の明がたにをやむしもこそつらく聞ゆれ」（一〇九）の歌があり、「夜雨」を孤独な長夜の象徴として詠む意識は高まっているが、歌語「よるのあめ」は未だ使われていない。「夜雨」は、「瀟湘八景」に「瀟湘夜雨」という一景があるように、秋から初冬にかけて、「窓を隔てた暗闇を蕭々とふりしきる雨の音」が「孤独と憂愁とに浸され」（『中国文学歳時記』秋の夜雨、一九八九、同朋舎）て詩情を掻き立てられるので、中国の詩人には多く詠まれてきた詩語であった。『万葉集』以来詠まれてきた夜の雨に感じた孤独感が、漢詩文の影響下で漢語の「夜雨」と重なり、平安末期に、これを和語化した歌語「よるのあめ」が生み出されたのである。定家は、こうした漢詩文世界の影響下に生まれた歌語であることを意識して、『松浦宮』の唐土場面の当該歌に使用したと思われる。

猶、この歌語は新古今歌人の歌境を刺激したが、鎌倉時代後期には京極派歌人によってさらに深化し、「よるの雨のおとにたぐへる君なれやふりしまされば我こひまさる」（『玉葉集』恋二・一四七四・伏見院）や「庭の虫はなきとまりぬる雨の夜のかべにおとするきりぎりすかな」（『風雅集』秋中・五六四・為兼）などといった名歌を生み出した。

（安田）

名古屋国文学研究会

安田徳子（岐阜聖徳学園大学名誉教授）
浅井圭子（元椙山女学園大学非常勤講師）
東　望歩（岐阜聖徳学園大学専任講師）
石原雅子（名古屋大学大学院博士課程前期修了）
乾　澄子（同志社大学非常勤講師）
梅野きみ子（椙山女学園大学名誉教授）
江口啓子（名古屋大学大学院博士課程後期）
岡本美和子（中部大学非常勤講師）
嘉藤久美子（元椙山女学園大学非常勤講師）
久富木原玲（愛知県立大学名誉教授）
鹿谷祐子（大韓民国立木浦大学校日語日文学科招聘教員）
田尻紀子（名古屋学芸大学教授）
谷本さほ（立命館大学大学院博士課程後期修了）
玉田恭子（東海学園大学非常勤講師）
玉田沙織（豊田工業高等専門学校専任講師）
出口游基（愛知県立高校教諭）
中城さと子（元中京大学非常勤講師）
那須源枝（愛知県立大学大学院博士前期修了）
野崎典子（愛知県立大学名誉教授）
藤井日出子（元中京大学非常勤講師）
宮田　光（東海学園大学名誉教授）
米田明美（甲南女子大学教授）

新注和歌文学叢書23

風《ふう》葉《よう》和《わ》歌《か》集《しゅう》新注　二

二〇一八年二月一〇日　初版第一刷発行

著　者　名古屋国文学研究会
発行者　大貫祥子
発行所　株式会社青簡舎
〒一〇一-〇〇五一
東京都千代田区神田神保町二-一四
電　話　〇三-五二一三-四八八一
振　替　〇〇一七〇-九-四六五四五二
印刷・製本　株式会社太平印刷社

ISBN978-4-909181-05-3 C3092　Printed in Japan

◎新注和歌文学叢書

編集委員 —— 浅田徹　久保木哲夫　竹下豊　谷知子

1	清輔集新注	芦田耕一	13,000円
2	紫式部集新注	田中新一	8,000円
3	秋思歌 秋夢集 新注	岩佐美代子	6,800円
4	海人手子良集 本院侍従集 義孝集 新注	片桐洋一　三木麻子　藤川晶子　岸本理恵	13,000円
5	藤原為家勅撰集詠 詠歌一躰 新注	岩佐美代子	15,000円
6	出羽弁集新注	久保木哲夫	6,800円
7	続詞花和歌集新注 上	鈴木徳男	15,000円
8	続詞花和歌集新注 下	鈴木徳男	15,000円
9	四条宮主殿集新注	久保木寿子	8,000円
10	頼政集新注 上	頼政集輪読会	16,000円
11	御裳濯河歌合 宮河歌合 新注	平田英夫	7,000円
12	土御門院御百首 土御門院女房日記 新注	山崎桂子	10,000円
13	頼政集新注 中	頼政集輪読会	12,000円
14	瓊玉和歌集新注	中川博夫	21,000円
15	賀茂保憲女集新注	渦巻 恵	12,000円
16	京極派揺籃期和歌新注	岩佐美代子	8,000円
17	重之女集 重之子僧集 新注	渦巻 恵　武田早苗	9,000円
18	忠通家歌合新注	鳥井千佳子	17,000円
19	範永集新注	久保木哲夫　加藤静子　平安私家集研究会	13,000円
20	風葉和歌集新注 一	名古屋国文学研究会	15,000円
21	頼政集新注 下	頼政集輪読会	11,000円
22	発心和歌集 極楽願往生和歌 新注	岡﨑真紀子	9,000円
23	風葉和歌集新注 二	名古屋国文学研究会	18,000円

＊継続企画中

〈表示金額は本体価格です〉